EVA SIEGMUND

PANDORA
Wovon träumst du?

Der Verlag weist ausdrücklich darauf hin, dass im Text enthaltene externe Links vom Verlag nur bis zum Zeitpunkt der Buchveröffentlichung eingesehen werden konnten. Auf spätere Veränderungen hat der Verlag keinerlei Einfluss. Eine Haftung des Verlags ist daher ausgeschlossen.

Dieses Buch ist auch als E-Book erhältlich.

Verlagsgruppe Random House FSC® N001967

2. Auflage
Erstmals als cbt Taschenbuch Mai 2016
© 2015 by Eva Siegmund
© 2016 für die deutschsprachige Ausgabe by
cbt Verlag in der Verlagsgruppe
Random House GmbH,
Neumarkter Str. 28, 81673 München
Alle Rechte vorbehalten
Umschlaggestaltung: Carolin Liepins, München
unter Verwendung verschiedener Motive
von © Shutterstock (carlo dapino/YuriyZhuravov/
Matusciac Alexandru)
mg · Herstellung: kw
Satz: KompetenzCenter, Mönchengladbach
Druck und Bindung: CPI books GmbH, Leck
ISBN 978-3-570-31059-5
Printed in Germany

www.cbt-buecher.de

Der Bahnhof Friedrichstraße war komplett abgesperrt, als ich ihn erreichte. Überall standen Polizisten und Soldaten, die versuchten, Ordnung ins Chaos zu bringen. Auf dem Platz vor dem Bahnhof drängelten sich Hunderte, vielleicht sogar Tausende Menschen und die Straße war hoffnungslos verstopft. Blaulicht zuckte über das wogende Meer an Köpfen hinweg. Leute redeten wild durcheinander, Polizisten riefen einander Kommandos zu und ich konnte die Anspannung spüren, die in der Luft lag. Etwas weiter entfernt meinte ich, ein paar Menschen weinen zu hören. Irgendwo brüllte sich ein Baby die Lungen aus dem Leib. Etwas Schreckliches musste geschehen sein, das wusste ich sofort, auch wenn ich in dem Durcheinander kein Wort verstehen konnte. Dazu war das Rotorengeräusch der Hubschrauber, die über unseren Köpfen kreisten, viel zu laut. Rauch und Staub hingen am grauen Berliner Himmel, und mit dem Regen fielen immer wieder Asche und kleine Metallteile auf mich herunter. Ein Gefühl von Endzeit lag in der Luft.

Der Rauch biss mir in die Augen und kratzte in meinem Hals. Ich band mir meinen Schal um Mund und Nase und drängte mich vorwärts. Was auch immer passiert war, ich musste zum Bahnhof – ich war ohnehin schon viel zu spät dran. Unruhig schob ich mich durch die Menge und kam langsam, aber stetig vorwärts. Schließlich rückte einer der Seiteneingänge in mein

Blickfeld – das Bild, das sich mir bot, ließ meinen Atem stocken. Es erschien fast zu absurd, um wahr zu sein: Der gesamte Bahnhof Friedrichstraße hatte ein Loch. Wie ein gewaltiges Maul klaffte es vom Dach bis hinunter zum Erdgeschoss und spie Rauch und Flammen in die Luft. Mein Fuß stieß gegen einen großen Stein, der vermutlich einmal Teil des Gebäudes gewesen war. Eine ungeheure Explosion musste den Bahnhof auseinandergerissen haben. Wenn ich meinen Hals reckte, konnte ich noch ein paar Schienenenden sehen, die lose in die Luft stakten. Ein Zugwaggon war mitten zwischen die Geschäfte gekracht, und über dem Kopf eines Soldaten, der die Unglücksstelle absicherte, sah ich die Hälfte des Bahnsteigschildes aus der Wand ragen. »Fried« stand darauf. Ein kleiner Mann mit Mantel und Hut versuchte gerade mit fahrigen Bewegungen, das rot-weiße Absperrband der Polizei an einem Laternenmast festzumachen, doch der starke Wind und seine zitternden Hände behinderten ihn. Selbst aus dieser Entfernung konnte ich erkennen, dass sein Gesicht von Asche und Ruß ganz grau war; nur dort, wo die Tränen liefen, war die Haut sauber gewaschen.

Mit einem Schlag wurde mir klar, was passiert war. Vor diesem Szenario hatten sie uns in den Nachrichten seit Monaten gewarnt und nun war es Realität geworden. Terroristen hatten einen Zug gesprengt und dabei einen der wichtigsten Bahnhöfe Berlins zerstört. Mir wurde kalt, als ich begriff, was das bedeuten konnte. Ich war hier, um meinen Vater abzuholen, der vor einer Viertelstunde mit dem Zug hätte ankommen müssen. Wegen der verstopften Straßen hatte sich die Tram nur im Schneckentempo vorwärtsbewegt und ich war schließlich ausgestiegen, um die letzten beiden Haltestellen zu laufen. Nun brach das gesamte Ausmaß der Katastrophe über mich herein. Mein Vater hatte im gesprengten Zug gesessen! Das konnte nur bedeuten, dass er nicht mehr am

Leben war. Nackte Panik ergriff von mir Besitz. Ich spürte, wie mir kalter Schweiß auf die Stirn trat und mein Herz zu rasen begann. Mir wurde übel und ich hatte Mühe, mein Gleichgewicht zu halten. Unwillkürlich krallten sich meine Hände in das Nächstbeste, das ich zu fassen bekam. Es war der Pelzmantel einer alten Dame, die mich, ein tadelndes Zischen von sich gebend, brüsk abschüttelte. Ich taumelte zur Seite und prallte gegen meinen Nachbarn, der mich ebenfalls direkt wieder von sich schob. Das Verhalten der anderen Menschen machte mir mehr als deutlich, wie alleine ich war. Pa war alles, was ich auf der Welt noch hatte, er durfte nicht tot sein!

Ich riss mich zusammen und kämpfte mich rücksichtslos weiter voran. Egal wie, ich musste wissen, was passiert war. Musste es mit meinen eigenen Augen sehen, meinen Vater finden. Vielleicht war ihm ja auch gar nichts passiert? Doch tief in meinem Inneren ahnte ich, dass er tot war. Ich schob, zog, drückte, rempelte und boxte. Schließlich entdeckte ich zwischen zwei Leuten eine Lücke, zwängte mich hindurch, stolperte und fiel vornüber. In letzter Sekunde bewahrten mich zwei Paar zarter Hände vor dem Fall.

Ich hob meinen Kopf und sah in die Gesichter meiner Retterinnen. »Dieses verflixte Kopfsteinpflaster«, zwitscherte die eine, von der ich erstaunlicherweise wusste, dass sie Stina hieß. Sie war so schön und stumpf wie ein Abziehbild, genau wie die schwarzhaarige Version von ihr, die sich auf meiner anderen Seite untergehakt hatte. Diese nickte eifrig und sagte zu mir: »Süße! Du solltest lieber aufpassen, sonst versaust du dir noch deine teuren neuen Schuhe! Und das wäre so schade, die sind wirklich traumhaft!«

Verdattert blickte ich auf meine Füße, die in abenteuerlich hohen Pumps mit Leopardenfellmuster steckten. Was passierte denn hier? Als ich mich erneut umsah, war das Chaos auf dem

Bahnhofsvorplatz verschwunden – alles war wie immer. Die Sonne schien mit der LED-Reklame an der Bahnhofsaußenwand um die Wette, auf der für die Kosmetikstudiokette »Styl(f)ish« geworben wurde. In den Filialen des Konzerns konnte man sich von kleinen Fischen überschüssige Haut vom Körper fressen lassen. Meine Sportlehrerin schwor auf diese Methode.

Hinter dem großen Bahnhofsgebäude floss der Verkehr träge die Straße hinab. Ich war so erleichtert, dass ich beinahe laut aufgelacht hätte. Ein Traum! Das hier war nur ein Traum. Von der anderen Seite des Vorplatzes sahen Jungs interessiert zu uns herüber, die mich im wahren Leben keines Blickes gewürdigt hätten. Alleine diese Tatsache war Beweis genug für mich: Ich schlief und meinem Vater war nichts Schlimmes zugestoßen.

Doch obwohl ich erleichtert war, blieb ein beunruhigendes Gefühl in meiner Magengegend zurück. »Los, Mädels! Gehen wir einen FancyFennel™ trinken!«, schlug Stina lachend vor, während sie den Jungs kokett zuwinkte.

Ich zuckte die Schultern. »Warum nicht?«, antwortete ich und ließ mich von ihnen mitziehen.

SOPHIE

Nachdem ich eine ganze Weile auf die pinkfarbenen Wildlederstiefel im Schaufenster gestarrt hatte, musste ich mir eingestehen, dass ich trödelte. Und das lag nicht an den Stiefeln, die ich aus diversen Gründen niemals kaufen würde, sondern daran, dass ich nicht tun wollte, was ich gleich würde tun müssen. Alles in mir sträubte sich dagegen, auf die Messingklingel zu drücken, die ich aus meinem linken Augenwinkel bereits sehen konnte. Dabei kam ich eigentlich ungern zu spät. Ich hasste das peinliche Gefühl, das mich immer dann befiel, wenn ich einen Raum betrat, in dem alle nur auf mich warteten. Und ich war ohnehin schon aufgeregt genug.

Gerade wollte ich mich abwenden, da fiel mir auf, dass Schuhe in meinem Leben eine immer größere Rolle zu spielen schienen. Seltsam.

In meinen Sleepvertisements träumte ich seit Neustem von Pumps mit Leopardenfellmuster aus der aktuellen Kollektion des italienischen Designers Francesco Videlli, in denen ich, ungefähr zehn Kilo schlanker und mit Traumfreundinnen am Arm (die allesamt wie Barbie aussahen), von Belanglosigkeit zu Belanglosigkeit stöckelte. Im Traum war ich verrückt nach diesen Schuhen, im wahren Leben fand ich sie einfach nur scheußlich. Nur gut, dass diese

Pumps noch teurer waren als mein geliebter SmartPort, den ich mir eurodollarweise hatte zusammensparen müssen. Aber es hatte sich gelohnt! Ich tippte mir an die Schläfe und verfasste eine Nachricht in der Gruppe *Die besten drei*, deren andere Mitglieder meine Freundinnen Sandra und Jule waren. Ich schrieb: »Hey, Leute, gleich ist mein Notartermin. Irgendwelche letzten Tipps?« Doch ich erhielt, wie so häufig in den vergangenen Tagen, keine Antwort von den beiden. Neuerdings benahmen sie sich ziemlich merkwürdig. Selbst wenn wir zusammen waren, schienen sie nie zu hundert Prozent bei mir zu sein, was mich unheimlich traurig machte. Ich tippte mir erneut an die Schläfe und murmelte: »Nicht erreichbar.« Sofort erschien auf meiner Netzhaut das kleine, rote Kreuz, als Zeichen dafür, dass die Verbindung meines Ports mit dem Internet gekappt war. Auf der Peinlichkeitsskala lag ein SmartPort, der in unpassenden Situationen einfach ansprang, direkt hinter zu spät kommen. Ein letztes Mal betrachtete ich mich in der Reflexion des Schaufensters und war nicht gerade zufrieden mit dem Bild, das sich mir bot.

Ich hatte sehr schlecht geschlafen und sah dementsprechend aus wie ein Zombie, der gerade frisch aus dem Grab gestiegen war. Meine Augenringe endeten nur knapp über den Mundwinkeln und meine Haare erinnerten an den struppigen Pelz einer Kokosnuss. Missmutig zog ich meinen fisseligen, schmutzig blonden Pferdeschwanz fester und rückte die weiße ›Anlassbluse‹ zurecht, die ich immer trug, wenn es etwas schicker zugehen musste. Und ich schätzte, dass ein ominöser aber hochoffizieller Notartermin genau der richtige Anlass war, um meine Anlassbluse zu tragen.

Schließlich fasste ich mir ein Herz und drückte auf die Messingklingel.

Eine sehr blonde, sehr schlanke Frau öffnete mir die Tür, stellte sich als Assistentin von Notar Wittmann vor und bat mich herein. Dabei lächelte sie so reglos, als seien ihre Lippen eingefroren. Oder als hätte ihr jemand die Mundwinkel auf Höhe der Ohrläppchen festgetackert. Wie ich selbst war auch die Frau in weiße Bluse und schwarze Hose gekleidet, jedoch war ihre Bluse weit genug aufgeknöpft, um ihre enormen und eindeutig gemachten Brüste zur Schau zu stellen.

Ich ertappte mich dabei, ihre Intelligenz ernsthaft infrage zu stellen. Sie führte mich durch einen langen Gang, an dessen Ende eine verschlossene Holztür lag. Als sie die Tür öffnete, erhob sich ein großer, braun gebrannter Mann von seinem Schreibtischstuhl und strich sich dabei die pomadierten, dunkel gelockten Haare nach hinten. Ganz klar: So hatte ich mir einen Notar definitiv nicht vorgestellt. Er war der perfekte Ken zu seiner Vorzimmerbarbie. Das rosa Polohemd und die weiße Hose ließen ihn wirken, als gehöre er mehr in ein Sonnenstudio oder auf den Golfplatz, als in ein Notariat. Der Blick, mit dem er mich bedachte, war genauso unnatürlich und reglos wie der seiner Assistentin. Die zwei konsultierten eindeutig denselben Chirurgen.

»Ah, da kommt ja Sophie! Ich darf doch Sophie sagen, oder?«, rief der Notar, ohne dass sich sein Gesicht auch nur ein paar Millimeter verschob. Ich nickte schwach und spürte, dass die Assistentin mich über die Schwelle schieben wollte, doch ich konnte mich nicht rühren. Grund dafür war nicht etwa der Solariumadvokat, sondern die andere Person, die sich außer ihm noch in dem Büro befand.

Auf einem Stuhl vor dem Schreibtisch saß ein Mädchen mit feuerroten Haaren, schwarzen Designerklamotten und, wie ich bestürzt feststellte, Leopardenfellpumps von Francesco Videlli. Doch auch das hatte mich nicht so erschreckt. Als sie mir ihr Gesicht zudrehte, fühlte sich der Türrahmen, an dem ich mich festhielt, an wie aus Gummi. Ich blinzelte mehrmals hintereinander, aber das brachte sie leider nicht zum Verschwinden. Unglücklicherweise war ich zudem noch ziemlich sicher, dass ich nicht träumte. Ihre Anwesenheit gehörte zu den Dingen, die ich mir nicht erklären konnte. Abgesehen von ihren feuerroten, fransig kurzen Haaren sah die junge Frau ganz genauso aus wie ich. Nicht im Sinne von ›sehr ähnlich‹, sondern mehr wie ›neunundneunzig Prozent Übereinstimmung‹. Auch sie starrte mich an, als hätte ich ein Storchennest auf dem Kopf. Scheinbar hatte sie mit meinem Anblick ebenso wenig gerechnet wie ich mit ihrem. Und während ich noch krampfhaft versuchte, eine logische Erklärung für diese absurde Situation zu finden, stieß sie bereits hervor: »Scheiße, die sieht ja aus wie ich!«

Ja, genau! Besser hätte ich es auch nicht ausdrücken können. Was um alles in der Welt ging hier vor sich? Seit knapp einer Woche hatte ich gerätselt, was es mit diesem Notartermin wohl auf sich haben würde. Und nun hatte ich noch mehr Fragen als zuvor. Zum Beispiel: *Wer war dieses Mädchen?*

Der Notar räusperte sich vernehmlich, legte seine Hände an den Fingerspitzen zusammen und lächelte gezwungen. »Ja, das ist, sehr vereinfacht ausgedrückt, der Grund unseres Zusammentreffens. Aber bitte, Sophie, setz dich doch. Wie wäre es mit einem Tee?«

Wie durch ein Wunder schaffte ich es tatsächlich, die Distanz zum Stuhl zu überbrücken, mich auf das antike Polster fallen zu lassen und dazu noch »Nein danke« zu murmeln. Dabei fühlte ich genau, dass mich mein Klonmädchen die ganze Zeit über anstarrte, aber ich vermied es, ihren Blick zu erwidern. Tief in mir drin regte sich die kindliche Hoffnung, dass sie verschwinden würde, wenn ich einfach nur nicht hinsah. Ein anderer Teil von mir hätte gerne zurückgestarrt. Schließlich war sie mein Spiegelbild; wenn auch in einer Filmstar-Version. Schon an der Art, wie sie auf dem Stuhl saß, konnte ich erkennen, dass sie über ein weitaus größeres Selbstbewusstsein verfügte als ich. So, als müsste, wenn überhaupt, *ich ihr* Klon sein.

Irgendwie machte sie mir Angst.

Der Notar streifte den Siegelring ab, reinigte ihn sorgfältig mit einem Taschentuch und steckte ihn sich anschließend mit einem beinahe zärtlichen Blick wieder an den Finger. Danach betrachtete er sein Gesicht eine Weile versonnen in der blank geputzten Oberfläche des Glasschreibtisches. Erst, nachdem Spiegelbild-Sophie mit der Spitze ihres rechten Schuhs mehrmals vernehmlich gegen einen der Metallfüße des Tisches geklopft hatte, sah er zu uns auf und sagte: »Äh, ja. Nun also zum offiziellen Teil. Mein Name ist Lucius Wittmann, ich bin Notar. Aber das habt ihr euch sicher schon gedacht.« Er atmete tief durch und straffte die Schultern. »Eigentlich sollte unser Treffen erst in ein paar Monaten stattfinden, wenn ihr volljährig seid, aber nach Rücksprache mit den zuständigen Behörden bin ich zu dem Schluss gekommen, dass in eurem speziellen Fall das Recht auf eure Herkunft schwerer wiegt als die Schutzpflicht des Staates. Zumal ihr ja keine kleinen Kinder mehr seid, nicht wahr?« Lucius Wittmann machte eine Pause und schlug einen schmalen Aktenordner auf.

Ich schielte zu dem Mädchen neben mir und unsere Blicke trafen sich. Ihre Augen waren genauso dunkelbraun wie meine. Nussnugatcremebraun. Langsam dämmerte mir, worauf das Ganze hier hinauslief. Und es gefiel mir ganz und gar nicht. Die Gesamtsituation gehörte eindeutig in die Kategorie ›Albträume, die ich mit zehn Jahren hatte‹.

Der Notar erhob seine Stimme: »Es wird festgestellt, dass die geladenen Personen pünktlich zum Termin erschienen sind und dass neben ihnen und mir selbst keine weiteren Personen diesem Termin beiwohnen. Liebe Sophie, liebe Elisabeth. Was ich euch nun zu sagen habe, wird für euch sicher ein großer Schock sein, aber versucht bitte, es nicht allzu schwer zu nehmen.« Er blickte mich kurz an und ich nickte schwach. Zu mehr fühlte ich mich momentan einfach nicht in der Lage, doch Lucius Wittmann schien das vollauf zu genügen. Er machte ohnehin den Eindruck, als wolle er die Angelegenheit so schnell wie möglich hinter sich bringen. »Nun denn«, fuhr er fort. »Es ist meine Pflicht, euch eure Herkunft zu enthüllen. Ihr wurdet unter den Namen Sophie Charlotte Zweig und Elisabeth Ingrid Zweig als Kinder der Eheleute Sebastian Wolfgang und Helen Katharina Viktoria Zweig am 22. Dezember 2014 in Berlin geboren. Elisabeth um 04.30 Uhr, Sophie um 04.42 Uhr.« Als wir den Notar weiter wortlos anblickten, setzte er mit einem schmalen Lächeln hinzu: »Ihr seid demnach Zwillinge! Eineiige, wie man unschwer erkennen kann.«

Elisabeth und ich rissen gleichzeitig die Köpfe herum und starrten einander nun ganz offen an. Dabei blickte sie genauso verwirrt, ängstlich und wütend drein, wie ich mich fühlte.

»Was?«, fragten wir unisono. Herr Wittmann hob die Hand zum Zeichen, dass er uns noch mehr mitzuteilen hatte. Sein goldener Ring funkelte im Licht der Schreibtischlampe. Ich schluckte meine Fragen herunter und versuchte, mich gegen das zu wappnen, was noch kommen würde. Und mich auf die Worte des Notars zu konzentrieren, die wie durch eine Schicht Watte in mein Hirn vordrangen.

»Es ist weiterhin meine traurige Pflicht, euch mitzuteilen, dass euer leiblicher Vater leider vor knapp zwei Wochen in der Justizvollzugsanstalt Tegel verstorben ist. Er ...«

»Stopp, halt, cut!« Elisabeth unterbrach den Notar lautstark, wobei ihre Hände ein perfektes T formten. Ihr Gesicht war rot angelaufen und näherte sich allmählich ihrer Haarfarbe an. »*JVA Tegel*. Habe ich das gerade richtig verstanden?«

»Ganz recht, ja«, bestätigte Lucius Wittmann mit einem Nicken.

»Soll das etwa heißen, er saß im Gefängnis?«, fragte sie scharf, und ich war irgendwie froh, diesen Termin nicht alleine bestreiten zu müssen. Im Gegensatz zu mir hatte es ihr nicht die Sprache verschlagen. Lucius Wittmann nickte erneut, wobei er ein besonders ernstes Gesicht machte. »Und was ist mit unserer Mutter?«, setzte Elisabeth genau in dem Augenblick hinzu, in dem mir die Worte durch den Kopf schossen.

»Nun«, sagte der Notar und kratzte sich an der Schläfe. Dann seufzte er zweimal schwer. In dem Augenblick wurde mir klar, dass der dicke Brocken erst noch kommen würde.

Mein Herz rutschte in Lichtgeschwindigkeit dem Erdkern entgegen und ich war ziemlich sicher, dass ich nicht hören wollte, was als Nächstes kam. »Ja, das ist ein gewaltiges Problem. Eine regelrechte Tragödie würde ich sogar sagen. Ich weiß, es klingt vermessen, aber dennoch bitte ich euch beide, das, was ich euch jetzt sagen muss, nicht zu sehr an euch heranzulassen, okay?«

»Das entscheiden wir selbst, nachdem wir es gehört haben«, gab Elisabeth spitz zurück.

Herr Wittmann hob beschwichtigend die Hände. »Selbstverständlich. Also dann.« Letzteres sagte er mehr zu sich selbst als zu uns. »Liebe Sophie, liebe Elisabeth.«

»Liz!«, unterbrach ihn meine Schwester (meine Schwester! Ist das zu fassen??) erneut. »Niemand nennt mich Elisabeth. Also müssen jetzt nicht ausgerechnet Sie damit anfangen.«

Ich riss die Augen auf. Die traute sich was! Ich hatte gelernt, mich Menschen gegenüber, die ein offizielles Amt innehatten, immer besonders höflich zu zeigen – obwohl ich zugeben musste, dass mir das bei Lucius Wittmann auch nicht gerade leichtfiel. Schließlich sah er aus wie ein in die Jahre gekommenes Model für luxuriöse Sportbekleidung. Aber ihn so zu behandeln, wie Liz es gerade tat, würde mir niemals in den Sinn kommen. Dennoch musste ich feststellen, dass der Name Liz wesentlich besser zu dem zierlichen, aufbrausenden Wesen auf dem Stuhl neben mir passte als Elisabeth.

Herr Wittmann ließ sich von ihrem Einwurf nicht aus dem Konzept bringen. »Auch recht«, fuhr er etwas ungeduldig fort und strich sich eine Haarsträhne aus der Stirn. »Jedenfalls muss ich euch leider mitteilen, dass euer Vater wegen Mordes rechtskräftig verurteilt und inhaftiert wurde.«

Ich schnappte nach Luft. Mord?

»Er wurde für schuldig befunden, Helen Katharina Viktoria Zweig an seinem Arbeitsplatz erstochen zu haben. Seine Frau. Und eure Mutter. Ihr seid demnach jetzt Vollwaisen. Es tut mir leid.«

Bei diesen Worten hatte ich urplötzlich das starke Bedürfnis, mich in Luft aufzulösen. Ich wollte zu einer Molekülwolke zerfallen und unter dem Türschlitz hindurch ins Freie wabern. Inexistent, unsichtbar, alleine. Nichts mehr sehen oder hören müssen. Nicht reagieren müssen. In meinem Kopf stand nur ein einziger Gedanke: »Das kann nicht wahr sein!«

Ich schielte verstohlen zu Liz hinüber, die, falls das überhaupt möglich war, nun noch wütender aussah. »Das ist nicht wahr«, fauchte sie. »Es muss ein Fehler vorliegen. Ich kann auf gar keinen Fall die Tochter eines Mörders sein. Und die Zwillingsschwester einer...«, sie schien angestrengt nach den richtigen Worten zu suchen. Ich schaute an mir herunter und kam mir mit einem Mal vollkommen unpassend gekleidet vor. Neben Liz wirkte ich ungefähr so glamourös wie ein Aktenordner.

Diese atmete zweimal tief durch und fuhr etwas ruhiger fort: »Na ja. Von ihr eben sein. Entschuldigung, aber das kann ich nicht glauben.«

Absurderweise war genau das der Moment, in dem ich meine Stimme wiederfand. »Sieh uns doch an«, hörte ich mich leise sagen. »Natürlich ist es wahr. Ich müsste mir nur deine Frisur zulegen und schon würde uns jeder verwechseln.«

»Nicht mit den Klamotten!«, gab Liz zurück, doch ihre Stimme hatte an Schärfe verloren und ich hatte das unbestimmte Gefühl, dass sie mit den Tränen kämpfte. Auch wirkte sie auf mich viel kleiner als noch vor wenigen Minuten. Sie schien, genau wie ich, zu begreifen, dass der Notar die Wahrheit sagte. Ich konnte mit jeder Faser meines Körpers spüren, dass es so war.

Nun keimte Neugier in mir auf. »Warum hat man uns getrennt? Wir hätten doch zusammenbleiben können.«

Wittmann legte den Kopf schief und machte ein Gesicht, das wohl auf Mitgefühl hindeuten sollte. »Das ist gesetzlich so vorgeschrieben. Wenn Geschwisterkinder eines Delinquenten in staatliche Obhut gelangen, ist eine getrennte Vermittlung vorzunehmen. Oder einfacher gesagt: Kinder von Verbrechern dürfen nicht gemeinsam aufwachsen. Einmal, weil sie von eventuell in das Verbrechen verwickelten Personen dann schwerer aufzufinden sind, zum anderen, weil die Wahrscheinlichkeit sinkt, dass sie später selbst einmal mit dem Gesetz in Konflikt geraten. Und gerade bei Zwillingen wird Wert auf die Trennung gelegt, da sie besonders stark dazu neigen, auf die schiefe Bahn zu geraten. Womit ich euch beiden natürlich nichts unterstellen möchte.«

Liz schnaubte vernehmlich, doch sie hielt sich zurück.

»Und woran ist er gestorben? Sebastian Zweig, meine ich.« Meine Frage schien den Notar zu überraschen, doch er kommentierte sie nicht, sondern fing an, in der schmalen Akte herumzublättern. »Krebs«, sagte er schließlich. »Euer leiblicher Vater litt an einer sehr bösartigen Form von Bauchspeicheldrüsenkrebs.«

Ich weiß nicht genau, was ich erwartet hatte, aber irgendwie erleichterte mich seine Antwort. Auch wenn heute eigentlich niemand mehr an dieser Krankheit sterben sollte, so war es immerhin eine ›normale‹ Todesart. Schließlich hätte er auch im Gefängnis von der japanischen Mafia erdrosselt worden sein können oder so. Mittlerweile hielt ich nichts mehr für unmöglich. Andererseits hatte ich urplötzlich einen genetisch sehr nahen Verwandten, der an Krebs gestorben war. Mir wurde übel. Ich schielte zu Liz hinüber und bemerkte, dass sie unter ihrer Make-up-Schicht ganz blass geworden war. Dachte sie gerade dasselbe wie ich?

Herr Wittmann lächelte sein Botox-Lächeln. »Und da nun der unangenehme Teil dieses Termins erledigt ist, kommen wir zum angenehmen Teil.« Er bückte sich und brachte mit spitzen Fingern eine abgegriffene Plastiktüte zum Vorschein. »Ich habe euch unter anderem eingeladen, um euch die Besitztümer von Sebastian Zweig auszuhändigen. Ein Testament liegt nicht vor, daher erbt ihr zwei alles, was er jemals besessen hat. Dazu gehören auch diese Gegenstände, die von der JVA Tegel an mich überstellt wurden. Ihr müsst mir bitte quittieren, dass ich sie euch übergeben habe.«

Er schob uns einen Zettel hin, auf dem
Gegenstand 1: Laborkittel
Gegenstand 2: Sanduhr (Dekoration)
Gegenstand 3: Familienfotos (privat)
stand. Darunter verlief eine gestrichelte Linie, unter der die Worte ›Gegenstände erhalten‹ verliefen.

Während ich stirnrunzelnd den Zettel begutachtete, leerte Herr Wittmann die Tüte auf seinem Schreibtisch aus, sichtlich darum bemüht, möglichst wenig mit Tüte oder Inhalt direkt in Berührung zu kommen. »Wie ihr seht, ist alles da.«

Das war es tatsächlich. Allerdings nahm mich der Anblick des Laborkittels vollkommen ein. Überall auf dem weißen Stoff waren dunkle, rotbraune Flecken zu sehen und mir drehte sich endgültig der Magen um. Ich brauchte all meine Willenskraft, um nicht in Ohnmacht zu fallen.

Der Notar schien meinen Zustand bemerkt zu haben, denn er schob die Sachen unter Zuhilfenahme eines Tischkalenders eilig wieder in die Plastiktüte zurück und diese anschließend zu uns herüber. »Nun. Der Kittel wurde eurem Vater bei der Verhaftung abgenommen. Da sich Sebastian Zweig freiwillig gestellt hat, gehe ich davon aus, dass das Kleidungsstück einfach nur fünfzehn Jahre lang in der Asservatenkammer lag. Die Fotos durfte er behalten und die Sanduhr war der einzige private Gegenstand, der in seiner Zelle gefunden wurde. Sonst hat er keinerlei persönliche Besitztümer angesammelt.«

»Und was genau soll daran jetzt der angenehme Teil sein?«, fragte Liz, während sie mit hochgezogenen Augenbrauen auf die Tüte blickte.

»Nur noch einen kleinen Augenblick Geduld«, bat Lucius Wittmann. »Bitte quittiert mir erst den Erhalt der Gegenstände. Ich muss mich der Gefängnisverwaltung gegenüber rechtfertigen. Ihr versteht das hoffentlich.«

Liz griff nach dem Zettel und ließ sich vom Notar einen Stift geben. Dann setzte sie ihre Unterschrift derart schwungvoll auf das Dokument, als würde sie so etwas ständig tun. Anschließend schob sie mir das Blatt zu. Ich zögerte kurz, da ich nicht wusste, wie ich nun unterschreiben sollte. Liz' formschöne Unterschrift war völlig unleserlich, sodass ich mich daran nicht orientieren konnte. Der Notar schien meine Gedanken lesen zu können, denn er sagte: »Dein

Name ist immer noch Sophie Kirsch. Deine Eltern haben dich adoptiert und dir diesen Namen gegeben. Daran hat sich nichts geändert.«

»Meine Mutter ist tot«, murmelte ich zerstreut, während ich meine Unterschrift neben die ausladende Signatur von Liz quetschte. Danach erst fiel mir auf, wie dämlich diese Bemerkung für die anderen klingen musste.

»Das, äh, das tut mir leid«, murmelte Lucius Wittmann verwirrt.

Ich schob das Blatt über den Schreibtisch und Herr Wittmann nahm es lächelnd entgegen. Dann klatschte er in die Hände. »Das war natürlich nicht alles. Euer Vater besaß ein Haus im Süden von Kreuzberg, das nach seiner Inhaftierung äußerst gewinnbringend verkauft wurde. Ich persönlich habe damals den Kauf abgewickelt. Der Erlös wurde auf ein Treuhandkonto überwiesen, von dem die Beerdigungskosten für die Beisetzung und der Grabstein eurer Mutter sowie die Anwaltskosten eures Vaters bezahlt wurden. Zudem verfügten eure Eltern noch über Aktienvermögen und einige Sparbriefe, darüber hinaus natürlich noch Autos, Einrichtung, Kleidung etc. Nach dem Tod eures Vaters erging eine richterliche Verfügung, die mich ermächtigte, die Vermögenswerte zusammenzufassen und zu gleichen Teilen auf zwei Konten zu überweisen. Er schob zwei Kontokarten über den Tisch, die jeweils auf einem Auszug lagen.

Meine Hand zitterte, als ich danach griff. Die Zahl, die am Ende des Kontoauszuges stand, konnte ich kaum begreifen. Sie verschwamm regelrecht vor meinen Augen. Ganz offensichtlich lagen auf dem Konto, das auf meinen Namen lief, über 800.000 Eurodollar. Noch nie in meinem gesamten Leben hatte ich mehr als ein paar Hundert Dollar auf meinem Konto gehabt. Und selbst das nur wenige Tage, bevor mir mein SmartPort eingesetzt worden war. Ein kurzes Glücksgefühl durchströmte mich. Nun musste ich mir keine Sorgen mehr machen, wie ich mein Studium finanzieren sollte. Ich könnte mir einen werbefreien PremiumPort einsetzen lassen und müsste nie wieder nachts von Produkten träumen, die ich nicht kaufen wollte. Vielleicht würde ich sogar meinem Pa ...

Der Gedanke an meinen Vater, vielmehr an den Mann, den ich mein Leben lang für meinen Vater gehalten hatte, holte mich ins Hier und Jetzt zurück. Mir fiel mit einem Mal wieder ein, woher das Geld stammte, und ich ließ den Kontoauszug auf den Tisch fallen, als hätte ich mir daran die Finger verbrannt. Mir wurde augenblicklich eiskalt.

»Ich ... Ich will das Geld nicht«, stammelte ich.

»Bist du wahnsinnig?«, fragte Liz mit weit aufgerissenen Augen. »Dieses Geld ist höchstwahrscheinlich das einzig Gute, was der Kerl uns hinterlassen hat!«

»Da hat sie wohl recht«, stimmte Herr Wittmann zu. »Außerdem kann ich es nicht zurücknehmen, so sehr ich das auch bedaure. Das Geld ist dein Erbe. Du alleine musst entscheiden, was du damit anfangen willst.«

Ich blickte hilflos von einem zum anderen. »Aber ... das ... das ist das Geld eines Mörders! Ich will von dem Mann nichts haben. Überhaupt nichts!«

Zu meiner großen Verärgerung spürte ich, dass mir Tränen in die Augen schossen. Wie immer zuverlässig zum falschen Zeitpunkt. Sekunden später verbarg ich mein Gesicht in den Händen und ließ ihnen freien Lauf. Kurz darauf spürte ich eine kleine Hand, leicht wie ein Vogel, meine

Schulter streicheln. Ich blickte auf und Liz lächelte mich schief an.

»Das Leben ist eine Aneinanderreihung von Unannehmlichkeiten, Schwester. Je früher man das akzeptiert, desto ruhiger schläft man.« Ich lächelte zurück, nickte und nahm das Taschentuch entgegen, das Herr Wittmann mir hinhielt. Nachdem ich mich geräuschvoll geschnäuzt hatte, sagte er: »Ihr habt ja noch ein bisschen Zeit, in der ihr euch überlegen könnt, was ihr mit eurem Vermögen anstellen wollt. Der Staat gibt die Konten ohnehin erst frei, wenn ihr achtzehn seid.«

Liz lehnte sich stöhnend in ihrem Stuhl zurück. »Was hab ich gesagt? Da hast du den Beweis!«

Der Notar lächelte dünn. Dann erhob er sich. »Wenn ihr meinen Rat hören wollt: Nehmt das Geld und freut euch, dass ihr ab heute eine Schwester habt. Darüber hinaus solltet ihr die ganze Angelegenheit einfach so schnell wie möglich vergessen.« Er warf einen Blick auf die dicke Armbanduhr, die an seinem rechten Handgelenk saß und die, wie alles an ihm, billig und überteuert zugleich wirkte. »Und nun müsst ihr mich leider entschuldigen. Ich habe eigentlich seit fünf Minuten einen anderen Termin.«

Wie auf Kommando öffnete sich die Tür und die Assistentin steckte ihren Kopf herein. Ihr Lächeln war nicht einen Millimeter verrutscht. »Ich bringe euch noch hinaus«, sagte sie. Es war mehr als offensichtlich, dass diese Aktion zuvor zwischen den beiden abgesprochen worden war, doch es blieb uns nicht anderes übrig, als unsere Kontokarten einzustecken und ebenfalls aufzustehen. Liz griff energisch nach der Tüte und funkelte den Notar an. »Welche Rolle spielen Sie eigentlich bei dem ganzen Mist hier?«

Er räusperte sich verlegen und erklärte: »Ich hatte vor eurer Adoption die Vormundschaft für euch beide inne. Zudem oblag mir die Treusorge über das Vermögen eures Vaters.«

»Haben Sie ihn gekannt?«, fragte ich. Doch Notar Wittmann schüttelte den Kopf. »Der Staat hat mich beauftragt. Ich selbst habe euren Vater nie persönlich kennengelernt. Sein Anwalt hat mir sämtliche Instruktionen zukommen lassen. Und jetzt müsst Ihr mich wirklich entschuldigen.«

»Nur noch eine Frage!«, sagte ich. »Kann ich mir die Gerichtsakten ansehen?«

Der Notar sah mich erst fassungslos an und brach dann in schallendes Gelächter aus, was seinem steifen Gesicht groteske Züge verlieh. Ich musste mich wirklich zusammenreißen, nicht allzu sehr auf seine wächsernen Mundwinkel zu starren.

»Also das geht nun wirklich nicht!«, sagte er schließlich, sichtlich bemüht, mich nicht noch länger auszulachen. »Erstens sind abgeschlossene Fälle seit einem Gesetz von 2020 fünf Jahre nach Berufungsfrist nicht mehr einsichtsfähig und zweitens braucht man für die Akten eines Mordfalles einen Rechtsanwalt und der wiederum benötigt die Genehmigung des Oberstaatsanwaltes. Außerdem gäbe es in der Akte ohnehin nichts Interessantes zu lesen. Der Mann hat sich freiwillig gestellt – Fall gelöst!« Lucius Wittmann lächelte süffisant. »Wie ich schon sagte: Am besten ist, ihr vergesst das Ganze. Und jetzt habe ich wirklich keine Zeit mehr.«

Er hielt mir die Hand mit dem Siegelring hin und ich ergriff sie artig. »Hat mich gefreut«, murmelte ich, während

Liz mit einem »Auf Nimmerwiedersehen« an mir vorbeirauschte und sich neben der Assistentin des Notars durch die Tür schob. Ich beeilte mich, ihr zu folgen. »Hat mich auch gefreut!«, hörte ich den Notar noch murmeln, bevor die Tür hinter mir zufiel.

LIZ

Ich musste da raus. Dringend. Noch eine Minute länger und meine Selbstbeherrschung wäre dahin gewesen. Aber wer die Fassung verliert, ist angreifbar, das hatte mein Vater mir wieder und wieder eingetrichtert. Vielmehr mein Adoptivvater. Ach verdammt. Wenn ich mich schon auf sonst niemanden verlassen konnte, wollte ich mich wenigstens auf mich selbst verlassen können.

Ich drückte mich an der Empfangsdame vorbei (die viel zu hübsch war, als dass meine Mutter sie jemals akzeptiert hätte), stürmte mit der verflixten Tüte auf die Straße und atmete ein paar Mal tief durch. Die Sonne schien wie verrückt vom Himmel und die Menschen flanierten über die Straße und unterhielten sich lachend, als wäre nichts passiert, was in den meisten Fällen ja durchaus zutraf. Für mich hatte sich soeben alles verändert. Mein ganzes Leben zerfiel gerade in seine Einzelteile. Und ich war so ungeheuer wütend darüber, dass ich am liebsten geschrien hätte.

Jetzt, in der Berliner Nachmittagssonne, die ich ganz besonders liebte, kam mir meine eigene Situation komplett surreal vor. Als hätte ich die letzten Minuten einfach nur in einem abgefuckten Traum verbracht. Doch die abgewetzte Plastiktüte in meiner Hand belehrte mich eines Besseren. Darin befanden sich die letzten Besitztümer meines leiblichen Vaters. Inklusive eines weißen Kittels, an dem noch das Blut meiner Mutter klebte. Alleine beim Gedanken daran wurde mir schlecht.

Mein Leben lang hatte ich gewusst, wer ich war und wo ich hingehörte. Doch jetzt hatte ich komplett die Orientierung verloren.

Wenige Momente nach mir kam Sophie zur Tür herausgestolpert. Sie sah genau so aus, wie ich mich fühlte: als wäre ihrer Seele übel.

Es war einfach nur ungerecht. Die vergangenen zehn Jahre meines Lebens hatte ich in meinem Elternhaus meist alleine mit unserer Haushälterin Fe, dem Security-Manager Juan und meiner Dalmatiner-Dame Daphne verbracht. Bei so vielen Dingen, Problemen und Entscheidungen war ich völlig auf mich alleine gestellt gewesen. Ich hätte für eine Zwillingsschwester getötet. Wirklich wahr. Und doch konnte ich mich jetzt nicht darüber freuen, eine zu haben.

In einer normalen Welt wüsste ich alles über sie und sie wüsste alles über mich. In einer normalen Welt würden wir abends lange aufbleiben, Frisuren, Outfits und Jungs durchdiskutieren und einander auf Partys beim Kotzen die Haare aus dem Gesicht halten. Wir würden uns bis aufs Blut streiten und in der nächsten Sekunde wieder vertragen. Ich könnte ihren Musikgeschmack nicht ausstehen und sie meinen nicht, aber wir würden trotzdem zusammen tanzen. In einer normalen Welt. Leider war das hier keine normale Welt. Die schreckliche Wahrheit war, dass die Welt selbst immer verrückter wurde und ich nicht mehr über meine Zwillingsschwester wusste als ihren Namen. Und dass sie keine Frisur hatte, sondern einfach nur Haare auf dem Kopf. In einer normalen Welt würde ich sie spätestens jetzt zum Friseur schleppen, um diesen Zustand zu beheben.

Stattdessen aber sagte ich: »Wir hätten ihn nach der Adresse dieses Anwalts fragen sollen!«

Sophie sah mich mit ausdrucksloser Miene an. »Wir hätten ihn lieber fragen sollen, ob unsere Eltern von all dem wussten. Unsere Adoptiveltern, meine ich. Das ist alles so ...«

»Scheiße?«, bot ich an und Sophie nickte. Sie war weiß wie eine Wand und ich hatte schon Angst, dass sie umkippen würde, als sie sich auf den Treppenvorsprung des Notariatseingangs setzte. Mein erster Impuls war, mich zu ihr zu setzen, doch irgendetwas hielt mich davon ab. Ihre Worte hatten mir einen Stich versetzt. Was, wenn meine Eltern die ganze Zeit gewusst hatten, dass ich noch eine Zwillingsschwester hatte, die ebenfalls in Berlin lebte? Und was noch viel wichtiger war: Warum hatten sie mir nie gesagt, dass ich adoptiert war? Wieso hatten sie überhaupt ein Kind adoptiert, wenn sie gar keine Zeit für Kinder hatten? Weil es schick war? Weil sie beweisen wollten, dass sie es auch konnten? Ein wenig kam ich mir vor wie ein ebenso teures wie nutzloses Accessoire. Oder wie ein exotisches Haustier, das man sich anschaffte, ohne sich über die Folgen im Klaren zu sein. Mein Freund Carl beispielsweise hatte sich zu seinem dreizehnten Geburtstag einen kleinen Alligator gewünscht. Und dank seines Dickkopfes auch bekommen – die Narbe an seinem Zeigefinger war heute noch deutlich zu sehen. Das kleine Biest haben die Eltern dem Berliner Zoo geschenkt. Also den Alligator – Carl haben sie behalten.

Traurig schüttelte ich den Kopf. Ich war so sehr daran gewöhnt, dass meine Eltern nicht bei mir waren, dass ich gar nicht erst darüber nachgedacht hatte, wie tief sie wohl in der Sache drinsteckten. Durfte ich sie eigentlich noch als *Eltern* bezeichnen? Und wollte ich das überhaupt?

Ich brauchte dringend ein paar Antworten, wenn ich nicht durchdrehen wollte. Und ich brauchte sie *jetzt*. Während ich meinen SmartPort aktivierte, drehte ich mich leicht von Sophie weg und wählte anschließend die ID-Nummer meines Vaters, der sich momentan geschäftlich in Dubai befand. Leider war Miss Sharif, Vaters Assistentin vor Ort, wie so häufig dazwischengeschaltet und nicht gewillt, mich zu ihm durchzustellen. Ich versuchte nach Kräften, ruhig zu bleiben, während ihre honigsüße Stimme mir mehrfach in perfektem Oxfordenglisch versicherte, dass *Mr. Karweiler* in einer wichtigen Sitzung und für niemanden, nein, auch nicht für seine Tochter, zu sprechen sei. Währenddessen hatte ich begonnen, wie ein nervöser Tiger auf dem Bürgersteig hin und her zu laufen, doch auch das half nicht, den Druck zu verringern, der sich in mir aufgestaut hatte. Ich rastete aus.

Als ich »But this is fucking important!« in die Nachmittagssonne hinausschrie, blickten sich einige Leute nach mir um, was mich allerdings wenig kümmerte. Doch es nützte alles nichts. Miss Sharif wimmelte mich ab und kappte schließlich nach einem freundlichen, aber bestimmten Abschiedsgruß einfach die Verbindung.

»Dämliche Ziege«, murmelte ich und wählte die Port-ID meiner Mutter, nur um gleich darauf festzustellen, dass sie ihren Port auf ›unerreichbar‹ gestellt hatte. Meine Mutter arbeitete als Gesellschaftsjournalistin und trieb sich unablässig auf Events rum, bei denen jegliche Form der Port-Kommunikation unerwünscht war – zu hohe Promidichte.

Eigentlich erreichte ich sie nur über Port, wenn wir vorher einen Termin vereinbart hatten. Ich hinterließ also eine Aufforderung auf ihrer Mailbox, mich so schnell wie möglich zurückzurufen und kappte niedergeschlagen die Verbindung.

Als ich mich wieder dem Kanzleieingang zuwandte, um Sophie einen Besuch bei *Wondermug's* vorzuschlagen, war sie nicht mehr da. Ich sah mich um und erblickte gerade noch ihren wippenden Pferdeschwanz, der hinter einer Hausecke verschwand. Warum war sie denn jetzt einfach so abgehauen? Wir waren Zwillingsschwestern, da ließ man sich doch nicht im Stich! Vor allem dann nicht, wenn man noch nicht einmal Port-IDs ausgetauscht hatte. Hatte sie überhaupt einen Port?

Wundervoll, einfach wundervoll. Was war das bloß für ein nutzloser Tag? Ich versetzte der abgewetzten Plastiktüte, die vor mir auf dem Boden lag, einen wütenden Tritt und starrte das Ding etwas ratlos an. Einen Moment lang erwog ich, die Tüte kurzerhand im nächsten Mülleimer zu versenken. Der Gedanke, einfach so zu tun, als wäre gar nichts passiert, erschien mir ziemlich verlockend. Ich könnte die Tüte wegwerfen, Sophie Sophie sein lassen und niemandem erzählen, was ich heute erfahren hatte. Dann würde mein Leben genauso bleiben, wie es schon immer gewesen war. Doch eine Mischung aus Trotz und Neugier hielt mich dann doch davon ab. Mit einer derart grässlichen Tüte durch Berlin Mitte zu laufen, war allerdings auch keine Option. Schließlich stopfte ich den Inhalt der Tüte in meine Umhängetasche und warf die Tüte weg. Dann machte ich mich alleine auf in Richtung Koffein.

Ein paar Minuten später saß ich mit einem großen Sojalatte inklusive viel Karamellsirup in der Sonne vor *Wondermug's* am Gendarmenmarkt und kaute auf meinen Nagelbetten herum. Es war mir ein absolutes Rätsel, was ich nun tun sollte; ich war, vielleicht zum ersten Mal in meinem Leben, vollkommen ratlos.

Meinen spontanen Impuls, Carl oder Ashley anzurufen und eine sofortige Krisensitzung einzuberufen, hatte ich schnell wieder unterdrückt. Meine Freunde stammten alle aus wohlhabenden Familien, da bildeten meine zwei besten Freunde keine Ausnahme. Und sie verkehrten selbst ausschließlich mit Leuten aus wohlhabenden Familien. Upper Class, allesamt. Ich wusste nicht, was passieren würde, wenn sich herumsprach, dass ich nicht die Tochter von Leopold und Carlotta Karweiler war, sondern die eines Mörders und dessen Mordopfer. Und selbst, wenn er es noch so sehr beteuerte: Carl war einfach nicht in der Lage, ein aufregendes Geheimnis für sich zu bewahren. Das hatte ich schon mehrmals schmerzhaft am eigenen Leib erfahren müssen. Mit Grauen erinnerte ich mich an die schreckliche Geschichte von meinem neuen Kaschmirpulli und Peter McMillans fester Zahnspange. Wenn meine Familiengeschichte an der Schule die Runde machte, konnte ich auch gleich auswandern. Oder mir ein Loch in die Erde buddeln, mich reinsetzen und mir von Fe zweimal am Tag etwas zu essen herunterwerfen lassen. Alles in allem also keine Option.

Dennoch hatte ich eine heftige Sehnsucht nach meinen Freunden, vor allem nach Carls endlosen, unbedarften Geplapper. Bevor ich allerdings auch nur einem meiner Lieblingsmenschen unter die Augen trat, musste ich noch eine Weile darüber nachdenken, inwieweit ich sie einweihte.

Mit einem Mal bekam ich Angst, meine Mutter könnte

tatsächlich zurückrufen. Ich konnte mir nicht vorstellen, dass meine Eltern nichts von meiner Herkunft wussten. Garantiert setzte der Staat in einem solchen Fall die Adoptiveltern in Kenntnis. Ich war ja schon sauer genug darüber, dass sie mir die winzige Information, dass ich gar nicht ihre Tochter war, vorenthalten hatten. Wie sollte ich via Port anständig mit ihnen darüber reden, dass ich außerdem noch Tochter eines Mörders und kein Einzelkind war, wenn sie so weit weg waren? Mir stiegen Tränen in die Augen, doch ich zwang sie wieder zurück. Plötzlich wunderte ich mich nicht mehr über den straffen Bauch meiner Mutter. Oder über die Tatsache, dass meine Eltern beide blaue Augen hatten im Gegensatz zu meinen braunen mit den kräftigen, schwarzen Brauen. All die kleinen Unähnlichkeiten zwischen uns ergaben auf einmal einen Sinn.

Ich zwang die Gedanken an meine Eltern beiseite. Zuerst musste ich mich entscheiden, was ich Fe und Juan erzählen würde. Sie wussten von dem Notartermin und mir war klar, dass sie versuchen würden, mich auszuquetschen, sobald ich zu Hause die Tür aufschloss. Aber konnte ich ihnen erzählen, was ich gerade erfahren hatte? Sie in das ganze Ausmaß der Katastrophe einweihen? Eigentlich waren die beiden mehr meine Familie, als es meine Eltern jemals gewesen waren, und ich liebte sie sehr. Auf der anderen Seite jedoch waren sie noch immer Angestellte der Familie Karweiler und ich wollte nicht, dass sie sich in irgendeiner Form in eine Sache einmischten, die am Ende ja doch nur meine Eltern und mich betraf. Diese Geschichte könnte die beiden in tiefe Gewissenskonflikte stürzen.

Außerdem sah ich mich nach so einem Tag außerstande, Mitleid zu ertragen. Es gehörte zu den Dingen, die Fe im

Überfluss zu geben hatte, die ich jedoch am allerwenigsten zu schätzen wusste. Ich wollte von niemandem als bedauernswert oder schwach angesehen werden, selbst dann nicht, wenn ich mich hundeelend fühlte. Aber irgendetwas musste ich ihnen erzählen. Fe merkte immer, wenn ich log.

Ich nahm einen Schluck aus meiner Kaffeetasse und rieb mir erschöpft die Schläfen. Sofort setzten laute Musik und kitschige Bilder ein. Zwei Teenager hüpften singend über einen Schulflur. Ich erschrak fürchterlich und kippte mir etwas Kaffee über die Hose. Das war zwar nicht weiter schlimm (die einzige, wirkliche Gefahr für schwarze Kleidung sind weiße Tierhaare), dennoch fluchte ich leise. Scheinbar hatte ich vergessen, den Film von gestern Abend zu beenden, nachdem ich ihn für Schrott befunden hatte. »Film beenden«, knurrte ich nun verärgert und die Netzhautprojektion verschwand. Mir war jetzt ganz sicher nicht nach Highschool-Romanze zumute.

Ich musste wirklich dringend eine Feinjustierung meines neuen SmartPorts vornehmen lassen. In letzter Zeit sprang das Ding sogar an, wenn ich mich nachts in meinem Bett von der einen auf die andere Seite drehte. Aber das hatte Zeit, im Augenblick hatten ganz andere Dinge Vorrang.

Zum Beispiel, was ich mit der Zwillingsschwester anstellen sollte, die mein Leben heute plötzlich aus dem Hut gezaubert hatte. Warum war Sophie bloß vorhin abgehauen? Das war ziemlich unhöflich. Sie hätte sich wenigstens von mir verabschieden können – schließlich hatte ich ihr überhaupt nichts getan. Seltsamerweise machte mir ihr Verschwinden tatsächlich etwas aus. Normalerweise scherte mich nicht besonders, was fremde Menschen taten oder dachten, entweder sie mochten mich, oder sie ließen es eben bleiben. Und das war Sophie schließlich für mich: eine Fremde. Und doch war sie scheinbar der einzige Mensch auf der Welt, der wirklich zu mir gehörte; was für eine bescheuerte Ironie. Hätte ich mich erst um sie kümmern müssen, anstatt in Dubai anzurufen? Vielleicht.

Ich rief LiveBook auf und suchte nach Sophies Profil. Was hatte der Notar noch mal gesagt? Wie war ihr Nachname? Kirsch, richtig. Dank ihres Zögerns bei der Unterschrift kannte ich wenigstens ihren Nachnamen. Sonst würde ich sie überhaupt nicht mehr wiederfinden. Doch so war es ein Kinderspiel, denn glücklicherweise benutzte sie ihren echten Namen bei LiveBook. Sophie war auch nicht der Typ für einen Nicknamen, dafür wirkte sie viel zu ... na ja ... bieder. Es kostete mich nicht einmal eine Minute, sie zu finden. Leider gab ihr Profil nicht viel her, die Privatsphäreeinstellungen waren nervtötend rigide gewählt. Dabei hatte sie kaum hundert Freunde und so gut wie keine Bilder online. Ein paar Fotos von ihr in einem Kittel vor irgendwelchen alten Gemälden, im Arm eines graubärtigen Mannes mit runder Brille, mit ein paar anderen Pferdeschwanzmädchen artig vor einer Geburtstagstorte usw. Und offensichtlich ging sie auf ein staatliches Gymnasium in Prenzlauer Berg, was mich zugegebenermaßen doch etwas verwunderte. Meine Eltern hätten nie zugelassen, dass ich eine staatliche Schule auch nur ein einziges Mal von innen sehe. Ihr Vater schien nicht genügend Geld für eine anständige Ausbildung zu haben.

Eines war jedenfalls sicher: Meine Zwillingsschwester war dermaßen anders als ich, dass sie genauso gut auch vom Mond hätte stammen können. Hieß es nicht, dass eineiige Zwillinge sich auch dann charakterlich ähnelten, wenn sie getrennt voneinander aufwuchsen? Nun, das war bei Sophie und mir ganz offensichtlich nicht der Fall. Wenn ich mir jemals eine Schwester erträumt hatte, dann eine, die cool und witzig und stylish war. Eine Schwester, die perfekt in meine Clique passte und mit der ich manchmal zum Spaß die Identität tauschen konnte. Warum musste mein fremder Zwilling, wenn ich schon einen hatte, ausgerechnet so ein graues Mäuschen sein? Hatte das Schicksal an diesem Tag denn überhaupt gar keine Gnade mit mir? Ich betrachtete Sophies Profilbild und seufzte. Offensichtlich nicht. Wie hieß es doch so schön? Familie kann man sich eben nicht aussuchen.

Kurz erwog ich, ihr direkt eine Nachricht zu schreiben, doch dann überlegte ich es mir anders und begnügte mich vorerst damit, ihr eine Freundschaftsanfrage zu schicken und mich anschließend voll und ganz dem Frustshoppen hinzugeben. Wenn ich mich schon bei niemandem ausheulen konnte, musste ich mich eben anders aufheitern.

SOPHIE

Als ich endlich in unserer Wohnung angekommen war, kam mir Schrödinger, unser uralter, fusseliger Kater mit einem vorwurfsvollen Blick entgegen. Er schaute immer so drein, wenn er der Meinung war, man hätte ihn zu lange alleine gelassen. Und mit der Zuverlässigkeit eines Uhrwerks bekam ich bei diesem Blick ein schlechtes Gewissen. Ich hob ihn auf den Arm und kraulte ihn gedankenverloren hinter dem rechten Ohr. Das schien zwar nicht ganz das zu sein, was er sich vorgestellt hatte, doch er ließ es mit seiner ihm eigenen Würde über sich ergehen.

Mein Vater war schon seit dem frühen Morgen auf einer Baustelle und wir hatten vereinbart, dass ich nachkam, wenn ich ›meiner Klassenkameradin Merle bei ihrem Kunstprojekt geholfen hatte‹. Das war die Lüge, die ich meinem Vater auf die Frage hin, wie ich den heutigen Nachmittag verbringen würde, aufgetischt hatte. Es war mir schwergefallen, diese Worte über die Lippen zu bringen, da ich ihn eigentlich nicht anlog. Doch der Brief des Notars hatte mich seit seinem Eintreffen letzten Montag beschäftigt. Von Anfang an hatte ich ein ungutes Gefühl gehabt und meinem Vater deshalb nichts von dem Schreiben erzählt. Denn ein Wort in diesem Brief hatte in mir den Verdacht gesät, dass Pa etwas vor mir verheimlichte.

Etwas unsanft setzte ich Schrödinger auf dem Boden ab und ging in mein Zimmer. Dort kramte ich den Brief unter einem Stapel Schulunterlagen hervor. Solch offizielle Schreiben waren so ziemlich das Einzige, was überhaupt noch gedruckt mit der Post ankam. Der Großteil aller Kommunikation lief vollkommen elektronisch ab. Ich weiß noch, dass ein seltsames Gefühl meine Wirbelsäule heraufgekrochen war, als ich den Briefkopf erblickte.

Notariat Wittmann & Wittmann
Am Kupfergraben 6
10117 Berlin

Sophie Charlotte Kirsch
Finnländische Straße 23
10439 Berlin

Betreff: Bitte um Erscheinen am 23.04. um 15.30 Uhr

Sehr geehrte Sophie Kirsch,
wie im Betreff bereits angekündigt, möchte ich Sie bitten, zum oben genannten Termin in unserem Notariat zu erscheinen. Der Grund meines Ersuchens liegt in einer vertraulichen Familienangelegenheit, die von höchster persönlicher Relevanz für Sie selbst ist. Sollten Sie zum o. g. Termin verhindert sein, bitte ich Sie, sich umgehend mit meinem Sekretariat in Verbindung zu setzen.

Mit freundlichen Grüßen,
Lucius Wittmann
Notar

Familienangelegenheit. Dieses Wort hatte mich schon beim ersten Lesen stutzig gemacht. Außer meinem Vater und mir gab es keine Familie Kirsch. Meine Mutter war vor vierzehn Jahren gestorben und Geschwister hatte ich keine. Dieses kleine Wort hatte mich nicht nur schweigen, sondern auch lügen lassen. Und ich hatte recht behalten. Nun wusste ich, dass eine Familie Kirsch, wie ich sie gekannt hatte, überhaupt nicht existierte. Verflucht, ich wusste nicht einmal, ob ich meinem Pa Blut spenden konnte, wenn es darauf ankam.

Und jetzt wartete er auch noch nichts ahnend in der Marienkirche auf mich. Die kleine Restaurierungsfirma meines Vaters hatte den Auftrag erhalten, das Totentanzfresko der Kirche zu restaurieren, dem Zeit und Feuchtigkeit sehr zugesetzt hatten. Und es hatte schon immer zu meinen absoluten Lieblingsbeschäftigungen gehört, Fresken möglichst originalgetreu wieder herzustellen. Je größer dabei die Schäden waren, desto mehr Freude machte mir die Arbeit. Und wenn man am Ende überhaupt nicht mehr erkennen konnte, dass etwas ausgebessert worden war, erfüllte mich das mit großem Stolz.

Leider gab es keinen Weg mehr, mein eigenes Leben wieder so herzustellen, dass von dem Schaden, den es heute Nachmittag genommen hatte, nichts mehr übrig blieb. Kein Kitt, kein Putz, keine Farbe dieser Welt konnte das wiedergutmachen.

Ich selbst hatte mich schon seit Wochen auf diese Baustelle gefreut. Meine alte, lederne Werkzeugtasche stand seit gestern Abend fertig gepackt neben der Wohnungstür. Ich hatte sogar meinen Kittel gebügelt, dabei konnte ich Bügeln auf den Tod nicht ausstehen. Okay, vielleicht hatte ich es auch getan, um meine Nervosität vor dem Termin ein wenig runterzukochen und mir selbst zu versichern, dass alles wie immer war. Das hatte ja schon mal wunderbar funktioniert.

Mein erster Impuls war, Pa sofort anzurufen und nach Hause zu zitieren, doch fühlte ich mich selbst noch nicht in der Lage, das anstehende Gespräch zu führen. Zur Baustelle fahren und so zu tun, als sei überhaupt nichts gewesen, war allerdings auch keine Option. Und ihm vor den Kollegen eine Szene zu machen, kam ebenfalls nicht infrage.

Ich tippte mir an die Schläfe und murmelte: »Kurznachricht verfassen!« Sofort öffnete sich ein Textfenster vor meinen Augen und ich gab meinem SmartPort die benötigten Informationen: »Adressat: Pas Handy. Nachricht: Hey, mir geht es heute nicht so gut. Hab vielleicht was Falsches gegessen. Kann leider nicht auf die Baustelle kommen. Ich leg mich ein bisschen hin, o. k? Sophie.« Dann checkte ich das Geschriebene kurz und sagte anschließend: »Nachricht senden.« Das Textfeld verschwand mit einem leisen Zischen.

Wenn irgend möglich, so fühlte ich mich nun noch schlechter. War es überhaupt in Ordnung, meinen Vater so ins Messer laufen zu lassen? Wenn er nach Hause kam, erwartete ihn eine verletzte, zornige Tochter, die Antworten von ihm verlangen würde. Das fühlte sich nicht besonders fair an. Andererseits hatte Pa mich jahrelang über meine Herkunft belogen. Es piepste und eine Antwort erschien. Mein Vater antwortete erstaunlich schnell, obwohl er nur ein abgegriffenes Smartphone besaß. »Mein armes Mädchen. Ich mache mich sowieso gleich auf den Weg und bring Thaisuppe mit – die hilft gegen alles!«

Er hatte unrecht. Gegen das hier würde Thaisuppe auch nicht helfen. Aber meine Freundinnen konnten es vielleicht.

Bis mein Vater kam, wollte ich mit Sandra und Jule sprechen. Ich öffnete ein Videochatfenster und wählte nacheinander erst Sandras, dann Jules Port-ID, doch beide hatten ihre Geräte auf ›Nicht erreichbar‹ gestellt. Seltsam. Es kam so gut wie nie vor, dass meine beiden Freundinnen gleichzeitig nicht erreichbar waren. Eigentlich konnte ich mich nicht erinnern, dass es überhaupt schon einmal vorgekommen war. Sie hatten doch von meinem Termin gewusst, warum fragten sie nicht wenigstens einmal nach, wie es gelaufen war? Ich fühlte mich betrogen und alleine gelassen.

Ich ließ mich auf mein Bett fallen und zählte die Stuckblumen an der Decke. Es waren exakt fünfundsiebzig, das wusste ich schon lange. Dennoch zählte ich sie erneut und würde es wohl so lange immer wieder tun, bis Pa nach Hause kam. Zu etwas anderem sah ich mich nach diesem Tag einfach nicht mehr imstande. Ich fühlte mich so elend, als hätte mich etwas vergiftet. Oder als hätte ich heute etwas Wichtiges unwiederbringlich verloren. Und es war schnell und eindeutig zu erkennen, was das war: das Vertrauen in die Welt im Allgemeinen. Dieser Grundglaube, dass alles irgendwie gut werden würde. Ich hatte ihn mein Leben lang in mir getragen, doch nun war er verschwunden und einem fiesen, dunklen Nichts gewichen, das mich wie mit unsichtbaren Gewichten auf die Bettdecke drückte.

Aber etwas anderes war dafür unverhofft hinzugekommen: eine Zwillingsschwester. Ich dachte an Liz und augenblicklich bekam ich ein schlechtes Gewissen. Es war mir ziemlich unangenehm, dass ich mich vorhin ohne einen Abschiedsgruß aus dem Staub gemacht und Liz einfach so stehen gelassen hatte. Aber während sie auf Englisch vermutlich eine Mitarbeiterin ihres Adoptivvaters beschimpft hatte, war in mir das Bedürfnis, einfach wegzulaufen und nichts mehr sehen oder hören zu müssen, ins Unermessliche gewachsen. Ein riesiger Ballon schien in meinem Bauch größer und größer zu werden, mich schließlich auf die Füße zu zwingen. Wäre ich nicht wie ein kleines Kind fortgelaufen, wäre ich sicherlich geplatzt. Ich seufzte. Was für eine Performance! Erst bekam ich ewig kein Wort heraus, und dann rannte ich auch noch weg.

Schon wieder liefen mir Tränen die Schläfen hinab. Ich fühlte mich so einsam. Da half es auch nicht, dass Schrödinger seit geraumer Zeit auf meinen Beinen lag und vernehmlich schnarchte.

Nun hatte ich zwei tote Mütter, die ich vermissen musste. Bisher hatte ich nur um eine getrauert. Michelle, die, wie ich jetzt wusste, meine Adoptivmutter gewesen war, starb, als ich gerade einmal drei war, bei einem Autounfall. Mein Vater hatte mir so viel über sie erzählt und immer wieder betont, wie ähnlich ich ihr sei. Ich kannte Michelles Macken und Angewohnheiten, ihr Lieblingsessen, ihre Ängste und so manches Geheimnis. Über meine leibliche Mutter, Helen, wusste ich hingegen nichts. Nur ihren Namen und, dass mein inzwischen ebenfalls toter Erzeuger sie ermordet hatte. Ermordet!

Würde ich Pa jemals verzeihen können, dass er mir so viele Jahre lang verschwiegen hatte, dass ich nicht seine, sondern die Tochter eines Mörders war?

Wie Liz sich wohl mit dieser Wahrheit gerade fühlte? Die Tatsache, dass ich eine Zwillingsschwester hatte, obwohl ich mich ein Leben lang als Einzelkind angesehen hatte, konnte ich noch kaum begreifen. Sagte man Zwillingen nicht eigentlich eine besondere Verbindung nach? Wenn ich an Liz dachte, konnte ich mir eigentlich nicht vorstellen, eine besondere Verbindung zu ihr zu haben, geschweige denn jemals aufbauen zu können. Trotzdem bereute ich es, sie einfach zurückgelassen zu haben.

Ich aktivierte meinen SmartPort und recherchierte ein wenig über Zwillingsforschung. Erstaunlich war, dass sich viele Zwillinge tatsächlich sehr ähnlich entwickelten, die gleichen Berufe ergriffen oder das gleiche Lieblingsessen hatten, selbst dann, wenn sie einander niemals begegnet waren. Einige der Beispiele jagten mir kalte Schauer über den Rücken, so unwahrscheinlich erschienen sie mir. Zu diesem Thema gab es auch einige sehr rührselige Wiedersehensvideos auf Cine Tube, in denen sich berückend ähnlich aussehende, völlig fremde Menschen zu Klaviermusik in die Arme fielen. Ganz so war das bei Liz und mir heute ja nicht gelaufen.

Es schockierte mich zu erfahren, dass Liz und ich genetisch identisch waren. Absolut und vollkommen identisch. Diese Tatsache faszinierte und erschreckte mich gleichermaßen. Rein theoretisch hätte ich genau wie sie werden können. Ein merkwürdiger Gedanke. Eigentlich hatte ich mir immer eingebildet, einzigartig zu sein, und war stolz gewesen auf die Dinge, die mich vermeintlich ausmachten. All unsere vielen Unterschiede hatten also mit der Art zu tun, wie wir beide aufgewachsen und erzogen worden waren. Und natürlich auch mit den Dingen, die wir erlebt hatten.

Wenn ich mir das Bild von Liz vor Augen rief, war nicht schwer zu erraten, dass sie, im Gegensatz zu mir, in einem reichen Elternhaus groß geworden war. Alles an ihr strahlte den Glanz aus, den nur wirklich teure Dinge an sich hatten – als wäre sie selbst ein sehr wertvolles Anlageobjekt mit einer Hammerrendite. Und ihre Art, mit Menschen umzugehen, strahlte ebenfalls Geld und Einfluss aus. Aber viel mehr wusste ich nicht über sie. Gerade in diesem Augenblick fand ich das sehr schade.

Ich stieg aus dem Bett, ging in die Küche und stellte den Wasserkocher an. Dann warf ich einen Fenchelteebeutel in meine abgegriffene gepunktete Lieblingstasse. Eigentlich kann ich Fencheltee nicht ausstehen – er erinnert mich an Kranksein. Außerdem hatte man mich in der Kinderkrippe mit solchen Mengen an Fencheltee abgefüllt, dass es wohl für den Rest meines Lebens ausreichen würde. Aber nach einem besonders penetranten Sleepvertisement für FancyFennel™ hatte ich mich knapp zwei Wochen zuvor dazu hinreißen lassen, eine Großpackung von dem Zeug zu kaufen. Und mein Vater dachte aus pädagogischen Gründen gar nicht daran, mir bei der Dezimierung der Teebeutel zu helfen. Er rührte FancyFennel™ nicht an, weil er von Anfang an gegen meinen SmartPort gewesen war. Deshalb hatte ich mir diesen auch Cent für Cent selbst zusammensparen müssen. Kein Kino, kein Billard, nichts. Kurz nach meinem siebzehnten Geburtstag konnte ich mir den Internet-Chip endlich einsetzen lassen, wenn auch nur die günstigste, werbefinanzierte Variante. Endlich war ich mein peinliches Smartphone los. Ich hatte mich kaum noch getraut, in der Öffentlichkeit zu telefonieren, weil ich das Gefühl hatte, von allen Seiten angestarrt zu werden.

Ein SmartPort war ohnehin viel besser. Man hatte ihn immer bei sich, musste ihn niemals aufladen, konnte ihn nicht vergessen und er wurde einem nicht geklaut. Klar wäre es noch toller, sich einen werbefreien Port leisten zu können, aber man sah mir ja von außen nicht an, welches Modell ich trug. Und für den Premium-Chip hätte ich das Geld auch in zwanzig Jahren nicht zusammensparen können. Als tatsächlich störend empfand ich diese Werbung aber ohnehin nicht. Und die meisten meiner Freundinnen hatten einen werbefinanzierten Chip. Wir machten uns oft darüber lustig, von welch absurden Produkten wir nachts so träumten. Womit wir wieder bei den Massen an Fencheltee waren, die ich nun auszutrinken hatte.

Aber ich beschwere mich nicht, denn andere waren da viel schlimmer dran. Der Chip meiner Freundin Sandra zum Beispiel war ganz offensichtlich auf einen Mann kalibriert worden, bevor er ihr eingesetzt wurde, denn sie träumte nicht nur von schicken Anzügen oder schnellen Autos, sondern hatte auch seit Wochen den Drang, sich sündhaft teures Rasierwasser zuzulegen. Und auf eine Neukalibrierung musste sie erst einmal wieder lange sparen, da NeuroLink eine Haftung für solche Fälle ausgeschlossen hatte – schließlich war der Chip ja streng genommen gar nicht kaputt.

Ich fand die Sleepvertisements eigentlich ganz lustig und war vor allem immer froh, wenn ich keine Albträume hatte. Seit ein paar Wochen häuften sich bei mir diffuse Träume von Sprengstoffattentätern und abgeriegelten Städten. Mehr als einmal war ich mitten in der Nacht aus dem Schlaf hochgeschreckt.

Ich zuckte zusammen, als ich Pas Schlüssel im Türschloss hörte.

Sofort ärgerte ich mich darüber, dass ich mir keine Strategie überlegt hatte, wie ich ein Gespräch mit ihm überhaupt beginnen sollte. Ich wurde sehr nervös als sich sein vertrauter weißer Haarschopf in den Flur schob. Auf seinem Gesicht lag ein breites Lächeln, auf der linken Hand balancierte er die Styroporbehälter vom Asia-Imbiss. Noch bevor er etwas sagen oder auch nur die Sachen ablegen konnte, stieß ich hervor: »Du bist nicht mein Vater. Mein Vater war ein Mörder! Wie konntest du mich so anlügen?«

Er starrte mich ungläubig an. Die Behälter krachten zu Boden und heiße Wan-Tan-Suppe spritzte auf den abgewetzten Dielenboden.

LIZ

Es war schon früher Abend, als ich endlich zu Hause ankam. Die Fahrt von Mitte nach Grunewald hatte ich schon öfter unterschätzt, aber heute hatte sie sich zu einer handfesten Katastrophe ausgewachsen. Aus Angst vor Terroranschlägen standen an den Bahnsteigzugängen seit einigen Monaten Sicherheitsbeamte. Es wurden Körper- und Gepäckkontrollen wie am Flughafen durchgeführt. So dauerte eine normale Reise mit der S-Bahn neuerdings ewig. Und da ich wirklich ausgiebig geshoppt hatte, war die Kontrolle bei mir auch sehr viel gründlicher und zeitintensiver als sonst ausgefallen. Spätestens, als die fetten Finger eines Wachmannes, die eben noch ein Würstchen gehalten hatten, sich durch meine neuen Oberteile wühlten, wusste ich, dass ich ein Taxi hätte nehmen sollen. Aber es war Monatsende, und wenn ich meinen Kreditrahmen allzu sehr überzog, reduzierte sich dieser im nächsten Monat automatisch um dreißig Prozent. Eine fiese kleine Falle, die mein Vater eingebaut hatte, damit ich lernte, mit Geld umzugehen, wie er es nannte. Vielleicht hätte er mal lernen sollen, mit Menschen umzugehen, dachte ich wütend. Sie zu belügen, zu hintergehen und dann noch ständig alleine zu lassen, war jedenfalls nicht in Ordnung.

Ich schob mich mit meinen diversen Tüten durch die

Haustür und wunderte mich, dass Fe mir nicht wie üblich direkt entgegenkam, um mir die Sachen abzunehmen, mich auszufragen und mir sofort Essen in den Mund zu stopfen, weil ich ihrer Meinung nach ständig nur knapp dem Hungertod entrann. »Fe?«, rief ich laut, ließ meine Tüten fallen und streifte mir die Schuhe von den schmerzenden Füßen.

»En la cocina!«, antwortete ihre tiefe, vertraute Stimme. Sie klang ernst und ein wenig distanziert. Ich stutzte. Hatte ich etwas falsch gemacht?

Erst als ich die Küche betrat und in die Gesichter von Juan und Fe blickte, wurde mir klar, dass sie schon seit Stunden auf mich warteten. In der Mitte des Tisches stand ein großer Berg Schokoladenkekse, im Ofen war ein Kuchen und auf dem Herd köchelte Werweißwas vor sich hin. Es roch nach Zimt und Chili. Die Mengen an Essen konnten nur eines bedeuten: Fe hatte sich Sorgen gemacht. Immer wenn sie sich grämte, kochte sie. Meine liebe Fe. Ihr dunkles, rundes Gesicht, auf dem normalerweise immer ein breites Lächeln zu finden war, sah müde aus und die langen, schwarzen Haare hatte sie achtlos mit einem Haargummi am Hinterkopf zusammengebunden. Normalerweise trug Fe die Haare entweder offen oder zu kunstvollen Zopfgebilden hochgesteckt, was ihrer pummeligen Gestalt immer eine gewisse Eleganz verlieh. Momentan sah sie aber eher so aus, als hätte sie drei Nächte am Stück nicht geschlafen. Oder zwölf Runden gegen einen Sumoringer gekämpft. Oder beides.

Mit einer ungeduldigen Kopfbewegung bedeutete sie mir, mich hinzusetzen. Während sie mir mit einer Hand den Teller voller Kekse lud und mit der anderen meinen Becher randvoll mit Tee schüttete, fragte sie betont beiläufig: »Und, mi vida, wie war dein Tag?«

Ich nahm die Tasse in beide Hände und roch daran. Augenblicklich zog sich mir alles zusammen. »Fenchel?«, fragte ich entsetzt. Ich hasste Fencheltee.

Fe zog die Augenbrauen hoch. »Ja, FancyFennel™, das trinken im Moment alle.« Dass das eine Ausrede war, wussten wir beide. Fencheltee war Fes Rache dafür, dass ich mich nach dem Termin nicht bei ihr gemeldet hatte. Sie wusste ganz genau, dass ich das Zeug nicht ausstehen konnte. Aber ich beschwerte mich lieber nicht weiter. Ich wusste, wann es besser war, Fe nicht zu ärgern, und dieser Moment gehörte eindeutig dazu. Ich nippte am Tee und schob mir einen Keks in den Mund.

Juan schien allerdings genug von dem Schweigen zu haben. »Und? Was war denn jetzt mit dem Notartermin?«, fragte er.

Ich räusperte mich und rutschte auf meinem Stuhl hin und her. »Ich bin adoptiert und habe eine Zwillingsschwester!«, platzte ich dann heraus.

Eine Weile herrschte fassungsloses Schweigen in der Küche. Schließlich flüsterte Fe leise »Dios mio!«, und bekreuzigte sich, während sie so tat, als würde sie nicht bemerken, dass auch Juan aus der Starre erwacht war und mir eine großzügige Portion Rum in den Tee kippte. An der Bewegung seiner Wangenknochen konnte ich deutlich erkennen, dass er wütend war. Auf wen oder was vermochte ich allerdings nicht zu sagen. Fe hatte Tränen in den Augen und kaute konzentriert auf einem Keks herum, wahrscheinlich, um noch nicht sprechen zu müssen.

Endlich kam sie zu mir und umarmte mich derart fest,

dass ich das Gefühl hatte, von einer Schraubzwinge eingeklemmt zu werden. »Das tut mir so leid, corazon. Wir sind für dich da, das weißt du, oder?«

Ich nickte, weil ich nichts mehr sagen wollte. Ich dachte an meine Eltern, die Menschen, die ich beinahe meine gesamte Kindheit hindurch vermisst hatte, und ein medizinballgroßer Kloß stieg in mir auf. Wenn Juan und Fe alles wüssten, was ich heute erfahren hatte, wie würden sie dann über die ganze Sache denken?

Schließlich fing Fe sich wieder, wischte sich mit dem Handrücken die Tränen aus den Augen und begann, energisch im großen Topf herumzurühren.

Etwas Soße tropfte auf den Boden und lockte meine Dalmatinerdame Daphne an, die träge aus ihrem Lieblingsversteck gekrochen kam. Am liebsten schlief sie auf einem Kissen unter der Spüle. Wir hatten es irgendwann aufgegeben, sie davon zu überzeugen, dass ihr Hundebett im Wohnzimmer viel besser war als der Spülschrank. Nachdem sie alles aufgeschleckt hatte, kam sie schwanzwedelnd zu mir herübergelaufen und legte ihren Kopf in meinen Schoß.

Am liebsten wäre ich mit ihr zusammen einfach hoch in meine Wohnung gegangen, doch Fe schien noch nicht bereit, mich in Gnaden zu entlassen.

»Und jetzt erzählst du uns noch einmal alles ganz in Ruhe, hast du verstanden?«, verlangte sie energisch.

»Ganz von vorne.«

SOPHIE

Ich hätte es eigentlich nicht für möglich gehalten, aber ich fühlte mich noch schlechter. Das war ja furchtbar schiefgelaufen. Natürlich hätte ich das Gespräch mit meinem Vater geschickter beginnen können, als direkt mit allem herauszuplatzen, das war mir auch klar. Aber ich war so ratlos, sauer und verwirrt gewesen, dass ich nicht in der Lage gewesen war, meisterlich diplomatische Kommunikation zu betreiben.

Trotzdem fühlte ich mich, als hätte ich meine gesamte Familie verloren. Zumindest bis auf Liz, die scheinbar die einzige richtige Angehörige war, die ich überhaupt hatte. Und vor ihr war ich davongelaufen! Jetzt musste ich meine Zwillingsschwester auch noch suchen.

Andererseits dürfte das nicht allzu schwer werden – mit dem SmartPort fand man eigentlich alles und jeden. Ich loggte mich bei LiveBook ein und musste feststellen, dass sie mir bereits zuvorgekommen war. In meinem Postfach hatte ich eine Freundschaftseinladung. Nachdem ich sie bestätigt hatte, konnte ich ihr komplettes Profil ansehen. Und ein Profil konnte einem eine Menge über die betreffende Person verraten. Ich war zwar meistens zu faul, mein eigenes Profil zu pflegen, aber andere Leute waren oft mit Feuereifer dabei und ich liebte es, ein bisschen in das Leben anderer einzutauchen.

Liz' Profil war besonders umfangreich. Es war nicht schwer zu erkennen, dass sie tatsächlich in einem reichen Elternhaus aufgewachsen war. Fast hatte ich den Eindruck, als würde ihre Profilseite glitzern. Und die Informationen, die sie mir lieferte, hauten mich einigermaßen aus den Socken. Dass sie *so* reich war, hätte ich dann doch nicht für möglich gehalten. Meine Zwillingsschwester ging auf eine teure Privatschule in Grunewald, besaß über achthundert ›Freunde‹ und hatte beinahe die gleiche Menge Fotos von sich selbst hochgeladen bzw. war darauf verlinkt worden. Auf den Bildern sah man immer eine perfekte Reihe gebleichter Zähne, roten Lippenstift, teure Getränke und viel nackte Haut. Liz selbst schien ihr Profilbild beinahe täglich zu wechseln. Es war faszinierend, den Ordner mit ihren Bildern durchzuschauen. Beinahe, als sähe ich eine alternative Realität meines eigenen Lebens. Ich mit feuerroten Haaren, ich auf hohen Schuhen, ich mit einem Sektglas in der Hand, ich mit Kopftuch in einem teuren Cabrio neben einem Typen, der aussah, als arbeite er als Model auf Pariser Laufstegen. Ich versuchte, mir vorzustellen, wie mein Leben wohl verlaufen wäre, wenn Liz bei meinem Vater aufgewachsen wäre und ich dafür bei ihren Adoptiveltern. Wäre ich dann heute genau wie sie?

Die Beiträge auf ihrer Pinnwand waren so stumpf wie der Blick in den Augen der meisten Leute auf den Fotos. Sie hatten nichts mit mir oder meinem Leben gemein. Da stand zum Beispiel: »Deine neue Frisur ist der HAMMER«, »Malibu, I love you!« oder: »Sehen wir uns heute Abend, Schätzchen?«. So sehr ich auch versuchte, nicht über die Menschen auf den Fotos zu urteilen, so wenig gelang es mir.

Mit Leuten, die sich für was Besseres hielten, wollte ich

eigentlich gar nichts zu tun haben. Blöd nur, dass meine Zwillingsschwester ganz augenscheinlich eine Vertreterin eben dieser hohlen Spezies war. Und doppelt blöd, dass ich mir neben ihr trotzdem klein, unbedeutend und ein bisschen abgegriffen vorgekommen war.

In diesem Augenblick öffnete sich mein Chatfenster. Es war Liz. Ich erschrak ein wenig und fühlte mich sofort ertappt.

»Hallo, Lieblingsschwester, alles in Ordnung bei dir?«

Ich runzelte die Stirn. »Lieblingsschwester?«, murmelte ich und meine Frage erschien auf dem Sprachbalken des Chats.

»Ich hab ja sonst keine ;)«, kam ihre Antwort blitzschnell. Gegen meinen Willen musste ich grinsen.

»Verstehe«, antwortete ich. »Tut mir leid, dass ich vorhin einfach abgehauen bin.«

Es dauerte diesmal etwas länger, bis sie antwortete, doch schließlich schrieb sie: »Kein Ding. Ich hab dich ja hier wiedergefunden.«

»Richtig. Ein Hoch auf LiveBook. Und jetzt?«, fragte ich und kam mir im nächsten Augenblick ziemlich dämlich vor. Woher sollte Liz das denn wissen?

»Keine Ahnung. Ich wollte eigentlich nur fragen, ob du okay bist.«

»Das Gespräch mit meinem Vater war furchtbar. Die ganze Zeit über hat er versucht, sich rauszureden, und hat sich dabei an meinem Kater festgehalten, als wäre der kein Tier, sondern ein Treppengeländer. Es war grässlich, ich bin froh, dass er jetzt nicht mehr hier ist. Und bei dir?«

»Mach dir darüber mal keine Gedanken. Mich haut so schnell nichts um«, antwortete Liz und ich wusste nicht, was ich darauf erwidern sollte. Alleine schon, weil ich mir nicht vorstellen konnte, dass sie die ganze Sache kaltließ. Schließlich hatte ich genau gesehen, dass auch sie kurz vor dem Nervenzusammenbruch gestanden hatte, als es ihr nicht gelungen war, ihren Vater zu erreichen. Aber ich wollte sie nicht darauf ansprechen – immerhin kannte ich sie kaum.

Liz schien mein Zögern zu bemerken, denn sie wechselte rasch das Thema. »Ich finde, wir sollten uns besser kennenlernen, was meinst du?«

»Daumen hoch«, antwortete ich und wunderte mich, dass mein Herz auf einmal schneller schlug. »Wir haben schließlich viele Jahre aufzuholen. Das wird schon ein bisschen dauern.«

»Daumen hoch ist soooo altmodisch :) Auf LiveBook vergeben wir Sternchen, Schwester. Aber ich stimme dir voll und ganz zu. Lass uns so bald wie möglich damit anfangen! Willst du vielleicht das Wochenende bei mir verbringen?«

Diese Frage traf mich völlig unvorbereitet. Ich hatte mir vorgestellt, mit Liz mal Kaffee trinken oder japanisch essen zu gehen, aber gleich ein paar Tage am Stück mit ihr zusammen zu sein, war eine ganz andere Sache. Ich war mir nicht sicher, was ich von diesem Vorschlag halten sollte. Doch der Gedanke an ein ganzes Wochenende mit Pa in einer Wohnung jagte mir einen kalten Schauer über den Rücken. Ich konnte mir nicht vorstellen, wie und worüber ich überhaupt jemals wieder mit ihm reden sollte. Deshalb antwortete ich schließlich: »Okay, gerne«, und bekam als Antwort darauf ein breit grinsendes Smiley geschickt. »Bestens! Wie ist deine Port-ID?«

Ich murmelte »Port-ID an Liz K. senden« und verschickte so meinen fünfzehnstelligen Nummerncode, mit dem man mich anrufen und mir persönliche Nachrichten, Fotos, Songs und Filme schicken konnte.

»Du hast ein Werbe-Gerät«, schrieb Liz. Es war keine Frage. Die Art des Gerätes ließ sich anhand der ersten vier Ziffern der ID feststellen. Und mich wunderte nicht, dass sie offensichtlich einen PremiumPort besaß. Was allerdings auch bedeutete, dass sie sich diese Pumps vollkommen freiwillig zugelegt hatte – ohne vom Sleepvertisement dazu gebracht worden zu sein. Ich musste grinsen. Geschmack war also schon mal nicht genetisch.

»Ich schick dir meine Adresse. Komm am besten am Freitag, so gegen sechs, da ist Burritotag! Fe macht die besten Burritos der Welt.«

Wer war Fe? Ich murmelte: »Super! Und danke für die Einladung. Wo muss ich klingeln?«

Wieder ein Grinse-Smily. Dann die Antwort: »Es gibt nur eine Klingel.«

Klar. Warum hatte ich überhaupt gefragt?

LIZ

Wie von Fe aufgetragen, hatte ich Sophie für das Wochenende eingeladen. Ob das nun eine gute Idee war oder nicht, war mir noch nicht ganz klar, aber irgendwie freute ich mich schon darauf, sie besser kennenzulernen. Schließlich war sie meine Zwillingsschwester, und nur mit ihr konnte ich die neuesten Entwicklungen in unserem Leben ausdiskutieren. Außerdem wollte ich sie unbedingt aus der Reserve locken. Sie war offensichtlich schwer zu knacken, doch ich war sicher, dass auch sie cool, geistreich und witzig sein konnte, wenn man sie nur richtig dazu animierte. Immerhin teilten wir uns einen Genpool, da musste doch irgendwas hängen bleiben.

Ich musste jetzt unbedingt Ashley und Carl anrufen – sie hatten mir in den vergangenen Stunden schon mehrere Nachrichten über alle möglichen Kanäle geschickt und sämtliche meiner Eingänge regelrecht verstopft. Ich wusste genau, dass die beiden vor Neugierde platzten.

Und eigentlich war auch ich kurz vorm Platzen angesichts dessen, was ich heute alles erfahren hatte. Dennoch fühlte ich mich einfach nicht bereit, meinen Freunden von dem Mord oder meinen leiblichen Eltern zu erzählen. Etwas an der ganzen Sache war mir mehr als nur gruselig. Eher unangenehm, ja, regelrecht peinlich. Obwohl es ja überhaupt nicht meine Schuld war. Andere hätten es vielleicht sogar cool gefunden, die Tochter eines Mörders zu sein, aber ich hatte das Gefühl, als ob die Tragik des Ereignisses auf mein Leben abfärben könnte. Wie beim Kennedyfluch. Ein geheimer Zwilling hatte da wenigstens noch einen gewissen Glamour-Faktor.

Ich fuhr mir rasch mit den Fingern durch die Haare und wischte den dämlichen Tränenrand weg, der während des Gesprächs mit Juan und Fe unter meinen Augen entstanden war. Von wegen wasserfester Kajal. Die zwanzig Eurodollars hätte ich mir echt sparen können.

Dann tippte ich mir an die Schläfe. »Videokonferenz mit Ashley und Carl«, murmelte ich, und kurz darauf grinsten mich meine beiden besten Freunde erwartungsvoll an. Carl sah aus, als lechze er nach einer handfesten Katastrophe; seine Augen funkelten gierig. Kurz schoss es mir durch den Kopf, dass ich ihnen von dem Notartermin besser nichts erzählt hätte, da ich mich nun wie in einem Kreuzverhör fühlte.

»Raus mit der Sprache!«, forderte Carl sofort. Ich atmete einmal tief durch und sagte so gelassen wie möglich: »Leute, ihr glaubt es nicht. Ich bin adoptiert und hab 'ne Zwillingsschwester.«

Geschlagene fünf Sekunden starrten mich meine Freunde fassungs- und wortlos an, bis Ashley schließlich ein leises »Fuck« entfuhr.

»Du sagst es!«, lachte ich.

Danach gab es kein Halten mehr. Ashley und Carl löcherten mich mit Fragen und fielen einander permanent ins Wort. Ashley war für ihre Verhältnisse regelrecht aufgekratzt, was bedeutete, sie gab Sätze von sich, die aus mehr als nur fünf Worten bestanden. Ich hatte kaum eine Chance, überhaupt etwas zu sagen. Die beiden wirkten wie zwei Hunde, die sich knurrend um ein Schnitzel stritten. Ihre fast fiebrige Neugierde brachte mich tatsächlich mehrmals zum Lachen. Ich wusste schon, warum ich die beiden hatte. Es tat gut, mit ihnen zu reden, denn im Gegensatz zu Fe und Juan behandelten sie mich nicht wie ein angeschossenes Rehkitz.

Eher im Gegenteil. Nur mit Mühe und Not konnte ich sie davon abhalten, sofort vorbeizukommen und mir ›beizustehen‹. Ich kannte die zwei gut genug, um zu wissen, dass es weniger darum ging, mein seelisches Leid zu lindern, als darum, ihrer grenzenlosen Katastrophengeilheit zu frönen. Ich konnte sie ja gut verstehen – schließlich war ich selbst nicht viel besser und liebte eine gute Katastrophe. Jedenfalls, solange es nicht meine eigene war. Doch an diesem Abend wollte ich keine Menschenseele mehr um mich herum haben.

Ashley und Carl ließen sich allerdings erst abwimmeln, als ich ihnen erlaubte, am Freitagnachmittag vorbeizukommen, damit sie Sophie mit eigenen Augen begutachten konnten – dass sie sich parallel zu unserem Gespräch längst auf LiveBook herumtrieben, um Sophies Profil auszukundschaften, war mir ohnehin klar.

Nach dem Gespräch war ich völlig erschöpft und kuschelte mich sofort ins Bett. Trotz meiner Müdigkeit war ich nicht in der Lage einzuschlafen. Drei komplette Filme waren notwendig, bis ich endlich abgelenkt genug war, um Schlaf zu finden.

Ich saß beim Notar und wartete ab, was nun geschehen würde. Es ging mir nicht gut, ich musste mich permanent davon abhalten, an meinen Nägeln herumzukauen. In meinem Inneren herrschte eine Mischung aus Ungeduld und Angst. Der Notar war mir total unheimlich, da er viel mehr wie eine teure Puppe und weniger wie ein Mensch wirkte. Seine Miene regte sich nicht und ich fragte mich, ob er überhaupt in der Lage war, zu lächeln. Vor lauter Aufregung war mir ein bisschen übel. Die Art, wie ich im Büro empfangen worden war, die Blicke, die der Notar mir zuwarf, und die Anwesenheit eines Mädchens, das genauso aussah wie ich und offensichtlich auch von Ängsten geplagt wurde – das alles waren Indizien dafür, dass etwas Schreckliches im Gange war.

Ich traute mich nicht, irgendwelche Fragen zu stellen, aus Angst davor, wie die Antworten ausfallen würden. Mein Herz pochte immer härter in meiner Brust, sodass ich dachte, es müsste im gesamten Zimmer zu hören sein. Aber die anderen Anwesenden schienen es nicht zu bemerken. Noch immer sprach niemand ein Wort, obwohl schon sehr viel Zeit verstrichen war. Da ich nicht wusste, was ich tun sollte oder was von mir erwartet wurde, trank ich den Tee, der vor mir auf dem Tisch stand. FancyFennel™, meine Lieblingsmarke. Mein Blick fiel aus dem Fenster und ich sah, dass die Skyline von Berlin in ein eigenartiges rotes Licht getaucht war. Etwas an diesem Anblick machte mich nervös. Es war ein unnatürliches Licht, so etwas hatte ich noch nie gesehen. Woher kam es?

»Sophie und Elisabeth«, tönte da auf einmal die strenge Stimme des Notars. Ich zuckte zusammen und sah ihn an. Der Jurist hatte sich hinter seinem Schreibtisch erhoben und sein starrer Blick zog auch mich wie an unsichtbaren Fäden auf die Füße. Das andere Mädchen stand ebenfalls auf, was den Notar offensichtlich zufriedenstellte.

»Ihr seid in unterschiedlichen Familien aufgewachsen, aber ihr seid eineiige Zwillinge. Das macht euch zu etwas ganz Besonderem. Euer Land braucht euch jetzt – ihr beide könnt als Schwestern im Kampf gegen die Terroristen Großes bewirken. Wenn wir nicht entschlossen gegen sie vorgehen, dann wird Berlin endgültig in ihre Hände fallen! Daher werde ich euch heute in Wahrnehmung meiner Vormundschaftspflichten den Truppen übergeben.«

Ich schluckte. Nun wusste ich, warum der Himmel über der Stadt so rot leuchtete: In Berlin brannten Häuser; Terroristen griffen die Stadt an! Panik stieg in mir hoch. Was, wenn meinen Freunden etwas geschah? Oder meinem Vater? Meine Nervosität stieg ins Unermessliche. Es musste etwas geben, das ich unternehmen konnte! In mir wuchs der unbändige Wunsch, mich dem Militär anzuschließen und die Feinde zu bekämpfen. Ich war bereit dazu.

»Ich werde doch hier nicht mein Leben riskieren!«, sagte meine Schwester trotzig. »Das Ganze ist ja wohl nicht mein Problem.«

Der Gesichtsausdruck des Notars wurde nun noch eisiger. »Nicht dein Problem, sagst du? Was bist du nur für ein dummes Mädchen. Glaube nicht, dein Reichtum würde dich schützen!« Er hob dabei den Zeigefinger, wie mein alter Geschichtslehrer. »Attentäter machen keinen Unterschied zwischen Arm und Reich.

Und wenn, dann nehmen sie sich die Reichen zuerst vor. Ihr müsst mir gehorchen, nur so könnt ihr das Land und eure Familien beschützen!«

»Nicht mit dieser Frisur!«, sagte Liz bestimmt und schaute leicht verärgert auf meine Haare. Da verschwand das Büro des Notars und ich sah mich selbst in einem riesigen Spiegel. Meine Füße baumelten in der Luft, es roch süß und künstlich und eine rothaarige Salonschönheit legte mir gerade einen dieser raschelnden Frisierumhänge um. An Liz gewandt fragte sie: »Was soll denn gemacht werden?«

Liz reagierte mit einem verschwörerischen Lächeln. »Da ist eine radikale Veränderung nötig, so viel ist ja wohl klar. So, wie sie jetzt aussieht, kann ich mich nun wirklich nirgendwo mit ihr blicken lassen. Wenn wir hier fertig sind, werde ich auch noch Klamotten mit ihr shoppen müssen, sonst erkennt doch kein Mensch, dass wir Zwillinge sind. Aber fangen wir mit dem Wichtigsten an: Schneiden Sie die Haare kurz. Und färben Sie sie rot!«

SOPHIE

Als ich im Grunewald ankam, war ich patschnass geschwitzt und ärgerte mich nicht zum ersten Mal an diesem Tag über mein gewähltes Outfit. Ich hatte lange hin und her gegrübelt, was ich an meinem Besuchswochenende wohl am besten tragen sollte – genau wissend, dass sich ohnehin nichts in meinem Kleiderschrank würde finden lassen, das in der Lage war, Liz' kritischem Blick standzuhalten. Am Ende hatte ich mich für ein schwarzes, recht kurzes Kleid entschieden, in dem ich mich sehr wohl fühlte, das aber für den Sommer eigentlich viel zu warm war. Immerhin wusste ich, dass ich gut darin aussah. Es war mir unheimlich peinlich, aber tatsächlich hatte ich mein gerade wieder frisch angespartes Geld zusammengerafft und mir ein neues Nachthemd gekauft, da mir die Vorstellung, in einem meiner alten Pyjamas in Liz' Haus rumzugeistern, gar nicht behagte. Seltsam. Alleine ihr Kleidungsstil machte mich nervös, dabei hatte sie sich mit keinem Wort über mein Outfit lustig gemacht. Doch ihr Blick hatte sie verraten. Ich seufzte. Meine Schwester zu besuchen war weitaus nervenaufreibender für mich, als ich angenommen hatte. Zur Feier des Tages hatte ich sogar ein wenig Mascara aufgetragen. Trotzdem fühlte ich mich nicht sehr ladylike.

Zu allem Überfluss hatte ich fast zwei Tage gebraucht, um

mich für ein Gastgeschenk zu entscheiden. Mein Vater hatte immer darauf bestanden, dass ich ein Geschenk mitbrachte, wenn ich woanders übernachtete, und diese Marotte hatte ich im Laufe der Jahre verinnerlicht. Aber was brachte man jemandem mit, der ohnehin schon alles hatte? Am Ende wählte ich einen Kaktus, als Anspielung auf den angekündigten Burrito-Abend. Ich hatte sogar in einem Anflug von Albernheit Sergio, der die winzige Bar im Erdgeschoss unseres Hauses betrieb, einen dieser roten Tequila-Hütchen abgeschwatzt und dem Gewächs als Krönchen aufgesetzt.

Ich erreichte die Wohnsiedlung und staunte nicht schlecht, als ich feststellte, dass es sich um eine *Gated Community* mit hohen Zäunen und Wachpersonal handelte. An einem der Kontrollposten musste ich mich ausweisen und den Grund meines Besuches vorbringen. Dabei bildete ich mir ein, dass der Wachmann amüsiert auf den Kaktus in meiner Hand schaute. Nachdem er sich in seinen Aufzeichnungen vergewissert hatte, dass ich angemeldet war und meinen Ausweis eingescannt hatte, wies er mir auffallend freundlich den Weg.

Als ich mit meinem Rucksack und dem kleinen Kaktus schließlich vor der riesigen Villa stand, kam ich mir endgültig selten dämlich vor, eine Grünpflanze in der Hand zu halten. Was sich vor meinen Augen erstreckte, wirkte wie aus einem Kinofilm geklaut. Ich beendete die Netzhautnavigation, um mir die gesamte Pracht genau ansehen zu können, und konnte mir einen kurzen Pfiff nicht verkneifen. Vor mir wuchs ein gewaltiges Eisentor in den Himmel. Es war nicht verschnörkelt, so wie alte Friedhofstore, sondern sehr schlicht und beinahe elegant, aber auch Angst einflößend und eindeutig abweisend.

An der gemauerten Säule waren seitlich eine Kamera und eine einzelne, blank geputzte Klingel aus Messing angebracht, auf der die Buchstaben »K« und »L« eingraviert waren. Alleine vor dem Haus erstreckte sich bereits ein Garten, der bestimmt zehnmal so groß war, wie unsere Vierzimmerwohnung. In ihm wuchsen große, exotische Pflanzen und der Rasen war derart grün, gepflegt und gestutzt, dass er mir beinahe unecht vorkam. So wie das Plastikzeug, mit dem manche Leute ihre Balkone auslegten. Hier war zweifelsohne regelmäßig ein professioneller Gärtner am Werk. Kurz erwog ich, den kleinen Kaktus in einen nahe stehenden Mülleimer zu werfen, doch dann beschloss ich, dass das arme Gewächs an meiner grenzenlosen Naivität keine Schuld hatte. Ein Kaktus mit einem Tequila-Hut. Was hatte ich mir nur dabei gedacht?

Hinter der Gartenfläche, die von schneeweißen Kieswegen durchschnitten wurde, wuchs eine wunderschöne, dreigeschossige Villa aus den 1920er-Jahren in den Himmel. Sie war in Grau und Weiß gehalten und das Vordach über der massiven, hölzernen Haustür wurde von vier schlanken Säulen getragen. Dieses Haus gehörte definitiv zu den Bauten, von denen man niemals annahm, dass tatsächlich Menschen darin wohnten. Zumindest Menschen, die keine enorm wichtigen Prominenten waren. Das Gebäude war liebevoll und mit Geschmack saniert worden. Soweit ich erkennen konnte, waren beinahe in allen Fällen noch Originalteile vorhanden. In der Mitte der Haustür saß sogar ein imposanter Messingklopfer in Form eines Löwenkopfes.

Ich atmete noch einmal tief durch und drückte auf den Klingelknopf. Kurz durchzuckte mich Angst, dass Liz mich zum Spaß nicht etwa bei sich zu Hause, sondern beim Boss eines russischen Drogenhändlerringes hatte klingeln lassen. Na ja. Wenn mir jemand etwas zuleide tun wollte, konnte ich ihn immer noch mit meinem Kaktus bewerfen.

Ich hörte ein Knacken in der Gegensprechanlage und hatte sofort das Gefühl, beobachtet zu werden. Kurze Zeit später summte das Tor und ich drückte es auf. Der Kies knirschte unter meinen Füßen, als ich den Weg zur Haustür entlanglief. Zwar bemühte ich mich, nicht allzu offensichtlich zu glotzen, versagte jedoch hoffnungslos. Ich konnte mich einfach nicht sattsehen. In Liz' Vorgarten wuchsen sogar riesige Orangenbäume in Terrakottakübeln. Es war wundervoll. Auf unserer Dachterrasse vegetierten nur ein paar Kräuter und immergrüne Gewächse in stummer Qual vor sich hin, weil wir ständig vergaßen, sie zu gießen. Dabei liebte ich Pflanzen eigentlich sehr und nahm mir immer wieder vor, mich besser um sie zu kümmern. Vor einer winzigen, fremd aussehenden Blume, die pinkfarbene Blüten trug, musste ich einfach in die Knie gehen, um sie genauer zu betrachten.

»Wie ich sehe, bewunderst du die Arbeit von unserem Stefano«, hörte ich plötzlich eine dunkle Stimme hinter mir sagen. Ich zuckte zusammen und richtete mich hastig auf. Im Türrahmen stand eine kleine, pummelige Frau mit dunkler Haut und langen, schwarzen Haaren. Sie hatte eine quietschbunte Schürze um und musterte mich aus lustigen, freundlichen Augen. Als sich unsere Blicke trafen und ich sie schüchtern anlächelte, schnalzte sie mit der Zunge.

»Dios mio!«, rief sie aus und eilte auf mich zu. Ehe ich mich versah, hatte mich die Frau an ihre Brust gedrückt und mir blieb vor lauter Verblüffung nichts anderes übrig, als die Umarmung zu erwidern. Wer sie wohl war? Sie schien auf mich gewartet zu haben, konnte aber wohl kaum Liz' Adoptivmutter sein.

Wahrscheinlich war sie eine Bedienstete. Vielleicht sogar die Burrito-Fe, die Liz erwähnt hatte. Ich war zuvor noch niemals in einem Haus gewesen, in dem es Personal gab.

Mit Tränen in den Augen sagte die Frau gerade: »Du siehst wirklich genauso aus wie meine kleine Princesa! Ich heiße Fe. Wenn du was brauchst, kannst du einfach nach mir rufen. Aber jetzt steh nicht rum wie ein Besenstiel. Komm, komm rein.« Fe. Ich hatte also richtig vermutet. Sie zerrte mich am Ärmel in die riesige Eingangshalle, nahm mir den Kaktus und meinen Rucksack ab und schob mich durch einen langen, kühlen Flur an das andere Ende des Hauses und dort wieder ins Freie. »Die anderen sind am Pool«, informierte sie mich, während ich mir die größte Mühe gab, alle auf mich einprasselnden Eindrücke zu verarbeiten. »Sie warten schon auf dich, aufgeregt wie eine Horde Paviane!«

Ich musste blinzeln, weil mich der Anblick, der sich mir nun bot, regelrecht blendete. Vor mir lagen ein mehrere Hektar großer, parkähnlicher Garten und ein gewaltiger, wunderschöner Swimmingpool, der mit türkischen Iznik-Fliesen gekachelt war. Am Rand des Pools standen mehrere Sonnenliegen aus Teakholz mit hellen, gemütlich aussehenden Auflagen, und unter einem ausladenden, weißen Sonnenschirm lagen nicht nur Liz, die mir gerade zuwinkte und auf deren Beinen ein Dalmatiner zu schlafen schien, sondern auch ein Junge und ein Mädchen, die ungefähr in unserem Alter waren. Der Kerl hatte pink gefärbte Haare und trug eine knallenge Jeans an seinem schmalen Körper.

Dazu ein T-Shirt auf dem *I am gay. So what?* stand, das mich zum Schmunzeln brachte.

Auf dem Liegestuhl direkt unter dem Sonnenschirm lag, in einem schwarzen Nichts von Bikini, das wohl schönste weibliche Wesen, das ich jemals gesehen hatte. Ihre Haut war weiß wie Schnee und spannte sich glatt und makellos über ihren perfekt geformten Körper. Dunkelrote, wellige Haare umrahmten ihr Porzellanpuppengesicht, in dessen Mitte sich eine sündhaft teure Sonnenbrille an einer niedlichen Stupsnase festhielt. Wer waren die beiden?

Als ich mich der Gruppe schüchtern näherte, sprang der Pinkhaarige auf und kam mir entgegen. Mit begeistert glänzenden Augen nahm er meine Hand, drehte mich einmal um die eigene Achse und rief Liz anschließend zu: »Ihr Hintern ist längst nicht so fett wie deiner, Lizzie! Dieser Wahrheit musst du ins Auge sehen.«

Dann ließ er meine Hand los und sah mir streng in die Augen. »Aber ganz im Ernst. Du solltest dringend über deine Frisur nachdenken. Das, was du da auf dem Kopf trägst, ist Verschwendung von Potenzial und sollte verboten werden.«

Ich spürte, wie mir das Blut ins Gesicht schoss, und griff instinktiv nach meinen obligatorischen Pferdeschwanz.

»Keine Sorge«, redete er weiter auf mich ein. »Ich meine ja keine tiefgreifende Veränderung. Du bist eher der natürliche Typ, nicht so ein Neontierchen wie Liz oder ich. Ich denke da eher an hellblonde Strähnchen und ein paar Stufen, um der ganzen Sache Form zu geben. Was meinst du?«

Als ich mir ein Lächeln abrang, riss er die Augen auf. »Heiliges Lieschen. Ich unhöfliche Plappertante!« Er legte sich eine Hand in Höhe des Herzens an die Brust. »Ich bin

Carl. Hauptberuflich bester Freund von Liz. Und damit ab heute auch dein Freund! Ihr seht ohnehin beinahe gleich aus, das wird mir nicht schwerfallen.« Ich ergriff die andere Hand, die er mir freudestrahlend entgegenhielt, und schüttelte sie dankbar. Diesen Teil der Begrüßung konnte ich managen. »Sophie«, brachte ich heraus, aber mehr nicht. Meine Wortkargheit war mir sehr peinlich. Ich war der geborene Performer, jedenfalls, wenn es um Pantomime ging. Jetzt musste ich nur noch mein Gesicht weiß anmalen und einen Hut aufstellen. Ich fühlte, wie ich bei diesen Gedanken schon wieder errötete.

Zum Glück war Liz mittlerweile hinter Carl aufgetaucht und schob ihn unsanft zur Seite. »Jetzt mach mal Platz, verflucht. Sie ist doch kein Spielzeug!« Dann nahm sie mich überraschend herzlich in die Arme.

Gleichzeitig bemerkte ich etwas Feuchtes an meiner Hand und stellte fest, dass auch der Hund gekommen war, um mich zu begrüßen. Ich lächelte und begann, das Tier zu streicheln, das träge mit dem Schwanz hin und her wedelte.

»Das ist Daphne«, erklärte Liz. »Sie ist fast schon so alt wie ich und hängt den ganzen Tag nur faul in der Gegend herum! Betrachte es als Ehre, dass sie extra für dich aufgestanden ist.«

Ich lachte. »Mein uralter Kater liegt auch nur herum. Und sieht dabei aus wie der Inhalt eines Staubsaugerbeutels.«

Liz prustete los und ich stellte zufrieden fest, dass ich in Sachen Humor vielleicht doch kein vollkommen hoffnungsloser Fall war. Manchmal konnte ich sogar witzig sein. Allerdings gelang mir das meistens dann am besten, wenn ich es gerade gar nicht versuchte.

Mein Blick wanderte zu der wunderschönen Gestalt im Liegestuhl. Zu meinem Erstaunen hatte sich diese überhaupt noch nicht bewegt. Liz folgte meinem Blick und sagte lachend: »Keine Angst, die Reglosigkeit unserer Eisprinzessin hat nichts mit dir zu tun. Ashley hat im letzten Urlaub einen Amerikaner kennengelernt und sich furchtbar verknallt. Jetzt hockt sie Nacht für Nacht im Videochat und schläft tagsüber immer wieder ein. Ihre Brille ist nur so groß, weil sie die dunklen Augenringe verdecken soll.« Liz klatschte in die Hände. »Hey, Ash!« Ashley zuckte zusammen und nahm sich mit verwirrtem Blick die Sonnenbrille von der Nase. Dann gähnte sie herzhaft und fragte: »Was ist denn los?«

»Sag Hallo zu meiner Schwester«, forderte Liz streng.

Ashley blinzelte mich an und sagte träge: »Hallo zu deiner Schwester!« Dann lehnte sie sich seufzend zurück und setzte die Brille wieder auf. Dabei murmelte sie: »Meine Güte, sehen die sich aber ähnlich. Bin bloß froh, dass ich ein Einzelkind bin.«

LIZ

Sophie mit meinen beiden besten Freunden auf der Welt zusammenzubringen gestaltete sich schwerer, als ich gedacht hatte. Obwohl – eigentlich hatte ich insgeheim schon geahnt, dass es kompliziert werden könnte. Doch diese Ahnung hatte ich schnell wieder verdrängt, da ich es niemals hätte verhindern können. Nicht einmal unter Androhung schwerster Folter hätten Ashley und Carl es sich nehmen lassen, an diesem Nachmittag bei uns vorbeizukommen.

Immerhin schien Sophie sich mit Carl gut zu verstehen. Aber es machte mich vollkommen verrückt, dass sie so schweigsam war. Schließlich war sie doch ebenfalls siebzehn und, soweit ich das erkennen konnte, kein Fisch.

Was auch immer ihr auf die Sprache geschlagen war, nun konnte ich es auch nicht mehr ändern. Ich versuchte nach Kräften, mich ein wenig zu entspannen und den Tag einfach an mir vorbeiziehen zu lassen. Also lag ich einfach da, lauschte Carls unaufhörlichem Geplapper und verspeiste hin und wieder einen von Fes Burritos. Die machten mich immer besonders friedlich.

Um halb acht verabschiedeten sich Carl und Ashley wie auf Kommando beide gleichzeitig, was mich sofort misstrauisch machte. Normalerweise brauchten sie ewig, um in die Gänge zu kommen. Ich setzte mich auf. »Okay«, sagte ich so sachlich wie möglich. »Zu welcher Party geht ihr?«

Zwei schuldbewusste Mienen blickten mich an. Um einen möglichst strengen Tonfall bemüht, fragte ich gedehnt: »Caaaaarl?«

Dieser scharrte mit seinem rechten Flipflop im Rasen herum. »Okay, okay«, sagte er schließlich und ich musste grinsen. Carl war immer derjenige, der einknickte. Nicht umsonst wurde Ashley von allen nur ›die Eisprinzessin‹ genannt. Nicht mal der Mossad würde etwas aus ihr herausbekommen. Carl war da ganz anders. Die Augen fest auf seine Füße gerichtet, antwortete er: »Wir gehen zu Philipp. Er veranstaltet heute eine Gartenparty. Wir haben dir nicht Bescheid gesagt, weil ...«

Ash trat einen Schritt vor und fiel ihm ins Wort: »Weil du heute ohnehin keine Zeit hast. Das mit Sophie war doch schon seit Tagen abgemacht! Und wir wollten nicht, dass du in Entscheidungsschwierigkeiten gerätst.«

Ich zog die Augenbrauen hoch. »Aha. Entscheidungsschwierigkeiten. Das ist aber sehr rücksichtsvoll von euch. Und ihr beide habt die Einladung also erst seit zwei Tagen?« Touché. Ich brauchte keine Antwort, ihre betretenen Gesichter sagten mehr als tausend Worte.

Carls Ohren wurden feuerrot, wie immer, wenn ihm etwas peinlich war. Er sah Ashley an. »Ich hab dir doch gesagt, dass er sie nicht eingeladen hat, das Arschloch!«

»Ach, jetzt ist er auf einmal ein Arschloch, ja? Soll das heißen, dass du doch nicht mitkommst?«, fragte Ashley und ihre Stimme hatte einen drohenden Unterton angenommen.

»Bist du verrückt?«, erwiderte Carl empört. »Er ist und bleibt ein Arschloch. Aber sein Bruder ist hot, hot, hot!«

Gegen meinen Willen musste ich lachen. »Ja, aber genauso hetero wie Philipp. Und leider auch genauso ein Idiot. Von dem würde ich an deiner Stelle die Finger lassen, mein Carlchen. Sonst findest du morgen Nacktbilder von dir auf LiveBook.«

Carl kam mit treuherzigem Blick zu mir geschlendert und legte seine schlaksigen Arme um mich. »Keine Sorge, ich pass schon auf mich auf. Meinen Astralkörper bekommt nur zu sehen, wer es auch wirklich verdient hat und mich auf Rosenblätter bettet, die er mit wunden Fingern einzeln abgezupft hat. Du bist doch nicht böse, wenn wir da heute Abend hingehen, nicht wahr, Lizzie?«

Ich schüttelte den Kopf. Nein, den beiden konnte ich ohnehin nicht böse sein. Und in dieser Woche war so viel Wichtigeres passiert, da war mir Philipps Gartenparty tatsächlich herzlich egal. Carls Rücken tätschelnd sagte ich: »Nein, gar nicht. Ist schon gut. Bringt mir ein paar frische Gerüchte mit, okay? Und falls er eine neue Freundin haben sollte, ähm, spuckt ihr in den Drink!« Ich dachte kurz nach und korrigierte dann: »Nein, lieber ihm. Spuckt ihm auf jeden Fall ins Glas. Oder jubelt ihm etwas mit Nüssen unter. Gegen die ist er so allergisch, dass seine Lippe auf das Doppelte anschwillt, wenn er nur in die Nähe einer Erdnuss kommt. Dann lässt ihn sowieso keine mehr ran.«

Carl salutierte grinsend. »Es wird mir ein Vergnügen sein.«

Da schaltete Sophie sich ein. Sie hatte in der letzten Stunde so selten etwas von sich gegeben, dass ich nun regelrecht erschrak. »Wir können doch auch mit auf die Party gehen, Liz«, schlug sie vor.

Ihr Vorschlag rührte mich. Nie im Leben hätte ich ihr so etwas zugetraut. Ganz sicher hatte sie keine Ahnung, was sie dort erwarten würde.

Ich lächelte sie an. »Danke, aber keine zehn Pferde würden mich heute Abend auf das Anwesen der von Sassens bringen. Philipp ist mein Ex und ich bin froh, wenn ich ihn nur noch von Weitem sehen muss. Am liebsten wäre es mir, wenn ich ihn überhaupt nicht mehr sehen müsste. Oder, wenn es sich nicht vermeiden lässt, auf einen Stuhl gekettet, der in der Mitte einer Nusseckenfabrik steht. Außerdem haben wir zwei heute Abend doch noch was vor!«

Sophie schaute zwar etwas irritiert, nickte dann aber und lächelte erleichtert. Im selben Augenblick wurde mir klar, dass ich noch das ganze Wochenende mit meiner Schwester vor mir hatte. Um ehrlich zu sein, hatte ich gar keine Pläne mit ihr. Ich wusste überhaupt nicht, was ich die restliche Zeit mit ihr anfangen sollte. Aber irgendwas würde sich schon finden – hoffte ich zumindest.

Als Ashley und Carl endlich weg waren und ich den Schock verdaut hatte, dass meine beiden Freunde um ein Haar hinter meinem Rücken auf Philipps Party gegangen wären, machte ich es mir mit Sophie am Pool gemütlich. Es wurde langsam dunkel und auch ein wenig kalt, doch Fe brachte wie auf Kommando ein paar Kerzen, Plätzchen, Taco-Chips mit verschiedenen Dips sowie Wolldecken nach draußen. Außerdem stockte sie den Limonadenvorrat auf und hatte sogar eine alkoholfreie Bowle gemixt. Ganz offensichtlich hatte Sophies Auftauchen sie ziemlich nervös gemacht und dazu gebracht, mal wieder mehr zu kochen, als man in einer Woche essen konnte. Was das anging, wäre Fe auf einem Kreuzfahrtschiff eindeutig besser aufgehoben, als in unserem Haushalt, der meistens nur aus drei Personen bestand.

Sophie schien sich jedenfalls etwas wohler zu fühlen, seit die anderen weg waren.

»Hör mal, es tut mir leid, dass ich dich nicht vorgewarnt hatte. Es wäre unmöglich gewesen, die beiden heute von unserem Haus fernzuhalten«, sagte ich entschuldigend. »Ich habe ihnen schließlich erzählt, dass du kommst. Wenn ich ihnen nicht erlaubt hätte, hierzubleiben, hätte Carl garantiert einen Versuch gestartet, über den Zaun zu klettern.«

»Schon gut. Ich wäre auch neugierig gewesen.« Sie schwieg einen Moment. »Hast du ihnen von unserem Vater erzählt?«

Ich schüttelte den Kopf. »Nein, bin ich verrückt?«

Sophie sah mich aus ihren dunklen Augen, die meinen so ähnlich waren, fragend an. »Warum nicht? Ich hätte meinen Freunden wahnsinnig gerne von all dem erzählt.«

»Und warum hast du es dann nicht getan?«, fragte ich und Sophie schnaubte augenblicklich. Zwischen ihren Augenbrauen bildete sich eine Falte, genau, wie ich sie immer bekam, wenn mich etwas besonders ärgerte.

»Aus irgendeinem Grund interessieren die sich nur noch für den Kampf der Stabilitätsarmee gegen die östlichen Terroristen. Kein Mensch hat mehr Zeit für mich. Als ich meine beiden besten Freundinnen nach dem Notartermin anrufen wollte, waren ihre Ports sogar abgestellt. Und auch in den letzten Tagen hat keine von ihnen mal gefragt, wie es überhaupt war. Ich kapier das einfach nicht, gerade komme ich mir ziemlich alleine vor.«

Ich war erstaunt. So viele Worte am Stück hatte ich Sophie bisher noch nicht sagen hören. Und das, was sie sagte, irritierte mich. Nette Pferdeschwanzmädchen, die sich freiwillig den Truppen anschließen wollten? Das ergab für mich überhaupt keinen Sinn. Das Ansehen der Armee war in letzter Zeit rapide gesunken. Man konnte nicht gerade behaupten, dass es momentan besonders hip war, sich freiwillig zu melden. Ich selbst würde nie im Leben auf diese Idee kommen, denn in den letzten drei Jahren war ein Truppeneintritt beinahe gleichbedeutend mit Selbstmord.

Die Kämpfe um das Metall Lithium, das für die Herstellung der SmartPorts so wichtig war, gingen beinahe schon so lange, wie die Produkte auf dem Markt waren. Wir hatten zwar alle einen PremiumPort, dennoch hatte die Familie Karweiler eine eindeutige Meinung zu diesem Thema. Ich griff nach einem Keks und sagte: »Mein Vater hält überhaupt nichts von den Kämpfen um Lithium. Er ist viel im Ausland unterwegs und kennt die Menschen vor Ort. Wenn man anständig mit ihnen verhandeln würde, könnte man das Lithium auch normal erwerben und es müssten nicht so viele Menschen leiden. Sagt er jedenfalls immer.«

»Ich finde, da hat er recht. Was tut denn dein Vater?«, fragte Sophie neugierig und richtete sich in ihrem Liegestuhl ein wenig auf.

Ich räusperte mich. Ihr gegenüber war es mir irgendwie unangenehm, darüber zu sprechen. Schließlich wusste ich, dass ihr Vater längst nicht so viel Geld verdiente wie meiner. Oder unser gemeinsamer Vater, der Mörder. Mir schwirrte der Kopf. Das war vielleicht alles kompliziert. »Er leitet das Kreditinstitut, das mein Großvater gegründet hat. Sie vergeben international Kredite an Start-ups, wenn das Firmenkonzept vielversprechend erscheint. Daher ist er auch immer so viel unterwegs, weil er wie jeder gute Kontrollfreak alles selbst überprüfen muss. Falls die Projekte erfolgreich sind, wird die Zusammenarbeit anschließend ausgebaut.«

Zu meiner großen Überraschung nickte Sophie und sagte: »Also macht er so was wie Karweiler Credits!«

Zum Glück hatte ich noch nichts aus dem Glas getrunken, nach dem ich gerade gegriffen hatte, denn ich prustete augenblicklich los, während Sophie mich verwirrt und leicht gekränkt anblickte. Es dauerte ein paar Augenblicke, bis ich mich wieder gesammelt hatte, doch dann kicherte ich: »Haargenau wie Karweiler Credits, würde ich sagen.«

»Is nicht wahr!« Sophie riss überrascht die Augen auf.

»Doch«, antwortete ich grinsend. »Is wahr.«

»Karweiler Credits hat Marco, dem besten Freund meines Vaters, geholfen, in Italien eine eigene Schule für Restauratoren aufzumachen«, erzählte Sophie. »Ohne den Kredit hätte er es nie geschafft.« Sie strahlte mich an, als hätte ich persönlich Anteil an der Kreditvergabe gehabt. Dann fragte sie ernst: »Wie haben eigentlich deine Eltern reagiert, als du ihnen vom Notartermin erzählt hast?«

Meine Eltern. Ihre Frage wirkte, als hätte mir jemand einen Eiszapfen ins Rückenmark gerammt. Ich hatte mindestens seit zwei Stunden nicht mehr an sie gedacht. »Gar nicht«, antwortete ich, und ohne dass ich es hätte verhindern können, schnürten mir diese Worte die Kehle zu. Ich spürte, wie mir Tränen in die Augen traten. Schon wieder. Dieser verflixte Notartermin hatte mich schon viel zu oft während der letzten Tage zum Heulen gebracht.

»Gar nicht?«, echote Sophie verwundert.

»Ich habe sie noch nicht erreicht.« Verärgert wischte ich mir die Tränen aus dem Gesicht. »Seit ich sechs bin und in die Schule muss, kann ich nicht mehr mit ihnen reisen. Und die beiden sind so viel unterwegs, dass ich sie im Jahr vielleicht insgesamt drei oder vier Wochen zu Gesicht bekomme. Manchmal sogar nur an Weihnachten. Im Moment sind sie in Dubai, da sind sie besonders oft.«

»Und wie lange bleiben sie noch dort?«, fragte Sophie und ich konnte genau das Mitleid in ihrer Stimme hören, das ich so sehr hasste. Ich musste mich stärker zusammenreißen. »Sie wissen es noch nicht. Sie haben viel zu tun und momentan ist es nicht sicher, über den Nahen Osten zu fliegen. Sie müssten für einen Weg nach Berlin eine sehr umständliche Route wählen. Deshalb bleiben sie erst einmal da. Aber zurückrufen könnten sie wenigstens. Ich habe gesagt, dass es wichtig ist, verdammt.«

Eine Weile schwiegen wir gemeinsam. Dann brach Sophie schließlich die Stille. »Das Gespräch mit meinem Vater war schlimm. Vielleicht solltest du froh sein, dass deine Eltern so weit weg sind.«

Ich nickte langsam. »Ja, der Gedanke kam mir auch schon. Seit ich nicht mehr so rasend sauer bin, habe ich tierische Angst davor, mit ihnen zu reden.«

Sophie nickte. Und nach einer Weile fragte sie: »Was machen wir denn jetzt?«

Ich dachte über ihre Frage nach. Wahrscheinlich hatte sie einen universellen Ansatz im Sinn und wollte mit mir darüber sprechen, wie wir mit unserer Situation am besten umgehen sollten. Aber irgendwie fühlte ich mich dazu gerade überhaupt nicht imstande.

Dafür kam mir einer meiner genialen Liz-Gedanken.

Irgendwie wollte ich mich bei meinem Vater dafür rächen, dass er zwar einem unbekannten Marco die Restauratorenschule finanzieren, aber seine eigene Tochter im Notfall nicht einmal zurückrufen konnte. Das war selbst bei Adoptivtöchtern unverzeihlich und durfte nicht ungesühnt bleiben. Ich grinste. »Jetzt plündern wir den Weinkeller!«

SOPHIE

Ich wusste nicht genau, was ich von Liz' Vorschlag halten sollte, doch sie war nicht mehr zu bremsen. Ungeduldig scheuchte sie mich vom Liegestuhl auf und ins Haus hinein. Dort stiegen wir erst einmal zwei Treppen hoch und gelangten, ich konnte es kaum glauben, in ihr eigenes Apartment. Das Erste, was mir ins Auge fiel, war der kleine Kaktus mit Sombrero, den Fe optisch besonders effektiv in der Mitte des Couchtisches platziert hatte. Augenblicklich errötete ich. Auch Liz hatte mein ärmliches Mitbringsel sofort entdeckt und fragte kichernd: »Was ist denn das?«

»Mein Gastgeschenk. Ich dachte, das wäre witzig, na ja, wegen der Burritos.«

»Niedlich, danke. Und sehr verantwortungsvoll. Niemand bei Verstand sollte mir etwas Pflanzenartiges schenken, das kein Kaktus ist. Ich kriege alles tot.« Dann bedeutete sie mir mit einer Handbewegung, mich umzusehen. »Mi casa es tu casa!« Mit diesen Worten verschwand sie in ihrem Schlafzimmer.

Das Dachgeschoss des Hauses war wunderschön ausgebaut, mit einer riesigen Dachterrasse und weiß lackierten Dachbalken. Steile Schrägen machten die Wohnung unheimlich gemütlich, in der es nicht nur ein Wohnzimmer, ein Schlafzimmer und ein kleines Arbeitszimmer gab, sondern auch ein Bad mit enormer Badewanne und eine voll ausgestattete, große Küche, die zum Wohnzimmer hin offen gehalten war. Ich fragte mich augenblicklich, wozu Liz wohl eine Küche brauchte, wo doch Fe ganz offensichtlich das Essen zubereitete. Neugierig erkundigte ich mich: »Kochst du auch manchmal selbst?«

Während Liz konzentriert in ihrem Kleiderschrank nach etwas zum Anziehen für mich wühlte (mein eigenes Kleid war dank Daphne mit weißen Hundehaaren übersät), antwortete sie: »Na ja, wenn Ash und Carl hier übernachten, machen wir uns nachts manchmal Nudeln oder Bratkartoffeln. Aber am wichtigsten ist sowieso der Kühlschrank. Ich will nicht jedes Mal nach unten rennen, wenn ich Hunger oder Durst habe. Und Fe hält den Vorrat auf konstant hohem Niveau. Hier, zieh das an!« Liz warf mir ein dunkelrotes, bodenlanges Kleid mit Neckholder zu, das auffälliger und eleganter war als alles, was ich je zuvor getragen, besessen oder auch nur anprobiert hatte. Es erinnerte mich an Kleider aus alten Filmen, raschelte verheißungsvoll und hatte sogar eine kleine Schleppe. Ganz so, als wäre es dafür gemacht, auf einem Ball getragen zu werden. Ich wusste nicht genau, ob ich dieses Kleid anziehen wollte.

Liz fing meinen Blick auf und lachte. »Das ist perfekt für dich, und außerdem wird dich hier sowieso niemand sehen! Los zieh es an!« Ich streifte mir das Kleid über den Kopf und stellte mich vor den großen Spiegel, der neben der Garderobe angebracht war. Liz hatte sich inzwischen ebenfalls umgezogen und war lautlos neben mich getreten. Sie hielt mir einen ebenfalls dunkelroten Lippenstift unter die Nase und befahl: »Auftragen!«

Während ich tat wie mir geheißen, machte Liz sich an

meiner Frisur zu schaffen. Mit zwei Handgriffen wand sie meine Haare zu einem hoch sitzenden Knoten und steckte die restlichen Strähnen mit Haarnadeln fest. Ich war erstaunt, wie geschickt und sicher ihre Handgriffe waren – offensichtlich hatte sie ihre Haare selbst auch schon einmal lang getragen und mit ihnen deutlich mehr anzufangen gewusst als ich. »So«, sagte sie zufrieden, während sie mich im Spiegel betrachtete. »Das ist viel besser. Jetzt siehst du aus wie ein Filmstar!«

Ich war vollkommen fasziniert. So schön und gleichzeitig so fremd war ich mir selbst in meinem ganzen Leben noch nie erschienen. Ich hatte gar nicht gewusst, dass ich überhaupt in der Lage war, so auszusehen. Als wir nebeneinander vor dem Spiegel standen, wurde mir erneut bewusst, wie ähnlich wir uns waren. Liz sah aus wie die mutigere, rebellische Version meiner selbst. Bis auf das kleine Muttermal, das Liz unter dem linken Auge hatte, waren unsere Gesichter nahezu identisch. Die großen, dunklen Augen unter kräftigen, aber hübsch geschwungenen Brauen, die etwas zu große Nase, der breite Mund. Alles genau wie bei mir. Auch wenn ich das Gefühl hatte, dass ihr unsere Gesichtszüge irgendwie besser standen als mir. Aber in dem roten Kleid sah ich vielleicht ein bisschen so glamourös aus wie sie. Liz selbst trug nun schwarze Satinshorts und ein fuchsiafarbenes Pailletteoberteil, das ihre roten Haare noch stärker zum Leuchten brachte. Ich musste lachen. »Du siehst immer aus wie ein Filmstar, egal was du trägst.«

»Ich weiß«, erwiderte sie schlicht und klemmte sich einen Schuhkarton unter den Arm. Ich ahnte schon, was sich darin befand. »Folgen Sie mir bitte unauffällig!«, forderte Liz mich lachend auf und wir schlichen barfuß die Treppen wieder hinunter und, zu meiner Verwunderung, wieder hinaus in den Garten.

Wie sich herausstellte, war der *Weinkeller* von Liz' Vater nicht etwa ein Raum im Keller des Hauses, wie ich vermutet hatte, sondern ein höhlenartiger, kühler Gewölbekeller auf der anderen Seite des großen Anwesens.

Ich staunte nicht schlecht, als ich eintrat. Nicht nur, dass er mit allem ausgestattet war, was man für eine Feier brauchte. Es gab große, rustikale Tische mit Bänken, eine mordsschicke Stereoanlage und eine voll ausgestattete Bar. Besonders faszinierte mich die Tatsache, dass die Weinflaschen nicht in normalen Regalen lagerten, sondern in großen, beleuchteten Kühlschränken ordentlich weggeschlossen waren. Ich entdeckte unter den Flaschen auch einige Rotweine und war verwirrt. »Mein Vater sagt immer, dass man Rotwein auf keinen Fall in den Kühlschrank legen darf.«

Liz lachte und sah mich nachsichtig an. Ich ahnte schon, dass ich etwas völlig absurdes von mir gegeben hatte.

»Dummerchen, das sind doch keine Kühlschränke. Das sind Weintemperierschränke. Sie sorgen dafür, dass die Weine je nach Rebsorte jederzeit die optimale Trinktemperatur haben. Damit sich die Aromen richtig entfalten können.«

Ich seufzte. In diesem Haus kam ich mir so fehl am Platz vor wie ein Vegetarier in einem Schlachthof. Für Liz war das alles völlig normal, für mich eine absolut fremde Welt. Die selbstverständliche Dekadenz allein in diesem Raum war einfach nicht zu begreifen. Der gesamte Weinkeller war mit diesen zweifelsohne sündhaft teuren Schränken ausgestattet, in denen Hunderte ebenfalls sündhaft teure Weinflaschen lagerten. Und das alles nur, damit man sich spontan eine der Flaschen greifen und direkt daraus trinken konnte, wenn man einmal im Jahr zu Hause war? Nur knapp konnte ich mir einen Kommentar über die zweifelhafte Energieeffizienz der ganzen Einrichtung verkneifen. Stattdessen fragte ich: »Ist es nicht schade, dass der Raum hier so gut wie nie genutzt wird, wenn deine Eltern die ganze Zeit nicht da sind?«

»Wir benutzen ihn doch«, konterte Liz fröhlich. Sie hatte angefangen, die Schränke ganz langsam abzugehen und Fach für Fach unter die Lupe zu nehmen.

»Was machst du da?«, fragte ich.

Sie lächelte versonnen. »Ich suche die teuerste Flasche aus«, antwortete sie.

Ich stutzte. »Warum denn das?«

»Damit wir sie trinken können, natürlich.«

Natürlich. Nach ein paar Minuten schien Liz gefunden zu haben, wonach sie gesucht hatte. Mit einem seligen Grinsen präsentierte sie mir eine Flasche. »Kein Wein, Schätzchen, Champagner! Mir persönlich ist das eh lieber, von Wein bekomme ich Magenschmerzen. Willst du wissen, was die kostet?«

Ich schüttelte fassungslos den Kopf. »Besser nicht!«

Während Liz den Korken aus der Flasche springen ließ, murmelte sie: »Das wird ihn vielleicht lehren, seine Tochter zurückzurufen. Meeting hin oder her.« In ihren Augen lag ein merkwürdiger Glanz. Ganz so, als sei sie kurz davor, in Tränen auszubrechen.

Mit geübten Handgriffen schenkte Liz den Champagner in Gläser und stellte eines davon direkt vor mir auf einem der Tische ab. Dann erhob sie ihr Glas und wir stießen miteinander an. »Auf uns, Schwester!«, rief Liz und ich nickte. »Auf uns!«

Wir tranken beide und ich muss gestehen, dass mir das Zeug viel zu sauer war. Außerdem kribbelte es in der Nase. Allerdings wusste ich, dass ich diese Tatsachen besser für mich behalten sollte. Die Flasche, die Liz gerade geöffnet hatte, war bestimmt so viel wert wie ein Kleinwagen. Ich nippte noch einmal. Ich hatte noch nicht so häufig Alkohol getrunken, und wenn ich es doch einmal getan hatte, war es mir so vorgekommen, als ob ich nicht viel vertrug. Was mir normalerweise egal war, ich hatte ohnehin kein besonders großes Bedürfnis danach, meine Selbstbeherrschung vollends zu verlieren. Aber gerade gefiel es mir gut. Der Champagner floss mir direkt in die Glieder. Mir wurde warm und meine Arme fühlten sich schon bald an, als seien sie aus Gummi.

Liz grinste. »Gut, oder?«

Ohne meine Antwort abzuwarten, bückte sie sich und zog den Schuhkarton unter dem Tisch hervor. Ihre Augen funkelten merkwürdig, als sie ihre Hand auf den Deckel legte. »Weißt du, was hier drin ist?«, flüsterte sie.

»Ich kann es mir denken«, gab ich zurück, ebenfalls flüsternd, obwohl ich nicht ganz genau wusste, wieso – schließlich konnte uns niemand hören.

»Soll ich ihn öffnen?«, fragte Liz nun. Das Funkeln in ihren Augen hatte stark zugenommen. Da ich mittlerweile mein Glas geleert hatte und fühlte, dass ich für die kommenden Minuten noch etwas mehr brauchen würde als eine Tischkante, an der ich mich festhalten konnte, fragte ich: »Können wir nicht lieber noch ein Glas trinken?«

Liz schenkte mir mit einer Hand das Glas bis zum obersten Rand voll und antwortete: »Das eine schließt das andere nicht aus.«

Während sie ihr Glas ebenfalls wieder füllte, fragte sie: »Jetzt mal ehrlich, Sophie, willst du nicht auch mehr über sie erfahren?«

Ich dachte kurz darüber nach. Bisher hatte ich den Gedanken an Sebastian und Helen Zweig einfach nur jedes Mal zurückgedrängt, wenn er sich in mein Bewusstsein geschoben hatte. Etwas an der Tatsache, die Tochter eines Mörders zu sein, machte mir schreckliche Angst. Und doch wollte ein kleiner Teil von mir ganz genau wissen, wo ich tatsächlich herkam, wer meine Eltern gewesen waren, was sie gemocht und was sie weniger gemocht hatten. Dennoch überwog meine Angst und so schüttelte ich den Kopf. »Was soll das denn noch bringen?«, fragte ich und ärgerte mich gleichzeitig darüber, dass meine Stimme so kläglich klang. »Sie sind beide tot!«

»Ich weiß, dass sie tot sind«, erwiderte Liz ungehalten. »Das heißt aber noch lange nicht, dass man nichts mehr über sie erfahren kann!«

»Wieso hast du sie denn noch nicht bei Seeker eingegeben, wenn du so neugierig bist?«

Liz zuckte verlegen die Schultern. »Ich wollte das mit dir zusammen machen. Du weißt schon, so als Schwestern-Ding!«

Diese Worte trafen einen Nerv. Dass sie auf mich gewartet hatte, um unsere leiblichen Eltern zu seekern, fand ich unheimlich lieb von ihr und zum ersten Mal, seit ich von ihrer Existenz erfahren hatte, war ich richtig froh, dass es sie gab. Ein waschechtes Schwestern-Gefühl ergriff mich.

Überzeugen konnte sie mich trotzdem noch nicht. »Ich weiß nicht, Liz. Wenn man die Bilder einmal im Kopf hat, dann bekommt man sie da nie wieder raus. Das kann uns unser ganzes Leben verkorksen.«

Sie machte eine wegwerfende Handbewegung. »Ich für meinen Teil bin schon völlig verkorkst. Du bestimmt auch, spätestens seit dem Termin am Mittwoch. Und außerdem sind wir doch keine Kleinkinder mehr. Ich habe alle Teile von *Torture House* gesehen, inklusive Director's Cut, und kann immer noch ruhig schlafen.«

»Du vielleicht. Aber ich bin nicht so abgebrüht. Ich habe Angst, dass ich nicht damit umgehen kann, verstehst du?« Während ich das sagte, kam ich mir auf einmal wieder vor wie ein Kind. Trotz des roten Kleides und des Lippenstiftes, den mein Mund am Rand des Champagnerglases hinterließ. Ich wusste einfach nicht, ob ich der ganzen Sache gewachsen war. Doch Liz ließ nicht locker. Es war deutlich zu sehen, dass sie Feuer gefangen hatte, und nichts auf der Welt sie jetzt noch dazu bringen konnte, einzulenken. Obwohl ich sie noch kaum kannte, wusste ich das genau.

Ohne weiter mit mir darüber zu diskutieren, öffnete Liz den Deckel des Kartons und griff zielsicher nach einem der Familienfotos, die obenauf lagen. So viel war klar: Die Bilder hatte sie sich jedenfalls schon mehrmals angesehen. Sie hielt mir das Foto hin. »Und was ist mit ihr? Glaubst du nicht, dass wir es ihr schuldig sind, die ganze Wahrheit in Erfahrung zu bringen?«

Zögerlich griff ich nach dem Bild und nahm es zwischen die Finger. Auf dem abgegriffenen Foto war eine elegante, schöne Frau mit blond gewellten Haaren zu sehen, die ein Glas Rotwein in der Hand hielt. Ihre Lippen waren dunkel geschminkt und ihr voller Mund formte ein herzliches Lachen.

Beim Betrachten des Fotos wurde mir augenblicklich kalt. Etwas daran war mir unheimlich, aber ich konnte auch nicht wegsehen. Ihr Anblick bannte meine Augen, die Wahrheit war deutlich zu erkennen: Die Frau auf dem Foto war meine Mutter. Sie hatte mich auf die Welt gebracht, mich wahrscheinlich geküsst, wenn ich schlafen ging, und mir etwas vorgesungen, wenn ich weinte. Und ich konnte mich nicht einmal mehr an sie erinnern. Doch die Ähnlichkeit zwischen ihr und uns war so offensichtlich, dass es schmerzte.

»Wir sehen aus wie sie!«, raunte Liz und ich fühlte, wie mein Widerstand dahinschmolz. Es hatte einmal eine Frau gegeben, die geliebt, gelacht und gehofft hatte. Eine Frau, die nichts weiter von ihrem Leben gewollt hatte, als glücklich zu sein. Gemeinsam mit ihrer Familie, von der auch ich ein Teil gewesen war. Natürlich wollte ich wissen, wer sie gewesen war. Und warum ihr eigener Mann, mein leiblicher Vater, ihr wunderschönes Lachen ausgelöscht hatte.

»Na schön«, gab ich nach und versuchte gleichzeitig erfolglos, den Kloß herunterzuschlucken, der sich in meinem Hals gebildet hatte. »Seekern wir sie.«

Ein triumphales Grinsen trat auf das Gesicht meiner Schwester. Sie war offensichtlich stolz, gewonnen zu haben, und ich fühlte mich, als müsste ich für einen Kampf in den Boxring steigen.

»Pass auf, wir machen es so«, sagte Liz, während ihr der Feuereifer im Gesicht stand. »Du nimmst dir Sebastian vor, ich seeker Helen. Dann kommen wir schneller voran und laufen nicht Gefahr, beide dasselbe zu seekern.«

Ich fluche innerlich. Helen wäre mir persönlich wesentlich lieber gewesen als Sebastian. Jede Wette, dass Liz diesen Vorschlag nicht deswegen machte, um Zeit zu sparen. Wahrscheinlich hatte sie genauso viel Angst vor dem, was über Sebastian zu finden war, wie ich. Aber ich wollte mir auf keinen Fall die Blöße geben und Liz um einen Tausch bitten. Schließlich hatte ich mich an diesem Tag schon mehr als einmal zum Narren gemacht. Also nahm ich noch einen Schluck von meinem Champagner und nickte entschlossen. »Einverstanden.« Wenn ich schon Sebastian seekern musste, so wollte ich es wenigstens so schnell wie möglich hinter mich bringen.

Dann tippte ich an meine Schläfe und murmelte: »Seeker aktivieren«. Sofort erschien das vertraute, blaue Suchfeld vor meinen Augen. Ich überlegte nicht lange und sagte: »Suche nach: Sebastian Zweig, Berlin«.

Für den Bruchteil einer Sekunde sah ich Suchergebnisse aufflackern. Dann verschwand plötzlich meine Netzhautprojektion. Ein gewaltiger Schmerz durchzuckte meinen Kopf und ich merkte nur noch, wie ich ungebremst auf dem harten Steinboden aufschlug.

Es war spät am Abend. Die Stadt lag im Dunkeln und das große Gebäude schien komplett verlassen. Eine Frau ging schnellen Schrittes einen langen Flur entlang und ich folgte ihr. Sie war schlank, elegant gekleidet und hatte ihre dunkelblonden Locken zu einer komplizierten Hochsteckfrisur gewunden, aus der sich bereits einige wippende Strähnen gelöst hatten. Das Einzige, das ich hörte, war das Klappern ihrer Absätze auf dem verschlissenen Linoleumboden. Meine eigenen Schritte waren hingegen nicht zu hören.

   Wir befanden uns in einem sehr sterilen, großen Gebäudekomplex. Vom Flur gingen links und rechts Türen ab, auf denen Nummern zu lesen waren. Durch die Fenster konnte man dunkle Schemen weiterer Gebäudeteile ausmachen. Die Frau ging schnell und kannte sich offensichtlich aus, da sie niemals haltmachte, um sich zu orientieren. Dennoch schien sie sehr nervös zu sein. Ihre Schritte waren hektisch, ihr Atem ging schwer und mit einer Hand umklammerte sie etwas, das ich nicht erkennen konnte, doch sie hielt es fest, als hinge ihr Leben davon ab. Als sie sich umblickte, erkannte ich sie sofort, obwohl sie diesmal nicht lächelte, sondern Angst ihren Blick erfüllte. Es war meine Mutter, der ich durch die Flure folgte. Vor einer schweren Metalltür, über der ein rotes Licht leuchtete, blieb sie stehen und schob eine Plastikkarte in einen Schlitz. Nach ein paar Augenblicken sprang die Lampe über *der Tür von Rot auf Grün, die Karte glitt aus dem Schlitz heraus und ein leises Summen ertönte. Helen Zweig drückte die Tür mit ihrer Schulter auf, da sie nicht bereit zu sein schien, das Ding in ihrer Hand abzustellen. Nun erkannte ich, was es war: ein verbrannt aussehender, kleiner Kuchen, der deutlich in sich zusammengesunken war.*

Wir gelangten in einen weiteren Flur, an dessen Ende sich eine beleuchtete Glastür befand. Laute Musik drang durch die Tür auf den Gang und meine Mutter lächelte. Mit einem Mal schien sie viel weniger nervös zu sein.

»Nirvana«, murmelte sie amüsiert. »Kindskopf.«

Sie musterte sich noch einmal kritisch in der Spiegelung einer verdunkelten Glasscheibe und schien zufrieden mit dem, was sie dort sah. Und das konnte sie auch sein. Helen war wunderschön. Mit ihren dunkel geschminkten Lippen und dem kurzen, schwarzen Kleid erinnerte sie mich an etwas, das ich schon einmal gesehen hatte. Mein Blick fiel auf die Tür, die sie im Begriff war, zu öffnen. Neben dem Türrahmen war ein Schild angebracht, auf dem stand:

NeuroLink
Entwicklungsabteilung
S. Zweig, Head of Development

Meine Mutter legte die Hand auf die Türklinke und trat mit einem fröhlichen »Happy birthday!« durch die Tür.

Der Raum, in dem wir uns nun befanden, war leer. Die Musik drang ohrenbetäubend laut aus zwei großen Boxen, die links und rechts eines Schreibtisches standen. Es klang, als hätte jemand meinen Kater in einen Mixer gesteckt.

Ich sah mich im Raum um und bemerkte, dass es sich um ein

Labor handeln musste. Die Wände waren gekachelt, es hingen weiße Kittel und Schutzbrillen an Haken von der Wand und auf mehreren Tischen lagen biologische Proben und technische Kleinteile herum. Ich erblickte auch diverse Mikroskope und ein großes Waschbecken.

Helen stellte den Kuchen auf einem der Versuchstische ab und schaltete die Anlage aus. Beinahe gleichzeitig bemerkten wir einen Kaffeebecher, der zu Boden gefallen war. Ich erkannte es an der Art, wie sie innehielt und den blauen Becher anstarrte. Auf ihrer Stirn erschienen feine Falten. Kaffeespritzer waren überall auf dem hellen Linoleum verteilt. Ich begann, mich unbehaglich zu fühlen. Die Stille im Gebäude war beinahe greifbar. Und auch die umgeworfene Tasse kam mir eigenartig vor, wie ein Beweis dafür, dass hier irgendetwas ganz und gar nicht stimmte.

Helen ging zu einer Tür am Ende des Raumes, die scheinbar in weitere Laborräume führte. Sie öffnete diese Tür und spähte hindurch. »Sebastian?« Keine Antwort. Der Raum lag völlig im Dunkeln. Ich konnte spüren, dass meine Mutter nervös wurde. Sie nahm ihr Telefon, ein altes iPhone 8, zur Hand und blickte prüfend auf den Bildschirm. Dort war eine Nachricht aufgerufen. »Hel, komm bitte sofort ins Labor. Ich glaube, das ist der Durchbruch. xxx, S.«

Mein Vater hatte sie also hierher bestellt. Und nun war er nirgendwo zu sehen. Helen trat auf den Flur hinaus und rief erneut Sebastians Namen. Er hallte von den nackten Wänden wider, aber nichts und niemand regte sich.

Da tauchte plötzlich eine dunkle Gestalt hinter ihr auf und im nächsten Augenblick starrten ihre erschrockenen Augen durch mich hindurch. Der Schatten hinter meiner Mutter war wieder verschwunden, dafür ragte der Griff eines Messers aus der Vorderseite ihres eleganten Abendkleides. Wie war das nur passiert?

Ungläubig sah Helen an sich herab. Sie schien genauso wenig wie ich zu begreifen, was da gerade geschehen war.

»Nein«, flüsterte sie, halb verwundert, halb entsetzt, und im nächsten Augenblick stürzte sie zu Boden.

Ich sah meiner Mutter beim Sterben zu. In wenigen Augenblicken würde sie tot sein, ihr Leben, ihre Schönheit und ihr Lachen endeten an diesem Abend; an diesem Ort. Und sie schien es auch zu begreifen, denn ihre Wangen waren feucht von Tränen. Mir wurde ganz flau bei dem Gedanken, dass sie vielleicht an die beiden kleinen Mädchen dachte, die nun vergeblich auf ihre Rückkehr warten würden.

Und dann stand er auf einmal da, mitten im Raum, und nahm mir die Sicht auf meine Mutter. Ein großer, breitschultriger Mann in einem weißen Kittel, der auf sie herabblickte.

»Sebastian«, hörte ich Helen flüstern.

SOPHIE

»Sophie! Verdammt noch mal, mach endlich die Augen auf. Sophie?«

Liz kniete über mir und schlug auf meine Wangen. In ihre Stirn gruben sich tiefe Sorgenfalten. Als sich unsere Blicke trafen, atmete sie lautstark durch. »Puh, Schwester. Du hast mich vielleicht erschreckt. Was zum Teufel war das denn?«

Ich sah mich verwirrt um und stellte fest, dass ich auf einem harten Steinboden lag. Es dauerte eine ganze Weile, bis ich mich erinnerte, wo ich mich befand und was ich dort zu suchen hatte. Schwerfällig setzte ich mich auf. Mein ganzer Körper, vor allem aber mein Kopf, schmerzte höllisch.

Liz lächelte schief, doch in ihren Augen lag ein großer Schrecken. »Du verträgst echt nichts, oder?«

Ich versuchte, mich zu erinnern, wie ich auf dem Boden des Raumes gelandet war, doch es gelang mir nicht. »Wa ... Was ist denn passiert?«

Liz kicherte nervös. »Du hast die Augen aufgerissen und bist einfach von der Bank gekippt, das ist passiert. Wir hatten gerade beschlossen, unsere leiblichen Eltern zu seekern, erinnerst du dich nicht?«

Ich dachte angestrengt nach. Richtig, Liz hatte mir ein Foto von Helen gezeigt und so lange auf mich eingeredet, bis ich mich schließlich bereit erklärt hatte, ein paar Nachforschungen über unsere Eltern anzustellen. Und dann hatte ich Sebastians Namen in das Seeker-Suchfeld eingegeben ... Eine Erinnerung durchzuckte mich und augenblicklich wurde mir kalt. Ich konnte sie noch nicht richtig greifen, aber die Kälte nahm mein Herz in Beschlag und füllte mich beinahe vollständig aus. Meine Zwillingsschwester starrte mich weiter an, als befürchte sie, ich könnte in den nächsten drei Sekunden wahlweise an spontanem Herzstillstand sterben oder mir die Kleider vom Leib reißen, nackt über den sehr teuren Rasen rennen und dabei lauthals »Oh Tannenbaum« singen. Doch nach Singen war mir gerade ganz und gar nicht zumute, denn die Bilder meines Traumes kamen mit voller Wucht in mein Bewusstsein zurück.

»Er hat sie getötet, Liz«, stammelte ich.

Auf Liz' Stirn bildete sich eine tiefe Falte. »Was ist los?«

»Unsere Mutter«, sagte ich und fing unwillkürlich an, zu weinen. »Er hat sie tatsächlich umgebracht.«

Liz stand umständlich vom Boden auf, um sich kurz danach mit der Champagnerflasche und den Gläsern erneut etwas unbeholfen neben mir niederzulassen. Während sie mir mein Glas in die Hand drückte, fragte sie: »Bist du wirklich so hart auf den Kopf gefallen? Das wissen wir doch schon längst.«

Ich nahm das Glas dankbar entgegen und trank einen Schluck. Die Kopfschmerzen konnten wohl ohnehin nicht mehr schlimmer werden, und es tat gut, zu spüren, wie der Alkohol meine Gliedmaßen wärmte und ein wenig von der Panik in meinem Inneren vertrieb.

Wie sollte ich Liz berichten, was ich soeben gesehen hatte, ohne zu klingen, als hätte ich den Verstand verloren?

Denn schließlich hatte sie recht: Das wussten wir bereits seit einigen Tagen. Aber es war noch immer ein Unterschied, ob man von einer Sache nur theoretisch wusste, oder tatsächlich *wusste*, dass etwas geschehen war, weil man Teil oder Zeuge des Geschehens geworden war. Und genauso fühlte ich mich gerade: als Zeugin am Mord unserer Mutter.

Ich nahm noch einen Schluck. »So meine ich das doch nicht. Ich habe *gesehen*, wie er es getan hat! Gerade eben. So klar und deutlich, dass ich das Gefühl hatte, ich wäre tatsächlich dabei.«

Liz runzelte die Stirn. »Aber du warst vollkommen weggetreten. Ich hatte richtig Angst um dich und war drauf und dran, Fe zu rufen. Das hätte vielleicht ein Donnerwetter gegeben. Aber ich hätte es getan. Bist du sicher, dass dir der Schampus nicht einfach zu Kopf gestiegen ist?«

Ich überlegte einen Augenblick. Ein großer Teil von mir wünschte sich einfach nur, dass Liz recht hatte. Doch so war es nicht. Der Champagner hatte keine Schuld daran, etwas anderes war passiert. Abgesehen von den rasenden Kopfschmerzen, die von meinem Port auszugehen schienen, fühlte ich mich recht normal und allenfalls leicht betrunken. Die Erinnerungen an das, was ich gerade gesehen hatte, kamen immer klarer zurück, beinahe so, als hätte ich das gesamte Geschehen erneut vor Augen. Angst, Blut und Traurigkeit füllten meinen Kopf bis zum Rand aus. »Ja«, bestätigte ich. »Da bin ich mir absolut sicher.« Ich fühlte, wie Liz näher an mich heranrückte. Eine schöne Geste, es tat gut zu wissen, dass ich nicht alleine war.

»Und was genau hast du gesehen?«, fragte sie leise.

Ich legte meinen Kopf wie selbstverständlich an ihre Schulter und begann zu erzählen.

LIZ

Während Sophie sprach, hörte meine Welt für eine Weile auf, sich zu drehen. Es wäre einfach gewesen, ihr nicht zu glauben, alles auf den Alkohol zu schieben und über etwas anderes zu reden. Einfach und vollkommen unmöglich zugleich.

Ich versuchte mein Bestes, mir nicht anmerken zu lassen, wie sehr mich ihre Worte schockierten. Klar, wie ich an diesem Abend bereits betont hatte, hatten mich nicht einmal die drei Teile von *Torture House* aus der Fassung gebracht und ich rühmte mich eigentlich immer, emotional stabil, ja: geradezu abgebrüht zu sein. Wenn man praktisch ohne Eltern und an einem der grausamsten Orte der Welt, nämlich einer Privatschule für privilegierte Sprösslinge aufwächst, legt man sich automatisch ein dickes Fell zu.

Aber was Sophie mir gerade mit belegter Stimme berichtete, ließ selbst mir das Blut in den Adern gefrieren. Und das lag nicht einmal an der Grausamkeit der Ereignisse, sondern daran, dass sich die Tat genauso zugetragen haben musste, zumindest war meine Schwester überzeugt davon. Es stimmte ja: Der Notar hatte uns ebenfalls berichtet, dass Sebastian Zweig seine Frau erstochen hatte. Und nun erzählte mir Sophie, dass sie Helen Zweig hatte sterben sehen, während sie selbst bewusstlos am Boden lag. Sozusagen mit eigenen Augen.

Eigentlich war das völlig unmöglich und dennoch wusste ich, dass Sophie mich weder anlog noch sich irrte. Ihre Hände waren eiskalt und ihre Augen voller Tränen. Was sie gesehen hatte, das hatte sie zweifellos gesehen. Die Frage, die sich mir nun aufdrängte, war: warum? Und: Waren es Trug- oder Traumbilder gewesen, die meine Schwester gerade heimgesucht hatten – Fantasiegebilde aus Stress, Angst und einer harten Woche? Und wenn nicht: Wie waren diese Bilder in den Kopf meiner Schwester gekommen? Dafür gab es keine vernünftige Erklärung.

»Ich wünschte, wir hätten sie niemals geseekert«, flüsterte Sophie und holte mich aus meinen Gedanken.

Sie knetete den Saum meines roten Kleides, der von ihrer Bearbeitung schon ganz knitterig war, und betrachtete dabei traurig ihre Hände.

Vom vielen Weinen war ihre Wimperntusche verschmiert und zog nun schmutzige Schlieren über ihr ganzes Gesicht. Mein Kleid sah überhaupt nicht mehr glamourös aus, sondern wirkte an Sophies Körper ein wenig, als hätte es sich dorthin verlaufen und wisse nun selbst nicht mehr, was es mit sich anfangen sollte, verknäuelt und schief, wie es nun war. Und meine Schwester selbst erinnerte mich an einen kleinen Vogel, der aus dem Nest auf die Straße gefallen war, so zerzaust und ängstlich, wie sie gerade dreinblickte.

Ich stand mit wackeligen Beinen auf und holte eine der Wolldecken, die für Gartenpartys in einem großen Holzschrank aufbewahrt wurden, und legte sie ihr um die Schultern. Dann zog ich noch eine Flasche MagicMate™ aus dem Kühlschrank und setzte mich wieder neben sie. So unheimlich mir die ganze Geschichte auch war, irgendwie fühlte ich, dass die Dinge, die Sophie gesehen hatte, von großer Bedeutung waren, wenn wir wirklich wissen wollten, was damals zwischen unseren Eltern vorgefallen war und warum man uns beide getrennt hatte. Ich für meinen Teil jedenfalls war noch immer felsenfest entschlossen, genau das herauszufinden. Aber wie ich meine Schwester bisher kennengelernt hatte, würde es nach diesem Vorfall schwer werden, sie zu weiterer Recherche zu bewegen. Schwer, dachte ich, aber nicht unmöglich!

Daher war ich um einen betont munteren Tonfall bemüht, als ich wieder zu sprechen begann.

»Das ist echt eine ziemlich abgefahrene Geschichte«, sagte ich. »Lass uns erst mal wieder einen kühlen Kopf bekommen, okay?«

Sophie nickte und ließ sich von mir widerstandslos das Glas mit Mate füllen. Sie trank in großen Schlucken und verzog anschließend leidend das Gesicht.

»Bah. Ich hasse das Zeug!«

»Echt jetzt?« Das wunderte mich. Ich hatte keinerlei Vorstellung davon, wie ich mein Leben ohne MagicMate™ auf die Reihe kriegen sollte. Ohne dieses Wundermittel wurde ich morgens ja überhaupt nicht erst wach! Außerdem gehörte es einfach zum Leben dazu. Okay, am Anfang war mir der Geschmack auch zu bitter gewesen, aber mit der Zeit gewöhnte man sich daran.

An unserer Schule ersetzte die Mateflasche quasi das Handtäschchen, die charakteristischen pinkfarbenen und gelben Flaschen mit den grünen Henkeln waren überall im Schulgebäude zu sehen. An Sophies Schule war das wohl, wie so vieles, anders.

»Ja«, erwiderte diese und blickte dabei die Flasche an wie ein Magermodel die Auslage einer Konditorei. »Viel zu bitter.«

»Aber es hilft!«, gab ich zurück und füllte Sophie noch einmal nach. Ich selbst trank ein paar Schluck direkt aus der Flasche.

»Und jetzt lass uns doch mal versuchen, analytisch an die ganze Sache heranzugehen. Hast du vielleicht spontan eine Erklärung für das, was da gerade passiert ist?«

Sophie schüttelte den Kopf. »Ich kapier gar nichts mehr.«

Ich wusste zwar, was sie meinte, wollte mich von ihrer trüben Stimmung aber auf keinen Fall runterziehen lassen und überlegte. »Kannst du dich denn an irgendwelche markanten Einzelheiten erinnern, die uns helfen könnten, herauszufinden, ob du tatsächlich den Mord beobachtet oder einfach nur geträumt hast?«

»Ich hab dir doch schon alles erzählt. Es war ein Labor in irgendeiner großen Firma. Erst sind wir einen ziemlich langen Gang entlanggelaufen, dann durch eine Sicherheitsschleuse und bis zu einer Tür, hinter der Licht brannte. Neben der Tür hing ein Schild.«

»Weißt du noch, was das für ein Schild war?«, fragte ich.

Sophie runzelte die Stirn und schien angestrengt nachzudenken. Doch schließlich schüttelte sie den Kopf. »Nein, vielleicht fällt es mir ja morgen wieder ...« Dann hielt sie mitten im Satz inne und wurde noch blasser, als sie es ohnehin schon gewesen war. Ich rüttelte sie sanft an der Schulter.

»Was ist los?«

»Doch ... Jetzt erinnere ich mich an etwas«, flüsterte sie kaum hörbar.

Ich setzte mich kerzengerade auf. »Wirklich?«

Sophie nickte. »Ja. Ich erinnere mich an das Logo von NeuroLink.«

Ich stutzte. Damit hätte ich zu allerletzt gerechnet. Allmählich wurde die ganze Geschichte immer merkwürdiger.

»Bist du sicher?«, fragte ich ungläubig. »Schließlich sehen wir alle das Logo jeden Tag, vielleicht bringst du da auch was durcheinander?«

Sophie funkelte mich an. Scheinbar war ich ihr mit meiner Skepsis auf den Schlips getreten. Und wenn ich genauer darüber nachdachte, so benahm ich mich ihr gegenüber wirklich wie ein misstrauischer Polizeibeamter. Ich selbst wäre an ihrer Stelle schon längst ausgerastet. Im Stillen verfluchte ich mich für die Tatsache, dass meine Zunge oft schneller war, als mein Hirn.

»Ich weiß, was ich gesehen habe!«, fauchte mein Zwilling scharf.

»Ist ja schon gut, tut mir leid!«, beeilte ich mich zu sagen und sie schien sich damit zufriedenzugeben.

Mir kam ein Einfall. Ich streckte mich nach der Kiste, die mit den Resten unseres *Erbes* unter dem Tisch stand, und zog sie zu uns heran.

»Was machst du denn da?«, fragte Sophie mit einem Unbehagen in der Stimme, das kaum zu überhören war.

»Ich habe eine Idee«, antwortete ich, während ich den Laborkittel, den ich ganz nach unten in die Kiste verbannt hatte, hervorkramte. Es kostete mich einige Überwindung, ihn anzufassen, doch ich riss mich zusammen und durchsuchte mit zittrigen Fingern die Taschen des Kittels.

»Wenn er unsere Mutter an seinem Arbeitsplatz umgebracht hat und das tatsächlich der Kittel ist, den er damals trug, dann könnte doch …«

Meine Finger ertasteten etwas Hartes in der Brusttasche, die vom Blut regelrecht zugeklebt worden war. Ich nahm all meinen Mut zusammen und schob meinen Finger in die Tasche. Es knisterte leise und rote Blutpartikelchen rieselten wie Staub auf meine nackten Beine. Ich wischte sie weg, ohne genauer hinzusehen, geschweige denn auch nur einen Augenblick darüber nachzudenken.

Meine Hand beförderte eine kleine Plastikkarte zutage. Ich konnte unser Glück kaum fassen! Es war tatsächlich die Firmenkarte unseres Vaters. Ungläubig befühlte ich das kleine Ding.

Vor der Port-ID-Erkennung waren solche Karten Standard in vielen Unternehmen gewesen. Sie waren Ausweis und Schlüsselkarte in einem. Als ich sie umdrehte, wollte mir das Blut in den Adern gefrieren. Das durfte doch nicht wahr sein!

»Fuck!«, entfuhr es mir.

Sophie beugte sich neugierig zu mir herüber.

»Sebastian W. Zweig. Head of Development«, las sie vor. Darunter prangte das Firmenlogo der NeuroLink AG.

Mir wurde schwindelig. Sophie hatte sich nicht geirrt. Unser leiblicher Vater war zum Zeitpunkt des Mordes Leiter der Entwicklungsabteilung bei genau der Firma gewesen, die knapp ein Jahr später den Prototypen des SmartPorts unter großem Presserummel der Öffentlichkeit präsentiert hatte. Davon konnte Sophie unmöglich gewusst haben. Meine Gedanken rasten, überschlugen sich und schienen mich von allen Seiten her anzuschreien. Ich kapierte das nicht.

Doch etwas anderes an der kleinen Magnetkarte nahm mich jetzt gefangen. Links neben dem Schriftzug war ein

Foto unseres Vaters aufgedruckt. Zwar war es nicht größer als eine Briefmarke, aber selbst auf diesem kleinen Bild konnte man ihn deutlich erkennen. Ich hatte das Gefühl, einem Geist ins Gesicht zu sehen. Er war ein gut aussehender, schlanker Mann gewesen. Dunkelblonde Haare standen wild von seinem Kopf ab, auf seiner Nase saß eine etwas zu große, aber für jene Zeit typisch moderne Brille. Er trug einen lässigen Dreitagebart und ein schiefes Grinsen im Gesicht. Der Anblick dieses Lächelns brachte etwas tief in meinem Inneren in Aufruhr. Es fühlte sich beinahe wie eine Erinnerung an – Wärme, gemischt mit Trauer und Sehnsucht. Mir war, als würde sich mein Herz an dieses Lächeln erinnern, obwohl mein Kopf es nicht konnte.

Unser Vater war ein Typ gewesen, dem die Frauen hinterhergesehen hatten, so viel war sicher. Außerdem sah er so aus wie jemand, der es fertigbrachte, Wäsche in die Spülmaschine zu stopfen und diese dann auch noch anzustellen. Kurz: Er sah aus wie jemand, den man wirklich von ganzem Herzen lieben konnte. Ich bekam einen Kloß im Hals, denn das kleine Bild war scharf genug, um zu erkennen, dass Sophie und ich ein wesentliches Merkmal unseres Aussehens von Sebastian Zweig geerbt hatten.

»Wir haben seine Augen«, murmelte ich.

»Nussnugatcremeaugen«, bestätigte Sophie flüsternd.

Mir lief ein kalter Schauer den Rücken hinab. Da blickte er uns mit seinem Spitzbubengrinsen an, der Mann, der für unsere Existenz mitverantwortlich war. So, wie für vieles andere auch. Aus intelligenten, wachen Augen, die ich besonders gut kannte, seitdem Sophie in mein Leben getreten war. Hatte er zu dem Zeitpunkt bereits gewusst, dass sein eigenes Leben bald in Trümmern liegen würde? Hatte er, als das Bild aufgenommen worden war, den Mord an seiner Frau bereits geplant? Gewusst, dass seine beiden Töchter niemals so unbeschwert würden aufwachsen können wie andere Kinder? Waren wir zu diesem Zeitpunkt überhaupt schon auf der Welt? Mit einem Mal wollte ich glauben, dass die kleinen Schatten unter seinen Augen daher rührten, dass er die Nacht zuvor versucht hatte, mich in den Schlaf zu wiegen, während ich unablässig schrie.

Bei seinem Anblick konnte ich mir einfach nicht vorstellen, was vor ein paar Minuten für mich noch selbstverständlich die Wahrheit gewesen war: dass er ein Mörder war. Aber sagte man nicht, alle Mörder wirkten wie normale Menschen? Vielleicht wollte ich es auch einfach nicht glauben. Aber eine Stimme in meinem Inneren sagte mir, dass der Mann, dem wir gerade auf einem alten, stumpfen Foto in die Augen blickten, seine Frau nicht erstochen hatte. Es war zwar nur ein Gefühl, aber tief drinnen wusste ich genau: Irgendwas war hier faul.

»Du hast dich nicht geirrt!«, stellte ich fest. »Unser Vater war Chefentwickler bei NeuroLink. Und du warst vorhin sozusagen in seinem Labor.«

»Ich verstehe das alles nicht. Wie konnte ich das denn sehen?«, jammerte Sophie.

»Vielleicht bist du ja so was wie ein Medium?«, witzelte ich, was bei Sophie lediglich ein verächtliches Schnauben hervorrief. Scheinbar hielt sie genauso wenig von Esoterik und Okkultismus wie ich. Irgendwie freute mich das.

Sie saß da und starrte auf das Glas in ihren Händen. »Etwas war eigenartig an diesem Traum«, murmelte sie.

»Eigenartig?«, hakte ich nach.

»Ja, es war, als hätte ich überhaupt keinen Einfluss auf

das, was ich sehe. Verstehst du das? Mal sah ich Helen von vorne, dann von hinten oder von der Seite. Ein paar Mal schien ich sogar über ihr zu schweben. Es war beinahe so, als sähe ich ein Video.«

Ihre Worte, so gedankenlos ausgesprochen, trafen mich wie ein Hammerschlag. Sofort kam mir ein Wort in den Sinn: Überwachungskameras! Bestimmt war in einer Firma wie NeuroLink alles mit Kameras ausgestattet.

So unwahrscheinlich es auch sein mochte: Videoaufzeichnungen könnten eine Erklärung für das sein, was Sophie gerade gesehen hatte. Was ihr vor einer knappen Stunde widerfahren war, erschien mir so an den Haaren herbeigezogen und unwahrscheinlich, dass Manipulation von Menschenhand die beste Erklärung dafür war. Es wäre schon ein komischer Zufall, wenn sie ganz von alleine in genau dem Augenblick umgekippt wäre, in dem sie den Namen unseres Vaters bei Seeker eingab. Und ihr WerbePort machte ihren Kopf prinzipiell für jeden zugänglich, der etwas von den Geräten und Neurohacking verstand. Deswegen hätte mein Vater auch niemals zugelassen, dass ich ein Werbegerät bekam, egal, wie teuer die Premiumgeräte auch waren. Was, wenn sich nun tatsächlich jemand Zugang zu Sophies Kopf verschafft hatte?

Doch ich wollte Sophie nicht in meine Gedankengänge einweihen. Noch nicht. Wenn ich es ihr jetzt erzählte, würde sie durchdrehen und aussteigen, noch bevor wir richtig losgelegt hatten. Sie war angetrunken, müde und völlig verängstigt. Und ich wollte noch ein wenig über dem Problem brüten. Noch wusste ich viel zu wenig, um irgendwelche voreiligen Schlüsse ziehen zu können.

Aber ich fühlte, dass wir der Geschichte unserer Familie

auf die Spur kommen würden, wenn wir nur beharrlich genug waren. Und ich war ganz wild darauf, mich in die Arbeit zu stürzen. Zum vielleicht ersten Mal in meinem Leben tat ich etwas, das für mich persönlich große Relevanz hatte. Und obwohl ich natürlich Angst hatte vor dem Ausgang dieser Geschichte, so wusste ich doch, dass es sein musste. Und das fühlte sich gut an. Als hätte ich so was wie ein Schicksal, obwohl ich auch daran nicht so recht glaubte.

Doch an diesem Abend war ohnehin nichts mehr zu reißen. Sophie sah aus, als hätte sie im Akkord wilde Bullen zugeritten, und auch ich war unglaublich müde. Seitdem die anderen gegangen waren, hatten wir uns ziemlich viel mit unseren Eltern (den leiblichen und den nichtleiblichen) beschäftigt und viel zu wenig miteinander. Das sollten wir jetzt schleunigst ändern.

Ich legte Sophie den Arm um die Schultern und fragte: »Käsenachoreste und Mädchenfilm?«

Sie lächelte dankbar. »Perfekt.«

Während ich meine Schwester, deren Beine sich im Laufe der vergangenen Stunde in Knetgummi verwandelt zu haben schienen, den Weg in Richtung meiner Wohnung entlangschob, überkam mich ein Anflug von Panik und Euphorie.

Ich fühlte, dass ich dabei war, mich in ein Abenteuer mit ungewissem Ausgang zu stürzen.

Der Mann kniete über mir und sah mich an. Ich wusste genau, dass ich ihn schon einmal irgendwo gesehen hatte. Doch ich konnte mich nicht mehr daran erinnern, wann und wo das gewesen sein sollte. Der Schmerz, der in meiner Brust herrschte, und die Panik, die alles andere überlagerte, verhinderten, dass ich mich konzentrieren konnte.

Die Augen des Mannes waren rot umrandet und dunkel, fast schwarz. Sie sahen aus wie zwei bodenlose Gruben, die ihm mitten im Gesicht saßen und ich hatte Angst, hineinzustürzen. Der Rest seines Gesichtes war merkwürdig unscharf, beinahe verschwommen. Seine großen Hände und der weiße Kittel, den er trug, waren voll mit Blut. Meinem Blut.

Ich starb. Das wusste ich genau. In wenigen Minuten würde ich tot sein und dieser Mann wäre das Letzte, was ich von der Welt zu sehen bekam. Wenn ich mich doch nur daran erinnern könnte, woher ich ihn kannte …

Dann tat der Mann etwas ziemlich Erstaunliches. Er weinte. Seine Schultern bebten, der ganze Körper zitterte und ich fühlte, wie seine Tränen auf meine Wangen tropften. Ich wollte meine Hand heben, um ihn zu trösten, doch irgendetwas hielt mich davon ab. Hatte er mir das hier angetan? Ich wusste es nicht mehr. Doch seine Anwesenheit machte mir fürchterliche Angst. Als wäre er von etwas Bösem umgeben.

Ich sah ihn an, wollte ihn fragen, warum er weinte, doch er kam mir zuvor. Seine zittrigen Finger griffen nach dem weißen Kittel. Er starrte auf den fleckigen Stoff; Tränen klatschten zwischen die Blutspritzer. »Jetzt sieh dir diesen Schlamassel an!«, stammelte er. »Das ist alles nur deine Schuld. Was musstest du deine Nase auch in Angelegenheiten stecken, die dich nichts angehen? Die Flecken bekomme ich doch nie wieder raus!«

Er hatte vermutlich recht. Der Kittel war ruiniert. Sofort fühlte ich mich noch schlechter. War ich tatsächlich an alldem hier Schuld? Ich konnte mich einfach nicht erinnern.

Da tauchte auf einmal meine Mutter hinter dem Mann auf und lächelte. Sie legte ihm eine Hand auf die Schulter. »Mach dir keine Sorgen, Liebling. WonderfulWhite™ kann es mit allen Flecken aufnehmen.«

Dann sah sie mich an und ihre Augen wurden hart. »Sogar mit Blut!«

LIZ

Ich konnte beinahe die ganze Nacht nicht schlafen. Jedes Mal, wenn ich es versuchte, wachte ich von Sophies Gejammer und Gestöhne wieder auf. Es war wirklich nicht zum Aushalten. Mal rief sie nach ihrem Vater (wahrscheinlich dem Mann, der sie adoptiert hatte), ein anderes Mal wimmerte sie leise oder schrie entsetzt auf. Es mussten ziemlich schlimme Träume sein, die sie plagten. Aber so laut, wie sie war, plagten ihre Träume auch mich, und ich hasste es, tagsüber müde zu sein, war ich doch ohnehin schon ein ziemlicher Morgenmuffel.

Eigentlich zog ich es ja vor, alleine in meinem Zimmer zu schlafen. Ashley und Carl verbannte ich immer auf die Riesencouch in meinem Wohnzimmer, worüber sie sich noch nie beschwert hatten. Aber Sophie war schon während des Films ständig eingenickt, hatte sich dennoch standhaft geweigert, mein Bett zu verlassen und sich auf die Couch zu kuscheln. Da sie so fertig war, hatte ich ihr schließlich eine zweite Decke geholt und sie gewähren lassen, was ich mittlerweile doch bitter bereue. Seitdem Daphne sich auch noch zwischen uns geklemmt hatte, blieb mir in meinem eigenen Bett beinahe gar kein Platz mehr. Ausgerechnet heute hatte sich dieser seltsame Hund entschieden, einmal nicht im Spülschrank zu übernachten. Das war schon lange nicht mehr vorgekommen. Sie schien meine Schwester sofort ins Herz geschlossen zu haben. Und allmählich ging es mir genauso.

Zu Sophies leisem Jammern kam nun also noch Daphnes Schnarchen dazu. Außerdem hatte ich sie schon seit Längerem im Verdacht, regelmäßig zu furzen – was sich leider in dieser Nacht bestätigte. Zwischendurch fiel es mir schwer, das Lachen zu verkneifen, so absurd war meine Situation.

Sophie wälzte sich nun hin und her. Ihre Stirn klebte vor Schweiß und sie hatte die Hände zu Fäusten geballt. Offensichtlich ging ihr Traum jetzt in eine heiße Phase über. Ich fragte mich, ob sie gerade eigenständig träumte, oder ob die nächtlichen Bilder von irgendeiner Seite manipuliert wurden.

Ich konnte mir die Sleepvertisements gar nicht wirklich vorstellen. Meine eigenen Träume waren diffus und häufig surreal. Meistens konnte ich mich am nächsten Morgen gar nicht mehr richtig an sie erinnern. Wie mochte das sein, wenn während einer Verfolgungsjagd zum Beispiel ein verstorbener Rennfahrer auftauchte und Werbung für Allwetterreifen mit extra rutschfestem Profil machte? Oder man drauf und dran war, einen Kerl zu küssen, und dann kam ein Spot für Herpescreme? Es musste seltsam sein, im Schlaf so manipuliert zu werden.

Ich betrachtete meine Schwester nachdenklich. Ein paar Mal schon hatte ich mir überlegt, ob ich sie wecken sollte, mich dann aber jedes Mal dagegen entschieden. Immerhin gab mir ihr Schlaf ein paar Momente Zeit, in Ruhe über das Geschehene nachzudenken. Wenn ihre Albträume allzu schlimm wurden, würde sie schon von alleine aufwachen, dachte ich mir.

Sophies Ohnmacht hatte mir schwer zu denken gegeben. Was am Abend im Weinkeller geschehen war, ließ sich mit simpler Logik nicht mehr erklären. Irgendwie roch das Ganze für mich nach einer größeren Sache. Hier waren Dinge im Gang, die mir zwar Angst machten, mich aber gleichzeitig elektrisierten.

Natürlich wusste ich, dass wir vorsichtig sein mussten. Wenn wirklich jemand an Sophies Träumen herumdokterte, der nichts mit Produktwerbung zu tun hatte, dann konnte der exakte Zeitpunkt der Manipulation auch kein Zufall sein – und die Nachforschungen für uns vielleicht riskant werden. Immerhin hatte Sophie gerade den Namen unseres leiblichen Vaters in das Suchfeld bei Seeker eingegeben. Des Mannes, der höchstwahrscheinlich maßgeblich zur Entwicklung jenes Chips beigetragen hatte, den heutzutage immerhin schon ein Drittel der Weltbevölkerung implantiert hatte.

All das sagte mir, dass an der Geschichte, die der Notar uns aufgetischt hatte, einiges hinken musste. Das waren einfach zu viele seltsame Zufälle, um wirklich noch Zufälle sein zu können. Ich für meinen Teil zweifelte mehr und mehr daran, dass Sebastian Zweig seine Frau getötet hatte. Selbst wenn alle Indizien gegen ihn sprachen, inklusive dessen, was Sophie gesehen hatte. Das war natürlich ein Problem. Gerade meine Schwester war in diesem wichtigen Punkt sicherlich anderer Meinung. Spätestens seit dem Traum war sie nun restlos von Sebastian Zweigs Schuld überzeugt und ich konnte es ihr keinesfalls verdenken.

Aber das Rätsel um unsere Vergangenheit wollte ich auf keinen Fall alleine lösen, sondern zusammen mit ihr. Wenn ich Sophie nicht überzeugen konnte, weiterzumachen, hatte die ganze Sache für mich selbst auch weniger Wert. Wahrscheinlich würde ich auf halber Strecke aufgeben. So wie damals, als ich mir in den Kopf gesetzt hatte, Japanisch zu lernen. Am Ende hatten Frau Kuboi und ich die Übereinkunft getroffen, in meinen bereits für ein halbes Jahr bezahlten Japanischstunden um Sushihappen zu pokern. Immerhin: Gurken-Makis machte mir so schnell niemand nach und ich war ein eisenharter Gegner.

Schätzungsweise würde sich Sophie jedoch nicht mit ein paar Reishappen bestechen lassen. Zum Glück blieb mir immer noch Helen. Schließlich war sie vorhin auch der Grund gewesen, warum Sophie überhaupt eingewilligt hatte, zu recherchieren. Wahrscheinlich war also unsere Mutter der Schlüssel zu Sophies Herzen. Und zu ihrer Unterstützung.

Just in dem Moment, in dem ich diesen Gedanken hatte, zerriss ein gellender Schrei die Nacht. Sophie saß kerzengerade im Bett, die Augen weit aufgerissen, und blickte sich verängstigt um. Daphne hatte sich derart erschreckt, dass sie nun auf der Bettdecke stand und die Tapete anknurrte. So aufgebracht hatte ich den Hund schon lange nicht erlebt. »Hey, was ist los?«, fragte ich Sophie, während ich Daphne zu mir heranzog, um sie zu beruhigen. »Hast du schlecht geträumt?«

Meine Schwester sah mich aus glasigen Augen an und nickte langsam. »Ja, ich denke schon.« Ein mattes Lächeln huschte über ihr Gesicht. »Irgendwie fühle ich mich sowieso die ganze Zeit wie in einem Albtraum. Vollkommen egal, ob ich nun wach bin, oder nicht.«

Sie runzelte die Stirn und griff sich an ihren Kopf. »Au, verdammt!«, murmelte sie und blickte mich mit gequältem Gesichtsausdruck an.

»Kopfschmerzen?«, fragte ich. Sophie nickte.

»Ein Champagner dieser Preisklasse sollte eigentlich nicht schädeln«, feixte ich. Als meine Schwester angesäuert ihr Gesicht verzog, musste ich lächeln. »Schon gut!« Ich schwang die Beine über den Bettrand. »Ich hole dir eine HeadHealer™.«

Als wir wenige Augenblicke später wieder nebeneinander im Bett saßen und auch Daphne sich erneut zu einer übergroßen, gepunkteten Wurst zusammengerollt hatte, fragte ich vorsichtig: »Weißt du noch, was du geträumt hast?«

Sophie kaute an ihren Fingernägeln herum. »Schon«, antwortete sie. »Im Prinzip habe ich die ganze Nacht immer wieder das Gleiche geträumt, wie vorhin im Weinkeller.« Sie schüttelte sich und runzelte die Stirn. »Und von Waschmittel«, fügte sie leicht verwirrt hinzu. Dann wandte sie mir ihr Gesicht zu. »Liz, wenn das so weitergeht, weiß ich nicht, wie ich das aushalten soll!«

Ich konnte sie gut verstehen, auch wenn ich mir nur schwer ausmalen konnte, was sie gerade durchmachte. Solche Bilder immer und immer wieder sehen zu müssen, musste eine echte Qual sein. Ein Teil von mir war heilfroh, dass es Sophie und nicht mich getroffen hatte, während ein anderer Teil von mir sich von Herzen für diesen Gedanken schämte.

»Vielleicht hören die Träume ja auf, wenn wir herausfinden, was wirklich geschehen ist?«, schlug ich vor. Sophie bedachte mich mit einem derart abschätzigen Blick, dass ich beinahe angefangen hätte, laut loszulachen! Wenn sie wollte, konnte sie richtig garstig aussehen.

»Netter Versuch, Schwester!«, sagte sie trocken. »Ich weiß auch so, was wirklich passiert ist. Immerhin habe ich es gesehen. Und damit hat es nicht etwa aufgehört, sondern angefangen.«

Der Punkt ging an sie, das musste ich zugeben. Noch während ich überlegte, was ich sonst sagen könnte, sah sie mich nachsichtig aus unseren großen, braunen Augen an. »Du wirst sowieso keine Ruhe geben, oder?«

Ich schüttelte grinsend den Kopf. »Nein, werde ich nicht.«

Sophie schien nachzudenken.

»Willst du denn nicht noch mehr über sie erfahren? Wissen, wer unsere Eltern wirklich waren und wo wir herkommen?«, fragte ich vorsichtig.

Ihre Augen waren feucht. »Nein, das eigentlich nicht. Aber ich will es verstehen, Liz! Ich will wissen, warum er es getan hat.«

Ich grinste. Scheinbar hatte ich mein Pferdeschwanzmädchen gewaltig unterschätzt.

SOPHIE

Während Liz mir lachend um den Hals fiel, wunderte ich mich selbst über meine Courage. Normalerweise vermied ich den Kontakt mit Dingen oder Gefühlen, die mir nur wehtaten – das hier gehörte eindeutig dazu. Und die Träume der vergangenen Nacht hatten eine Mischung aus Angst und Verzweiflung in mein Herz gepflanzt. Dennoch wurden diese Gefühle von einer anderen Emotion überlagert: Ratlosigkeit. Ich möchte immer alles verstehen und kann es überhaupt nicht leiden, wenn mir das nicht gelingt. Das war schon immer so und einer der Gründe, warum ich meinen Ruf als Streberin wohl unwiderruflich weghatte. Den Mord an unserer Mutter jedenfalls verstand ich ganz und gar nicht. Nichts hatte darauf hingewiesen, dass zwischen Sebastian und Helen etwas nicht in Ordnung gewesen war. Sie hatte ihm einen Kuchen gebacken und sich herausgeputzt, sich offensichtlich auf das Treffen mit ihm gefreut. Und außerdem gab es ja auch noch uns – Sebastian Zweig hatte zum Mordzeitpunkt bereits eine Familie, das musste doch auch etwas wert sein. Warum also hatte er es getan? Für mich ergab das alles überhaupt keinen Sinn.

Vielleicht hatte Liz ja sogar recht. Möglicherweise hörten die Träume wieder auf, wenn ich wusste, was genau in jener Nacht geschehen war und warum. Ich hatte zwar nicht die leiseste Ahnung, wie wir das herausfinden sollten, und konnte mir auch nicht vorstellen, dass unsere Nachforschungen zu irgendwas führen würden, aber schlimmer als es jetzt war, konnte es ohnehin nicht mehr werden. Außerdem schweißte die Recherche Liz und mich enger zusammen, als es unter normalen Umständen möglich gewesen wäre. Wenn wir uns unter anderen Vorzeichen begegnet wären, hätte sie mich sicherlich nicht einmal wahrgenommen. Immerhin war sie ein Paradiesvogel und ich eher eine Feldmaus.

Ich wand mich aus ihrer Umarmung und sagte: »Eine Bedingung habe ich aber.«

»Schieß los!«

»Sebastian werde ich nie wieder seekern!«

Liz zuckte die Schultern und lächelte. »Das klingt fair.«

So war es also beschlossen und augenblicklich fühlte ich mich etwas besser.

Bis zu diesem Moment hatte ich mich immer gefragt, warum die Helden in Geschichten immer in die dunklen Höhlen, die verlassenen Häuser oder auf Friedhöfe bei Nacht gingen – sich kopfüber in Situationen stürzten, die vier Meter gegen den Wind schon nach Gefahr rochen. Doch nun wusste ich auf einmal die Antwort: Manchmal musste man Dinge tun, die riskant, ja vielleicht sogar lebensgefährlich waren, um herauszufinden, wer man im Innersten war.

Mit unserem erklärten Ziel vor Augen versuchten wir, noch ein bisschen zu schlafen, was uns erstaunlicherweise auch gelang. Erstaunlicher noch: Die restliche Nacht schlief ich einen festen, vollkommen traumlosen Schlaf. Ohne Blut und ohne Waschmittel.

Als ich die Augen wieder aufschlug, war es schon weit nach zehn Uhr. Auch Liz schien gerade aufgewacht zu sein – sie reckte sich lauthals gähnend und blickte ziemlich zerknittert unter ihren roten Ponyfransen hervor. Obwohl ich heute Nacht eine Kopfschmerztablette genommen hatte, hatte ich den Eindruck, etwas sehr Großes hätte auf meinem Kopf geschlafen. Er schien doppelt so dick wie sonst zu sein.

»Nach Fes Frühstück geht es dir gleich besser!«, versuchte Liz, mich aufzumuntern. Und tatsächlich hatte ich trotz der nächtlichen Riesenportion Käsenachos einen mordsmäßigen Hunger. Wie zur Bestätigung fing in diesem Augenblick mein Magen vernehmlich zu knurren an. Wir zogen uns Bademäntel über die kurzen Schlafklamotten (natürlich hatte Liz sogar Gästebademäntel in ihrer Wohnung) und machten uns auf den Weg nach unten.

»Aber lass dir Fe gegenüber deinen Kater bloß nicht anmerken!«, ermahnte Liz mich auf der Treppe leise. »Sonst gibt es eine Megastandpauke. Bei so was versteht sie nämlich keinen Spaß!« Ich verdrehte die Augen. »Du hältst mich wohl für komplett bescheuert, was? Außerdem habe ich keinen Kater, sondern nur Kopfschmerzen.«

Fe schien über einen siebten Sinn zu verfügen, denn sie hatte bereits den Tisch auf der großen Terrasse für das Frühstück gedeckt. Ich unterdrückte den Impuls, mir verdutzt die Augen zu reiben! Die blaue Tischdecke lugte nur hier und da zwischen den Tellern und Platten hervor, so vollgepackt war der Tisch. Nicht die kleinste Schüssel hätte mehr darauf Platz. Auf den ersten Blick registrierte ich Obstsalat und Müsli, Tomaten mit Mozzarella, einen Berg Pfannkuchen, frisches Vollkornbrot und Brötchen, eine Käseplatte, Rohkoststicks mit verschiedenen Dips, mindestens drei Säfte und verschiedene Sorten Muffins, die zu einem bedrohlich instabil wirkenden Turm aufgestapelt waren.

»Kommen noch Gäste zum Frühstück?«, fragte ich und Liz grinste.

»Nein, nein«, antwortete sie, »das ist alles für dich! Fe macht das, weil sie dich nach Strich und Faden verwöhnen möchte – sie liebt es, Leute zu verwöhnen, und ich bin nach so vielen Jahren mit ihr schon beinahe verwöhnungsresistent. Mich kann sie eben nicht mehr so beeindrucken, Carl und Ash sind mittlerweile ebenfalls abgestumpft. Da ist sie froh, wenn sie ein neues Opfer gefunden hat, das ihrer Liebe und Mühe wert sein könnte. Wart's nur ab, wenn du hier öfter ein- und ausgehst, ist dein Hintern bald genauso fett wie meiner!«

»Ach Quatsch!«, gab ich zurück. »Lass dir doch von Carl nichts einreden. Wer aussieht, als hätte man ein bisschen Schinken locker an eine Salzstange getackert, hat bei solchen Themen einfach nichts zu melden.«

Liz prustete los. »Du kannst ja echt ganz witzig sein! Den Spruch muss ich mir unbedingt merken! Wenn Carl das nächste Mal garstig zu mir ist, bekommt er was zu hören!«

Wir ließen uns in die weichen Kissen der großen Rattansessel fallen und keine zehn Sekunden später kam Fe mit zwei dampfenden Kaffeetassen und einem riesigen Lächeln auf den Lippen aus dem Haus. Die Frau war mir tatsächlich ein bisschen unheimlich. Es wirkte, als hätte sie einen eingebauten Sensor.

»Buenos dias, ihr Mädchen!«, zwitscherte sie. »Habt ihr gut geschlafen?«

Ich nickte eifrig, während Liz demonstrativ gähnte und »Zu kurz«, knurrte. Ich hatte den Verdacht, dass sie den Morgenmuffel raushängen lassen wollte, weil es ihr schwerfiel, zuzugeben, was für ein wunderschöner Morgen und irrsinnig toller Frühstückstisch das war. Da gab sie sich doch lieber lässig. Doch davon ließ Fe sich nicht beeindrucken. Mit beinahe beängstigend guter Laune stellte sie uns die Kaffeebecher vor die Nase und drückte erst Liz und anschließend (zu meinem großen Erstaunen) auch mir einen Kuss auf die Wange. Eigentlich mochte ich es nicht, von fremden Menschen berührt zu werden, aber bei Fe war das aus irgendeinem Grund etwas anderes. Ich muss zugeben, dass ich ein bisschen neidisch auf Liz war, weil sie mit einer solchen Frau aufwachsen durfte. Fe kam meinem Bild von einer perfekten Mutter sehr nahe.

Aber wahrscheinlich war es auch nicht besonders witzig, eigentlich noch beide Eltern zu haben, diese aber permanent vermissen zu müssen, weil sie beinahe ohne Unterlass in der Weltgeschichte herumjetteten.

»Habt ihr alles, was ihr braucht?«, fragte Fe und klang dabei tatsächlich so, als fürchte sie, uns könnte es wirklich noch an irgendwas fehlen.

»Ein vergoldetes Spiegelei wäre nicht schlecht. Aber nur, wenn es dir keine Umstände macht«, antwortete Liz trocken.

Über Fes Gesicht huschte ein ratloser Ausdruck.

Liz kicherte. »Ernsthaft, Fe, ich hab keine Ahnung, wer das hier überhaupt alles essen soll.«

Die Ratlosigkeit der kleinen Frau wandelte sich wie auf Knopfdruck in Unmut und ihre Mundwinkel sackten nach unten. »Das Frühstück ist die wichtigste Mahlzeit des Tages«, erwiderte Fe schroff. »Betrachtet es als Brunch, es gibt nämlich heute kein Mittagessen. Schließlich habe ich auch noch was anderes zu tun, als den ganzen Tag für euch Mädchen zu kochen. Dios mio!«

Mit diesen Worten stapfte sie leicht beleidigt ins Haus zurück und ich bekam sofort ein schlechtes Gewissen, obwohl ich ja überhaupt nichts gesagt hatte. Allerdings hatte ich es nicht einmal hinbekommen, mich für dieses phänomenale Frühstück zu bedanken. Oder vielmehr für den Brunch.

Liz steckte sich mit einem belustigten Gesichtsausdruck eine Erdbeere in den Mund und nippte an ihrem Kaffee. »Die Frau ist unverbesserlich. Sie weiß doch genau, dass ich morgens noch nichts herunterbekomme. Vor zwölf geht bei mir gar nichts, erst recht nicht am Wochenende.

Ich griff beherzt nach einem Brötchen. »Kein Problem. Von mir aus können wir den ganzen Tag hier sitzen bleiben.«

Meine Schwester angelte sich eine weitere Erdbeere und schob sich dann ihre große Sonnenbrille auf die Nase. »Tu dir keinen Zwang an. Hau ordentlich rein!«

Das ließ ich mir nicht zweimal sagen. Und während ich mit meiner Zwillingsschwester auf der Terrasse in der Sonne saß und mir nacheinander belegte Brötchen, Pfannkuchen mit Obst und diverse Portionen Caprese schmecken ließ, vergaß ich für ein paar köstliche Minuten das Dilemma, in dem wir steckten, und gestattete mir, einfach zu träumen, es wäre schon immer so gewesen wie heute Morgen.

Während mein Blick über den perfekt gemähten Rasen und die glitzernde Pooloberfläche wanderte, versuchte ich mir vorzustellen, dass ich eine eigene kleine Wohnung in einem anderen Teil des Hauses hätte, Schränke voller schicker Klamotten und Freunde auf einer Privatschule. Dass ich jeden Samstagmorgen mit einem solchen Frühstücksbrunch begrüßt wurde und all die Sorgen, die mich momentan plagten, einfach nicht kannte. Mit der selbst gemachten Kirschmarmelade im Mund gelang mir dieses Gedankenspiel ganz hervorragend. Nur meine Schwester machte mir nach ein paar Minuten natürlich einen Strich durch die Rechnung. »Wenn du irgendwann in diesem Leben noch einmal aufhören kannst, zu essen, nehmen wir uns Helen vor.«

Ich seufzte. »Du Spielverderberin. Es war gerade so schön, ein paar Minuten nicht daran zu denken!«

»Das hast du geschafft?« Sie runzelte die Stirn. »Ich denke an nichts anderes mehr!«

Ich griff nach einem Stück Honigmelone. »Gerade ist es mir tatsächlich gelungen. Ich habe mir vorgestellt, wie es wohl wäre, hier zu wohnen und jeden Tag die Möglichkeit zu haben, in den Pool zu springen.«

Liz schob sich die Sonnenbrille auf ihre Stirn und sah mich nachdenklich an. Dann breitete sich ihr Filmstarlächeln auf ihrem Gesicht aus. »Nichts leichter als das!«

»Was meinst du damit?«, fragte ich kauend.

»Am Freitag gibt es Osterferien. Zieh doch einfach bei mir ein!«

Ich schluckte. »Meinst du das ernst?«

»Natürlich meine ich das ernst. Das ist doch überhaupt die Gelegenheit! Ich wundere mich vielmehr, dass mir das nicht schon viel früher eingefallen ist!«

Es kostete mich einige Augenblicke, darüber nachzudenken. Konnte ich wirklich geschlagene drei Wochen nicht zu Hause wohnen? Schrödinger würde es mir gehörig übel nehmen, wenn ich ihn derart im Stich ließ. Andererseits gruselte mich die Vorstellung, die nächsten Wochen tagsüber immer mit meinen Gedanken und abends mit meinem Pa alleine zu sein. Normalerweise half ich ihm ja in den Ferien immer bei der Arbeit, doch diese Osterferien war alles anders. Ich konnte mir nicht vorstellen, einfach wieder zur Normalität zurückzukehren. Auf Sandra und Jule war in letzter Zeit ohnehin kein Verlass mehr und niemand konnte voraussagen, ob sie jemals wieder in ihren Normalzustand zurückkehren würden.

Liz' Angebot war deshalb für mich ungeheuer reizvoll. Wir könnten gemeinsam Recherche betreiben, aber auch Filme schauen, am Pool abhängen oder tun, was meine Schwester sonst so den lieben langen Tag zu tun pflegte. Je länger ich darüber nachdachte, desto besser gefiel mir ihr Vorschlag.

»Das klingt verlockend. Ich weiß nur nicht genau, ob ich das bei meinem Pa durchkriege. So lange war er noch nie alleine.«

Liz warf mir einen strengen Blick zu. Ein kleines bisschen sah sie dabei aus wie Fe, auch wenn das eigentlich gar nicht sein konnte.

»Jetzt sag mir nicht, dass du deinem Vater gegenüber ein schlechtes Gewissen hast. Er hat dich jahrelang belogen! Und überhaupt sollte er verstehen, wenn du Zeit mit deiner coolen, charmanten neuen Zwillingsschwester verbringen möchtest, die er dir immerhin mutwillig vorenthalten hat. Wir haben Jahre nachzuholen, was sind da schon drei Wochen? Nicht mehr als ein Tropfen auf dem heißen Stein!«

Das stimmte natürlich. Trotzdem war mir nicht wohl bei dem Gedanken, mit Pa darüber reden zu müssen. Doch fürs

Erste schob ich dieses Problem lieber wieder beiseite. Ich würde mich ohnehin frühestens morgen Abend wieder damit befassen müssen.

Als hätte sie meine Gedanken gelesen, sagte Liz: »Tut mir leid, ich bin eine gruselige Gastgeberin, aber morgens bin ich einfach noch nicht so gesprächig. Ich hasse die erste Tageshälfte und finde, das Leben sollte mehr Abende haben. Aber du könntest mir was erzählen, solange wir hier sitzen. Ich weiß immer noch total wenig über dich und dein Leben. Also sei so gut und kläre mich auf!«

Ich schnaubte. »Dein Leben ist viel aufregender als meins. Ich habe nicht viel zu erzählen!«

Liz winkte ab. »Papperlapapp, das lass ich dir nicht durchgehen. Jeder hat ein paar Geschichten auf Lager. Fangen wir mit etwas Einfachem an. Wie sieht die Wohnung aus, in der du lebst? Wo und wie genau wohnt ihr?«

Dass mich Liz ausgerechnet nach unserer Wohnung fragte, machte mich ziemlich verlegen. Verglichen mit diesem Palast wohnte ich in einer Hundehütte. Und ich war mir sicher, dass sie das ganz genau wusste. Andererseits hatte sie in den letzten Stunden tatsächlich noch recht wenig über mich erfahren. Also versuchte ich, unsere abgewohnte Vierzimmerwohnung in einem möglichst freundlichen Licht erscheinen zu lassen. Ich zeigte ihr mittels gemeinsamem Schwesternchat, den wir einrichteten, anschließend noch ein paar Fotos von meinem Vater, meinen Freundinnen, unserer Dachterrasse und sogar von Schrödinger.

»Er sieht aus wie das Ding, mit dem Fe immer unsere Treppe wischt!«, kommentierte sie das erste Bild, das ich ihr von meinem Kater zeigte. Autsch! Wenn ich über Schrödinger witzelte, war das etwas anderes – ich durfte das! Aber wenn andere so über ihn sprachen (Sandra hatte ihn auch schon einmal als ›überfahrene Pudelmütze‹ bezeichnet), geriet ich automatisch in den Verteidigungsmodus. Mein Kater hatte Charakter, verdammt!

Noch dazu wollte ich nicht diejenige sein, die nicht nur die kleinere Wohnung, die langweiligere Frisur und die modisch fragwürdigen Klamotten hatte, sondern auch noch das eindeutig hässlichere Haustier. Ich wollte wenigstens, dass sie Schrödinger für cool befand. Dabei wusste ich selbst, dass er ein selten hässliches Tier war.

Aber auch andere, niedlichere Fotos von ihm konnten Liz nicht von der ›schroffen Schönheit‹ meines Katers überzeugen, egal, was ich auch an Bildmaterial hervorkramte.

Erst ihr anerkennendes »aber saucooler Name für eine Katze« konnte mich schließlich besänftigen. Sie hatte wenigstens den Witz dahinter verstanden. Das konnten bisher nur wenige von sich behaupten.

»So«, sagte Liz anschließend. »Jetzt aber mal an die Arbeit!«

Ich hatte schon eine Weile befürchtet, dass dieser Satz bald fallen würde, und war dennoch leicht überrascht. Von mir aus hätten wir noch stundenlang am Frühstückstisch sitzen bleiben können. Doch dahingehend hatte ich die Rechnung ohne meine Schwester gemacht.

»Jetzt guck nicht so gequält und komm mit!«, forderte sie. »Wir haben schließlich einen Mord aufzuklären!«

LIZ

Eigentlich war es ja schade, bei dem schönen Wetter in der Wohnung rumzuhängen, aber sie war nun mal der einzige Ort im Haus, den Fe nicht betrat, ohne vorher anzuklopfen. Und es war besser, wenn sie nicht mitbekam, was wir so trieben.

Aber ich ließ es mir nicht nehmen, meine Balkontür und einige Fenster weit aufzureißen und für Sophie und mich eine riesige Kanne Eistee zu machen, um das Sommergefühl, das dieser unheimlich heiße April mit sich brachte, zu verstärken.

Wir lümmelten uns auf meine Couch und legten die Füße auf den Tisch.

»So«, sagte ich. »Dann drehen wir es heute um? Ich nehme mir Sebastian vor und du übernimmst Helen?«

Sophie blickte mich unsicher an. »Und du meinst, nach Sebastian zu seekern ist ungefährlich? Nicht dass wir am Ende beide diese Träume aushalten müssen!«

Ich schüttelte den Kopf. »Ich glaube nicht, dass das noch mal passiert. Außerdem hat mein Vater für das Sicherheitspaket unserer Ports ordentlich geblecht. Mit deiner Werbeversion ist das nicht zu vergleichen. Eigentlich kann mir gar nichts passieren.«

Meine Schwester nickte.

»Oder willst du lieber gar nicht mehr seekern und stattdessen irgendwas anderes machen?«, fragte ich und kam mir dabei sehr verantwortungsbewusst und liebevoll vor. Wie eine mustergültige große Schwester eben.

»Nein, ist schon gut«, erwiderte Sophie. »Was soll ich denn bitteschön anderes machen? Ich könnte hier nur nutzlos rumsitzen.«

»Auch wieder wahr! Also dann.«

Wir aktivierten unsere Ports, und ich hatte Mühe, die eintrudelnden Nachrichten von Ashley und Carl zu ignorieren, die in Strömen mein Postfach verstopften, Millisekunden, nachdem sich mein Port mit dem Netz verbunden hatte.

Ich konnte mir einen kurzen Blick auf das Foto, das mir Carl heute Nacht um halb zwei noch zugeschickt hatte, dennoch nicht verkneifen. Sofort musste ich grinsen. Das Bild zeigte meinen Exfreund, der sich mit beleidigter Miene einen Eisbeutel an die enorm angeschwollenen Lippen hielt. Darunter las ich Carls Kommentar: »Mission accomplished!«

Der Tag wurde besser und besser. Mit einem leichten Anflug von schlechtem Gewissen schloss ich dennoch den Gruppenchat und nahm mir vor, Carls Heldentat im Laufe des Tages noch ordentlich zu würdigen. Doch jetzt hatte ich eine andere Aufgabe zu erfüllen.

Ich rief Seeker auf und gab den Namen unseres leiblichen Vaters in das Suchfeld ein, drückte auf *seeeeeeeek* und es passierte … gar nichts.

Damit meine ich nicht, dass es mir erspart blieb, wie vom Blitz getroffen von der Couch zu fallen, sondern, dass die Suche keine brauchbaren Ergebnisse lieferte. Ich versuchte es mit »Sebastian Zweig, NeuroLink«, »Sebastian Zweig, Entwickler« und »Sebastian Zweig, Ingenieur, Berlin«. Die letzte Suche brachte mir immerhin ein verpixeltes Bild irgendeiner Preisverleihung an der Uni, auf dem ein Mensch, der durchaus unser Vater sein konnte, verstohlen lächelnd eine Trophäe entgegennahm. Neben ihm stand ein weiterer junger Pixelkerl mit feuerroten Haaren und einer kleineren Trophäe in der Hand. Aber sonst... nichts!

Ich wandte mich meiner Schwester zu. »Hast du was gefunden?«

Sie schüttelte den Kopf. »Nein, überhaupt nichts. Wenn wir ihren Mädchennamen wüssten, dann könnte es vielleicht funktionieren, aber sie scheint im Netz nicht besonders präsent gewesen zu sein.«

»Ich glaube nicht, dass es daran liegt«, erwiderte ich nachdenklich. »Ich hab auch nichts.«

»Das ist ja eigenartig.« Sophies Stimme klang ehrlich verwundert. Und es war tatsächlich eine ziemlich eigenartige Sache. Heutzutage ließ sich eigentlich über jeden Menschen im Netz etwas Brauchbares herausfinden. Ein Leben, das digital nicht stattfand, existierte praktisch nicht; und das galt auch schon für die Zeit, als der Mord geschehen war.

»Dass wir über Helen nichts finden, kann ja noch Zufall sein. Vielleicht war sie eine graue Maus, Hausfrau oder hat das Internet gemieden. Aber über ihn müsste es doch was geben!«, gab Sophie zu bedenken. »Vor allem, wenn er tatsächlich Chefentwickler bei NeuroLink war. Die Firma ist doch permanent in der Presse!«

»Richtig«, bestätigte ich. »Und selbst wenn das noch zu erklären wäre: Dass sein Name noch nicht einmal im Zusammenhang mit einem spektakulären Mordfall im Netz auftaucht, ist richtig merkwürdig, fast schon gruselig. Es kommt einem ja beinahe so vor, als hätte da jemand nachträglich gesäubert.«

»Na ja, nach dem Mord hat ja noch keiner von uns beiden richtig gesucht. Vielleicht sollten wir es noch einmal mit anderen Suchbegriffen probieren?«, schlug Sophie vor und ich stimmte ihr zu.

Doch auch die Suche nach »Mord, Mutter, Zwillinge«, »Mord, NeuroLink, Berlin«, »Mutter von zwei Kindern, erstochen« brachte keine zufriedenstellenden Ergebnisse. Nur gruselige Geschichten aus der Rubrik: *Was ich über die Stadt, in der ich lebe, nun wirklich nicht wissen wollte.*

Wir brauchten nicht lange zu suchen, um zu wissen, dass es vergebens sein würde. Schon auf den ersten Seiten erschienen Artikel, die mit unseren Suchbegriffen so gut wie nichts mehr zu tun hatten.

»Das ist wirklich unheimlich«, murmelte Sophie und ich stimmte ihr zu. »Es kann einfach nicht sein, dass wir darüber nichts finden. Es kann nicht sein! Selbst über mich gibt es mehr zu finden und ich bin nun wirklich kein spannender Mensch.« Ihr Tonfall klang frustriert.

»Ich verstehe es auch nicht«, sagte ich und wusste, wie lahm das klang.

»Und jetzt?«, fragte meine Schwester.

Ich holte einmal tief Luft, doch bevor ich Gelegenheit bekam, etwas zu sagen, klopfte es an meiner Tür.

»Ja?«, rief ich laut und wenige Augenblicke später schob sich Juan mit einem riesigen Tablett auf den Händen schnaubend in die Wohnung. Er stellte es etwas unsanft vor uns auf dem Couchtisch ab.

»Wo ist Fe?«, fragte ich.

»Na, bei ihrer Familie. Heute ist Samstag!«, antwortete Juan und bedachte mich mit einem tadelnden Blick.

Richtig, ich hatte völlig vergessen, dass Fes Schwester Jolanda ja heute Geburtstag hatte. Und dann hatte sie extra mit dem Frühstück auf uns gewartet. Sofort hatte ich ein schlechtes Gewissen, mich vorhin so über sie lustig gemacht zu haben.

»Ach ja, richtig«, erwiderte ich etwas zerstreut und versuchte dabei, nicht allzu zerknirscht zu klingen. Dann knipste ich mein Lächeln an und sagte: »Aber ihr beiden kennt euch ja noch gar nicht. Juan, das ist meine Schwester Sophie.«

Auch Juans Gesicht wurde von einem strahlenden Lächeln erhellt, als er Sophie seine riesige Hand hinstreckte, die diese freundlich ergriff. Mir fiel auf, dass ich ihn selten so strahlen sah. Was sehr schade war, denn in diesen Augenblicken sah man, dass er ein gut aussehender Mann mit einem weichen Herz war.

»Ja«, sagte er. »Das ist nicht zu übersehen. Herzlich willkommen bei uns, Sophie. Wenn du irgendwas brauchst, ich bin immer für dich da!«

»Juan ist unser Sicherheitsmanager«, erklärte ich. »Er passt ständig auf, dass uns nichts passiert.«

Juans Gesicht wurde wieder ernst. »Das ist richtig. Aber immer kann ich euch nicht beschützen. Und wenn ihr euch das nächste Mal heimlich in den Weinkeller schleicht, kann ich nicht noch einmal ein Auge zudrücken, Lizzie.«

Ich erschrak. Juan hatte uns gestern Abend beobachtet; und natürlich wusste er genauso gut wie Fe, dass es mir strengstens verboten war, alleine in den Weinkeller zu gehen. Noch verbotener war es allerdings, mich mit oberteurem Champagner zu betrinken. Was Juan natürlich ebenfalls ganz genau wusste.

Mit rauer Stimme sagte ich: »Es tut mir leid, ich ...«

Doch Juan unterbrach mich. »Schon gut. Es war eine Ausnahme. Aber wie gesagt: Das nächste Mal ist es keine mehr, okay? Ich hab mir die Freiheit genommen, hinter euch beiden etwas aufzuräumen. Fe muss es nicht erfahren.«

Mir fiel ein Stein vom Herzen. »Danke, Juan.«

Unser Sicherheitschef nickte knapp. Dann sagte er: »Da wäre noch was.« Er verschwand in den kleinen Flur, der vom Treppenhaus in meine Wohnung führte, um kurz darauf mit dem Schuhkarton wieder ins Wohnzimmer zu treten.

Wie konnte man nur so dämlich sein? Ich hatte doch tatsächlich den Karton mit unserem Erbe im Weinkeller stehen lassen! So viel Blödheit sollte bestraft werden. Aber Sophies Ohnmacht hatte mich derart aus der Fassung gebracht, dass ich nicht mehr klar hatte denken können. Gut, vielleicht war auch ich ein bisschen beschwipst gewesen.

Juan hielt mir den Karton mit einem rätselhaften Ausdruck auf dem Gesicht entgegen. Ich versuchte, mein Lächeln noch heller und strahlender wirken zu lassen.

»Danke, Juan. Du bist der Beste!«, sagte ich und klang dabei selbst für meine Ohren ein wenig zu aufgesetzt.

Er nickte knapp, dann wandte er sich zum Gehen. Im Türrahmen blieb er noch einmal stehen und sagte: »Es geht mich ja nichts an, was ihr zwei so treibt. Aber seid bitte vorsichtig!«

Im nächsten Augenblick hörte ich seine schweren Schritte die Treppe hinabpoltern.

Juans letzte Worte hingen noch im Raum und bereiteten mir Unbehagen, das ich rasch beiseitezuschieben versuchte.

»Normalerweise redet er nie so viel an einem Stück. Das muss an dir liegen!«

Sophie sah nachdenklich auf ihre Finger. »Er ist ein trauriger Mann, nicht wahr?«

»Woher weißt du das?«, fragte ich.

Sie zuckte die Schultern. »Das sieht man. Wahrscheinlich erkennen wir Versehrten einander. Was ist passiert?«

»Seine Tochter ist früh gestorben und dann ist ihm noch die Frau weggelaufen.«

Sophie zog Luft durch die Zähne. »Puh. Das ist schlimm. Kein Wunder, dass er dich so vergöttert.«

»Das hast du auch gemerkt?«

Sie sah mich lächelnd an. »Natürlich.«

Allmählich wurde es mir zu gefühlsduselig in diesem Zimmer. Ich mochte es nicht besonders, wenn über Gefühle gesprochen wurde, dann kam ich mir immer so nackt vor. Noch während ich nach einer guten Überleitung zu unserem eigentlichen Thema suchte, fiel mein Blick auf die Erbschaftskiste.

Mit einer Hand fischte ich nach der kleinen Sanduhr. »Was meinst du, was es damit wohl auf sich hat?«

Sophie nahm sie entgegen und betrachtete sie eingehend. »Keine Ahnung, sie sieht seltsam aus, findest du nicht? Viel zu modern für eine Sanduhr.«

Das stimmte. Der Gegenstand aus Chrom und Glas sah alles in allem ziemlich teuer aus. Die Sanduhren, die ich kannte, waren hauptsächlich auf alten Gemälden zu finden.

Sophie drehte und wendete die Uhr. »Da steht was drauf«, murmelte sie. »›Dream a little dream of me.‹ Und da ist noch was auf der anderen Seite.«

Sie hielt mir die Uhr mit auffordernder Miene hin.

»Ich sehe nichts.«

»Doch, da ist was. Wir müssen nur den Sand komplett durchlaufen lassen. So können wir es im Leben nicht lesen.«

Meine Schwester drehte die kleine Uhr auf den Kopf und gemeinsam warteten wir schweigend, bis der Sand durchgelaufen war. Es dauerte länger, als ich erwartet hätte. Ganze zwei Muffins wanderten in meinen Magen, bis endlich etwas zu erkennen war. In das Glas der einen Sanduhrkammer war mit einer extrem dünnen Nadel etwas eingraviert worden.

»Puh, das kann man ja kaum erkennen«, sagte ich, doch Sophie schien nicht so große Probleme zu haben.

»Ich diktiere dir und du notierst, okay?«

Ich griff nach meinem Laptop und aktivierte das Notizprogramm.

»Okay, dann los!«

»http://sandmanshome7enufi7jmdl.union/«, diktierte sie, die Sanduhr ins Licht haltend. Ich runzelte die Stirn. »Das ergibt doch überhaupt keinen Sinn. Bist du sicher?«

»Absolut«, antwortete Sophie.

»Merkwürdig.«

Meine Schwester nickte. »Soll das die Adresse einer Webseite sein?«

»Was sonst?« Ich kopierte die Adresse in das Adressfeld meines Browsers und drückte Enter. Server nicht gefunden.

»So eine Adresse habe ich auch noch nie gesehen«, sagte Sophie. »Du vielleicht?«

»Nein.« Ich seufzte. »Alle unsere Recherchen führen ins Leere. Das ist ziemlich frustrierend.«

»Stimmt.« Sophie stellte die Sanduhr auf den Couchtisch. »Irgendwie gruselig, das Ding.«

Ich lachte. »Irgendwie gruselig, das *alles!*«

Sophie lachte mit. »Auch wieder wahr. Jetzt haben wir aber wirklich alles versucht. Wir sollten es einfach aufgeben.«

Plötzlich traf mich eine Erkenntnis. »Natürlich!«, rief ich aus. Ich sprang vor Aufregung vom Sofa, wobei ich mir das Knie unsanft an der Tischkante anschlug. Sophie sah verdutzt zu mir herüber.

»Was meinst du mit *natürlich*?«

»Schwester!«, antwortete ich freudestrahlend, »Wir haben noch lange nicht alles versucht. Ich hatte einen Geistesblitz!«

Sophie schmunzelte. »Fantastisch. Verrätst du mir vielleicht auch, was für einen?«

Ich riss den Deckel vom Schuhkarton und kramte die Fotos hervor, auf denen unsere Eltern besonders gut zu sehen waren. Bei Sebastian musste ich die Firmenchipkarte zu Hilfe nehmen, weil er auf dem Familienfoto nicht in die Kamera, sondern zu unserer Mutter herüber schaute.

»Gesichtserkennung, Schätzchen!«, rief ich triumphierend.

»Gesichtserkennung?«, echote Sophie.

Ich nickte. »Jawohl. Das ist Teil der Ausstattung aller PremiumPorts mit Businesspaket. Ich bin heute wirklich etwas langsam im Kopf, auch das hätte mir schon viel früher einfallen sollen. Nun sieh zu und staune!«

Ich rief das Bilderkennungsprogramm von Seeker auf und loggte mich ein. Es war lange her, seitdem ich es das letzte Mal benutzt hatte, doch glücklicherweise hatte mein Port die Zugangsdaten in der verschlüsselten Familiencloud abgelegt. Ich kam ohne Probleme rein.

Offiziell warb Seeker damit, via Gesichtsscanner Geschäftsleute vor unangenehmen oder peinlichen Situationen retten zu wollen. Nach dem Motto: Nie wieder zugeben müssen, dass man den Namen des Kunden, der Kinder des Kunden oder des Hundes der Kinder des Kunden vergessen hatte. Und auch ich hatte das Programm bisher nur benutzt, um Prominente zu identifizieren, denen ich auf der Straße begegnet war und deren Namen mir partout nicht mehr hatten einfallen wollen.

Aber ich konnte wetten, dass es Menschen gab, die dieses Programm für ganz andere Zwecke nutzten, an die ich nicht einmal denken wollte. Das Checken von Kandidaten bei Vorstellungsgesprächen nach peinlichen Fotos im Netz war noch das harmloseste Szenario. Doch heute würde uns das Programm vielleicht sehr von Nutzen sein.

Ich begann mit dem Foto von Sebastian. Bei der Gesichtserkennung war es hilfreich, Fotos zu benutzen, die den biometrischen Bildern im Ausweis sehr nahe kamen. Das Programm konnte so möglichst viele Eigenarten des Gesichts ausmachen und mit seiner Bilddatenbank abgleichen.

Nachdem es einige Momente lang gearbeitet hatte, spuckte mir Seeker nur das Bild aus, das ich zuvor schon von selbst gefunden hatte: Sebastian Zweig, eine Trophäe und ein modisch mehr als nur fragwürdiges Hemd. Ich schnaubte unzufrieden, obwohl ich insgeheim mit diesem Ergebnis schon gerechnet hatte. Das Netz war dermaßen sauber, dass es einfach kein Zufall sein konnte.

Als Nächstes nahm ich mir Helen vor. Erstaunlicherweise dauerte es keine zehn Sekunden, bis das Programm eine Fülle von Bildern ausspuckte. Damit hatte ich nun überhaupt nicht gerechnet – wie konnte das sein? Ich klickte direkt auf den Beitrag zum ersten Bild und schnappte nach Luft.

»Heilige Scheiße!«, stieß ich hervor.

Sophie richtete sich kerzengerade auf. »Was ist?«

»Warte kurz«, murmelte ich, während ich den Artikel hastig überflog. »Ich schick dir gleich den Link.«

Wenige Augenblicke später hörte ich auch meine Schwester nach Luft schnappen, während ich mich mit rasendem Herzen weiter durch die Artikel klickte.

Nach einer Weile fand ich ein Foto von ihr, das mir besonders nah am Zeitpunkt ihres Todes aufgenommen erschien. Zwar bedeckte eine große Sonnenbrille den oberen Teil ihres Gesichtes, aber es handelte sich eindeutig um unsere Mutter. Als ich die kurze Notiz zum Foto las, war mir auf einmal, als seien meine Adern mit Eis gefüllt. Das konnte doch nicht wahr sein.

»Hör dir das an!«, forderte ich Sophie auf und las ihr den kurzen Artikel vollständig vor.

Wendy Watchdog is back!
Wir begrüßen unsere Wendy zurück aus der Babypause. Das gesamte Pandora-Team ist glücklich, sie wieder an Bord zu haben, denn keiner verbeißt sich so gut in fette Storys, wie unser schöner Wachhund. Ihre Rückkehr kommt genau zum richtigen Zeitpunkt, denn bei NeuroLink braut sich was zusammen, das alle anderen Schweinereien in den Schatten stellt. Und wen sollten wir anderes auf diese Geschichte ansetzen, als unsere Expertin auf dem Gebiet der digitalen Abgründe?
Ihr dürft gespannt sein – wir sind es.
Und niemals vergessen: dein Leben gehört dir!

Ich speicherte den Artikel und kappte dann meine Portverbindung. Sicherheitshalber wies ich Sophie, deren Gesicht in den letzten Minuten die Farbe von Tapetenkleister angenommen hatte, an, es mir gleichzutun.

»Ich glaube«, murmelte ich leise, »für unsere weitere Recherche brauchen wir den Laptop.«

SOPHIE

Ich staunte nicht schlecht, als ich Liz' Laptop erblickte. Wie alles in diesem Haus strahlte er die Eleganz teurer Dinge aus, die es nicht nötig hatten, mit Glitzer auf sich aufmerksam zu machen. Er sah aus wie ein Blatt Papier zum Aufklappen. Schneeweiß und ohne einen einzigen Kratzer. Mein Computer zu Hause würde neben diesem Prachtexemplar wie ein Panzer wirken.

»Wofür brauchst du denn so ein heißes Teil? Du hast doch einen PremiumPort!«

Liz schnaubte verächtlich. »Erstens ist das ›heiße Teil‹ auch schon fast zwei Jahre alt und zweitens dürfen wir in der Schule keine Ports benutzen, sondern müssen unsere eigenen Rechner mitbringen. Ist das bei euch denn nicht so?«

Ich rutschte unbehaglich auf der Couch hin und her. »Wir benutzen Schulrechner. Wegen der Betrugsgefahr.«

Liz zog die Augenbrauen in die Höhe, sagte aber nichts weiter dazu. Stattdessen klappte sie den Rechner auf, der sofort einsatzbereit war. Dann klickte sie auf das WLAN-Symbol in der linken oberen Ecke und wählte ein Netz mit dem Namen *Karweiler Safenet*. Als sie meinen fragenden Blick auffing, grinste sie nur. »Das ist einer der Vorzüge eines reichen Elternhauses. Das Firmennetz meines Vaters ist speziell gegen Angriffe oder Spionage von außen abgesichert. Wenn möglich sollten wir unsere Recherchen ab jetzt von hier führen.«

»Warum auf einmal die Vorsicht?«, fragte ich. Mir war nicht ganz klar, was meine Schwester dazu veranlasste, sich plötzlich um die Geheimhaltung unserer Nachforschungen zu sorgen. Noch nicht einmal meine Ohnmacht hatte sie zuvor von unserem Vorhaben abbringen können.

Liz biss sich auf die Lippe, während sie das Browserfenster öffnete. Sie schien wirklich angespannt zu sein – hatte ich mal wieder etwas verpasst?

»Hast du denn nicht gesehen, auf welcher Seite der Artikel stand? Für wen unsere Mutter da gearbeitet hat?«

Ich runzelte die Stirn. Tatsächlich hatte mir der Name überhaupt nichts gesagt. In Liz' Augen musste ich ziemlich weltfremd wirken. Alleine der Gedanke machte mich wütend. Vielleicht sollte ich meine Schwester mal über Schelllack-Verbindungen, Freskenkitt oder Firnisreparatur ausfragen, mal sehen, wer dann dumm dastehen würde. Aber wahrscheinlich würde Liz mich bei diesen Fragen einfach nur auslachen. Ich wäre wirklich sehr viel glücklicher, wenn meine Schwester es lassen könnte, mich immer wieder vorzuführen. Doch ich riss mich zusammen und antwortete entschlossen: »Natürlich habe ich das. Pandoras Büchse.«

Liz kicherte. »Pandoras *Wächter*, Schwesterherz. Der berühmte, technikkritische, investigative Hackerblog. Ich sag mal so: Fans vom SmartPort sind die Wächter nicht. Genauso wenig wie von der Regierung, Gesetzen, dem Militär oder NeuroLink. Sie stehen seit ihrer Gründung auf diversen schwarzen Listen, so viel ist sicher. Und deshalb ist es besser, sich nicht allzu offensichtlich für sie zu interessieren.

Mein Port ist zwar relativ sicher, aber ins Safenet kann ich mich damit nicht einloggen, weil das Firmennetz keine Port-Log-ins zulässt. Und dein Port ist ohnehin ein Datensieb. Also lieber Laptop.«

So langsam dämmerte mir, wovon sie sprach. Allerdings hatte ich mich für die wütenden Datenschützer und Stimmungsmacher noch nie sonderlich interessiert. Bisher waren ihre Parolen für mich immer nur Panikmache gewesen. Außerdem hatte ich mich mit der Tatsache abgefunden, dass meine persönlichen Daten unkontrollierbar durch das Netz geisterten. Und da ich nichts zu verbergen hatte, war mir das nie schlimm vorgekommen; so war nun mal der Deal. Doch seit ein paar Tagen verunsicherte mich dieses Wissen mehr und mehr.

»Ist deren Chef nicht so ein superschmieriger Typ mit Boxergesicht und ein bisschen zu langen Haaren?«, fragte ich.

Liz lachte. »Na also, du kennst sie ja doch! Aber ehrlich gesagt weiß ich auch nicht sonderlich viel über die Wächter oder war auch nur auf ihrer Seite. Das ist heute Premiere.«

Sie tippte die Adresse *www.pandoras-waechter.blogspot.com* ins Browserfenster ein und binnen Sekunden baute sich ein recht altmodisch wirkender Blog vor uns auf. Das Banner bildete grüne Schreibmaschinenschrift auf schwarzem Grund. Dort standen die Worte: *Raus aus meinem Kopf!* Und darunter: *Im Kampf für freies Denken und Träumen.*

Freies Träumen. Beim Lesen dieser Worte wurde mir trotz Hitze automatisch kälter und ich zog die Wolldecke über meine Beine.

Schweigend überflogen wir die Startseite. Gleich der erste Artikel hatte es in sich.

Seeker verkauft großes Datenpaket an Krankenversicherungen

Habt ihr in den vergangenen Wochen auch unangenehme Post von eurer Krankenkasse erhalten, die euch über eine saftige Erhöhung eurer Beiträge informierte?
Falls ja, dann habt ihr in letzter Zeit vielleicht einmal zu oft im Netz Schmerztabletten bestellt oder »Hausmittel gegen Rückenschmerzen« bei Seeker eingegeben. Wie uns eine anonyme Quelle des Unternehmens bestätigte, hat Seeker ein riesiges Paket mit gesundheitsspezifischen Suchanfragen und dazugehörigen Nutzerdaten an die Krankenversicherer verkauft. Tja, und die Unsummen, die von den Kassen hierfür ausgegeben wurden, müssen sie jetzt mit unserer Hilfe wieder reinholen, ist ja klar. Geht schließlich nicht an, dass Menschen, die krankenversichert sind, tatsächlich mal krank werden!
Ihr könnt also sicher sein, dass euer Genitalpilz spätestens jetzt kein Geheimnis mehr ist. Wir empfehlen euch dringend (und auch nicht zum ersten Mal), eine alternative Suchmaschine zu verwenden. Tipps und Adressen hat euch mein Wächter-Kollege Salto in diesem Artikel zusammengestellt: www.pandoras-waechter.blogspot.com/suchmaschinen.
Und nicht vergessen: Bei Risiken und Nebenwirkungen fragen Sie Ihren Arzt oder Pandoras Wächter.

Raus aus meinem Kopf!
Watchdog Melville

»Wir haben neulich auch so einen Brief bekommen«, murmelte ich und dachte mit Unbehagen daran, wie mein Pa mit dem Schreiben kopfschüttelnd in der Diele gestanden hatte. Um ganze hundertachtzig Eurodollar hatte sich unser monatlicher Beitrag erhöht. Das waren fast fünfzig Prozent mehr. Lag das etwa daran, dass ich meine Allergietabletten in letzter Zeit über den Port bestellte? In mir machte sich Beklemmung breit.

Liz musterte mich von der Seite. »Echt? Und hast du in letzter Zeit mal Genitalpilz bei Seeker eingegeben?«

Gegen meinen Willen musste ich grinsen. »Nein. Aber ich habe Tabletten gegen Heuschnupfen bestellt. Und so wie es aussieht, kostet das meinen Pa jetzt im Monat hundertachtzig Eurodollars.«

Liz stieß einen Pfiff aus. »Das ist 'ne Menge.«

Ich nickte. Dann lenkte ich unsere Gedanken wieder zurück auf das eigentliche Thema. »Gib doch mal *Wendy Watchdog* ins Suchfeld ein!«

Die Finger meiner Schwester flogen über die schneeweiße Laptoptastatur. Sekundenbruchteile später bauten sich zahllose Artikel im Fenster auf.

Ganz oben stand eine kleine Trauernotiz, die darüber informierte, dass Wendy Watchdog gestorben sei und das gesamte Pandora-Team um sie trauere. Darunter reihten sich die Artikel, die offensichtlich von unserer Mutter verfasst worden waren.

Ich überflog die Headlines und hielt den Atem an. Gleich die Erste brachte mein Herz zum Rasen:

Schattenseiten eines Sunnyboys: Die dunklen Machenschaften von NeuroLink-Chef Harald Winter

Neben mir hörte ich Liz murmeln:

»Wie weit darf Fortschritt gehen? – Besorgte Gedanken einer jungen Mutter.

Darf ein Staat alles über seine Bürger wissen? – Vom Wert menschlicher Geheimnisse.

Die Lügen von NeuroLink – Ein Unternehmen auf dem Holzweg.«

Beim Lesen wurde mir übel und ich musste mich für ein paar Augenblicke zurücklehnen und versuchen, gleichmäßig zu atmen. »Da haben wir also unser Motiv«, sagte ich tonlos und Liz nickte. »Sebastian hat für NeuroLink gearbeitet, während Helen total gegen die Firma war!«, stellte ich fest. »Unser Vater war sogar Chef der Entwicklungsabteilung. Wahrscheinlich hat Helen irgendwas rausgefunden, was sie nie hätte rausfinden dürfen, und Sebastian hat sie getötet, um seine Karriere zu retten.«

Liz griff nach einem Muffin und biss mit nachdenklicher Miene hinein. »Es sieht ganz danach aus, das stimmt.« Doch nach einer Weile setzte sie hinzu: »Warum hat er sich dann gestellt? Immerhin ist nichts karriereschädigender, als wegen Mordes verurteilt zu werden. Und die JVA Tegel hat ihm sicher kein Hightech-Labor für seine Arbeit zur Verfügung gestellt. Das passt doch nicht zusammen!«

Ich zuckte die Schultern. »Vielleicht hat er es ja danach bereut. Aber da war der Schaden schon angerichtet.«

»Möglich«, gab Liz zu. »Aber mir ist das Ganze irgendwie zu glatt. Immerhin erklärt das noch nicht, warum du auf einmal diese komischen Träume hast oder warum man bei Seeker nichts über Helen und Sebastian oder gar den Mord findet. Außerdem hätte er uns in dem Fall ja auch einen

Brief hinterlassen und sich entschuldigen können, immerhin musste er schon seit einer Weile gewusst haben, dass er sterben würde. Leute tun so was doch normalerweise, wenn sie bereuen.«

»Vielleicht war ihm jeglicher Kontakt zu uns verboten? Und trotzdem haben wir jetzt ein ziemlich starkes Motiv, oder? Ich kann mir nicht vorstellen, dass Sebastian begeistert davon war, dass seine Frau gegen die Firma arbeitete, in der er Entwicklungschef war.«

»Aber warum steht auf Pandora nicht mal was vom Mord an Helen Zweig?«, fragte Liz aufgebracht. »Schließlich war Helen ihre Kollegin und das Ganze ist ein investigativer Blog. Da stimmt doch etwas nicht!«

Was sie da sagte, war nicht von der Hand zu weisen. Dennoch war ein Teil von mir froh darüber, eine Erklärung erhalten zu haben, und nahm sie dankbar an. Ich fühlte mich, als sei ein Gummiband gerissen, das zuvor einen Teil meines Herzens abgeschnürt hatte. Und trotz der Ungereimtheiten, die tatsächlich noch bestanden, war ich restlos überzeugt davon, dass Sebastian Zweig seine Frau erstochen hatte, weil sie seiner Karriere im Wege gestanden hatte. Von meiner Seite aus war das Erklärung genug.

»Wir sollten zu Pandora fahren!«, sagte Liz nun energisch und ich zuckte zusammen. Sie hatte mich abrupt aus meiner Zufriedenheit gerissen.

Ihr Gesicht war vor Aufregung gerötet. Mittlerweile kannte ich diesen Blick; wo nahm sie bloß die ganze Energie her?

»Wozu soll das denn noch gut sein?«, fragte ich gähnend. Ich fühlte mich auf einmal schrecklich müde, was vermutlich daran lag, dass mir die Nacht noch in den Knochen saß.

»Machst du Witze?«, rief sie aus. »Unsere Mutter war eine investigative Bloggerin, vielleicht hat sie sogar gehackt! Findest du das nicht unheimlich aufregend? Von wegen graue Maus, von wegen Hausfrau. Sie hat für eine Sache gekämpft, sich richtig reingehängt! Ich will unbedingt mehr über sie erfahren. Bei Pandora arbeiten bestimmt noch genug Leute, die sie persönlich gekannt haben. Ich möchte gerne sehen, wo sie gearbeitet hat. Und ich will eine Erklärung dafür, warum es auf dem Blog keinen Artikel über den Mord gibt. Komm schon, wir müssen da hinfahren.«

Wieder hatte sie mich. Tatsächlich wollte auch ich gerne mehr über Helen Zweig erfahren. Und von wem konnte man besser Informationen erhalten, als von ihren ehemaligen Kollegen?

Ich lächelte. »Okay. Wo sitzen die denn?«

Liz klickte auf das Kontaktfeld und grinste. »Hermannstraße. Natürlich mitten in Neukölln.«

Ich erschauderte. Welche Firmen saßen denn heute noch in Neukölln? Jeder Berliner, der halbwegs bei Verstand war, machte einen Riesenbogen um diesen Bezirk. Seit vielen Jahren galt das Viertel im Südwesten Berlins als der Moloch der Stadt, bekannt als Drogenumschlagplatz, Randalierviertel und der Bezirk mit den meisten Morden und Überfällen bundesweit. Berlins Tourismusverband warnte Besucher eindringlich davor, sich dem einstigen Szeneviertel zu nähern, und die Verkehrsmittel der BVG durften Neuköllner Haltestellen nur mit Sicherheitsbeamten in jedem Waggon anfahren, weshalb der Fahrplan in diesem Bereich eine drastische Kürzung erfahren hatte.

»Irgs«, sagte ich. »Eine noch gefährlichere Lage haben sie sich nicht aussuchen können, oder?«

»Eigentlich ja brillant«, gab Liz zu bedenken. »Dahin traut sich noch nicht mal mehr die Polizei.«

»Aber wir beide schon?«

»Ich hab Pfefferspray! Und die Gegend ist bestimmt nicht so schlecht wie ihr Ruf.«

Ich tat mein Bestes, Visionen von Liz und mir zu verdrängen, die mit Schusswaffen oder Pfefferspray zu tun hatten. Von klein auf hatte mein Vater mir eingeschärft, die Gegend rund um den Hermannplatz zu meiden, dabei wohnten wir selbst nicht unbedingt im sichersten Bezirk Berlins. Aber bei dem, was ich die letzten Tage durchgemacht hatte, konnte mich der Gedanke an die Hermannstraße auch nicht mehr über die Maßen schrecken.

»Okay, ich sag dir was. Wir fahren da hin. Aber dafür lassen wir es den Rest des Wochenendes gut sein mit der Recherche und reden über andere Dinge, in Ordnung?«

»Klar«, erwiderte Liz fröhlich, sichtlich zufrieden mit dem Ausgang unseres Gespräches. »Draußen ist eh viel zu schönes Wetter, um den ganzen Tag hier rumzugammeln. Und wenn du die Ferien ohnehin hier verbringst, haben wir mehr als genug Zeit. Die Toten laufen uns schließlich nicht weg.«

»Richtig«, bestätigte ich und schob den Gedanken an das Gespräch mit meinem Vater, das ich am nächsten Abend unweigerlich würde führen müssen, hastig beiseite. Genauso wie den Gedanken an die schrecklichen Träume.

»Und was wollen wir jetzt mit dem Rest des Tages anfangen?«

Liz setzte ein nachdenkliches Gesicht auf. »Hmmm... Radtour zum See mit Picknick?«

Das war mal ein erfrischend normaler Vorschlag von meiner Schwester, den ich nur allzu gerne annahm.

Es war dunkel und ich rannte durch die engen Gänge des Gebäudes. Die Notausgangslichter warfen ihr gespenstisches grünes Licht auf den Fußboden und die Wände – die einzige Beleuchtung, die ich hatte.

Zu spät! Ich würde zu spät kommen. Schon wieder.

»Sebastian?«

Ich hörte sie rufen und doch war ich sicher, dass ich sie nicht mehr rechtzeitig erreichen konnte. Obwohl ich mich beeilte, war ich noch immer viel zu weit von ihr entfernt. Im nächsten Augenblick schrie die schöne Frau auf und ich wusste, dass ich versagt hatte. Ein beinahe unmenschliches Heulen drang durch die Flure und ich versuchte, noch schneller zu laufen. Doch irgendetwas zog an mir, als wollte das Gebäude selbst mich zurückhalten. Meine Füße schienen regelrecht am Fußboden zu kleben.

Da, endlich!

Ich passierte den Eingang zu den Laboren, bog um die Ecke und sah sie dort liegen. Blut breitete sich unter ihren schmalen Schultern zu beiden Seiten aus – wie scharlachrote Engelsflügel.

Er kniete über ihr, die Hände blutverschmiert. Ich wollte etwas sagen, schreien, brüllen, doch mein Mund war wie zugenäht. Alles, was ich tun konnte, war dabei zusehen, wie sie starb.

Plötzlich drehte er sich zu mir um. Er sah mich an und doch konnte ich sein Gesicht nicht genau erkennen.

»Hättest du deine Nase nicht überall reingesteckt, wäre das hier nie passiert!«

Ich wusste, dass er die Wahrheit sagte.

LIZ

Sophie war zwar erst seit zwei Stunden weg, aber dennoch fehlte sie mir. Sie hatte versprochen, Bescheid zu geben, wenn sie sicher in Prenzlauer Berg angekommen war, aber noch hatte ich keine Nachricht von ihr erhalten.

Ashley und Carl waren bei mir und Carl kam vor lauter quatschen kaum zum Luftholen. Scheinbar hatte er es sich auf Philipps Party tatsächlich nicht nehmen lassen, den Bodensatz einer Erdnussdose in den Cocktail meines Exfreundes zu kippen. Natürlich freute mich so viel Einsatz, aber irgendwie interessierte mich nicht wirklich, was meine beiden Freunde erzählten. Es kam mir fast so vor, als hätten sie gar nichts mehr mit meinem wirklichen Leben zu tun – als seien sie und ihre Sorgen nicht Teil meiner Realität, sondern nur ein bizarres Hobby, um mich von den dunklen Seiten meines Lebens abzulenken. Bis vor Kurzem war dieses noch ausschließlich von Klamotten und Partys ausgefüllt gewesen. Wer trägt was, wer ist mit wem zusammen, wessen Nase ist nach den Sommerferien auffallend gerader und niedlicher als zuvor?

Doch spätestens seit Freitagabend kam es mir so vor, als beträfe mich das alles nicht mehr.

»Erde an Lizzie, bitte kommen!« Carls empörtes Gesicht schob sich in mein Blickfeld. Er konnte blitzschnell beleidigt sein, wenn er das Gefühl hatte, dass er nicht die Aufmerksamkeit bekam, die ihm zustand.

Ich erschrak ein wenig. »Sorry«, sagte ich und lächelte meine Freunde an. »Ich war in Gedanken.«

»Das haben wir gemerkt«, erwiderte Ashley in ihrem typischen halb arroganten und halb gelangweilten Ton.

»Wenn wir gehen sollen, dann musst du es nur sagen!«

Carls pikiertes Gesicht sprach Bände und ich riss mich zusammen.

Ich streckte die Arme nach ihm aus und er kuschelte sich nur allzu bereitwillig zu Daphne und mir auf den Liegestuhl.

»Nein nein«, sagte ich. »Ihr wisst doch, dass ich euch immer gerne um mich habe. Und deine Performance auf der Party war einsame Spitze, ehrlich. Du bist mein tapferer Soldat.«

Sichtlich besänftigt fing Carl wieder an, von der Party und Philipps umwerfenden Bruder zu erzählen, der ihm doch tatsächlich zwischendurch mal ein Bier geholt hatte (ob ich wirklich ganz, ganz sicher sei, dass er eine Hete ist?), bis plötzlich Ashleys Stimme den Redeschwall unterbrach.

»Wisst ihr eigentlich etwas über eure leiblichen Eltern?«

»Hm?«, machte ich und drehte den Kopf.

»Na ja«, sagte Ashley gedehnt. »Der Notar hat euch gesagt, dass ihr Zwillinge und adoptiert seid. Aber wer sind dann eure leiblichen Eltern? Hat er denn dazu gar nichts gesagt?«

»Unsere Eltern sind unbekannt«, log ich. »Wir wurden in einer Babyklappe gefunden.«

»Oh«, sagte Ashley nur und widmete sich anschließend wieder dem Lackieren ihrer Zehennägel.

Carl hingegen blickte mich so mitleidig an, dass ich es fast schon bereute, diese Lüge hervorgekramt zu haben.

»Sie haben euch einfach so alleine gelassen? Und dann hat man euch auch noch getrennt? Was ist nur mit den Leuten los?«

Ich zuckte die Achseln und schaute in Richtung Pool.

»Ach Carlchen«, sagte ich nach einer Weile. »Ich habe nicht die leiseste Ahnung.«

SOPHIE

Bahnfahren in Berlin wurde schlimmer und schlimmer. An der Station Grunewald hatte ich zwei Bahnen sausen lassen müssen, weil ich von Kopf bis Fuß kontrolliert worden war. Offensichtlich passte ich nicht in das Erscheinungsbild, das die Beamten von Bewohnern dieses Stadtteiles her gewohnt waren, obwohl sich mir da die Frage aufdrängte, ob diese nicht ohnehin ständig mit ihren Privatautos unterwegs waren und nur das Personal auf öffentliche Verkehrsmittel angewiesen war.

Mitten auf der Strecke hatten wir dann noch zwei Stunden haltmachen müssen, weil der gesamte Streckenabschnitt wegen einer Bombendrohung gesperrt worden war. Die Gleise waren abgesucht und jeder Insasse der gesamten Bahn noch einmal gründlich kontrolliert worden. Zudem waren Polizisten mit Sprengstoffspürhunden durch die Waggons gegangen – in unserem Wagen hatten sie allerdings nur einen armen Teufel mit ein bisschen Gras verhaftet. Sprengstoffspürhunde konnten offensichtlich auch Drogen finden.

Als ich schließlich in Prenzlauer Berg ankam, war ich völlig fertig und hatte keine Kraft, schon nach Hause zu gehen. Ich wollte unbedingt mit jemandem über ein harmloses Thema reden und ein freundliches Gesicht sehen. Also versuchte ich es wieder in der Chatgruppe *Die besten drei*.

Zu meiner großen Verwunderung antworteten Jule und Sandra beinahe sofort, als ich sie fragte, ob sie spontan Zeit für ein Treffen hätten. Wir verabredeten uns in unserem Lieblingscafé und ich freute mich darauf, endlich wieder ein paar unbeschwerte Stunden mit meinen Mädels verbringen zu können. Ein bisschen Koffein und ein Stück Kuchen, und die Welt würde schon wieder ganz anders aussehen.

Doch als ich das Café betrat, sank meine Laune wieder ins Bodenlose. Vor lauter Schreck blieb ich wie angewurzelt auf der Türschwelle stehen. Ich hatte meine Freundinnen seit etwa einer Woche nicht gesehen, aber es hätten auch Jahre sein können. Sie saßen bereits an unserem angestammten Platz in der Ecke und unterhielten sich leise, die Köpfe zusammengesteckt.

Sandra hatte sich ihre schönen, kastanienbraunen Locken bis auf ein paar Zentimeter abgeschnitten. Sie trug ein schwarzes, hautenges T-Shirt, nagelneue schwarze Jeans und ihre Füße steckten in schweren Schnürstiefeln. Neben ihrem Stuhl stand ein riesiger Rucksack aus grobem, grauem Stoff. So hatte ich meine Freundin noch nie gesehen.

Wo waren die Blümchenkleider und die Ballerinas hin, die sie bisher bevorzugt hatte? Wo ihre Handtasche, auf die sie noch bis vor Kurzem eisern gespart hatte? War daran vielleicht die männliche Kalibrierung ihres SmartPorts schuld? Doch mir dämmerte, dass noch mehr dahinterstecken musste.

Jule hingegen trug ein Nadelstreifen-Kostüm, das ihr an den Oberschenkeln viel zu eng war. Sie hatte ihre Haare streng nach hinten gekämmt und vor ihr auf dem Tisch lag eine dunkle Mappe, auf der in goldenen Buchstaben *Bewerbung* geprägt war. Die alte Jule wollte Ärztin werden, seitdem sie sprechen konnte, und wäre nie im Leben darauf gekommen, kein Abitur abzulegen. Was war denn auf einmal hier los?

Die beiden blickten beinahe gleichzeitig zu mir herüber und ich setzte ein Lächeln auf. »Hey ihr zwei!«, sagte ich und nahm meine Freundinnen nacheinander in die Arme. Es fühlte sich nicht wie eine Begrüßung an, sondern eher wie ein Abschied.

Bei näherem Hinsehen fiel mir auf, dass sie ebenso dunkle Ringe unter den Augen trugen wie ich und auch genauso müde aussahen. Ich bestellte mir einen doppelten Espresso und eine große Apfelschorle, dann schlug ich einen möglichst unverfänglichen Tonfall an und sagte: »Wow, ihr beide habt euch ja einen völlig neuen Look zugelegt!«

Jule lächelte matt. »Tut uns leid, dass wir so lange nicht auf deine Nachrichten reagiert haben, aber in den letzten Tagen ist so viel passiert. Wir sind einfach nicht dazugekommen.«

In ihren vertrauten blauen Augen lag ein Bedauern, das mich traurig machte. So schaute Pa manchmal drein, wenn er von seiner verstorbenen Frau erzählte.

Sandra hingegen straffte die Schultern und bedachte Jule mit einem tadelnden Blick. »Wir tun nur das Richtige, Sophie wird das schon verstehen.«

Ich war mir da nicht so sicher. Überhaupt fühlte ich mich an dem Tisch plötzlich wie ein Fremdkörper. Seit wann besprachen wir denn nicht mehr alles zu dritt? Ich kam mir vor, als wäre ich in eine eingeschworene Gemeinschaft eingedrungen. Die beiden wussten viel mehr voneinander als ich, dabei war es in der Vergangenheit auch kein Problem gewesen, dass sie in der Französischklasse waren, während ich Spanisch belegt hatte. Doch scheinbar hatte sich von mir unbemerkt eine Kluft zwischen uns gegraben.

»Jule hat sich als Altenpflegerin beworben«, fuhr Sandra fort.

»Wirklich?« Erstaunt wandte ich mich an meine Freundin. »Du wolltest doch immer Kinderärztin werden. Seitdem wir klein sind, hattest du keinen anderen Berufswunsch! Du hast so dafür geackert. Und dann sehen wir uns mal eine Woche nicht und schon …«

»Ich weiß, aber …«, Jule schluckte. Sie brachte es offenbar nicht über sich, mir in die Augen zu sehen.

»Altenpfleger werden nun einmal dringender gebraucht als Kinderärzte. Die Geburtenraten gehen seit Jahren zurück«, schnitt Sandra ihr das Wort ab. Seit wann war sie denn so dominant?

»Außerdem wissen wir doch alle, dass unsere Chancen, zu studieren, gegen null gehen. Unsere Eltern können die Uni nicht bezahlen und die Stipendien bekommen eh nur Kinder, die vorher schon mit Unterstützung auf die privaten Schulen gegangen sind. Nicht die Kinder von staatlichen Schulen.«

»Ach«, sagte ich, weil mir vor lauter Verwunderung und aufkeimender Wut nichts anderes einfiel.

»Ja«, murmelte Jule. »Ich hab schließlich noch drei jüngere Geschwister und möchte meinen Eltern nicht mehr länger auf der Tasche liegen. In der Ausbildung bekomme ich ein anständiges Gehalt und kann mir ein Wohnheimzimmer leisten. Die gibt es für Azubis günstiger.«

Sandra lächelte triumphierend. »Da hörst du es. Jule kommt gerade von einem Bewerbungsgespräch und wurde vom Fleck weg genommen. Wir haben also was zu feiern.«

»Na dann, herzlichen Glückwunsch«, sagte ich und rang mir ein Lächeln ab. Dabei nahm ich Jules Hand, die wie ein toter Vogel in meiner lag. Ich hatte das Gefühl, sie retten zu müssen, wusste aber partout nicht, wie ich das anstellen sollte. Leider war Sandra noch lange nicht fertig.

»Sie muss für ihre Ausbildung zwar nach Dahlem ziehen, aber wir werden in Zukunft eh nicht mehr viel Zeit füreinander haben.«

»Warum nicht?«, fragte ich, obwohl ich die Antwort eigentlich überhaupt nicht hören wollte.

»Weil ich mich freiwillig gemeldet habe!«, sagte Sandra hart und in ihrer Stimme lagen Stolz, Unabänderlichkeit und ein Hauch Triumph. Sie hatte es tatsächlich getan. Ich konnte kaum glauben, was ich da hörte. In diesem Augenblick sank mein Herz endgültig zu Boden. »Aber...«, brachte ich mit Mühe heraus, da wurde mir das Wort auch schon abgeschnitten. Diesmal war es Jule, die einsprang.

»Sie will uns doch nur beschützen«, sagte sie sanft und mit einem bewundernden Blick auf unsere Freundin fügte sie hinzu: »Ich wünschte, ich wäre auch so mutig.«

»Wenn wir nicht unseren Beitrag zum Schutz dieses Landes leisten, dann werden die östlichen Terroristen sich hier bald alles unter den Nagel reißen.«

»Wann?«, brachte ich mit Mühe hervor.

»Ich mach diese Schulwoche noch zu Ende, und am Samstag fahre ich gleich mit den anderen Freiwilligen ins Ausbildungslager an die Ostsee. Und wie es dann weitergeht, weiß ich noch nicht. Schätze, ich werde irgendwann in einen Einsatz gerufen. Vielleicht darf ich ja vorher noch einmal nach Hause.«

Bei ihren Worten wurde mir schlecht. Wusste sie wirklich, worauf sie sich dort einließ? Wollte sie lernen, wie man Menschen tötete? Sie in die Luft jagte? »Und was ist mit Hassan?«, fragte ich mit wachsender Verzweiflung.

Sandra war seit einiger Zeit unsterblich in den zwei Jahre älteren, hübschen Türken verliebt, der ein besonders talentierter Klavierspieler war. Vor zwei Wochen waren sie endlich zusammen im Kino gewesen und hatten sich sogar geküsst. Doch auch das schien nun keine Bedeutung mehr für sie zu haben.

»Auch Hassan muss irgendwann begreifen, dass das Leben kein Ponyhof ist. Er muss sich entscheiden, auf wessen Seite er steht.«

Mir wurde kalt. Sie sprach, als befände sie sich schon längst im Krieg.

»Du könntest sterben«, flüsterte ich und fühlte, wie mir Tränen in die Augen stiegen. Sandra wandte den Kopf zur Seite. Ich wusste, dass nun auch sie mit den Tränen kämpfte.

»Ich weiß«, sagte sie. »Aber es muss sein. Und du solltest das eigentlich verstehen.«

Ich schluckte. Ihre Worte trafen mich härter, als sie ahnen konnte, da auch ich in den letzten Wochen immer wieder einen Anflug des Dranges gespürt hatte, dem Sandra nun scheinbar nachgab. Doch ich war dazu wahrlich nicht bereit.

Da saßen wir nun. Drei intelligente Mädchen, die sich seit der Kinderkrippe kannten und viele Jahre lang alles miteinander geteilt hatten. Normal, fröhlich, gut in der Schule. Und nun? Die eine war bereit, ihr Leben und alles, wofür sie gearbeitet hatte, für eine fragwürdige Sache wegzuwerfen, die andere gab ihren Traum für ein Leben voller harter Arbeit und äußerst bescheidenen Wohlstand auf.

Und die Dritte? Die Dritte wusste nicht mehr, wo sie hingehörte, und hatte sich in eine aussichtslose und vielleicht sogar sehr gefährliche Sache verrannt. Ich kam mir unglaublich verloren vor und sehnte mich nach meiner Schwester. Liz' Energie wäre vielleicht in der Lage, die schwarze Wolke aus Trauer und Zweifeln zu vertreiben, die nun über dem kleinen Ecktisch hing. Um irgendwas zu tun, kippte ich endlich den Espresso hinunter, der mittlerweile kalt geworden war, und fühlte mich augenblicklich etwas klarer im Kopf.

Meine Kindheit war zu Ende. Das hier war ein letzter Abgesang auf eine Zeit, die nie mehr zurückkehren würde.

»Wir sind ja so unhöflich!«, warf Jule nun ein. »Bei dir sind doch auch ein paar Sachen passiert«, sie wandte mir ihr lächelndes Gesicht zu, auf dem nun echte Neugier stand. Die sanftmütige Jule. Es tröstete mich wenigstens etwas, zu wissen, dass sie eine wunderbare Altenpflegerin abgeben würde. Immerhin war der Beruf nicht allzu weit von ihrer Traumvorstellung entfernt. Ihr Leben lang hatte sich Jule um ihre Großmutter und die kleinen Geschwister gekümmert. Sie war ein sehr genügsamer Mensch und würde schon klarkommen. Trotzdem hätte ich mir für sie ganz gewiss etwas anderes gewünscht. »Richtig«, sagte Sandra und auch auf ihrem Gesicht stand etwas von dem alten Glanz und der Neugierde, die ich an ihr immer so geliebt hatte. In gewisser Weise war sie Liz sehr ähnlich – beide hatten eine unheimliche Selbstsicherheit und Energie. Ich hoffte inständig, dass sie gut auf sich aufpassen und heil wieder nach Hause kommen würde.

»Wir haben dich gar nicht gefragt, wie es beim Notar war.«

»Ach«, sagte ich und spielte im Kopf noch einmal kurz die Lüge durch, die ich mir vorher zurechtgelegt hatte. »Es war gar nichts Besonderes. Ein entfernter Onkel von mir ist gestorben und ich hab ein paar Sachen geerbt. Silberbesteck und so Zeug.«

»Ach so. Dann war die ganze Aufregung ja umsonst«, sagte Sandra und machte sich an ihren Schnürsenkeln zu schaffen.

»Ja«, log ich. »Völlig umsonst.«

Einer Eingebung folgend ergriff ich die Hände meiner beiden Freundinnen und sie ließen es geschehen.

Ich schaute auf meine Füße, weil ich es nicht ertragen würde, die beiden anzusehen, und sagte: »Ich werde euch schrecklich vermissen.«

»Wir dich auch«, erwiderten sie.

Fünf Minuten später zahlte ich und ging – ich hätte es keine Minute länger ausgehalten.

Der Heimweg kam mir unwirklich vor, meine Füße trugen mich ohne meinen Willen die vertrauten Straßen entlang. Ich war kaum in der Lage, die Gedanken, die durch meinen Kopf wirbelten, zu ordnen. Mein Leben schien es nicht sehr freundlich mit mir zu meinen. Und es war offensichtlich auch nicht gewillt, mir eine Atempause zu gewähren.

Das einzig Gute an dem Gespräch mit Sandra und Jule war, dass ich nun keine Angst mehr vor der Begegnung mit meinem Pa hatte. Das würde ich auch noch durchstehen und mich anschließend einfach nur noch ins Bett fallen lassen. Am Freitag wäre ich endlich wieder bei Liz.

Ich schloss die Wohnungstür auf und begrüßte Schrödinger, der sich im Flur an einen Türrahmen presste. Ganz eindeutig war er beleidigt, dass ich so lange weg gewesen war, denn normalerweise kam er schon in Richtung Tür gelaufen, wenn sich nur der Schlüssel im Schloss drehte.

»Hallo?«, rief ich. »Jemand zu Hause?«

»Ich bin oben!«, kam die prompte Antwort.

Ich ließ den Rucksack von meiner Schulter gleiten und stieg die steile Treppe zu unserer Dachterrasse hinauf. Sie war das Highlight unserer Wohnung, doch leider benutzten wir sie viel zu selten. Aber heute hatte sich mein Pa richtig ins Zeug gelegt: Der wackelige Holztisch war mit einer leicht verknitterten, karierten Tischdecke, Tellern und Gläsern gedeckt. Ein großer Salat und eine riesige Schüssel Spaghetti standen in der Mitte. Mit Pesto und getrockneten Tomaten. Mein Lieblingsessen.

Mein Pa hatte sich ein Hemd angezogen und lächelte mir tapfer entgegen. Es war offensichtlich, dass er sich vorgenommen hatte, *es wiedergutzumachen*. Leider würde eine Schüssel Nudeln hierfür bei Weitem nicht ausreichen.

Der Anblick war beinahe zu viel für mich. Ein Streit oder eisiges Schweigen wäre mir deutlich lieber gewesen. Aber diese rührende Geste war mehr, als ich heute noch ertragen konnte. Nur mit Mühe konnte ich meine Tränen zurückhalten. Zu gerne wollte ich mich an seine Brust drücken und ihm von all dem Schrecklichen berichten, was ich gesehen und erfahren hatte. Doch dafür war es noch zu früh. Oder zu spät. Dennoch hatte ich nicht das Herz, ihn mit all den Köstlichkeiten einfach so auf der Terrasse sitzen zu lassen.

Langsam näherte ich mich den Tisch und ließ mich auf den Klappstuhl nieder, der meinem Vater gegenüberstand.

»Wow«, sagte ich, doch es klang genauso müde, wie ich mich fühlte. »Du hast gekocht.«

»Dein Lieblingsessen!«, sagte er strahlend und griff nach meinem Teller, um mir Essen aufzutun, doch ich hielt ihn zurück. Plötzlich war mir übel.

»Entschuldige, ich hab keinen Hunger.«

»Oh«, sagte mein Pa und ließ die Hände sinken. Doch das Lächeln hielt sich wacker auf seinem Gesicht. »Na ja, vielleicht später«, sagte er mit gespielter Fröhlichkeit und ich nickte.

»Hör mal, Liebes«, setzte er an.

»Nicht«, hielt ich ihn zurück. »Bitte. Ich ertrage das heute einfach nicht mehr. Aber ich wollte über eine andere Sache mit dir reden.« Ich holte tief Luft. Es war besser, es gleich hinter mich zu bringen. »Ich möchte die Ferien bei Liz verbringen. Sie hat mich eingeladen. Wir haben viele Jahre nachzuholen, weißt du?«

»Die ganzen Ferien?«, fragte mein Vater traurig und blickte dabei drein, als hätte ich ihn geschlagen.

»Ja. Gemessen an vierzehn Jahren sind drei Wochen auch keine allzu lange Zeit, findest du nicht?«

Nun lächelte er nicht mehr. Seine Schultern hingen herab und er kam mir in diesem Moment um viele Jahre gealtert vor.

»Natürlich, du hast recht«, sagte er und goss sich einen Schluck Wein ein. »Möchtest du auch was?«, fragte er und ich nickte.

Ich trank mein kleines Glas schweigend aus und ging anschließend direkt in mein Zimmer, wo ich Liz darum bat, gleich am Freitag zu ihr kommen zu dürfen. Sie versprach mir, dass mich Juan unmittelbar nach der Schule abholen würde. Etwas leichter ums Herz schlief ich ein.

Die Tanzfläche war voller Menschen und ein heftiger Beat hämmerte in meinen Ohren. Ich fühlte mich unglaublich gut in meinem neuen, bodenlangen Kleid von H&H, das ich mir extra für diesen Abend gekauft hatte. Es schimmerte in den Farben des Sonnenuntergangs.

Während ich mich durch die Menge hindurch zur Bar zwängte, winkten mir ein paar vertraute Gesichter zu. Ein gut aussehender Kerl schenkte mir ein anerkennendes Lächeln. Endlich hatte ich mich bis zum Barkeeper durchgekämpft, der mir augenzwinkernd zulächelte und mich sofort bediente.

»Was darf ich dir bringen, schöne Frau?«

Ein prüfender Blick in den Spiegel hinter der Bar verriet mir, dass er nicht übertrieb. Ich klimperte mit den Wimpern und antwortete: »Überrasch mich!«

»Das lasse ich mir nicht zweimal sagen!«

Sein brauner, muskulöser Arm griff unter die Theke und förderte kurz darauf eine quietschbunte Flasche zutage, die er mit vielsagendem Blick vor mir abstellte.

»FruitFever™«, sagte er mit samtweicher Stimme. »Nagelneu, umwerfend lecker und dazu noch alkoholfrei!«

Genau das, was ich jetzt brauchte! Ich wollte nach der Flasche greifen, als ein gellender Schrei durch das Gewirr aus Stimmen und Musik drang, die sofort abbrach.

Die Leute bildeten eine Schneise, die von dem Punkt, an dem ich stand, bis zur Mitte der Tanzfläche verlief.

Noch mehr Schreie zerrissen die Stille, aber niemand sagte etwas.

Und dann sah ich sie.

Eine wunderschöne Frau im Abendkleid lag tot auf der Tanzfläche. Meine Mutter. Sebastian kniete über ihr, den Kittel voller Blut. Er zeigte mit dem Finger anklagend in meine Richtung und auf einmal waren alle Augen im Club auf mich gerichtet. Die Leute starrten mich entsetzt und hasserfüllt an.

Ich schaute an mir herab und stellte fest, dass nun auch mein Kleid komplett blutverschmiert war, der Saum war scharlachrot. In den Händen hielt ich ein langes Küchenmesser, das ebenfalls voller Blut war. Wie vom Blitz getroffen ließ ich es fallen, drehte mich auf dem Absatz um und rannte so schnell ich konnte aus dem Gebäude. Doch sie folgten mir und ich wusste genau: Ich konnte nicht entkommen.

Binnen Sekunden waren sie alle bei mir und stellten sich im Kreis um mich herum.

»Du bist schuld!«, riefen sie im Chor.

»Du hast sie umgebracht.«

LIZ

Endlich war Freitag. Ich hatte die gesamte Woche damit zugebracht, mich auf diesen Tag zu freuen, und jetzt saß ich im Auto, um zusammen mit Juan meine Schwester abzuholen. Drei gemeinsame Wochen lagen vor uns – genug Zeit also, den Geheimnissen unserer Vergangenheit auf den Grund zu gehen. Außerdem hatte sie mir sehr gefehlt.

»Juan«, sagte ich mit zuckersüßer Stimme. »Kannst du uns auf dem Rückweg bitte einfach an der Friedrichstraße absetzen und Sophies Gepäck nach Hause bringen? Ich möchte mit ihr noch ein bisschen bummeln gehen.«

Juans Blick traf mich über den Rückspiegel. Seine Augenbrauen formten dabei ein akkurates V, wie immer, wenn ihn irgendwas skeptisch machte. Seit letztem Wochenende beobachtete er mich argwöhnisch, daher bekam ich das V immer häufiger zu sehen.

»Ihr habt doch drei Wochen Zeit«, brummelte er. Die Vorstellung, zweimal am Tag vom Grunewald in die Innenstadt fahren zu müssen, bereitete ihm ganz offensichtlich schlechte Laune. »Warum muss es denn ausgerechnet heute sein? Ich hab auch noch was anderes zu tun, außer euch Mädchen durch die Gegend zu kutschieren. Dein Vater bezahlt mich als Sicherheitsmanager, nicht als Chauffeur.«

»Ich hab es ihr aber versprochen«, log ich. »Sie war schon so lange nicht mehr in der Stadt. Und zurück können wir ja einfach die S-Bahn nehmen.«

»Nein, schon gut«, gab Juan nach. »Ich hole euch wieder ab. Aber spätestens um sechs, okay? Wenn ich euch nicht rechtzeitig zum Abendessen nach Hause bringe, bekommt Fe einen Anfall.«

Ich lachte. »Ja, sie ist sicher schon seit heute Morgen am Kochen.«

Nun schmunzelte auch Juan. »Eher seit gestern Abend, würde ich sagen.«

Ich griff von hinten an die Schulter unseres Sicherheitsmanagers und drückte diese sanft. »Danke, Juan!« Es war beängstigend einfach, Juan zu etwas zu bewegen, was er eigentlich nicht tun wollte, doch mir war nicht wohl dabei, so viel zu lügen. Nicht dass ich es nicht oft genug getan hätte, im Gegenteil: In der Schule log ich permanent. Ein simples »Wie gefällt dir mein neues Kleid?« ließ mich zur Höchstform auflaufen, wenn es sein musste. Aber Fe und Juan waren meine Familie und ich vertraute ihnen grenzenlos und log wirklich nur, wenn es nicht anders ging. Leider ging es in letzter Zeit ziemlich oft nicht anders. Zum Ausgleich nahm ich mir vor, in den nächsten Tagen besonders lieb und pflegeleicht zu sein.

Natürlich hatte ich überhaupt nicht geplant, mit Sophie shoppen zu gehen, ganz im Gegenteil. Daher passte es mir eigentlich gar nicht, dass wir nicht selbst mit der Bahn zurückfahren durften, doch ich wollte mein Glück nicht überstrapazieren. Dann mussten wir eben zusehen, dass wir bis sechs Uhr von unserem Ausflug wieder zurück in der Friedrichstraße waren. Was für mich bedeutete, dass ich meine

Kreditkarte mit Taxikosten würde belasten müssen, aber das war es mir allemal wert.

Als wir in Prenzlauer Berg ankamen und vor dem Mehrfamilienhaus anhielten, in dem Sophie lebte, konnte ich meine Verwunderung nur mit Mühe verbergen. Das Haus lag recht weit von der nächsten Bahnstation entfernt, eingeklemmt zwischen einer großen Straße, Schienen und einem riesigen Discount-Supermarkt. Keine besonders schöne Umgebung. Und auch das Haus war kein Augenschmeichler, so viel stand fest. Der Putz hielt sich nur noch mit Mühe an einigen Stellen der Fassade, und soweit ich sehen konnte, gab es keinen Garten, sondern nur einen Gehweg voller Hundescheiße. Im Erdgeschoss des Hauses gab es eine winzige Bar, in der speckigen Fensterscheibe hing ein blinkendes Schild mit der Aufschrift ›Open‹.

Immerhin hatte Sophie etwas von einer Dachterrasse erzählt, demnach hatte sie wenigstens eine Möglichkeit, ihre Nase in die Sonne zu halten, ohne gleich in Exkremente zu treten. Die Ladengeschäfte, die der Straße vielleicht einmal ein gewisses Flair verliehen hatten, waren überwiegend geschlossen, die Fenster zum Teil mit Brettern vernagelt. Und irgendwo heulte ein Kind zum Steinerweichen. Hier war meine Zwillingsschwester also aufgewachsen.

Ich schickte ihr eine kurze Nachricht und wenige Minuten später schob sie sich mit einem großen Rucksack durch die Eingangstür. Ihr Outfit versetzte mich in Erstaunen: Sie hatte sich richtig in Schale geschmissen. Sophie trug ihre Haare offen – sie fielen ihr in sanften Wellen über die Schulter, und der Rest von ihr steckte in einem hübschen, hautengen Kleid mit gelbem Retromuster. Zwar war das Kleid eindeutig kein Designerstück (ich tippte auf H&H),

aber schick war es trotzdem und passte außerdem perfekt zu ihr.

»Du bist genau richtig angezogen!«, rief ich ihr fröhlich entgegen. »Juan hat sich breitschlagen lassen, uns noch in die Stadt zu fahren!«

In Sophies Augen blitzte kurz Verwunderung auf, doch zu meiner großen Erleichterung spielte sie mit. Ich hatte es versäumt, sie vorher in meinen Plan einzuweihen, weil ich befürchtet hatte, sie könnte dagegen sein. Und in Juans Anwesenheit hatte ich mich nicht mehr getraut. Seine Ohren waren verdammt gut.

»Perfekt!«, rief sie lächelnd, während sie sich von Juan den Rucksack abnehmen ließ und mir anschließend in die Arme fiel. »Was hast du vor?«, raunte sie mir dabei ins Ohr, doch ich antwortete nur: »Ich bin froh, dass du endlich da bist!«

Sie drückte meine Hand. »Und ich erst! Ich hatte eine furchtbare Woche.«

Das konnte ich mir nur allzu lebhaft vorstellen. Trotz des Vorhabens, das ich für uns geplant hatte, freute ich mich auch auf ein paar Mädchengespräche. »Du musst mir unbedingt alles erzählen!«

Als wir eine halbe Stunde später aus dem Auto gestiegen waren und uns von Juan verabschiedet hatten, bedachte Sophie mich mit einem halb amüsierten, halb besorgten Blick.

»Wir gehen nicht shoppen, richtig?«

»Richtig. Wir fahren jetzt nach Neukölln!«

Ich hakte mich bei ihr unter und navigierte uns in Richtung des nächsten Taxistands. Ihr Widerstand fiel zu meiner Überraschung sehr gering aus.

»Du hättest es mir ruhig sagen können.« Sophies Tonfall war streng und klang ein bisschen beleidigt. »Ich bin doch für so einen Ausflug jetzt völlig falsch angezogen.«

»Quatsch«, widersprach ich ihr. »Du siehst großartig aus. Jeder Mann, der dich sieht, würde dir sofort alles erzählen. Außerdem fahren wir mit dem Taxi. Alles gar kein Problem.«

Aber wie sich herausstellte, war es doch ein Problem, weil sich die meisten Fahrer rundheraus weigerten, uns zur Hermannstraße zu fahren. Erst der siebte Fahrer ließ sich schließlich überreden, bestand dann aber darauf, ohne Taxameter zu fahren, weil er behauptete, sein Chef habe ihm verboten, Gäste in das Gebiet zu befördern. Dafür leierte er mir einen saftigen Festpreis aus den Rippen. Vielleicht, dachte ich zerknirscht, hätte ich meine teuren Klamotten zu Hause lassen sollen. Aber hatten Taxifahrer überhaupt ein Auge für so etwas oder war der Kerl einfach nur von Natur aus unverschämt? Während der Fahrt schien er dann aber doch noch ein schlechtes Gewissen zu bekommen, da er uns anbot, zu warten und uns wieder zurückzubringen.

»Hast du uns überhaupt angemeldet?«, fragte Sophie, die unsicher aus dem Fenster auf die sich langsam wandelnde Umgebung schaute. Auch mir bereiteten die Straßen, durch die wir nun fuhren, leichtes Unbehagen, doch ich schob es rasch beiseite. Unsere Mutter war jeden Tag hierher zur Arbeit gefahren und die Mitarbeiter von Pandora taten es noch immer. So schlimm und gefährlich, wie immer alle sagten, konnte es in Neukölln nun auch wieder nicht sein. Schon gar nicht am helllichten Tag.

»Nö«, antwortete ich, um einen selbstsicheren Tonfall bemüht. »Am Ende hätten sie mir noch den Termin verweigert.«

»Dachte ich mir.« Auf dem Gesicht meiner Schwester lag ein leichtes Lächeln.

Zur Adresse gehörte ein großes, heruntergekommenes Bürohaus, dessen untere Etage komplett mit Graffiti überzogen war. An den Straßenecken, die ich vom Taxi aus erkennen konnte, warteten Prostituierte, die ihre besten Tage ganz offensichtlich schon hinter sich hatten, gelangweilt auf ihre Freier. Ein Stück die Straße hinab brannte irgendetwas, ich tippte auf ein Auto. Ich holte tief Luft und stieß die Wagentür auf.

Das Büro von Pandora lag ganz oben im vierten Stock des Gebäudes. Wir misstrauten dem altersschwachen Aufzug und nahmen die Treppe bis nach oben, wo ich entschlossen auf den Klingelknopf drückte.

Uns öffnete ein Typ Anfang vierzig, der aussah, als hätte er seit zwanzig Jahren keine neuen Klamotten mehr gekauft oder sich wegen einer kaputten Waschmaschine etwas von seinem kleinen Bruder geliehen. Er steckte in einen Kapuzenpulli, Jeans und Turnschuhen.

»Hi!«, sagte ich freundlich, doch er starrte uns nur eine Weile ungläubig an, dann rief er über seine Schulter: »Chef! Du hast Besuch!« und ließ uns grußlos auf der Türschwelle stehen.

Aus dem hinteren Bereich des Büros kam nach einer Weile Bloginhaber und Internetlegende Knut Jepsen mit federndem Schritt auf uns zu. Die blonden, fettigen Haare waren nachlässig zu einem Pferdeschwanz gebunden, aber ansonsten war an seinem Aufzug nichts auszusetzen. Er trug einen gerade geschnittenen schwarzen Designeranzug und dunkle Schuhe. Als er uns erblickte, fiel ihm alles aus dem Gesicht und er blieb abrupt stehen. Doch nur Sekundenbruchteile später fing er sich wieder und knipste ein professionelles Lächeln an.

»Na, wenn das keine Überraschung ist!«, sagte er freundlich, auch wenn ich mir einbildete, dass seine Stimme leicht zitterte.

»Ihr müsst Helens Töchter sein!« Er gab uns nacheinander seine schwitzige rechte Hand. »Knut Jepsen«, stellte er sich vor. »Aber das wisst ihr sicherlich!«

Aus dem Augenwinkel erkannte ich, dass Sophie ebenfalls Mühe hatte, ein Grinsen zu unterdrücken. Scheinbar war ich nicht die Einzige, die bei diesem Auftritt an unsere Begegnung mit dem Notar zurückdachte. Zudem wurde ich durch seine Art unangenehm an meinen Exfreund Philipp erinnert. Es blieb zu hoffen, dass sich charmante intelligente Männer nicht grundsätzlich zu selbstgefälligen Schmierlappen entwickelten, sonst sah ich schwarz für meine liebestechnische Zukunft.

Jepsen führte uns in einen separaten Raum und bat einen vorbeilaufenden Kerl namens Tom, Kaffee zu bringen.

Pandoras Wächter hatten mehr Platz, als ich für möglich gehalten hätte. Die gesamte Etage schien ihnen zur Verfügung zu stehen. Ich zählte acht separate Räume, ein Großraumbüro, eine sehr chaotische Küche und einen Flur mit Kickertisch, Dartscheibe und mehreren Spielekonsolen. Da ich mich unbeobachtet fühlte, gönnte ich mir ein kurzes Augenrollen. Was für ein Klischee! Außerdem standen diverse Couchen in loser Unordnung herum, auf denen sich Mitarbeiter mit ihren Laptops fläzten. Und auf beinahe jedem Tisch standen zwischen angebrochenen Limoflaschen und Kekspackungen Kisten voller Kabel und Computerteile. Wir ernteten im Vorbeigehen immer wieder verwirrte oder erstaunte Blicke, was wohl daran lag, dass wir unserer Mutter so unglaublich ähnlich sahen; vor allem Sophie.

»Also«, sagte Jepsen endlich. »Was führt euch zwei denn zu mir?«

»Wir möchten mehr über unsere Mutter erfahren«, antwortete ich. »Ja«, fügte Sophie hinzu. »Wir wissen so gut wie gar nichts über sie.«

»Haben euch eure Eltern denn nichts erzählt?«, fragte Jepsen mit schlecht gespielter Verwunderung. Ein Filmstar würde aus dem nicht werden, so viel war sicher.

»Wir wurden getrennt vermittelt«, erklärte ich. »Bis vor ein paar Wochen wussten wir nicht einmal voneinander oder von unseren leiblichen Eltern. Sonst hätten wir sicher schon früher vorbeigeschaut.«

»Oh«, sagte Jepsen. Mehr schien ihm hierzu nicht einzufallen.

»Also? Können Sie uns nun etwas über Helen Zweig erzählen oder nicht?«, hakte Sophie nach.

»Nun«, antwortete Knut Jepsen gedehnt und schlug die Beine übereinander. »Sie war eine der besten Journalistinnen, die ich jemals hatte. Klug, witzig, wortgewandt. Und mit Sicherheit auch die schönste Journalistin, die ich jemals hatte. Ich meine, ihr habt Tom ja gesehen.«

Weder Sophie noch ich stimmten in sein Lachen mit ein.

»Das ist alles?«, fragte ich, meinen Unmut eher schlecht verbergend. »Sie haben doch miteinander gearbeitet. Und Pandora scheint mir ein Arbeitsplatz zu sein, an dem man einander ganz gut kennenlernt.«

»Sie hatte viele Freunde hier, das stimmt«, räumte Knut Jepsen ein. »Aber das Verhältnis zwischen Helen und mir war eher professioneller Natur. Ich pflege eine gewisse Distanz zu meinen Angestellten.«

Ich sah ihm an, dass er log, und war mir sicher, dass noch mehr hinter seinen ausweichenden Antworten steckte als bloße *professionelle Distanz*.

»Können wir dann mit jemandem sprechen, der sie besser kannte?«, fragte Sophie und Knut Jepsen schüttelte den Kopf.

»Bedaure. Ich fürchte, sie alle haben Pandora nach und nach verlassen.«

So, wie wir auf dem Flur angestarrt worden waren, fiel es mir schwer, das zu glauben. Doch ich begnügte mich mit einem schlichten »Warum?«.

Jepsen schenkte mir ein verbissenes Lächeln. »Ich weiß es nicht. Vielleicht haben sie neue berufliche Herausforderungen gesucht?«

Sophie war ebenfalls sicher, dass Jepsen nicht die Wahrheit sagte, das konnte ich ihrem Blick entnehmen, aber sie hielt sich zurück. Doch so leicht wollte ich den Blogchef nicht davonkommen lassen.

»Wenn sie eine so gute Mitarbeiterin war...«

»Eine der Besten«, bekräftigte Jepsen salbungsvoll.

»... warum haben Sie dann nicht über den Mord an ihr berichtet? Ob Sie unsere Mutter nun gut kannten oder nicht – das wären Sie ihr eigentlich schuldig gewesen!«

In den Augen von Knut Jepsen blitzte Ärger auf, doch das Lächeln stand in seinem Gesicht wie festgetackert.

»Du machst deiner Mutter alle Ehre, so viel ist sicher. Wenn du mal einen Praktikumsplatz brauchst, sag mir Bescheid. Du kannst jederzeit bei uns anfangen.«

Er legte die Fingerspitzen aneinander und schien nach

den richtigen Worten zu suchen. »Seht ihr, Pandoras Wächter ist ein Technikblog. Wir setzen uns hier in der Redaktion kritisch mit den neuesten technischen Entwicklungen, deren Chancen und Risiken auseinander. Der Mord an eurer Mutter war eine private Tragödie. Ich hätte es als unpassend empfunden, das auf unserem Blog auszuschlachten.«

»Und dass der Mord im NeuroLink-Gebäude geschehen ist, hat nicht ausgereicht, Sie neugierig zu machen?«, fragte ich.

Jepsen erhob sich von seinem Platz. »Tut mir leid, dass ich euch beiden nicht weiterhelfen konnte. Aber jetzt muss ich langsam wieder an die Arbeit. Wir haben in ein paar Minuten eine Sitzung.«

Ich schaute auf die Uhr. »Zwanzig vor fünf? Reichlich seltsamer Zeitpunkt für eine Sitzung. Außerdem haben Sie meine Frage nicht beantwortet!«

Nun lächelte Jepsen nicht mehr. »Ich werde dir deine Frage auch nicht beantworten.«

»Und wieso nicht?«

»Weil ich vor einem Teenager keine Rechenschaft über den Inhalt meines Blogs ablegen werde. Deshalb. Und jetzt verzieht euch!«

Widerwillig standen wir auf.

»Danke für Ihre Zeit«, sagte Sophie und ich musste über ihren ätzenden Tonfall lächeln, obwohl auch ich eigentlich ziemlich wütend war. Im Gegensatz zu ihrem Verhalten beim Notar schien sie jetzt geradezu aufmüpfig. Scheinbar hatte ich einen guten Einfluss auf sie. Obwohl – manche Leute würden es auch als klassischen schlechten Einfluss bezeichnen. So oder so war ich stolz auf sie.

»Keine weiteren Umstände«, sagte ich. »Wir finden alleine raus.«

Als die Tür hinter uns zufiel, schnaubte ich ärgerlich. »Was für ein Reinfall. Die fünfzig Eurodollars für das Taxi waren ja wohl rausgeworfenes Geld.«

»Vielleicht auch nicht!«, sagte Sophie und auf ihrem Gesicht lag ein verschmitztes Lächeln.

Ich wandte mich ihr zu. »Wie meinst du das?«

Sie zog mich ein Stück die Treppe hinunter bis auf den nächsten Absatz und flüsterte: »Auf dem Weg nach draußen hat mir ein Typ das hier in die Hand gedrückt.« In Sophies Handfläche lag ein kleiner, zusammengefalteter Zettel. Mein Herz begann, schneller zu schlagen.

»Was steht drauf?«

Sophie faltete den Zettel auseinander. Jemand hatte mit einer fürchterlichen Handschrift eine Botschaft darauf gekritzelt.

Ich kannte eure Mutter. Morgen um 19.00 Uhr im Komet auf der Simon-Dach-Straße. Sash.

Wir grinsten einander an.

»Du hast recht. Der Ausflug hat sich doch gelohnt.«

SOPHIE

Ich stand vor meinem offenen Rucksack und grübelte. Gestern Abend war ich nicht mehr dazu gekommen, die Klamotten, die ich mitgebracht hatte, in das mir zugewiesene Fach in Liz' Wohnzimmerkommode einzuräumen, und jetzt war alles verknittert. Aber nach Fes Abendessen wäre kein normaler Mensch noch in der Lage gewesen, sich auch nur ein paar Zentimeter zu bewegen.

Den heutigen Tag hatten wir damit zugebracht, mit Daphne durch den Grunewald zu schlendern. Es hatte gutgetan, spazieren zu gehen und mir alles von der Seele zu reden, vor allem, was das Gespräch mit Sandra und Jule betraf. Liz hatte mir sehr aufmerksam zugehört und später gefragt, ob Sandra und Jule auch WerbePorts trugen. Nachdem ich bejahte, schien sie in dieses Thema allerdings nicht tiefer eindringen zu wollen, da sie nur nachdenklich genickt, aber nichts mehr dazu gesagt hatte.

Ihre Frage hatte mein Unbehagen allerdings verstärkt. Auch ich hatte in den vergangenen Tagen viel darüber nachgedacht, ob ein Zusammenhang zwischen der starken Veränderung meiner beiden besten Freundinnen und ihren Ports bestehen konnte.

Nun war es fast fünf Uhr und wir mussten bald aufbrechen,

wenn wir um 19.00 Uhr in Friedrichshain sein wollten. Und hier stand ich nun und wusste nicht, was ich zum Treffen mit dem Pandora-Mitarbeiter anziehen sollte.

Natürlich war das lächerlich, schließlich handelte es sich nicht um ein Date und ich hatte den Mann, der mir den Zettel gegeben hatte, kaum gesehen ... aber das, was ich gesehen hatte, hatte mir zugegebenermaßen gut gefallen. Außerdem wollte ich neben Liz nicht jedes Mal optisch untergehen. Immerhin hatte ich die ganze Woche über noch kein einziges Mal einen Pferdeschwanz getragen und gewöhnte mich langsam daran, mein langes Haar offen zu lassen. Tatsächlich sah ich so sehr viel erwachsener aus als zuvor.

»Bist du immer noch nicht fertig?«, fragte Liz halb amüsiert, halb ungeduldig. Sie stand im Türrahmen und sah natürlich wieder einmal umwerfend aus, mit Smokey Eyes und kunstvoll verstrubbelten Haaren. Ein schwarzer Overall betonte ihre weibliche Figur und die ebenfalls schwarzen Pumps führten dazu, dass meine Schwester locker als Studentin durchgegangen wäre.

Ein Blick auf den krumpeligen Haufen Baumwolle zu meinen Füßen genügte, um zu wissen, dass ich es mit Liz' Outfit ohnehin nicht aufnehmen konnte, egal, wofür ich mich schlussendlich entscheiden würde.

»Fe kann das bügeln.«

Ich schüttelte den Kopf und murmelte gedankenverloren: »Ich behandle sie doch nicht wie einen Dienstboten.«

Als mir auffiel, was ich gerade gesagt hatte, erschrak ich und blickte meine Schwester entschuldigend an. Diese schien erst etwas vor den Kopf gestoßen zu sein, dann prustete sie los. »Sophie, sie *ist* ein Dienstbote.«

Ich musste mitlachen, auch wenn ich spürte, wie mir die Röte ins Gesicht schoss. »Trotzdem.«

»Mach, was du willst, aber zieh dich endlich an. Sonst kommen wir noch zu spät zu unserem konspirativen Treffen.«

Die letzten Worte brachten das mittlerweile vertraute, abenteuerlustige Funkeln in ihre Augen.

Ich zog einen kurzen roten Rock und ein schwarzes T-Shirt aus dem Durcheinander, tuschte mir hastig die Wimpern und wenig später waren wir auf dem Weg.

Das *Komet* war ein Berliner Urgestein, vollgestopft mit alten Spielzeugrobotern und Spielekonsolen, mit denen Kinder vor dreißig oder vierzig Jahren fasziniert gespielt hatten. Die Bar gab es schon, solange ich denken konnte, und kam einem vor wie das Portal in eine andere Zeit. Drinnen war es dunkel, es lief Musik von früher und die Möbel waren dermaßen abgegriffen, dass man sich die Bar bei Tageslicht gar nicht erst vorstellen wollte. Ein lustiger und sehr passender Ort, um sich mit einem Hacker zu treffen.

Als wir durch die Tür traten, war Sash schon da. Obwohl ich ihn am Tag zuvor nur kurz gesehen hatte, erkannte ich ihn sofort.

Er saß in der hintersten Ecke des Gastraumes und starrte auf ein kleines Tablet, das sein Gesicht von unten gespenstisch fahl beleuchtete. Schwarze Haare standen ihm strubbelig vom Kopf ab, eine kleine, runde Brille rutschte immer tiefer seine Nase hinunter und sein gesamter rechter Arm war mit tätowierten Einsen und Nullen übersät. Sash sah kaum älter als zwanzig aus und sein Anblick schickte einen Schauer durch meine Eingeweide. Etwas an der Art, wie er dasaß, ein bisschen zu dünn, ein bisschen zu krumm, aber voll konzentriert, rührte mich zutiefst.

»Ist er das?«, fragte Liz und ich nickte.

»Von wegen: Ich habe eure Mutter gekannt. Der ist ja noch ein halbes Kind«, zischte sie. »Na worauf wartest du denn noch? Hör auf, ihn anzustarren, und beweg dich endlich!«

Sie schob mich vorwärts und ich war froh, dass das Licht in der Bar so schlecht war, denn ich fühlte, wie mir das Blut in die Wangen schoss. Als Sash uns erblickte, erhob er sich zu schnell und brachte das große Glas Cola, das auf dem Tisch stand, bedrohlich ins Wanken.

»Hallo. Schön, dass ihr da seid!«, stieß er etwas zu hastig hervor. »Ich bin Sascha, aber alle nennen mich Sash!«

Liz lächelte ihn strahlend an und sofort fühlte ich mich unsichtbar. Doch ich schaffte es, mein Lächeln auf dem Gesicht zu behalten. Die letzten Wochen waren eine gute Schule in Sachen Selbstbeherrschung gewesen.

»Ich bin Liz, das ist meine Zwillingsschwester Sophie!«

Sash bedachte Liz und mich mit einem schiefen Grinsen und meine Beine verwandelten sich in zerkochte Spargelstangen. »Weiß ich«, sagte er. »Aber setzt euch doch!«

Nachdem unsere Getränke bestellt waren und ich meinen Puls einigermaßen wieder unter Kontrolle gebracht hatte, fragte Liz: »Du hast geschrieben, dass du unsere Mutter gekannt hast. Wie soll das gehen? Du bist kaum älter als wir!«

Sash räusperte sich. »Also ein bisschen älter, als ich aussehe, bin ich schon, aber es stimmt natürlich. Um sie richtig gut gekannt zu haben, bin ich tatsächlich viel zu jung. Ich bin ihr aber einmal als Kind begegnet und sie hat einen bleibenden Eindruck bei mir hinterlassen. Nach ihrem Tod habe ich sie, sagen wir, noch ein bisschen besser kennengelernt.«

Ich runzelte die Stirn. »Das verstehe ich jetzt nicht.«

Sash sah mich an und wieder schoss mein Blut in die Höhe, als wäre es die Quecksilbersäule eines verrücktspielenden Barometers. Selbst im schummrigen Licht der Bar konnte ich erkennen, dass er wunderschöne dunkelblaue Augen hatte.

Wie von Ferne hörte ich ihn sagen: »Ich erklär es dir. Ihr zwei kennt mich vielleicht nicht, aber in der Computerszene bin ich ein Star. Und das schon fast, solange ich denken kann. Ich werde als Wunderkind gehandelt.«

Ich hörte Liz kichern und fühlte, wie sie mich mit ihrer Fußspitze unterm Tisch anstupste. »So so«, hörte ich sie sagen. Sash ging nicht darauf ein, sondern erzählte weiter.

Er war ein Waisenkind wie wir und bei seinem Onkel aufgewachsen. Dieser hatte früh bemerkt, dass sein Neffe etwas Besonderes war, da er schon im zarten Alter von sechs Jahren seine ersten Spiele programmierte.

»Mit acht habe ich mich einmal aus Langeweile in den Server einer Militärbasis gehackt und kurz darauf standen zwei Jungs vom Nachrichtendienst bei meinem Onkel auf der Matte. Der hat Kohle gewittert und von da an habe ich alles programmiert und gehackt, was man mir aufgetragen hat. Für mich war das damals nur ein Spiel, ich hab zwar jedes Programm in null Komma nix durchschaut, aber trotzdem nicht so richtig kapiert, was ich da tue.«

Er schaute mit leichtem Bedauern auf seine abgekauten Fingernägel und murmelte: »Ich hoffe, ich habe damals nicht allzu großen Schaden angerichtet.«

»Und wie bist du dann Helen begegnet?«, fragte ich und ein Lächeln erhellte Sashs Gesicht.

»Sie wollte einen Bericht für die gerade frisch gegründeten Wächter Pandoras über mich schreiben, doch mein Onkel war dagegen. Wir haben uns trotzdem heimlich getroffen. Ich habe meinem Onkel gesagt, ich hätte einen Auftrag, und schon hat er keine Fragen mehr gestellt.«

Er sah uns nacheinander in die Augen und seufzte. »Eure Mutter hat mir sogar Geld mitgebracht, damit ich etwas hatte, das ich später zu Hause abgeben konnte, um keinen Ärger zu bekommen. Sie war der erste Mensch seit langer Zeit, der freundlich zu mir war. Hat mir sogar von euch erzählt, ist mit mir spazieren gegangen und hat mir zugehört. Nicht ein Detail dieses Tages habe ich vergessen, so besonders war er für mich. Damals hätte ich alles dafür gegeben, an eurer Stelle zu sein, und stellte mir vor, wie es wohl wäre, einfach mit ihr nach Hause zu gehen.«

Nervös und ein bisschen verschämt rutschte er auf seinem Stuhl hin und her. »Ich hab sie sogar gefragt, ob sie mich mitnimmt.«

Liz grinste. »Und was hat sie gesagt?«

»Na, was wohl!« Er schien merklich gequält. Offensichtlich war ihm dieser Teil der Geschichte besonders unangenehm. »Natürlich hat sie mir erklärt, dass das nicht geht. Doch ich glaube, dass Helen verstanden hat, was in mir vorging, weil sie mir auch erklärt hat, dass ich nicht alles tun muss, was man von mir verlangt.«

Sash starrte in den kläglichen Rest am Grund seines Glases, als hoffe er, dort seine aufrechte Körperhaltung wiederzufinden. Er tat mir unheimlich leid. Im Gegensatz zu seiner Kindheit erschien mir meine geradezu märchenhaft.

»Und hat sie dann einen Artikel über dich geschrieben?«, fragte Liz und Sash schluckte.

»Dazu ist sie dann wohl leider nicht mehr gekommen. Ich war unheimlich enttäuscht damals und war fest davon überzeugt, sie hätte mich genauso ausgenutzt und im Stich gelassen wie all die anderen. Von ihrem Tod habe ich erst viel später erfahren und dann drei Nächte am Stück durchgeheult. Ihr seht ihr übrigens unheimlich ähnlich.«

»Wissen wir«, antworteten Liz und ich unisono.

Zum ersten Mal seit geraumer Zeit lächelte er wieder. »Jetzt seid ihr dran!«

»Erzähl du!«, forderte Liz mich auf.

Also erzählte ich Sash von den verrückten vergangenen Wochen. Im Gegensatz zu Liz' unterbrach er mich dabei kein einziges Mal und stellte auch keine Fragen, doch ich hatte das Gefühl, dass er sich mit der Zeit immer stärker anspannte, und fragte mich, was ihn wohl bewegte. Ob er auch gerne adoptiert worden wäre, anstatt bei seinem Onkel aufwachsen zu müssen? Und was war mit seinen Eltern passiert? All das würde ich zu gerne wissen, doch ich wagte nicht, ihn zu fragen.

»Tja«, sagte Liz, als ich geendet hatte. »Wir wissen also, dass unser Vater Helen umgebracht hat.«

»Wir wissen nur nicht, warum«, schloss ich.

Sash runzelte die Stirn. »Puh. Was für eine irre Geschichte. Bis jetzt dachte ich immer, keine Familiengeschichte könnte verkorkster sein als meine, und dann kommt ihr in die Redaktion gestolpert. Aber jetzt mal im Ernst, ich denke nicht, dass euer Vater eure Mutter getötet hat.«

»Wie kommst du darauf?«, fragte ich. »Du kanntest ihn doch überhaupt nicht.«

Er begann, sich nervös durch die Haare zu fahren, und schaute dabei drein, wie ein kleiner Junge, der etwas Wertvolles zerbrochen hatte. Himmel, er sah umwerfend aus.

»Ich hab doch vorhin gesagt, dass ich Helen nach ihrem Tod besser kennengelernt habe«, sagte er und starrte dabei angestrengt auf einen Brandfleck in der Tischplatte.

»Ja, und?«, fragte Liz gedehnt.

»Okay… Also, ich hab ihr Mailkonto wiederhergestellt und bei Pandora vom Server gezogen.«

Ich traute meinen Ohren kaum. »Du hast… Geht so was?«

Sash grinste. »Natürlich. Und ich sag euch was: Die Mails, die zwischen euren Eltern hin und her liefen, waren immer sehr liebevoll. Natürlich waren sie nicht immer einer Meinung, aber sie haben sich geliebt. So was kann man nicht vortäuschen. Die letzte Mail wurde noch am Tag ihres Todes geschrieben.«

»Aber Helen hat für Pandora gearbeitet und war total gegen NeuroLink. Sebastian war Entwickler dort, das ist ein astreines Motiv«, wandte ich ein. »Wahrscheinlich hat sie seine Karriere in Gefahr gebracht. Sie hat in seinem Job herumgeschnüffelt und er hat sie deshalb beseitigt!«

Sash schüttelte vehement den Kopf. »Sie war gegen NeuroLink, das stimmt. Aber Sebastians Arbeit dort hat sie immer respektiert. Obwohl sie nicht sehr glücklich damit war, wo er es tat, hat sie ihren Mann sehr für das geachtet, was er tat!«

»Was du nicht sagst!« Ich verschränkte die Arme. »Sebastian Zweig war Chef der Entwicklungsabteilung bei NeuroLink und kurz nach seiner Verhaftung wird der Prototyp des SmartPorts vorgestellt. Ich kann mir kaum vorstellen, dass er nicht an der Entwicklung mit beteiligt war. Oder, dass Helen sich für den SmartPort erwärmt hat, immerhin war sie doch eine leidenschaftliche Datenschützerin!«

»Das stimmt«, gab Sash zu. »Auch, dass der SmartPort im Grunde genommen auf das Konto von Sebastian Zweig geht, auch wenn ihm dafür niemand eine Plakette gewidmet hat. Aber so, wie es ihn jetzt gibt, hat euer Vater den SmartPort gar nicht erfunden. Er hatte ihn ursprünglich entwickelt, um blinden Menschen wieder Sehkraft geben zu können. Via Satellit und Internetverknüpfung sollten Daten direkt auf die Netzhaut beziehungsweise eine künstlich implantierte Netzhaut projiziert werden.«

In meinem Kopf begann sich alles zu drehen. »Aber ...«, stammelte ich. »Das ist ja gar nichts Schlechtes. Das ist eine gute Sache!«

»Eine verdammt gute Sache«, bekräftigte Liz und griff unter dem Tisch nach meiner Hand.

»Eben.« Sash lächelte. »Euer Vater war ein Genie, wenn ihr mich fragt. Und ich glaube, er war wirklich ein guter Kerl. Ein bisschen arrogant vielleicht, aber bestimmt kein Typ, der seine Frau umbringt.«

»Das wäre ja was!«, sagte Liz und lächelte ebenfalls. Sie schien nur allzu gerne bereit, Sashs Worten Glauben zu schenken. Ich konnte ihr ansehen, dass sie Sebastian im Geiste schon fast freigesprochen hatte. Doch im Gegensatz zu meiner Schwester gelang es mir nicht so leicht, Sashs Sichtweise zu folgen. Die beiden hatten schließlich nicht gesehen, was ich gesehen hatte.

»Aber ich weiß genau, dass er sie getötet hat!«, fuhr ich dazwischen. »Da gibt es überhaupt keinen Zweifel. Und wenn unsere Mutter nicht wäre, würde ich gar nicht hier sitzen. Eigentlich würde ich das Ganze am liebsten vergessen!«

»Wie meinst du das?«, fragte Sash.

»Ich weiß, dass Sebastian Zweig seine Frau getötet hat, weil ich es gesehen habe. Eigentlich sehe ich es jede Nacht.«

Und dann berichtete ich ihm schließlich von meinen Träumen, wobei es mir schwerfiel, ihn anzusehen. Bis zum Nachmittag hätte ich nicht einmal für möglich gehalten, es irgendjemand anderem als Liz zu erzählen, doch aus irgendeinem Grund vertraute ich Sash. Und mein Bauchgefühl hatte mich noch nie im Stich gelassen.

Mittlerweile saß Sash kerzengerade auf seinem Stuhl und man konnte sehen, wie groß er eigentlich war. Auf seiner Stirn standen tiefe Sorgenfalten.

»Da ist was faul«, murmelte er. Dann sah er uns an. »Habt ihr etwa beide einen WerbePort?«

»Ich nicht!«, antwortete Liz stolz. »Ich trage Premium. Mit extra Sicherheitspaket.«

Sash musterte sie amüsiert. »Bild dir bloß nicht ein, dass die Dinger sicher sind. Sicherer vielleicht, aber noch lange nicht sicher.«

»Heißt das, du trägst gar keinen Port?« Liz Stimme klang skeptisch.

»Doch schon. Aber nur die Hardware ist von NeuroLink. Die Software ist von mir. Alles made by Sash.«

Dann wandte er sich mir zu. »Dass du diese schlimmen Dinge träumst, tut mir leid. Aber du musst eines verstehen: Du darfst deinen Träumen nicht trauen, okay? Sie gehören dir nicht mehr, seitdem du einen Port trägst. Deine Träume sind nicht sicher, verstehst du?«

»Ich weiß das«, sagte ich trotzig. »Aber es sind eindeutig

unsere Eltern, die ich Nacht für Nacht sehe. Ich sehe, wie Helen stirbt, das denke ich mir doch nicht aus!«

»Das behauptet ja auch keiner«, beschwichtigte Liz. »Aber es ist doch schon komisch, dass du diese Träume hast, seitdem wir angefangen haben, unsere Eltern zu seekern.«

Sash nickte. »Das finde ich auch. Ich denke, irgendjemand fummelt gewaltig an deinen Träumen herum, Sophie. Du siehst nachts nur das, was du sehen sollst!«

»Und wer sollte meine Träume manipulieren?«, fragte ich. Es machte mich ziemlich sauer, dass ich hier die Einzige mit WerbePort war. Die Dumme, die Verwundbare, das Lämmchen.

»Das werden wir bestimmt herausfinden. Ich lasse mir was einfallen«, versprach Sash, und seine Worte besänftigten mich ein kleines bisschen.

»Warum interessiert dich das eigentlich alles? Wieso hilfst du uns?«, fragte ich.

Sash zuckte die Schultern. »Der Tod eurer Mutter ist ein Rätsel und ich liebe Rätsel. Außerdem war sie sehr freundlich zu mir und hat mir gezeigt, dass ich mit meiner Gabe machen kann, was ich will, und nicht nur, was andere wollen. Ich hab das Gefühl, ihr etwas schuldig zu sein.«

Ich glaubte ihm. Und ich war heilfroh, dass wir ihn getroffen hatten.

»Sophie hat zwei Freundinnen mit WerbePorts. Die eine hat sich freiwillig gemeldet und ist heute zu den Truppen aufgebrochen. Noch vor ein paar Wochen trug sie Blümchenkleider und war mit einem türkischen Pianisten zusammen. Die andere hat die Schule abgebrochen und fängt jetzt eine Ausbildung an, dabei wollte sie immer Medizin studieren. Kann das auch alles an den Ports liegen?«

Sashs Gesicht verdunkelte sich und er senkte die Stimme. »Da bin ich mir sogar ziemlich sicher.«

Er sah mich mit seinen dunkelblauen Augen an, und ich war froh, dass ich diesmal auf einem Stuhl saß, weil ich bezweifelte, ob mich meine Spargelstangenbeine überhaupt noch tragen würden.

»Sophie, deine Freundinnen sind kein Einzelfall. Ich habe schon länger den Verdacht, dass die WerbePorts nicht nur benutzt werden, um in den Traumslots Werbung zu schalten. Bisher habe ich zwar noch keine Beweise, aber die wachsende Zahl der Freiwilligen für einen Krieg, von dem die Bürger eigentlich keine hohe Meinung haben, kann kein Zufall sein.«

Ich schluckte und war froh, dass Liz unterm Tisch noch immer meine Hand hielt. »Scheiße!« Nur mit Mühe konnte ich die Tränen zurückhalten. Die Angst, Sandra könnte etwas zustoßen, war kaum zu ertragen. Es kam mir so vor, als wäre ich in eine Dunkelheit geraten, deren Ausmaß ich mir noch nicht einmal vorstellen konnte. Und dass jemand mit einer Waffe auf mich zielte, der ein Nachtsichtgerät bei sich trug.

Ich hatte Angst. Nicht nur um mich, sondern auch um meine Schwester, um Sandra und um Jule.

Liz durfte niemals etwas Schlimmes passieren, schoss es mir durch den Kopf. Das würde ich nicht überstehen. Ich war zwar nur ich, aber dennoch schwor ich mir, dass ich meine Schwester immer beschützen würde, sollte ihr etwas Böses drohen.

Nachdem wir IDs ausgetauscht hatten, saßen wir noch über eine Stunde zusammen und plauderten über alles Mögliche. Sash konnte echt witzig sein, wenn er wollte, und seine tollpatschige und gleichzeitig coole Art gefiel mir gut. Diese Stunde in der Bar in Friedrichshain, gemeinsam mit meiner Schwester und dem berühmten Hacker, waren die friedlichsten und schönsten Minuten seit Langem. Als wir einander von unseren komplizierten, verworrenen Umständen erzählten, gelang es mir sogar, ein paar Mal darüber zu lachen. Da Sash auch ein Waisenkind war, kam es mir so vor, als hätten wir einen Verbündeten gefunden.

Während wir miteinander lachten, stieß mich Liz unterm Tisch immer wieder mit dem Fuß an und grinste mir zu. Auch ihr schien Sash gut zu gefallen – immer, wenn er sie zum Lachen brachte, versetzte mir das einen kleinen Stich. Zwar war ich selbst sehr verwundert über diese Tatsache, aber ich schien drauf und dran zu sein, mich auf den ersten Blick zu verlieben. Und das war mir zuvor noch nie passiert. Noch dazu rechnete ich mir keine großen Chancen aus, da ich nicht wusste, wie ich neben Liz bestehen sollte. Für die meisten Kerle war ich sowieso schon unsichtbar, und Liz' Anwesenheit machte das sicher nur noch schlimmer. Gab es eigentlich so was wie die Steigerung von unsichtbar?

Als wir wieder bei Liz zu Hause ankamen, war es kurz vor zwölf und ich war völlig im Eimer. Während der Heimfahrt im Taxi war ich immer wieder eingeschlafen und so kuschelte ich mich beinahe direkt auf die Couch. Mir gelang es gerade so, mich aus den Klamotten zu schälen, und Liz verzog sich mit einem gemurmelten Gutenachtgruß in ihr Schlafzimmer.

Ich war sehr froh, nicht jedes Detail des vergangenen Abends durchkauen zu müssen, da ich selbst noch eine Weile brauchen würde, alles richtig einzuordnen. Aber jetzt wollte ich erst einmal schlafen.

Doch kaum hatte ich die Augen geschlossen, schoss mir das Gesicht von Sash durch den Kopf. »*Du darfst deinen Träumen nicht vertrauen.*«

Wunderbar. Sofort war ich wieder wach. Der Gedanke daran, dass jemand meine Träume lenkte, war kurz vor dem Einschlafen gruseliger als bei lauter Musik in einer Bar. Ich fühlte mich, als wäre ich nicht mehr Herrin meines eigenen Unterbewusstseins.

Raus aus meinem Kopf!

Diese Worte standen ganz oben auf der Webseite von Pandoras Wächtern. Und gerade wurde mir in vollem Umfang bewusst, was damit gemeint war. Sie wehrten sich dagegen, dass Fremde in ihren Gedanken herumpfuschten.

Mit einem Mal kam ich mir naiv vor, weil ich mir einen WerbePort hatte einsetzen lassen. Warum hatte ich Unmengen Geld dafür bezahlt, mir einen Chip in den Kopf einsetzen zu lassen, der mich nachts mit Werbung zudröhnte? Die Antwort war ganz einfach: aus Unwissenheit und Gedankenlosigkeit.

Alle wollten einen SmartPort, es war das Schickste und Modernste, was man haben konnte. Und bald würde sowieso die ganze Welt diese Chips im Kopf tragen. Einmal im Leben hatte ich auch an einer coolen Sache teilhaben wollen. Natürlich war ich davon ausgegangen, dass die Ports sicher und harmlos seien, sonst wären sie schließlich verboten. Doch wie es aussah, konnte ich mein Weltbild getrost als Unterlage für Schrödingers Katzenklo verwenden. Ich schnaubte.

Meine Privatsphäre-Einstellungen bei LiveBook waren irrsinnig streng, ich achtete darauf, dass keiner auf der Plattform mehr über mich erfuhr, als ich preiszugeben bereit war. Und gleichzeitig erlaubte ich es einem multinationalen

Konzern, mein Hirn mit zielgruppengenauer Werbung vollzupumpen.

Super Idee, Sophie.

Und offensichtlich nicht nur mit Werbung ...

Ich drehte mich von einer Seite zur anderen, doch es half nichts. Schlafen konnte ich nicht, grämte ich mich doch zu sehr darüber, so blauäugig gewesen zu sein.

Es musste doch einen Weg geben, die Signale, die an meinen Port übertragen wurden, so zu stören, dass eine Manipulation meiner Träume unmöglich wurde.

Doch wenn es einen gab, so kannte ich ihn nicht. Ich hatte nur mal gelesen, dass manche Menschen zum Schutz vor der ganzen Strahlung, die auf der Welt herrschte, ihre Wohnungen mit Alufolie tapezierten. Half das wirklich? Bisher hatte ich solche Leute immer nur als Spinner abgetan, aber vielleicht hatten sie ja recht.

Ich wusste genau, wer mir diese Frage beantworten konnte. Doch traute ich mich tatsächlich, Sash anzuschreiben? Alleine beim Gedanken an sein Gesicht schlug mein Herz schneller. Ich hatte Angst, mich vor ihm zu blamieren. Andererseits hatte er uns gesagt, dass wir uns jederzeit bei ihm melden konnten, wenn wir Probleme oder Fragen hatten, und beides hatte ich im Überfluss.

Ich aktivierte meinen Port und murmelte: »Nachricht an Sash.«

Das vertraute Nachrichtenfeld poppte auf. »Hey Sash. Bist du wach?«

Sekunden später kam die Antwort: »Ich schlafe nicht viel. Was kann ich für dich tun, Sophie?«

Mein Herz machte einen Sprung. Ich konnte nicht glauben, dass ich gerade mit Sash chattete. Früher hätten mich keine zehn Pferde dazu gebracht, einen Kerl einfach so anzuschreiben. Doch die vergangenen Wochen hatten mir ein gutes Stück meiner Schüchternheit geraubt. Ich schrieb: »Gibt es eine Möglichkeit, die Signale zu stören? Ich kann nicht einschlafen, wenn ich weiß, dass jemand einfach so in meinen Träumen rumspazieren kann, um damit zu machen, was er will.«

Die Antwort kam prompt. »Du kannst es natürlich mal mit Alufolie probieren. Allerdings glaub ich nicht, dass es funktionieren wird.«

Alufolie, tatsächlich. Ich musste lachen. »Warum nicht?«

Diesmal dauerte es etwas länger, bis Sash antwortete. Das lag aber nur daran, dass die Nachricht selbst länger war.

»Sleepvertisement funktioniert über sogenannte Traumslots. Der Trick ist die Wiederholung, damit der Schlafende das Geträumte auch wirklich mit in den Tag nimmt und im besten Fall das Produkt kauft. Die billigsten Slots sind zehn Tage lang, weil Forschungen ergeben haben, dass die Wiederholung mindestens so oft erfolgen muss, um tief genug ins Unterbewusstsein einzusinken. Wer auch immer dich manipuliert: Er hat die Informationen, die er dir zeigen will, in einen dieser Slots eingespeist. Ich fürchte, dass sie jetzt erst mal auf deinem Chip sind, bis sie überschrieben werden, Sophie.«

Das war eine ernüchternde Nachricht. »Verstehe. Trotzdem danke«, antwortete ich.

»Wie gesagt, du kannst es versuchen. Immerhin bewahrt es dich vor neuer Werbung. Und so eine Alumütze steht dir sicher prima …«

Ich lachte. Wenigstens hatte der kurze Chat mit Sash meine Laune deutlich angehoben.

»Ganz sicher. Ich kann alles tragen!«, gab ich zurück.

»Daran zweifele ich nicht im Geringsten.«

Verarschte er mich jetzt, oder meinte er das tatsächlich ernst? Ich tippte auf Ersteres.

»Dann gehe ich jetzt mal ein Mützchen basteln«, schrieb ich.

»Tu das. Und ich lass mir was einfallen, Sophie. Versprochen.«

Vielleicht verarschte er mich auch nicht. So, wie er immer meinen Namen benutzte, hatten die Nachrichten eine wunderbare Ernsthaftigkeit. Ich hatte bei ihm gar nicht das Gefühl, unsichtbar zu sein. Im Gegenteil.

»Danke«, antwortete ich. »Schlaf gut, wenn du schläfst.«

»Gute Nacht! Bis bald.«

Ich deaktivierte meinen Port und stand so leise ich konnte auf. Immerhin war es möglich, dass ich meine Schwester mit meinem Gemurmel bereits aufgeweckt hatte und ich wollte ihr nicht verraten, dass ich mit Sash geschrieben hatte, aus Angst, sie könnte mich dann auslachen. Der nächste große Schritt bei der Technik wäre auf jeden Fall, die Sprach- durch Gedankeneingabe zu ersetzen. Ich ermahnte mich, solchen Fantasien nicht nachzuhängen, weil ich mir sicher keinen neuen Port mehr kaufen würde, sollte sich Sashs Verdacht bestätigen.

Liz schien einen tiefen Schlaf zu haben. Aus ihrem Zimmer drang leises Schnarchen.

Auf Zehenspitzen schlich ich mich in die Küche und durchsuchte nach und nach alle Schränke. Leider konnte ich dort außer Geschirr und Besteck nichts finden, das ich mir hätte um den Kopf wickeln können.

Allerdings lagen im Kühlschrank diverse Essenspäckchen,

sorgfältig beschriftet und in Alufolie gepackt. Sie enthielten fast alle Burritos und Quesadillas.

Ich hielt einen Moment inne. War ich wirklich bereit, mir einen Hut aus Alufolie zu basteln, der nach Tex-Mex-Essen roch?

Zögernd starrte ich auf die Päckchen. Erdbeerkuchen wäre mir deutlich lieber gewesen, aber eigentlich war es auch vollkommen egal. Wenn ich schon dabei war, so tief zu sinken, dann konnte ich auch noch tiefer gehen.

Ich entschied mich für einen Tofu-Curry-Burrito, den ich verschlang, während ich die Alufolie erst glatt strich und anschließend auf meine Haare presste.

Es wäre ein Wunder, wenn das Ding überhaupt die ganze Nacht über hielt. Aber schaden konnte es immerhin auch nicht und vielleicht half es mir wenigstens beim Einschlafen.

Ich hoffte inständig, dass Fe nicht morgen früh reinplatzen und uns mit einem Frühstück im Bett überraschen würde. Liz konnte ich die Sache ja noch erklären, aber bei allen anderen Menschen würde die Luft dünn.

Leicht beschämt krabbelte ich zurück auf die Couch und schloss die Augen.

Blut. Überall war Blut. Ich kniete darin, hatte es an meinem neuen Kleid und an den Händen. Es roch schwer, süß und metallisch. Doch das war mir egal.

Helen lag reglos neben mir und ich suchte in ihrem Gesicht verzweifelt nach einem Lebenszeichen.

»Wach auf!«, flüsterte ich. »Bitte, wach auf! Er kann jeden Augenblick zurück sein!«

Ich rüttelte ein wenig an ihr, doch eine einzelne Träne, die ihr aus dem rechten Augenwinkel lief, war das Einzige, was sich regte.

»Du kannst machen, was du willst. Sie ist tot!«, sagte eine Stimme hinter mir und ich drehte mich langsam um.

Ich sah ihn an, sah die mittlerweile so vertraute Gestalt, und begriff: Ich befand mich in einem Traum. Demselben Traum, den ich auch letzte Nacht geträumt hatte. Und die Nacht davor. Und davor. Ich wusste, was hier los war, doch diese Erkenntnis vermochte mich nicht zu beruhigen. Im Gegenteil.

»Du hast sie umgebracht!«, sagte ich und fühlte, wie heißer Zorn in mir aufstieg.

»Kluges Mädchen«, erwiderte Sebastian Zweig. Ich versuchte, ihn anzusehen, doch sein Gesicht flimmerte und flackerte vor meinen Augen; seine Züge waren nur verschwommen wahrzunehmen. Einzig den weißen Kittel und das Namensschild daran konnte ich deutlich erkennen.

Zum ersten Mal, seitdem die Träume begonnen hatten, war ich mir im Klaren darüber, dass ich träumte, und wusste, dass in dieser Erkenntnis auch eine große Chance lag. Daher nahm ich all meinen Mut zusammen und fragte: »Warum hast du das getan?«

Die Stimme wurde noch kälter. »Weil sie nicht wusste, wie man sich benimmt. Und wenn du es nicht lernst, bist du bald genauso tot wie sie! Und deine Schwester ebenfalls.«

Mein Herz pochte und eine Gänsehaut kroch meine Haut entlang. Das Gesicht meiner Mutter tauschte nun den Platz mit Liz' Gesicht. Auf einmal lag meine Zwillingsschwester vor mir, reglos und tot. Ich schlang die Arme um meine Knie und flüsterte: »Das ist nur ein Traum. Es ist nicht echt. Nur ein Traum.«

»Falsch«, erwiderte mein Vater und klang dabei beinahe amüsiert. »Es ist nicht nur ein Traum. Das ist dein Leben. Bei Tag und bei Nacht.«

»Es ist nur ein Traum«, flüsterte ich unbeirrt weiter, während mir Tränen die Wangen hinabbrannten. »Nur ein Traum. Er kann uns nichts mehr tun. Liz ist in Sicherheit. Er ist tot.«

»Wieder falsch!«, donnerte die Stimme. Und leise lachend fügte sie hinzu: »Ihr entkommt mir nicht!«

LIZ

Normalerweise war ich ein Langschläfer, doch seit Sophie bei mir wohnte, wurde ich immer häufiger mitten in der Nacht wach und fand auch morgens keine richtige Ruhe zum Ausschlafen. Im Schlaf weinte und wimmerte sie, am Morgen starrte sie mich aus verheulten Augen an, als sei ich eine Fremde. Seit fünf Tagen ging das jetzt schon so. Sie sprach immer wieder davon, die Recherchen nach unseren Eltern fallen zu lassen. Manchmal machte sie mir regelrecht Angst. Ich hoffte inständig, dass Sash langsam mal in die Gänge kam und etwas aus dem Hut zauberte, um meiner Schwester zu helfen. Ich brauchte sie. Und ich wusste nicht, ob ich noch lange in der Lage sein würde, dem Blick ihrer müden, traurigen Augen standzuhalten.

Es war Mittwoch, halb acht, und ich hörte, wie Sophie schon wieder in der Wohnung herumgeisterte. Ich hatte ihr meinen Laptop ans Bett gestellt, damit sie Filme oder Serien schauen konnte, ohne dafür den Port anmachen zu müssen, doch meistens schlich sie sich auf den großen Balkon und starrte in den Garten hinaus.

Nicht nur Sophies Zustand war bedenklich – es half auch nicht, dass Juan und Fe natürlich nicht entgangen war, wie schlecht es ihr ging, und die beiden daher nun bei jeder sich bietenden Gelegenheit um uns herumschwirrten wie Motten um das Licht. Sophie bemühte sich zwar nach Kräften, so zu tun, als ginge es ihr gut, aber ihre papierdünne, weiße Haut und die Augenringe, die sich langsam, aber stetig auf den Äquator zubewegten, sprachen eine andere Sprache. Und jemand, der meine Gene teilte, konnte Fe ohnehin nichts vormachen.

Das leise Quietschen der Balkontür drang an mein Ohr und signalisierte mir, dass sie auch heute Morgen wieder nach draußen ging. Seufzend schwang ich die Beine aus dem Bett.

Meine Schwester saß auf der großen Hollywoodschaukel und bewegte diese mit einem Fuß langsam hin und her. Tränen liefen über ihre Wangen. Schon wieder. Das musste aufhören, dachte ich verzweifelt, wusste aber wirklich nicht, wie ich das anstellen sollte.

»Hey!«, sagte ich, so munter ich konnte, und setzte mich neben sie. Die Schaukel gab ein leises Quietschen von sich. »Es ist doch noch viel zu kalt hier draußen!«

Ich wunderte mich, wie schnell ich mich von einem Vamp in eine Art Krankenschwester verwandelt hatte. Jeder Tag dreht sich um Sophie und auch meine Gedanken kreisten beinahe nur um sie. Die unbeschwerten Ferien, die ich mir zusammenfantasiert hatte, waren meilenweit von der Realität entfernt. Carl und Ash hatte ich seit Tagen nicht mehr gesehen. Auch, weil ich Sophie von ihnen abschirmen wollte. Eigentlich hatte ich gehofft, die beiden für heute einladen zu können, doch auf keinen Fall konnte ich Carl auf dieses zerbrechliche Wesen loslassen. Tatsächlich kam mir meine Schwester vor, als hätten sie die Träume der vergangenen Tage in ein Vögelchen aus dünnem Glas verwandelt, dem man nur allzu leicht die Flügel brechen konnte.

Sie lächelte mich schwach an.

Als ich meine Arme ausbreitete, ließ sie dankbar ihren Kopf auf meine Schulter fallen. Während sie sich an mich kuschelte, wurde ich von schlechtem Gewissen gepackt. Obwohl nicht ich diejenige war, die ihr diese Träume verschaffte, so hatte ich doch das Gefühl, an Sophies Zustand schuld zu sein. Schließlich war ich die von Anfang an treibende Kraft hinter den Recherchen gewesen. Hätten wir nicht begonnen, nach unserer Vergangenheit zu suchen, dann wäre Sophie jetzt bestimmt nicht in dieser miserablen Verfassung. Ich strich ihr über die Haare.

»Scheißnacht?«, fragte ich leise und sie nickte.

Ihre Stimme klang, als hätte sie schon seit einer ganzen Weile geweint. »Ich kann nicht mehr, Liz.«

»Es tut mir leid. Ich würde dir so gerne helfen, aber ich weiß nicht, wie!«

Sophie sah aus wie jemand, der furchtbare Dinge erlebt und mit angesehen hatte. Mit erstaunlich fester Stimme sagte sie: »Ich weiß es aber. Wir müssen aufhören.«

Das hörte ich weiß Gott nicht zum ersten Mal. Doch bisher war es ein Vorschlag, eine Möglichkeit gewesen. Nun klang es nach einer eindeutigen Feststellung.

»Und du glaubst, dass das helfen würde?«, fragte ich vorsichtig.

»Wenn jemand an meinen Träumen rumfummelt, weil wir nach unseren Eltern gesucht haben, dann müssten die Albträume doch irgendwann aufhören, wenn wir die Suche einstellen.«

Da musste ich ihr wohl oder übel zustimmen. Und während ich sie so ansah, zitternd und blass neben mir auf der Schaukel, kam mir in den Sinn, dass wir uns vielleicht wirklich in etwas verrannt hatten. Was konnten wir schon ändern? Unsere leiblichen Eltern waren beide tot. Aber wir waren noch da und am Leben. Sollten wir uns nicht einfach freuen, dass wir eine Schwester hatten, und versuchen, das zu genießen?

Ein Teil von mir war nicht bereit, die Nachforschungen aufzugeben, aber so, wie es Sophie gerade ging, machte es wirklich keinen Sinn.

»Okay, dann lassen wir es«, beschied ich.

Sophie drehte sich zu mir um und das erste richtige Lächeln seit einer halben Ewigkeit umspielte ihre Mundwinkel.

»Meinst du das ernst?«

Tröstend drückte ich ihre Hand und erwiderte das Lächeln. »Todernst! Schließlich bin ich deine große Schwester und habe die heilige Pflicht, auf dich aufzupassen.«

»Wir sind Zwillinge«, schnaubte Sophie.

»Aber ich bin ein paar Minuten älter als du und damit basta. Und jetzt befehle ich dir als große Schwester, noch ein bisschen zu schlafen. Ich bin hier, falls etwas ist.«

»In Ordnung.« Meine Zwillingsschwester sank neben mir tiefer in die Kissen und ich war drauf und dran, mein aktuelles Buch auf dem Port aufzurufen, als sie so heftig hochschnellte, dass sie sich beinahe den Kopf an der Schaukelstange gestoßen hätte.

»Was ist denn?«, fragte ich besorgt.

Dann entdeckte ich den kleinen Punkt, der auf ihrer linken Netzhaut blinkte. Jemand hatte ihr eine Nachricht geschickt. Ich fragte mich, warum ihr Port überhaupt angeschaltet war; die letzten Tage hatte sie ihn überhaupt nicht aktiviert.

Sophie las, was ihr geschickt worden war, und nur wenige Augenblicke später zog sich ihr Gesicht zusammen, als hätte sie jemand geschlagen. Nie zuvor hatte ich eine solche Veränderung beobachtet – so sah nacktes Entsetzen also aus. Ihre Augen füllten sich mit Tränen und sie begann zu wimmern.

»Nein«, flüsterte sie, die Hände zu Fäusten geballt, auf denen die Knöchel weiß hervortraten.

»Was ist los?« Ich war in höchstem Maße alarmiert, doch Sophie antwortete nicht, sondern rutschte leise wimmernd von der Schaukel und sackte auf dem Holzboden zusammen. Dabei riss sie einen Balkonstuhl mit, der auf sie gefallen wäre, hätte ich ihn nicht festgehalten.

Vorsichtig setzte ich mich neben sie und legte eine Hand auf ihre Schulter.

»Sophie?«

Zwischen ihren Schluchzern drangen undeutliche Worte zu mir herauf. Ich musste mein Ohr ganz nah an ihren Mund halten, damit ich sie endlich verstehen konnte.

Was ich hörte, versetzte mir einen Schock.

»Sandra ... tot.«

Das war zu viel. Ich rappelte mich auf, rannte die Treppe hinunter und schrie, wie immer, wenn ich mit einem Problem überfordert war oder Angst hatte, aus vollem Hals nach Juan. Als ich im Erdgeschoss ankam, begegnete mir Fe, die gerade das Geländer abstaubte und mich nun fassungslos ansah.

»Mi vida, was machst du hier halb nackt? Willst du dir den Tod holen?«

»Geh rauf zu Sophie und nimm einen Tee mit. Oder Beruhigungstabletten, haben wir so was? Irgendwas?«

»Ich glaube nicht!«, entgegnete sie verwirrt. »Was ist denn passiert?«

Noch nie in meinem Leben hatte ich mich so alleine und hilflos gefühlt, wie in diesem Augenblick. Das alles war eine Nummer zu groß für mich und ich wünschte inständig, dass jemand kommen und all meine Probleme lösen würde. Einfach so. Doch dieser Jemand würde niemals erscheinen, das wusste ich. Während ich tief durchatmete, versuchte ich also stattdessen, einfach nicht auszurasten.

»Eine Freundin von Sophie ist gestorben«, klärte ich Fe nun auf. »Sie hat es gerade erfahren.«

»Dios mio!«, rief Fe aus und bekreuzigte sich. »Das arme Rehlein. Ist sie oben?«

Ich nickte ungeduldig. »Ja, ja. Geh schnell zu ihr. Aber wir brauchen auch Juan.«

»Er putzt das Auto.«

Ich drehte mich um und war drauf und dran, zur Garage zu rennen, als mich eine Hand davon abhielt.

»Du gehst wieder zu deiner Schwester. Ich hole Juan. Und zieh dir was an, corazon.«

Ihre besorgten, aber vollkommen ruhigen Augen brachten mich ebenfalls einigermaßen zur Ruhe. Fe hatte schon Schlimmeres gesehen und erlebt, als ich es mir überhaupt vorstellen konnte. Auf sie konnte ich mich immer verlassen. Und als ich an mir herabblickte, musste ich feststellen, dass es wie so oft besser war, auf sie zu hören. Wegen der Hitze hatte ich nur in Shorts und BH geschlafen. Kein Outfit, in dem man an einem Mittwochmorgen schreiend über ein Grunewalder Grundstück laufen sollte. Die gesamte Nachbarschaft war kameraüberwacht.

Ich hastete zurück in meine Wohnung und zog mir rasch

einen Bademantel über. Dann ging ich zu Sophie, die noch immer auf dem Boden des Balkons lag und sich augenscheinlich nicht bewegt hatte. Ihre Finger kneteten ihr Nachthemd und sie weinte zum Steinerweichen. Es brach mir fast das Herz. Alleine beim Gedanken, Carl oder Ashley könnte etwas zustoßen, schnürte sich in mir alles zusammen und Tränen schossen mir in die Augen. Doch ich zwang mich zur Ruhe und kniete mich neben meine Schwester.

»Sophie«, ich rüttelte sanft an ihrer Schulter.

»Bitte steh auf. Du kannst doch nicht hier auf dem Boden liegen bleiben.«

Doch sie schluchzte nur lauter und vergrub ihr Gesicht in den Händen. Zu meiner großen Erleichterung hörte ich kurz darauf Fes Stimme aufgeregt auf Juan einreden und dessen schwere, beruhigende Schritte auf der Treppe.

Bald darauf erschienen ihre Köpfe in der Balkontür und Fe bekreuzigte sich erneut. Sie wollte gerade etwas sagen, als Juan ihr mit einer Handbewegung zu verstehen gab, still zu sein. Erstaunlicherweise hielt sie sich tatsächlich zurück. Er trat auf Sophie und mich zu und ich machte ihm Platz.

Ruhig sagte er: »Nichts tut so weh, wie das hier. Ich weiß.«

Er lächelte traurig und strich Sophie mit einer überraschenden Zärtlichkeit die Haare aus dem Gesicht.

»Es tut mir leid, Kleines. Die Welt kann ein dunkler Ort sein und das, was passiert ist, wird keiner wiedergutmachen. Aber wir sind bei dir. Liz ist bei dir und wir lassen dich nicht alleine, okay?«

Ich hielt den Atem an. So hatte ich Juan noch nie sprechen hören. Vielleicht stimmte ja, was Sophie bei ihrem ersten Treffen über ihn gesagt hatte. Vielleicht erkannten die Verwundeten einander tatsächlich.

Während Juan ihr sanft über die Schulter strich, hörte Sophie schließlich auf, so bitterlich zu schluchzen.

»Na komm, Princesa Löwenherz. Ich bring dich rein. Leg einfach deine Arme um meinen Hals.«

Sophie gehorchte, und Juan hob sie mit einer Mühelosigkeit auf, als wäre sie nicht schwerer als ein Wäschebündel. Drinnen bettete er sie vorsichtig auf das Sofa und deckte sie zu. Augenblicklich sprang Daphne, die in der Zwischenzeit ebenfalls aufgetaucht war, auf die Decke, ließ sich dort seufzend nieder und begann, hingebungsvoll Sophies Hände zu lecken. Fe stand am Rand des Zimmers, noch immer sprachlos die Hände ringend.

Ich betrachtete die kleine Szene und wunderte mich über meine seltsame Familie. Eine feierliche Rührung überkam mich bei dem Gedanken, dass sie alle irgendwie zu mir gehörten. Drei tolle Menschen und ein bekloppter Dalmatiner – ich hätte es weitaus schlechter treffen können.

»Kannst du ihr bitte einen Tee machen?«, fragte ich Fe leise und diese nickte lächelnd – augenscheinlich dankbar, etwas zu tun zu haben. Im Eiltempo wuselte sie davon.

Juan kniete schweigend neben Sophie und auch sie selbst war nun ganz ruhig. Zwar weinte sie nicht mehr, doch sprach sie auch nicht. Aber wenn sie sprechen würde, dann musste ich für sie da sein, und zwar voll und ganz. Niemand war in der Lage, mir das abzunehmen, auch wenn der Gedanke an Flucht in meinem Kopf eine nahezu unglaubliche Verlockung entfaltete.

Juan und Fe konnten nicht verstehen, was Sandras Tod

für Sophie und mich bedeutete – für unsere Gegenwart oder unsere Zukunft. Sie kannten nur Fragmente der ganzen Geschichte. Aber die Last der Verantwortung für Sophies Leid drückte mich fast zu Boden. Ich konnte das hier unmöglich alleine bewältigen, schließlich war ich noch nicht mal ein guter Tröster, wenn eine Freundin mal wieder sitzen gelassen worden war. Plötzlich kam mir der Gedanke, dass es wenigstens einen Menschen auf der Welt gab, den ich um Unterstützung bitten konnte.

Ich ging in mein Schlafzimmer und schloss die Tür.

»Port-ID von Sash anwählen!«, sagte ich.

Schon beim zweiten Signalton nahm er entgegen. »Liz!«, er klang überrascht. »Was ist denn los?«

Meine Digitalanzeige führte mir vor Augen, dass es noch nicht einmal halb neun am Morgen war. Eine ungewöhnliche Zeit, um jemanden anzurufen.

»Sash, tut mir leid, dass ich so früh anrufe, aber ich brauche dich«, brachte ich heraus, ohne darüber nachzudenken, ob das nun seltsam klang oder nicht.

Er jedenfalls schien es nicht seltsam zu finden. »Was ist passiert?«

»Du erinnerst dich doch an die Freundin von Sophie, die sich freiwillig gemeldet hat, oder?«

Sash war alarmiert. »Natürlich. Ist sie …«

»Sie ist tot. Ja. Sophie weint die ganze Zeit, also weiß ich nichts Genaues, aber man kann sich ja denken, wie es dazu gekommen ist.«

»Fuck. Was kann ich tun?«

»Würdest du herkommen? Du bist der Einzige, der noch von ihren Träumen und unserem Verdacht weiß. Der Einzige, mit dem wir darüber reden können.« Ich hasste es, dass meine Stimme so flehend klang. Einem Kerl gegenüber wirkte ich nur äußerst ungern bedürftig, vor allem, wenn ich ihn noch nicht einmal richtig kannte. Aber das hier war ein Notfall.

Nach kurzem Zögern sagte Sash: »Okay, gut. Ich mache mich so schnell ich kann auf den Weg. Wo soll ich hinkommen?«

»Wann kannst du in Grunewald sein?«

»Grunewald?« Seine Stimme klang weniger überrascht als entsetzt oder widerwillig, aber falls er Vorbehalte gegen meinen Wohnort hatte, hielt er sie taktvoll zurück.

»Warte kurz.« Im Hintergrund klickten Tasten. Vermutlich gab Sash parallel die Suche nach einer Verbindung in einen Rechner ein. »In einer halben Stunde.«

Ich war verblüfft. »So schnell? Welche Verbindung nimmst du?«

»Ich fahre grundsätzlich nur mit dem Fahrrad, weil ich nicht gerne kontrolliert werde. Außerdem will ich euch ohnehin etwas mitbringen. Und dazu möchte ich lieber keine Fragen von neugierigem Wachpersonal oder sonst wem beantworten.«

»Wenn das so ist, dann lasse ich dich lieber von unserem Sicherheitschef abholen. Ein Besucher ohne autorisierte Begleitung wird grundsätzlich gefilzt, ob er nun angemeldet ist oder nicht.«

»Na gut.« Sash behagte die Vorstellung, eine Gated Community zu besuchen, ganz offensichtlich nicht besonders, aber immerhin lehnte er nicht ab. »Woran erkenne ich deinen Sicherheitschef?«

Ich schmunzelte. »Er wird dich erkennen.«

Sash grunzte missbilligend. »Das kann ich mir denken.

Na schön, dann ziehe ich mir jetzt besser etwas an. Bis gleich!«

Nachdem wir das Gespräch beendet hatten, trat ich wieder ins Wohnzimmer.

»Juan«, sagte ich. »Du musst mir einen Gefallen tun.«

SOPHIE

Eine ganze Zeit lang konnte ich nichts weiter tun, als zu atmen. Eine winzige Selbstverständlichkeit, die mich dennoch enorme Kraft kostete. Ich konnte nicht schreien, konnte mich nicht bewegen und wusste nicht, ob ich es über mich bringen würde, jemals wieder auch nur ein Wort zu sagen. Worte würden das Geschehene zementieren. Es wirklich machen. Wenn man über etwas sprach, akzeptierte man es. Dazu war ich noch nicht bereit.

Sandra war tot. Nicht mehr da. Und sie würde niemals wiederkommen. Das war die banale und grausame Wahrheit, die der Tod nun einmal mit sich brachte, und jeder wusste das. Trotzdem kam die Flut aus unbändiger Trauer, Hilflosigkeit und Wut für jeden Menschen unerwartet. Uns allen war klar, was Tod bedeutete, doch kein Mensch konnte die Schmerzen auch nur erahnen, die ein solcher Verlust mit sich brachte, bevor er es erleiden musste, davon war ich überzeugt. Der Alltag diente noch nicht einmal als Trockenübung für extreme Situationen.

Sandras Mutter hatte geschrieben, dass sie direkt nach zwei Tagen Ausbildung in den Kampf geflogen worden war. Dort überlebte sie keine vierundzwanzig Stunden. Eine siebzehnjährige Gymnasiastin war in einem Krieg getötet worden, für den sie sich vermeintlich freiwillig gemeldet hatte. Und warum? Wusste das irgendjemand? Ich konnte diesen Wahnsinn kaum begreifen.

Vor ein paar Wochen noch waren wir alle gemeinsam in die Schule gegangen und hätten niemals gedacht, dass sich unser Leben in Kürze so dramatisch ändern würde. Wir schrieben unsere Klausuren, erledigten unsere Hausaufgaben und fassten Studienfächer ins Auge. Ich hatte noch nichts von Liz gewusst, Sebastian oder Helen Zweig. Tod und Dunkelheit hatten in meinem Leben keinen Platz gehabt, während Sandra, Jule und ich unzertrennlich gewesen waren. Drei Freundinnen mit ganz normalen Problemen und Wünschen, die miteinander shoppen und Kaffee trinken gingen.

Und nun konnte ich nur noch eines denken: nie wieder.

Nie wieder würde ich Sandra umarmen, würde sie mich schelten können für meine Schüchternheit, sich über Schrödinger lustig machen oder mir mit Tränen in den Augen von ihrer Liebe zu Hassan berichten. Sie würde mich auch nicht mehr mit Sachen bewerfen, wenn sie sauer auf mich war, denn sie war tot. Und auch mein altes Leben endete an diesem Punkt endgültig. Alles, woran ich geglaubt und was mich ausgemacht hatte, war in sich zusammengefallen. Sophie Kirsch war genauso tot wie ihre Freundin Sandra Reichenbach.

Für mich gab es kein Zurück mehr.

Leise Wut darüber, immer diejenige sein zu müssen, der schlimme Dinge passierten, stieg in mir hoch, für die ich mich gleichzeitig unheimlich schämte. Und doch: Ich war erst die Halbwaise, dann die Doppelwaise, die arme Kleine mit dem WerbePort, die mit dem Pferdeschwanz und den Billigklamotten, die mit den Albträumen, die mit der toten

Freundin. Warum konnte das Unglück nicht wenigstens gerecht auf alle Menschen verteilt werden?

Natürlich war das Unsinn. Sandras Mutter litt gerade Höllenqualen – an Hassan mochte ich gar nicht erst denken. Auch Juan hatte erleben müssen, wie es war, ein Kind zu verlieren, und hatte trotzdem die Kraft, weiterzuleben. Er zeigte mir, dass es ging. Und dennoch kam ich mir so kraftlos und einsam vor, als hätte mir jemand einfach die Knochen entfernt und mich zum Trocknen auf eine Leine gehängt.

Ich hatte einen der wichtigsten Menschen in meinem Leben verloren, jemanden, der beinahe von Geburt an bei mir gewesen war, den ich geliebt hatte.

Wenn Sash recht hatte, dann waren die Ports für all das verantwortlich. Und auch mein Herz sagte mir, dass es stimmte. Diese kleinen, teuflischen Implantate, für die wir unser gesamtes Geld ausgegeben hatten – Sandra hatten sie den Tod gebracht. Ich ekelte mich vor mir selbst dafür, so lange auf den Port gespart zu haben. Während ich Liz' Deckenbalken anstarrte, wuchs meine Wut. In grellen Bahnen durchzuckte sie meinen Geist.

Kein Mensch sollte wegen eines Internetchips sterben müssen. Weder auf der einen noch auf der anderen Seite des Kampfes. Schließlich war Sandra nicht das einzige Todesopfer im Krieg um den Rohstoff, der die Langlebigkeit der Ports garantierte, die immer mehr Menschen im Kopf trugen. Das war nicht richtig, im Gegenteil, es war das Falscheste, was man sich nur vorstellen konnte. Ich durfte nicht mehr so schwach und weinerlich sein, durfte nicht mehr solche Angst haben. Sandras Tod hatte mir gerade buchstäblich die Augen geöffnet. Liz hatte recht mit ihrer Neugier und ihren Fragen. Ich durfte mich nicht immer hinter meiner Angst verstecken, nicht mehr so tun, als beträfe mich das alles nicht.

Wie Sebastian Zweig in meinem Traum gesagt hatte: Es war mein Leben. Und genau deshalb durfte ich jetzt nicht zerbrechen, wenn ich darauf hoffen wollte, irgendwann wieder frei zu sein. Und vielleicht sogar glücklich.

Gerade wollte ich nachsehen, wo meine Schwester war, da drang eine Stimme an mein Ohr, mit der ich hier und heute absolut nicht gerechnet hatte.

> Die mir noch gestern glühten,
> Sind heut dem Tod geweiht,
> Blüten fallen um Blüten
> Vom Baum der Traurigkeit.

Sash. Sash war hier. Ich drehte den Kopf und sah ihn ein paar Schritte vom Sofa entfernt stehen. Seine Miene war ernst und traurig. Die dunkelblauen Augen ruhten auf mir, als er weitersprach.

> Ich seh sie fallen, fallen
> Wie Schnee auf meinen Pfad,
> Die Schritte nicht mehr hallen,
> Das lange Schweigen naht.

Ich hielt den Atem an, als ich begriff, dass er dieses Gedicht für mich aufsagte. Und für Sandra. Die Hände hinter dem Rücken gefaltet, die Stimme feierlich erhoben. Augenblicklich liefen mir wieder Tränen die Wangen hinab, doch ich machte mir nicht die Mühe, sie abzuwischen. Langsam zog ich mich an der Rückenlehne des Sofas empor, weil ich das Gefühl hatte, einen solchen Moment nicht liegend erleben zu dürfen. So etwas hatte in meinem ganzen Leben noch nie jemand für mich getan. Und es war gerade jetzt genau das Richtige. Beinahe war es, als hielte Sash mit uns eine Totenwache ab, eine kleine Trauerfeier für meine Freundin. Es half mir, alles zu begreifen und richtig einzuordnen. Zu wissen, dass mein Schmerz normal und gut war. Und vergehen würde, irgendwann.

> Der Himmel hat nicht Sterne,
> Das Herz nicht Liebe mehr,
> Es schweigt die graue Ferne,
> Die Welt ward alt und leer.

Und obwohl mir die Trauer um Sandra und der Schock über ihren Tod noch beinahe den Verstand nahmen, spürte ich mit aller Deutlichkeit, dass ich mich jetzt gerade, in diesem dunklen Augenblick, unwiderruflich in Sash verliebte. Diese berührende Geste entfaltete ihre volle Wucht im Zentrum meines Herzens. Niemals hätte ich ihm so etwas zugetraut.

> Wer kann sein Herz behüten
> In dieser bösen Zeit?
> Es fallen Blüten um Blüten
> Vom Baum der Traurigkeit.

Traurigkeit. Dieses letzte Wort hing noch lange im Raum. Beinahe konnte ich zusehen, wie es sich durch die offene Balkontür langsam davonstahl.

Liz stand ganz still neben Sash. Sie musste sich in der Zwischenzeit angezogen haben, denn bis auf ihre traurigen Augen und ihr leicht verlaufenes Make-up sah sie wieder aus, wie aus dem Ei gepellt. Schick, stilsicher und makellos frisiert. Aber auch sie hatte ihre Tränen nicht zurückhalten können und auf eine seltsame Art dankte ich ihr dafür. So fühlte ich mich weniger einsam.

»Hi!«, sagte ich und einen Atemzug später lag mir Liz in den Armen.

»Es tut mir leid, Sophie«, stammelte sie. »Es tut mir alles so leid! Ich hätte niemals ... «

Um nicht gleich wieder in Tränen ausbrechen zu müssen, schob ich sie sanft von mir. »Es gibt nichts, das dir leidtun müsste«, antwortete ich und meinte es auch so.

In den letzten Tagen war ich oft wütend auf meine Schwester gewesen, weil sie mich überredet hatte, weil sie mich Sebastian hatte seekern lassen, weil sie reich und witzig war, weil sie einen PremiumPort hatte. Aber solche Gedanken waren einfach nur ungerecht, das verstand ich nun. Nicht Liz war schuld an all den schrecklichen Dingen, die geschehen waren, ganz andere Menschen trugen die Verantwortung hierfür. Zusammen mit einem kleinen, verfluchten Chip.

Ich wandte mich an Sash. »Vielen Dank«, sagte ich, weil ich mich all die anderen Dinge, die mir für ihn im Herzen lagen, nicht zu sagen traute. Mit einem leichten Lächeln kam er zu mir herüber und umarmte mich kurz. Dabei konnte ich fühlen, wie schmal und sehnig er war. Seine Kleidung roch nach einer durchwachten Nacht.

»Das war Hesse. Ich habe es einmal bei der Trauerfeier für einen Freund aufgesagt und das hat mir damals sehr geholfen. Wenn etwas schrecklich ist, dann sollte man nicht versuchen, es zu verbergen. Das macht es nur noch schlimmer und größer – wie das Monster im Schrank.«

Ich nickte. Damit hatte er genau das gesagt, was mir eben durch den Kopf gegangen war. Nur, weil man etwas wegzuschieben versuchte, verschwand es noch lange nicht, wurde nicht weniger real oder schrecklich. Ich schämte mich ein wenig dafür, dass ich mir noch heute Morgen nur gewünscht hatte, die Träume mögen aufhören, ohne mich dafür zu interessieren, wo sie ihre Ursache hatten. Einfach einen Spalt in die Realität reißen und mich hindurchzwängen. An einem Ort verkriechen, der mich vor all den schrecklichen Sachen verbarg. Ich kam mir unendlich feige vor. Und wie ein Kleinkind.

»Kannst du das Gedicht etwa auswendig?«, hörte ich Liz fragen und Sash schüttelte beschämt lächelnd den Kopf.

»Ne. Ich hab's von meinem Port abgelesen.«

Da ich mich außerstande sah, aufzustehen, zu duschen oder mich anzuziehen, ließ ich mir von Liz einen Pullover geben, damit ich mir vor Sash nicht mehr so nackt vorkam.

Dann trank ich einen Schluck kalten Tee. Seltsam, dass die Welt sich immer noch genauso schnell und beständig drehte, wie vierundzwanzig Stunden zuvor. Angesichts des Schreckens, der geschehen war, fühlte sich das für mich vollkommen unangemessen, ja geradezu unhöflich an.

»Glaubst du tatsächlich, dass der SmartPort verantwortlich dafür ist, dass Sandra sich gemeldet hat?«, fragte ich Sash.

Dieser nickte bedächtig. Dabei schaute er mich an wie etwas, das er nicht anzufassen wagte, aus Angst, es kaputt zu machen.

»So, wie du mir deine Freundin und ihr Verhalten geschildert hast, besteht da meiner Meinung nach kein Zweifel.«

Ich ballte die Fäuste, um nicht auf irgendetwas einschlagen zu müssen. Mein Herz protestierte, es wollte, dass irgendwas kaputtging. Wo vor ein paar Stunden nur Verzweiflung und Angst genistet hatten, brodelten blanke Wut und Fassungslosigkeit. Das konnte doch alles nicht wahr sein!

Am liebsten hätte ich mir meinen eigenen Port mit bloßen Fingern aus dem Fleisch gerissen. Ich fauchte: »Ich will das Ding nicht mehr!« und instinktiv wich Sash einen Schritt vor mir zurück. Irgendwie tat es gut, zu schimpfen. »Jemand muss es mir entfernen.«

Mit hilflosem Blick sah Liz zu Sash hinüber.

»Ich glaube nicht, dass das geht, Sophie«, sagte sie vorsichtig.

Ich verschränkte die Arme. »Etwas, das man eingesetzt hat, muss man auch wieder entnehmen können, oder? Es soll raus aus meinem Kopf!«

»Sophie.« Sash hob die Hand. »Du hast doch sicher mit NeuroLink einen Vertrag abgeschlossen.«

Mir sackte das Herz in den Magen. Daran hatte ich gar nicht mehr gedacht.

»Richtig«, antwortete ich bitter. »Fünf Jahre.«

»Fünf Jahre?«, echote Liz und ich warf ihr einen wütenden Blick zu. Wenn man so reich war wie sie, dann konnte man sich das vermutlich überhaupt nicht vorstellen.

»Das ist die günstigste Vertragsstufe«, klärte Sash sie auf.

»Oh«, sagte Liz und ich konnte sehen, dass sie sich unbehaglich fühlte. »Das wusste ich nicht.«

»Ja. Woher auch?«, blaffte ich.

Falls ich Liz vor den Kopf gestoßen hatte, ließ sie sich das jedenfalls nicht anmerken. Ganz offensichtlich hatte ich heute den Trauernden-Bonus, was mich nur noch wütender machte.

»Und was sollen wir dann jetzt machen?«, schnaubte ich. »Diese Träume sollen verdammt noch mal aufhören. Und auf keinen Fall will ich in ein paar Wochen selbst in einem Bus an die Ostsee sitzen. Oder in einem Flugzeug in den Tod!«

Bei meinen Worten wurde Liz ganz blass um die Nasenspitze. Ihr traten Tränen in die Augen. »Das würde ich niemals zulassen«, flüsterte sie, und ich glaubte ihr. Meine Wut ebbte ein klein wenig ab.

Sash räusperte sich. »Zwar ist es nicht ganz einfach, einen registrierten Chip loszuwerden, aber völlig unmöglich ist es nicht. Man kann ihn umprogrammieren. Am Ende des Tages ist es auch nur ein kleiner Computer.«

»Könntest du das tun?«, fragte ich hoffnungsvoll, doch Sash schüttelte vehement den Kopf.

»Auf dem Gebiet bin ich kein Experte, da würde ich mich nicht rantrauen. Aber ich könnte dir die Nummer eines bekannten Neurohackers hier in Berlin geben, der das sicherlich hinbekommt.«

»Und was würde dieser Neurohacker dann genau tun?«

Sash sprach langsam. »Er könnte vielleicht die Verbindung zwischen NeuroLink und deinem Port auf einen andern Port umlenken und dich so unbemerkt aus dem System der Firma schleusen. Außerdem kann er die aktiven Slots aus dem System löschen. Dann hättest du deinen Port zwar noch, aber die Träume würden ganz sicher aufhören. Es gäbe keine Möglichkeit mehr, auf deinen Kopf zuzugreifen.«

»Na, das klingt doch nach einem Plan!«, sagte ich.

»So einfach ist es allerdings auch wieder nicht.« Sash war sichtlich angespannt. »Es ist nicht ungefährlich und dürfte eine Stange Geld kosten. Und außerdem ...« Er zögerte, bevor er weitersprach.

Ich verschränkte die Arme. »Außerdem was?«

Liz fuhr dazwischen. »Außerdem werden wir dann nie rausfinden, was in der Nacht wirklich geschah, als unsere Mutter starb. Und wir werden wohl kaum erfahren, wer in deinen Träumen rumgepfuscht hat.«

Ich wurde laut. »Das kann doch nicht euer Ernst sein! Ihr wollt mich als Versuchskaninchen? Könnt ihr euch eigentlich vorstellen, was ich gerade durchmache?«

»Nein, das können wir nicht«, entgegnete Sash beschwichtigend. »Aber denk doch noch mal darüber nach, Sophie. Deine Träume könnten der Schlüssel zur Wahrheit sein. Und sie könnten uns vielleicht auch zu denjenigen führen, die dir das hier angetan haben. Dir, deiner Freundin Sandra und so vielen anderen. Diese Chance bekommen wir wahrscheinlich nicht noch einmal.«

Mit dem Hinweis auf Sandra hatte er mich. Und wahrscheinlich stimmte das, was er sagte. Es war gut möglich, dass derjenige, der meinen SmartPort manipuliert hatte, auch in andere Slots mehr als nur Werbung eingespeist hatte. Schließlich war Portmanipulation ja kein Volkssport. Hoffte ich zumindest.

»Und wie habt ihr euch das vorgestellt? Ihr könnt mir doch nicht in den Kopf gucken?«

Sash lächelte verschwörerisch und zog einen schmalen Laptop aus seiner Tasche.

»Das ist mein Stichwort! Ich hab euch doch versprochen,

dass ich mir was einfallen lasse. Ich habe euch da was mitgebracht!«

Zugegeben, ich war verwirrt. »Einen Laptop?«

Konzentriert hackte Sash auf den abgenutzten Tasten des Rechners herum. »Noch viel besser. Einen Trojaner!«

Liz schnaubte und tappte nervös mit ihren Fingernägeln auf der Tischplatte herum. »Könnte das Genie uns das bitte noch ein bisschen näher erläutern? Hier sind schließlich auch Nicht-Wunderkinder im Raum.«

Die Brille auf die Nase schiebend, schenkte Sash ihr einen amüsierten Blick. Liz war ungeduldig, ich kannte das mittlerweile.

»Kurz gesagt habe ich ein kleines Programm entwickelt, das die Aktivitäten von Sophies SmartPort aufzeichnen und speichern kann. Somit auch alles, was vom Port nachts in ihr Gehirn gespeist wird. Die gesamten Inhalte der Slots.«

Mir kam ein unbehaglicher Gedanke. »Okay, aber: Kannst du dann auch sehen, was ich träume?«

Lächelnd antwortete Sash: »Nein, das kann ich nicht, keine Angst. Ich kann nur aufzeichnen, was an technischer Aktivität vom Port ausgeht. Jede Nacht, wenn die Tiefschlafphase beginnt, speist der Port die Informationen aus den Slots in dein Gehirn ein. Was dein Unterbewusstsein dann damit anstellt, ist eine völlig andere Geschichte. Das kann ich nicht sehen.«

Ich nickte. Das erklärte zumindest, warum sich die Träume immer ein wenig voneinander unterschieden. Mein Unterbewusstsein verflocht meine eigenen Träume mit den Impulsen aus den Slots.

Liz war nun wieder voll dabei und natürlich Feuer und

Flamme. »Wir könnten sehen, was du gesehen hast, als du im Weinkeller vom Hocker gekippt bist.«

»Davon gehe ich aus«, bestätigte Sash. »Allerdings nur, wenn jemand tatsächlich einen von Sophies Traumslots mit diesen Informationen gefüttert hat. Nicht, wenn sie sich all das selbst ausgedacht hat. Aber das glaube ich nicht.«

»Ich auch nicht«, sagten Liz und ich gleichzeitig.

»Wir brauchen nur eine Nacht, Sophie.« Sash sah mich mit seinen dunkelblauen Augen durchdringend an. »Eine einzige Nacht führt uns vielleicht schon ein Stück näher an die Lösung heran. Wenn alles aufgezeichnet ist, fährst du zu Brother Zero und dann ist es vorbei.«

»Brother Zero?«, echote Liz halb amüsiert, halb ungläubig.

»So nennt er sich eben. Er ist der Beste, da ist sich die ganze Szene einig. Leute kommen von überall her, auch aus dem Ausland, nur um ihn zu sehen.«

Ich dachte nach. Von den Ereignissen des Morgens drehte sich mir noch der Kopf. Weder wusste ich, was ich denken, noch, was ich fühlen sollte. Mein gesunder Menschenverstand und meine seelischen Schutzmechanismen schienen wie mit Honig verklebt zu sein. Ich war zu betäubt, um Angst zu haben.

Es behagte mir nicht, schon wieder diejenige zu sein, die den miesesten Job bei dieser Mission hatte, aber ich sah ein, dass niemand sonst darüber entscheiden konnte. Außerdem wusste ich ohnehin nicht, wovon ich diesen Neurohacker bezahlen sollte.

»In Ordnung«, sagte ich. »Ich habe sowieso kein Geld, um den Kerl zu bezahlen.«

Liz setzte sich neben mich und drückte meine Hand.

»Lass das mal meine Sorge sein, Schwester. Länger als nötig schaue ich mir das nicht mehr an. Sash, gibt mir die Nummer und ich treibe das Geld auf. Versprochen.«

Ein Teil von mir sträubte sich dagegen, das Geld von Liz anzunehmen, aber ich wusste, dass es ohnehin keine andere Lösung gab, wenn ich nicht bis in alle Ewigkeit von außen angreifbar sein wollte.

»Danke! Ich gebe es dir zurück, versprochen.«

Liz winkte zwinkernd ab. »Lad mich bei Gelegenheit einfach auf einen Kaffee ein, wenn das alles hier vorbei ist.« Und an Sash gewandt sagte sie: »Na los, gib mir die Nummer.«

Sash diktierte Liz eine Berliner Festnetznummer und fügte hinzu: »Das Codewort der Woche lautet ›Zimtstern‹.« Und als er Liz' verwirrtes Gesicht sah, fragte er, ob sie es sich lieber notieren wolle, doch Liz schüttelte den Kopf. »Ich tue jetzt einfach mal so, als fände ich das ganz normal«, sagte sie stattdessen und Sash grinste.

»Und was muss ich jetzt tun?«, fragte ich.

»Du musst mir nur sagen, ob du das wirklich willst. Das ist alles.«

Aus seinem Mund klangen diese Worte seltsam feierlich. Sie unterstrichen meine Stimmung.

Es gibt Momente im Leben, in denen man sich sehr mutig und theatralisch fühlt. Wie ein Krieger. Das war einer dieser Momente und ich gab das Kommando. »In Ordnung.«

Sash nickte und im nächsten Augenblick flogen seine Finger wieder über die Computertastatur.

LIZ

Noch nie zuvor war ich in die Verlegenheit gekommen, einen Hacker anzurufen, und jetzt, da ich es tat, fühlte ich mich in höchstem Maße illegal. Natürlich hatten meine Freunde und ich das eine oder andere Mal etwas getan, das nicht erlaubt war, doch das hier war etwas völlig anderes. Hier ging es nicht darum, nachts in ein Schwimmbad einzusteigen oder ohne Führerschein mit dem Auto des Vaters irgendeines Bekannten über die Autobahn zu rasen.

Vielmehr ging es darum, einem völlig Fremden sehr viel Geld dafür zu bezahlen, dass er einen Chip im Kopf meiner Schwester umprogrammierte. Einen Chip, der auf direktem Weg mit ihrer Netzhaut und über Nervenbahnen mit ihrem Gehirn verbunden war. Eigentlich eine Vorstellung, die an Wahnsinn grenzte – immerhin weigerte ich mich sogar, meinen Hund auch nur einen Tag lang einem fremden Menschen anzuvertrauen. Dennoch schien es keinen anderen Weg zu geben, Sophie dauerhaft vor den Angriffen auf ihre Träume zu schützen.

Nervös wählte ich die Nummer des Hackers. Ich benutzte für diesen Anruf lieber nicht meinen Port, sondern die sichere Leitung des Firmennetzes. Mittlerweile wurde ich übervorsichtig, was solche Dinge anbelangte – und das Angenehme am sicheren Firmennetz war, dass nicht einmal mein Vater herausfinden konnte, mit wem ich telefoniert hatte.

Ich gab die Nummer ein und kurz darauf ertönte ein Freizeichen.

»Pizza, Pizza, Ihr freundlicher Pizzadienst in Berlin, wir beliefern die gesamte Stadt außer Neukölln. Was kann ich für Sie tun?«, fragte eine weibliche Stimme in leierndem Tonfall.

Ich stutzte. Damit hatte ich nun wahrlich nicht gerechnet. Hatte Sash mich etwa zum Narren gehalten? Oder hatte ich einen Zahlendreher in der Nummer?

Die Frau am anderen Ende der Leitung ließ sich durch mein Zögern nicht beirren. Sie spulte mit erstaunlicher Geschwindigkeit ihr weiteres Programm ab.

»Konichiwa, es sind asiatische Wochen bei Pizza, Pizza! Noch bis Freitagabend haben wir für Sie eine Familienpizza mit knuspriger Pekingente, eine Kreation mit Hähnchen und süßsaurer Soße und die exklusive Sushi-Pizza. Hier können Sie wählen zwischen Lachs-, Thunfisch oder vegetarischen Gurkenmakis. Der schmackhafte Teigfladen kommt mit einer Wasabicreme und Ingwermozzarella zu Ihnen nach Hause.«

Ingwermozzarella? Meine Verwirrung stieg ins Unermessliche. Es war mir kaum möglich, mich gedanklich von der Vorstellung einer mit Makis belegten Pizza zu lösen. Frau Kuboi wäre entsetzt.

»Hallo?«, fragte die Frau, ganz offensichtlich an der Grenze zur Ungeduld. »Verraten Sie mir jetzt, was es sein soll?«

Ich riss mich zusammen. Zwar war die Wahrscheinlichkeit, mich lächerlich zu machen, sehr hoch, doch ich beschloss, es einfach mal zu versuchen.

»Äh, entschuldigen Sie«, stammelte ich in den Hörer. »Ich gehe nicht davon aus, dass Sie eine Pizza Zimtstern haben?«

Die Pizzafrau seufzte. »Hätten Sie das nicht eher sagen können? Jetzt habe ich das erste Mal diese Japanansage fehlerfrei hinbekommen und es interessiert Sie nicht mal. Sauber.« Dann schien sie sich meiner Frage zu entsinnen und sagte: »Momentchen bitte!«

Es knackte in der Leitung und ich wurde mit italienischen Schlagerklassikern berieselt. Leider dauerte es eine halbe Ewigkeit, bis ich Brother Zero endlich am Hörer hatte, der mich zunächst mit starkem russischen Akzent und den Worten: »Ich habe keine Zeit für Kinder!« brüsk abzuwimmeln versuchte. Sein Tonfall verriet dabei, dass ihm der Anruf eines jungen Mädchens nicht geheuer war. Das Misstrauen, das mir entgegenschlug, war beinahe mit den Händen zu greifen. Als hätte mich jemand angestiftet, ihn anzurufen! Müßig, ihm zu erklären, dass der Nachrichtendienst wohl jemanden einsetzen würde, der weniger auffällig war als ein Teenager.

Erst als ich ihm erklärte, die Nummer von Sash zu haben, begann er, sich anständig mit mir zu unterhalten, sodass ich endlich mein Anliegen vorbringen konnte. Mit ruhiger Stimme und ausgesuchter Höflichkeit erklärte er mir, dass es schon möglich sei, Sophies Chip vor Angriffen und Signalen von außen zu schützen, es aber sehr kompliziert und gefährlich sei, dies zu tun, solange sich der Chip im Kopf des Betreffenden befand.

»Sehen Sie, Fräulein Karweiler, es ist absolute Präzisionsarbeit. Diese Chips wurden von sehr hellen Köpfen so entwickelt, dass nicht jeder dahergelaufene Digitalbastler an ihnen herumdoktern kann«, säuselte er. Seine Stimme klang hoch und weich zugleich.

Ich war perplex, da ich mich nicht erinnern konnte, dem Hacker meinen Nachnamen genannt zu haben. »Woher wissen Sie …?«

»Sie rufen über die Firmenleitung von Karweiler Credits an, aber ganz bestimmt nicht im Auftrag der Firma«, lautete die leicht amüsierte, leicht ungeduldige Antwort. Er klang so sicher, als hätte ich ihm gerade meine Visitenkarte in die Hand gedrückt.

»Natürlich«, erwiderte ich um stimmliche Stabilität bemüht. Wenn ich mich schon als völlig ahnungslos outen musste, so wollte ich das doch mit einer gewissen Würde tun. »Was meinen Sie mit Präzisionsarbeit?«, fragte ich.

»Ich kann Ihnen weder garantieren, dass es funktionieren wird, noch – wie soll ich es ausdrücken? –, dass die Krankenkasse Ihrer Schwester für eventuelle Schäden aufkommen wird, die sie bei dem Vorgang davontragen könnte.«

Nur mühsam gelang es mir, mich von dem schrecklichen Gedanken zu lösen, Sophie könnte bei dem Eingriff etwas zustoßen. »Wir haben keine andere Wahl«, sagte ich mit trockener Kehle und betete zu jedem Gott, der mir einfiel, nicht gerade das völlig Falsche zu tun. Doch etwas in mir war sich sicher, dass ich ohnehin nicht mehr zurückkonnte. Sophie und ich hatten einen Zug bestiegen, der nun mit atemberaubender Geschwindigkeit dahinraste – und ich hatte keine Ahnung, wo er uns hinbringen würde.

»Eine Wahl hat keiner meiner Kunden. Ich bin wohl das, was viele den *letzten Ausweg* nennen würden.«

»Klingt nicht gerade nach einem Traumberuf«, warf ich ein, noch bevor ich Zeit hatte, nachzudenken.

Brother Zero kicherte leise. »Es ist eher ein Anti-Traumberuf, würde ich sagen.«

Ich ertappte mich bei einem Grinsen. »Wann haben Sie Zeit für uns?«

Am anderen Ende der Leitung wurde es einen Augenblick still. »Ich weiß, dass jemand wie Sash meine Nummer nicht leichtfertig herausgeben würde, also muss es dringend sein. Allerdings bin ich ziemlich ausgebucht.«

Der Gedanke an eine wochenlange Wartezeit machte mich nervös. »Bitte«, hörte ich mich in den Hörer flüstern. »Es ist wirklich dringend. Ich weiß nicht, wie lange meine Schwester diese Träume noch aushält.«

»Euer Glück, dass ich einen Klienten habe, den ich auf den Tod nicht ausstehen kann. Er mich auch nicht, deshalb hasst er es, auf mich angewiesen zu sein. Ich werde seinen Termin einfach verschieben, ihr könntet also am Samstagnachmittag zu mir kommen.«

Samstag. Das war nicht ganz so früh, wie ich gehofft hatte, allerdings konnte ich froh sein, überhaupt so bald einen Termin zu bekommen. Schon seltsam, was gerade so alles in meinem Leben vor sich ging.

»Vielen Dank«, sagte ich und meinte es aufrichtig. »Und wie ...«

Brother Zero lachte leise. »Also, meine Liebe, es läuft so. Meine Leistung kostet sechstausend Eurodollar, der Preis ist nicht verhandelbar, also treiben Sie das Geld besser auf. Ich bin mir sicher, dass Sie das schaffen. Die Hälfte des Geldes überweisen Sie bitte binnen vierundzwanzig Stunden auf mein Konto. Als Verwendungszweck geben Sie »Kaution 547« an. Wenn das Geld eingegangen ist, sende ich Ihnen eine Nachricht mit dem genauen Termin und meinen

Standortdaten. Erscheinen Sie nicht, behalte ich die Anzahlung als Entschädigung für meine Zeit. Die andere Hälfte zahlen Sie vor Ort in bar, und zwar unabhängig davon, ob ich erfolgreich bin oder nicht. Sollte etwas Unvorhergesehenes geschehen, lasse ich Sie und Ihre Schwester in ein nahe gelegenes Krankenhaus bringen unter der Voraussetzung, dass wir einander niemals begegnet sind. Haben Sie diese Bedingungen verstanden?«

Mein Herz raste. Sechstausend Eurodollar! So viel Geld hatte ich nicht und es könnte problematisch werden, es zu beschaffen. Denn nicht einmal meine Kreditkarte verfügte über einen derart hohen Kreditrahmen. Allerdings hatte ich Sophie versprochen, das Geld aufzutreiben. Und ich wusste auch schon, wo ich es hernehmen würde. »Ich habe verstanden«, antwortete ich daher, und meine Stimme klang zehnmal sicherer, als ich mich fühlte.

»Ausgezeichnet!«, kiekste Brother Zero vergnügt. »Dann ist ja alles geklärt!«

»Moment!« Ich hatte ihm noch keinerlei Kontaktdaten genannt. »Brauchen Sie nicht …?«

»Ich habe alles, was ich brauche, Elisabeth Ingrid Karweiler. Ich wünsche Ihnen noch einen schönen Tag!«

Noch während er auflegte, erreichte eine Nachricht meinen SmartPort mit dem Betreff: *Ihre Kontaktaufnahme*. Ich öffnete sie und fand darin eine Bankverbindung und die Aufforderung, den Verwendungszweck »Kaution 547« nicht zu vergessen. Mehr nicht. Die Mailadresse lautete: wonderboost5167@hardboiled.net. Als ich eine Antwortnachricht verfasste, kam diese als unzustellbar zurück.

Es war nicht zu fassen. Ich hatte einen PremiumPort, der mich sicher vor Einflüssen von außen schützen sollte. Und doch hatte ein dubioser Hackerfreund von Sash es geschafft, meine ID in kürzester Zeit zu knacken. Und das, obwohl ich über das normale, angeblich sichere Telefonnetz der Firma meines Vaters bei ihm angerufen hatte und eben nicht von meinem Port – was er ebenfalls binnen weniger Minuten herausgefunden hatte. Das war der Todesstoß für mein bisheriges Weltbild und mein Sicherheitsgefühl. Nun konnte ich mir nicht mehr einbilden, digitale Unantastbarkeit ließe sich mit Geld erkaufen. Sash hatte das ja bereits angedeutet.

Immerhin konnte ich mich damit trösten, dass der Kerl gut war. Nun musste ich nur noch das Geld auftreiben, wobei ›nur noch‹ eine bodenlose Untertreibung darstellte. Was für eine Ironie, dass auf zwei Treuhandkonten mehrere Hunderttausend Eurodollar für Sophie und mich bereitlagen, an die wir jetzt noch nicht rankonnten. Das hier wäre der perfekte Einsatz für das Geld des Mannes, der uns diesen ganzen Schlamassel überhaupt erst eingebrockt hatte.

Ich seufzte. Natürlich gab es einen Weg. Doch dafür musste ich das Vertrauen, das mein Vater – oder vielmehr mein Adoptivvater – in mich setzte, schändlich missbrauchen. Immerhin hatte er mein Vertrauen ebenfalls missbraucht, somit war es also nur fair, wenn ich das Geld von ihm nahm. Trotzdem fühlte ich mich bereits schäbig, bevor ich überhaupt in Aktion getreten war. Alleine beim Gedanken daran, das Konto meines Vaters um eine solche Summe zu erleichtern, wurde mir mulmig. Wenn all das hier vorbei war, würde ich ihm das Geld vom Treuhandkonto zurückzahlen. Ich lieh es mir lediglich, ohne zu fragen.

Ein Lächeln aufsetzend trat ich aus meinem Schlafzimmer ins Wohnzimmer. Sash und Sophie saßen auf der Couch und unterhielten sich leise. Sophie sah schon viel besser aus, ihr Gesicht hatte leicht an Farbe gewonnen. Die Gesellschaft von Sash schien ihr gutzutun. Er hatte, ähnlich wie Juan, offensichtlich die Gabe, für meine Schwester genau die richtigen Worte zu finden. Ein bisschen schmerzhaft war es ja schon, nicht selbst diejenige zu sein, die ihr Trost spenden konnte, doch für so was war ich einfach nicht geeignet. Wie gut, dass wir Sash getroffen hatten. Ohne ihn wüsste ich wirklich nicht, wie ich mit der Situation umgehen sollte.

Als die beiden meine Anwesenheit bemerkten, sahen sie gleichzeitig zu mir herüber. Dabei bekam ich das Gefühl, als hätte ich sie bei irgendetwas gestört. Ob Sash und Sophie vielleicht…? Nein, das konnte ich mir beim besten Willen nicht vorstellen.

»Gute Nachrichten!«, trällerte ich. »Wir haben einen Termin am Samstag!«

Sash lächelte und auch Sophies Miene hellte sich ein Stück weit auf. Doch gleich darauf fragte sie besorgt: »Wie teuer wird es denn?«

Ich winkte ab. »Ach, mach dir darüber doch keine Gedanken. Lass das ruhig meine Sorge sein!«

Sash tätschelte Sophie aufmunternd die Schulter. »Nur noch ein paar Tage, dann hast du es überstanden, Sophie. Und bis dahin habe ich alle Daten, die ich brauche.«

»Ich weiß nicht, ob ich das noch ein paar Tage überstehe«, gab Sophie zurück und Sash setzte ein betretenes Gesicht auf.

»Tut mir leid, so habe ich das nicht gemeint!«

Meine Schwester lächelte ihn mit unübersehbarer Wärme im Blick an. »Das weiß ich doch!«, sagte sie matt.

Um die beklemmende Vertrautheit dieses Raumes zu durchbrechen, fragte ich: »Hat noch jemand Hunger? Mein Magen knurrt gewaltig!«

Sophie schüttelte den Kopf. »Ich glaube nicht, dass ich heute etwas essen kann. Ich kriege garantiert nichts runter.«

»Du solltest es wenigstens versuchen«, sagte ich streng. Sash sprang mir bei: »Irgendwas musst du essen, Sophie.«

Sophie machte nicht den Eindruck, als könnte sie unserem Ansinnen auch nur das kleinste bisschen abgewinnen. Doch ich war fest entschlossen, meine Schwester aufzupäppeln. Ich würde dafür sorgen, dass sie etwas zu sich nahm, dass Brother Zero ihren Chip umprogrammierte und dass sie wieder richtig lachen konnte. Wenn ihre Träume erst einmal aufhörten, würde sie sicher schnell wieder die Alte sein. Bis dahin sollte ich sie verwöhnen, so gut ich konnte.

»Was ist dein Lieblingsessen?«, fragte ich.

»Warum willst du das wissen?« Die Augenbrauen meiner Schwester formten ein vollendetes V, wie bei Juan.

»Beantworte doch einfach meine Frage. Das ist sowieso eine Sache, die ich als Schwester wissen sollte.«

Sie dachte einen Augenblick nach. Dann blickte sie verschmitzt drein und sagte: »Die Nummer 8 und die N15 von Viet Tuong!«

Diese Antwort brachte mich zum Grinsen. Scheinbar hatten die Ereignisse dieses schrecklichen Morgens es nicht geschafft, meiner Schwester den Humor auszutreiben.

»Und meins die P12 von Pizza, Pizza!«

Ich zuckte zusammen und schoss dem Hacker einen scharfen Blick zu. Er hätte mich wenigstens vorwarnen können. »Ich bin doch kein Lieferservice«, sagte ich streng. »Du isst, was auf den Tisch kommt!«

Mit gespielter Ernsthaftigkeit schlug Sash im Sitzen die Fersen gegeneinander und salutierte. »Jawohl, Madam!«

»Dann wäre das ja geklärt. Ich organisiere das schnell. Währenddessen könnt ihr euch ja über den Kühlschrank hermachen, wenn ihr etwas braucht.« Und mit einem Seitenblick auf meine Schwester fügte ich hinzu: »Ich glaube, da sind noch Burritos drin.«

Sophie senkte rasch den Blick, doch ich hätte schwören können, dass sie lächelte.

Wie sich herausstellte, handelte es sich bei Sophies Lieblingsgerichten um Sommerrollen mit Tofu und eine vegetarische Pho mit Udon-Nudeln. Eine Suppe würde ihr so oder so guttun, entschied ich, und bestellte noch ein paar Gerichte von der Karte, die sich schmackhaft anhörten. Bisher hatte ich erst ein paar Mal bei einem Lieferservice bestellt. Und das auch nur, wenn ich bei Freunden übernachtet hatte, denn Fe hätte es niemals zugelassen, wäre ich auf die Idee gekommen, sie zu fragen. Doch bis sie im Netz die Rezepte recherchiert und in der Stadt alles eingekauft hätte, wären sicher Stunden vergangen. Und dann wollten die Gerichte ja auch noch gekocht werden! Nein. Ungewöhnliche Zeiten erforderten ungewöhnliche Maßnahmen.

Ich ging in die Küche hinunter, um mir meine Standpauke für die Essensbestellung abzuholen, die deutlich milder ausfiel, als ich Fe erklärte, Sophie hätte sich diese Speisen ausdrücklich gewünscht. Denn noch schlimmer als ein Kind, das Fes Essen verschmähte, war eindeutig ein Kind, das kurz vor dem Hungertod stand. Und genau auf den schlitterte meine traurige Schwester nach Meinung unserer persönlichen kolumbianischen Kalorienpolizei gerade zu.

Also entließ mich Fe mit nur ein paar Schimpfworten und erstaunlich wenig Ermahnungen in meine Wohnung.

Doch auf dem Weg dorthin machte ich noch einen Abstecher in das Arbeitszimmer meines Vaters. Auf leisen Sohlen schlüpfte ich durch die Tür und drehte den Schlüssel um. Ich hoffte inständig, dass der allgegenwärtige Juan mich nicht schon wieder beobachtet hatte. Denn ich war drauf und dran, den Tresor zu öffnen, die Codelisten für unsere Konten zu entnehmen und eine Transaktion von beträchtlicher Höhe vom Geschäftskonto der Karweiler Credits auf mein eigenes Kreditkartenkonto vorzunehmen.

Ich rannte und meine Schritte hallten laut von den Wänden wider. Blind vor Verzweiflung und Angst hastete ich durch das fremde Gebäude, nicht wissend, wo ich mich befand.

Ich war auf der Flucht – auf der Flucht vor ihm. Doch ich konnte ihm nicht entkommen.

Er stand hinter jeder Tür, die ich öffnete, blickte mir durch jedes Fenster starr entgegen. Egal, um welche Ecke ich bog, welchen Weg ich auch immer einschlug: Er war schon da. Der Mann im blutbefleckten, weißen Kittel war überall. Und er hatte ein Messer bei sich.

Ich hörte ihn flüstern: »Das kommt davon, wenn man sich nicht benehmen kann.«

Ich wusste nur eines: Er war mir auf den Fersen, um mich zu töten. Dieser Mann hatte schon einmal getötet, es ging ihm leicht von der Hand; nichts konnte sich seinem Messer widersetzen, und auch ich würde dieses Gebäude nicht lebend verlassen.

Ich stieß eine Glastür auf, nur um seiner schmalen Gestalt erneut gegenüberzustehen.

»Buh!«, machte er, und gegen meinen Willen schrie ich laut auf. Meine Nerven waren wund gescheuert, so lange, wie ich schon vor ihm davonrannte.

Mit wild pochendem Herzen blieb ich stehen. Das hier war ein Traum, erinnerte ich mich selbst – es gab keinen Grund, noch länger vor ihm zu fliehen. Mein Körper lag im Bett, ich war also in Sicherheit.

Mein Versuch, ihm in die Augen zu sehen, blieb wie zuvor erfolglos. Sein Gesicht flackerte und flimmerte, genau wie die letzten Male. Da es sich hier um einen Traum handelte, der nur in meinem Unterbewusstsein stattfand, konnte ich auch mit meinem Vater reden. Dies würde eine der letzten Gelegenheiten sein.

»Bald verfolgst du mich nicht mehr!«, sagte ich.

»Das hast du nicht zu entscheiden«, lautete seine Antwort, die Stimme voll Hochmut.

»Und ob!«, erklärte ich ihm, und dabei erlaubte ich mir sogar ein Lächeln. »Ich habe den besten Hacker, den es gibt, beauftragt, dich ein für alle Mal aus meinen Träumen zu verbannen.«

Kaum war das letzte Wort verklungen, veränderte sich der Traum. Der Boden unter meinen Füßen begann zu zittern, die Wände wackelten und das Glas in den Fenstern vibrierte.

Die Stimme meines Vaters war nicht mehr als ein Zischen. »Das hast du nicht!«

Das Zittern wurde immer schlimmer, die Deckenlampen flackerten nervös und Putz löste sich rieselnd von der Flurdecke. Nun bekam ich es doch mit der Angst zu tun, war aber trotzdem nicht bereit, mir diese Angst anmerken zu lassen, da ich glaubte, dadurch würde es nur schlimmer werden.

»Doch«, antwortete ich, nun wieder leicht verunsichert. »Genau das habe ich!«

In dem Augenblick ertönte ein ohrenbetäubendes Krachen und es gelang mir gerade so, mich vor einer herabfallenden Deckenplatte in Sicherheit zu bringen. Das Gebäude um mich herum stürzte ein. Ich schützte mich mit den Armen gegen den Schutt, der auf mich niederprasselte, und suchte instinktiv einen Weg nach draußen. Ich sah mich nach Sebastian Zweig um, doch er war nirgendwo mehr zu sehen. Einzig seine Stimme war noch in meinem Kopf und was er sagte, ließ mir das Blut in den Adern gefrieren: »Das wirst du büßen!«

LIZ

Das war nun schon die dritte horrende Taxirechnung binnen kürzester Zeit. Meine Shoppingstreifzüge würde ich wohl bis auf Weiteres eindämmen müssen. Nun bereute ich es doch, nicht noch ein bisschen mehr vom Firmenkonto genommen zu haben. Etwas widerwillig übergab ich dem mürrischen Fahrer meine Kreditkarte.

»Sicher, dass Sie hier aussteigen wollen?«, fragte er mit hochgezogenen Augenbrauen, während er die Karte durch das Lesegerät zog.

Ich sah mich um. Wir befanden uns auf einem kleinen Waldparkplatz mitten im Nirgendwo des Plänterwaldes. Brother Zero hatte mir die Koordinaten in Längen- und Breitengeraden sowie eine Wegbeschreibung zugeschickt. Wir waren exakt dort, wo er uns haben wollte.

»Ja, ganz sicher. Wir wollen einen Waldspaziergang machen.«

Der Fahrer gab mir die Karte zurück und warf einen fragenden Blick auf Sophie. »Ist Ihre Schwester denn fit genug für so was?«

Zugegeben, die Frage hatte ihre Berechtigung. Sophie war während der gesamten Fahrt immer wieder auf meiner Schulter eingeschlafen, nur um kurz darauf mit müden Augen wieder hochzuschrecken. Die einzige Möglichkeit, sie die vergangenen Tage überhaupt am Leben zu halten, hatte darin bestanden, ihr in regelmäßigen Abständen MagicMate™ einzuflößen. Doch sie hätte es wahrscheinlich eher intravenös gebraucht. Eines jedenfalls war sicher: Ihre Abneigung gegen mein Lieblingsgetränk hatte Sophie definitiv überwunden. Allerdings hatte sie eine Vorliebe für die Geschmacksnote »Chili-Kirsch« entwickelt, die ich nicht im Geringsten teilen konnte. Jedenfalls würde ich heilfroh sein, wenn dieser Zustand bald ein Ende hatte.

Während ich zuckersüß lächelnd mein Kartenetui wieder zurück in meine Tasche gleiten ließ, antwortete ich dem Fahrer: »Gerade meiner Schwester wird ein bisschen frische Luft guttun.« Und im Flüsterton fügte ich hinzu: »Sie hat gestern Abend ein bisschen zu viel getrunken.«

»Hey!«, protestierte Sophie matt, doch ich schob sie bereits durch die Tür ins Freie.

»Du hast es nicht anders verdient!«, trällerte ich, das Auto umrundend, um meine Schwester so schnell es ging unterzuhaken. Der Taxifahrer schenkte mir noch einen letzten skeptischen Blick, schien aber keine passenden Worte mehr zu finden und fuhr grußlos davon.

»Ihnen auch noch einen schönen Tag!«, schimpfte ich halblaut.

»Ich trinke doch gar nicht!«, murmelte meine Schwester, offensichtlich um einen tadelnden Tonfall bemüht.

Amüsiert tätschelte ich Sophies Hand. »Nach unserem Ausflug in den Weinkeller kannst du das *so* nun auch nicht mehr behaupten. Und außerdem: Lass mir doch auch mal meinen Spaß!«

»Du meinst, weil ich schon so viel Spaß habe?« Sophie

grinste schief. Dann blickte sie sich erstaunt um. »Wo sind wir denn hier?«

»Im Plänterwald«, gab ich zurück. Und mehr zu mir selbst als zu ihr fügte ich hinzu: »Und ich fürchte, ich weiß auch genau, wo wir hingehen.«

»Wohin denn?«, Sophies Neugier war scheinbar stärker als ihre Müdigkeit, denn sie klang aufrichtig interessiert.

»Lass dich überraschen!«

Ich zog sie hinter mir her in den Wald hinein, der Beschreibung von Brother Zero folgend. Tatsächlich stießen wir bald auf einen verwitterten Zaun, der exakt an den angegebenen Koordinaten (52° 29' 9" N, 13° 29' 16" E) ein Loch hatte. Wir kletterten hindurch und fanden uns nach ein paar weiteren Schritten, genau, wie ich vermutet hatte, mitten auf einem großen Platz unter einem vollkommen verrosteten Riesenrad wieder.

»Wir sind ja im Spreepark!«, stellte Sophie erstaunt fest, in ihrer Stimme lag ein Hauch von Aufregung. Sie war mir in den letzten Tagen nicht ein einziges Mal so wach erschienen wie in diesem Moment, auch wenn sie von ›hellwach‹ immer noch Lichtjahre entfernt war.

Tatsächlich standen wir mitten in Berlins wohl bekanntester Ruine. Der Spreepark war ein alter Vergnügungspark, der schon seit den späten Sechzigerjahren des letzten Jahrhunderts im Plänterwald stand und seit 2001 geschlossen war. Immer wieder hatte es Bestrebungen gegeben, den Park erneut zu beleben, doch irgendwann hatte man eingesehen, dass die modernen Menschen kein Bedürfnis mehr danach hatten, von quietschenden Fahrgeschäften durch die Gegend geschüttelt zu werden. Das alte Riesenrad rostete schon seit Jahrzehnten vor sich hin, die Natur wucherte über Karusselle, Achterbahnen und Imbissbuden. Ich selbst war nie zuvor hier gewesen, hatte aber schon einige Bilder gesehen.

Die Standortwahl von Brother Zero erschien mir ein wenig merkwürdig. Es mussten doch tagtäglich haufenweise sensationslustige Abenteurer in den Spreepark kommen, um Fotos zu machen und sich ein wenig am morbiden Charme des Gesamtanblicks zu weiden. Seitdem vor einem oder zwei Jahren ein paar Kletterer vom Riesenrad abgestürzt und allesamt gestorben waren, dürfte es noch schlimmer geworden sein. Gruselige Todesarten zogen eine gewisse Sorte Mensch magisch an – und in diesem Fall war es besonders gruselig, weil man zwei der Leichen aus den bunten, rostigen Riesenradgondeln hatte bergen müssen. Zwar hatte der Senat einen stabilen Zaun um das Gelände gezogen und den Park sogar aus den Stadtkarten löschen lassen, doch solange das Riesenrad noch über die Baumwipfel ragte, war er wohl nicht sonderlich schwer zu finden und Schlupflöcher gab es immer, wie wir gerade feststellen durften.

Wie hielt sich ein Mann, der vollkommen im Verborgenen bleiben wollte, also neugierige Besucher vom Hals?

Wenige Augenblicke später traten aus dem Schatten eines Kassenhäuschens drei riesige, muskelbepackte und tätowierte Männer, die Westen eines Sicherheitsdienstes trugen. Ich hoffte sehr, dass sie für Brother Zero arbeiteten und uns nicht gleich in hohem Bogen aus dem Park warfen. Sonst wäre alle Mühe vergeblich gewesen.

Augenblicklich klammerte sich Sophie fester an mich.

Als die Kerle uns erreicht hatten, versuchte ich es mit einem freundlichen »Hi!«, doch besonders redselig waren die drei nicht gerade. Mit einer leichten Kopfbewegung bedeutete der Größte uns, ihm zu folgen.

Die anderen beiden blieben zurück, um sich an unsere Fersen zu heften. Mit wachsender Beunruhigung stellte ich fest, dass sie Schusswaffen und Schlagstöcke am Gürtel trugen.

Wir überquerten den zentralen Platz und kamen am anderen Ende an eine Achterbahnstrecke, der wir ein Stück weit zwischen den Bäumen hindurch folgten. Kurz darauf bohrten sich die Schienen in einen schlauchartigen Tunnel, umkränzt von dem verwitterten, ehemals wohl bunten Kopf einer Katze – oder eines Drachen, genau war die Spezies nicht zu erkennen. Es sollte der Eindruck erweckt werden, der vor Vergnügen quietschende Besucher rase dem Tier direkt ins Maul.

»Ist das ein Hund?«, fragte Sophie flüsternd und ich zuckte die Schultern. Wäre auch eine Möglichkeit.

Links von uns entdeckte ich eine Reihe schwanenförmiger Boote, die zu zwei Dritteln in einem ausgetrockneten Flussbett steckten. Gras wuchs auf ihren Sitzbänken und die Augen der Schwäne starrten tot und ein bisschen wahnsinnig ins Leere. Ich fröstelte und mühte mich nach Kräften, keine Angst zu haben.

Zu meiner Verwunderung gingen wir nicht weiter. Der Mann, dem wir gefolgt waren, zeigte auf einen Vorsprung in der Mauer. »Fuß da rauf!«, sagte er schroff, dann zeigte er auf eine merkwürdig saubere Stelle auf einer der Metallschienen. »Und da festhalten. Platz machen, dann warten. Verstanden?«

Ich schluckte. Wollte der Kerl etwa, dass ich da hinaufstieg? Zumindest hieß das wohl, dass sie uns nicht zum Ausgang brachten, sondern zu Brother Zero. Wahrscheinlich schmierte der Hacker ein paar Angestellte der Sicherheitsfirma, damit sie ihm Gefälligkeiten erwiesen und ihn vor ungebetenen Besuchern schützten. Jedenfalls hoffte ich das. Bei dem Gedanken daran, was noch so alles passieren konnte, wenn zwei junge Mädchen mit drei riesigen Kerlen in einen verlassenen Achterbahntunnel krabbelten, wurde mir übel. Rasch schob ich den Gedanken beiseite – alles nur Kopfkino.

Erleichtert über meine Klamottenwahl an diesem Morgen – ich trug eine schwarze Jeans und ein für meine Verhältnisse schlichtes Shirt – nickte ich tapfer. Auf keinen Fall wollte ich vor diesen Jungs Schwäche zeigen. Ich setzte meinen rechten Fuß auf den Vorsprung, und noch während ich verzweifelt nach einem Halt suchte, an dem ich mich würde hochziehen können, bewegte sich mein Körper wie von selbst den Schienen entgegen. Ich griff nach der Stelle, die mir der Mann angewiesen hatte, und fühlte wenig später, wie dieser beherzt an meinen Hintern packte, um mich weiter hochzuschieben. Einen Atemzug später stand ich auf den Füßen und funkelte den Kerl so böse ich konnte an, wofür ich ein klebriges Grinsen erntete.

Als Sophie es mir nachgetan hatte, hüpften zwei der Kerle mit niederschmetternder Leichtigkeit hinter uns auf die Achterbahnstrecke. Zwei große Taschenlampen wurden angeknipst und mit mulmigem Gefühl im Bauch folgte ich den Männern in das Maul der Bahn.

Nachdem wir ein Stück die Schienen entlanggelaufen waren und auf einer wackeligen Treppe diese wieder verlassen hatten, gelangten wir durch eine Seitentür in einen erstaunlich großen Raum. Die Wände waren aus schwarz angemaltem Kunststoff – offensichtlich hatte man ursprünglich Felsstrukturen imitieren wollen, was allerdings kläglich misslungen war.

Dennoch war es verwirrend gemütlich. Leise Musik lief im Hintergrund, auf einem niedrigen Tisch in der Ecke verbreitete eine Kaffeemaschine köstlichen Duft und ein flauschiger, weißer Teppich sorgte für Behaglichkeit. Einzig eine Wand aus Computerbildschirmen, die zum Teil Nachrichten, zum Teil unverständliche Zahlenreihen und sogar die Bilder von im Park angebrachten Überwachungskameras zeigten, war Indiz dafür, dass man hier nicht bei irgendjemandem zu Besuch war.

»Bitte die Schuhe sorgfältig an der Fußmatte abstreifen!«, hörte ich Brother Zero auch gleich sagen, der sich in einem riesigen, roten Ledersessel gerade zu uns umgedreht hatte. »Der Teppich ist neu!«

Mein Blick wanderte nach unten und ich entdeckte dort eine große Türmatte mit der Aufschrift: »There's no place like 127.0.0.1«. Während wir seiner Bitte Folge leisteten, versuchte ich, unseren Gastgeber nicht allzu offensichtlich anzustarren. Der schmale, kleine Mann, der dort im Sessel saß, hatte das Gesicht eines Kleinkindes und einen vollkommen kahlen Schädel, der wie blank poliert wirkte. Seine pechschwarzen Knopfaugen blinzelten durch eine Nickelbrille, die dürren Beine steckten in einer karierten Tweed-Hose, von der sich pinke Hosenträger über ein blütenweißes Hemd spannten. Eine ebenfalls pinke Fliege rundete das Bekleidungskuriosum ab. Er war barfuß und hatte seine Zehennägel, wie ich erstaunt feststellte, kunterbunt lackiert. Als er meinen Blick bemerkte, sagte er: »Sehen Sie, Elisabeth, auch ich habe ab und zu Langeweile!« Dann wandte er sich an Sophie und fragte: »Und Sie sind das Sorgenkind?«

Meine Schwester nickte leicht und sagte: »Ich bin Sophie, es freut mich sehr, Sie kennenzulernen!«

Brother Zero strahlte mit einem Mal über das ganze Gesicht. »Ich schätze Höflichkeit ebenso hoch wie Pünktlichkeit!« Dann traf sein Blick einen der Männer hinter uns und er sagte: »Schließ die Tür hinter dir, Igor!«

Als die Tür ins Schloss gefallen war, klatschte Brother Zero in die Hände. »So, weiter im Text. Vorstellung ... Höflichkeit ... Ach ja!«

Der kleine Mann griff nach etwas, das sich neben ihm auf dem Sessel befand, und förderte einen ausgewachsenen, grünen Leguan zutage. Ich erschrak beinahe zu Tode, als das Tier den Kopf drehte und mich ansah.

Sophie, die immer besser darin war, Menschen einzuschätzen und optische Unzulänglichkeiten zu akzeptieren, machte hingegen einen Schritt auf den Sessel zu und lächelte freundlich. »Und wer ist das?«

Brother Zero schien zufrieden mit ihrer Frage zu sein, denn er lachte glucksend auf. »Das ist Elsbeth! Klingt fast wie Elisabeth, hab ich nicht recht?«

»Bitte«, warf ich ein. »Nennen Sie mich Liz!«

Er klimperte mit den Augenlidern und legte eine Hand in Höhe seines Herzens auf den Brustkorb. »Normalerweise tausche ich solche Vertraulichkeiten nicht vor dem ersten Date aus, aber sei es drum. Dann nennt mich Zero!«

Ich grinste. Irgendwas war mir an diesem Kauz sympathisch. Und auch Sophie schien es so zu gehen, da sie sich allmählich entspannte.

Nachdem Sophie den Leguan eine Weile unter dem Kinn

gekrault hatte, wurde sie von Zero aufgefordert, sich flach auf eine Liege zu legen, die Chipschläfe zu ihm zeigend. Als sie leicht verwirrt dreinblickte, deutete Zero auf den Laptop, den er mittlerweile vor sich auf einem kleinen Rolltisch stehen hatte, mit dem er ganz nah an Sophies Schläfe heranrollte. »Wir können uns keine Störung des Signals erlauben.« Sophie nickte.

»Fräulein Sophie Charlotte Kirsch«, murmelte er und kicherte glucksend. »So lange haben Sie auf diesen Port gespart und nun können Sie es gar nicht mehr erwarten, ihn wieder loszuwerden. Das ist hart.«

»Woher wissen Sie das?« Sophie hatte sich abrupt aufgesetzt und wurde von Zeros blasser, sehniger Hand wieder zurück auf die Liege gedrückt. Ich wurde den Eindruck nicht los, weniger bei einem Hacker als vielmehr bei einem Arzt zu sein.

»Die Bewegungen auf Ihrem Konto sprechen Bände. Sie müssen verzeihen, aber ich informiere mich immer sehr gründlich über meine Klienten. Können wir dann anfangen?«

»Oh. Okay«, sagte Sophie.

Zeros Knopfaugen sahen mich eindringlich an, als er sagte: »Sie muss ich nun bitten, Igor draußen Gesellschaft zu leisten, Fräulein Liz. Ich brauche jetzt höchste Konzentration. Igor!«

Sofort ging die Tür auf und der breitschultrige Igor bedeutete mir mit einer der für ihn typischen knappen Gesten, den Raum zu verlassen. Ich warf meiner Schwester einen letzten und wie ich hoffte aufmunternden Blick zu, bevor ich ihm nach draußen folgte.

Vor der Tür stellte ich mich neben den schweigsamen

Igor, dessen Kollege sich scheinbar anderen Aufgaben zugewandt hatte, und hoffte von Herzen, dass in dem Raum jenseits der Metalltür alles gut gehen würde. Meine Augen starrten in die Dunkelheit und ich versuchte, mich nicht allzu sehr zu ekeln, als ich zwischen den Achterbahnschienen kleine Schatten umherflitzen sah, die höchstwahrscheinlich zu Ratten gehörten. Gerade als ich die Stille nicht mehr ertrug und mich fragte, welches Small-Talk-Thema ich mit Igor wohl anschneiden konnte, ertönte ein wütender Schrei aus Zeros Raum.

»Was zum ... Verfluchte Scheiße!«

Noch bevor ich reagieren konnte, hatte Igor mich am Kragen gepackt und zurück in das Zimmer gezogen. Dort verriegelte er blitzschnell mit einer Hand die Tür hinter uns und schleuderte mich mit seiner anderen Hand mit voller Wucht auf einen abgewetzten Ledersessel, der um ein Haar mit mir umgekippt wäre.

Zero beachtete uns kaum, sondern starrte meine Schwester an, als sei sie ein abgenagtes Leichenteil. Seine Finger flogen nur so über die Tastatur und ich konnte Sophie ansehen, dass sie nicht wagen würde, auch nur einen Laut von sich zu geben.

»Was ist los?«, knurrte Igor und Zero fuhr herum.

»Das ist eine Falle!«, quietschte er heiser. »Die Mädchen haben mir eine Falle gestellt!«

Igor griff nach seiner Pistole und ich begann, den Ernst der Lage zu erkennen. Doch ich verstand einfach nicht, wie Zero darauf kam, dass wir ihm eine Falle gestellt haben könnten.

»Wa...?« Ich verstummte augenblicklich wieder, als der Lauf von Igors Waffe in meine Richtung schnellte.

Zero hörte mir ohnehin nicht zu. Wie ein Wahnsinniger hackte er auf seinen Rechner ein und murmelte dabei wie in Trance: »Das kann nicht sein ... kann nicht sein ... Ein offener Port ... wie konnte ...? Nein, nein, verdammt! Komm schon ... komm schon ...«

Dann änderte sich sein Tonfall schlagartig. »Igor, fixier das Mädchen. Ich muss den Chip entfernen!«

Ich schnappte nach Luft, während ein befehlstreuer Igor sich extrem behände daranmachte, Sophies Hände und Füße mit Kabelbindern zu verschnüren. Aus dem Augenwinkel sah ich voller Entsetzen, dass er ihr anschließend auch noch eine Spritze verpasste. Ich hoffte inständig, dass sie nur ein Mittel enthielt, Sophie ruhig zu stellen. »Was wollen Sie denn von uns?«, fragte ich verzweifelt.

Zero sprang auf die Füße und war mit zwei Schritten bei mir. Er stützte seine knochigen Hände auf die Sessellehnen, sodass unsere Gesichter einander sehr nahe kamen. Seine schwarzen Augen schimmerten wie blank geputzte Lackschuhe. »Die Frage lautet wohl eher: Was wollt *ihr* von *mir*. Das, was deine Schwester da im Kopf hat, ist kein gewöhnlicher Chip, stimmt's? Es ist ein ganz besonderes, teuflisches kleines Ding. Er sollte Informationen über mich beschaffen, habe ich nicht recht?«

Meine Gedanken rasten. Kein gewöhnlicher Chip? Was sollte das bedeuten?

»Auf gar keinen Fall!«, beeilte ich mich zu sagen. »Wie kommen Sie denn darauf?«

»Ich habe es gesehen! Als ich mich in Fräulein Sophies Port eingeloggt habe, war ich nicht mehr alleine im System. Jemand anderes hat direkten Zugriff auf diesen SmartPort und dieser Jemand hat sofort versucht, mich zu tracken!

Ziemlich ungewöhnlich bei einem normalen SmartPort mit Werbefinanzierung, findest du nicht? Also jetzt raus mit der Sprache: Für wen arbeitet ihr?« Die letzten Worte schrie er und ein feiner Speichelregen nieselte auf mein Gesicht herab. Es kostete mich meine komplette Willenskraft, nicht panisch mit meinem Jackenärmel darin herumzuwischen.

»Wir arbeiten für niemanden!«, sagte ich, um Souveränität kämpfend. »Ich habe keine Ahnung, wovon Sie da reden!«

Zero schien noch etwas erwidern zu wollen, besann sich jedoch. »Darüber sprechen wir später noch. Jetzt muss ich zusehen, dass ich den Chip entferne!«

Er beugte sich über eine geöffnete Schublade und holte einen blanken Metallhaken daraus hervor. Alleine der Anblick bereitete mir großes Unbehagen.

»Was haben Sie vor?«, murmelte Sophie, die ziemlich weggetreten wirkte. Doch Zero antwortete nicht, sondern bearbeitete wieder wie ein Berserker die Tastatur.

Eine quälend lange Weile war nichts zu hören, außer dem Klicken der Tasten und dem immer schneller gehenden Atem von Brother Zero. »Ha!«, rief er endlich und knallte den Laptop unsanft auf den großen Schreibtisch. »Eine knappe Minute habe ich!«

Er griff nach dem kleinen Haken und beugte sich über Sophie.

»Halt!«, schrie ich. »Hören Sie auf! Sie tun ihr noch weh.«

Zero seufzte entnervt. »Ich versuche, es zu vermeiden, okay? Wir alle drei werden mächtig Schwierigkeiten bekommen, wenn ich diesen Chip jetzt nicht entferne. Also würdest du mich bitte meine Arbeit machen lassen?«

»Haben Sie das schon mal gemacht?«, fragte ich leise, während Zero sich wieder über Sophie beugte. »Ich habe ein Video-Tutorial gesehen«, antwortete er abwesend.

Ich traute meinen Ohren kaum und wünschte, ich hätte nicht gefragt. Mittlerweile stand Igor neben mir und presste mir mit ziemlicher Kraft den Schlagstock in den Bauch.

Sophie schien die Bemerkung mit dem Tutorial ebenfalls gehört zu haben, da sie versuchte, sich Zeros Griff zu entziehen.

Zero ballte die Hand, die das Instrument hielt, angestrengt zur Faust. Offensichtlich bemühte er sich gerade nach Kräften, nicht auszurasten. »Schätzchen, kannst du mit dem Begriff Lobotomie etwas anfangen?«

Ich verstand kein Wort, doch Sophie nickte schwach.

»Dann tu mir den Gefallen und halt einfach still«, zischte Zero. In diesem Augenblick fügte Sophie sich in ihr Schicksal. Sie nickte erneut. Und ich musste machtlos mit ansehen, wie Zero nun langsam den kleinen Metallhaken zwischen Sophies Augenlid und ihren Augapfel schob. Mir wurde übel und ich drehte meinen Kopf zur Seite, um einen neutralen Punkt an der Wand anstarren zu können. Ich war ohnehin nicht in der Lage, Sophie zu helfen.

Es ging erstaunlich schnell. Schon nach kurzer Zeit atmete Zero hörbar auf und beförderte an der Spitze seines Hakens einen kleinen, aber bemerkenswert dicken Metallchip zutage.

»So«, sagte er und sein Tonfall klang bereits eine ganze Spur fröhlicher. »Jetzt können wir uns alle wieder entspannen.«

Sophie blinzelte träge und ich atmete erleichtert auf. Auch Igor entfernte den Schlagstock aus meiner Magengegend und grinste mich an, als wäre das Ganze nur ein netter, kleiner Spaß gewesen.

Zero ließ den Metallchip, der von einem flüssigen Film überzogen war, in eine silberne Schüssel fallen. Dann rückte er seine Brille zurecht und lächelte ein Lächeln, das seine Augen nicht erreichte.

»So und jetzt noch einmal von vorne: Wer hat euch geschickt?«

Der Sandmann saß im Halbdunkel, reglos auf den Bildschirm starrend, der bis vor wenigen Minuten noch eine Verbindung angezeigt hatte.

Der weiße Kittel, in dem er steckte, war schmuddelig von der langen Zeit, die er ihn nun schon getragen hatte – beinahe eine ganze Woche hatte er die Nächte vor den Bildschirmen und die Tage auf seiner Pritsche liegend verbracht, immer in Sorge, etwas Unvorhergesehenes könnte geschehen. Und tatsächlich hatte der Alarm ihn eben gerade aus dem Regenerationsschlaf gerissen. Das mechanische Piepen klang, als wolle es ihn verhöhnen. Es schob sich in seinen Kopf, die Glieder entlang bis zu dem Punkt, an dem sein Stolz saß: mitten ins Herz. Die Erkenntnis traf ihn unvorbereitet heftig; sie hatte es tatsächlich getan!

Was er letzte Nacht noch für eine leere Drohung gehalten hatte, war tatsächlich eingetreten. Er hatte sich in Sicherheit gewähnt, gedacht, selbst wenn ihr jemand diese Leistung verspräche, hätte es doch keiner durchzuführen vermocht. Wie sehr er sich getäuscht hatte!

Niederlagen schmeckten ihm nicht, sie waren bitter und viel zu schwer verdaulich. Wenn er etwas nicht leiden konnte, dann war es, vorgeführt zu werden – er hatte sich einst geschworen, sich niemals wieder vorführen zu lassen. Jemand würde büßen müssen für das, was gerade geschehen war.

Hatte er etwas übersehen, einen Fehler gemacht? Nein. Er machte keine Fehler – er nicht.

Der Sandmann dachte nach. Versuchte fieberhaft, zu begreifen, wie so etwas vollbracht werden konnte – niemand sollte dazu in der Lage sein. Vor seinen Augen war der Port aus dem System verschwunden und seither nicht wieder aufgetaucht. Das durfte nicht sein.

Wenigstens hatte er die Daten des Rechners gesichert, von dem aus der Log-in erfolgt war. Zwar waren auch diese gut verschlüsselt, aber keine Barriere, die er nicht zu überwinden imstande war. Er würde den Standort des Rechners entschlüsseln – und dann würde er ein paar seiner Männer hinschicken.

Niemand widersetzte sich ihm, niemand manipulierte seine perfekte Erfindung. Nur er, er alleine wusste, wie die Ports im Innersten funktionierten. Er hatte sie zu dem gemacht, was sie waren, nannte sich nicht nur Erfinder, sondern gar Vater der Geräte. Und nun hatte ihn jemand aus dem System geworfen, dessen Signatur er nicht kannte.

Langsam hob der Sandmann die Hand und malte mit seinem Zeigefinger kreisrunde Formen in die dicke Staubschicht, die den Tisch vor ihm an jenen Stellen bedeckte, an denen kein Rechner stand. Er war paranoid, vielleicht zu sehr, aber in diesen Raum konnte er niemanden hineinlassen, nicht einmal zum Saubermachen, das erledigte er lieber selbst. Zu geheim war seine Existenz, zu empfindlich die Geräte und nicht zuletzt zu verborgen die Dinge, die er hier drinnen tat. In letzter Zeit hatte er, vollkommen entgegen seinen Gewohnheiten, jedoch dem Dreck erlaubt, sich auszubreiten.

Völlig umsonst. Nun hatte er die einzige Verbindung verloren, die jemals etwas in ihm ausgelöst hatte. Jeden anderen Port hätte er verschmerzen können, aber nicht diesen. Nicht *sie*.

Nach so vielen Jahren hatte er sie endlich wiedergefunden: Sophie Zweig. Allzu lange hatte er nach ihr und ihrer Schwester gesucht, hätte sich beinahe damit abgefunden, keines der beiden Mädchen aufspüren zu können, als plötzlich in der Liste der Portbesteller eine Sophie Kirsch aufgetaucht war, die dasselbe Geburtsdatum hatte. Dieses Risiko war es ihm wert gewesen; er hatte den Port, der diesem Mädchen eingesetzt worden war, eigenhändig konfiguriert und ein paar Besonderheiten eingebaut. Und endlich, vor zwei Wochen, hatte ihn sein System alarmiert. Sie hatte eines der Schlagworte geseekert. Von da an hatte er sie begleitet, Schritt für Schritt, beinahe so besessen und neugierig wie bei einem neugeborenen Kind. Allerdings hatten sich die Dinge nicht ganz so entwickelt, wie er es sich erhofft hatte, und nun hatte er sie beinahe so schnell wieder verloren, wie er sie gefunden hatte.

Er wusste nicht genau, warum ihn ausgerechnet diese Angelegenheit so stark beschäftigte, aber seit vielen Jahren hatten die Zwillinge ihn nicht losgelassen. Er hatte nächtelang von den Dingen geträumt, die er ihnen so gerne sagen wollte, hatte sich gefragt, ob die Mädchen mittlerweile so aussahen wie sie. Tatsächlich war zumindest Sophie genauso schön wie ihre Mutter. Und scheinbar genauso unerschrocken.

Wenn er an Helen dachte, durchfuhr ihn noch heute ein heftiger Schmerz. Oder vielmehr ein bittersüßes Verlangen, wie ein fortwährender, leiser und klagender Ton. Ein wunderschönes Lied war ihr Leben gewesen: Stürmisch und sanft, beschwingt und unendlich traurig. Die Mädchen waren seine letzte Verbindung zu ihr.

So durfte es nicht enden. Er würde einen Weg finden, sich wenigstens Sophie zurückzuholen. Das schwor er sich.

SOPHIE

In meinem Kopf drehte sich alles und mein linkes Auge fühlte sich an, als hätte jemand versucht, es mit den Fingern zu zerquetschen. Ich ließ meinen Blick durch den Raum gleiten und stellte erleichtert fest, dass meine Sehkraft durch die ruppige Behandlung nicht gelitten hatte. Alles funktionierte so, wie ich es gewohnt war. Ganz zu mir gekommen war ich allerdings noch nicht. Zwar hatte mich das Mittel, das Igor gespritzt hatte, nicht völlig außer Gefecht gesetzt, aber es musste dennoch ein ziemlich starkes Beruhigungsmittel gewesen sein, da ich mich willenlos, friedlich und sehr müde fühlte. Meine Gedanken schienen unter einer dicken Schicht Schnee begraben zu sein, und es fiel mir schwer, sie zu fassen.

Blinzelnd blieb ich noch eine Weile reglos liegen und beobachtete meine Umgebung, während der Schleier sich allmählich lichtete. Die Ereignisse hatten sich derart überschlagen, dass mir kaum Zeit geblieben war, darüber nachzudenken, dass mir ein verrückter Hacker in einem heruntergekommenen Freizeitpark ohne Narkose den Port entfernte. Ich war zu verwirrt und verängstigt gewesen, um mich zur Wehr zu setzen.

Aber jetzt floss langsam Erleichterung in mein Herz. Ich hatte meinen Willen bekommen: Der Port war draußen.

Nun konnte nichts und niemand mehr meine Träume beeinflussen, was für mich das Wichtigste war. Und ich freute mich auf die kommende Nacht wie auf nichts zuvor in meinem Leben. Ich würde so lange schlafen, wie ich wollte.

Doch was genau hatte Zero solche Angst gemacht? Was hatte ihn dazu veranlasst, mir in aller Eile den Port mit einem Metallbügel aus dem Auge zu fummeln?

Ich drehte den Kopf und sah, dass meine Schwester und der Hacker einander argwöhnisch und wütend anstarrten.

»Ich frage jetzt zum letzten Mal«, knurrte Zero. »Wer hat euch geschickt?«

Der hünenhafte Igor stand lässig neben dem Sessel, auf dem meine Schwester saß, eine Hand wie zufällig auf seine Pistole gelegt.

Unwillkürlich setzte ich mich auf und Zero schnellte herum. »Alles in Ordnung, Fräulein Sophie?«, fragte er schroff und ich nickte.

»Ja, danke!«, erwiderte ich. »Warum mussten Sie mir so plötzlich den Chip entfernen?«

Zero fasste sich mit Daumen und Zeigefinger an die Nasenwurzel, als strenge ihn dieses Gespräch bereits jetzt schon an.

»Das habe ich doch gerade Ihrer Schwester zu erklären versucht«, sagte er mit unterdrückter Wut in der Stimme. »Ich habe auch noch andere Dinge zu tun, als den Damen technische Zusammenhänge begreiflich zu machen!«

»Entschuldigung, das habe ich nicht mitbekommen«, erwiderte ich freundlich. Zwar fand ich seine Behandlung unangemessen – schließlich konnte ich wahrlich nichts dafür, dass ich zu benommen gewesen war, um etwas mitzubekommen – aber mein Instinkt sagte mir, dass es jetzt von enormer Wichtigkeit war, höflich zu bleiben. Um noch eine Schippe draufzulegen, griff ich nach der dicken Elsbeth, die in meiner Reichweite auf dem Schreibtisch saß, und setzte sie sanft auf meinen Schoß.

Diese Geste schien Zero tatsächlich zu beschwichtigen. Als er mir antwortete, klang seine Stimme schon wesentlich milder. »Nun, Sie standen wahrscheinlich noch unter dem Einfluss des Mittels. Was ich versucht habe, zu erklären, ist, dass ich davon ausgehe, dass ihr beiden zu mir geschickt wurdet, um mich auszuspionieren.«

Ich war verwirrt. »Wieso sollten wir das tun?«

Zero lächelte nachsichtig und, wie ich fand, hochgradig selbstverliebt. »Weil ich der beste Hacker Europas bin. Vermutlich sogar der ganzen Welt. Es gibt eine Menge Leute, die für Informationen über mich jeden Preis zahlen würden.«

»Das glaube ich ja. Aber ich wollte einfach nur keine Albträume mehr haben«, murmelte ich. »Sonst nichts.«

»Lügen schätze ich ganz und gar nicht«, erwiderte Zero prompt. Seine Stimme hatte nun einen bedrohlichen Unterton angenommen.

»Ich lüge aber nicht!«, erwiderte ich, und da dies der Wahrheit entsprach, fiel es mir nicht schwer, ehrlich zu klingen.

Zero schnellte aus seinem Sessel und sprang auf mich zu. Für den Bruchteil einer Sekunde hatte ich den Eindruck, er wolle sich auf mich stürzen, doch dann machte er halt, kurz bevor seine Nasenspitze meine berührte. Ich konnte das Spiegelbild meines blassen Gesichtes in seinen Brillengläsern erkennen.

»Und warum hattest du dann einen Chip im Kopf, wie

ich noch nie zuvor einem begegnet bin? Der einen offenen Zugang zum Rechner eines anderen Hackers zu haben scheint, obwohl er eigentlich nur ein gewöhnlicher Port mit Werbefinanzierung sein sollte, von einem braven Mädchen eurodollarweise zusammengespart?! Ein Chip, der offensichtlich lückenlos überwacht wird?«

In meinem Kopf drehte sich alles. War Zero nun vollkommen wahnsinnig geworden oder stimmte das, was er da sagte? »Ich verstehe kein Wort«, antwortete ich und auch das war die reine Wahrheit.

»Irgendjemand hat Zero getrackt, als er versucht hat, sich in deinen Port einzuloggen«, versuchte Liz zu erklären, während Zero bei dem Wort *irgendjemand* vernehmlich schnaubte.

Meine Verwirrung nahm zu.

»Aber wie ...?«

»Das«, rief Zero aus und stach seinen Zeigefinger in die Luft, »würde ich selbst nur zu gerne wissen!«

Kurz darauf ließ er die Arme sinken und betrachtete uns nachdenklich. »So kommen wir nicht weiter. Was soll ich denn jetzt mit euch beiden anstellen?«

»Uns noch einen schönen Tag wünschen und uns heimschicken?«, schlug Liz vor, und ich hätte schwören können, ein kleines Lächeln auf Zeros Lippen entdeckt zu haben.

»Bedaure, Fräulein Liz, so einfach ist das nicht. Sehen Sie, mein Geschäft lebt von der Diskretion. Wenn ich nun fürchten muss, dass jemand hinter mir her ist, dann müsste ich meinen Standort wechseln, was sehr ärgerlich wäre. Und das müsste schnell geschehen, wenn ich nicht alles verlieren möchte, was ich jemals besessen habe. Von meinem guten Ruf einmal ganz abgesehen.«

»Niemand ist hinter Ihnen her. Das kann gar nicht sein! Außer Sash wusste doch niemand, dass wir zu Ihnen wollten!«, sagte ich und erinnerte mich mit Unbehagen an den Traum von letzter Nacht. Wie sauer Sebastian Zweig geworden war, als ich ihm von dem Hacker erzählt hatte. Ich schluckte und kraulte Elsbeth, die von dem ganzen Trubel ungerührt schien, am Hals. Die Ruhe des Leguans schwappte ein wenig auf mich über.

»Es wäre schön, wenn ich Ihnen das glauben könnte, Fräulein Sophie, aber ich brauche da schon etwas mehr als nur euer Wort.«

»Was ist mit Sash?«, warf Liz ein. »Würden Sie *ihm* vielleicht mehr Glauben schenken als uns?«

Stirnrunzelnd griff Zero nach einem uralt aussehenden Smartphone, in das er eine Nummer eintippte. »Sagen wir, es könnte helfen!«, murmelte er.

»Verbinde mich mit Nutzer 53617368«, forderte er kurz darauf jemanden am anderen Ende der Leitung auf.

Ich runzelte die Stirn. Die Nummer von Sashs Port war das ganz sicher nicht. Und seit wann wurde man von einem Dritten verbunden? Zu gerne hätte ich erfahren, was es damit auf sich hatte. Sash würde es mir bestimmt erklären können, wenn ich ihn danach fragte. Alleine der Gedanke an ihn ließ mir ganz warm werden.

Zero wartete eine Weile schweigend. Dann hatte er ganz offensichtlich Sash am Apparat, denn er blaffte unwirsch: »Die Zwillinge, die du zu mir geschickt hast, machen Schwierigkeiten. Du musst sofort herkommen. Der Operator gibt dir die Koordinaten.«

Während Sash antwortete, verdüsterte sich Zeros Miene. Dann brüllte er: »Es ist mir scheißegal, ob das ein offenes

Geheimnis ist oder nicht. Lass dir die Daten geben und schwing deinen Hintern hierher. Und zwar schnell!«

Dann legte er auf und betretenes Schweigen breitete sich im Raum aus. Merkwürdigerweise war es Igor, der die Stille durchbrach. »Will noch jemand hier einen Kaffee?«

Ich nickte dankbar und auch Liz und Zero ließen sich von Igor einen Becher geben.

Der Kaffee schien sämtliche Gemüter zu beruhigen, doch Zero blickte noch immer ziemlich verstimmt über den Rand seines Kaffeebechers hinweg. Die pinke Fliege hing ihm mittlerweile etwas schief am Kragen und Schweißperlen waren hier und da auf seiner Glatze auszumachen. Offensichtlich war er sehr nervös. Ich traute mich nicht, ihm auch nur eine der tausend Fragen zu stellen, die mir gerade durch den Kopf gingen, dabei machte mir das Kopfkino, das durch seine wenigen Worte in Gang gesetzt worden war, ziemlich heftige Angst.

»Was passiert eigentlich, wenn Sash es nicht schafft, Sie davon zu überzeugen, dass wir keine Spione sind?«, fragte Liz im Plauderton und ließ ihrer Frage einen kräftigen Schluck Kaffee folgen.

Zero setzte einen gequälten Gesichtsausdruck auf. »Dann werde ich wohl Igor bitten müssen, euch die Antworten zu entlocken, die ich brauche! Und ich fürchte, er wird sich nicht auf freundliche Worte beschränken.« Er blickte drein, als wäre ihm diese Vorstellung tatsächlich unangenehm. Mir allerdings auch, also war das nur gerecht. Meine Hände wurden feucht und ich bekam das dringende Bedürfnis, sie irgendwo abzuwischen.

»Ja. Ich hab's nicht so mit Worten«, bestätigte Igor bereitwillig und grinste dabei breit.

»Danke, das ist uns auch schon aufgefallen.« Liz schien von dieser Ankündigung weit weniger eingeschüchtert zu sein als ich, und einmal mehr bewunderte ich ihren Mut und ihre Schlagfertigkeit. Sie wechselte wie beiläufig das Thema. »Warum der Spreepark?«, fragte sie nun.

»Entschuldigen Sie?« Brother Zero wirkte, als wäre er nicht ganz bei der Sache. Wahrscheinlich war er noch immer völlig gefangen von der Vorstellung, mit welchen Methoden Igor uns *zum Reden bringen* würde.

»Warum haben Sie Ihr Quartier ausgerechnet hier im Spreepark eingerichtet? Hier kommen doch ständig sensationsgeile Leute her, die dann überall herumkrabbeln und ihre Nasen in jeden Winkel stecken.«

Zero schien an der Frage Gefallen zu finden, denn seine Miene hellte sich deutlich auf. Der Sessel unter ihm knarzte leise, als der Hacker seine Wirbelsäule durchdrückte, um seine Erscheinung weniger mickrig wirken zu lassen und seinen Worten somit mehr Nachdruck zu verleihen.

»Das Riesenrad!«, verkündete er stolz. »Ich benutze es als Antenne!«

»Sie senden über das Riesenrad?«, fragte ich neugierig. Tatsächlich bereitete mir die Vorstellung, von dem alten Rad würden verschlüsselte Botschaften in die Welt gesendet, eine beinahe kindliche Freude. Doch Zero winkte ab.

»Viel zu gefährlich. Da hätte man mich ja in null Komma nix gefunden, auch ohne, dass jemand mit einem offenen Chip in mein Quartier kommt.« Er bedachte mich aus seinen dunklen Augen mit einem bösen Blick und beinahe hätte er es geschafft, dass ich mich tatsächlich schuldig fühlte. Ich musste mich selbst daran erinnern, dass ich zuallerletzt für das verantwortlich gemacht werden konnte, was geschehen war.

»Und was tun Sie dann damit?« Liz' Stimme forderte Zeros Aufmerksamkeit und in der Kürze eines Atemzuges hellte sich die Miene unseres Gastgebers wieder auf. Die Stimmung von Brother Zero flackerte in einer Geschwindigkeit hin und her, die mich schwindelig machte – wie eine kaputte Deckenlampe.

»Ich empfange, Fräulein Liz! Dieses Riesenrad da draußen ist ein Empfänger für ganz Berlin. Sozusagen ein gigantisches Ohr!«

Kaum hatte Zero den Satz zuende gebracht, klopfte es an der Tür. Igor entriegelte und der andere Kerl schob seinen breiten Schädel durch die Öffnung.

»Hier ist einer, der nicht angemeldet war. Kennt aber die Koordinaten und das geheime Passwort.«

Zero machte eine einladende Geste. »Heute ist Besuchstag, Ivan. Wir erwarten den jungen Mann bereits!«

Wenig später schob sich Sash lächelnd durch die Tür. Sofort musste ich den Impuls unterdrücken, meine Haare in Ordnung zu bringen, und verfluchte im Stillen meine Abkehr vom praktischen Pferdeschwanz. Sash begrüßte Brother Zero herzlich und zwinkerte mir verschwörerisch zu.

Dann fiel sein Blick auf den kleinen Chip in der Schale und sein Gesicht versteinerte. »Was ist passiert?«

Zero verschränkte die Arme vor der Brust. »Ich musste ihren Chip entfernen!«

Ungläubig riss Sash die Augen auf. »Du hättest sie umbringen können!« Sichtlich um Fassung bemüht begann er auf und ab zu gehen. Es schien ihm nur unter Anstrengung zu gelingen, Brother Zero nicht zu schlagen.

»Sie lebt ja noch«, bemerkte dieser gelangweilt. »Und sie ist putzmunter! Stimmt doch, Fräulein Sophie?«

Ich nickte. »Ja. Mir geht es gut.«

»Na also! Und ich hatte den Chip selbstverständlich auch entkoppelt.«

Sash beruhigte sich allmählich und nickte anerkennend. »Du bist wahnsinnig, Mann. Wahnsinnig, aber genial!«

Als er unsere fragende Mienen sah, erklärte Zero: »Die Ports sind durch kleine Fäden über den Sehnerv mit dem Gehirn verbunden. Wenn man die Geräte einsetzt, fahren sie diese hauchdünnen Drähte aus und suchen sich die vorprogrammierten Punkte, an denen sie andocken. Die längsten Kabel folgen dem Sehnerv bis ins Gehirn. Würde man den Chip entfernen, ohne zu entkoppeln, könnte man beim Rausreißen der Drähte erheblichen Schaden verursachen.«

»Und das ist der Grund, warum sich eigentlich kein vertrauenswürdiger Mensch traut, die Ports zu entfernen. Auch Zero nicht!« Den Hacker traf ein erneuter vorwurfsvoller Blick.

Dieser hob entschuldigend die Hände. »Ich hatte keine andere Wahl. Der Port war offen. Ich wurde getrackt, kaum dass ich drin war!«

Diese Worte lösten große Bestürzung bei Sash aus. Er angelte sich einen Drehstuhl und ließ sich schwerfällig darauf nieder. »Der Port war offen? Und du bist sicher, dass du dich nicht irrst?«

Als Antwort auf diese Frage erntete Sash lediglich einen Grabesblick.

»Entschuldige. Ich habe nur noch nie gehört, dass jemand eine Direktverbindung zu einem Port hatte.«

»Nun, siehst du, ich auch nicht! Daher gehe ich stark davon aus, dass die beiden geschickt wurden, um mich auszuspionieren.«

Sash wurde blass und warf mir einen besorgten Blick zu. Auch Liz registrierte die Veränderung in der Miene unseres neuen Freundes und ich konnte ihre Nervosität beinahe mit Händen greifen. Angespannt begann ich, an den Nägeln zu kauen.

»Oh lassen Sie das doch, Fräulein Sophie!«, forderte Zero mich mit pikiert klingender Stimme auf. »Sie haben so schöne Finger!« Ertappt legte ich die Hände in den Schoß.

»Du musst dir keine Sorgen machen, Zero. Derjenige, der sich Zugang zu Sophies Port verschafft hat, hat sich ganz sicher nicht für dich interessiert!«

Brother Zero war beleidigt. »Ich bin für einen Haufen wichtiger Leute sehr interessant. Das weißt du!«

Sash lächelte schmal. »Natürlich, aber hier geht es eben nicht um dich, sondern um Sophie!«

Ich traute meinen Ohren kaum. Wieso sollte es hier um mich gehen? Wer war ich denn schon? Eine Gymnasiastin ohne richtige Eltern, ohne Geld oder Einfluss. Warum hatte sich jemand die Mühe gemacht, in meinen Träumen umherzuspuken und meinen Port auszuspionieren? Ich war doch nur ich!

Mittlerweile skizzierte Sash mit wenigen Worten, wie meine Träume in den letzten Tagen und Wochen manipuliert worden waren. Ich bemerkte, dass er darauf achtete, Zero nicht mehr Informationen zu geben, als unbedingt notwendig waren.

»Und woher weißt du, dass sie dich nicht auch schon benutzt haben, um an mich heranzukommen?«, fragte dieser gerade.

»Weil ich mit ihnen Kontakt aufgenommen habe, nicht sie mit mir. Sieh es doch ein, Bro. Hier geht es ausnahmsweise mal nicht um dich.«

»Außerdem«, gab ich zu bedenken, »hätte ich mir doch nicht einfach so einen Chip einsetzen lassen, auf den jemand permanenten Zugriff hat, nur, damit Sie ihn mir kurz darauf aus dem Auge ziehen. Wieso sollte ich mich so einer Gefahr aussetzen? Und Sie haben selbst gesehen, wie lange ich auf meinen Port gespart habe.«

Zero griff nach Elsbeth und nahm sie mir mit einer theatralisch anmutenden Geste vom Schoß. »Nun gut«, sagte er schließlich und tat dabei so, als erwarte er jeden Augenblick den Nobelpreis für ungeheure Güte. »Ich glaube euch. Sash kann es sich auch gar nicht leisten, mich zum Feind zu haben. Stimmt's oder habe ich recht?«

Sash grinste. »Stimmt haargenau. Keiner von uns kann es sich leisten, dich zum Feind zu haben.«

Zero schien besänftigt. Er wandte sich an Liz und mich. »Trotzdem schuldet ihr mir was!«

Ich bemerkte, dass Liz knurrend Bargeld aus ihrer Hosentasche zog, doch Zero winkte ab. »Ich meine doch nicht den schnöden Mammon.«

»Was denn sonst?« Liz war augenscheinlich verwirrt.

»Ich will Antworten, die Wahrheit! Ihr glaubt doch nicht etwa, Ihr könntet mich mit diesen kläglichen Informationsbröckchen abspeisen. Wenn jemand hinter diesem harmlos aussehenden Küken her ist, dann möchte ich auch wissen, was es damit auf sich hat!«

Nervös kratzte Sash sich am Kopf. Ich hielt den Atem an und auch Liz schien es für klüger zu halten, Sash sprechen zu lassen. Der schien noch nach den richtigen Worten zu suchen. Es war offensichtlich, dass Sash Brother Zero zwar schätzte, ihm aber nicht hundertprozentig vertraute. Es beruhigte mich, dass er mit unserem Geheimnis sorgsam umging.

Schließlich sagte er: »Ich weiß es nicht genau. Keiner von uns weiß es. Aber vielleicht hat es etwas damit zu tun, dass sie die Töchter von Sebastian Zweig sind.«

Den letzten Satz hatte Sash mehr zu sich als zu Zero gesagt, aber ich hatte das unbestimmte Gefühl, dass dieser Tonfall von ihm mit Bedacht gewählt worden war.

Die Veränderung, die sich diesmal im Gesicht des Neurohackers abspielte, war filmreif und die bisher extremste. Binnen Sekunden hatte Brother Zeros Haut die Farbe von Tapetenkleister angenommen und seine Hände begannen zu zittern.

Sash beobachtete Zero genau und fügte hinzu: »Aber das hast du sicher bereits im Vorfeld ausgeschlossen. Ich weiß ja, dass du deine Klienten immer sorgsam durchleuchtest!«

Zero hustete. »Ja, genau, genau das tue ich immer. Mit größter Sorgfalt. Du hast völlig recht, das wird es sein. Also dann... Ich danke euch für euren Besuch und...«

Wachsam wie ein Schießhund stand plötzlich Igor hinter mir und forderte mich mit einer Handbewegung auf, mich von der Liege zu erheben.

Zero bemühte sich weiterhin, in unbeschwertem Tonfall vor sich hinzuplappern. Er versagte auf ganzer Linie.

»Kommt gut nach Hause und ich wünsche euch eine gute Heimfahrt und immer schöne Träume, Fräulein Sophie.«

Sash ließ sich von Igor nicht aus der Ruhe bringen. »Darf ich dich um den Chip bitten, Zero?«

Diese Frage gefiel Brother Zero ganz augenscheinlich

gar nicht, doch er versuchte, auch das zu verbergen. »Wozu das denn? Das Teil ist doch nur noch Elektroschrott. Kann mir nicht vorstellen, dass damit noch etwas anzufangen ist.«

Sash lächelte und hielt die Hand auf. Er sah in diesem Augenblick unverschämt gut aus. »Immerhin sind Sophies ganze Daten auf dem Port. Ich möchte wenigstens versuchen, ein paar Nummern und Adressen auf einen anderen Chip zu übertragen, damit sie wenigstens wieder erreichbar ist. Und dann muss ich ihre ID noch auf einen neuen Port lenken. NeuroLink darf nicht merken, dass Sophie auf einmal keinen Port mehr hat. Sie hat einen Vertrag über fünf Jahre!«

Gegen dieses Argument konnte Zero nichts vorbringen, auch wenn ihm deutlich anzusehen war, dass er alles getan hätte, sich meinen Port einmal eingehender betrachten zu können. Widerwillig kippte er die kleine Schüssel über Sashs geöffneter Handfläche aus und der Chip rutschte mit einem leise kratzenden Geräusch heraus.

Sash bedankte sich und folgte Igor durch die geöffnete Tür. Liz wollte offenbar immer noch ihre Schulden bei Zero begleichen, doch dieser lehnte ab. »Es lief ja nicht ganz so, wie Sie es geplant hatten, Fräulein Liz. Behalten Sie Ihr Geld. Oder vielmehr das Geld Ihres Vaters.«

Wir bedankten uns ebenfalls und verabschiedeten uns von dem seltsamen Hacker. Ich konnte es kaum erwarten, das Gelände endlich zu verlassen.

Als wir durch das Maul der Achterbahn wieder ins Freie traten, bemerkte ich erstaunt, dass die Dämmerung bereits eingesetzt hatte. Igor brachte uns noch bis zum Waldrand, hatte aber offensichtlich keine Lust, uns bis zum Loch im Zaun zu bringen.

»So, und jetzt nichts wie weg hier!«, raunte Sash, als wir außer Hörweite waren, und ich konnte ihm nur von Herzen beipflichten. Doch bereits jetzt hatte ich schon das Gefühl, wieder freier atmen zu können.

»Haben wir ein Problem?«, fragte Liz, während wir uns nacheinander durch den Maschendraht zwängten.

Sash antwortete zwar auf Liz Frage, doch dabei sah er mir fest in die Augen. »Ja. Ich fürchte, wir haben ein ganz gewaltiges Problem.«

Während ich als Letzte durch das Loch krabbelte, wurde mir bewusst, dass ich die ganze Zeit schon geahnt hatte, was nun Gewissheit war: Mit dem Besuch bei Brother Zero war unsere Geschichte noch lange nicht beendet. Sie hatte gerade erst begonnen.

LIZ

Eines musste man zugeben: Sash war ein Geschenk des Himmels. Nicht auszudenken, was geschehen wäre, hätten wir das schlaksige Wunderkind niemals kennengelernt.

Sophie hätte noch immer ihren Port und ihre Albträume und wir würden ahnungslos im digitalen Nebel herumstochern – auf der Suche nach unserer Herkunft und der Geschichte unserer Eltern.

Doch warum nur hatte ich das Gefühl, dass Sophie in Sash mehr sah als nur einen Retter in der Not? Als er vorhin die seltsame Hackerhöhle betrat, hätte ich schwören können, dass sie rot angelaufen war. Überhaupt schien sie ihren Blick nur selten von ihm lösen zu können. Hoffentlich bildete ich mir das nur ein – dass sie sich jetzt auch noch in Sash verliebte, konnten wir beide eigentlich überhaupt nicht gebrauchen. Wenn zu all dem Pech, das Sophie zurzeit verfolgte, auch noch Liebeskummer hinzukam, dann wüsste ich nicht, wie ich sie noch trösten sollte. Und außerdem war das hier ein Dreier-Ding. Eine Sophie-Liz-Sash-Sache. Ich stutzte. War ich etwa eifersüchtig? Und wenn ja: auf wen von beiden? Darüber wollte ich gar nicht erst nachdenken.

Seit ein paar Minuten stapften wir bereits hinter Sash her durch den lichten Plänterwald, während es unter dem Blätterdach dunkler und dunkler wurde. Wobei »Wald« für diese seltsame Kombination aus illegal abgeladenem Müll und leise vor sich hinsterbenden Bäumen auch nicht gerade die angemessene Bezeichnung war. Von außen sah er ja satt und grün aus, aber dieser Eindruck täuschte. Mir fiel auf, dass ich wahrscheinlich zum ersten Mal in meinem Leben hier war und darüber hinaus auch überhaupt keine Ahnung hatte, wo wir eigentlich hingingen.

»Hat hier jemand einen Plan?«, fragte ich in die Runde.

Sash lachte auf. »Geht das vielleicht ein bisschen präziser? Meinst du einen Plan in Bezug auf das große Ganze oder eher einen Plan in Bezug auf den Rest des Abends?«

Sophie kicherte und auch ich musste lachen. »Heute Abend würde mir schon reichen!«

Sash deutete im Laufen eine Verbeugung an. »Sehr wohl, Madame, damit kann ich dienen. Wir sollten über heute reden. Außerdem gibt es ja die Daten, die der Trojaner gesammelt hat. Ich schlage vor, ihr zwei kommt erst mal mit zu mir!«

Ich sah meine Schwester fragend an. »Bist du schon fit genug für so was, Phee?« Den Spitznamen *Phee* hatte ich ihr schon vor ein paar Tagen verpasst, und ich merkte, wie er mir von Mal zu Mal besser gefiel. Schließlich war sie ja nun streng genommen auch kein Pferdeschwanzmädchen mehr. Phee passte viel besser zu Liz als *Sophie* und meine Schwester hatte den Namen bereits vollkommen akzeptiert. So klangen unsere Namen jetzt wie aus einem Guss; was sich irgendwie zwillingsmäßiger anfühlte. Und ich musste zugeben, dass auch Sash sich nahtlos in diese schöne Namenskette einreihte.

Sophie lächelte. »Ich fühl mich eigentlich recht fit. Egal,

was Igor mir da gespritzt hat – mir kommt es vor, als hätte ich mich noch nie so gut erholt!«

»Hervorragend!«, sagte ich an Sash gewandt. »Dann ist das also beschlossene Sache. Und wie genau kommen wir jetzt zu dir?«

»Ich hab mir von einem Freund ein Auto geliehen. Es steht gleich dort hinten auf einem Parkplatz!« Sein Finger deutete in Richtung des Treptower Parks.

»Das erklärt, warum du so schnell da warst«, folgerte ich. Tatsächlich hatte mich sein rasches Eintreffen im Quartier von Brother Zero in Erstaunen versetzt.

Verschämt kratzte Sash sich am Kopf. »Na ja. Nicht ganz. Eigentlich war ich die ganze Zeit schon da. Nur habe ich extra ein paar Minuten verstreichen lassen, damit Zero nicht allzu misstrauisch wird. Ich kenne ihn – wenn ihn einmal etwas nervös gemacht hat, dann kommt er von dem Paranoiatrip so schnell nicht mehr runter.«

»Soll das heißen, du hast den ganzen Tag hier verbracht?«, fragte Sophie erstaunt.

»Ich hab mir einfach Sorgen gemacht und wollte euch nicht alleine lassen, sondern in der Nähe sein, falls ihr mich braucht. Und das war ja offensichtlich auch richtig so!«

»Goldrichtig!«, bestätigte ich. »Du bist unser Ritter in der zerknitterten Schlabberrüstung!«

Sash kicherte und Sophie lachte ebenfalls, doch ein Seitenblick zu ihr genügte, um festzustellen, dass sie Sash eher mit einem ›Du bist mein Ritter in schimmernder Rüstung‹-Blick bedachte. Ich nahm mir fest vor, sie so bald wie möglich über ihre Gefühle Mr. Wunderkind betreffend auszuquetschen.

Einige Minuten später traten wir auf einen Parkplatz, auf

dem am äußersten hinteren Rand ein winziges Auto stand. Es war von einer derart dicken Schicht staubigen Drecks bedeckt, dass es mir unmöglich war, die Farbe zweifelsfrei zu identifizieren. Überhaupt machte es den Eindruck, als hielte das rostige Ding nur noch aus gutem Willen zusammen.

»Voilà!«, rief Sash fröhlich. »Das ist mein Ross!«

»Das ist kein Auto, das ist eine Blechbüchse!«, rief ich.

Sash lachte. »Dieses kleine Autochen bringt meinen Freund Mustafa seit über zehn Jahren sehr zuverlässig zur Arbeit und zurück. Es gibt überhaupt keinen Grund, seine Straßentauglichkeit anzuzweifeln.«

Okay, das war ein Argument. Außerdem konnten wir von Glück reden, dass Sash überhaupt mit einem Auto hier war. »Na dann glaube ich mal, dass es uns sicher zu dir nach Hause bringen wird«, sagte ich daher. Während diese Worte meinen Mund verließen, kam mir ein fürchterlicher Gedanke. »Du wohnst doch nicht etwa in Neukölln, oder?«

Sash grinste breit. »Wieso? Würde dich das beunruhigen?«

»Mich auf jeden Fall!«, warf Sophie ein.

Das Auto entriegelnd sagte Sash: »Keine Angst. Ich wohne in einem weitaus gesitteteren Stadtteil. Ihr braucht euch überhaupt keine Sorgen zu machen!«

Mit einer Handbewegung forderte Sash uns auf, ins Auto zu klettern, und ich quetschte mich großherzig auf die Rückbank, um meiner leidgeprüften Schwester den Platz auf dem Beifahrersitz zu überlassen.

Während wir aus dem Wald heraus und durch Treptow fuhren, ließ ich die Geschehnisse des Nachmittages noch einmal Revue passieren und erschauderte bei dem Gedanken daran, wie viel Angst ich um Sophie gehabt hatte. So hilflos an den Sessel gefesselt zu sein und alles mit ansehen zu müssen, hatte mir gar nicht behagt. Was hätte ich denn tun können, wenn Zero sie tatsächlich verletzt hätte? Wie hätte ich noch jemandem gegenübertreten können, geschweige denn mir selbst? Ich war überglücklich, dass alles so glimpflich abgelaufen war.

Wie sich herausstellte, wohnte Sash in Schöneberg. Das war zwar kein Bezirk, den ich als *weitaus gesitteter als Neukölln* bezeichnet hätte, aber etwas lieber als der Problembezirk Nummer eins war mir dieser Stadtteil trotzdem. Hier teilten sich Geringverdiener die früher einst begehrten Altbauwohnungen mit Migranten, Studenten, halbmittellosen Künstlern und ein paar versprengten Neureichen. Eigentlich eine ganz charmante Mischung, aber auch dieser Stadtteil verfiel mehr und mehr. Wer es sich leisten konnte, würde früher oder später wegziehen, doch Sash passte ausgezeichnet hierher.

Wir parkten vor einem kleinen Blumenladen, vor dessen Tür ein spindeldürrer, orientalisch aussehender Mann saß und eine elektrische Pfeife rauchte. Der süße Duft schlug mir entgegen, kaum dass ich das winzige Auto verlassen hatte.

»Du bist spät, mein Freund!«, schleuderte er Sash in vorwurfsvollem Ton und akzentfreier Aussprache entgegen.

Dieser warf dem Blumenhändler die Schlüssel zu und erwiderte lachend: »Du kannst mir nicht erzählen, dass du es eilig hast, nach Hause zu kommen, Mustafa. Oder habt ihr zwei euch wieder vertragen?«

»Haben wir nicht, das ist ja das Problem!«, knurrte Mustafa ungehalten. »Caro rastet bestimmt wieder aus, wenn ich zu spät nach Hause komme! Kannst du nicht mal was gegen zickige Frauen programmieren?«

Sash lachte aus vollem Hals und auch Sophie und ich mussten grinsen. »Wenn ich das könnte, würde ich hier nicht mehr alleine wohnen! Aber deine Verspätung kannst du ruhig auf mich schieben! Ich musste zwei Damen aus einer misslichen Lage befreien. Sag ihr das ruhig.«

Sash war also Single. Mit Sicherheit hatte Sophie das ebenfalls registriert.

Mustafa schnaubte. »Besser nicht. Sie wird sonst glauben, dass ich dich wieder vorschiebe, um mich mit anderen Frauen zu treffen!«

Sash hob die Augenbrauen. »Wieder?«

»Vergiss es!«, erwiderte Mustafa schnell. »Tu einfach so, als hätte ich das nie gesagt!«

Sash versprach es kopfschüttelnd und wir folgten ihm durch eine breite Haustür in ein beinahe noch breiteres Treppenhaus.

Im dritten Stock angelangt, zog Sash einen Schlüsselbund aus seiner Hosentasche, an dem statt bunter Schlüsselanhänger diverse USB-Sticks baumelten, und öffnete die Tür, wobei er: »Es ist nicht aufgeräumt!« sagte.

Nicht aufgeräumt war eine bodenlose Untertreibung. Die riesengroße, stucküberladene Altbauwohnung, die wir nun betraten, beherbergte das vollkommene Männerchaos.

Den Flur säumten links und rechts diverse leere Kisten, die zuvor Rechner oder Computerteile beherbergt haben mochten, eine Armee leerer Flaschen und einen riesigen Kleiderhaufen, der sich als Garderobe entpuppte, die von der Wand gekracht war.

»Das war heute Morgen noch nicht so«, kommentierte

der Hausherr das Klamottendurcheinander und nahm Sophies Hinweis, dass er es mal mit Dübeln versuchen sollte, wortlos zur Kenntnis. Nach kurzem Zögern ließen Sophie und ich unsere Taschen einfach oben auf den Haufen fallen und folgten Sash anschließend in ein Wohnzimmer mit riesigen Fenstern, das so groß war wie ein Ballsaal.

Die wenigen Billigmöbel darin wirkten auf dem schicken Parkett ein wenig verloren. Fast so, als warteten sie darauf, endlich abgeholt und ihrer wahren Bestimmung zugeführt zu werden.

Auf dem Couchtisch schimmelt eine längst beendete Mahlzeit leise vor sich hin.

»Du hast eine sehr schöne Wohnung!«, sagte Sophie, während Sash sich beeilte, wenigstens die Essensreste aus unserem Blickfeld zu entfernen. Geräuschvoll ließ er die Teller in das Spülbecken der offenen Luxusküche fallen. Die Take-away-Boxen, die aus dem überquellenden Mülleimer lugten, ließen vermuten, dass er den schicken Gasherd niemals anschaltete, was ein ziemlicher Jammer war, aber erklärte, warum das Prachtstück im Gegensatz zum Rest der Wohnung makellos sauber war – die sechs Kochstellen funkelten wie neu. Fe wünschte sich schon ewig so ein Ding.

»Danke. Die habe ich nur angemietet, um meinen Onkel zu ärgern!«, erklärte Sash mit unübersehbarem Schalk in den Augen. »Ich brauche den ganzen Platz eigentlich gar nicht.« Er sah sich um, als bemerke er die Wohnung zum ersten Mal in seinem Leben richtig. »Aber das Licht ist tagsüber sehr schön!«

Auf seine Aufforderung hin ließen Sophie und ich uns auf dem großen und zugegebenermaßen sehr kuscheligen Sofa nieder, während Sash sich einen herrenlosen Schreibtischstuhl angelte. Wir erzählten ihm, was an diesem Nachmittag in Brother Zeros Quartier genau geschehen war.

Während wir berichteten, gruben sich immer tiefer werdende Falten in Sashs Stirn. Zwischendurch stellte er kurze Fragen, blieb aber ansonsten ganz der aufmerksame Zuhörer.

Als uns nichts mehr einfiel, schwieg er eine ganze Weile. Sophie fragte schließlich: »Das ist nicht gut, oder?«

»Nein, ganz und gar nicht. Um ehrlich zu sein, ist es sogar ziemlich beschissen. Dir hat jemand einen Chip in den Kopf gesetzt, der absolut nicht den Standards entspricht. So, wie Zero ihn beschrieben hat, kann er unmöglich von NeuroLink kommen. Ich habe noch nie gehört, dass sie offene Ports verkaufen, und die Angriffe auf deine Träume waren zu gezielt, als dass alles nur ein Zufall sein könnte.«

Natürlich stimmte, was Sash sagte, aber die Worte aus seinem Mund zu hören, gab der gesamten Angelegenheit eine ganz neue, massivere Wahrheit.

»Meinst du, das alles hängt auch mit dem Mord an unserer Mutter zusammen?«, fragte Sophie und ich schnaubte.

»Womit den sonst, Phee? Wieso sollte sich denn jemand für dich interessieren, wenn nicht wegen unserer Eltern?«

Meine Schwester seufzte. »Tja, wieso auch? Aber ich verstehe nicht, wie das passiert sein kann. Als ich mir den Port habe einsetzen lassen, wusste doch noch keiner von uns beiden, dass wir die Töchter der Zweigs sind. Ich war einfach nur Sophie Kirsch, Tochter des Restaurators Immanuel Kirsch aus Prenzlauer Berg. Ich war für die meisten Menschen so interessant wie die letzte Wasserstandsmeldung! Ich ...«

»Eines ist ganz offensichtlich«, stoppte Sash ihren Redefluss. »Derjenige, der deine Träume manipuliert hat, wusste schon länger als du, dass du die Tochter von Sebastian Zweig bist. Und diese Tatsache ist von entscheidender Wichtigkeit für ihn.«

Sash griff in die Tasche und förderte den Port zutage. »So was wie das hier programmiert man nicht einfach so nebenher. Ich habe meinen eigenen Port programmiert und kann mit absoluter Sicherheit sagen, dass hier ein Meister am Werk war. Vielleicht jemand, der sein Handwerk mindestens genauso gut versteht wie Brother Zero, wenn nicht sogar noch besser. Und von so jemandem habe ich noch nie gehört.«

»Und er muss Verbindungen zu NeuroLink haben!«, warf ich ein. »Denn Phee hat ihren Port ganz regulär in einer NeuroLink-Praxis einsetzen lassen. Wie hätte denn jemand von außen das unbemerkt manipulieren können?«

Sash gab ein zustimmendes Brummen von sich. »Mittel und Wege gibt es zwar immer, aber ich glaube auch, dass er mit NeuroLink in Verbindung steht. Jedenfalls ist das ein wichtiger Punkt, den wir nicht außer Acht lassen sollten. Aber jetzt sollten wir erst einmal Sophies Portadresse auf ein anderes Gerät umleiten. Je länger die Adresse offline bleibt, desto höher die Gefahr, dass NeuroLink darauf aufmerksam wird, und Probleme mit denen können wir uns nicht leisten. Danach widmen wir uns dem Trojaner, vielleicht geben uns die Daten ja Aufschluss über denjenigen, der sie dort eingespeist hat.«

Mir kam eine Idee. »Können wir nicht einfach die Daten direkt vom Port ziehen? Jetzt haben wir doch Zugriff.«

Sash nickte und lächelte nachsichtig. »An sich kein schlechter Gedanke, im Endeffekt ist das hier auch nur ein

Chip. Aber nach dem, was ihr mir erzählt habt und Zero sagte, würde ich es nicht riskieren, dieses Ding auch nur noch einmal zu aktivieren. Am Ende verbindet er sich mit NeuroLink, und was dann passieren kann, möchte ich mir nicht ausmalen.«

»Okay.« Ich sah ein, dass es eine blöde Idee war. Typischer Fall von ›nicht zu Ende gedacht‹.

Sash stellte einen Laptop vor sich auf den niedrigen Tisch und bald erfüllte das vertraute Tastaturgeklapper den Raum. Konzentriert und mit zusammengekniffenen Augen starrte er immer wieder von dem winzigen Chip auf seinen Bildschirm und zurück. Ich wagte kaum ein Wort zu sagen und auch Sophie schwieg. Nach ein paar Minuten lehnte sie ihren Kopf an meine Schulter und döste ein wenig.

»Das ist gar nicht so einfach!«, murmelte Sash angespannt.

Endlich stieß er ein »Na bitte!« aus und lächelte uns triumphierend an.

»Dieser Port ist echt was Besonderes«, stellte er fest. »Ganz und gar kein Standard. Es war ziemlich schwirig, ihn an anderer Stelle zu simulieren. Aber ich habe es geschafft! Jetzt wird NeuroLink niemals merken, dass ihnen eine Kundin flöten gegangen ist!«

Sophie lächelte. »Danke dir! Ich freue mich schon auf vollkommen mord- und fenchelteefreie Nächte. Wo gehen meine Signale und die ganze Werbung denn jetzt hin?«

Sash rutschte auf seinem Stuhl hin und her. Offensichtlich war ihm diese Frage mehr als unangenehm. Er seufzte schwer.

»Der Träger deines Ports heißt Benko und ist ein Schäferhundmischling. Er ist zwei Jahre alt.«

Ich schnappte nach Luft und auch Sophie schien erschrocken. Sash beeilte sich, uns die Sache zu erklären.

»Ich weiß, dass das blöd ist. Aber wenn keine neurologischen Impulse gemessen und an NeuroLink gesendet werden, geht das System von einem defekten Chip aus. Die ganze Sache würde sehr schnell auffliegen. Und ich hoffe, dass die Sleepvertisements Benko nicht allzu sehr quälen.« Und etwas leiser fügte er noch hinzu: »Und die Bilder aus der Mordnacht auch nicht.«

»Gibt es wirklich keine andere Lösung dafür?«, fragte Sophie matt.

»Es gibt auch Menschen, die Blankochips implantiert haben und sich für Hacks wie diesen anbieten. Aber die sind abartig teuer und noch dazu viel anfälliger für die nächtlichen Bilder. Wir hatten keine andere Wahl!«

Sophie nickte. »Ich verstehe. Hoffentlich leidet der arme Kerl jetzt nicht den Rest seines Lebens an schrecklichen Träumen!«

»Bestimmt nicht!«, versuchte Sash sie zu beruhigen. »Über das reaktive Response-System wird ja gemessen, auf welche Werbung der Chip-Träger am stärksten reagiert. Wahrscheinlich träumt er in zwei Wochen nur noch von Hundefutter und zerrt sein Herrchen regelmäßig zum Supermarkt.«

Diese Vorstellung entlockte Sophie ein Lächeln. »Na schön. Bekommt denn Benko auch alle meine Anrufe und Nachrichten?«

»Darum kümmere ich mich später. Es ist möglich, die eingehenden Anrufe und Nachrichten verdeckt auf eine andere Karte umzuleiten, sodass du ein ganz normales Smartphone benutzen kannst. Aber das hat noch Zeit, oder?«

»Natürlich«, bestätigte Sophie und mir kam der traurige Gedanke, dass meine Freunde inklusive Fe und Juan ausrasten würden, wenn sie mich längere Zeit nicht erreichen könnten. Doch bei Sophie schien dies nicht der Fall zu sein. Mit ihrem Vater war sie zerstritten, eine ihrer besten Freundinnen war tot. Es gab nicht mehr viele Leute, die in Sorge verfallen konnten, wenn sie eine Weile nicht erreichbar war.

Wir beobachteten aufmerksam, wie Sash den Couchtisch ein Stück zurückzog und dann den Laptop darauf abstellte. Nicht zufrieden mit der Höhe, auf der dieser nun stand, fingerte er ein paar leere Pizzakartons aus einer Nische neben dem Mülleimer und stapelte sie zu einem kleinen Turm übereinander. Jetzt konnten wir alle bequem auf dem Sofa sitzend den Bildschirm beobachten.

»Du willst dir die Daten ansehen!«, schlussfolgerte Sophie und Sash nickte. »Wenn es dir nichts ausmacht, ja. Ich würde wirklich gerne wissen, was es mit der ganzen Sache auf sich hat.«

»Ich auch!«, pflichtete ich Sash bei und auch Sophie nickte.

»Gut.« Sash klang zufrieden und machte sich erneut an dem abgegriffenen Rechner zu schaffen. »Dann geht es gleich los!«

SOPHIE

»Hat noch jemand Lust auf Popcorn?« Liz knuffte mich in die Seite und grinste mich an. Ich wusste genau, dass sie versuchte, mir ein wenig von der riesigen Anspannung zu nehmen, die ich nun verspürte, doch das war nahezu unmöglich. Gleich würde ich zu sehen bekommen, was ein fremder Mensch in meinen Kopf, meine Träume eingespeist hatte. Alleine der Gedanke daran, dass so etwas überhaupt möglich war, erschien mir in diesem Augenblick vollkommen absurd. Das war mein Kopf, das waren meine Träume! Die Gedanken sind frei und so weiter.

»So, jetzt können wir schon einmal die Slots erkennen!«, sagte Sash und drehte den Bildschirm, damit Liz und ich alles gut erkennen konnten. Auf dem Display war eine ganz gewöhnliche Ordnerstruktur zu erkennen. Der eine Ordner war beschriftet mit »Food«, der Zweite mit »Non Food« und der dritte Ordner trug die Aufschrift »Fashion«.

»Das sind die übergeordneten Kategorien«, erklärte Sash überflüssigerweise und erntete von Liz dafür ein kurzes »Sag bloß, Sherlock!«, das er unkommentiert ließ.

»Was meint ihr, in welchen Ordner sollen wir zuerst schauen?«

»Fashion sicher nicht«, murmelte ich. »Da passt es ja überhaupt nicht rein. Ich habe ein paar Mal von dem

Mord in Verbindung mit Waschmittel geträumt. Versuch es also mal bei »Non Food« und schau dann nach Waschmittel.«

»In Ordnung.« Sash klickte den Ordner an und sofort tat sich eine ganze Reihe weiterer Ordner auf. Ich entdeckte Unterkategorien wie »Kosmetik und Pflegeprodukte«, »Fitness und Gesundheit«, »Urlaub und Hobby«, »Haus und Garten« oder auch »Motorrad und Auto«.

Liz schnaubte. »Ach du Scheiße, das ist ja bodenlos!«

»Wir finden es schon«, beschwichtigte Sash. »Wenn wir nach Waschmittel suchen, fangen wir einfach in »Haus und Garten« an.«

Der Gedanke war zwar naheliegend, aber obwohl wir jeden der sich nun auftuenden einzelnen Unterordner anklickten und meine Verwunderung über die Produkte, die ich nach Meinung der Firma NeuroLink kaufen sollte, ins Unendliche wuchs (Fußmatten, Universalreiniger, Gartenschuhe, Schlauchsysteme, Wäschespinnen, verschiedenste Waschmittel, höhenverstellbare Muffinförmchen und ein ferngesteuerter Staubsauger, um nur ein paar Dinge zu nennen), fanden wir nicht das, wonach wir suchten.

»Kannst du nicht einfach nach Verwendungszeit filtern oder so?«, schlug Liz vor, doch Sash lachte nur freudlos. »Liz, das sind die Daten der vergangenen drei Tage. Die Slots waren alle aktiv.«

Ich stöhnte auf. Das durfte doch nicht wahr sein! Bei dem Gedanken, dass all diese Daten durch mein Unterbewusstsein gerauscht waren, wurde mir ganz schwindelig.

Sash klickte wahllos einen der Ordner an und deutete auf die Dateibezeichnung, die aus dem Produktnamen und einem Wirrwarr aus Zahlen bestand. »Diese Zahlen beinhalten bestimmt die genaueren Spezifikationen des Slots. Wann und in welchem Abstand der Werbeimpuls gesendet wird, in Zusammenhang mit welchen anderen Produkten, in welcher Länge usw. Doch um das zu entschlüsseln, würde ich Wochen brauchen, und so viel Zeit haben wir nicht.«

Ich biss mir auf die Lippe. In meinem Kopf schob sich ein Gedanke an die Oberfläche, der schon eine ganze Weile in meinem Hinterkopf rumort hatte. Ich erinnerte mich an die Worte, die Sebastian Zweig in meinen Träumen immer wieder verwendet hatte. »Sie wusste nicht, wie man sich benimmt.«

Benehmen.

Mir kam eine Idee.

»Geh wieder zurück zu den Unterkategorien«, forderte ich Sash auf.

Meine Augen glitten über die verschiedenen Dateiordner und ich musste nicht lange suchen.

»Kinder, Spiel- und Lernmittel«, murmelte ich und Sash klickte den Ordner an.

»Da passt es ja nun wirklich nicht hin!«, kommentierte Liz schroff, doch ich wusste, dass ich auf der richtigen Spur war. Meine Schwester kannte meine Träume nicht, sie hatte keinen von ihnen selbst erlebt.

Ich suchte weit über dreißig Ordner ab, bis ich einen weiteren fand, an dem mein Blick haften blieb. »Erziehung«, flüsterte ich, und Sash klickte erneut.

Da. Zwischen »Schlafsack, anti-strampel« und »Tierkinderatlas, Chinesisch« war ein Ordner mit nur einem Wort zu finden: »Sophie«.

»Shit«, murmelte Liz, und ich fühlte, wie sich ihre Finger in meine schoben.

»Woher wusstest du das?«, fragte Sash verwundert.

»Ich hatte es im Gefühl«, war das Einzige, was ich antworten konnte.

Ich sah ihn an und musste über das Leuchten, das auf seinem Gesicht lag, lächeln. Natürlich war das hier für ihn ein großes Abenteuer. Und ganz klar hatte er gerade so viel Spaß, wie schon lange nicht mehr. Für Sash war es ein bisschen so, wie einen Schatz gefunden zu haben.

Ich hingegen fühlte mich, als müsste ich eine Tür öffnen, die ins Dunkel führte, und genau in dieses Dunkel hinabsteigen. Eigentlich wollte ich das nicht tun. Doch es half nichts. Wenigstens war ich nicht alleine.

»Bist du bereit?«

Ich nickte knapp, denn eigentlich wollte ich lieber den Kopf schütteln.

»Bevor du fragst: Ich bin auch bereit!«, bemerkte Liz keck, und ich kannte sie mittlerweile gut genug, um zu wissen, dass sie genauso nervös war wie ich und nur versuchte, diese Tatsache irgendwie vor Sash zu verstecken. Ihre vorlaute Art war der Schutzschild, den sie sich im Laufe der Jahre zugelegt hatte, um nicht verletzt zu werden. Ich wünschte, ebenfalls auf eine ähnliche Strategie zurückgreifen zu können doch meine Seele hatte es leider versäumt, sich Verteidigungsmechanismen oder auch nur eine Hornhaut aufzubauen.

»Okay, dann los!«, murmelte Sash und klickte den Ordner an. Sofort öffnete sich eine Videodatei und diese gab den Blick auf einen mir nur allzu vertrauten Flur frei.

»Genau das ist es«, flüsterte ich.

Die Aufnahme war von schräg oben gemacht worden und es vergingen nur ein paar Sekunden, bis sich die schlanken

Beine meiner Mutter ins Bild schoben. Unserer Mutter. Sie war genauso schön wie in meinen Träumen.

»Helen«, flüsterten Liz und Sash beinahe gleichzeitig und ich nickte nur stumm, weil mir jedes Wort im Hals stecken geblieben war. Die Aufnahme war echt, kein Zweifel möglich. Ich schlief nicht, sondern saß hellwach auf einer Versandhauscouch, während mir meine Schwester beinahe die Hand zerquetschte. Realer ging es nicht mehr. Und ich wusste bereits viel besser als die beiden anderen, was wir in Kürze zu sehen bekämen.

Allerdings stand nun noch eine weitere Sache vollkommen außer Frage: Das Video zeigte tatsächlich Bilder einer Überwachungskamera. Helen war immer abwechselnd von vorne, im Profil oder von hinten zu sehen. Die Bilder der Kameras reihten sich nahtlos aneinander zu einer Filmsequenz. Nur wenn Helen eine Tür durchquerte, war sie eine Zeit lang nicht zu sehen.

Am oberen Bildschirm war der Rand des Videos verwaschen. Ganz offensichtlich hatte jemand dort etwas ausgegraut, bevor die Datei in meinen Slot hochgeladen worden war.

Ich hob die Hand und deutete auf die besagte Stelle. »Was stand hier wohl? Datum und Uhrzeit?«

»Darauf kannst du wetten!«, murmelte Sash, die Augen fest auf unsere Mutter gerichtet. Liz sagte kein Wort, doch ihre Anspannung war so deutlich spürbar, dass ich beinahe den Eindruck bekam, mein Zwilling flimmerte.

Schweigend folgten wir Helen immer tiefer in das Gebäude hinein. Schließlich erreichte sie die Tür, die nur mit Chipkarte passiert werden konnte. Das Logo der NeuroLink AG war deutlich erkennbar über den Kartenschlitz geprägt.

»Gleich ist sie da«, flüsterte ich.

Helen Zweig erreichte das Labor und stellte erst den Kuchen, dann die Musik ab. Ganz so, wie ich es bei meiner Ohnmacht im Weinkeller gesehen hatte. Dann begann sie, nach Sebastian zu rufen.

Nur allzu gerne hätte ich mich in diesem Moment einfach hinter Liz verkrochen, mir die Hände vor die Augen gehalten, mich weggeträumt. Doch ich zwang mich mit aller Macht, hinzusehen. Dieses Video könnte der Schlüssel sein, daher durfte ich meinen Blick nicht abwenden.

Helen hatte die Kaffeetasse entdeckt und blickte sich ratlos um, nahm dann ihr Telefon in die Hand und las Sebastians Nachricht: »*Hel, komm bitte sofort ins Labor. Ich glaube, das ist der Durchbruch. xxx, S.*«

»Drei Küsse«, murmelte Sash und seine Worte trieben mir Tränen in die Augen. Was ich dort auf dem Bildschirm gerade sah, war der Beweis für die Liebe meiner Eltern. Helen war mit einem Kuchen und in einem Abendkleid zu ihrem Mann ins Labor gegangen. Sie hatte sich für ihn herausgeputzt und ihm etwas mitgebracht, er hatte ihr zuvor noch digitale Küsse geschickt – drei an der Zahl. Kleine, unübersehbare Zeichen der Liebe zweier Menschen.

Die Spannung in meinem Herzen war so groß, dass ich glaubte, es nicht mehr auszuhalten. Ich wusste genau, was ich gleich sehen würde, und doch hatte ich gleichzeitig nicht den blassesten Schimmer.

Als der dunkle Schatten hinter unserer Mutter auftauchte, begann Liz zu wimmern und auch ich konnte meine Tränen nun nicht mehr zurückhalten.

Im nächsten Augenblick lag Helen in einer riesigen Blutlache auf dem Boden und Sebastian kniete weinend über ihr. Dann stoppte das Video.

Sash rieb sich mit der flachen Hand durchs Gesicht und sagte: »Puh. Das war heftig!«

»Du hattest die ganze Zeit recht!«, japste Liz indes und krallte sich an meinem Pullover fest.

»Er hat sie getötet! Er ist ein Mörder!«

Dann wurde sie von heftigem Schluchzen geschüttelt.

Ich nahm meine Schwester in den Arm und rieb ihr sanft die Schulter. Tatsächlich hatte das Video mir eine ganz entscheidende Wahrheit geschenkt. Und diese Erkenntnis ließ mich mit einem Schlag ganz ruhig werden, beinahe glücklich.

»Nein, das hat er nicht!«, erwiderte ich ruhig.

Liz sah mich an, als hätte ich jetzt endgültig den Verstand verloren, doch ich erklärte es ihr.

»Wir haben gesehen, wie unsere Mutter durch das komplette Gebäude gegangen ist, haben sie ins Labor kommen und jemand von hinten an sie herantreten sehen. Und wir haben unseren Vater gesehen, wie er weinend über ihr kniete. Was wir nicht gesehen haben, ist der Mord.«

»Richtig«, bestätigte Sash und seine Stimme klang hart und aufgeregt zugleich. »Den hat nämlich jemand rausgeschnitten.«

LIZ

Bilder können wie Messer sein, die Botschaften in deine Seele ritzen. Botschaften, die bis in deinen persönlichen Quellcode eindringen und dort für immer und ewig haften bleiben. Während ich unsere Mutter sterben sah, ging mir unwiderruflich etwas verloren, und das war der Glaube an meine eigene Unverwundbarkeit. Ich wusste nun, dass der Director's Cut von Torture House zwar hochauflösender und ekliger war als das Video, das ich gerade gesehen hatte, aber im Gegensatz dazu eben nicht real. Und das war ein massiver Unterschied.

Der Tod meiner Mutter war real. Sie hatte gelebt, geliebt, uns zur Welt gebracht und war ermordet worden. Lange bevor sie hätte sterben sollen. Sehr lange. Ich, in meinem Wolkenschloss aus Klatsch, Tratsch und teuren Klamotten, hatte noch niemals den Tod gesehen. Das hatte sich nun geändert.

Wir saßen zu dritt auf dem Sofa und jeder von uns umklammerte einen anders bedruckten Becher mit lauwarmem Kaffee. Es war spät geworden und doch konnte ich mir nicht vorstellen, in die Wärme, Sicherheit und Ordnung der Grunewalder Gated Community zurückzukehren. Ich musste erst alles, was ich gesehen hatte, für mich selbst einordnen. Das alleine forderte schon genug Kraft, sodass ich nicht wusste, wie ich an diesem Abend auch noch lachen und lügen sollte.

»Ist es in Ordnung, wenn wir heute Nacht hierbleiben?«, fragte ich Sash daher, und falls dieser von meiner Frage überrascht war, ließ er es sich nicht anmerken.

»Ihr könnt hier jederzeit bleiben so lange ihr wollt!«, antwortete er. »Das Sofa lässt sich ausklappen und irgendwo da hinten habe ich auch noch ein Gästezimmer!« Seine Hand deutete in Richtung einer Tür, die vom Wohnzimmer abging. *Irgendwo da hinten?* Bisher hatte ich gedacht, ich hätte eine große Wohnung.

Ich versicherte mich mit einem Blick bei Sophie, ob sie meinen Plan unterstützte, und erntete ein Nicken.

Also schrieb ich Carl eine Nachricht. Ich log und bat ihn, mich zu decken. Meine Abwesenheit entschuldigte ich mit einem neuen »Mann in meinem Leben«, was bei Sash einen stark belustigten Gesichtsausdruck hervorrief, den ich zu ignorieren versuchte. Schließlich vertröstete ich meinen besten Freund mit seinem vehementen Verlangen nach mehr Details auf unbestimmte Zeit. Dann gab ich Fe Bescheid, dass wir die Nacht bei Carl verbringen würden, und lastete meinem Gewissen eine weitere Lüge auf. Ich hatte schon aufgehört, zu zählen.

Nachdem ich das Gespräch erfolgreich hinter mich gebracht hatte, wandte ich mich wieder an Sash. »Tut mir leid, dass du wegen uns so viel Stress hast!«

»Ach was!« Er machte eine wegwerfende Handbewegung. »So habe ich endlich nach langer Zeit mal wieder das Gefühl, etwas Sinnvolles tun zu können. Ich lass euch doch nicht hängen, jetzt, wo wir der Sache näherkommen! Fast fühle ich mich wie ein richtiger Detektiv – auf der Jagd nach dem wahren Mörder!«

Er grinste, doch was Sash gerade so unbedarft ausgesprochen hatte, war die reine Wahrheit. Wenn wir davon ausgingen, dass Sebastian Zweig als Mörder unserer Mutter nicht infrage kam, dann ... Mir wurde kalt.

»Glaubst du, derjenige, der Sophies Träume manipuliert hat, könnte der wahre Mörder unserer Mutter sein?«, fragte ich Sash.

»Dieser Gedanke ist mir auch schon gekommen«, bestätigt dieser und begann, nervös mit seinen Beinen zu wippen. Klassische Übersprungshandlung.

»Das wäre jedenfalls die nächstliegende Erklärung. Zumindest glaube ich, dass der Mörder hier ganz gewaltig seine Finger im Spiel hatte.«

Bei diesen Worten schnellte Sophie vom Sofa hoch, hastete durch den Flur und knallte die Badezimmertür hinter sich zu. Kurz darauf hörten wir eindeutige Geräusche.

Sash war sichtlich verunsichert. »Hab ich was Falsches gesagt?«

Ich erhob mich vom Sofa. »Mach dir darüber keine Gedanken. Ich seh mal nach ihr.«

Mein Zwilling kniete über der Toilettenschüssel und erbrach sich. Ganz so, wie es sich für eine Schwester gehörte, hockte ich mich auf den Rand der Badewanne und hielt ihr zärtlich die Haare aus dem Gesicht. Ich hatte das bei Ashley schon viele Male gemacht, doch leider war das hier keine Hausparty bei irgendeinem Kerl aus der Oberstufe.

Der Anblick, den Sophie bot, war steinerweichend. In diesem Moment wünschte ich tatsächlich, ihr wenigstens einen Teil der Last abnehmen zu können, die sie tragen musste.

Nachdem sich meine Schwester ein paar weitere Male zusammengekrampft hatte, ließ sie sich kraftlos auf den Badezimmerboden gleiten. Ich wartete schweigend ab.

»Liz«, sagte sie schließlich leise, »ich glaube, ich habe einen Riesenfehler gemacht.«

Ich war verwirrt. »Wie hast du das denn geschafft?«

Sophie wischte sich mit einem Stück Toilettenpapier den Mund ab. Ihr Gesicht war so weiß wie die Badezimmerfliesen, an denen sie lehnte. Einzig ihre nach all den Strapazen stumpf erscheinenden, dunkelblonden Haare gaben ihrem Gesicht einen gewissen Rahmen.

»Ich habe ihm gesagt, dass wir einen Hacker beauftragt haben!«

Mir war nicht klar, von wem sie sprach. »Wem hast du das gesagt?«

Sophies Augen weiteten sich. »Dem Mörder«, flüsterte sie.

Wunderbar, dachte ich. Jetzt verliert meine Schwester auch noch den Verstand! Ich widerstand der Versuchung, Sophie an die Stirn zu fassen, um herauszufinden, ob sie fieberte.

»Wie?«, fragte ich stattdessen.

»In meinem letzten Traum habe ich ihm gesagt, dass er mir bald nichts mehr anhaben könnte. Er hat nur gelacht und gesagt, dass ich ihn niemals loswerden würde. Da habe ich ihm das mit dem Hacker erzählt.«

Ich stutzte. »Ihr habt euch unterhalten?«

Sophie begann zu zittern. »Ich dachte doch, dass ich mich mit Sebastian Zweig unterhalte. Ich dachte, das passiert alles nur in meinem Unterbewusstsein. Schließlich ist unser Vater doch tot!«

Langsam dämmerte mir, was Sophie solche Angst machte. Hatte nicht Brother Zero etwas von einem *offenen Port* gesagt? Von einem direkten Zugang zu Sophies Kopf? Nun wurde auch mir übel.

»Und was ist dann passiert?«, fragte ich.

»Er ist unglaublich wütend geworden. Das ganze Gebäude hat in meinem Traum gewackelt und ist schließlich eingestürzt.«. Meine Schwester sah mich an und sagte: »Er meinte, dass ich dafür büßen würde.«

Ein schrecklicher Gedanke kam mir und ich rappelte mich auf. In Windeseile war auch Sophie auf den Beinen. Ich konnte ihr ansehen, dass sie beinahe das Gleiche dachte, wie ich.

»Zero«, sagten wir gleichzeitig.

Ich riss die Badezimmertür auf und stürmte ins Wohnzimmer, Sophie dicht auf den Fersen.

»Eine schlechte Nachricht!«, sagte sie. »Ist es möglich, dass derjenige, der meine Träume manipuliert hat, herausfindet, wo Zero ist?«

Stirnrunzelnd antwortete Sash: »Theoretisch ja. Wieso fragst du?«

Sophie war ein einziges wandelndes Schuldgefühl.

»Weil ich ihm vermutlich verraten habe, dass ich einen Hacker darauf angesetzt habe, ihn ein für alle Mal aus meinen Träumen zu entfernen.«

»Du hast mit ihm gesprochen?«, fragte Sash sichtlich alarmiert. Sophie nickte.

»Kann das sein?«, fragte ich sicherheitshalber.

Sash nickte langsam. »Dazu muss man zwar ein Genie sein, aber davon gehe ich ohnehin schon aus. Ein offener Port ist eine direkte Leitung in deinen Kopf. Es ist möglich, dass derjenige, der den Port programmiert hat, mit Sophie gesprochen hat, während sie sich im Halbschlaf befand.«

»So, wie wenn ich ihr sage, dass sie schnarcht, sie protestiert und sich am nächsten Morgen trotzdem nicht daran erinnert?«, fragte ich, und erntete dafür von meiner Schwester einen kräftigen Knuff in die Rippen.

»Genau«, bestätigte Sash. Auf seiner Stirn zeichneten sich nun tiefe Sorgenfalten ab. Dass er trotz unserer Enthüllung untätig blieb, begann mich nervös zu machen.

»Und vielleicht hat er es nicht direkt auf Zero abgesehen, aber das muss ihn ja nicht davon abhalten, sich Zero vorzunehmen«, half ich ihm auf die Sprünge. »Wenn er tatsächlich der Mörder ist und Verbindungen zu NeuroLink hat...« Ich machte mir nicht die Mühe, diesen Satz zu beenden. Es war auch gar nicht notwendig, denn Sash hatte endlich begriffen, was wir ihm sagen wollten.

Wie bereits Zero nahm nun auch Sash ein altes Telefon zur Hand und tippte eine Nummer ein.

»Operator, verbinden Sie mich mit Nutzer Nummer 00000001«, sagte er in angespanntem Tonfall.

»Zero, bist du das?«, fragte er wenige Momente später und ich wollte schon erleichtert aufatmen, als sich Sashs Miene zu Stein verwandelte. In einer Geschwindigkeit, die ich ihm niemals zugetraut hätte, beendete er das Gespräch, öffnete das Telefon und entnahm die Chipkarte.

Diese ließ er auf den Boden fallen und trampelte anschließend wie wild darauf herum.

»Was ist los?«, fragte ich besorgt. Sash starrte noch immer auf die Chipkarte, die mittlerweile von seinen Schuhen zu Elektroschrott verarbeitete worden war, und sagte: »Das war nicht Zero.«

»Sondern?« Die Besorgnis, die ich fühlte, drohte in Panik zu kippen.

»Ich weiß es nicht. Aber er sagte: ›Kein Zero unter dieser Nummer.‹ Dann hat er gelacht.«

Sein Gesicht war aschfahl und er erschien mir auf einmal doch viel älter zu sein, als er auf den ersten Blick gewirkt hatte.

»Ich korrigiere mich«, sagte er matt. »Ihr macht mir ganz schön Stress! Es wird ewig dauern, bis ich vom Operator eine neue Karte bekomme. Wenn er das Gefühl hat, dass ich nur Scherereien mache, kann ich es direkt vergessen.« Zerknirscht ließ er sich wieder auf den Stuhl fallen.

»Wer ist denn dieser Operator?«, fragte Sophie neugierig.

»Eigentlich sind es mehrere«, erklärte Sash müde. »Sie stellen unsere Zentrale dar und ermöglichen eine vollkommen sichere Telefonkommunikation zwischen allen Netzaktivisten, sofern sie sich als vertrauenswürdig erwiesen haben. Sie stellen sozusagen ein eigenes Telefonnetz bereit und halten es sauber.«

Sophie war fasziniert. »So was geht?«

Ihr kindliches Erstaunen entlockte Sash ein Lächeln. »Klar, wieso nicht?«

Ich unterbrach die beiden. »Glaubst du«, fragte ich Sash vorsichtig, »dass Zero etwas zugestoßen ist?«

Sash zuckte die Schultern. »Wenn wir Glück haben, dann hat seine grenzenlose Paranoia ihn dazu getrieben, sich aus dem Staub zu machen. Wenn wir aber Pech haben...«

Es war nicht nötig, diesen Satz zu beenden. *Wenn wir Pech haben, hat Zero überhaupt keine Zeit mehr zur Flucht gehabt.*

Unser neuer Freund war erneut aufgesprungen und hatte begonnen, nervös im Zimmer auf und ab zu gehen. Dabei rieb er sich unablässig über den Kopf. Er kam mir vor wie ein Tiger im Käfig.

»Da ist alles ein riesiger Mist. Verfluchte Scheiße.«

»Du weißt doch gar nicht, ob überhaupt etwas Schlimmes passiert ist«, versuchte Sophie ihn zu trösten, doch wir wussten alle, dass es ein schwacher Versuch war. Gefahr lag in der Luft, seitdem Zero sich in Sophies Port eingeloggt hatte.

Einer Eingebung folgend wählte ich spontan eine Nummer, die ich für den Notfall extra eingespeichert hatte.

»Pizza, Pizza, Ihr freundlicher Pizzadienst in Berlin, wir beliefern die gesamte Stadt außer Neukölln. Was kann ich für Sie tun?«, fragte mich eine beinahe vertraute Stimme.

Durch die Ereignisse kühner geworden sagte ich: »Eine Packung Zimtsterne, frei Haus bitte!«

Sashs Kopf schnellte zur mir herüber und mich traf ein ungewohnt harter Blick. Mit einer eindeutigen Handbewegung forderte er mich auf, das Gespräch sofort zu beenden. Offensichtlich hatte ich einen Fehler gemacht.

Ich hörte Stimmen im Hintergrund und ein Schaben direkt an der Muschel eines alten Telefons. Kurz darauf blaffte eine fremde, männliche Stimme: »Was wollen Sie?«

Ich erschrak fürchterlich und Sashs stechender Blick haftete an mir wie Schneckenschleim. Verdammt, dabei hatte ich diesen Anruf eben noch für eine brillante Idee gehalten. »Ich ... ich ...«

Über Sashs Nasenwurzel grub sich eine tiefe Sorgenfalte in die Stirn und auch Sophie wurde nervös. All meinen Mut zusammennehmend antwortete ich mit zuckersüßer Stimme: »Ich würde mich gerne über Ihr Wochenangebot informieren!«

Ich hörte Argwohn in der Stimme des Mannes. »Haben Sie nicht gerade noch etwas von Zimtsternen gesagt?«

Jetzt war der Moment, zu beweisen, dass man in den oberen Gesellschaftskreisen doch ein paar nützliche Dinge lernen konnte. Ein gekünsteltes Lachen verließ meine Kehle. »Zimtsterne?«, fragte ich und legte die gesamte Arroganz, die meine Mutter manchmal auszeichnete, in dieses eine Wort. »Wollen Sie mich etwa für dumm verkaufen? Ich rufe doch keinen Pizzadienst an, um Plätzchen zu kaufen – schon gar nicht im Frühjahr. Ich bitte Sie!«

Es wirkte. Der Tonfall meiner Mutter wirkte eigentlich immer und ich machte mir im Geiste still eine Notiz, nicht immer nur schlecht von ihr zu denken.

»Verzeihen Sie. Da haben wir uns wohl missverstanden«, knurrte der Mann schließlich und gab den Hörer zurück an seine Mitarbeiterin.

Diese seufzte tief und vernehmlich. »Wat wolln se denn nun haben?«, fragte sie mit breitem Berliner Akzent.

Ich lächelte in mich hinein. »Was haben Sie diese Woche denn im Angebot?«

Wie sich herausstellte, war gerade indische Woche bei Pizza, Pizza. Ich bestellte eine Tandoori-Pizza, eine Pizza ›Mumbai Spezial‹ und einen großen Salat mit exotischen Früchten.

Als ich das Gespräch schließlich beendet hatte, legte Sash los. Seine Gesichtsfarbe changierte irgendwo zwischen gekochtem Hummer und Pavianhintern.

»Was hast du dir dabei gedacht, Liz? Was? Da zertrete ich extra meinen schweineteuren Operator-Chip, damit man uns nicht finden kann, und du hast nichts Besseres zu tun, als mit dem Passwort von letzter Woche eine Passierstelle anzurufen!«

Er kniff sich mit Daumen und Zeigefinger in die Nasenwurzel und schloss die Augen. Nachdem er ein paar Mal tief durchgeatmet hatte, fügte er etwas ruhiger hinzu: »Lass das nächste Mal bitte die Finger von Sachen, die du nicht verstehst!«

»Reg dich ab!«, erwiderte ich patziger, als es meine Absicht gewesen war. »Es ist doch gar nichts passiert! Und ich wollte dir nur helfen, verdammt!«

Sash verschränkte die Arme, nickte aber. »Das hast du gerade noch hingebogen! Aber bitte keine Alleingänge mehr. Wir können uns jetzt echt keine Fehler erlauben. Jeder Patzer kann gefährlich werden, versteht ihr das?«

Sophie nickte betreten, doch ich musste Sash noch eine Weile missmutig anfunkeln. Wenn ich eines auf den Tod nicht leiden konnte, dann war es, zurechtgewiesen zu werden. Besonders schlimm war es allerdings in Fällen wie diesem, wenn mein Gegenüber leider auch noch vollkommen recht hatte.

»Okay, versprochen, tut mir leid«, sagte ich irgendwann zerknirscht. »Immerhin habe ich mich ums Essen gekümmert. Mein Magen baumelt mir mittlerweile zwischen den Kniekehlen.« Sash erhob sich seufzend von der Couch. »Ich hol dann mal Teller.«

Die Männer waren zu ihm gekommen und hatten den Eindringling mitgebracht. Zitternd und in einem jämmerlichen Zustand hatten sie ihn vor seinen Füßen abgeladen.

Eines der runden Brillengläser des kleinen Russen hatte einen Sprung abbekommen – seine Männer schienen deutlich geworden zu sein. Er, der es gewagt hatte, ihn herauszufordern, der sich für den besten von ihnen hielt, lag nun vor ihm auf dem Betonboden und wimmerte leise. Doch löste dieser Anblick in seinem Herzen keinerlei Reaktion aus. Keine Genugtuung, keine Häme, keine Zufriedenheit. Solche Regungen waren ihm generell fremd; der Sandmann war nicht aus Vergnügen grausam, sondern aus Notwendigkeit.

Er hatte versucht, seinen unfreiwilligen Besucher einzuschätzen. Ein besonders seltsames Exemplar der Gattung Mensch hatten sie ihm da gebracht: nicht ganz bei Trost und trotzdem ganz eindeutig hochintelligent. Stammelte aber die ganze Zeit etwas von seinem »armen Liebling«, der offensichtlich von seinen Leuten zurückgelassen worden war. Vermutlich handelte es sich hierbei um ein Haustier.

Die Erscheinung des Eindringlings erinnerte an einen Grottenolm und sein Kleidungsstil sagte dem Sandmann überhaupt nicht zu. Er schätzte es nicht, wenn sich Menschen durch Kleidung versuchten abzugrenzen – vor allem bei intelligenten

Menschen kam ihm ein solches Ausstaffieren ungeheuer lächerlich vor. Der ganze Tand lenkte doch die gesamte Aufmerksamkeit des Gegenübers auf Äußerlichkeiten.

Im Gegensatz zu ihrer Schwester schien Sophie genau das ebenfalls begriffen zu haben, denn sie war ein Teenager, der sich nicht schmückte und anmalte wie eine Bordsteinschwalbe. Daher war es auch so schwierig gewesen, in ihre Träume vorzudringen – sie war wesentlich resistenter gegen Werbung als andere in ihrem Alter. Doch er hatte es geschafft.
Sophie.
Sie war der Grund dafür, dass er seit langer Zeit wieder einmal einen Fremden bei sich hatte. Der Eindringling hatte nicht versucht, zu leugnen, sich in ihren Port eingeloggt zu haben, doch er verriet nicht alles. Hatte gesagt, der Chip sei zu meisterhaft konstruiert, als dass er ihn hätte entfernen können, doch der Sandmann glaubte ihm kein Wort. Wer es schaffte, sich einzuloggen und dafür zu sorgen, dass der Port von seinem Radar verschwand, der schaffte es auch, diesen widerrechtlich zu entfernen.
Dennoch war vor knapp einer Stunde die Port-ID von Sophie wieder aufgetaucht, als wäre nichts gewesen. Hatte sich brav eingereiht in das sanfte Ballett aus Zahlen und Buchstaben, das Tag und Nacht über seine Bildschirme tanzte.
Zwar war das Signal so normal und stabil wie zuvor, doch der Sandmann würde die Nacht abwarten müssen, um herauszufinden, ob tatsächlich alles unverändert war. Mittlerweile hielt er nichts mehr für unmöglich und verfluchte sich selbst dafür, sich so lange unanfechtbar, unkopierbar gefühlt zu haben.
Jeder Mensch war ersetzbar – er würde kein zweites Mal den Fehler machen, unvorbereitet zu sein.

Sollte er keine Möglichkeit mehr haben, mit Sophie zu kommunizieren, in ihre Träume einzudringen, so würde es Wege geben, den Eindringling für seine Tat und seine Lügen zu bestrafen. Der Grottenolm würde das Tageslicht nicht wiedersehen.

Doch zuvor hatte der Sandmann noch ein paar Fragen – er wollte Namen, Bilder, Zusammenhänge.

Und er würde seine Antworten bekommen. Er bekam sie immer.

Wenn ihn jedoch jemand fragte, warum er sich ausgerechnet für dieses Mädchen so sehr interessierte, so antwortete er spröde und abweisend, dass es sich um die Privatangelegenheit eines einflussreichen Kunden handelte, mehr nicht.

In Wahrheit aber war es seine eigene Privatangelegenheit. Es war Jahre her, dass er einem Menschen so nahegekommen war wie Sophie in den vergangenen Tagen. Dabei war es gerade für ihn gefährlich, sich ihr zu nähern. Und er hatte sich gehen lassen, hatte die Beherrschung verloren, und das sogar einige Male. Weil sie einfach nicht begriffen hatte! Weil sie sich widersetzt und ihn zu sehr an jemand anderen erinnert hatte.

Er redete sich ein, sie nur kontrollieren zu wollen, nur sicher sein zu wollen, dass sie ihm nicht auf die Pelle rückte – gemeinsam mit ihrer grellbunten Schwester.

Doch manchmal, nachts, wenn er einsam und ehrlich zu sich selbst war, verstand er, dass er sich nur selbst belog.

Die Wahrheit war, dass Sophie die einzige Verbindung zu seinem dunkelsten Geheimnis und den tiefsten Sümpfen seiner Seele war. Zu einem Ort in seinem Herzen, den er nie wieder betreten wollte. Aber gleichzeitig verband sie ihn auch mit dem hellsten und schönsten Wesen, das jemals seinen Weg gekreuzt hatte.

Zu dem einzigen Mal in seinem Leben, in dem er Liebe empfunden hatte.

Sie war seine Verbindung zu Helen.

Seltsam, dass sich heute, am Jahrestag ihres Todes, alles zuspitzte. Eigentlich sollte der Sandmann gerade jetzt sein Versteck nicht verlassen – doch er konnte nicht anders. Wie jedes Jahr würde er an den Ort fahren, der Helen den Tod gebracht hatte.

Er nahm das Telefon zur Hand und ordnete einem seiner Männer an, ihn dorthin zu fahren.

SOPHIE

Indisches Essen mit italienischer Pizza zu kreuzen, war nicht weniger als ein Akt grober Gewalt. Wobei man fairerweise sagen musste, dass es fast nicht möglich war, die Pizza, die uns ein pickeliger Botenjunge gebracht hatte, noch weiter zu verkorksen. Während ich auf dem zähen Teig herumkaute, kamen mir schmerzliche Erinnerungen an unseren letzten Besuch in Italien vor eineinhalb Jahren und die herrliche Pizza von Marcos Bruder Paolo.

Aber ich hatte wahnsinnigen Hunger und das Kauen beruhigte mich irgendwie. Sash hatte Bier aus dem Kühlschrank geholt und wir saßen zu dritt auf dem Wohnzimmerboden und aßen.

»Was sollen wir jetzt machen?«, fragte Liz, die mit spitzen Fingern eine Kardamomkapsel aus ihrem Salat klaubte.

Sash schien sich an dem Essen weniger zu stören als Liz und ich, denn er hatte seine Pizza bereits komplett verputzt und auf seinem Gesicht lag ein durchaus zufriedener Ausdruck.

»Wir sollten alle Einzelheiten noch einmal genau durchgehen, wie es ein Detektiv auch tun würde. Was wir wissen, was wir haben und was wir nicht wissen.«

»Wir wissen, dass jemand in Sophies Träumen rumgespukt hat und sie einen Port getragen hat, der gelinde ausgedrückt nicht der Katalogbeschreibung entspricht«, sagte Liz und Sash nickte.

»Wir wissen, dass unsere Mutter im Labor unseres Vaters ermordet wurde und dass er es nicht war, obwohl er dafür im Gefängnis saß«, ergänzte ich kauend.

Sash korrigierte mich. »Nicht ganz. Wir vermuten nur, dass euer Vater nicht der Mörder ist. Schließlich hatte er die Gelegenheit und den eigentlichen Mord haben wir gar nicht gesehen.«

»Aber wir glauben nicht, dass er es war!«, warf Liz ein.

Sash nahm einen Schluck Bier. »Richtig, aber glauben ist eben etwas anderes als wissen.« Und nach einer kurzen Pause fügte er hinzu: »Was mir die ganze Zeit nicht aus dem Kopf will, ist: Warum hat er sich gestellt, wenn er es nicht war? Warum hat er euch alleine gelassen und ist ins Gefängnis gegangen? Das ergibt doch gar keinen Sinn!«

Dieses ganze Kuddelmuddel frustrierte mich. Das Rätsel, das sich vor uns ausbreitete, kam mir beinahe unlösbar vor. Ich seufzte. »Ja, das ist die große Frage.«

»Schauen wir uns doch lieber an, was wir haben«, schlug Liz vor, die meine Stimmung wie immer gespürt zu haben schien.

»Wir haben erreicht, dass Sophie keine Träume mehr hat. Wir haben das originale Video der Überwachungskamera und…«

»Wir haben vielleicht einen völlig unschuldigen Menschen in große Gefahr gebracht!«, ergänzte ich.

Liz ignorierte mich und griff in ihre Hosentasche. Sie zog die kleine Sanduhr und die Chipkarte unseres Vaters hervor. »Und wir haben das hier!«, sagte sie bestimmt.

»Was ist das?« Sash hatte sich interessiert vorgebeugt

und inspizierte nun die beiden Gegenstände, die vor ihm auf dem Boden lagen.

»Die Sachen hat uns der Notar übergeben«, antwortete ich. »Sie gehörten Sebastian. Auf der Sanduhr steht eine seltsame Internetadresse drauf, aber sie führt nirgendwo hin.«

Neugierig beäugte Sash nun die Sanduhr und ließ auf Liz Geheiß hin den Sand von einer Kammer in die andere rieseln, sodass der Blick auf die merkwürdige Adresse frei wurde.

Er gab einen verwunderten Laut von sich. »Das ist eine Darknet-Adresse!«, stellte er fest.

Er angelte sich umständlich den Laptop, der auf dem Couchtisch stand, und gab die Adresse in sein Browserfeld ein. Sofort öffnete sich eine Internetseite, die einen aufforderte, das Passwort einzugeben.

»Hey, wieso klappt das bei dir und bei uns nicht?«, beschwerte sich meine Schwester und Sash lächelte nachsichtig. Ich kam nicht umhin, festzustellen, dass er dabei besonders gut aussah. Und dass er Liz für meinen Geschmack deutlich zu oft anlächelte.

»Für diese Adressen braucht man einen besonderen Browser. Mit den Standardprogrammen kommt man da nicht weit.«

»Wieso nicht?«, fragte ich. Von einem *Darknet* hatte ich vorher noch nie gehört.

»Das Darknet ist sozusagen der Schwarzmarkt des Internets. Hier gibt es alles: Drogen, Waffen, Seitensprünge und Auftragsmorde. Aber auch die virtuellen Treffen der Aktivisten finden hier statt – einfach alles, was vom Staat oder dem Ehepartner unbemerkt über die Bühne gehen soll.«

Er öffnete ein neues Fenster und gab eine andere Adresse ein. Blitzschnell baute sich ein Onlinehandel mit dem klangvollen Namen »Schneeweißchen« auf, bei dem man ganz offensichtlich Drogen ersteigern konnte. Es gab sogar ein sternebasiertes Bewertungssystem, mit dem Konsumenten ihre Erfahrungen schildern und die Drogen bewerten konnten. Die Seite hatte darüber hinaus auch noch eine »Wenn Ihnen dies gefällt, könnte Ihnen auch das gefallen«-Funktion. Vollkommen verrückt.

»Krass«, murmelte Liz und ich konnte ihr nur zustimmen. So was hatte ich wirklich noch nie gesehen. Wie konnte das denn sein?

Zufrieden mit der Reaktion, die er hervorgerufen hatte, erzählte Sash: »Früher war es noch für alle Leute frei zugänglich, die die richtigen Adressen kannten, aber das wurde viel zu gefährlich. Kaum plauderte jemand bei der Polizei, schon gab es Probleme. Also wurde Cerberus entwickelt, das Browsersystem, das ich hier benutze. Ohne Cerberus kommt man nicht ins Darknet.«

Liz schnaubte. »Cerberus, Darknet, Operator ... Ihr seid ein ganz schön schräger Verein, was?«

»Wenn du meinst«, antwortete Sash schulterzuckend. Dann deutete er auf den Bildschirm. »Hier komme ich nicht weiter. Die Seite ist zusätzlich passwortgeschützt.«

Ich nahm die Sanduhr zur Hand und betrachtete sie eingehender.

»Was ist denn hiermit?«, fragte ich und zeigte auf die Gravuren an Fuß und Kopf der Sanduhr. »Mr. Sandman bring me a dream. Könnte das nicht ein Hinweis sein?«

»Möglich«, sagte Sash. »Aber die Passwörter im Darknet sind meistens auf dritter oder vierter Ebene verschlüsselt.

Also zum Beispiel Song-Album-Plattenfirma auf den ersten drei Ebenen. Dann kann das Passwort der Nachname des Chefs der Plattenfirma zum Zeitpunkt der Aufnahme sein. Aber genauso gut der Mädchenname der Interpretin oder der Name ihres Hundes. Und nach dem dritten Versuch ist endgültig Schluss.«

»Ich liebe Rätsel«, erwiderte ich. »Können wir es nicht wenigstens einmal versuchen?«

Sash schüttelte den Kopf. »Ich hab heute schon meine Verbindung zum Operator verloren und bin fürs Erste bedient. Da versuche ich lieber, das Passwort zu umgehen und auf andere Art auf die Seite zu kommen. Wenn das nicht klappt, können wir es immer noch versuchen.«

Ich fügte mich grummelnd.

»Mich interessiert das hier gerade ohnehin viel mehr«, fuhr Sash fort und griff nach der Karte. »Ist das die originale Zugangskarte von NeuroLink?«

»Na, wonach sieht es denn sonst aus?«, entgegnete Liz mit vollem Mund. Aus unerfindlichen Gründen brachte diese Bemerkung Sash zum Lachen und ich wurde schon wieder eifersüchtig. Wie sollte ich mich denn bemerkbar machen, wenn Liz die ganze Zeit so dermaßen Liz war?!

»Die Karte ist doch bestimmt eh wertlos!«, sagte diese gerade.

»Vielleicht ist sie das, vielleicht auch nicht!«, erwiderte Sash und erntete von Liz und mir jeweils einen fragenden Blick.

»Kurz nach dem Tod eurer Mutter ist NeuroLink aus dem Gebäude ausgezogen. Soviel ich weiß, haben sie es aber nicht verkauft, und es steht bis heute leer!«

Sashs Worte brachten Liz' Augen zum Funkeln. »Du

meinst also, mit der Karte könnte man vielleicht das alte NeuroLink-Gebäude betreten?«

Sashs Augen glitzerten nun ebenfalls. Zwischen ihm und meiner Schwester bestand in diesem Augenblick eine eindeutige Verbindung und ich ahnte schon, was jetzt kommen würde. Ein Gedanke, der mir ganz und gar nicht behagte.

»Es gibt nur einen Weg, das herauszufinden.« Sashs Tonfall verriet Aufregung und Anspannung gleichzeitig.

Wie nicht anders zu erwarten, war Liz Feuer und Flamme. »Dann machen wir jetzt also einen kleinen Ausflug!«, sagte sie aufgekratzt.

»Wenn ihr wollt!«, gab Sash lachend zurück.

Ich hatte es geahnt. Und nein, ich wollte nicht. Ich wollte ganz und gar nicht.

Aber was ich noch weniger wollte, war, schon wieder wie das ängstliche Mäuschen zu wirken, auf das man permanent Rücksicht nehmen musste. Das verletzliche, arme Ding.

»Na klar!«, sagte ich daher fröhlich. »Immerhin ist es Samstagabend und wir sind in Berlin. Wir sollten einen draufmachen!«

LIZ

Wir fuhren mit S- und U-Bahn durch die halbe Stadt bis rauf in den Wedding. Während der Fahrt teilten wir uns die Waggons mit vielen Menschen, die auf dem Weg ins Berliner Nachtleben waren. Wie anders doch ihr Vorhaben im Vergleich zu unsrem war, dachte ich mehr als nur einmal. Sie würden trinken, tanzen und sich über nichts weiter Gedanken machen.

Die Waggons waren angefüllt mit aufgeregtem Geschnatter und dem Geruch des berühmten »Wegbieres« – so nannten die Berliner zärtlich das eine Bier, das man auf dem Weg von einem Ort zum anderen trank. Sogar Banker und Manager schätzten das Wegbier und so war Berlin vielleicht der einzige Ort der Welt, an dem man frühabends Männer in Anzügen und Frauen in schicken Kostümchen mit Bierflasche im öffentlichen Nahverkehr antraf. Ich mochte das irgendwie.

Was Sophie und Sash betraf, hielt ich mich die gesamte Fahrt über vornehm zurück, um meiner Schwester den Vortritt zu lassen, doch wenn sie tatsächlich versuchte, mit Sash zu flirten, so ging sie völlig falsch an die Sache heran – die beiden unterhielten sich gerade sehr angeregt über Lötkolben. Offensichtlich hatte jeder von ihnen allerdings eine sehr ausgefeilte Meinung zum Löten im Allgemeinen und

Lötkolben im Besonderen. Im Geiste musste ich die Augen verdrehen. Das war doch kein Flirt-Thema! Wollte Sophie etwa, dass er sie als das Mädchen mit dem Lötkolben verinnerlichte? Gut, dass Carl nicht dabei war – er bekäme hundertprozentig einen akuten Schnappatmungsanfall.

Aber vielleicht bildete ich mir ja auch nur ein, dass Sophie in Sash verknallt war.

Es war schon weit nach Mitternacht, als wir schließlich das Gelände von NeuroLink erreichten. Der Komplex war viel größer, als er auf den Bildern im Netz gewirkt hatte, und erschien in der Dunkelheit vielleicht sogar noch eine Spur wuchtiger. Sowohl das alte als auch das neue Firmengebäude befanden sich auf einem umzäunten Gelände. Der Kontrast, den die beiden Bauwerke bildeten, war enorm. Links ragte der komplett verglaste, unheimlich schicke und moderne Hochhauskomplex in den Himmel, auf dessen Spitze das hell erleuchtete Firmenlogo prangte. Auf der rechten Seite rottete ein Flachdachgebäude langsam vor sich hin, das von Graffiti-Schmierereien übersät war. Ich konnte auf Anhieb nicht ein einziges Fenster ausmachen, das nicht mit einem Stein eingeworfen worden war.

Warum NeuroLink das Gebäude allerdings nicht einfach abriss oder mitsamt dem Grundstück verkaufte, war mir ein einziges Rätsel. Hier oben in Berlins Norden, wo viele Firmen ihren Sitz hatten, konnte man sicherlich ordentlich Gewinn machen. Aber vielleicht hatte das Unternehmen ja auch einfach keinen Gewinn mehr nötig.

Wir umrundeten das Gelände und entdeckten auf der Rückseite eine lose in den Angeln hängende Tür. Allerdings war weit und breit kein Loch im Zaun auszumachen, egal, wie gründlich wir auch suchten.

»Tja, dann müssen wir wohl klettern!«, entschied Sash schließlich. Sophie sah sich ängstlich um und erwiderte: »Sicher, dass wir dabei nicht zu viel Lärm machen? Was, wenn die einen Wachdienst haben?«

»Ach, komm schon«, munterte ich sie auf. »Die ganzen Sprayer müssen doch auch da reingekommen sein! Wenn NeuroLink einen Wachdienst haben sollte, dann bewacht der ganz offensichtlich nur das große Gebäude. Wieso sollte man jemanden auch dafür bezahlen, auf einen Haufen Schrott aufzupassen?«

»Außerdem bin ich jetzt nicht durch die halbe Stadt gefahren, um mich dann von einem gewöhnlichen Zaun abhalten zu lassen!«, ergänzte Sash und damit war die Sache klar. Ein weiterer Beweis für die Bereicherung, die er in meinem Leben darstellte – er war zum Glück meistens meiner Meinung. Auch wenn ich ihm immer noch ein bisschen übel nahm, dass er mich wegen des Anrufs bei Pizza, Pizza so angepflaumt hatte.

Der Zaun war ein fester, grüner Eisenzaun, der sich gut erklimmen ließ. Sophie und ich steckten von unserer Tour zu Brother Zero noch immer in Jeans und T-Shirt und Sash hatte ohnehin wohl nichts anderes anzuziehen. Es bereitete keinem von uns dreien besondere Mühe, auf die andere Seite zu gelangen. Ich fühlte mich unheimlich verwegen, als meine Füße auf dem Kiesboden auftrafen.

Sash hielt uns wie ein echter Gentleman die kaputte Tür auf und wir schlüpften ins Gebäude. Innen roch es muffig und abgestanden. Ganz so, als hätte man nasse Wäsche in einem Keller vergessen. Wir standen in einem alten Raum, der wohl dem Hausmeister als Gerätekammer gedient hatte, von gelangweilten Jugendlichen aber schon ordentlich auseinandergenommen worden war. Besen und Eimer standen und lagen kreuz und quer im Raum verteilt. Die Stahlschränke, die an einer der Wände aufgereiht standen, waren allesamt aufgebrochen und ihr Inhalt über den Fußboden verteilt worden. Ein Meer aus Nägeln, Schrauben und Dübeln bedeckte beinahe jeden Zentimeter davon. Unter unseren Sohlen klirrte und knirschte es entsprechend, als wir uns langsam an das andere Ende des Raumes vorarbeiteten. Die Tür dort war unverschlossen und gab den Blick frei auf einen schmalen Flur, der an einer Glastür endete. Ich hätte vermutet, dass der Strom in dem Gebäude bereits seit langer Zeit abgestellt war, doch die grünen Notausgangsschilder leuchteten aus irgendeinem Grund gespenstisch fahl in der Dunkelheit.

»Umso besser«, murmelte Sash. »Dann brauche ich ja meine Taschenlampe gar nicht.«

Mir persönlich wäre es lieber gewesen, er hätte sie trotzdem angeschaltet. Aber mir war auch klar, dass es sicherer war, ohne Taschenlampe zu gehen, da der Lichtstrahl vielleicht zu auffällig sein könnte.

»Wo müssen wir lang?«, fragte ich flüsternd.

»Keine Ahnung«, flüsterte Sash zurück und ich musste grinsen. Gerade in diesem Augenblick fühlte ich mich wie in einem Kinofilm.

»Wenn wir zum Haupteingang kommen, finde ich den Weg im Schlaf«, sagte Sophie, was Sash und mich gleichzeitig zum Lachen brachte.

Sophies gekränkter und verwirrter Gesichtsausdruck verriet mir, dass ihr der Witz, den sie gerade gemacht hatte, gar nicht aufgefallen war.

Ich half ihr auf die Sprünge. »Ich wette, davon hast du schon die ganze Zeit *geträumt!*«

Ihr war anzusehen, dass nun der Groschen gefallen war, und sie zwickte mich in die Hüfte. Na bitte, jetzt lächelte auch meine Schwester. Wir passierten die Glastür und sahen am Ende des rechten Flurs ein Foyer.

Die Glasscheibe des Empfangs war über und über mit feinen Rissen durchzogen, hielt aber aus unerklärlichen Gründen noch immer zusammen.

In viereckigen Blumenkübeln umkränzten vollkommen verdorrte Pflanzengerippe quadratische Flächen, auf denen vermutlich Sitzgruppen für wartende Besucher gestanden hatten. Es schien, als hätte sogar einmal jemand in der Mitte des Foyers ein großes Lagerfeuer entzündet. Ein pechschwarzer, kreisrunder Rußfleck hatte sich tief in den weißen Marmorboden gefressen. An der Decke saß sein ebenfalls pechschwarzer Zwillingsbruder.

»Und du hast Angst, eine Taschenlampe anzumachen«, bemerkte ich trocken und stellte zufrieden fest, dass ich Sash wieder einmal zum Lachen gebracht hatte.

Ein lautes Geräusch aus dem hinteren Teil des Gebäudes ließ uns alle drei jäh zusammenzucken. Es klang wie ein Schaben oder Kratzen.

»Das sind bestimmt nur die Ratten«, mutmaßte Sash. Mir war klar, dass er es als Beruhigung gemeint hatte, allerdings hatte ich seit unserem Besuch im Spreepark fürs Erste genug von Ratten.

»Das müssen dann aber ziemlich große Ratten sein, wenn die solchen Krach machen können«, murmelte ich. »Wo lang jetzt?«

Sophie sah sich um. Ich konnte ihr direkt von den Gesichtszügen ablesen, dass sie an jedem anderen Ort der Welt nun lieber wäre als hier. Doch sie hielt sich wacker. Nach kurzem Zögern zeigte sie auf eine Tür, die in der linken hinteren Ecke vom Foyer wegführte.

Schweigend machten wir uns im Gänsemarsch auf den Weg, wobei Sash voranging und ich das Schlusslicht bildete. Je weiter wir in das Gebäude vordrangen, desto gedrückter wurde unsere Stimmung. Wir alle erkannten den Linoleumboden wieder, gingen zusammen mit Helen dem Mörder entgegen. Beinahe hatte ich das Gefühl, die Gefahr spüren zu können, doch das war natürlich vollkommener Blödsinn. Der Mord war viele Jahre her; jetzt war es nur noch ein altes, verlassenes Haus.

Auch tiefer im alten NeuroLink-Gebäude war die Zerstörung nicht zu übersehen. Teilweise waren die Türen zu Büros und Laboren herausgerissen und gaben den Blick frei auf beschmierte Wände und so manches Matratzenlager, über deren Verwendung ich lieber nicht eingehender nachdenken wollte.

»Echt seltsam, dass NeuroLink das Gebäude so verkommen lässt«, bemerkte Sophie.

»Ja, wie in Zombiefilmen«, bestätigte ich. »Oder vielleicht liegt ja seit dem Mord auch ein Fluch auf dem Gebäude.«

»Hör sofort auf!«, jammerte meine Schwester. »Sonst gehe ich keinen einzigen Schritt mehr weiter.«

»Ist ja schon gut«, lenkte ich ein. »Aber es wäre eine Erklärung!«

Wir erreichten die Tür, die zu den Entwicklungslaboren führte und die Helen im Video mit einer Zugangskarte geöffnet hatte. Nun würde sich zeigen, ob die Karte von Sebastian Zweig noch immer funktionierte.

Sash betrachtete die Tür nachdenklich. »Irgendwie sieht

das aus, als würde diese Tür noch öfter benutzt!«, stellte er fest. Und tatsächlich lag um die Tür herum auffällig wenig Schmutz oder Staub. Auch der Kartenschlitz machte einen merkwürdig sauberen Eindruck.

»Wir sind jetzt nicht bis hierher gekommen, um dann kurz vor dem Ziel zu kneifen!«, drängelte ich. Zwar schlug auch mir das Herz bis zum Hals, aber trotzdem wollte ich unbedingt durch diese Tür. Ich wollte mit eigenen Augen sehen, was von Sebastian Zweigs Labor noch übrig war.

Sash schob die Karte in den Schlitz und das kleine Lämpchen unterhalb des NeuroLink-Logos sprang auf Grün. Die Tür ließ sich mühelos aufschieben.

»Donnerwetter«, flüsterte ich und spürte kurz darauf, wie sich Sophies Finger in meinen Pullover krallten. Ich drückte ihre Hand und zog sie weiter hinter mir her. Nun war es nicht mehr weit.

Nach ein paar Schritten machten wir vor einer Tür auf der linken Seite des Flurs halt und mein Herz klopfte noch wilder als zuvor. Hier waren wir also.

Auf dem Türblatt klebten noch die Reste eines spröde gewordenen Polizeisiegels, das längst aufgebrochen worden war. Das stumpfe Informationsschild, das rechts daneben auf Augenhöhe angeschraubt war, trug die Aufschrift: »Sebastian W. Zweig. Head of development«.

Ich konnte nicht glauben, dass wir tatsächlich hier waren.

»Ich kann nicht glauben, dass wir tatsächlich hier sind«, flüsterte Sophie in diesem Augenblick. »Jede verfluchte Nacht war ich hier, und nun bin ich es wieder.«

»Aber das hier ist kein Traum«, bemerkte Sash zutreffend. »Das ist die Realität. Sind alle bereit?«

Sophie standen Tränen in den Augen, doch sie nickte.

»Bereit!«

Sash schob behutsam die Tür auf und machte einen Schritt in das Labor hinein, nur um sogleich wie angewurzelt stehen zu bleiben. Um ein Haar wäre ich ihm in die Hacken gelaufen. Ich musste mich gehörig recken, damit ich über seine Schulter schauen und erfahren konnte, was ihn gebremst hatte.

»Verdammte Scheiße, was ist das denn?«, entfuhr es mir.

Sash trat einen Schritt zur Seite. Ich öffnete den Mund, doch kein weiteres Wort fand seinen Weg hinaus. Es geschah zwar nicht oft, dass es mir die Sprache verschlug, aber bei dem Anblick wusste ich nicht, was ich noch sagen sollte. Was ich sah, begriff ich einfach nicht.

Wir standen vor einer bizarren Gedenkstätte; einem Portal zum Schauplatz eines längst vergangenen Mordes.

Offensichtlich hatte die dicke Stahltür, durch die wir dank der Karte gekommen waren, zuverlässig ihren Dienst verrichtet: Im Gegensatz zum Rest des Gebäudes war Sebastian Zweigs Labor vollkommen unangetastet. Es sah beinahe so aus, als wäre er nur schnell etwas holen gegangen. Auf einem Tisch am anderen Ende des Raumes lagen ein paar Platinen, dick mit Staub bedeckt. Ein Schraubenzieher und eine Schutzbrille gesellten sich lose dazu, als seien sie gerade erst fallen gelassen worden. Zwar fehlte der Kaffeebecher, aber die braunen Spritzer, die der Kaffee auf dem Boden und an den weißen Wänden verursacht hatte, waren noch immer gut zu sehen. Die Zeit hatte sie lediglich stumpfer und blasser werden lassen.

Und noch ein Fleck war zu sehen. Er war es auch, der Sashs Schritte gebremst hatte. Oder vielmehr das, was darum herum zu sehen war.

Wenige Handbreit von unseren Fußspitzen entfernt erstreckte sich ein großer, asymmetrischer dunkelbrauner Fleck auf dem hellen Linoleumboden. Wir wussten alle, wo dieser herrührte. Hier war Helen Zweig gestorben.

Doch das war es nicht, was uns alle drei so verstörte.

Im Zentrum des Flecks stand ein Foto unserer Mutter, die strahlend schön in die Kamera lächelte. Daneben war ein Grablicht aufgestellt, das ihr Gesicht in der Dunkelheit erhellte. Auch frische Blumen hatte jemand in einer Vase dazugestellt, als wäre sie erst vor Kurzem und nicht vor vielen Jahren ermordet worden.

»Was zum Teufel...?«, flüsterte Sash.

Der Anblick des Blutflecks brachte mich allmählich aus der Fassung. Wieso lagen in einem verlassenen, zerstörten Gebäude Kerzen und Blumen? Warum war dieses Labor im Gegensatz zu allen anderen Zimmern unversehrt? Wer erneuerte die Blumen, wer zündete die Kerze an?

Ein scharfes Luftholen meiner Schwester riss mich aus meinen Gedanken. Ich hob den Blick und musste mit Entsetzen feststellen, dass auf der anderen Seite des Zimmers, in der Tür, die in weitere Labore führte, ein großer Schatten erschienen war. Genau dort, wo auch in der Mordnacht ein Schatten hinter Helen aufgetaucht war. Er war lang und schmal und musste wohl zu einem Mann gehören. Was mich am meisten beunruhigte war, dass er sich nicht regte.

Auch sagte er nichts, sondern starrte uns nur aus sicherer Entfernung an, als würde er noch überlegen, was er nun tun sollte.

In dem Augenblick schob sich der Mond durch die Wolken und das Mondlicht fiel durch die Lamellen der Fensterjalousie auf die rechte Hand des Mannes. Eine lange Klinge blitzte auf.

»Lauft!«, flüsterte Sash.

Wir machten beinahe gleichzeitig kehrt und stürmten aus dem Labor. Sophie war die Letzte von uns und besaß die Geistesgegenwart, die Tür hinter uns zuzuschlagen. Doch es dauerte nicht lange, da nahmen schnelle Schritte unsere Verfolgung auf.

Wir rannten den Flur entlang und auf die Tür zu, die uns mit dem Rest des Gebäudes verbinden würde. Ich blickte mich um und erkannte einen Mann mit einem schmuddeligen, weißen Kittel. Sein Gesicht konnte ich nicht sehen, dafür war es zu dunkel. Auch wusste ich nicht, ob ich es überhaupt sehen wollte. Der Kittel alleine war Beweis genug, dass der Kerl ganz sicher zu keinem Wachdienst gehörte. Noch immer hatte er kein einziges Wort gesagt, was meine Angst in Panik umzuwandeln drohte. Alles, was in dem Flur zu hören war, war das Klopfen unserer Sohlen und unsere schweren, schnellen Atemzüge.

Ich blickte wieder nach vorne. Hoffentlich würde unser Vorsprung ausreichen, um die Tür zu öffnen. Wenn es zu lange dauerte, wären wir verloren. Sash war als Erster dort, rammte die Karte in den Schlitz und riss kurz darauf die Tür auf. Uns blieb keine Zeit, sie wieder an uns zu nehmen. Sash hielt die Tür für Sophie und mich auf und wir schlüpften hindurch. Doch nicht schnell genug. In dem Augenblick, in dem Sash uns folgen wollte, hatte unser Verfolger uns erreicht. Er packte Sash am Shirt und hielt ihn fest.

Sophie und ich zerrten von der anderen Seite an Sash. Ich riss mit aller Kraft an seiner Jacke und tatsächlich gelang es uns, unseren Freund durch die Tür zu ziehen.

Sash gab einen erstickten Schrei von sich, und die ersten Schritte stolperte er noch, doch dann fing er sich und rannte wieder neben uns her.

Als ich endlich wieder wagte, mich umzudrehen, stellte ich fest, dass der Mann uns nicht weiter verfolgte.

»Ich sehe ihn nicht mehr!«, keuchte ich. »Alles in Ordnung, Sash?«

»Es geht schon«, presste dieser angestrengt hervor. »Er hat mich erwischt, ist aber nur der Arm!«

Erst jetzt bemerkte ich, dass meine Hände voller Blut waren, und hoffte inständig, dass Sashs Verletzung tatsächlich nicht so schlimm war.

So schnell wir konnten, verließen wir den verfluchten Labortrakt und nahmen Kurs auf die kaputte Seitentür. Tatsächlich gelang es uns, das Gebäude wieder zu verlassen. Von dem Mann fehlte weiterhin jede Spur. Als wir endlich völlig entkräftet auf der anderen Seite des Zauns aufprallten, wandten wir uns alle drei wie auf ein geheimes Zeichen hin um.

Und vor Schreck wollte mir das Herz stehen bleiben.

Hinter einer der Jalousien zeichnete sich eindeutig der Umriss des Mannes ab. Er stand am Fenster und starrte uns an.

Dann hob er seinen rechten Arm und winkte uns zu.

SOPHIE

In meinem ganzen Leben hatte ich noch nicht solche Angst gehabt wie in dieser Nacht. Und das, obwohl ich in letzter Zeit viel Erfahrung mit nächtlichen Angstzuständen hatte sammeln dürfen. Während wir durch den Wedding auf der Suche nach einem ruhigen Ort zum Verschnaufen liefen, floss zwar die nackte Panik aus meinem Körper heraus, doch die Furcht blieb darin haften wie Marmeladenreste an der Innenseite eines leergekratzten Glases.

Zwar fürchtete ich nicht, unser Verfolger könnte uns noch immer auf den Fersen sein, aber ich machte mir Sorgen um Sash. Der geheimnisvolle Mann hatte ihn mit dem Messer am Arm erwischt und keiner von uns wusste, wie tief die Wunde war. Mit unseren schmutzigen Fingern wagten wir nicht nachzusehen. Außerdem hatte ich das Gefühl, wir alle drei wollten so viel Abstand zwischen uns und das verlassene Gebäude bringen wie irgend möglich. Ich hatte meine Jacke ausgezogen und Sash presste sie nun, so fest er mit seinen müden Gliedern konnte, auf die Wunde. Allmählich wurde er immer stiller und, so bildete ich mir zumindest ein, auch blasser. Doch er klagte nicht und setzte mit einer rührenden Entschlossenheit weiter immer einen Fuß vor den anderen.

Endlich kamen wir in ein Wohngebiet und ließen uns

dort für ein paar Minuten in einem Hauseingang nieder. Sash lehnte seinen Kopf gegen die Wand unterhalb der Briefkästen und schloss für einen Moment die Augen. Auch ich fühlte schlagartig eine Müdigkeit, wie ich sie noch selten erlebt hatte. Zwar war ich in den letzten Wochen nicht ein einziges Mal richtig wach und erholt gewesen, doch diese Müdigkeit kam aus Seele und Körper gleichzeitig. Sie steckte in jedem Knochen. Ich vermutete, das passierte, wenn ein Adrenalinschub abflaute. Ich wünschte mir einfach nur, an Sash gelehnt hier und jetzt einschlafen zu dürfen.

»Ehrlich Sash, du musst in ein Krankenhaus!«, riss mich Liz' energische Stimme aus meinen Gedanken. Sie hatte ihren Blick besorgt auf den verwundeten Arm gerichtet, doch Sash schüttelte nur den Kopf.

»Ich tauche nicht gerne mit einer Stichwunde in irgendwelchen offiziellen Akten auf. Außerdem: Wie sollen wir denn erklären, wo ich sie mir eingefangen habe?« Sein jämmerlicher Gesichtsausdruck sprach Bände – offenkundig hatte er tatsächlich Angst, mit seiner Wunde in ein Krankenhaus zu gehen. Ein Gedanke, der mir im Leben nicht gekommen wäre, immerhin waren Krankenhäuser doch für solche Fälle da. Ich wollte ihm unbedingt helfen, wusste allerdings nicht genau, wie ich das anstellen sollte.

»Du könntest einfach sagen, du hättest dich an einem zerbrochenen Fenster geschnitten«, schlug ich vor. »Bei dir zu Hause.«

»Mitten in der Nacht?«, fragte Liz skeptisch. »Wie soll das denn passiert sein?«

Auch Sash war nicht überzeugt. »Das Risiko ist mir zu groß. Nennt mich ruhig paranoid, aber an die ärztliche Schweigepflicht kann ich nicht so recht glauben.«

»Solltest du auch nicht«, pflichtete Liz ihm bei. »Die Ärzte in öffentlichen Krankenhäusern sind doch eh alle korrupt. Wer will es ihnen auch vorwerfen – bei den Gehältern!«

Es kostete mich einige Überwindung, nicht zu schmollen. Warum waren sich die beiden eigentlich immer so verdammt einig? Für meinen Geschmack verstanden sie sich viel zu gut. Ich schob den Gedanken an ein Liebespaar aus Liz und Sash so schnell ich konnte wieder beiseite und versuchte, mich zusammenzureißen und nicht eifersüchtig zu werden. Immerhin war Sash ernsthaft verletzt und das war alles, was mir Sorgen bereiten sollte.

»Aber irgendjemand muss sich deine Wunde ansehen!«, beharrte ich daher. »Vielleicht muss sie genäht werden!«

»Ihr habt ja recht«, lenkte Sash ein. »Und ich hab auch schon eine Idee. Wir gehen einfach zu meinem Freund Tiny. Er hat früher mal in einer Tierklinik gearbeitet.«

»Klingt ja vielversprechend«, lachte Liz freudlos. »Hat bei euch denn keiner einen richtigen Namen?«

Sash drehte meiner Schwester langsam den Kopf zu und brachte ein schmales, müdes Lächeln zustande. »Und das fragst ausgerechnet du mich, Elisabeth Ingrid Karweiler?«

»Touché!« Die beiden grinsten einander an und ich wurde nun doch noch eifersüchtig. Wenn ich nicht als alte Jungfer sterben wollte, musste ich mir dringend etwas einfallen lassen; ich hatte keine Lust, mich auf ewig von meiner Schwester ausstechen zu lassen.

»Was macht Tiny denn jetzt so?«, fragte ich.

»Online Gaming!«

Liz prustete los. »Online Gaming? Ich dachte, das wäre nur dazu da, Geld zum Fenster rauszuwerfen und nicht, welches damit zu verdienen.«

»Er verdient aber eine ganze Menge«, antwortete Sash. »Tiny betreut sozusagen die Spielcharaktere für andere Leute, wenn die gerade keine Zeit zum Spielen haben, vor allem nachts, wenn Mitspieler aus anderen Zeitzonen online sind. Er übernimmt Urlaubsvertretungen und spielt gegen ein fürstliches Honorar auch komplizierte Stellen durch. Du würdest nicht glauben, wie viel Geld das manchen Leuten tatsächlich wert ist.«

»Was es nicht alles gibt!«, sagte ich, ehrlich erstaunt.

»Deshalb dürfte Tiny jetzt auch wach sein. Er arbeitet meistens um diese Uhrzeit.«

Der Gedanke an den Beruf des ominösen ›Tiny‹ ließ mich nicht los. »Und was passiert, wenn eine Figur stirbt, während er die Verantwortung dafür hat?«

»Das Geld bekommt er erst nach erbrachter Leistung. Und er gibt seine Adresse nur Leuten, denen er vertraut.«

Ich riss die Augen auf. »Meinst du, jemand würde ihm wegen eines verpatzten Computerspiels etwas antun wollen?«

Sash zuckte die Achseln und verzog sofort schmerzvoll sein Gesicht. Ich wollte ihn unbedingt in den Arm nehmen.

»Ist leider alles schon vorgekommen. Manchmal glaube ich, an dem Gerede über unterdrückte Aggression, die sich beim Spielen Bahn bricht, ist wirklich was dran. Aber Tiny ist in Ordnung. Er würde keiner Fliege etwas zuleide tun und versorgt manchmal die Wunden von Leuten, die nicht ins Krankenhaus wollen. Wir jedenfalls können heute Nacht heilfroh sein, dass ich einer der wenigen Menschen bin, die wissen, wo er wohnt.«

Es kostete Sash einen kurzen Anruf und schon machten wir uns auf den Weg. Zu unserem großen Glück wohnte der nachtaktive Berufsspieler sogar ganz in der Nähe und wir konnten zu ihm laufen. Mit einem blutenden Sash wären wir in der Bahn höchstwahrscheinlich ziemlich aufgefallen. Und um ehrlich zu sein: So viel frischer sahen Liz und ich mittlerweile auch nicht mehr aus.

Der Spaziergang durch die laue Nachtluft tat mir gut. Je näher wir den belebteren Teilen von Wedding kamen, desto weiter rutschten die grauenvollen Bilder der letzten Stunden in die hinteren Ecken meines Bewusstseins. Da ich so häufig von grausamen Dingen geträumt hatte, die in dem alten NeuroLink-Gebäude geschahen, gelang es mir kaum, zu glauben, dass alles tatsächlich geschehen war. Einzig Sashs blutender Arm war ein eindeutiger Beweis.

Hier, zwischen den noch immer hell erleuchteten Dönerbuden, Spätkiosken, Teestuben und Shisha-Kneipen fiel es mir schwer, richtig einzuordnen, was in dieser Nacht alles geschehen war – vom vergangenen Tag ganz zu schweigen.

Ein verrückter Profihacker hatte in der alten Achterbahn von Berlins verrottendem Freizeitpark meinen Port entfernt. Wir waren mitten in der Nacht in ein Gebäude eingebrochen und dort einem Mann begegnet, der uns verfolgt und Sash schließlich sogar verletzt hatte. Ein Mann, den wir genau dort vorfanden, wo Helen Zweig den Tod gefunden hatte. Das war nicht nur unheimlich, sondern warf auch eine ganze Menge neuer Fragen auf.

Warum hatte er den Labortrakt nicht verlassen, warum uns nicht noch weiter verfolgt? Waren wir vielleicht dem Mörder unserer Mutter begegnet? Immerhin hatte er ein Messer bei sich gehabt.

Oder war er derjenige, der einen Gedenkschrein für Helen errichtet hatte und fortwährend für frische Blumen sorgte? Bei dem Gedanken, dass er vielleicht sogar beides sein könnte, wurde mir kalt.

»Boah, ich träume heute Nacht ganz sicher von diesem gruseligen Kerl«, sagte Liz, die Stille nie besonders lange aushielt.

»Willkommen in meiner Welt!«, erwiderte ich gedankenverloren und brachte damit die beiden anderen zum Lachen.

»Meint ihr, es ist schlimm, dass wir die Zugangskarte stecken gelassen haben?«, fragte ich.

»Na, zurück wollen wir ganz sicher nicht mehr!«, erwiderte Liz, noch immer lachend.

»Sicher nicht«, sagte Sash nachdenklich. »Aber wenn er eins und eins zusammenzählen kann, weiß er jetzt, dass ihr es wart, die Töchter von Helen Zweig. Vielleicht ist er ja auch deshalb nicht mehr weiter hinter uns hergelaufen.«

Tatsächlich, das war eine Möglichkeit. Aber der Gedanke, in den Augen dieses Mannes kein Fremder mehr zu sein, behagte mir gar nicht. Sein unheimliches Abschiedswinken kam mir in den Sinn und ich hakte mich schnell bei meiner Schwester unter.

Als wir vor einem großen, sanierten Altbauhaus am Humboldthain ankamen, rief Sash seinen Freund erneut an und dieser betätigte den Türöffner.

»Warum hast du nicht einfach geklingelt?«, fragte ich und erntete dafür ein entschuldigendes Lächeln.

»Weil ich nicht weiß, wie sein richtiger Name lautet, und auf Verdacht jetzt jemanden aus dem Bett zu klingeln wäre mir doch irgendwie unangenehm.«

»Ihr Kerle seid echt seltsam«, bemerkte Liz.

Sash seufzte. »Und du wirst nicht müde, es zu erwähnen!«

»Ich hätte niemals gedacht, dass ich einmal mit Nerds

abhängen würde«, fügte sie noch seufzend hinzu und ich musste über diese Bemerkung grinsen. Das glaubte ich ihr sofort. Ich hingegen hätte niemals gedacht, einmal mit superreichen Teenagern rumzuhängen, die über eine goldene Kreditkarte verfügten. Nerds hingegen hatte ich schon ewig auf meiner Liste.

Wir bestiegen einen Fahrstuhl und fuhren hinauf ins Dachgeschoss, wo wir bereits erwartet wurden. Allerdings hätte ich niemals mit einem solchen Anblick gerechnet. Offensichtlich war der Spitzname des Hausherrn ein Scherz, denn im Türrahmen stand der wohl größte und fetteste Kerl, den ich jemals zuvor gesehen hatte. Ich verkniff mir ein Lachen, was besonders schwer wurde, als er uns begrüßte. Seine Stimme war zu allem Überfluss auch noch unheimlich hoch und leise. Vollkommen unangemessen für so einen großen Kerl.

»Du klopfst an meine Tür, zu solch nächtlicher Stunde? Und hast zwei holde Maiden mitgebracht? Was führt dich zu mir, mein alter Freund?«

Er breitete die Arme aus, um Sash an seine fleischige Brust zu drücken. Auf seinem grauen T-Shirt tummelten sich, genau in der Höhe von Sashs Gesicht, Rückstände diverser Mahlzeiten. Ich musste zugeben, dass ich mir Computerfreaks immer haargenau so vorgestellt hatte.

Sash wich ein paar Schritte zurück. »Bitte keine Schraubzwingenumarmung, Tiny!« Er nahm meine Jacke von der Wunde und gab den Blick frei auf seine eigene, blutdurchtränkte Kleidung und eine darunterliegende, tiefe Schnittwunde. »Ich brauche deine Hilfe!«

Bei diesen Worten gaben Sashs Beine nach und er kippte seinem Freund entgegen.

Dieser fing ihn auf und murmelte: »Ach du Scheiße!« Und an uns gewandt fügte er hinzu: »Kommt rein und macht die Tür hinter euch zu Mädels, aber zackig!«

Wir beeilten uns, der Aufforderung nachzukommen, und betraten hinter Tiny, der Sash schnaufend mit sich schleppte, die Wohnung. Sie erinnerte ein wenig an Sashs Behausung, was Größe, Grad der Unordnung und die unachtsam zusammengewürfelte Einrichtung anging. Allerdings befanden wir uns bei Tiny nicht in einer klassischen Altbauwohnung, sondern in einem Dachgeschoss, das im Zuge von Luxussanierungen auf das Dach des Hauses gebaut worden war. Die Konstruktion war luftig und die gesamte Wohnung schien beinahe ganz aus großen Fensterfronten zu bestehen. Berlin lag glitzernd zu unseren Füßen und ich bemerkte, dass ich diese Stadt doch sehr liebte, auch wenn ich das manchmal vergaß. Hier war ich aufgewachsen, hier war mein Zuhause. Ich konnte mir gar nicht vorstellen, jemals woanders zu leben.

Sash wurde von Tiny erstaunlich sanft auf ein Sofa gebettet.

»Ihr zieht ihn aus, ich hole was zu trinken!«, entschied er und verließ das große Wohnzimmer.

Ausziehen? Liz und ich sahen einander an und sie machte mit einem verschmitzten Grinsen eine auffordernde Handbewegung in Sashs Richtung.

Ich schluckte. Natürlich konnte er sich nicht selbst ausziehen, er war nur noch knapp bei Kräften und außerdem war das mit einem verwundeten Arm nur schwer möglich, aber …

Wenn es jemand anderes machen würde, wäre ich allerdings wieder eifersüchtig, also musste ich mich einfach zusammenreißen.

Ich trat einen Schritt auf die Couch zu und fragte leise: »Darf ich?«

Sash nickte kaum merklich und flüsterte: »Ich bitte darum.«

So behutsam ich konnte, zog ich ihm die Jacke aus, wobei ich doch Liz um Hilfe bitten musste. Ich bemerkte, dass meine Schwester vermied, die Wunde anzusehen, und selbst etwas blass um die Nasenspitze wurde. Doch sie packte tapfer mit an und gemeinsam gelang es uns, Sash aus seiner engen Lederjacke zu schälen. Dabei sog er wiederholt Luft durch die Zähne und stöhnte leise. Es war mehr als eindeutig, dass ihm nun jede Bewegung Schmerzen bereitete. Das Adrenalin, das wohl auch geholfen hatte, die Schmerzen eine Weile abzuhalten, war aus seinem Körper gewichen und ich mochte mir überhaupt nicht vorstellen, was er gerade aushalten musste. Um ihn nicht noch mehr zu quälen, schnappte ich mir eine Schere, die auf dem riesigen, vor der rechten Fensterfront aufragenden Schreibtisch lag, und schnitt ihm das T-Shirt vom Körper. Es war ohnehin vollkommen ruiniert. Da die Blutung noch immer nicht aufgehört hatte, presste ich ihm das Shirt kurzerhand darauf.

»Du wärst eine prima Krankenschwester, Phee«, beschied Liz, die sich in größtmöglichem Abstand zu Sash ebenfalls auf dem Sofa niedergelassen hatte. Sie schaute ihn an, als wäre er ein giftiger Käfer.

Ihr Blick brachte mich zum Schmunzeln. Ich konnte mir schon denken, was los war. »Kannst du etwa kein Blut sehen?«, fragte ich leicht amüsiert und Liz schüttelte mit aufgerissenen Augen den Kopf.

Ich richtete meinen Blick wieder auf Sash, da etwas an ihm meine Aufmerksamkeit forderte. Unter dem Kleidungsstück war eine Kette zum Vorschein gekommen, die ich zuvor noch nie an ihm bemerkt hatte. Es handelte sich um ein Schmuckstück, das man eher einer Frau als einem Mann zugeordnet hätte. An einer langen, silbernen Kette baumelte ein Fotomedaillon, das mit allerlei Gravuren verziert war.

Sash schien meinen Blick zu spüren, denn er flüsterte: »Meine Eltern sind einmal im Jahr ohne mich in den Urlaub gefahren. Ich weinte immer fürchterlich, wenn sie mich bei meinem Onkel oder bei Freunden zurückließen. Damit ich nicht so traurig war, hat meine Mutter mir bei unserem letzten Abschied dieses Ding gegeben, damit ich sie immer bei mir habe.«

Er griff nach dem Medaillon und klappte es auseinander. Innen waren zwei stark vergilbte Fotos zu sehen. Rechts eine breit lächelnde, rothaarige Frau mit einer Unmenge Sommersprossen, links ein schmaler Kerl mit schwarzen, verstrubbelten Haaren und einer riesigen Brille im Gesicht. Es war unschwer zu erkennen, woher Sash seine Haare und seine Kurzsichtigkeit hatte.

So, wie er nun vor mir saß, dünn, blass, verletzlich und traurig, wuchs in mir der unbändige Wunsch, ihn zu umarmen und niemals wieder loszulassen. Instinktiv griff ich nach seiner Hand und drückte diese leicht. »Du hast sie ja auch immer bei dir!«, sagte ich. Sash nickte und sah mir in die Augen. Er hielt meine Hand fest und ließ sie eine ganze Weile nicht mehr los.

In diesem Moment hätte ich gerne die Welt angehalten. Allzu glücklich wäre ich gewesen, einfach nur bis in alle Ewigkeit mit ihm hier zu sitzen und seine Hand halten zu dürfen. In einem unendlichen Jetzt. Ohne den Mörder, ohne SmartPorts, ohne Messerstiche. Und ja: auch ohne Liz.

Doch unser Gastgeber wusste das zu vereiteln, indem er schnaufend den Flur entlangkam. Unter seinem Arm klemmte nicht nur eine große Flasche Wasser, sondern auch noch diverse frische Handtücher, eine Whiskyflasche und über seiner Schulter baumelte eine Tasche, die wohl Verbandszeug enthielt.

Als hätte man mich bei etwas Verbotenem erwischt, sprang ich auf. »Wir hätten dir doch helfen können!«, sagte ich und fühlte, wie ich rot wurde.

Tiny lächelte spitzbübisch. »Du wurdest hier dringender gebraucht, habe ich das Gefühl. Aber jetzt musst du mich mal ranlassen, okay?«

Mit mittlerweile hochrotem Kopf ließ ich mich auf einen nahestehenden Sitzsack fallen, in dem ich weit tiefer versank, als ich gedacht hätte. Das Teil hätte mich um ein Haar vollständig verschluckt, wogegen ich in diesem Moment nicht einmal etwas einzuwenden gehabt hätte, denn Liz wissendes Grinsen war nur schwer zu ertragen.

Tiny bettete Sashs Arm behutsam auf die mit einigen Handtüchern ausgelegten Sofalehne, schleppte eine Stehlampe heran und rollte sich seinen enormen Schreibtischstuhl herbei. Dann betrachtete er die Wunde eingehend.

»Mach mal 'ne Faust!«, forderte er Sash auf, und dieser tat, wie geheißen. »Jetzt mal die Finger einzeln abspreizen!« Auch das funktionierte.

»Alles halb so wild, mein Großer!«, sagte Tiny anschließend vergnügt und schenkte Sash einen beachtlichen Schluck Whisky in ein Glas. »Nix Wichtiges verletzt, alles top in Schuss. Du hast Glück gehabt! Wenn du das hier ausgetrunken hast, flicken wir dich wieder zusammen!«

Während Sash in kleinen Schlucken trank und dabei seine Gesichtsfarbe Stück für Stück zurückkehrte, genehmigte sich Tiny zu meiner großen Beunruhigung ebenfalls einen beachtlichen Schluck Alkohol. Mit Blick auf Sashs Arm murmelte er nachdenklich: »Was ist das nur für ein verrückter Tag? Erst verschwindet Zero von der Bildfläche und dann tauchst auch noch du hier mitten in der Nacht mit einer Schnittwunde auf! Dabei bist du doch eigentlich so ein braver Junge.«

Sashs Kopf schnellte in die Höhe und auch Liz und ich starrten Tiny bei Zeros Erwähnung direkt an. Natürlich war das nicht besonders klug von uns, aber ich konnte gar nicht verhindern, dass es passierte.

Tiny war unsere Simultanreaktion natürlich nicht entgangen. »Okaaaaaay«, sagte er gedehnt und strich sich eine seiner langen blonden Locken aus der Stirn. »Eurer Reaktion entnehme ich, dass die beiden Sachen in Zusammenhang stehen.«

»Nicht unbedingt«, antwortete Sash vorsichtig. »Aber sie stehen auf jeden Fall im Zusammenhang mit uns.«

Tiny hielt inne und schien einen Augenblick lang nachdenken zu müssen. Dann sah er nacheinander erst Sash, dann mich und zum Schluss auch Liz unvermittelt an. »Ich möchte, dass ihr mir offen und ehrlich sagt, ob ihr mich in Gefahr gebracht habt oder nicht.«

Sash lächelte. »Nein, das haben wir nicht. Niemand ist uns gefolgt, niemand weiß, dass wir hier sind.«

Tiny atmete hörbar aus. »Okay. Okay. Dann will ich über diese Sache nichts wissen, hörst du? Kein einziges Sterbenswort will ich darüber hören. Heute Abend nicht und auch sonst nie. Je weniger ich weiß, desto besser.«

»Da könntest du recht haben«, bestätigte Liz.

Mit leicht zitternden Fingern goss sich Tiny noch ein Glas ein und leerte dieses in einem Zug. Dann griff er nach seinem Verbandskoffer und setzte eine entschlossene Miene auf. »Und jetzt halt still, damit ich meine Arbeit machen kann, Amigo!«

Sash gehorchte und eine Weile hörte man nur ab und zu ein scharfes Einatmen von Sash und die Geräusche, die das Eisspray machte, das Tiny immer wieder zur Betäubung auf den Arm sprühte.

Es war doch erstaunlich. Ich hatte mich in Windeseile von einem Menschen, der sich einzig und alleine vor Kurvendiskussionen und Vorträgen fürchtete (Letzteres natürlich nur, wenn ich sie selbst halten musste), und vor dem wirklich niemand auf der ganzen Welt Angst hatte, zu einem Menschen verwandelt, mit dem man besser so wenig wie möglich zu tun hatte, wenn man sich nicht in Gefahr bringen wollte. Irgendwie fühlte ich mich ein bisschen geschmeichelt.

Während Tiny nähte, kehrte Sash vollständig zu alter Form zurück. Vielleicht tat aber auch nur der Whisky sein Übriges, jedenfalls war ich erleichtert, zu sehen, dass er nicht in Gefahr zu sein schien.

Als er fertig war, betrachtete Tiny sein Werk und stieß ein zufriedenes Grunzen aus. »Wie Tante Hildes Weihnachtsbraten!«, sagte er und brachte uns damit alle drei zum Lachen. Irgendwie mochte ich den kauzigen Kerl. Er hatte ein gutes Herz, das war mehr als eindeutig. Und mir war seine Verschwiegenheit weitaus lieber als Brother Zeros fieberhafte Neugierde.

Nachdem Sash auch noch ein T-Shirt von Tiny erhalten hatte, in dem dieser ebenso versank wie ich in dem Sitzsack, blickte er schon wieder wesentlich vergnügter in die Welt.

In diesem Outfit sah er aus wie eines dieser Vorstadtkinder, die sich in den Kopf gesetzt hatten, eine Rap-Karriere zu starten.

»Tausend Dank, mein Freund«, sagte Sash und betrachtete mit kindlicher Verwunderung die Naht, die nun seinen Oberarm zierte.

»Keine Ursache. Aber sieh zu, dass eine Woche kein Wasser drankommt; nach zwei Wochen kannst du dir die Fäden ziehen oder deinem alten Freund einen weiteren Besuch abstatten.«

Er fasste sich an den Kopf. »Jetzt war das alles so aufregend, dass wir doch glatt vergessen haben, einander vorzustellen!« Er hielt mir seine prankenartige Hand hin, die ich gerade zuvor enorme Feinarbeit hatte leisten sehen, und ich ergriff sie lächelnd.

»Sophie K...«

»K wie: keine Nachnamen!«, unterbrach mich Tiny mit tadelndem Unterton und ich hörte meine Schwester neben mir schnauben, doch Tiny schien es nicht gehört zu haben. Er küsste übertrieben förmlich meinen Handrücken und zwinkerte mir zu.

»Und ich bin Tiny, haha, selten so gelacht und so weiter und so weiter. Tatsächlich war ich das kleinste und zarteste einer sehr kinderreichen Familie und habe mein gesamtes bisheriges Leben damit verbracht, die Hänseleien meiner Geschwister genauso zu kompensieren wie die Tatsache, dass ich nie genug vom Essen abbekam.«

Nachdem sich Liz und er einander ebenfalls förmlich vorgestellt hatten, warf er einen Blick auf seine Uhr und sagte: »Macht es euch einfach gemütlich Kinder, ich muss jetzt mal kurz was erledigen.«

Beschwingt rollte Tiny mit dem großen Schreibtischstuhl an seinen Arbeitsplatz. Tiefe Rillen im Fußboden zeigten deutlich, dass er sich gerne auf diese Art und Weise durch sein Wohnzimmer bewegte. Mir blutete das Herz, denn bei dem Bodenbelag handelte es sich um besonders schönes Kirschholzparkett.

Unser Gastgeber setzte ein Headset auf und drückte einige Tasten. Sofort erwachten drei Rechner gleichzeitig aus dem Schlaf. Auf zweien war nichts Besonderes zu sehen, ein Dritter jedoch zeigte eine animierte Computerspieleszene. Drei sehr schmal taillierte, sehr schwer bewaffnete Frauen bewachten den Eingang einer Waldhöhle.

Tiny murmelte: »Viermal hat mein Klient dieses Szene verkackt. Vier Mal. Wie kann man nur so blöd sein – die spiel ich im Schlaf. Er hat immer versucht, die Amazonen auszuschalten, aber die sind zu dritt – wahrscheinlich haben die Titten ihn ein bisschen abgelenkt. Die Höhle ist ein Klacks; jedenfalls, wenn man weiß, dass man hintenrum durch einen verfallenen Seiteneingang gehen kann.«

Er öffnete ein Chatfenster und klingelte jemanden an. »Es gibt immer einen Hintereingang. So ein Trottel«, murmelte er noch. Sash hatte sich mittlerweile kerzengerade hingesetzt. »*Ich* bin so ein Trottel!«, murmelte er. Und dann sagte er, etwas lauter: »Tiny, du bist ein Genie!«

»Weiß ich!«, antwortete dieser gönnerhaft. Und zu seinem Chatpartner, der endlich abgenommen hatte, sagte er knapp: »Sven, ich übernehme ab hier. Lehn dich zurück und genieß die Show. Ich meld mich danach dann wieder bei dir!«

Sash sah uns an und seine Augen leuchteten. Das Leben schien vollständig in ihn zurückgekehrt zu sein. »Ich weiß jetzt, wie wir die Passwortseite im Darknet umgehen können!«

»Ich höre euch nicht zu!«, tönte es vonseiten des Schreibtischs.

Sash ignorierte seinen Freund und erklärte uns mit leuchtenden Augen: »Ich hatte Angst, die normalen Passwortspähsoftwares einzusetzen, weil derjenige, mit dem wir es zu tun haben, möglicherweise gefährlich und genial ist. Bei dem, was er mit Sophies Port angestellt hat, traue ich ihm alles zu!«

»Ihr macht es einem echt nicht leicht!«, maulte Tiny, seine Augen weiterhin fest auf den Bildschirm geheftet.

»Sorry mein Alter«, entschuldigte sich Sash. Doch er klang viel zu euphorisch, als dass ihm irgendjemand diese Entschuldigung abnehmen könnte. »Hast du einen sauberen Laptop für mich?«

Tiny seufzte und deutete mit der Hand auf einen windschiefen Schrank. »Da drin liegt ein alter von Mauro. Hat ihn vor sechs Wochen hier liegen lassen und nicht mehr abgeholt. Hab ihn plattgemacht. Den kannst du benutzen.«

Sash grinste. Er erhob sich und kehrte kurz darauf mit dem Laptop wieder zurück.

»Und was war jetzt deine geniale Idee?«, fragte ich.

Sashs blaue Augen blitzten mich vergnügt an. »Wir gehen durch den Seiteneingang rein!«

Tiny riss sich das Headset vom Kopf und drehte seinen Schreibtischstuhl so, dass er uns alle drei im Blick hatte. Es war offensichtlich, dass er nicht imstande gewesen war, uns zu ignorieren. Und dass er allmählich drohte, die Fassung zu verlieren.

Doch er bewies einmal mehr, dass man ihn nicht unterschätzen sollte. Kurz bevor er in einen Wutausbruch verfiel, riss er sich doch noch zusammen und setzte ein gequältes Lächeln auf.

»Leute, ihr seid meine Gäste und ich bin um das Wohl meiner Gäste stets besorgt. Solltet ihr vorhaben, euch mithilfe dieses Laptops noch tiefer in die Scheiße zu reiten, ist das euer gutes Recht. Aber dann möchte ich euch doch höflichst bitten, dies nicht in meiner Wohnung zu tun.«

Sash nickte reumütig. »Alles klar, entschuldige Tiny. Wir würden dich sowieso nur bei der Arbeit stören, also sehen wir einfach zu, dass wir nach Hause kommen.« Er machte Anstalten, sich zu erheben, strauchelte aber, weil er versucht hatte, sich mit seinem lädierten Arm am Sofa abzustützen.

Tiny beobachtete seine Bemühungen kopfschüttelnd. »Warte noch ein paar Minuten«, forderte er Sash leicht verärgert auf. »Ich mach eine Schlinge für deinen Arm.«

Einer Eingebung folgend hatte er den Liebling des Gastes holen lassen. Der Mann, der ihm das Tier brachte, hatte es verängstigt hinter einem der Computerbildschirme gefunden. Zum großen Unmut des Sandmannes handelte es sich um einen ausgewachsenen grünen Leguan.

Er schätzte Haustiere zwar auch dann nicht, wenn sie über große Kulleraugen und weiches Fell verfügten, doch wie ein Mensch auch nur auf die Idee kommen konnte, sich ein schuppiges Reptil als Gefährten auszuwählen, überstieg seine Fantasie bei Weitem. Allerdings passten die beiden auf eine seltsame Art und Weise sehr gut zueinander – immerhin hatte der Gast auch keinerlei Haare am Körper. Das Tier hockte nun in einem Wäschekorb, auf den er ein Stück Spanplatte gelegt hatte, und glotzte ihn an. Es schien sich nicht im Geringsten unwohl zu fühlen.

Sophie war noch immer nicht online, dabei war es schon tief in der Nacht. Zwar wusste er, dass sie sich gegen Mitternacht weit jenseits ihres Zuhauses in der Stadt herumgetrieben hatte, doch so langsam musste auch sie wieder in ihrem Bett liegen, die Augen geschlossen, die Atemzüge langsamer werdend. Immerhin hatte sie einen ganz besonders anstrengenden Tag und eine aufreibende Nacht hinter sich, solcherlei Abenteuer machten doch müde. Doch vielleicht würde das Erlebte sie auch die ganze Nacht wach halten, ganz unwahrscheinlich war das schließlich nicht. Er selbst könnte eine Mütze Schlaf ebenfalls ganz gut gebrauchen, aber daran war auf keinen Fall zu denken. Der Sandmann unterdrückte ein Fluchen. Er musste unbedingt wissen, ob Sophie noch ihren Chip in der Schläfe trug. Er musste einfach.

Das Glück war ihm diese Nacht schließlich doch noch hold. Endlich, als ihm selbst beinahe die Augen zugefallen wären, erschien Sophies Port-ID auf seinem Bildschirm.

»Hallo, mein Mädchen!«, flüsterte er und der Leguan war einziger Zeuge eines seiner besonders seltenen Lächelns. Gedankenverloren spielte er mit der alten Zugangskarte von Sebastian Zweig, der unverhofften Trophäe des heutigen Abends.

Dann legte er sie beiseite, gab ein paar Kombinationen auf seiner Tastatur ein und lehnte sich zurück. Kurz darauf erschien Sophies Responsiv-Kurve auf seinem Bildschirm. Wenn alles so verlief wie in den letzten Nächten, dann müsste der Sandmann in den nächsten zwanzig Minuten erste Impulse übermittelt bekommen, die kurz darauf heftiger wurden, wenn die Einspielung des Videos begann. Er genehmigte sich einen Bissen von dem Sandwich, das ihm einer seiner Männer hingestellt hatte, und wartete. Nach einer halben Stunde begann er, ernsthaft unruhig zu werden. Hatte sein Gefühl ihn doch nicht getrogen? Hatte sein Gast das Unmögliche vollbracht und Sophie den Port doch entnommen? Weitere drei Minuten später war er sich dessen sicher. Zwar waren Reaktionen zu verzeichnen, doch diese waren so flach und unspezifisch wie die Hirnregungen eines Neugeborenen. Nach all den Jahren, die der Sandmann mit seiner Schöpfung und deren Möglichkeiten verbracht hatte, war er in der Lage, Responsiv-Kurven zu lesen, wie andere Menschen Noten oder Buchstaben. Sophie hatte immer sehr heftig und eindeutig reagiert. Und wer konnte ihr das auch verdenken, bei all dem, was sie in ihrem Leben schon erfahren und mitgemacht hatte? Es war nur natürlich! Die flachen Kurven, die vor ihm auf dem Bildschirm kümmerlich umherzuckten, bewiesen ihm endgültig, dass er den Kontakt zu Sophie verloren hatte. Was immer er dort zu sehen bekam: Ihre Signale waren es jedenfalls nicht.

Kalte Wut stieg in ihm hoch. So viele Jahre hatte er gewartet, so viele Nächte kaum geschlafen. Er hatte alles versucht, Sophie aufzuhalten, sie am Schnüffeln zu hindern, und dieser kleine, haarlose Hacker hatte ihm dazwischengefunkt. Ausgerechnet nach der Nacht, in welcher der Sandmann die Beherrschung verloren hatte. Vielleicht war er zu ungeduldig gewesen, vielleicht seine Vorgehensweise zu grob. Die Denkweise von Teenagern war ihm unbekannt. Doch er hätte nicht locker gelassen, bis sie eingeknickt wäre. Und dann hätte er sich damit begnügt, sie manchmal in ihren Träumen zu besuchen und sie von Ferne zu beobachten, eine Begegnung in Fleisch und Blut hätte er nicht riskiert. Das alles war nun nicht mehr möglich. Dem Gast war wohl kaum klar, was er mit seinem Verhalten angerichtet hatte. Seine Unwissenheit würde ihn allerdings nicht vor Konsequenzen bewahren, denn niemand durchkreuzte ungestraft die Pläne des Sandmannes.

Dazu kam die Dreistigkeit, ihn angelogen zu haben. Er schätzte Lügen nicht. Und er schätzte es nicht, Menschen zu begegnen, die glaubten, sie könnten es mit ihm aufnehmen.

Er nahm ein schnurloses Telefon zur Hand und wählte eine dreistellige Nummer. Mit rauer, kehliger Stimme sagte er kurz darauf: »Ich bin's. Bringt den Kerl zu mir.«

Das Gepolter war weithin zu hören, als sie ihn brachten. Der Mann schien sich heftig zur Wehr zu setzen, russische Flüche hallten durch die langen Flure, auch hörte der Sandmann ihn zwischendurch leise wimmern. Als wüsste er genau, was ihm bevorstand. Aber als er schließlich den Raum betrat, rang er sich ein beachtliches Maß an Fassung ab, vermutlich, um nicht noch einmal Schwäche zu zeigen. Doch seine Selbstbeherrschung kam zu spät – seine größte Schwäche kannte der Sandmann bereits. Und er lag goldrichtig: Ein Übermaß an Überraschung und Zuneigung zuckte über das blasse Gesicht, als der Mann seinen Leguan im Wäschekorb sitzen sah.

Der Sandmann registrierte es nicht ohne Zufriedenheit.

»Wir beide haben etwas zu besprechen!«, sagte er zu seinem Gast, ohne das Reptil weiter zu beachten. »Wie soll ich dich nennen?«

Der andere reckte störrisch das Kinn vor und antwortete: »Man nennt mich Brother Zero!«

Mäßig unterdrückter Zorn trieb dem Sandmann Röte ins Gesicht. »Ich habe nicht gefragt, wie man dich nennt, sondern wie ich dich nennen soll!« Er nickte dem Mann zu, der neben dem Türrahmen Stellung bezogen hatte, und dieser warf ihm einen zerfledderten Reisepass zu. Der Sandmann klappte ihn auf. »Sergej Popow«, las er laut und deutlich vor. »Warum nicht gleich so?«

Dann bedeutete er dem Mann, vor der Tür zu warten. Nachdem diese mit einem deutlichen Krachen ins Schloss gefallen war, stützte der Sandmann die Ellbogen auf seine Knie und säuselte: »Hast du wirklich geglaubt, du würdest damit durchkommen, Sergej? Warst du tatsächlich der Auffassung, ich würde nicht bemerken, dass Sophie ihren Chip gar nicht mehr trägt? Warst du vermessen genug, zu glauben, du könntest dich mit einer solch dreisten und jämmerlichen Lüge aus der Affäre ziehen?«

Der Angesprochene starrte wortlos zu Boden. In seiner Körperhaltung schwang eine Starrköpfigkeit mit, die dem Sandmann trotz seiner Abneigung dem Mann gegenüber so etwas wie Bewunderung abnötigte. Er hatte eine Schwäche für Standhaftigkeit. Allerdings hatte er kein Verständnis für Arroganz. Dazwischen lag oftmals nur ein ganz schmaler Grat.

Seine Stimme war bedrohlich leise, als er fragte: »Ist dir eigentlich klar, mit wem du es hier zu tun hast?«

Sergej Popow hob den Kopf und funkelte den Sandmann durch sein eines, intaktes Brillenglas böse an. »Klären Sie mich auf!«

Immerhin war Sergej klug genug, die Höflichkeit zu bewahren.

»Ich bin der Sandmann«, lautete die schlichte Antwort. Als sein Gegenüber nicht reagierte, zog der Sandmann Verblüffung heuchelnd die Augenbrauen hoch.

»Wie, du kennst meinen Namen nicht? Dabei dachte ich, du hältst dich für so einen großen Hacker?«

»Ich bin der beste«, erwiderte Popow kühl und reizte den Sandmann damit bis aufs Blut. Doch er durfte jetzt nicht die Beherrschung verlieren. Zu viel, was er von seinem Gast noch wissen wollte, bevor er diesen auf die eine oder andere Art erlösen würde. Aber die schallende Ohrfeige, die er dieser Ungeheuerlichkeit folgen ließ, verschaffte ihm für den Moment eine gewisse Erleichterung. Sie hinterließ einen feuerroten Handabdruck in dem blassen Gesicht seines Gegenübers.

»Falsch!«, zischte der Sandmann. »Wenn du der Beste wärst, dann hättest du dich von mir nicht erwischen lassen. Dann hätte ich nicht so schnell herausgefunden, dass du mich belogen hast. Du bist nichts weiter als ein jämmerlicher Amateur!«

Wie erwartet, bekam er darauf keine Antwort.

»Willst du gar nicht wissen, warum ich diesen Namen trage?«, fragte der Sandmann beinahe schon freundlich.

»Also gut: Warum tragen Sie diesen Namen?« Sergejs Frage klang verächtlich. Doch diese Verachtung würde er schon noch ablegen.

Der Sandmann lächelte mit unverhohlener Grausamkeit. »Ich heiße Sandmann, weil ich den Menschenkindern die Träume bringe.« Und nach einer Kunstpause setzte er hinzu: »Böse Träume.«

Man konnte den Groschen förmlich fallen hören. Der Sandmann registrierte, dass sich das Pochen der Halsschlagader von Sergej Popow merklich verschnellerte.

»Ich denke, nun verstehen wir einander«, stellte er fest und Sergej nickte.

»Gut.«

Seinen Ekel überwindend griff der Sandmann nun in den Wäschekorb und hob den Leguan mit einer Hand hinaus. Er setzte das widerliche Tier auf seinem Schreibtisch ab und hielt es mit einer Hand fest, während er mit der anderen Hand in einer Schublade kramte. Die Suche dauerte nur wenige Augenblicke. Bald schon hatte er, was er brauchte. Ruhig, beinahe wie nebenbei, legte er das Messer auf einem seiner beiden Schenkel ab. Es würde schon bald ein zweites Mal in dieser Nacht zum Einsatz kommen.

Sergej schluckte. »Sie werden Elsbeth doch nichts tun, oder?«, fragte er, mit einem Mal lammfromm und verängstigt wie ein Schuljunge.

Elsbeth. Der Sandmann schürzte angewidert die Lippen. Das Tier war offensichtlich der Schlüssel zu diesem Kerl, und er beglückwünschte sich noch einmal im Stillen dazu, diese Tatsache früh genug erkannt zu haben.

»Mach dich doch nicht lächerlicher, als du sowieso schon bist«, blaffte er Sergej Popow an. »Ich bin Geschäftsmann, kein Philanthrop!«

Eigentlich hasste der Sandmann es, sich die Hände schmutzig zu machen, und er verspürte in sich keinerlei gewalttätige Neigungen. Gewalt war ein notwendiges Übel in seinem Geschäft, mehr nicht. Doch eine sehr schmerzvolle Erfahrung hatte ihn gelehrt, dass auch er zuweilen die Beherrschung verlor, sich mit einer Waffe in der Hand von Gefühlen leiten ließ. Das konnte zu Fehlern führen, die sich nicht ausbügeln ließen. Und Wunden schlagen, die niemals verheilten.

Es war ungemein wichtig, zu jedem Zeitpunkt die absolute Kontrolle zu behalten. Daher legte er die Hand mit dem Messer nun direkt auf der Tischplatte neben dem Tier ab, das ihn weiterhin plump beäugte, als ginge das Geschehen im Raum es nicht das Geringste an.

Sergej hatte mittlerweile große Angst um seine Gefährtin. Seine Gesichtshaut war bleich und die Hände hatten angefangen, zu zittern. Langsam war er wohl bereit, zu reden.

Der Sandmann sah seinem Besucher, seinem Gast, seinem Opfer direkt in die Augen. »Also bitte, Sergej: Noch mal von vorne!«

LIZ

Die Sonne schien am nächsten Morgen viel zu früh und viel zu gnadenlos durch die billigen Gardinen in Sashs Gästezimmer. Der Kerl hatte doch nun wirklich genug Geld, warum konnte er sich nicht wenigstens anständige lichtundurchlässige Vorhänge anschaffen? Wahrscheinlich hatte er nicht so oft Übernachtungsgäste. Oder Gäste im Allgemeinen.

Wir hatten nur knapp drei Stunden geschlafen und ich fühlte mich, als hätte mich ein Lastwagen überrollt, wäre dann rückwärts erneut über mich drübergefahren, hätte sich schließlich doch umentschieden und noch einmal die Richtung über meinen Rücken und meinen Kopf hinweg geändert. Meine Knochen brüllten mich an, wieder einzuschlafen, doch leider war ich bereits viel zu wach. Was ich auch versuchte, es gelang mir nicht, erneut Ruhe zu finden.

Meine Schwester hingegen lächelte mich an, als sie kurz nach mir die Augen aufschlug.

»Gut geschlafen?«, fragte ich sie und Sophie nickte.

»Himmlisch«, antwortete sie. »Vollkommen traumfrei! Allerdings ein bisschen zu kurz für meinen Geschmack.«

Ich war zufrieden, dass die Chipentnahme wenigstens dazu geführt hatte, dass Sophie nun endlich wieder ruhig schlafen konnte. Allerdings lieferte uns das Leben gerade diverse »normale« Gründe, Albträume zu haben. »Dann war der gestrige Tag ja nicht völlig für die Katz!«, sagte ich und Sophie lächelte zustimmend.

Nach einer Weile sagte sie: »Es wird merkwürdig sein, heute in dein Haus zurückzukehren. Es ist so viel passiert. Ich weiß einfach nicht, ob ich so tun kann, als wäre alles in Ordnung. Wie soll ich Fe anlächeln und mich von ihr mit Burritos vollstopfen lassen, während gestern Nacht ein fremder Mann versucht hat, uns umzubringen? Das ist doch absurd.«

»Na ja«, wandte ich ein. »Eigentlich ist doch auch alles in Ordnung. Immerhin kannst du jetzt wieder schlafen und wir sind wie durch ein Wunder alle drei noch am Leben. Gemessen an dem, was so alles passiert, ist das doch kein schlechter Schnitt, oder?«

»Stimmt«, gab Sophie zu, doch ich nahm ihr die Zustimmung nicht ganz ab. Die bevorstehende Rückkehr in den Grunewald schien sie offensichtlich zu belasten.

»Oder«, wagte ich einen kurzen Vorstoß, »willst du vielleicht einfach nur nicht weg von Sash?«

Augenblicklich lief Sophie bis zum Scheitel kirschrot an und drehte den Kopf zur Seite. »Quatsch!«, erklärte sie der langweilig weißen Raufasertapete, doch auch das klang für mich nicht besonders überzeugend.

»Du magst ihn doch, oder?«, versuchte ich es weiter.

»Na und?« Meine Schwester schaute mich noch immer nicht an. »Magst du ihn etwa nicht?«

»Doch, natürlich«, gab ich zu. »Aber nicht auf diese Art und Weise!«

Sophie drehte den Kopf und sah mich an. Mit einem Mal sah sie richtig wütend aus. »Ach nein?«, fragte sie scharf.

»Warum hat er dann nur Augen für dich? Ständig seid ihr euch einig, ständig flirtet ihr miteinander. Ich bin quasi unsichtbar!«

Der Vorwurf traf mich hart und vollkommen unerwartet. Nicht im Traum hätte ich damit gerechnet, dass Sophie es so wahrnehmen könnte! Ich wollte doch nichts von Sash. Mein Verhalten ihm gegenüber unterschied sich nicht im Geringsten von dem Verhalten, das ich anderen Kerlen in seinem Alter gegenüber an den Tag legte. Nie im Leben würde mir in den Sinn kommen, etwas mit ihm anzufangen. Er war ein Nerd und noch dazu ein halbes Hemd, verdammt noch mal! Immerhin hatte ich einen Ruf zu verlieren – vorausgesetzt ich schaffte es, irgendwann wieder ein normales Leben zu führen.

»Sophie«, sagte ich etwas ungehalten. »Das hast du missverstanden. Er ist doch gar nicht mein Typ!«

»Aber du bist sein Typ!«, stieß sie hervor.

»Blödsinn«, gab ich zurück. »Ich kann mit ihm nicht einmal über Lötkolben reden!«

Sophie schossen Tränen in die Augen. »Mach dich nur über mich lustig!«, schluchzte sie. »Für dich ist das doch alles nur ein Spiel. Du kannst jeden haben! Du mit deinem Geld und deinen schicken Klamotten!«

Nun war es mir aber wirklich zu viel – als müsste ich mir die Kerle kaufen. Ich hatte nicht einmal eine leise Ahnung, warum wir uns jetzt überhaupt stritten. »Jetzt hör doch auf mit dem Scheiß!«, rief ich. »Ich hab überhaupt nichts getan!«

Mit zusammengepressten Lippen starrte Sophie mich an, während ihr Tränen über die Wangen liefen. Ihr Schweigen machte mich nur noch wütender; es stachelte mich regelrecht an.

»Ich hab das Geschäftskonto meines Vaters angezapft, damit du diesen dämlichen Port loswirst! Du wohnst bei mir, bekommst von Fe und Juan alles in den Hintern geschoben – sogar mein Hund liebt dich offensichtlich mehr als mich – und *du* bist eifersüchtig? Was soll ich denn noch tun? Soll ich Sash bitten, mich nie wieder anzusehen? Vielleicht lege ich mir einfach eine Burka zu, wärst du dann zufrieden?«

Sophie holte Luft, doch sie kam nicht mehr dazu, irgendwas zu sagen, denn in diesem Augenblick ging die Tür auf und Sash stand mit strubbeligen Haaren und zerknitterten Boxershorts im Türrahmen und blinzelte uns aus müden Augen an.

»Was ist denn hier los?«, fragte er gähnend, nur um im nächsten Augenblick von einem zum anderen schauend festzustellen, dass es gerade nicht der richtige Moment war, um solche Fragen zu stellen. Sophie und ich starrten ihn nur wortlos an.

»Ich mach dann mal Kaffee«, murmelte er verschämt und zog sich aus dem Türrahmen zurück.

Als die Tür zufiel, atmete ich hörbar aus. Sashs überraschendes Eintreten hatte zwar der Situation die Spannung genommen, aber ich war noch immer wütend über Sophies dämliche Anschuldigungen.

»Damit das klar ist: Ich will nichts von ihm. Und wenn du in ihn verknallt bist, es aber nicht auf die Kette bekommst, ihm das begreiflich zu machen, dann ist das nicht meine Schuld, okay?«

Sophie sah mich mit geröteten Augen an. »Du hast ja keine Ahnung, was es bedeutet, ich zu sein! Immer die ohne Geld, die mit der toten Mutter, die, die keiner bemerkt...«

Langsam ging mir diese weinerliche Nabelschau gewaltig auf die Nerven. Ich faltete meine Hände wie zum Gebet und sagte: »Ach herrje. Die heilige Sophia vom Prenzlauer Berg. Schutzpatronin aller Pferdeschwanzmädchen und Mauerblümchen. Vergib mir bitte, denn ich habe gesündigt!«

Offensichtlich hatte die Sache mit den Mauerblümchen das Fass zum Überlaufen gebracht, denn Sophie schleuderte mir ihr Kissen wortlos und mit voller Wucht gegen den Kopf, raffte wütend ihre Klamotten zusammen und schloss sich türknallend im Badezimmer ein. Kurz darauf hörte ich das Duschwasser rauschen.

Seufzend und mit einem Stein im Magen sammelte auch ich meine Kleidung vom Zimmerboden. Die Sachen rochen nach Staub und der Angst des vergangenen Tages. Meine schwarze Hose war mit Flecken übersät und es schien fast, als hätte sich alter Staub zwischen die einzelnen Fasern gefressen. Würde ich versuchen, sie in einer Ecke des Zimmers aufrecht hinzustellen, gelänge es mir sicherlich, so steif kam sie mir vor. Ich versuchte, das Kleidungsstück wenigstens notdürftig abzuklopfen, damit sich Fes lästige Fragen in Grenzen hielten. Auf dem Anwesen von Carls Eltern gab es herzlich wenig Gelegenheiten, sich derart die Klamotten zu verschmutzen, das wusste auch meine Fe. Doch ich konnte mich nicht allzu intensiv auf meine Aufgabe konzentrieren, dafür war ich zu durcheinander und viel zu verletzt.

Hatte ich unrecht oder lag meine Schwester falsch? So genau konnte ich das nicht sagen. Ich kannte solche Gefühlsausbrüche von Carl und auch bei ihm neigte ich dazu, manchmal genau einen Schritt zu weit zu gehen. Eine meiner zweifelhaften Stärken war es nämlich, seelische Sollbruchstellen zu erkennen und gnadenlos darauf einzuhacken, wenn ich mich bedroht fühlte. Zwar war auch ich immer noch sauer, aber mir war durchaus bewusst, dass ich es auch diesmal übertrieben hatte. Ich hatte meine Schwester mit voller Absicht verletzt und das war schäbig. Es blieb mir nur zu hoffen, dass Sophie sich, ähnlich wie mein bester Freund auch, früher oder später wieder beruhigen würde. Sonst musste ich mich am Ende noch entschuldigen, und das hasste ich am allermeisten.

Nachdem ich mich angezogen hatte, stand ich eine Weile unschlüssig im Zimmer herum. Würde meine Schwester noch einmal ausrasten, wenn ich es wagte, zu Sash in die Küche zu gehen, bevor sie das Bad verließ? Durfte ich mich alleine überhaupt noch in seine Nähe wagen, oder riskierte ich auf diese Weise wieder Streit? Ich hatte keine Lust, dass sie mir jetzt den ganzen Tag die kalte Schulter zeigte. Ihrem kindischen Gehabe wollte ich allerdings auch nicht nachgeben.

Sophie würde schon selbst die Initiative ergreifen müssen, sie konnte ihre Untätigkeit nicht damit entschuldigen, gegen mich ohnehin keine Chance zu haben, denn das war ausgemachter Blödsinn.

Es war der Kaffeeduft, der mir letztendlich die Entscheidung abnahm. Ich war viel zu müde, um abzuwarten, bis sich meine Schwester aus dem Badezimmer bequemte – meine Blutgefäße sehnten sich nach einer Dosis Koffein.

Ich schlurfte den langen Flur entlang, der den zweiten Teil der Wohnung mit dem Wohnzimmer verband, und öffnete die Tür.

Zum Glück hatte auch Sash sich mittlerweile zumindest notdürftig angezogen, was in seinem Fall bedeutete, dass er eine Jogginghose und T-Shirt trug. Ich musste lächeln, als ich sah, dass er die Hälfte des Kaffeepulvers auf der Arbeitsplatte verstreut hatte. Offensichtlich war es nicht ganz so einfach, mit einem Arm in der Schlinge Frühstück zu machen.

»Morgen!«, rief ich ihm entgegen, um betonte Heiterkeit bemüht. Er drehte sich zu mir um und erwiderte meinen Gruß, doch so einfach ließ er sich nicht täuschen. Mit gerunzelter Stirn fragte er argwöhnisch: »Ist mit Sophie alles in Ordnung?«

Ich machte eine wegwerfende Handbewegung, innerlich hoffend, dass meine Schwester nicht gleich wieder zur Furie wurde. »Ist einfach alles ein bisschen zu viel für sie die letzten Tage. Da können die Nerven schon einmal mit einem durchgehen.«

Sash bedachte mich mit einem prüfenden Blick, sagte aber nichts weiter, sondern hielt mir nur die Kaffeetasse hin, die ich entgegennahm, als sei sie der Heilige Gral höchstpersönlich.

»Sieht ihr gar nicht ähnlich«, bemerkte er schließlich, nachdem wir beide ein paar Schlucke getrunken hatten. »Bis jetzt war sie doch auch so tapfer. Vor allem gestern hat sie echt Nerven gezeigt.«

»Hmmm…«, machte ich, da ich dieser Feststellung natürlich nichts entgegenhalten konnte. Und ich wollte es auch gar nicht. Zudem konnte ich Sash wohl schlecht über Sophies Verliebtheit informieren.

Nach einem gefühlt endlosen Schweigen öffnete sich schließlich die Tür und meine Schwester betrat den Raum. Oder präziser ausgedrückt: Sie schwebte herein. Ich schaffte es gerade noch, einen Pfiff zu unterdrücken.

Irgendwie war es ihr gelungen, so frisch und wunderschön wie nie zuvor auszusehen.

Ihre langen Haare schimmerten golden statt, wie üblich, straßenköterblond. Sie hatte sie augenscheinlich zu Locken geknetet, sodass gewellte Strähnen ihr Gesicht umkränzten. Auch hatte sie es irgendwie geschafft, ihre Klamotten nicht halb so mitgenommen aussehen zu lassen wie meine. Sie hatte sich sogar ein Stück ihres T-Shirts abgeschnitten und gewährte nun einen Blick auf den makellos flachen Bauch. Ihre Jeans trug sie hochgekrempelt, was den Blick auf ihre schlanken Fesseln freigab. Ein umwerfendes Lächeln rundete das Ganze ab.

Sie war zwar nicht glamourös, aber ihre natürliche Schönheit war genauso atemberaubend, wenn nicht noch viel atemberaubender. Ich hatte das Gefühl, eine generalüberholte Schwester vor mir zu haben, und mir wurde genau in diesem Augenblick klar, dass sie einfach nicht der Typ für schicke Cocktailkleider oder zu viel Schminke im Gesicht war. Man musste ihren unprätentiösen, unschuldigen Stil nur unterstreichen und schon hatte man eine junge Frau vor sich, nach der sich einige Männer auf der Straße umdrehen würden. Ganz offensichtlich ging Sophie nun Sash betreffend in die Offensive. Na bitte, das war doch schon besser. Allerdings hatte sie es geschafft, dass ich mich nun – ungeduscht und unfrisiert, wie ich war – wie ein Wischmopp fühlte.

Auch Sash konnte sich ihres Anblicks nicht erwehren. Er starrte Sophie derart verzückt an, dass es nur einem Blinden verborgen bleiben konnte.

Während sie neben mir auf einem der Barhocker Platz nahm, raunte ich ihr zu: »Und, wer ist jetzt das Mauerblümchen, Schwester?«

Sie antwortete zwar nicht, doch ich konnte schwören, in ihrem Mundwinkel ein kleines Lächeln entdeckt zu haben. Erleichtert erklärte ich den Tag innerlich für noch nicht komplett gescheitert.

Gemeinsam bereiteten wir nun aus den wenigen Dingen, die Sashs Küche zu bieten hatte, ein bescheidenes Frühstück zu. Es gab Toast mit Margarine, Tomaten und eine kleine Schüssel Müsli für jeden. Zum Glück war ich morgens ohnehin sehr selten hungrig.

Nach dem Frühstück lümmelten wir uns alle gemeinsam auf die Couch, wobei ich darauf achtete, dass Sophie neben Sash saß. Sie sprach nur das Nötigste mit mir und es war klar, dass sie mir zeigen wollte, wie sauer sie noch immer auf mich war. Doch ich war zuversichtlich, dass es im Laufe des Tages besser werden würde.

»So. Und jetzt erklär uns doch die Sache mit dem Hintereingang mal!«, forderte meine Schwester Sash auf, nachdem dieser die ominöse Darknet-Adresse auf dem fremden Laptop geöffnet hatte. Bereitwillig gab er Auskunft: »Eigentlich ist es mit den entsprechenden Programmen ganz einfach, ein Passwort zu knacken. Es gibt unzählige kleine Tools, die jede mögliche Zahlen- und Buchstabenkombination ausprobieren. Das dauert zwar ein bisschen, funktioniert aber meistens.«

»Warum *eigentlich?*«, hakte ich nach. »Klingt doch ganz vielversprechend.«

»Ja, nur habe ich Angst, mit dieser Methode aufzufliegen. Wenn nur die kleinste Möglichkeit besteht, dass Sophies Chip und diese Zugangsseite hier von ein und demselben Kopf erdacht wurden, bin ich schneller enttarnt, als ich niesen kann. Ich schätze, dass solche Angriffe von außen nicht unbemerkt bleiben.«

»Deshalb der Hintereingang«, folgerte Sophie.

Sash grinste: »Genau. Ich werde einfach versuchen, ein neues Passwort anzulegen!«

»Und das geht so einfach?« Ich war aufrichtig überrascht.

»Nein, natürlich geht das nicht so einfach. Aber das heißt nicht, dass es unmöglich ist. Wenn ich es schaffe, mich in den Administratorbereich der Seite einzuhacken, dann sollte es funktionieren. Gebt mir ein bisschen Zeit, okay?«

Wir nickten gleichzeitig und ein gespanntes Schweigen füllte den Raum. Zunächst versuchte Sash, nur mit einer Hand zu tippen, doch dieses Vorgehen machte ihn ungeduldig und ungehalten, was leicht von seiner Miene ablesbar war. Also zog er mit schmerzverzerrtem Gesicht seinen Arm aus der Schlinge und bald schon war das vertraute, leicht abgehackte Tippen zu hören, das immer erklang, wenn er sich auf seinen Rechner konzentrierte.

»Okay«, sagte er nach einer Weile. »Ich hab's!«

Er blickte erst Sophie an, dann mich. »Wer von euch will ein neues Passwort vergeben?«

Ich ließ meiner Schwester mit einer Handbewegung den Vortritt und ihr Vorschlag kam wie aus der Pistole geschossen.

»Mauerblümchen«, sagte sie.

Es hatte ihm keine Freude gemacht, das Tier zu töten, doch manchmal war Gewaltanwendung unumgänglich, um einen Standpunkt zu unterstreichen. Und das war ihm nachdrücklich gelungen.

Aus dem zitternden, weinenden Sergej waren die Informationen nur so hervorgesprudelt, nachdem der Sandmann gezeigt hatte, dass er das lange Messer auch durchaus benutzen konnte.

So hatte er nun erfahren, dass Sophie gemeinsam mit ihrer Schwester bei dem Neurohacker aufgeschlagen war. Elisabeth hatte auch das Geld für die Prozedur aufgetrieben, ihr Adoptivvater war ein reicher Investor. Der Name Karweiler war selbst dem Sandmann ein Begriff, auch wenn er noch nie persönlich mit dem Unternehmer zu tun gehabt hatte. Nach allem, was man hörte, war der Mann viel zu moralisch, um einen Kontakt in Erwägung zu ziehen. Allerdings war es möglich, dass diese Information noch einmal von Nutzen war.

Sergej hatte ihm, wenn auch etwas widerstrebend, ebenfalls erzählt, wie er die Sicherheitsbarrieren des Ports umgehen und die Verbindung zum Sehnerv hatte kappen können. Gegen seinen Willen war der Sandmann beeindruckt. Was der kleine Russe vollbracht hatte, war ein meisterhafter Hack. Besser hätte er selbst es sich nicht ausdenken können. Und wenn er ganz ehrlich war, hatte er die reine Möglichkeit dieses Vorgehens bisher noch nicht einmal in Betracht gezogen. Zu lange hatte er sich auf seinen früheren Entwicklungen ausgeruht, das wurde ihm nun bewusst. Eine neue Generation von Hackern war herangereift und er musste sich auf einiges gefasst machen. Die Ereignisse der vergangenen Tage ließen überhaupt keine andere Schlussfolgerung zu.

Nun, da er seine Informationen hatte, überlegte er jedoch, was er mit dem verängstigten Gast anstellen sollte. Ein lebloser Organismus war ihm für diesen Tag auf jeden Fall genug. Und das Tier war wesentlich leichter beiseitezuschaffen als ein toter Mensch. Natürlich könnte er einen seiner Leute abstellen, den Mann ebenfalls verschwinden zu lassen, allerdings scheute er sich vor einer solchen Verschwendung geistiger Ressourcen. Vor ihm saß zwar vielleicht nicht der beste Hacker Europas, aber einer der besten auf jeden Fall. Konnte er es überhaupt verantworten, so einen Menschen zu töten?

Das Klingeln des Telefons riss ihn aus seinen Gedanken. Seine linke Augenbraue zuckte ärgerlich, als er abnahm.

»Was ist denn?«, fragte er schroff.

»Entschuldigung Chef«, sagte sein Sicherheitsleiter mit zittriger Stimme. »Haben Sie das Passwort zu unserer Seite geändert?«

»Natürlich nicht, warum fragen Sie?«

»Nun ja.« Der Mann am anderen Ende der Leitung machte eine enervierend lange Pause. Man konnte förmlich hören, wie er von einem Bein auf das andere trat. »Weil irgendjemand es geändert hat«, antwortete er schließlich.

Ohne ein weiteres Wort zu sagen, legte der Sandmann auf. Langsam geriet die Sache aus dem Ruder. In den letzten vierundzwanzig Stunden waren eindeutig zu viele Dinge geschehen, die er bisher für unmöglich gehalten hatte. Schnell versuchte er, sich in den Administratorenbereich seiner Darknet-

Seite einzuloggen, nur um direkt feststellen zu müssen, dass es ihm nicht gelang. Jemand hatte die Seite von außen angegriffen. Und ganz offensichtlich hatte dieser Jemand ganze Arbeit geleistet. Um Beherrschung kämpfend, wandte er sich an Sergej.

»Offensichtlich hat sich jemand Zugang zu meiner Darknet-Unternehmensseite verschafft«, sagte er so ruhig wie möglich und registrierte Neugier in dem mittlerweile vertrauten und ziemlich ramponierten Gesicht.

»Du hast nicht zufällig eine Ahnung, wer das gewesen sein könnte, Sergej?«

»Doch, natürlich habe ich die. Das kann eigentlich nur Sash gewesen sein!«, lautete die Antwort, in der ein Achselzucken mitschwang.

Der Sandmann glaubte, sich verhört zu haben. Der Name war ihm durchaus geläufig. »Dieser kleine Grünschnabel? Wie kommst du denn darauf?«

»Sie waren wohl lange nicht mehr draußen, was?«, fragte Sergej und sein Mund verzog sich zu einem schiefen Lächeln. Auf den Schneidezähnen klebte Blut, was ein groteskes Bild erzeugte. »Der Grünschnabel ist erwachsen geworden.«

Seufzend schüttete der Sandmann Sergej einen Schluck Wasser ein und hielt ihm das Glas hin. Das Blatt hatte sich gewendet – nun war Freundlichkeit angebracht.

»Wodka wäre mir lieber!«, kommentierte der Russe, trank das große Glas dennoch in einem Zug leer und nickte dem Sandmann anschließend dankend zu.

»Wenn du dich als nützlich erweist, werde ich darüber nachdenken, dir diesen Wunsch zu erfüllen. Aber erst verrätst du mir, warum genau sich dieser erwachsene Grünschnabel für meine Seite interessieren sollte?«

»Das kann ich Ihnen nicht sagen«, gab Sergej zurück. »Alles, was ich weiß, ist, dass er den Mädchen meine Nummer gegeben hat. Als ich Ihr Signal entdeckte habe und misstrauisch wurde, habe ich von ihm persönliches Erscheinen verlangt. Er kam ohne Zögern und hat die Zwillinge bei mir abgeholt. Die drei sind scheinbar so was wie Freunde.«

Der Sandmann ballte seine Hände zu Fäusten und rang um Fassung. So lange hatte er nach den Mädchen gesucht. Doch nun, da er sie gefunden hatte, kam es ihm vor, als machten die beiden ihrerseits Jagd auf ihn. Ein Teil seines Herzens bereute, diese alte Wunde überhaupt aufgerissen zu haben. Doch für Reue war es nun eindeutig zu spät.

»Warum hast du mir das nicht gleich gesagt?«, herrschte er Sergej Popow an.

»Ich sah dazu keine Veranlassung«, lautete die schlichte Antwort. Doch es war ganz offensichtlich nur die halbe Wahrheit.

»Stecken noch mehr erstklassige Hacker in der Sache drin, von denen ich vielleicht wissen sollte? Dies hier wäre eindeutig der passende Anlass, mich darüber aufzuklären!«, herrschte er sein Gegenüber an, das eine Unschuldsmiene aufgesetzt hatte.

»Soweit ich weiß, nicht«, lautete die schlichte Antwort.

Der Sandmann überlegte. Er hatte eine Idee, war sich jedoch noch nicht ganz sicher, was er davon halten sollte. Gerne hätte er noch eine Weile darüber nachgedacht, Fakten und Möglichkeiten in seinem Kopf hin- und her gewälzt, doch etwas trieb ihn zum Handeln. Unter keinen Umständen wollte er, dass ihm eine Handvoll Kinder auf den Pelz rückte und sein Imperium ins Wanken brachte. Sein Frieden und seine Macht waren fragil, das wusste er. Es war unerlässlich, dass er einen kühlen Kopf bewahrte und sich nicht von Gefühlsduseleien leiten ließ. Viel zu lange schon hatte er seinen Emotionen nachgegeben. Damit war jetzt Schluss.

»Du kennst also dieses Wunderkind persönlich?«, wandte er sich an Sergej und der nickte.

»Du weißt, wo er wohnt, ihr habt einander schon ein paar Mal getroffen?«

Wieder ein Nicken. »Man könnte sogar sagen, dass wir befreundet sind.«

Damit stand die Sache fest.

»Heute ist dein Glückstag, Sergej Popow«, sagte er und breitete die Arme aus, als wolle er den anderen brüderlich an die Brust drücken.

»Das ist mir jetzt aber neu!«, erwiderte dieser, doch der Sandmann ließ sich dadurch nicht aus dem Konzept bringen.

»Ich habe einen Job für dich«, klärte er den anderen auf. »Bist du interessiert?«

Sergej stieß einen Laut aus, der irgendwo zwischen Schnauben und Lachen lag. »Habe ich denn überhaupt eine Wahl?«

Der Sandmann lächelte.

»Nein.«

SOPHIE

Während Sash sich in die Darknet-Seite einloggte, schielte ich zu meiner Schwester herüber. Eine leise Stimme in meinem Kopf sagte mir, dass ich es mit meiner Eifersucht ein wenig übertrieben hatte, doch ich war noch nicht bereit, mich für mein Verhalten zu entschuldigen oder ihr zu verzeihen, was sie mir vorhin an den Kopf geworfen hatte. Immerhin hatte sie durchblicken lassen, dass sie mich für ein Mauerblümchen hielt, das an ihrem Rockzipfel hing und sich von ihr versorgen ließ. Das hatte mir unheimlich wehgetan. Zwar konnte ich ihr an der Nasenspitze ablesen, dass sie es mittlerweile bereute, aber ich würde noch ein wenig Zeit brauchen, den Streit zu verdauen. Ein Gutes hatte dieser allerdings gehabt: ich wusste nun, dass Liz sich nicht für Sash interessierte. Und ihr Mauerblümchenkommentar hatte mich veranlasst, endlich in die Offensive zu gehen, was ja streng genommen ebenfalls eine gute Sache war.

Der Bildschirm von Sashs Laptop veränderte sich und eine Seite baute sich auf. Kurz darauf starrten wir alle drei fassungslos auf das, was wir nun zu sehen bekamen.

»Was zum Teufel?«, fragte Liz im selben Augenblick, in dem Sash »Ach du Scheiße« murmelte. Ich selbst war starr vor Schreck.

Der Header der Seite zeigte den Spruch, der auch schon

auf der Sanduhr zu lesen war. *Mr. Sandman bring me a dream*. Wenn man mit dem Cursor darüberfuhr, erklang die bekannte Melodie, offenbar von einem Glockenspiel interpretiert.

Die Startseite frage: »Sie brauchen Traummanipulation jenseits der legalen Wege? Sie suchen nach Wählern, Demonstranten oder Freiwilligen für die medizinische Forschung? Wir helfen Ihnen – professionell und diskret. Kunden auf der ganzen Welt schätzen unsere Schnelligkeit und die jahrelange Erfahrung. Uns steht der Zugriff auf mehrere Millionen Ports zur Verfügung, national und international. Überzeugen Sie sich selbst und machen Sie noch heute den ersten Schritt. Gerne schneidern wir ein Angebot speziell nach Ihren Bedürfnissen!«

Als ich es einfach nicht mehr aushielt, fragte ich: »Was genau ist das?«

Sash blickte mich an. Auf seinem Gesicht lag eindeutig ein Ausdruck vollkommener Verzückung. »Das ist die Lösung!«

Das verstand ich nicht. Fragend hob ich die Augenbrauen.

»Es liegt auf der Hand! Nach diesen Schweinen suche ich schon seit Jahren! Pandoras Wächter waren nicht in der Lage, sie aufzuspüren, aber wir drei haben es geschafft!« Er grinste nun über das ganze Gesicht. Beinahe dachte ich, er sei kurz davor, mir um den Hals zu fallen. Wogegen ich natürlich nichts einzuwenden gehabt hätte.

»*Wen* habt ihr versucht aufzuspüren?«, fragte Liz, und ich konnte ihr ansehen, dass sie genauso ratlos war wie ich. Ihre Finger trommelten ungeduldig auf dem Couchtisch herum. »Sprich zu mir in ganzen Sätzen, Wunderkind.«

Sash raufte sich die Haare. »Kapiert ihr das nicht?« Er

fasste mich am Arm und sah mich an. »Sophie, das sind die Leute, die verantwortlich dafür sind, dass sich deine Freundin freiwillig gemeldet hat, genau wie viele andere auch. Wegen ihnen ist sie gestorben, wegen ihnen hattest du diese Träume. Sie bieten illegale Traumslots für alle an, die mehr wollen, als nur Produkte bewerben. Bisher dachte ich, dass vielleicht der Staat hinter all diesen Dingen steckt. Aber es ist viel einfacher: Diese Leute hier sind illegale Dienstleister! Sie arbeiten einfach für jeden, der sie dafür bezahlt.«

Obwohl ich wusste, dass Sash recht hatte, traute ich meinen Ohren kaum. »Wir müssen damit zur Polizei gehen!«, sagte ich, doch Sash schnaubte nur. »Bist du verrückt? Wir wissen nicht, wer da alles mit drinhängt. Wir müssen sehr vorsichtig sein mit dem, was wir tun oder sagen. Ich werde damit sicher nicht auf die nächste Dienststelle gehen, auf die Seite deuten und sagen: Los, verhaften Sie diese Leute. Wie stellst du dir das vor?«

Ich verschränkte trotzigen Blickes die Arme. Während ich die Seite missmutig anstarrte, kam mir ein beunruhigender Gedanke. »Warum schreiben die hier eigentlich, sie hätten Zugriff auf Millionen von Ports? Ich dachte, diese Möglichkeit hätte nur NeuroLink? Wenn diese Leute illegal arbeiten, können sie das doch unmöglich durchziehen, ohne bemerkt zu werden.«

Sash kratzte sich am Kinn. Nachdenklich antwortete er: »Das ist eine gute Frage, Sophie. Sogar eine verdammt gute Frage.« Nachdem er eine Weile geschwiegen hatte, sagte er: »Am Ende haben wir es hier mit einem noch mächtigeren Gegner zu tun, als es auf den ersten Blick aussieht.«

»Aber warum interessieren sich diese Leute ausgerechnet für Sophies Port?«, fragte Liz.

»Vielleicht interessiert sie das ja nicht persönlich«, gab Sash zurück. »Vielleicht wurden sie einfach nur von jemandem dafür bezahlt, der sich dafür interessiert.«

Ich bekam eine Gänsehaut und versuchte, mich warm zu rubbeln. »Etwa vom Mörder?«, fragte ich leise und fing einen angsterfüllten Blick aus Liz' Richtung auf.

»Um das herauszufinden, müssen wir in Erfahrung bringen, wer hinter dieser Seite steckt«, erklärte Sash. »Das ist der nächste logische Schritt.«

»Und wie willst du das anstellen?« Liz' Tonfall verriet ihre Skepsis. »Sie haben ihren Firmensitz sicher nicht im Impressum stehen.«

Sash kicherte. »Nein, das wohl nicht. Aber ich lass mir schon was einfallen, verlasst euch drauf. Vielleicht schreibe ich sie einfach mal an und lasse mir ein Angebot geben.«

Aufgeregt wandte er sich an Liz. »Hey, ich könnte mich ja vielleicht als dein Vater ausgeben. Du hast doch bestimmt ein paar Rechner zu Hause, die auf seine Firma laufen!«

Liz verschränkte die Arme und schob mit kampflustiger Miene ihr Kinn nach vorne. »Kommt überhaupt nicht in die Tüte! Ich hab Karweiler Credits da weiß Gott schon tief genug mit reingezogen. Das Donnerwetter, das mich erwartet, sobald rauskommt, was ich getan habe, will ich nicht noch vergrößern. Außerdem ist es zu gefährlich.«

Sash hob entschuldigend die Hände. »Ist ja schon gut, dann muss es eben anders gehen. Wir sind da auf eine heiße Spur gestoßen, das fühle ich.« Und seufzend fügte er noch hinzu: »Ich frage mich, wo Brother Zero steckt. Den könnte ich jetzt wirklich gut gebrauchen!«

Wir zuckten alle drei zusammen, als ein Telefon klingelte. Sash sprang auf und wühlte in sich auf dem Schreibtisch türmenden Kabelbergen herum, bis er einen schnurlosen Festnetzapparat zum Vorschein brachte.

»Du hast Festnetz?«, fragte Liz, halb belustigt, halb ungläubig, doch Sash beachtete sie gar nicht. Er nahm ab.

»Stubenrauch«, sagte er und mir fiel in diesem Augenblick auf, dass Liz und ich zuvor auch nicht gewusst hatten, wie Sash mit Nachnamen hieß. Unsere Blicke trafen sich und meine Schwester lächelte mir schüchtern zu. Sie schien gerade genau dasselbe zu denken, wie ich. *Sophie Stubenrauch*, das klang gar nicht mal schlecht; ich hatte schon immer eine Schwäche für Alliterationen. Ich vergaß den Streit und lächelte zurück.

Als ich meine Aufmerksamkeit wieder Sash zuwandte, bemerkte ich besorgt, dass dieser ziemlich blass geworden war. Über seine Nase grub sich eine tiefe Falte in die Stirn.

Mit konzentriertem Gesichtsausdruck sagte er nach einer Weile: »Ja, ich musste meinen Empfänger zerstören.«

Nach diesen Worten entstand eine lange Pause, an deren Ende Sash aus unerfindlichen Gründen ›Puddingstreusel‹ in den Hörer flüsterte. Ich hörte, wie der Mann auf der anderen Seite der Leitung etwas murmelte, aber ich konnte ihn nicht verstehen. Doch Sash wurde noch blasser und ließ sich mit entgeisterter Miene auf der Lehne seines Sofas nieder.

»Zero?«, fragte er, und in diesem Augenblick schnellte auch der Kopf meiner Schwester herum.

»Wo?«, fragte Sash kurz angebunden. Dann sagte er: »Okay, gut. Ich melde mich von dort.«

Verwirrt auf sein Telefon starrend, legte er nach einem knappen Abschied auf. Er sah aus, als hätte er einen Geist gesehen. Oder sich vielmehr mit einem unterhalten.

»Was ist denn los?«, fragte ich.

»Das war der Operator«, antwortete Sash und blickte uns besorgt und ein bisschen ratlos an.

»Zero steckt in Schwierigkeiten. Ich muss los!«

Der Aufbruch war konfus und ziemlich hektisch. Sash ließ sich gerade so dazu überreden, sich etwas straßentauglichere Kleidung anzuziehen und ein wenig Geld mitzunehmen. Er war fahrig und unkonzentriert und hätte um ein Haar sogar seinen Haustürschlüssel vergessen, wenn ich ihn nicht darauf hingewiesen hätte.

»Wo willst du denn überhaupt hin?«, fragte ich vorsichtig, während Sash auf der Suche nach seinem zweiten Turnschuh nervös durch das große Wohnzimmer tigerte.

»Geheimer Treffpunkt«, murmelte er zerstreut. »Ich muss den Operator anrufen, sobald ich unterwegs bin. Erst, wenn sich mein GPS-Signal bewegt, wird er mir die Koordinaten durchgeben.«

Liz hatte den gesuchten Schuh gefunden und hielt ihn unserem Freund entgegen.

»Wir kommen mit dir«, sagte ich und bemühte mich, all meine Entschlossenheit in diesen kurzen Satz zu legen. Obwohl ich es durchaus genauso meinte, wie ich es sagte. Es war einfach unmöglich, mir vorzustellen, dass er jetzt ganz alleine loszog, um Brother Zero zu helfen. Wahrscheinlich war es unsere Schuld, dass sich dieser überhaupt in Schwierigkeiten befand.

Vehement schüttelte Sash den Kopf. »Das geht auf gar keinen Fall.«

Sein harscher Tonfall versetzte mir einen Stich und ich starrte ihn fassungslos an.

»Ich geh noch mal ins Bad!«, verkündete meine Schwester in diesem Augenblick und verschwand durch die Tür. Für die Gründe, die sie höchstwahrscheinlich dazu veranlasst hatten, Sash und mich alleine zu lassen, hasste und liebte ich sie gleichermaßen.

Eine Weile standen Sash und ich einander wie Boxer gegenüber. Wir starrten uns gegenseitig an, als wollten wir die Stärken und Schwächen unseres Gegners taxieren.

Schließlich seufzte er leise. »Es ist lieb, dass ihr mich begleiten wollt, Sophie, aber das geht wirklich nicht.«

Die Art, wie er mich nun ansah, trieb mir Tränen in die Augen, wofür ich mich innerlich verfluchte, denn ich konnte und wollte jetzt nicht wegsehen, und so blieben meine Beinahetränen Sash nicht verborgen.

»Ich hab gedacht, wir wären ein Team!«, sagte ich und konnte leider nicht verhindern, dass mir die Stimme brach.

Sash lächelte mich an, zärtlich und traurig zugleich. Er ging drei Schritte auf mich zu und schloss mich fest in die Arme. Es war das erste Mal, dass wir uns auf diese Weise berührten.

»Natürlich sind wir das«, raunte er mir ins Ohr. »Aber ich kann einfach nicht zulassen, dass euch beiden irgendwas passiert. Immerhin bin ich der Erwachsene hier. Und es war meine Idee, euch zu Zero zu schicken.«

Ich schluchzte und zog die Nase hoch. Mit diesen Worten gab er mir indirekt zu verstehen, dass sein Vorhaben gefährlich war.

»Und was ist, wenn *dir* etwas passiert? Soll ich das etwa riskieren?«

Sash nahm mein Gesicht in beide Hände und küsste mich erstaunlich entschlossen auf die Stirn, meine Nasenspitze und schließlich auch auf den Mund. Ich war so überrascht, dass ich anfangs sogar vergaß, den Kuss zu erwidern. Glücklicherweise hielt er lange genug an, dieses Versäumnis nachzuholen – lange genug, um sanft zu werden, mein Herz in weiches Wachs zu verwandeln, das in seinen Händen formbar war. Alles Dunkel wich in diesen Sekunden aus der Welt. Doch schon nach ein paar kostbaren Momenten schob er mich sanft von sich und sagte: »Ich pass auf mich auf, versprochen!«

Wie auf Kommando platzte Liz wieder ins Wohnzimmer und fragte grinsend: »Geht's jetzt los, oder was?« Festen Schrittes lief sie an mir vorbei, ließ es sich aber nicht nehmen, mich in die Seite zu knuffen. Kurz darauf verließen wir die Wohnung.

Während Sash in Mustafas Laden verschwand, um ihn ein weiteres Mal um das Auto zu bitten, blieben Liz und ich auf dem Gehsteig stehen. Meine Schwester setzte ein schiefes Grinsen auf und begann, vernehmlich an mir zu schnüffeln.

Ich erschrak und atmete so unauffällig wie möglich in meine hohle Hand. »Oh nein! Stinke ich etwa?«

Liz legte den Kopf schief. Sie tat so, als müsste sie angestrengt über meine Frage nachdenken. Dann brach ein Lachen aus ihr heraus und sie sagte: »Nö. Riecht aber verdammt nach gebratenen Turteltäubchen hier.«

Gegen meinen Willen musste nun auch ich lachen. Erstaunlich förmlich für ihre Verhältnisse hielt sie mir sodann ihre Hand entgegen und fragte: »Frieden?«

Ich nahm an. »Frieden.«

Mit den Autoschlüsseln ausgestattet trat Sash wieder aus dem Blumenladen. Er nahm mich zur Seite und legte mir ein abgegriffenes Smartphone in die Hand. Der Anblick versetzte mir einen Stich, weil es sich um genau das Modell handelte, das mein Pa seit so vielen Jahren benutzte. Sogar die Farbe stimmte. Ich wusste nicht, wie lange es her war, dass ich zuletzt an ihn gedacht hatte. Was er wohl gerade tat?

»Hier«, sagte Sash. »Jetzt kannst du wieder telefonieren und sogar Nachrichten schreiben. Allerdings musst du dich an das Display gewöhnen. Es sind alle deine Kontakte drauf.«

Ich nahm das Telefon entgegen. Es lag erstaunlich schwer in meiner Hand. In den vergangenen Wochen und Monaten hatte ich beinahe vergessen, wie es sich anfühlte, so ein Gerät bei sich zu tragen. »Danke!«, sagte ich. »Wann hast du das denn gemacht?«

»Ich schlaf nicht viel, schon vergessen?«, erwiderte er lächelnd. »Sobald ich kann, melde ich mich«, versprach er noch, während er mich ein weiteres Mal in die Arme schloss. Ich war vollauf damit beschäftigt, nicht in Tränen auszubrechen, und daher außerstande, noch etwas zu sagen.

Zwei Atemzüge später saß er bereits im Auto und machte sich auf den Weg zu einem geheimen Treffpunkt, während Liz mir den Arm um die Schultern legte und mich sanft aber bestimmt mit sich zog.

LIZ

Meiner Schwester Nervosität oder gar Unruhe zu unterstellen, wäre eine maßlose Untertreibung gewesen.

Es war Abend geworden und seit knapp zwölf Stunden hatten wir nichts mehr von Sash gehört. Ich versuchte nach Kräften, Sophie zu beruhigen, doch allmählich begann auch ich, mir ernsthafte Sorgen zu machen. Es war unsere Schuld, dass Sash den Schnitt am Arm hatte, und ich wurde das ungute Gefühl nicht los, dass es auch unsere Schuld war, dass Brother Zero nun in Schwierigkeiten steckte. Die Vorstellung, dass sich deswegen nun auch Sash erneut in Gefahr begab, verursachte in mir ein schlechtes Gewissen von der Größe New York Citys. All meine Verdrängungsgabe war notwendig, nicht allzu sehr darüber nachzudenken, dass ich streng genommen an allem ganz alleine schuld war.

Ich war es gewesen, die darauf bestanden hatte, in der Vergangenheit herumzustochern, und somit all diese Ereignisse losgetreten hatte. Und diejenige, die ihrer Schwester im selben Atemzug die Aufgabe zugeschustert hatte, nach Sebastian Zweig zu seekern. Wenn ich ganz ehrlich zu mir selbst war, musste ich mir zudem noch eingestehen, dass ich an jenem Abend zu feige gewesen war, das selbst zu übernehmen. Eine Sache, die mir heute verdammt leidtat. Und peinlich war es mir auch noch.

Seitdem wir uns von Sash verabschiedet hatten, starrte Sophie immer und immer wieder auf ihr Telefon, als könnte sie es durch schiere Willenskraft dazu bringen, eine Nachricht oder einen Anruf sichtbar zu machen. In den letzten zwei oder drei Stunden war sie gar nicht mehr in der Lage, ihre Augen von dem Gerät abzuwenden.

Natürlich war Fe ihr Zustand nicht entgangen. Sophie hatte ihr Abendessen kaum angerührt, sondern nur wahllos darin herumgestochert, während ihre Augen ins Nichts gestarrt hatten. Zwar hatte ich unsere dreckige Kleidung notdürftig mit einem Waldspaziergang und Sophies Zerstreutheit mit Sandras Tod erklären können, doch als Fe das Telefon bemerkte, hatte sie Sophie gefragt, ob diese denn gar keinen SmartPort besitze.

»Den hab ich gestern verloren!«, war die zerstreute Antwort meiner Schwester und für mich der Punkt gewesen, an dem ich sie lieber nach oben in meine Wohnung gebracht hatte.

Nun versuchte ich, sie und mich gleichermaßen irgendwie abzulenken, was mir bisher allerdings weder mit einem Film und einer großen Schale Popcorn noch mit einer Diashow von meinem letzten Urlaub mit Ashley und Carl gelungen war. Also verlegte ich mich lieber auf Plauderei, schließlich gab es da etwas, das ich unbedingt noch wissen wollte.

»Was ist da heute eigentlich passiert zwischen Sash und dir?«

Wie in Zeitlupe wandte mir Sophie den Kopf zu und fragte: »Hmm?«

Ich rutschte mit dem Sessel, auf dem ich saß, näher an ihren Platz auf der Couch heran. »Komm schon, ich bin doch nicht blind. Während ich weg war, ist doch was gelaufen!«

Sophies blasse Wangen wurden von feinen, kirschroten Kreisen überzogen, was ich zufrieden zur Kenntnis nahm. Sie schlug die Augen nieder und brachte sogar ein feines Lächeln zustande.

»Schon«, antwortete sie leise.

Ungeduldig auf dem Polster herumrutschend sagte ich: »Soll ich dir die Frage noch mal vortanzen oder bekomme ich auch so eine Antwort? Was *genau* ist da gelaufen?«

»Hamimüsst«, nuschelte Sophie und brachte mich trotz der blöden Situation, in der wir gerade steckten, furchtbar zum Lachen. Ich legte meine rechte Hand an die Ohrmuschel. »Hä?«, schrie ich ihr entgegen.

»Er hat mich geküsst!«, erwiderte Sophie, beinahe genauso laut, und hielt sich danach wie ein Grundschuldmädchen die Hand vor den Mund.

Ich klatschte vergnügt in die Hände. »Halleluja!«, entfuhr es mir.

Sophie grinste nun auch.

Mahnend erhob ich einen Zeigefinger. »Von Miss Erhatjanuraugenfürdich will ich in Zukunft kein Wort mehr hören, ist das klar?«

»Und ich nichts von Miss Pferdeschwanzmauerblümchen«, kam ihre prompte Entgegnung.

»Okay, das klingt fair«, sagte ich und legte ein wenig zu theatralisch die Hand auf mein Herz. Mit meinem Hang zur Übertreibung könnte ich immer noch F-Promi werden, sollten alle Stricke reißen. »Versprochen«, sagte ich feierlich. »Und wie war's? Kann er küssen?«

Sophie nickte. »Ich bin zwar jetzt kein Experte, fand es aber sehr schön!«

Sie ließ sich nach hinten auf das Sofa fallen und starrte an die Decke. »Aber was ist, wenn er das anders sieht? Vielleicht meldet er sich ja auch bloß nicht, weil ich nicht küssen kann?«

Ich versetzte meiner Schwester einen leichten Tritt. »Du spinnst doch. Wenn ich dich richtig verstanden habe, hat er dich geküsst, richtig? Er ist nicht gestolpert und zufällig mit seinem Mund auf deinen gefallen, oder? Und es ist auch nicht so, dass du dich wie ein ausgehungerter Vampir auf ihn gestürzt hast.«

»Nein, er hat schon mich geküsst!«

Ich verschränkte die Arme und bemühte mich um einen strengen Blick. »Na siehst du. Er wird schon in dich verliebt sein. Ich schätze ihn nicht ein wie einen Typen, der nimmt, was er kriegen kann!«

»Aber warum meldet er sich denn dann nicht?«, jammerte Sophie. »Kann das denn wirklich so lange dauern?«

Ja, das war die große Frage. Ich wusste auch nicht, was ich darauf antworten sollte, denn ich sorgte mich ja ungefähr genauso sehr wie sie. Egal, was heute passiert war, Sash hätte sich schon längst melden müssen. Wenigstens zwischendurch mal Bescheid sagen, dass es länger dauerte als gedacht. Immerhin trug er einen Port, den er jederzeit benutzen konnte. Ich fröstelte bei dem Gedanken, was das Schweigen alles bedeuten konnte.

»Vielleich hat er uns einfach nur vergessen und ist zu Hause sofort in sein Bett gefallen?«

Sophies Blick sprach Bände. Zugegebenermaßen glaubte ich ja selbst nicht einmal, was ich da sagte.

»Vielleicht war ja sein Akku leer?«, versuchte ich einen Witz, doch der machte es nur schlimmer. Sophies Blick wandelte sich von Regenschauer zu Gewittersturm.

»Ha, ha!«, quetschte sie gerade so heraus und brach in Tränen aus.

»Hast du denn schon mal versucht, ihn anzurufen?«

Sophie schüttelte den Kopf. »Ich habe Angst davor, was passiert, wenn ich es versuche.«

Dieses Gefühl kannte ich nur zu gut. Seit dem Notartermin hatte ich nicht mehr versucht, meine Eltern in Dubai zu erreichen. Und mir graute vor dem Tag, an dem wir einander wieder gegenüberstanden.

»Soll ich?«, schlug ich vor.

Sophie nickte dankbar.

Ich tippte mir an die Schläfe und murmelte: »ID von Sash wählen.« Das vertraute Piepen erklang, als die Nummer gewählt wurde. Ich lauschte gespannt auf das Freizeichen, doch es blieb aus. Das war eigenartig. Normalerweise müsste wenigstens ein Freizeichen oder die Mailbox zu hören sein, doch ich hörte überhaupt nichts.

»ID von Sash wählen«, forderte ich meinen Port erneut auf, doch auch diesmal drang kein Freizeichen an mein Ohr. Sashs Port empfing offensichtlich kein Signal. Es war, als würde er überhaupt nicht existieren. In meinem Magen formte sich ein medizinballgroßer Kloß. Zum ersten Mal an diesem Tag hatte ich richtig Angst. Und die blieb meiner Schwester natürlich nicht verborgen.

Sie setzte sich kerzengerade auf. »Was ist denn los?«

Um Leichtigkeit bemüht, antwortete ich: »Keine Ahnung. Jedenfalls erreiche ich ihn nicht.«

»Hat er seinen Port auf ›nicht erreichbar‹ gestellt?«, fragte sie unsicher.

Mir war klar, dass das einer der seltenen Momente war, in denen es in Ordnung wäre, zu lügen. Sophie war schon panisch genug, ich wollte sie eigentlich nicht noch mehr beunruhigen. Doch ich brachte es nicht über mich, da ich um jeden Preis wollte, dass sie mir vertraute. Wir waren aufeinander angewiesen. Also schüttelte ich den Kopf. »Es kam keine Unerreichbarkeitsmeldung. Streng genommen habe ich gar nichts gehört. Aber das muss ja nichts heißen. Vielleicht steckt er in einem Funkloch?«

Sophie legte die Stirn in Falten. »Ein Funkloch? In Berlin?«

»Na ja, vielleicht musste er ja auch nach Brandenburg rausfahren?«

»Das gefällt mir nicht!« Sophie bemühte sich sichtlich um Fassung und angelte nach einem frischen Taschentuch. Ich warf einen Blick auf die Uhr. Es war halb zehn und somit viel zu spät, um irgendetwas zu unternehmen. Bis morgen früh konnten wir nur warten.

»Ich verspreche dir, wenn wir bis morgen nichts gehört haben, fahren wir nach Schöneberg und fragen Mustafa. Vielleicht ist Sash ja doch schon längst wieder zu Hause. Und wenn nicht, dann fahren wir in die Redaktion von Pandoras Wächtern. Okay?«

Sophie lächelte matt und nickte, während sie sich mit dem Ärmel ihrer Strickjacke die letzten Tränen trocknete. Ich konnte ihr ansehen, dass sie gerade im Geiste die Stunden zählte, die sie bis zum nächsten Morgen noch würde warten müssen.

Sie seufzte tief. »Da verliebe ich mich einmal im Leben und dann so was.«

Gäste, so viele Gäste. Da wusste man ja gar nicht, wo man die Leute noch unterbringen sollte. Die vergangenen Jahre hatten seine Männer und er hier alleine gehaust, selten war überhaupt jemand gekommen oder gegangen. Und noch seltener freiwillig. Nun, das war Berufsrisiko.

Sein neuester Mitarbeiter hatte sich jedenfalls als ausgesprochen nützlich erwiesen, auch wenn er ihm noch einen weitaus erfahreneren Mann zur Seite gestellt hatte. Sie hatten ihm das Wunderkind gebracht. Trotzdem war es dem Sandmann sicherer erschienen, Sergej mit einem Abschirmer auszustatten und zurück in seine Zelle zu schicken, was dieser nur unter Protest hatte über sich ergehen lassen. Der Sandmann verstand die Empörung, hielt sein Vorgehen aber für notwendig. Zudem war der Zustand auch nur vorübergehend, sollte sich der Russe in Zukunft als loyal erweisen.

Nun musste der Sandmann sich erst einmal mit dem Neuzugang beschäftigen. Wenn er ehrlich war, wusste er gar nicht genau, was er mit ihm anstellen sollte. Bei dem Jungen handelte es sich nicht um einen ganz gewöhnlichen Gast, falls es so etwas im Leben des Sandmannes überhaupt gab. Der Kleine war ein Wunderkind, eine Berühmtheit, ein Freund der Mädchen. Es gab zu viel, was den Jungen mit ihm selbst verband, und dennoch auf der anderen Seite solch metertiefe Kluften.

Sash hatte als Kind so manchen Hack vollführt, der weder legal noch moralisch einwandfrei gewesen war, sich jedoch in der Vergangenheit eher als links gerichteter Hacker einen Namen gemacht. Außerdem war er ein freies Mitglied von Pandoras Wächtern, was im Klartext bedeutete: Der junge Mann hatte einen funktionierenden moralischen Kompass und war im Gegensatz zu Sergej höchstwahrscheinlich nicht käuflich.

Von daher war es natürlich gut, dass der kleine Hacker zunächst einmal aus dem Verkehr gezogen worden war, doch konnte er nicht entscheiden, ob er ihm gegenübertreten oder was er ihn überhaupt fragen wollte. Dennoch: Sash, wie er sich nannte, hatte sein ausgeklügeltes Darknet-System überlistet und seine eigene Webseite mit einem neuen Passwort versehen. Und zwar so gründlich, dass es den Sandmann selbst Stunden gekostet hatte, diesen Schritt wieder rückgängig zu machen, ohne Daten zu verlieren.

Der Junge war ihm zu nahe gekommen – viel zu nahe. War ihm sicherlich nicht ohne Grund auf den Pelz gerückt. Vielleicht war er nur auf der Suche nach einer Story für Pandoras Wächter, was zwar unangenehm, aber zu bewältigen wäre. Kein Problem im eigentlichen Sinn. Doch vielleicht hatte er all das auch nur getan, um den Mädchen zu helfen, die auf der Suche nach ihrer Vergangenheit waren. Er würde mit ihm reden müssen, um das herauszufinden. Doch der Sandmann fürchtete sich vor dem, was er zu hören bekommen könnte.

Natürlich war das nicht der einzige Grund, warum er den Jungen hatte entführen lassen. Sash verband ihn wieder mit den Mädchen. Vielleicht war es ein Fehler gewesen, ihn zu sich zu holen; gerade deswegen. Eigentlich wäre es viel vernünftiger, die alte Geschichte ruhen und die Leichen im Keller liegen zu lassen. Was sollte ihm schon passieren? Die Zwillinge waren wie eine Wunde, die nicht verheilen konnte, weil er immer und immer wieder daran herumkratzte.

Er starrte auf den Bildschirm, der das Signal aus der neu belegten Zelle sendete. Dort saß seine bisher größte Bedrohung, auch wenn er überhaupt nicht wie eine aussah. Im Gegenteil: Sein Körperbau war schmächtig und hager und auf seiner Nase saß eine runde, etwas altmodisch wirkende Brille. Auch ihn hatten sie mit einem Abschirmer ausgestattet, damit er seinen Port nicht benutzen konnte – die abschließbare Vorrichtung aus Metall, die vage an einen Motorradhelm erinnerte, verlieh dem jungen Mann einen grotesken Zug. Alles in allem sah er aus wie jemand, dem man als Kind in der Schule immer das Pausenbrot geklaut hatte. Der Sandmann fühlte sich bei diesem Anblick an sich selbst erinnert. An einen klugen, schmächtigen und viel zu unsicheren kleinen Kerl, der sich die meiste Zeit Mühe gegeben hatte, von allen Menschen in Ruhe gelassen zu werden.

Doch im Gegensatz zu einem verängstigten Kind machte der Junge überhaupt nicht den Eindruck, als würde er sich bedroht fühlen. Eher das Gegenteil war der Fall. Ganz ruhig saß er auf der staubigen Pritsche, die Arme verschränkt, und starrte seinerseits in die Kamera. Als wollte er dem Sandmann direkt in die Augen sehen. Als wollte er ihm sagen: ich weiß, wer du bist! Und ich weiß, was du getan hast! Sollte das tatsächlich der Fall sein, hätte der Junge nicht mehr lange zu leben.

Der Sandmann betrachtete seinen Gast noch eine Weile mit wachsendem Unbehagen. Der Blick des Jungen, diese Arroganz und die gesamte Körperhaltung erinnerten den Sandmann an jemanden, den er sein ganzes Leben schon zu vergessen suchte. Den einzigen Menschen, den er jemals wirklich gehasst hatte. Und etwas von dem vergangenen Hass keimte nun wieder auf, genau wie schon zuvor die vergangene Liebe. Wenn dieser Hass noch weiter anwuchs, würde es ihm ein besonderes Vergnügen sein, den Jungen zu töten.

SOPHIE

Auf dem Weg nach Schöneberg betrachtete ich mich immer und immer wieder in vorbeiziehenden Schaufensterscheiben. Ich hatte mir an diesem Morgen besonders viel Mühe gegeben und meine Haare zu Wellen geknetet. Mein altes weißes Sommerkleid passte gut zu meinen mittlerweile braunen Beinen und der Sonnenbrille, die wie zufällig zwischen den Locken steckte.

Ich sah aus, als hätte ich viel mehr Selbstbewusstsein, als ich jemals wirklich würde aufbringen können. Nichts deutete darauf hin, dass in meinem Inneren ein mächtiger Kampf tobte und mir die Sorgen um Sash beinahe den Verstand raubten. Das könnte nützlich sein, sollte ich ihm heute tatsächlich begegnen. Vielleicht sogar schon innerhalb der nächsten Minuten. Wenn er wirklich einfach nur ins Bett gefallen war, ohne mich anzurufen, sei es aus Gedankenlosigkeit oder weil er schlicht keine Lust gehabt hatte, so wollte ich ihm auf keinen Fall zeigen, wie sehr mich das mitgenommen hatte.

Ich hatte Angst davor, ihn bei sich zu Hause anzutreffen, weil das bedeuten würde, dass ich ihm lange nicht so wichtig war wie er mir. Oder dass er den Kuss ganz einfach bereute und mir nun keine Hoffnungen auf eine Beziehung machen wollte. Noch mehr Angst hatte ich allerdings, dass er nicht da war. Denn was das bedeuten würde, wollte ich mir gar nicht erst ausmalen. Immerhin hatte ich es geschafft, einigermaßen fest zu schlafen und heute mal ohne die tiefen, dunklen Ringe unter meinen Augen herumzulaufen, die in letzter Zeit beinahe schon ein Teil von mir geworden waren.

Schon als wir in Sashs Straße einbogen, überkam mich ein ungutes Gefühl. Das kleine klapprige Auto stand nicht vor Mustafas Blumenladen, obwohl eindeutig eine Parklücke frei war. Der nette Blumenhändler saß, wie letztes Mal schon, auf einer Bank vor seinem Laden und rauchte. Er erkannte uns von Weitem und hob grüßend eine Hand.

Als wir ihn erreichten, fragte er sofort: »Wo ist der Mistkerl?«

Dieser kurze Satz ließ mir das Herz sinken. Sash war nicht zurückgekommen.

»Wir sind hier, um dich das Gleiche zu fragen, allerdings ohne das *Mistkerl*«, sagte Liz, was den Blumenhändler ganz offensichtlich beunruhigte.

»Ich dachte, er wäre gestern Abend mit meinem Auto einfach noch zu euch gefahren, ohne mir Bescheid zu sagen. Sieht ihm zwar nicht ähnlich, aber wenn ein Mann mal den Kopf verloren hat…« Er sah mich amüsiert von der Seite an und zwinkerte leicht.

»Er war nicht bei uns«, warf ich ein und fügte nach kurzem Zögern hinzu: »Leider.«

»Meine Frau hat mir die Hölle heißgemacht, weil ich so spät erst nach Hause gekommen bin. Sie hat gedacht, ich hätte mich mit irgendeinem Häschen in 'ner Bar vergnügt und sie absichtlich mit den Kindern zu Hause sitzen lassen. Dabei hab ich den ganzen Abend im Laden gehockt und auf Sash und mein Auto gewartet. Ohne das Auto brauche ich über eine verdammte Stunde für den Weg.« Er knipste seine Pfeife an und nahm einen tiefen Zug. »Mann, was war ich sauer auf den Kerl. Aber wenn er nicht bei euch war, wo war er dann? Und wo ist er jetzt?«

»Das wissen wir nicht«, murmelte ich, verwundert darüber, überhaupt etwas sagen zu können, ohne loszuschreien.

Auch Liz war beunruhigt. »Wir machen uns große Sorgen um ihn«, erklärte sie und ich fragte: »Haben Sie schon mal bei ihm geklingelt?«

Mustafa schüttelte den Kopf. »War viel zu sauer. Außerdem war ich überzeugt davon, dass er bei euch ist. Wenn er daheim wäre, dann hieße das ja, der Junge hat mein Auto zu Schrott gefahren. Und wenn er nicht die Eier hätte, mir das selbst zu sagen, müsste ich ihn leider umbringen.«

»Haben Sie eine Ahnung, ob jemand den Ersatzschlüssel zu seiner Wohnung hat?«

Der Blumenhändler musterte meine Schwester amüsiert. »Wenn ich das wüsste, würde ich es euch zwei Süßen sicher nicht sagen. Ihr wisst doch wohl, wie Sash sein Geld verdient, oder?«

Wir nickten, doch Liz ließ es sich nicht nehmen, Mustafa mit einem Blick zu verstehen zu geben, was sie von seiner Bemerkung hielt. Dieser fügte in versöhnlichem Tonfall hinzu: »Ihr könnt ja selbst mal euer Glück versuchen. Die Haustür ist schon seit ewigen Zeiten kaputt, weil die Hausverwaltung das Schloss nicht auswechselt. Man kann sie einfach aufdrücken.«

Wir wandten uns gleichzeitig der Haustür zu. Tatsächlich gab sie nach, wenn man sich nur leicht dagegenlehnte. Typisch Berliner Altbau. Unsere Haustür war auch einmal über ein Jahr kaputt gewesen.

Schon halb im Hausflur hörte ich Mustafa uns noch hinterherrufen: »Wenn er da ist, sagt ihm, dass er seinen Hintern hier runterschaffen soll. Aber sofort.«

Und was, wenn nicht?, dachte ich, darum bemüht, die aufkeimende Panik im Zaum zu halten.

Doch es war vergebens. Als wir den dritten Stock erreichten, fanden wir die Wohnungstür verschlossen und auch unser wiederholtes Klingeln und Klopfen vermochte an dieser Tatsache nichts zu ändern.

Ratlos und ein bisschen verloren standen wir in dem menschenleeren Treppenhaus herum und ich war wütend über das Gefühl der Hilflosigkeit, das sich allmählich in mir breitmachte. Heutzutage verschwand doch niemand mehr! Man konnte Menschen anrufen, anschreiben, ihre Zahlungen nachvollziehen, ihr GPS-Signal orten ... Jedenfalls, wenn man die Mittel dazu hatte.

»Wir müssen zur Polizei!«, sagte ich entschieden, doch Liz schnaubte nur verächtlich. Wie so oft waren wir hier nicht einer Meinung. »Die lachen uns aus und schicken uns in die Klapse, Sophie!« Ihr Tonfall war abschätzig. »Außerdem hat Sash sich nicht einmal in ein Krankenhaus getraut, und da willst du jetzt zur Polizei gehen? Sash ist erwachsen, er kann machen, was er will. Und wir sind nicht seine Eltern, du bist nicht seine Ehefrau. Was sollen wir sagen? ›Ein Freund von uns hat gestern Abend nicht angerufen, und ist jetzt nicht zu Hause, Sie müssen eine Großfahndung ausrufen!‹?«

Ich starrte betreten und ein bisschen wütend auf meine rot lackierten Zehennägel. Die Sorgen, die in meiner Brust immer weiter anwuchsen, brachten mich beinahe um, doch ein kleiner Teil meines Herzens war auch froh, dass Sash offensichtlich nicht einfach aus Gedankenlosigkeit versäumt hatte, sich bei mir zu melden. Für diese Gefühle schämte ich mich jedoch entsetzlich. Liz war noch nicht fertig mit ihrem Monolog, schlug aber immerhin einen versöhnlicheren Tonfall an. »Außerdem haben wir keinerlei Anhaltspunkte«, fuhr sie fort. »Wenn wir den Leuten auf dem Polizeirevier was von Hackern und einem Brother Zero erzählen, wird uns bestimmt keiner helfen, Sash zu finden.«

Sie hatte recht, natürlich hatte sie recht. Es war nur so, dass mein Vater mir von klein auf beigebracht hatte, mich bei Problemen an die Polizei zu wenden, wenn er nicht in der Nähe war, und diese Mahnung war mir in Fleisch und Blut übergegangen. Allerdings hatte er mir auch immer erzählt, meine leibliche Mutter wäre bei einem Autounfall ums Leben gekommen. Ach, verdammt.

»Aber irgendwas müssen wir tun!«

»Richtig«, bestätigte Liz. »Und deshalb fahren wir jetzt zu Pandoras Wächtern.«

»Knut Jepsen wird uns sicher gerne behilflich sein. So wie letztes Mal«, gab ich sarkastisch zurück. Ich hatte es satt, immer diejenige mit den Schnapsideen zu sein. Außerdem konnte ich mich noch lebhaft an den arroganten Pinsel mit seinem dünnen Pferdeschwanz erinnern. Er wäre sicher nicht erfreut, uns zu sehen, und das beruhte, was mich betraf, eindeutig auf Gegenseitigkeit.

»Hast du vielleicht einen besseren Vorschlag?« Die Augenbrauen meiner Zwillingsschwester formten ein angriffslustiges Dreieck auf ihrer Stirn. So eins bekam ich auch immer.

Ich seufzte. »Nein.«

Liz legte den Arm um mich und lotste mich in Richtung Treppe und somit Richtung Ausgang. »Vielleicht haben wir ja Glück. Und wenn nicht, dann müssen wir eben weitersehen!«

»Ein bisschen Glück könnten wir jetzt echt ganz gut gebrauchen«, murmelte ich, während wir das Haus unverrichteter Dinge wieder verließen.

Mustafa erwartete uns schon. Unser Bericht schien ihn nun wirklich nervös zu machen, doch er gehörte nicht zu den Menschen, die zeigen konnten, dass sie sich um jemanden sorgten. Wir verabschiedeten uns voneinander mit dem Versprechen, uns gegenseitig sofort zu informieren, sobald wir etwas von Sash hörten. Er schrieb sich meine Nummer auf und drückte mir zu meinem großen Erstaunen eine sehr hübsche Visitenkarte aus handgeschöpftem Papier in die Hand, in das Trockenblumen eingearbeitet waren. Im Stillen fragte ich mich, ob seine Frau wohl dafür verantwortlich war. Ich gönnte mir noch eine Fünf-Sekunden-Fantasie, die daraus bestand, dass Sash bei seinem Freund einen großen Strauß Pfingstrosen erstand und sich damit auf dem Weg zu mir machte. Dann brachen wir auf.

Immerhin war die Redaktion von Pandoras Wächtern von Schöneberg aus nicht so schwer zu erreichen wie vom Grunewald oder gar von Prenzlauer Berg.

Sashs Beispiel folgend liehen wir uns einfach ein paar Fahrräder bei einem schwach frequentierten Fahrradverleih und brachten die Strecke nach Neukölln auf diese Weise recht schnell hinter uns. Zum Glück hatte Liz noch ihren Port, ohne die Navigation wären wir sicherlich aufgeschmissen gewesen. Im Süden der Stadt kannte ich mich so gut wie gar nicht aus, und ich bezweifelte, dass meine Schwester häufig durch die Stadtteile fuhr, durch die uns die Strecke nun führte.

Ich war erstaunt über das fremde Gesicht, das mir die Stadt an diesem Tag zeigte, vor allem was Neukölln betraf. Auch dort saßen Menschen gemütlich mit Kaffee auf der Straße, brachten ihre Einkäufe nach Hause oder unterhielten sich mit den Nachbarn. Der verschriene Problem- und Kriminellenbezirk wirkte an diesem Vormittag beinahe beschaulich und überhaupt nicht so düster und bedrohlich, wie ich ihn von unserem letzten Besuch in Erinnerung hatte.

Ich war unheimlich nervös, als wie die Treppen zum Redaktionsbüro von Pandoras Wächtern hinaufstiegen. Die ganze Zeit musste ich daran denken, dass ich in diesem Gebäude Sash zum ersten Mal begegnet war. Nicht einmal zwei Wochen war das nun her und doch hatte sich seit diesem Zeitpunkt bereits wieder so viel verändert, war so viel passiert.

Ich hatte nicht damit gerechnet, mich überhaupt zu verlieben, und dennoch war es passiert. Vollkommen unvorhergesehen, unpassend und sogar ein wenig unangemessen, wie so vieles in letzter Zeit. Und obwohl von den vergangenen und aktuellen Ereignissen vieles schrecklich, traurig und auch gefährlich war, konnte ich mich selbst nicht dazu bringen, auch nur das kleinste bisschen zu bereuen. Alles, was passiert ist, hat mich zu Liz und Sash gebracht. Nie wieder wollte ich ohne diese beiden Menschen leben müssen.

Ich hatte bereits einen geliebten Menschen durch die Macht des SmartPorts verloren, ich wollte nicht noch einen zweiten verlieren. Nicht den, dem mein Herz gehörte.

Ein pickeliger kleiner Kerl, der mir letztes Mal gar nicht aufgefallen war, öffnete auf unser Klingeln hin die Tür. Er schien mit unserem Aussehen nichts zu verbinden, da er uns nur leicht irritiert anblinzelte, als würde er nach einer durchzechten Nacht in die Sonne blicken.

»Knut ist heute nicht da!«, nuschelte er, und ich hatte den Eindruck, als hätte er für diesen Satz den Mund überhaupt nicht geöffnet. Wenn er sein Talent ordentlich pflegte, stand einer großen Bauchrednerkarriere nichts mehr im Weg.

»Wir sind auch nicht wegen Knut hier, sondern wegen Sash«, erklärte Liz.

»Der ist auch nicht da«, kam die prompte lippenbewegungslose Antwort.

»Genau deshalb sind wir ja hier!«, gab meine Schwester zurück. Das kurze Gespräch glich einem Schlagabtausch.

Liz ergriff meine Hand und zog mich hinter sich her an dem Jungen vorbei durch die Tür. Dieser versuchte zwar mit einem schwachen »Hey« so eine Art Protest zu äußern, gab sich aber keine allzu große Mühe damit.

Im Großraumbüro, in dem wir nun standen, erkannten uns einige Redaktionsmitglieder sofort. Auch mir kamen ein paar der Gesichter entfernt vertraut vor, dennoch rief unser Eintreten ein unnatürliches Schweigen im Raum hervor – eines von der Sorte, die lauter waren als der schlimmste Baustellenkrach.

»Sash ist verschwunden!« Liz' feste Stimme durchschnitt das Schweigen. Sie bemühte sich, ein Redaktionsmitglied nach dem anderen direkt anzusehen. Und ich fragte mich nicht zum ersten Mal, wie ich all die Jahre zuvor überhaupt ohne meine Schwester hatte leben können.

»Der Kronprinz kommt und geht eh, wann er will!« Dieser Einwurf kam von dem Mann, der uns letztes Mal die Tür geöffnet hatte. Wieder musterte er uns mit einem beinahe abschätzigen Blick, ließ aber sonst keinerlei Regung erkennen. Es war offensichtlich, dass hier eine ordentliche Portion Eifersucht im Spiel war, was mir den Mann zutiefst unsympathisch machte. Doch Liz ließ sich nicht aus der Ruhe bringen.

»Wir sind auch nicht gekommen, um zu prüfen, ob Sash zur Arbeit erschienen ist. Er ist unser Freund und wir waren verabredet. Dass er sich nicht einmal meldet, obwohl er es versprochen hat, sieht ihm gar nicht ähnlich, darum machen wir uns Sorgen. Außerdem sind wir auch nicht die einzigen, die Sash vermissen.«

Wieder trat das unangenehme Schweigen ein. Und mir fiel auf, was die Situation für mich so unerträglich machte: die Tatsache, dass wir die einzigen Frauen im Raum waren und von blassen Männergesichtern unverwandt angestarrt wurden, die halb verborgen hinter Computerbildschirmen lagen. Ich kam mir ein bisschen vor wie ein Rehkitz, das auf einer Lichtung steht, um die sich Jäger mit schussbereiten Waffen platziert haben.

Hinter uns wurde ein Schlüssel im Schloss gedreht und mein Herz hüpfte vor Hoffnung einmal kurz und heftig in die Höhe. Dieses Geräusch barg die wundervolle Möglichkeit, dass Sash gleich durch die Tür trat. Liz und ich wandten die Köpfe, um sehen zu können, wer dort gerade ankam. Ein junger Mann trat durch die Tür und musterte die Situation halb argwöhnisch, halb amüsiert.

Zu meiner großen Enttäuschung war es nicht Sash.

»Was ist denn hier los?«, fragte er in die Runde und löste damit die allgemeine Starre. Hüsteln, Stühlerücken und ein paar gemurmelte Grußformeln waren zu hören.

»Aber hallo«, raunte Liz neben mir, und ich konnte nur

vermuten, dass sie sich auf das Aussehen des Neuankömmlings bezog, das auch von mir nicht unbemerkt blieb.

Er hatte nachlässig gekämmtes, weißblondes Haar, grüne Augen und eine beachtliche Statur – unter dem hellen Hemd verbarg sich eindeutig ein Waschbrettbauch. Ich schätzte ihn auf Anfang zwanzig, genau wie Sash. Auf seinem Gesicht lag ein Lächeln, das so offen und unschuldig wie das eines Kindes wirkte. Sein rechtes Handgelenk umspannte eine Kette aus Holzperlen, die ebenfalls braun gebrannten Füße steckten in Flip-Flops, die augenscheinlich nur noch von drei Fäden und ein bisschen gutem Willen zusammengehalten wurden. Unter dem Arm trug er einen Bildband über Australiens schönste Küstenstädte und eine zerfledderte Ausgabe von *Krieg und Frieden*. Der Kerl war zwar nicht mein Typ, doch auch ich konnte erkennen, dass ich einen absoluten Frauenschwarm vor mir hatte. Und etwas sagte mir, dass er genau das war, wonach Liz seit der Trennung von Philipp Ausschau hielt.

»Die zwei suchen nach Sash«, erklärte der Junge, der uns die Tür geöffnet hatte, und riss mich damit aus meinen Gedanken.

Noch immer lächelnd fragte der andere: »Warum, was ist mit ihm?«, und wandte sich an Liz.

Diese starrte ihn einfach nur an, als hätte sie einen Geist gesehen. Sie brachte kein einziges Wort heraus. Ich war froh, offensichtlich nicht die Einzige in der Familie zu sein, die Situationen hoffnungslos in den Sand setzen konnte. Meine Schwester hatte eindeutig auch das Potenzial dazu, nur hatte sie bisher einfach noch nicht genügend Gelegenheit gehabt, das auch unter Beweis zu stellen.

Ich sprang ihr zur Seite. »Er ist verschwunden und wir

machen uns Sorgen um ihn«, erklärte ich. »Wir waren verabredet, aber er hat sich nicht gemeldet. Zu Hause war er auch nicht.«

»Okay.« Mit einer Kopfbewegung bedeutete er uns, mit ihm zu kommen. »Wir gehen in mein Büro!« Dann ließ er seinen Blick durch das Büro schweifen und sagte laut und deutlich: »Und ihr macht euch jetzt am besten wieder an die Arbeit, Leute. Knut wartet noch auf diverse Artikel.«

Sofort erfüllte das Geräusch eiligen Tastentippens den Raum. Offensichtlich hatte der Blondschopf was zu sagen. Er drehte sich um und ging voraus, während Liz und ich uns beeilten, ihm zu folgen. Wir durchquerten hintereinander das große Büro und einen langen Flur, der links abzweigte. In diesem Teil der Redaktion waren wir bei unserem letzten Besuch gar nicht gewesen, vielmehr hatten wir nur das Stück zwischen Eingang und Konferenzraum zu sehen bekommen. Ich war erstaunt, wie ungeheuer weitläufig hier alles war. In meinem Kopf hatte ein Blog nicht die finanziellen Möglichkeiten, solche großen Büroräume mit Mitarbeitern zu füllen. Andererseits waren die Mieten in diesem Teil der Stadt sicherlich nicht besonders hoch und die Hälfte der Leute, die hier rumsprangen, mutmaßlich unbezahlte Praktikanten.

Am Ende des langen Flurs mit den abzweigenden Gängen und Räumen waren wir am Ziel angekommen. Unser Begleiter schloss die Tür auf und bat uns in ein winziges, erstaunlich aufgeräumtes Büro, wo er hastig einige Kabelhaufen und Platinen von zwei Hockern räumte.

»Das ist der Preis, wenn man ein eigenes Büro haben möchte, die Räume hier sind absurd winzig und sehr schlecht geschnitten. Aber bitte, setzt euch doch!«

Wir kamen seiner Aufforderung nach und schüttelten anschließend die uns höflich dargebotene Hand. Er hatte einen angenehm festen Händedruck, was mir den Kerl direkt noch sympathischer machte.

»Ich bin Marek und ihr zwei müsst Liz und Sophie sein!«

Ich war aufrichtig erstaunt. »Wieso wissen immer alle, wer wir sind?«, fragte Liz, die meine Verwunderung zu teilen schien.

Marek zwängte sich zwischen seinem Schreibtisch und einer ockerfarben gestrichenen Wand hindurch, um einen breiten Lehnstuhl anzusteuern. Als er es endlich geschafft hatte, ließ er sich auf das zerrissene Polster fallen und erklärte freundlich: »Sash ist mein bester Freund. Er hat mir viel von euch beiden erzählt.« Mit einem verschmitzten Lächeln auf den Lippen fügte er noch hinzu: »Vor allem von dir, Sophie.«

Mit kaum einem Satz hätte er mich glücklicher machen können.

»Was hat er dir denn alles erzählt?«, fragte ich und versuchte dabei, möglichst unbeteiligt zu klingen, was mir allerdings hoffnungslos misslang.

»Ja, das würde ich auch gerne wissen«, bestätigte Liz. »Immerhin hat er uns gar nichts von dir erzählt!«

Marek schenkte ihr einen intensiven Blick. »Sagen wir, ich halte mich eben gerne im Hintergrund. Aber ich bin über euer Treiben weitestgehend informiert. Allerdings nicht über das, was die letzten achtundvierzig Stunden passiert ist. Das ganze Wochenende habe ich nichts von Sash gehört und habe schon selbst angefangen, mir Sorgen zu machen. Bis eben bin ich allerdings noch immer davon ausgegangen, dass mit seinem Port etwas nicht stimmt und ich ihn im Büro antreffen würde. Wir waren heute hier verabredet.«

»Offensichtlich fehlt dir eine ganze Menge«, bemerkte ich, und Marek zog die Augenbrauen hoch.

»Das hatte ich befürchtet«, sagte er. »Freitagabend habe ich noch mit ihm gesprochen, also fangt am besten mit Samstag an.«

Die letzten Tage fühlten sich in meiner Erinnerung wie Wochen oder gar Monate an.

»Samstag sind wir zu Brother Zero gefahren«, half Liz mir auf die Sprünge. »Fang am besten damit an.«

Ich holte tief Luft und nickte. »Ja«, sagte ich. »Da ging alles los.«

LIZ

Ich musste mich zusammenreißen, Sophies Bericht zu folgen – so zu tun, als würde ich mich am Gespräch beteiligen beziehungsweise mir nicht anmerken zu lassen, dass ich permanent auf die anbetungswürdigen Grübchen starrte, die in Mareks Gesicht erschienen, wenn er lächelte. Oder auf seine breiten Hände. Oder die hellgrünen, fast türkisfarbenen Augen, die so viel ernster wirkten als der Rest von ihm.

Ich versuchte nach Kräften, jetzt nicht auch noch den Kopf zu verlieren, alleine schon, weil es eine Scheißzeit dafür war und wenigstens einer von uns bei klarem Verstand bleiben sollte. Aber es war zwecklos. Wo hatte dieser Kerl nur die ganze Zeit über gesteckt?

Leider war sein Lächeln und somit auch der Anblick seiner Grübchen immer seltener geworden, seit Sophie erzählte. Vielmehr gruben sich nun über seiner Nasenwurzel zwei parallel verlaufende, schnurgerade Falten in die Stirn. Mein Vater hatte auch solche Sorgenfalten, allerdings waren seine bei Weitem nicht so gerade und hübsch anzusehen.

Als Sophie berichtete, was wir in dem verlassenen Neuro-Link-Gebäude ausgestanden hatten, zerbrach Marek einen Stift, mit dem seine Finger zuvor unablässig gespielt hatten, seine Miene jedoch blieb vollkommen regungslos.

»Ihr spinnt doch«, murmelte er leise, aber ich hatte das Gefühl, dass er zu einem kleinen Teil auch sich selbst damit meinte, denn seine Augen blieben auf die beiden Stifthälften geheftet. Er schüttelte ein paar Mal den Kopf.

Als Sophie ihren Bericht beendet hatte, legte Marek beide Handflächen flach auf die Tischplatte. Er atmete mit geschlossenen Augen ein paar Mal tief durch.

Dann hob er den Blick und kniff sich mit Daumen und Zeigefinger in die Nasenwurzel. In diesem Augenblick wirkte er ein wenig aus der Zeit gefallen, wie der Kommissar in einem sehr alten Kriminalfilm. »Also wenn ich euch richtig verstehe, ist Sash jetzt irgendwo bei Brother Zero, der vermutlich in der Klemme steckt, was rein logisch bedeutet, dass nun alle beide in der Klemme stecken. Das alles hat höchstwahrscheinlich mit dem Mann zu tun, der eurer Meinung nach der Mörder eurer Mutter ist. Und der nicht Sebastian Zweig ist.«

»Sebastian ist tot«, warf ich ein.

»Hast du seine Leiche gesehen?«, gab Marek zurück, und ich war ein wenig vor den Kopf gestoßen. »Nein, aber ...«

Marek winkte ab. »Schon gut, entschuldigt bitte. Es ist nur so, dass ich in den letzten Jahren gelernt habe, alles für möglich zu halten und nur das zu glauben, was ich mit eigenen Augen gesehen habe. Euer Vater war ein großartiger Wissenschaftler und hatte gute Kontakte. Dass einer wie er einfach so im Gefängnis an Krebs stirbt, kann ich mir einfach nicht vorstellen. Aber wahrscheinlich sehe ich nur Gespenster.«

»Meinst du wirklich, er könnte noch am Leben sein?« Der Gedanke an diese Möglichkeit elektrisierte mich.

»Ist das im Moment nicht egal?«, fuhr Sophie energisch

dazwischen. Sie war offensichtlich aufgebracht. »Das Letzte, worüber ich mir momentan Gedanken machen will, ist der Mord an unserer Mutter. Und Sebastian Zweig interessiert mich jetzt ungefähr so sehr wie die verschimmelte Frühstücksstulle im Schulranzen eines Viertklässlers. Von mir aus kann er in seinem Grab genauso verschimmeln, es kümmert mich nicht! Viel wichtiger ist doch, herauszufinden, wo Sash ist und ob es ihm gut geht. Erst wenn ich mich davon überzeugt habe, dass er wohlauf ist, bin ich vielleicht bereit, wieder über andere Sachen nachzudenken.«

Marek nickte betreten.

»Du hast recht«, sagte ich, wieder daran erinnert, dass Sophie diejenige war, die unter Sashs Verschwinden vermutlich am allermeisten zu leiden hatte. Sie hatte schon so viel durchmachen müssen, und ich hatte mir geschworen, sie zu beschützen. Es war an der Zeit, dass ich mich zusammennahm und versuchte, ein bisschen weniger impulsiv, egoistisch und sprunghaft, kurz: ein bisschen weniger ich zu sein. »Wir müssen zuallererst Sash finden und in Erfahrung bringen, was da gestern genau gelaufen ist. Dann sehen wir weiter«, sagte ich, und kam mir dabei ungeheuer vernünftig vor.

»Und wie sollen wir das anstellen?«, fragte Sophie unruhig. »Wir haben keine Ahnung, wo er sein könnte. Der Einzige, der es noch weiß, ist der Operator!« Ihre Augen funkelten, als sie begriff, was sie gerade gesagt hatte. Es gab tatsächlich einen Menschen auf der Welt, der uns sagen konnte, wo Sash hingefahren war. Sie wandte sich an Marek. »Hast du Kontakt zum Operator?«

Marek schüttelte bedauernd den Kopf. »Nein, habe ich nicht. Ich bin Grafiker und Programmierer, aber ich bin kein Hacker.« Etwas betreten fügte er hinzu: »Dafür war ich immer ein bisschen zu feige. Und zu blöd.«

»Selbst wenn wir den Operator ans Telefon bekommen, wird er uns sicher nicht sagen, wo er Sash hingeschickt hat. Die Typen überschlagen sich doch alle regelrecht vor Geheimniskrämerei«, gab ich zu bedenken, auch wenn ich selbst kurz gehofft hatte, der ominöse Operator könnte die Lösung sein.

»Vielleicht brauchen wir den Operator gar nicht!« Marek duckte sich unter seine Schreibtischplatte. Ein Rumpeln und Schaben war zu hören, bis er schließlich einen verstaubten Laptop zutage förderte.

»Ich habe nämlich selbst eine Idee«, sagte er, während er den Laptop hochfuhr. »Lasst uns beten, dass es funktioniert.«

Das Gerät erwachte piepsend zum Leben und ich beugte mich neugierig vor. Zu meiner Verwunderung bot sich mir kein vertrauter Anblick; kein Betriebssystem, kein Desktop, der mir vage vertraut vorkam, keine Fenster, Icons oder Symbole, die ich hätte zuordnen können. Nur ein für mich willkürlich aussehendes Gebilde aus verschieden langen Zahlenreihen, die sich allmählich auf dem dunklen Hintergrund aufbauten.

»Was ist das?«, fragte ich neugierig und Marek warf mir einen verschwörerischen Blick zu. »Das verrate ich euch nur, wenn ihr es für euch behaltet!«

Sophie und ich nickten gleichzeitig.

Den Blick auf den Bildschirm geheftet, erklärte Marek: »Sash und ich sind schon seit unserer Kindheit befreundet. In der Zeit vor dem Unfall waren wir Nachbarkinder und besuchten zusammen die Grundschule. Als er noch bei seinem Onkel wohnte, hatte er eine schwere Zeit. Zum einen hatte er Angst vor den Leuten, für die er manchmal arbeiten musste, zum anderen drohte sein Onkel permanent damit, ihn in ein Heim zu stecken, wenn er sich weigern sollte, die lukrativen Aufträge auszuführen.«

Ich griff nach der Hand meiner Schwester und hielt sie fest. Ich wollte mir gar nicht ausmalen, wie sie sich bei diesen Worten gerade fühlte.

Marek gab eine für mich willkürlich erscheinende Zahlen- und Buchstabenkombination in die Tastatur ein und erzählte weiter.

»Sooft er konnte, hat sich Sash bei mir und meiner Familie verkrochen, doch er hatte immer panische Angst davor, jemand könnte ihn aus Berlin wegholen oder fortschicken. Es gab eine Zeit, in der wir beide uns tierisch davor fürchteten, getrennt zu werden. Damals gab es noch keine Ports, wisst ihr? Eines Tages kam uns die Idee zu Samasu.«

»Samasu?«, fragte Sophie Sekundenbruchteile bevor ich es aussprechen konnte.

Marek lächelte verlegen. »Die Sascha-Marek-Suchmaschine«, erklärte er und es war offensichtlich, dass er peinlich berührt von dem war, was er uns erzählte.

»Und wie funktioniert diese Suchmaschine?«, fragte ich.

»Technisch ist sie nichts Besonderes«, er machte eine wegwerfende Handbewegung. »Wir haben lediglich zwei kleine Tracker programmiert. Nanochips mit GPS-Ortungsfunktion, mehr ist das nicht. Die Daten der Chips haben aber nur wir beide, niemand sonst weiß, dass wir die Chips überhaupt haben.«

»Und woher weißt du, dass Sash seinen Chip jetzt überhaupt bei sich trägt?« Sophie hatte die Stirn in Falten gelegt und rutschte ungeduldig auf ihrem kleinen Stuhl hin und her.

»Er kann ihn gar nicht verlieren, wir haben uns die Chips damals implantiert.«

Sophie und ich machten große Augen. »Wie bitte?« Es fiel mir schwer zu glauben, was ich da gerade hörte. Das lag zum Teil vielleicht auch daran, dass Marek einfach nicht aussah wie jemand, der irgendetwas programmierte, geschweige denn implantierte. Ein anderer Grund war sicher, dass ich schlichtweg nicht davon ausgegangen war, zwei Halbwüchsige wären in der Lage, so was überhaupt durchzuziehen. Nur NeuroLink implantierte Chips, so einfach war das.

»Na ja, das war doch der Witz an der Sache.« Marek schien langsam ungeduldig zu werden, sein Tonfall wurde schärfer. »Hätte man Sash gefilzt, dann hätte man ihm doch alles abgenommen und wer weiß, ob ich ihn dann überhaupt noch gefunden hätte.« Etwas nachdenklicher fügte er hinzu: »Ich wäre nur ein halber Mensch ohne ihn.«

Ich war zu gleichen Teilen gerührt, fasziniert und skeptisch. »Und wie habt ihr das angestellt?«

Ein leichtes Lächeln huschte über Mareks Gesicht. »Sagt euch die Chip-Pflicht von Haustieren etwas?«

Wir nickten. »Ich hab einen Hund und Sophie einen Kater – oder zumindest so was in der Art«, sagte ich und erntete dafür einen kräftigen Tritt.

»Meine Mutter ist Tierärztin«, erklärte Marek ungerührt. »Wir hatten die Chips und die Chip-Pistole aus ihrer Praxis.«

Ich prustete los. »Ihr Jungs seid gechippt?«

Marek grinste. »Jupp. Gechippt, durchgeimpft und entwurmt. Ich hoffe nur, das Ding geht noch, es sitzt jetzt schon fast zehn Jahre hinter Sashs linkem Ohr. Bin ja schon froh, dass der alte Rechner hier funktioniert, sonst hätte ich in der Redaktion keinen Zugriff auf seine Daten.«

Erneut flogen seine Finger über die Rechnertastatur. Dann legte er seine Stirn in Falten und die Reste seines Grinsens verschwammen.

Sophie wurde stocksteif. »Was ist?«

Erneut auf die Tastatur einhackend, murmelte er. »Ich empfange kein Signal. Entweder der Chip ist kaputt, oder ...«

Das letzte Wort hing wie eine schwarze Wolke im Raum. Wenn es Marek nicht gelingen würde, Sash aufzuspüren, dann war Tiny die einzige andere Anlaufstelle. Doch wie der uns helfen könnte, Sash zu finden, wusste ich selbst nicht. Die Vorstellung, unverrichteter Dinge einfach wieder nach Hause zurückzufahren, war mir unerträglich und ich wollte mir nicht ausmalen, wie es Sophie gerade ging.

»Ha!«, rief Marek, und ich zuckte vor Schreck zusammen.

»Hast du ihn?«

Mit zusammengekniffenen Augen starrte er auf den Bildschirm. »Ich weiß es noch nicht genau!«

Er zog ein sehr teures Smartphone aus der Tasche, von der Sorte, wie man sie eigentlich nur bei reichen alten Menschen ab und an zu sehen bekam. Dabei erklärte er: »Gestern Vormittag hat der Chip noch zuverlässig gesendet. Ich kann die Daten zurückverfolgen. Ungefähr gegen vierzehn Uhr hat er das letzte Mal ein Standortsignal abgesetzt.«

»Sein Port scheint auch nicht mehr zu senden«, bemerkte ich. »Weder Freizeichen noch Mailbox oder Unerreichbarkeitsnotiz. Nichts. Kann das in einem Zusammenhang stehen?«

»Davon ist auszugehen, ja. Irgendwas muss gestern passiert sein, was die Signalsendung beendet hat.« Marek tippte auf seinem Smartphone herum.

»Heißt das, er ist tot?«, japste Sophie, doch Marek schüttelte den Kopf und ich atmete erleichtert aus.

»Nein, das hat damit nichts zu tun. Den Chip interessiert nicht, ob der Träger tot oder lebendig ist. Er würde auch aus dem Grab noch zuverlässig weitersenden. Jedenfalls so lange, bis die körperliche Zersetzung eintritt.«

Ich verzog das Gesicht und Sophie wimmerte leise. Ich drückte ihre Hand und flüsterte: »Hey, das ist doch eigentlich ein gutes Zeichen!« Tapfer rang sie sich ein Nicken ab.

Marek drehte sein Smartphone so, dass wir einen kleinen blauen Punkt sehen konnten, der stetig pulsierend über einer digitalen Landkarte schwebte.

»Von hier aus kam das letzte Signal«, sagte er und es war ihm deutlich anzumerken, dass ihm nicht behagte, was er herausgefunden hatte.

»Wo ist das?«, fragte Sophie mit zusammengekniffenen Augen.

Im Gegensatz zu meiner Schwester hatte ich direkt erkannt, wo sich der kleine Punkt befand. Und ich konnte Mareks Beunruhigung auf jeden Fall nachempfinden.

»Das ist die BBI-Brache«, murmelte ich.

»Die alte Flughafenbaustelle?« Sophie klang ungläubig, doch Marek und ich nickten.

»Was um alles in der Welt will er dort?«, murmelte Marek und ich stöhnte. Ein verlassenes Berliner Großgelände reichte mir eigentlich für mindestens ein Jahr. Die brachliegende BBI-Baustelle war viel größer als der alte Spreepark und zog sich zu allem Überfluss noch mehrere Meter tief in den Untergrund. Und ich konnte mir keinen Grund vorstellen, der einen dorthin treiben könnte.

Außer natürlich, um einen Freund zu retten.

Genau deshalb war Sash dorthin gefahren. Und genau deshalb würden wir es ihm nun gleichtun.

Ich dachte plötzlich an meinen Vater. Nicht an Sebastian Zweig, sondern an Leopold Karweiler. Schon als kleines Kind hatte ich bewundert, wie ruhig und besonnen er auch in den schwierigsten und stressigsten Situationen bleiben konnte. Er verlor nur äußerst selten die Nerven, schrie und weinte so gut wie nie. Ich würde versuchen, mir nun ein Beispiel an ihm zu nehmen und gab mir einen Ruck.

»Das ist doch toll!«, sagte ich aufmunternd. »Dann haben wir jetzt einen ersten Anhaltspunkt!« Ich wandte mich an meine Schwester. »Was hat Sash gesagt? Wir müssen wie Detektive vorgehen. Immer einen Schritt nach dem anderen.« Dann wanderte mein Blick zu Marek und ich fragte: »Hast du ein Auto?«

»Schon.« Leicht unentschlossen rutschte er auf dem Sitz seines Schreibtischstuhls hin und her. Er sah auf einmal nicht mehr wie ein erwachsener Mann, sondern wie ein Schuljunge aus.

Oh je. War er hinter der hübschen Fassade etwa ein Feigling? So was konnte ich jetzt echt nicht gebrauchen. Empört ermahnte ich ihn: »Sash ist dein bester Freund! Ihr habt diesen dämlichen Chip entwickelt, damit du ihn befreien kannst, wenn er in einer Notlage steckt. Und soll ich dir was verraten? Jetzt steckt er in einer Notlage! Also, was sitzen wir hier überhaupt noch rum?«

Mein energischer Tonfall hatte eine aufrüttelnde Wirkung auf Marek, das konnte ich deutlich daran erkennen, dass sich seine Gesichtskonturen wieder schärften. Jetzt sah er wieder aus wie der Mann, der eben noch die Redaktionsmitglieder zum Arbeiten gemahnt hatte.

»Natürlich«, sagte er. »Klar. Mein Auto steht am S-Bahnhof Frankfurter Allee.«

Ich zog die Augenbrauen hoch. »Und wie bist du dann eben hierhergekommen?«

Marek hielt einen Schlüsselbund in die Höhe. »Mit dem Fahrrad. Meinst du im Ernst, ich würde hier mein Auto parken?«

»Hast du eine Ahnung, wie egal mir das ist?«, gab ich zurück. »Zufällig haben wir uns vorhin Räder geliehen. Fahr einfach vor!«

SOPHIE

Die Situation war denkbar surreal. Ich saß auf dem Rücksitz eines unfassbar teuren Autos und fuhr in der glühenden Mittagshitze aus der Stadt hinaus in Richtung Brandenburg. Oder vielmehr sollte man sagen: ich kroch. Einem kleinen blauen Punkt entgegen, der hoffentlich den Ort anzeigte, an dem ich Sash finden würde. Und doch fuhren wir ins Ungewisse, denn mehr als einen blauen Punkt und unsere Hoffnung hatten wir nicht, das wussten wir alle drei.

Hätte ich nicht vor ein paar Wochen erst eine Dokumentation über die BBI-Brache in der Schule gesehen, dann hätte ich überhaupt nicht gewusst, wohin genau wir unterwegs waren. Doch so spukten die Bilder der verlassenen und mittlerweile eingestaubten verglasten Gebäude durch meinen Kopf.

Seitdem ein Gutachten aus dem Jahr 2017 bestätigt hatte, dass der Flughafen ohnehin niemals das rasant wachsende Fluggastaufkommen Berlins würde bewältigen können, hatte man im Norden der Stadt einen neuen Flughafen mit gleichem Namen hochgezogen. Seitdem lag die Baustelle im Süden im Dornröschenschlaf. Mit Eröffnung des großen Flughafens Anfang der zwanziger Jahre hatte man den alten Flughafen Schönefeld auch noch geschlossen, sodass sich neben der BBI-Brache auch noch das gewaltige, verlassene

Gelände von Schönefeld erstreckte. Es gab Diskussionen, den Flughafen zu modernisieren und wieder in Betrieb zu nehmen, doch momentan war dort alles menschenleer. Jedenfalls dachte man das. Doch dank Brother Zero hatte ich vor ein paar Tagen einiges über verlassene Gelände gelernt. Wahrscheinlich verhielt es sich mit der BBI-Brache im Grunde nicht anders als mit dem Spreepark. Wo Ordnung wich, machte sich unweigerlich Chaos breit. Und wo die Regierung wich, war Platz für die Unterwelt.

Leider waren die Straßen zur Mittagszeit vollkommen verstopft, auch wenn es uns noch ein wenig besser erging als all jenen, die versuchten, in die Stadt hineinzukommen. Im Gegensatz zur flimmernden Blechlawine auf der gegenüberliegenden Spur kamen wir wenigstens zentimeterweise voran, doch auch das war viel zu langsam. Am liebsten hätte ich die Wagen vor uns mit meinen eigenen Händen zur Seite geschoben, damit wir schneller fahren konnten. Auch wenn ich nicht die leiseste Ahnung hatte, was uns bevorstand, wenn wir das alte Flughafengelände erreichten. Aber das Wichtigste für mich war, dass wir überhaupt etwas taten, uns bewegten, nicht zu Hause saßen und darauf warteten, dass die Katastrophe endgültig über uns hereinbrach.

Mittlerweile hatte ich mein Telefon in die Tasche verbannt. Ich glaubte nicht mehr daran, dass Sash irgendwann anrief. Etwas stimmte nicht, darin waren wir uns alle einig. Doch das war mir egal, ich musste zu Sash. Das war im Moment das Einzige, was für mich von Bedeutung war.

Bei Adlershof verließen wir endlich die Stadt und somit auch das motorisierte Gedränge. Mir fiel auf, dass ich auch hier noch nie zuvor gewesen war, obwohl Berlin mein Zuhause war und ich immer gedacht hatte, die Stadt gut zu kennen. Immerhin war ich ein paar Mal irgendwo im Süden mit meinem Vater baden gewesen, doch auch das war mittlerweile verdammt lange her. Eigentlich hatte ich mich immer nur im Norden bewegt. Mein gesamtes altes Leben kam mir so fern und fremd vor, als hätte ich es nicht in derselben Stadt, sondern auf einem völlig fremden Planeten verbracht. Gleichgültig, wie diese Geschichte ausging, eines wusste ich genau: Dorthin zurück konnte ich auf keinen Fall mehr.

Jenseits des Berliner Ortsschildes floss der Verkehr etwas schneller voran. Ich lehnte mich zurück und verfolgte mit einem Ohr das Gespräch, dass Liz schon eine Weile mit Marek führte. Wenn ich alles richtig verstanden hatte, dann war es so, dass Marek Pandoras Wächter seit einigen Jahren finanzierte. Gerade versuchte meine Schwester herauszufinden, woher das Geld für diese Finanzierung stammte.

»Deine Mutter ist Tierärztin?«, fragte sie, und ich wunderte mich darüber, ob auch Marek die wahre Absicht hinter dieser Frage erkannte.

»Sie wollte schon als Kind Tierärztin werden«, erzählte er. »In dem kleinen Häuschen meiner Eltern am Weissensee stapeln sich die Tiere förmlich. Einmal konnten wir zwei Wochen nicht duschen oder baden, weil eine verletzte Gans in unserem Badezimmer wohnte. Das Mistvieh hat mich sogar mal gebissen, als ich mir morgens die Zähne putzen wollte!«

Liz lachte und ich erlaubte mir einen Moment lang die Vorstellung, wir wären alle gemeinsam auf dem Weg zu einem Badesee und würden nur noch kurz Sash abholen. Das Wetter wäre genau richtig für einen Tag am Wasser.

»Und dein Vater?«, hakte Liz nun weiter nach. Sie ließ

sich nicht so leicht abschütteln, das wusste ich aus eigener Erfahrung. Sie konnte wie ein Terrier sein.

»Literaturprofessor an der Uni«, erklärte Marek, was seinen Reichtum beim besten Willen nicht erklärte. Aber ich mochte die Art, wie er von seinen Eltern sprach. Es war beruhigend zu wissen, dass es auch noch Menschen gab, die tatsächlich in normalen, intakten Familien aufgewachsen waren.

Die Landschaft veränderte sich mehr und mehr, und mit den Bäumen am Wegesrand wuchs meine Unruhe. Obwohl ich mich in dieser Gegend nicht auskannte, war mir klar, dass es nicht mehr weit sein konnte.

»Okay, raus mit der Sprache!«, forderte Liz gerade, als am Horizont die Silhouette des beinahe fertiggestellten Terminals in Sicht kam. Auch das mittlerweile verlassene Gelände des ehemaligen Flughafens Berlin Schönefeld schälte sich langsam aus der Landschaft.

Marek trat auf das Gas und wir schossen das freie Stück vor uns liegender Autobahn entlang.

»Woher hast du das ganze Geld?«, hörte ich Liz neugierig fragen, während wir in einen Kreisverkehr einbogen. Drei Richtungen waren beschildert, die vierte Ausfahrt zierte ein »Durchfahrt verboten«-Schild. Im weiteren Verlauf der Straße war ein wackeliger Bauzaun zu sehen. Das war augenscheinlich genau die Richtung, in die wir fahren mussten.

Während Marek ein paar Ehrenrunden im Kreisverkehr drehte und so tat, als suche er noch nach dem richtigen Weg, damit die anderen Autos verschwinden konnten, sagte er: »Mein Großvater ist gestorben, als ich gerade achtzehn war, und weil er die Laufbahn und die Partnerwahl meiner

Mutter nicht gebilligt hat, habe ich sein gesamtes Geld geerbt. Zu dieser Zeit machten in gewissen Kreisen Gerüchte über ein neues, revolutionäres Produkt aus dem Hause NeuroLink die Runde.«

Liz begriff viel schneller als ich. »Du hast NeuroLink-Aktien gekauft?«

Marek schmunzelte. »Kurz vor dem Release des Smart-Ports, ja. Aber nur, weil Sash mich dazu angestiftet hat, alleine wäre ich niemals auf die Idee gekommen. Ich habe sie zum zwanzigfachen Wert ein paar Wochen später wieder verkauft und den Gewinn mit Sash 40:60 geteilt. Die nächsten Jahre brauchen wir uns beide keine Sorgen um Geld zu machen. Außerdem habe ich Sash im Verdacht, sein Wissen noch immer für Spekulationen zu nutzen.«

»Ich fasse es nicht!«, rief Liz lachend. »Du bereicherst dich am technologischen Erfolg der Firma und pumpst das Geld dann in einen Blog, der genau diesen Erfolg anprangert?«

»Findest du das etwa verwerflich?« Endlich setzte Marek den Blinker und wir verließen den Kreisverkehr, kurz bevor mir ernsthaft übel geworden wäre.

Liz biss sich auf die Lippe und schien angestrengt über die Frage nachzudenken. »Irgendwie schon«, beschied sie schließlich.

Marek grinste. »Sieh mich doch einfach als modernen Robin Hood. Ich nehme es den Reichen und gebe es den Armen.«

Liz lachte. »Und wer ist Sash dann? Little John?«

Wir hielten vor dem Bauzaun und ich war froh, die Gelegenheit zu haben, ein wenig frische Luft zu atmen.

»Ich mach das schon!«, sagte ich und stieß die Tür auf.

Draußen war es mittlerweile beinahe unerträglich heiß. Dank der emsig arbeitenden Klimaanlage war die Hitze innerhalb des Autos überhaupt nicht bemerkbar gewesen. Ich erreichte den Zaun und stellte zu meiner Erleichterung fest, dass es sich um einen ganz gewöhnlichen Bauzaun handelte, der in einem ganz gewöhnlichen Betonfuß steckte. Zwar waren die einzelnen Zaunteile miteinander verschraubt, aber wenn man wusste, wie man es anstellen musste, dann konnte man diese Zäune trotzdem relativ einfach öffnen.

Ich griff in meine Umhängetasche und förderte mein Multitool zutage, ohne das ich niemals das Haus verließ. Normalerweise half es mir dabei, Flaschen zu öffnen, ein paar hübsche Blumen zu schneiden und manchmal bei Freunden etwas anzuschrauben, doch heute kam die Zange zum Einsatz, deren Backen sich für diese Art von Schrauben gerade so weit genug öffnen ließen. Ich legte sie so fest wie möglich um die erste breite Sechskantschraube. Mit aller Kraft, die ich aufbringen konnte, drehte ich daran. Ich musste mich gehörig anstrengen, die Gewinde hatten Rost angesetzt, aber nach einer Weile ließ sich die Schraube langsam bewegen.

Doch sie war leider nicht das Einzige, das sich bewegte.

Auf der Straße hinter dem Zaun kam am Rand meines Blickfeldes eine Gestalt in Sicht, die sich stetig auf mich zubewegte. Irgendwas an ihr kam mir bekannt vor und ich wusste nicht, ob ich weglaufen sollte oder nicht.

Ich hielt in meiner Bewegung inne und entschied, erst einmal abzuwarten, denn der Zaun war nicht nur Barriere, sondern würde mich im Zweifel auch vor dem Menschen schützen, der dort auf mich zukam. Wenn die Flughafenbaustelle Wachpersonal hatte, so war es ratsam, sich diesem lieber nicht direkt auszusetzen, immerhin versuchte ich gerade, illegal einzudringen.

»Sophie, was ist denn los?«, hörte ich Liz von hinten aus dem Auto rufen.

»Da kommt jemand!«, antwortete ich, die Augen fest auf die näher kommende Gestalt geheftet. In der flimmernden Sommerhitze kam sie mir beinahe wie eine Fata Morgana vor. Unwirklich und sonderbar.

Während sie näher kam, bemerkte ich, dass sie humpelte. Das Gefühl der Vertrautheit verstärkte sich, auch wenn ich jetzt schon sehen konnte, dass es nicht Sash war. Ich kniff die Augen zusammen, um besser sehen zu können, und trat ein paar Schritte vom Zaun zurück. Konnte das sein? Allmählich zeichnete sich eine dunkle Brille auf einem sonst recht blassen Gesicht ab, war ein auffällig haarloser Kopf auszumachen, der auf einem kleinen, hageren Körper saß. Außerdem kam mir das bunte Karomuster, das ich auf seiner Hose allmählich erkennen konnte, mächtig vertraut vor.

»Brother Zero!«, rief ich aus, noch bevor ich es hätte verhindern können.

Mein Gegenüber hob den Arm und winkte mir zu. Er schien mich ebenfalls zu erkennen. Humpelnd nahm er Geschwindigkeit auf.

»Fräulein Sophie!« Seine Stimme wurde schwach und brüchig durch die windstille Luft zu mir herübergetragen. Nun konnte ich auch erkennen, dass Zero ernsthaft verletzt war. Er blutete aus der Nase und sein Gesicht war von Prellungen übersät. Sein linkes Auge war blau, beinahe sogar schwarz angelaufen, den rechten Arm hatte er schützend über seine Rippen gelegt. Ich erschauderte bei seinem Anblick. Als er beinahe am Bauzaun angelangt war, stolperte er und fiel mitten auf der Straße auf die Knie. Blut tropfte aus seiner Nase auf den staubigen Asphalt. Beinahe meinte ich, den Aufprall der Tropfen zu hören. Der Blick, den Zero mir zuwarf, war zum Steinerweichen.

»Fräulein Sophie«, sagte Zero noch einmal und wandte dann den Blick zum Auto, in dem Marek und Liz saßen. Ich drehte mich um und zwei aufgerissene Paar Augen verrieten mir, dass die beiden regelrecht starr vor Schreck waren.

Zero hob seine Hand und winkte erneut. »Fräulein Liz, wie schön, Sie zu sehen!«

Er richtete seinen flehenden Blick auf mich und flüsterte: »Wie gut, dass Sie beide da sind. Ich brauche Hilfe.«

Und mit erstickter Stimme fügte er hinzu: »Sash braucht Hilfe!«

Die Worte des kleinen Neurohackers fuhren mir durch Mark und Bein. Auch wenn es so viele Fragen zu stellen gab, so viele Dinge, die ich nicht wusste oder verstand, setzten mich diese Worte unter Strom und in Bewegung. Komme was wolle – ich musste da rein!

Mit zitternden Fingern machte ich mich wieder daran, die Schrauben zu entfernen.

Die Mädchen kamen. Sie kamen tatsächlich. Der Sandmann stand in seinem Raum und hatte den Blick fest auf einen der flimmernden Bildschirme geheftet. Die zugehörige Kamera zeigte die Straße nach Norden, die normalerweise kein Mensch mehr benutzte. Seine Männer und er selbst befuhren andere Wege in die Stadt hinein und wieder zurück. Die einstmals offizielle Straße benutzte nur, wer arglos war. Arglose Kinder – dumme Kinder.

Heute zeigte ihm die Kamera allerdings nicht das vertraute Bild der öden, leeren Straße, sondern ein reges Treiben, in dessen Zentrum eines der Mädchen stand. Jenes, mit dem er verbunden gewesen war, seiner Mutter Helen wie aus dem Gesicht geschnitten: Sophie. Sie machte sich am Bauzaun zu schaffen, auf dessen anderer Seite Sergej kniete und mit seiner blutenden Nase die Straße einsaute.

Der Sandmann hatte eine erneute Auseinandersetzung mit seinem jüngst rekrutierten Mitarbeiter gehabt und diese letztendlich für sich entschieden. Dass sich Sergej nun in diesem Zustand befand, hatte er sich selbst zuzuschreiben.

Sophie hatte es offenbar geschafft, den Zaun zu öffnen, denn sie schob nun langsam eines der Bauteile zur Seite.

Wie um alles in der Welt hatten sie überhaupt hier hergefunden? Was wollten sie von ihm, was suchten sie?

Der Sandmann konnte sich nur erklären, dass die Mädchen auf der Suche nach dem kleinen Hacker waren. Doch dieser trug einen Abschirmer. Es war ihm unmöglich, Hilfe zu holen.

Auch Sergej konnte nicht senden, er trug überhaupt keinen Port. Ein Test mit dem Röntgenscanner, der ursprünglich reiselustige Touristen durchleuchtet hatte, war Beweis genug gewesen.

Der Sandmann ballte die Hände zu Fäusten. Er mochte es nicht, keine Kontrolle zu haben. Und in letzter Zeit passierte es ihm viel zu oft, dass ihm die Kontrolle entglitt. Dass Dinge geschahen, die er nicht verhindern konnte, auf die er keinen Einfluss hatte.

Es gab Sachen, mit denen er umgehen konnte. Er betrieb ein verbrecherisches Dienstleistungsunternehmen, und in diesem Sektor konnte man sich Zimperlichkeiten und zärtliche Gefühle nicht erlauben. Und sehr lange hatte er auf diese Weise gut und lukrativ gelebt. Ihm blieb nur eine Existenz im Schatten, die normale Welt hatte keinen Platz für ihn. Er konnte nicht zurück in die Gesellschaft.

Es hatte eine Zeit gegeben, in der er ein gewöhnliches Leben für möglich gehalten hatte. Während seines Studiums, selbst in der Zeit kurz nach seinem Abschluss. Die Zeit, in der Helen da gewesen war und alles um ihn herum, seine Welt und sein gesamtes Leben zum Leuchten gebracht hatte. Doch Helen war tot und er war mit ihr gestorben. Seitdem sie nicht mehr war, gab es in seinem Leben nichts mehr für ihn zu lieben.

Und jetzt kamen die Mädchen und zum ersten Mal seit vielen Jahren wusste er nicht, was zu tun war. Natürlich war ihm eigentlich bewusst, was der nächste, logische Schritt war. Sie stellten für ihn und seine Existenz eine große Bedrohung dar. Sie, Sash und der braungebrannte Halbaffe in dem Angeberauto, den sie bei sich hatten. Mit Bedrohungen wurde in seiner Welt immer gleich verfahren: Sie wurden beseitigt.

Er musste sich zusammenreißen.

Sophie und ihre Schwester halfen Sergej gerade ins Auto. In wenigen Augenblicken würden sie den Motor starten und entweder in Richtung Stadt davonfahren oder zu ihm kommen.

Das Fahrzeug setzte sich in Bewegung. Auf Terminal I zu.

LIZ

Zwar hatten wir Sash nicht gefunden, dafür aber Brother Zero. Vielmehr hatte er uns gefunden. Irgendwie war die Tatsache paradox und alarmierend, dass der Auslöser all dieser Probleme einfach so auf der Straße aufgetaucht war, die wir entlangfahren wollten. Das konnte doch kein Zufall sein.

Ich saß neben dem blutenden kleinen Mann auf dem Rücksitz, während Sophie vorne neben Marek Platz genommen hatte, vorgebeugt wie ein Radrennfahrer und unablässig auf das schnell herannahende Gebäude starrend.

Zero war auf die Sitzbank gefallen und hatte nur noch »im Terminal I« gekrächzt, bevor ihm die Augen zugefallen und sein Kopf zur Seite gesackt waren.

Ich rüttelte ihn immer wieder unsanft, in der Hoffnung, ihn zum Sprechen zu bringen. »Was ist passiert?«, fragte ich nicht zum ersten Mal, doch Zero schien das Bewusstsein verloren zu haben. Sein Schweigen machte mich verrückt, es konnte doch nicht sein, dass ihm ausgerechnet in so einem wichtigen Moment die Lichter ausgingen! Irgendwie machte mich das ziemlich sauer, auch wenn das irrational war. Brother Zero hatte als Einziger Antworten für uns und nun hatten wir so kurz vor dem Ziel keinen Zugang mehr dazu. Dabei gab es so viele wichtige Fragen. Wo war Sash?

Was war mit den beiden Männern in den letzten vierundzwanzig Stunden geschehen? Und wer hatte Zero derart zugerichtet? Alleine sein Zustand müsste einen eigentlich dazu bringen, umzukehren und in die Stadt zurückzufahren. Vielleicht in ein Krankenhaus, vielleicht doch noch zur Polizei, damit sie Sash dort herausholte.

Ich blickte durch die Heckscheibe zurück. Der Zaun stand offen, wir hätten theoretisch die Möglichkeit, all das zu tun. Doch wir fuhren schweigend und vollkommen freiwillig in die entgegengesetzte Richtung. Dorthin, wo unser Freund auf Hilfe wartete und weiß der Himmel wer oder was sonst noch.

Ich hoffte, wenigstens im nie fertiggestellten Flughafen ein paar Antworten zu erhalten.

Wir hatten den alten Flughafen Schönefeld hinter uns gelassen und schossen nun über die verlassenen Rollfelder der BBI-Brache entgegen. Marek kümmerte sich nicht um den Zustand seines Wagens, er raste ohne zu bremsen durch Schlaglöcher und über unebene Grünstreifen. Wir wurden alle ordentlich durchgeschüttelt, Zero hing in seinem Sicherheitsgurt wie ein Crash-Test-Dummie. Wenige Augenblicke später kam das Fahrzeug unsanft vor einem niedergetrampelten Maschendrahtzaun zum Stehen.

»Da kann ich nicht drüberfahren«, beschied Marek. »Den Rest müssen wir laufen!«

Wir kletterten aus dem Wagen. »Was ist mit Zero?«, fragte ich, doch Sophie und Marek rannten bereits auf das große Terminalgebäude zu. Vielleicht hatten wir nicht mehr viel Zeit, Sash zu befreien. Wer wusste das schon? Für Zero konnten wir im Moment nicht das Geringste tun; und tragen konnten wir ihn auch nicht. Ich erlaubte mir noch einen letzten Blick auf den verletzten Hacker, dann rannte ich den beiden hinterher, immer begleitet von einem unguten Gefühl.

Zum Glück waren wir alle drei fit und erreichten die Türen des Gebäudes innerhalb kürzester Zeit. Sophie und Marek begannen ohne zu zögern an den Türgriffen zu rütteln, doch nichts bewegte sich.

»Verschlossen!« Meine Schwester klang, als stünde sie kurz vor einer Panikattacke. »Was machen wir denn jetzt?«

»Verfluchte Scheiße!«, rief Marek und wirbelte mit seinem rechten Fuß eine gewaltige Portion umliegenden Schutts auf. Der beißende Staub brachte mich zum Husten.

Als ich wieder zu Atem kam, drang ein Geräusch an mein Ohr, das ich bisher nur aus Filmen gekannt hatte und das mir dennoch schmerzlich vertraut erschien. Ein metallisches Klicken. Obwohl sich alles in mir dagegen sträubte, drehte ich mich um. Aus dem Augenwinkel konnte ich erkennen, dass Sophie und Marek es mir gleichtaten.

Vor uns standen vier groß gewachsene Männer in grauer Uniform, die weder zu einem Wachdienst noch zum Militär zu gehören schienen. Es waren keine Firmenlogos oder irgendwelche Abzeichen auf den Kleidungsstücken zu sehen. Alle vier hielten mit betonter Lässigkeit jeweils ein modernes Maschinengewehr in der Hand, an ihren schweren Ledergürteln baumelten blank geputzte Schlagstöcke. Ich schluckte und versuchte, mir meine Angst nicht anmerken zu lassen.

Die groben Gesichter der Männer wurden von großen verspiegelten Sonnenbrillen verdeckt, die schwarzen Schirmmützen sorgten dafür, dass eigentlich nur die Münder zu sehen waren. Einer der vier grinste.

»Herzlich willkommen in unserem bescheidenen Reich. Ich bin Tom, das sind Sven, Ole und Kurt.« Er zeigte auf die drei anderen Männer, die sich ein kleines Stück hinter ihm hielten. Scheinbar war er der Anführer. Ich zögerte. Sollten wir jetzt auch etwas sagen? Ich entschied mich dagegen und tatsächlich schien Tom auch keinerlei Auskunft von uns zu erwarten, da er fortfuhr: »Wir werden in Zukunft sehr viel Zeit miteinander verbringen. Um eure Ankunft so friedlich wie möglich zu gestalten, möchte ich euch nun bitten, die Hände vorzustrecken und keine Dummheiten zu machen.«

Zu wem die Männer auch immer gehörten, eines war sicher: Man hatte mit unserer Ankunft gerechnet und wir saßen in der Falle. Wie die Kaninchen waren wir hineingetappt, hatten den Silberteller, auf dem wir nun saßen, auch noch ganz brav selbst bis hierher getragen. Wie dumm ich mir gerade vorkam, wie hochmütig. Hatte ich tatsächlich geglaubt, ich könnte es mit alldem aufnehmen? Dem Mord, den Manipulationen, einem verschwundenen Freund, dem verprügelten Zero?

Ich war schon immer arrogant gewesen, doch das hier übertraf alles. Auch konnte ich mich nicht einmal erinnern, zu irgendeinem Zeitpunkt überhaupt gründlich über all das nachgedacht zu haben. Bei all meinen Entscheidungen hatte ich aus dem Bauch heraus gehandelt und sie hatten oftmals nicht nur mich, sondern auch meine Schwester betroffen. Hatte ich mir überhaupt irgendwas dabei gedacht?

Immerhin waren meine Motive rechtschaffen gewesen, tröstete ich mich. Ich hatte lediglich einem Freund helfen wollen. Während ich wie die beiden anderen die Hände vorstreckte, um mich widerstandslos fesseln zu lassen, suchte ich eine Antwort auf die Frage, an welchem Punkt ich noch Gelegenheit gehabt hätte, umzukehren. Mich anders zu entscheiden. Wieder zurückzugehen. Alles lief auf einen einzigen Moment hinaus: Hätte ich meine Schwester nicht dazu gebracht, nach Sebastian Zweig zu seekern, wäre das alles nicht passiert. Ihre Ohnmacht im Weinkeller war der Moment gewesen, der alles andere nach sich gezogen hatte. Ab diesem Zeitpunkt fand ich keinen Punkt mehr, an dem wir hätten kehrtmachen können. Diese Einsicht hatte etwas seltsam Tröstliches.

Plötzlich tauchte hinter den Männern eine vertraute Gestalt auf. Zero kam mit langsamen Schritten auf unsere Gruppe zu. Er schien weder erstaunt noch besonders verängstigt und vor allen Dingen bei vollem Bewusstsein zu sein. Hatte er das alles etwa nur gespielt, um uns hierher zu locken? Vielleicht hätte ich ihn einfach noch ein bisschen fester schlagen sollen, dachte ich und verfluchte mich innerlich für meine Naivität.

Sven klopfte Zero anerkennend auf die Schulter und lachte. »Gut gemacht, Sergej. Du bist zwar nur eine halbe Portion, aber feige bist du nicht. Und einstecken kannst du auch noch. Jetzt geh rein und sieh zu, dass Ulrik deine Wunden versorgt. Das kann ja keiner mit ansehen!«

Während Zero sichtlich darum bemüht war, schnellstmöglich aus unserem Blickfeld zu verschwinden, schrie Sophie ihn an: »Du steckst mit denen unter einer Decke!?«

Brother Zero drehte sich langsam zu meiner Schwester um und schenkte ihr ein trauriges Lächeln. »Tut mir leid, Fräulein Sophie. Diese Anstellung war nicht unbedingt meine erste Wahl.«

Sophie spuckte aus und hätte ihn beinahe erwischt. Der

Speichel klatschte nur wenige Zentimeter von seiner Fußspitze entfernt auf den Boden. »Du feiges Schwein!«, rief sie. »Sash hat dir vertraut! Er ist hergekommen, um *dir* zu helfen! Was hast du mit ihm gemacht?«

Doch Zero antwortete nicht mehr, sondern verschwand humpelnd hinter der nächsten Gebäudeecke.

Der Mann, der sich als Tom vorgestellt hatte, sah ihm hinterher und murmelte etwas, das sich wie ›kleiner Pisser‹ anhörte. Dann zog er einen dicken Schlüsselbund aus einer der vielen Taschen seiner Multifunktionshose.

»Wir Hübschen nehmen den direkten Weg.«

Er schloss eine der Türen auf, an denen Sophie eben noch vergeblich gerüttelt hatte. Ich suchte den Blick meiner Schwester und sie erwiderte ihn grimmig. Außer Trotz und Entschlossenheit konnte ich keinerlei Regung darin finden und ich bewunderte sie für ihre Stärke. Wahrscheinlich gab ihr die Zuneigung, die sie für Sash empfand, nun genau die Kraft, die sie brauchte, um nicht völlig durchzudrehen. Zum ersten Mal, seit ich sie kannte, wusste ich, dass Sophie die Stärkere von uns beiden war.

Während ich von Sven unsanft am Oberarm in das verlassene Terminal hineingezogen wurde, drehte ich mich zu Marek um. Sein Blick war glasig und die Kiefermuskeln arbeiteten. Es tat mir unendlich leid, dass wir ihn mit in diese Sache hineingezogen hatten, und ich hatte eine Heidenangst davor, was passierte, wenn wir voneinander getrennt wurden. Abgesehen davon, dass er unheimlich süß war, fühlte ich mich für ihn verantwortlich.

Vor uns öffnete sich eine große Halle und bot uns ein bizarres Bild. Es sah aus, als hätte jemand den schicksten und modernsten Flughafen der Welt bauen wollen, auf halber Strecke aber die Lust verloren. Und genau so war es ja im Grunde auch gewesen.

Ich hatte auf der Welt schon viele Flughäfen gesehen; sie unterschieden sich nicht sonderlich stark voneinander. Terminals, Treppen, Duty-free-Bereiche, Shops und Fressbuden, Anzeigetafeln, Toiletten und Gates – in unterschiedlicher Anordnung.

In dem Terminal, in dem wir uns gerade befanden, waren all diese Bereiche ebenfalls zu sehen. Nur dass sie eben noch nicht vorhanden, sondern nur angelegt waren.

Anstelle der Fluganzeigetafeln hingen lose Kabel aus der Decke, die Treppen waren aus nacktem Beton, neben den Stufen befanden sich jeweils steile, tiefer liegende Rampen, die wohl für die Rolltreppen vorgesehen gewesen waren.

In einer Ecke stapelten sich Leuchtreklameschilder einiger Geschäfte, die allzu optimistische Investoren einst zu früh im Vertrauen auf eine Eröffnung ausgebaut hatten. Mitten in der Halle stand ein kreisrundes Glashäuschen, über dem eine schiefe Tafel darüber informierte, dass hier der Raucherbereich sei. Der Baustellenstaub, der jeden Zentimeter des Terminals überzog, hatte die Fensterscheiben erblinden lassen. Ich glaubte jedoch, in der Mitte einen großen Aschenbecher erkennen zu können.

Zwischen zwei großen Treppen zwang mich Sven, der meinen Arm noch immer fest im Griff hatte, stehen zu bleiben. Auch die anderen stoppten ihre Schritte. Ich fragte mich, was das zu bedeuten hatte, doch ich traute mich nicht, zu fragen. Und ich musste auch nicht besonders lange warten, denn bald schon zeichnete sich ein Schatten hinter einer gegenüberliegenden Glastür ab, die weniger verstaubt war, als die des Raucheraquariums. Offensichtlich wurde diese Tür einfach häufiger benutzt.

Sie schwang auf und ein Mann trat auf uns zu. Er lächelte nicht und ließ auch sonst keinerlei Regung erkennen. Als ich sein Gesicht erblickte, musste ich schlucken. Er sah irgendwie unwirklich aus.

Die Haare des Mannes waren schneeweiß, doch sein Bart war feuerrot, genau wie die Augenbrauen, die sich schwungvoll über dunkle Augen legten. Entgegen seiner Haarfarbe wirkte der Mann selbst noch nicht sonderlich alt. Ende vierzig, vielleicht Anfang fünfzig. Durch das blasse, attraktive Gesicht zogen sich ein paar dünne Falten. Der Mann trug eine blaue Stoffhose, maßgefertigte, leicht altmodische Schuhe und ein weißes Hemd mit aufgeschlagenen Ärmeln. An seinem linken Ringfinger saß ein schwerer Siegelring. Beim näheren Hinsehen konnte ich erkennen, dass eine Sanduhr eingraviert war. Die Knöchel seiner schlanken Hände waren aufgeschürft und mit blauen Flecken übersät. Mir kam der Gedanke, dass er es gewesen sein könnte, der Brother Zero derart zugerichtet hatte, und mir wurde kalt.

Der Anblick des gut gekleideten Mannes mitten in diesem kaputten Terminal hatte etwas Groteskes an sich. Als hätte ein Filmpraktikant versehentlich den Hauptdarsteller einer Sommerkomödie in das Set eines Actionstreifens geschnitten. Nur sein Blick wollte so gar nicht zur Komödie passen.

Etwas an seiner Erscheinung holte eine verschüttete Erinnerung aus meinem Unterbewusstsein. Ich wusste ganz genau, dass ich diesen Mann schon einmal gesehen hatte. Ja, dass ich ihn vielleicht sogar kannte. Doch die Erinnerung war so flüchtig und dünn, dass ich sie nicht greifen konnte.

Immer wenn ich das Gefühl hatte, mich ihr zu nähern, rutschte sie mir wieder weg. Ich ahnte, dass diese Erinnerung der Schlüssel zu einem Teil meiner Vergangenheit darstellte. Und meiner Gegenwart.

Als der Mann nun die Stimme erhob, verließen leise Worte seinen Mund, die nur mit Mühe zu verstehen waren.

»Ich bin der Sandmann und ihr seid nun meine Gäste«, sagte er. Neben mir wand sich meine Schwester im Griff des Mannes, der neben ihr stand. Sie schien ebenfalls zu wissen, mit wem wir es hier zu tun hatten. *Mr Sandman bring me a dream*. Nicht Sash hatte ihn gefunden, nein: Er hatte Sash gefunden. Wir waren Berufsverbrechern in die Hände gefallen.

»Gäste fesselt man normalerweise nicht, man bietet ihnen Tee und Kekse an!«, schleuderte Sophie dem Sandmann entgegen, und dieser heftete seine Augen auf meine Schwester. In seinem Gesicht blitzte kurz eine Emotion auf, doch ich konnte beim besten Willen nicht ausmachen, welche.

»Entschuldigt. Die Gastfreundschaft, die ihr gewohnt seid, werdet ihr hier nicht erfahren. Solch menschlichen Luxus kann ich mir leider nicht erlauben.«

Zu Tom, der neben Marek stand, sagte er: »Stattet sie mit Abschirmern aus und bringt sie in den Zellen unter.«

Der Angesprochene trat von einem Bein auf das andere. »Sorry, Boss«, sagte er zerknirscht. »Wir haben nur noch eine frei. Die anderen beiden sind belegt, na… Sie wissen schon!«

Ein Hauch von Verärgerung huschte über das feine Gesicht des Sandmanns, von kürzerer Dauer als ein Atemzug. Dann sagte er: »Gut. Ich bin ja kein Unmensch. Bringt die Schwestern gemeinsam unter und diese…« Er musterte

Marek mit unverhohlener Geringschätzung. »Diese Schießbudenfigur kommt zu unserem anderen Gast.«

Trotz der aussichtslosen Situation, in der wir uns befanden, ließ dieser Satz Hoffnung in mir aufkeimen. Bei dem anderen Gast konnte es sich nur um Sash handeln. Das bedeutete, dass er noch am Leben war. Ich blickte zu Sophie hinüber und sah ein feines Lächeln ihre Mundwinkel umspielen. Sie hatte es ebenfalls verstanden.

Die Männer zerrten uns weiter quer durch die Eingangshalle des Terminals in die Tiefen des Flughafenskelettes. Wir erreichten eine schmale Tür und wurden nacheinander unsanft hindurch und in einen schmalen Raum hineingezerrt. An der Wand standen mehrere nummerierte Metallschränke, die offensichtlich nachträglich eingebaut worden waren, da sie wesentlich neuer und fertiger wirkten als alles andere im Zimmer. Ich kannte solche Schränke aus Schulen und Bibliotheken.

Wir wurden nacheinander von unseren Taschen und allen persönlichen Gegenständen befreit. Die Männer gingen dabei so routiniert vor, als wären sie tatsächlich Polizisten, deren Aufgabe es war, Verbrecher festzunehmen, und nicht etwa Verbrecher, die sich vor der Polizei in Acht zu nehmen hatten. Sie sprachen nur das Nötigste mit uns und wurden zu meiner großen Verwunderung zu keinem Zeitpunkt übermäßig grob oder unflätig. Offensichtlich wussten sie genau, was sie tun sollten, und hielten sich daran.

Als unsere Sachen alle zusammen in einer grauen Plastiktonne gelandet waren, brachte einer der Männer aus einem weiteren Schrank drei Metallhelme zum Vorschein. Sie sahen aus wie eine Mischung aus Motorradhelm und Badekappe.

»Was ist das?«, fragte ich und bekam als Antwort den ersten Helm unsanft über den Kopf gestülpt. Erst als die anderen beiden ebenfalls Helme trugen, bekam ich meine Antwort. Während Sven mit einem lauten Ratschen den Gurt unter meinem Kinn schloss und ziemlich fest zuzog, sagte er: »Das ist ein Abschirmer. Damit sind eure Ports nutzlos und ihr könnt niemanden um Hilfe bitten. Der Empfang ist hier draußen zwar sowieso miserabel, aber sicher ist sicher.«

Der Gedanke daran, dass ich bis eben gerade wenigstens noch hätte versuchen können, meinen Port zu aktivieren und Hilfe zu holen, raubte mir fast den Atem. Wie konnte man nur so blöd sein! Alles war so schnell gegangen, dass ich nicht auch nur einen Gedanken an diese Möglichkeit verschwendet hatte. Ich war die Einzige von uns, die überhaupt noch einen Port trug, ich allein hätte noch etwas ausrichten können, verdammt noch mal. Und zu allem Überfluss sah ich mit dem Helm ganz sicher aus wie eine Raupe, die kurz davor war, ins Weltall geschossen zu werden. Ich versuchte, mein Kinn zu bewegen, doch der Gurt schnürte mir bei jeder Bewegung die Luft ab.

»Das ist zu fest«, presste ich durch die Zähne, was ein schmieriges Grinsen bei Sven hervorrief.

»Tut mir leid, Prinzesschen«, sagte er und lockerte mit zwei Fingern den Gurt unwesentlich.

»Ich habe keinen Port und Marek auch nicht«, sagte Sophie. »Ich brauche so ein Ding nicht.«

»Befehl ist Befehl«, lautete die knappe Antwort.

Diese Jungs wussten im Gegensatz zu mir wenigstens genau, wo ihr Platz in der Welt war und was sie zu tun hatten. Sicher ist sicher, Befehl ist Befehl. Bestimmt war es gar nicht so schlecht, in einer derart simplen Realität zu leben.

Die Tür am anderen Ende des Raumes wurde geöffnet und gab den Blick auf einen schmalen Flur frei, an dessen linker Wand sich drei schmale Türen mit kleinen, vergitterten Guckluken befanden.

Schlagartig wurde mir klar, dass wir uns bei der nie in Betrieb genommenen Flughafenpolizei befinden mussten. In jedem Flughafen gab es Zellen für Menschen, die auf ihre Abschiebung warteten oder mit Drogen im Gepäck verhaftet worden waren. Was für eine Ironie, dass ausgerechnet diese Zellen fertiggestellt worden waren.

Ole, der vorher Sophie mit sich geschleift hatte, machte eine einladende Handbewegung. »Ladies first!«, sagte er und Sophie setzte sich in Bewegung. Ich folgte ihr. Als wir den Flur erreichten, holte meine Schwester Luft und schrie aus voller Kehle: »Sash, bist du hier? Sash!«

Hinter der ersten Zellentür polterte es und eine vertraute Stimme brüllte: »Sophie!« Dann klang es, als hätte ein schwerer Gegenstand das Türblatt gerammt.

Sophie gelang es, sich loszureißen und zu der Zellentür zu stolpern, hinter der Sash gefangen war.

»Bist du okay?«, rief sie, wurde jedoch sofort von der Tür weggerissen. Oles schwarzer Stiefel traf sie im Rücken und Sophie flog regelrecht nach vorne und blieb auf der Höhe der dritten Zellentür liegen. Um den Schrei zu unterdrücken, der mir in der Kehle steckte, biss ich auf meine Lippe, bis ich Blut schmeckte.

Sophie rappelte sich mit trotzigem Blick hoch, auch ihre Lippe blutete.

»Sophie, was war das? Ist alles in Ordnung?«, drang es durch die erste Zellentür. Sven, der all die Zeit nicht von meiner Seite gewichen war, rammte den Kolben seiner

Waffe mit aller Kraft gegen die Zellentür und brüllte: »Schnauze, Romeo!« Dann funkelte er meine Schwester und mich nacheinander drohend an und zischte: »Und jetzt Abmarsch!«

Die letzte Zellentür wurde aufgeschlossen und ich fragte mich, während ich den schmalen Raum betrat, was Juan und Fe gerade taten. Begannen sie bereits, sich Sorgen zu machen? Was würden sie tun, wie würden sie sich fühlen, wenn ich heute Abend nicht nach Hause kam? Würde Daphne überhaupt bemerken, dass ich nicht mehr da war?

Tränen schossen mir in die Augen, während ich an zu Hause dachte und ein unbändiges Heimweh ergriff von meinem Herzen Besitz. Die Angst, alle drei niemals wieder sehen zu können, nahm mir beinahe die Luft zum Atmen. Juan würde es nicht überleben, noch ein Mädchen zu verlieren. Aber auch daran hatte ich vorher nicht den kleinsten Gedanken verschwendet.

Die Tür fiel hinter uns ins Schloss und ich warf mich in die offenen Arme meiner Schwester.

Beide Jungs weigerten sich, zu sprechen. Vollkommen gleichgültig, wie oft man sie schlug, sie verrieten nicht, warum Sash angefangen hatte, im Umfeld des Sandmannes umherzuschnüffeln, oder wie Marek und die Mädchen zu ihm gefunden hatten.

Warum sie gekommen waren, war dem Sandmann mittlerweile klar. Er beherbergte so etwas wie eine Teenager-Clique. Die jungen Leute waren allesamt miteinander befreundet und schienen einander eine Loyalität entgegenzubringen, die der Sandmann niemals genossen hatte. Sie waren tatsächlich nur hier, um Sash zu holen. Vielleicht hätte er ihn doch einfach gehen lassen und sich ein anderes Quartier suchen sollen, doch dafür war es nun zu spät. Er konnte nicht mehr zurück.

Und nicht nur das – auch der männliche Neuzugang war eine gewisse Prominenz. Wie sich herausgestellt hatte, handelte es sich um Marek van Rissen, den man in Fachkreisen nicht nur wegen seiner hellblonden Haare und des Bronzeteints den »Goldjungen« getauft hatte.

Der SmartPort hatte den Grünschnabel reich gemacht und seitdem finanzierte er mit seinem Geld ausgerechnet diesen querulantischen Schmierenblog Pandoras Wächter. Alleine dafür hätte es sich schon gelohnt, den Kerl verschwinden zu lassen. So saßen bei ihm nun ein Wunderkind, ein berühmter Hacker, ein reicher Grünschnabel, die Tochter eines noch reicheren Finanzmagnaten und das Abbild seiner großen Liebe. Eine Situation, die dem Sandmann über den Kopf zu wachsen drohte.

Reiche Menschen wurden schneller vermisst, das wusste er. Und da aus den Jungs nichts Brauchbares rauszuholen war, musste er sich nun der Aufgabe stellen, vor der er sich seit Tagen fürchtete. Er musste sich den Mädchen widmen.

SOPHIE

Drei Tage vergingen, ohne dass irgendetwas mit uns geschah. Wir bekamen unser Essen und wir durften einzeln zur Toilette am Ende des Ganges gehen, wenn wir durch das Drücken eines Knopfes neben der Zellentür auf uns aufmerksam machten und den Männern danach war, unserem Ansinnen nachzukommen. Scheinbar war beim Bau der Zellen kein längerer Aufenthalt der Insassen geplant worden, sonst wären sie sicher mit Sanitäranlagen ausgestattet worden.

Ole, Sven und Tom behandelten uns meist recht anständig, brachten uns pünktlich das Essen und begleiteten uns auch ziemlich schnell zum Bad, wenn wir danach fragten. Einzig Kurt schien es Spaß zu machen, uns zappeln zu lassen. Er war auch der Einzige, der es uns nicht erlaubte, die Toilettentür zu schließen, was besonders demütigend für uns war. Nicht einmal der Bitte, sich umzudrehen, kam er nach mit der Begründung, er sei dafür zuständig, dass wir keine Dummheiten machten. Sein hungriger Blick lag jedes Mal auf mir, während ich die Hose aufknöpfte.

Liz und ich waren dazu übergegangen, in seiner Schicht weder zu essen noch zu trinken. Erst, wenn wir die Stimme von einem anderen der Männer hörten, stürzten wir uns auf die Vorräte.

Seltsamerweise stellte sich innerhalb kürzester Zeit eine

gewisse Routine bei uns ein. Mir kam es zwischendurch beinahe so vor, als hätte ich niemals woanders gelebt. Ich dachte weder an gestern noch an morgen. Zum Teil ertappte ich mich sogar dabei, stumm auf einen Fleck zu starren. Als ich es bemerkte, erschrak ich darüber, wie schnell ich mich vergessen konnte. Seitdem versuchte ich immer, meinen Geist mit irgendetwas zu beschäftigen, um nicht verrückt zu werden.

Wir hatten ein paar Mal versucht, nachts mit Sash und Marek Kontakt aufzunehmen, doch egal wie laut wir schrien, durch die dicken Türen konnten wir kein Wort verstehen. Einzig ihre dumpfen Stimmen wurden zu uns herübergetragen und gaben uns den kleinen Trost, sie am Leben und in unserer Nähe zu wissen. Doch manchmal riefen sie nicht nach uns, sondern schrien vor Schmerz. Wir ahnten, dass sie im Gegensatz zu uns von den Männern misshandelt wurden. Jedes Mal, wenn ich Sash schreien hörte, brach es mir das Herz. Ich wünschte, ich hätte mir die Ohren zuhalten können, doch der Helm verhinderte das. Zwar schirmte er die Signale ab, doch hören konnte man durch die Dinger exzellent. Ich fragte mich, wer sie wohl entwickelt hatte. Und zu welchem Zweck.

Doch etwas Positives brachte die nächtliche Schreierei auf jeden Fall mit sich: Die Gewissheit, nicht belauscht zu werden.

In der linken oberen Ecke der Zelle hing zwar eine Kamera, die auch sendete – das mussten wir schmerzhaft erfahren, als Liz in einem Anfall von Trotz einmal beide Mittelfinger in die Linse gehalten und dafür ein blaues Auge kassiert hatte – doch sie schien nur Bilder und keinen Ton zu übertragen. Da die Zellen nur für eine Person ausgelegt waren, war es wohl niemandem notwendig erschienen, teure Kameras mit Mikro einzubauen.

Das gab uns die Freiheit, miteinander zu reden, doch nach drei Tagen fiel es uns langsam schwer, einander noch irgendwelche tröstende Worte zuzuschustern. Und so waren wir dazu übergegangen, einander Kindheitsgeschichten zu erzählen. Vom ersten Schultag, Reisen in den Sommerferien, der liebsten Eissorte und den kleinen Ängsten, die in unserer derzeitigen Situation nahezu lächerlich erschienen, in unserer Kindheit jedoch groß und bedrohlich und allumfassend gewesen waren. Ein Zehnmeterbrett zum Beispiel oder ein dunkler Straßenabschnitt.

Wenn ich über meine Sommer in Italien sprach, vergaß ich manchmal beinahe, wo ich mich befand. Doch niemals ganz. Dazu war der Anblick unserer Zelle zu trist.

Ich lag auf dem Boden und blickte an die Decke, während Liz auf der Pritsche lag und schlief. Da es nur eine Pritsche gab, wechselten wir uns einfach ab, da wir ohnehin nicht sonderlich viel schliefen. Würden wir jemals wieder freikommen? Das fragte ich mich zum wiederholten Male. Wann, wie und wo würde mein Leben enden?

Die von mir schon viele Stunden beäugte Zellendecke war aus gewöhnlichen, viereckigen weißen Platten gebaut, wie sie auch in unserer Schule Verwendung gefunden hatten. Der Gedanke an mein altes Gymnasium rief einen wehmütigen Schmerz in meiner Brust hervor. Ob mein Vater sich schon Sorgen um mich machte? Vermutlich hatten Fe und Juan bereits Kontakt zu ihm aufgenommen. Wie es ihm wohl gerade ging? Den Gedanken verdrängte ich schleunigst wieder – es tat einfach zu weh, an meinen Pa zu denken. Noch viel mehr als ohnehin schon.

Ich schüttelte leicht den Kopf über die Ironie, noch vor wenigen Wochen in der Geborgenheit meines alten Lebens eine Dokumentation über die BBI-Brache gesehen zu haben. Wie lächerlich mir das damals vorgekommen war. Derart lange Verzögerungen wegen eines fehlerhaften Rauchabzugssystems …

Der Gedanke traf mich wie ein Blitz. Rauch wurde abgesaugt, nach oben geleitet und schließlich nach draußen. Ich setzte mich auf und rüttelte meine Schwester sanft an der Schulter.

»Liz!«, zischte ich und sie drehte sich schlaftrunken blinzelnd zu mir um. »Wasisdennlos?«, murmelte sie und in diesem Augenblick hörte ich Schritte auf dem Gang und flüsterte: »Wenn du das nächste Mal die Zelle verlässt, sieh nach oben und präge dir jede Unregelmäßigkeit an der Decke ganz genau ein! Schau vor allem nach Klappen und Abzügen!«, forderte ich.

Liz schien nicht zu begreifen, was ich von ihr wollte. »Was?«

Vor unserer Tür klapperte ein Schlüsselbund und ein Schlüssel wurde ins Schloss geschoben. Die Essenszeit war lange vorüber und keiner von uns beiden hatte darum gebeten, geholt zu werden. Das Klappern musste also einen anderen Hintergrund haben. Ich spürte, dass etwas Wichtiges im Gange war. Mir blieb keine Zeit mehr für Erklärungen. »Tu einfach, was ich sage!«, forderte ich und Liz nickte.

Einen winzigen Augenblick später standen Ole und Sven in der Tür. »Aufstehen, Hände vor den Körper!«, bellte Sven, und ich rappelte mich hastig hoch, während Liz aufreizend langsam die Pritsche verließ.

Ole band uns die Hände mit Kabelbindern zusammen und forderte uns dann mit einem kurzen Nicken auf, ihm zu folgen. Sven ging hinter uns den langen Flur hinab. Möglichst unauffällig richtete ich meinen Blick zur Decke, doch im Flur selbst konnte ich keinerlei Besonderheiten feststellen. Es war auch nicht zu erwarten, dass im Gefängnisflur Abzüge installiert worden waren. Zum einen waren Gefangene schon immer Menschen zweiter Klasse gewesen, um die weniger Tränen vergossen wurden, wenn sie erstickten, und zweitens war ein Abzug immer eine Sollbruchstelle innerhalb eines Gebäudes, eine Möglichkeit, zu fliehen. Genau deshalb war die fehlkonstruierte Entrauchungsanlage unsere größte Chance.

Im Vorzimmer erblickte ich einen Abzug, aber die Luke war zu schmal, um sich hindurchzuzwängen.

Wir verließen den kleinen Gefängnistrakt und traten in die weitläufigen Flure hinaus, die offensichtlich dafür gedacht gewesen waren, die Gates miteinander zu verbinden. Durch die großen, staubigen Fensterscheiben sah man auf ein riesiges Gelände, das von verbranntem Gras bedeckt war. In der Mitte der riesigen Fläche stand ein einsamer, verwitterter Baukran wie das Skelett eines Dinosauriers. Vermutlich war die Baufirma, der er einmal gehört hatte, im Zuge der Flughafenpleite insolvent gegangen und hatte es nicht mehr für nötig befunden, den Kran zu entfernen.

In dem Flur, durch den wir gingen, zählte ich immerhin vier große Abluftpropeller an der Decke. Wenn es einem gelänge, sie zu entfernen, müssten wir eigentlich hindurchpassen. Allerdings musste man hierfür etwas finden, auf das man hinaufklettern konnte. Aber es war gut zu wissen und ich speicherte die Standorte gewissenhaft in meinem Gedächtnis ab, schließlich war nicht abzusehen, ob solch eine Gelegenheit noch einmal wiederkehren würde.

Wir gingen immer tiefer in das Gebäude hinein. Beinahe schien es mir, dass wir einmal im Kreis gegangen waren, als wir abrupt anhielten. Sven schloss eine kleine Stahltür auf und wir blickten auf eine steile Treppe, die sich einen Turm hinaufschraubte. Mir wurde klar, dass wir nun einen der Tower betraten, und mein Herz begann, wild zu pochen. Ich ahnte, dass wir auf dem Weg zum Sandmann waren.

Tatsächlich klopfte Sven oben angekommen drei Mal an die Tür und wartete höflich, bis von drinnen »Herein« zu hören war, bevor er die Klinke herunterdrückte und Liz und mich in den Raum hineinschob.

Wir betraten einen sechseckigen Kontrollraum, der die einzigen halbwegs sauberen Fenster aufwies, die mir im Gebäude begegnet waren. Vor dreien dieser Fenster war eine ganze Wand von Bildschirmen aufgebaut, die Rechenprozesse, Bildschirmschoner oder wechselnde Bilder von Überwachungskameras zeigten.

Der Sandmann stand mit dem Rücken zu uns, den Blick auf die Bildschirme gerichtet, mitten im Raum. Die Hände hatte er auf dem Rücken gefaltet – eine Geste, die ich nur aus alten Filmen oder von alten Menschen kannte.

Auf einem der Bildschirme erschien auf einmal unsere Zelle und blieb für ungefähr fünf Sekunden sichtbar. Danach wurde sie durch ein anderes Bild aus dem Gefängnistrakt ersetzt. Die anderen Zellen erschienen und ein Stich durchfuhr mich, als ich Brother Zero entdeckte, der sich in der kargen hinteren Ecke zusammengekauert hatte und dort reglos verharrte. Die dritte Zelle, in der sich Marek und Sash hätten befinden müssen, war leer. Angsterfüllt fragte ich mich, wo die beiden wohl sein konnten. Das Bild wechselte erneut und zeigte nun wieder unsere Zelle. Der Flur, der alles miteinander verband und in dem sich auch das Bad befand, schien nicht überwacht zu werden, denn er erschien auf keinem der Bildschirme. Diese Information speicherte ich mir ab; sie könnte noch nützlich sein.

Nach einer guten Minute des Schweigens nickte der Sandmann einmal kurz und räusperte sich. Das schien das Signal für Sven und Ole gewesen zu sein, denn die beiden verließen den Raum und die Tür fiel krachend ins Schloss. Endlich drehte der Sandmann sich zu uns um. Sein Anblick rief in mir noch einmal die Erinnerung an die Erleichterung hervor, die ich empfunden hatte, als ich ihm vor drei Tagen das erste Mal begegnet war. Ich war froh gewesen, nicht Sebastian Zweig vor mir zu haben. Mareks Worte hatten die Angst davor entfacht, er könnte tatsächlich noch am Leben sein und hinter all diesen schrecklichen Ereignissen stecken. Diese Angst war binnen kürzester Zeit zu einer regelrechten Panik angewachsen, die ein kurzer Blick auf sein Gesicht zerschlagen hatte. Was nicht heißen sollte, dass ich mich nicht vor dem Mann fürchtete, mit dem ich mich nun in einem Raum befand.

Er betrachtete uns eine Weile schweigend, und ich versuchte, seinen Blick so direkt wie möglich zu erwidern. Ich hätte zu gern gewusst, was in seinem Kopf so vor sich ging.

»Warum seid ihr hier?«, fragte er schließlich, die Stimme fest und der Tonfall herrisch; ganz anders als bei unserer Ankunft. Ihr Klang ließ mich zusammenzucken, denn er war mir nur allzu vertraut; ich hatte ihn viele Nächte in meinen Träumen gehört. Mir wurde bewusst, wie unglaublich falsch ich gelegen hatte, die ganze Zeit über war es nicht Sebastian Zweig gewesen, mit dem ich mich unterhalten hatte, sondern der Sandmann. Das wusste ich jetzt.

Seine schmalen Lippen kräuselten sich zu dem Hauch eines Lächelns, das unter einem akkurat gestutzten Bart hervorblitzte. »Du erinnerst dich an mich, nicht wahr, Sophie?«

Ich nickte und der Sandmann seufzte. »Ich habe alles versucht. Habe dir mehr als einmal deutlich zu verstehen gegeben, was mit Menschen passiert, die sich nicht benehmen können. Aber du wolltest nicht hören.«

Meine Lippen waren genauso trocken wie mein Hals und ich versuchte, sie mit der Zunge zu befeuchten. »Ich dachte, es wären nur Träume!«, sagte ich und der Sandmann lachte auf.

»Nur Träume sagst du? Was heißt denn hier nur?«

Er drehte sich mit ausgebreiteten Armen einmal um die eigene Achse, als wolle er uns dazu auffordern, sein Königreich zu bewundern.

»Träume sind die vierte Gewalt in diesem Staat, Träume können Menschen dazu bewegen, Dinge zu tun, die sie niemals für möglich gehalten hätten.« Seine Augen begannen zu funkeln und ich glaubte, einen Verrückten vor mir zu haben.

»Sie kaufen, sie wählen, sie ändern ihre Lebenswege«, hier machte er eine theatralische Kunstpause und sah mir direkt in die Augen. »Sie sterben. Sie tun alles, was ich ihnen sage, denn ich bin der Herr der Träume!«

»Der käuflichen Träume meinen Sie wohl!«, hörte ich meine Schwester sagen und der Kopf des Sandmannes schnellte herum. »Du!«, zischte er. »Bist wohl ein kleiner Klugscheißer, was? Mit deiner Arroganz kommst du ganz nach deinem Vater. Und wir wissen doch alle, wohin ihn diese Arroganz gebracht hat!«

Eine Ader an der Schläfe des Mannes begann, bedrohlich zu pochen.

»Er ist ins Gefängnis gewandert und dort verreckt!« Der Sandmann starrte Liz an, offenbar kurz davor, vollends die Fassung zu verlieren. Dann fing er sich wieder und atmete ein paar Mal tief durch.

»Also gut, ich frage euch noch einmal: Warum seid ihr hier?«

Es war offensichtlich, dass er eine Antwort erwartete, also sagte ich: »Wir wollten Sash retten.«

»Ja, ja. So viel habe ich auch verstanden. Aber der springende Punkt ist: Warum musste er überhaupt gerettet werden?« Er pikte mir einen seiner schlanken Zeigefinger auf die Brust und sah mich fragend an. Mir war bewusst, dass ich jetzt nichts Falsches sagen durfte, und dachte fieberhaft nach. Ich konnte wohl kaum ins Feld führen, dass er gerettet werden musste, weil er schändlicherweise verraten und gefangen genommen worden war. »Weil wir uns nicht benommen haben?«, fragte ich schließlich.

Ein Grinsen schoss in das Gesicht des Mannes, das meine Adern zu Eis gefrieren ließ. Der Sandmann sah aus, als hätte er sich eine groteske Maske übergestülpt.

»Ganz genau!«, rief er vergnügt und ich atmete erleichtert aus. Doch die Befragung war noch lange nicht am Ende. »Hatte ich dir nicht gesagt, dass man seine Nase nicht in Angelegenheiten stecken soll, die einen nichts angehen? Hatte ich dir nicht gesagt, dass es denjenigen schlecht ergeht, die sich nicht an meine Ratschläge halten?«

Ich nickte.

»Und warum seid ihr mir dann trotzdem auf die Pelle gerückt?«, schrie er. Ich schluckte. »Wir wollten wissen, wer unsere Mutter getötet hat. Und warum.«

Der Kopf des Sandmanns lief rot an. »Das kann ich euch sagen. Euer Vater trägt die Schuld am Tod eurer Mutter. Nur seiner Arroganz ist es zu verdanken, dass sie nicht mehr am Leben ist! Seine Arroganz und Ignoranz haben eure Eltern das Leben gekostet. Und zwar alle beide!«

Die Formulierung, die er wählte, war mir nicht entgangen. Der Sandmann sagte, Sebastian Zweig sei *schuld* am Tod unserer Mutter gewesen. Nicht, dass er sie *getötet* hatte.

»Das glaube ich nicht«, sagte Liz. Sie schien entschlossen zu sein, die Wahrheit herauszufinden. Wie immer. Ich wusste nicht, ob ich sie für besonders mutig oder besonders dumm halten sollte. »Ich glaube, Sie haben unsere Mutter getötet.«

Der Schmerz, der sich nun über das Gesicht des Sandmannes legte, war kaum mit Worten zu beschreiben. In Sekundenbruchteilen alterte er um Jahrzehnte. Liz hatte bei dem Mann einen Nerv getroffen und ich war sicher, dass sie auf der richtigen Spur war. Unglücklicherweise standen wir in keiner besonders günstigen Position. Wir waren Gefangene und auf die Gunst des Sandmannes angewiesen. Und meine Schwester strapazierte diese Gunst gerade auf das Heftigste.

»Wenn Sebastian nicht… Ich hätte niemals…«, stammelte der Sandmann. »Ich wollte nicht…«

Ich hielt den Atem an, während seine Fassade bröckelte. Meine Schwester hatte ganz ohne Zweifel ihren Finger in eine Wunde gelegt, die noch nach vielen Jahren schmerzte. Es war kaum auszuhalten, so knapp vor der Wahrheit zu stehen und dennoch nicht nach ihr greifen zu können. Weil wir schwach waren, keine Möglichkeiten hatten, keine Handhabe. Der Sandmann war der Schlüssel zu all unseren Antworten, doch wir konnten ihn zwar sehen, aber nicht erreichen. Alles, worauf wir hoffen konnten, war, dass er weitersprach. Doch so weit kam es nicht. Der Sandmann hielt inne und schüttelte ein paar Mal den Kopf, ganz so, als wollte er eine lästige Fliege verscheuchen, die ihm um die Ohren surrte. Er klappte den Mund zu, seine Gesichtszüge glitten wie auf Kommando in die Ausgangsposition zurück und schon bald war seine Miene wieder beinahe vertraut ausdruckslos.

»Deine Dreistigkeit wird dich noch teuer zu stehen kommen, Elisabeth«, zischte er. »Darauf kannst du dich verlassen.«

Ich war heilfroh, dass Liz einmal im Leben die Klappe hielt und den Sandmann nicht darauf hinwies, dass sie nicht Elisabeth genannt werden wollte. Momentan waren wir im Tower mit einem Mann eingesperrt, der einem verwundeten Raubtier glich. Verletzt und gerade deshalb ungeheuer aggressiv.

Er drehte sich um und stützte sich mit den Handflächen auf der großen Schreibtischplatte ab. »Was mach ich denn jetzt nur mit euch?«, murmelte er mehr zu sich selbst als zu uns.

Er griff nach einem großen Glas Wasser, nahm einen Schluck und drehte sich dann mit dem Gefäß in der Hand zu uns um. Das Licht der hinter ihm arbeitenden Monitore ließ seine Umrisse schärfer erscheinen, das ausdruckslose Gesicht wirkte dunkler als vorher. Liz atmete erschrocken ein und sowohl der Sandmann als auch ich blickten sie an.

Ich wollte ihr wortlos zu verstehen geben, dass sie, was auch immer ihr gerade auf der Zunge lag, lieber für sich behalten sollte, doch es war zu spät. Meine Schwester starrte mit aufgerissenen Augen auf das Wasserglas und stammelte: »Sie … Sie sind das!«

Die Augen des Sandmannes verengten sich zu Schlitzen. »Was meinst du damit?«, fragte er drohend, doch ich kannte meinen Zwilling gut genug, um zu wissen, dass nichts und niemand auf der Welt sie jetzt noch vom Sprechen abhalten würde.

»Sie haben mit unserem Vater studiert!«, stieß sie hervor. »Natürlich. Sie sind der Mann auf dem Foto. Der mit der kleineren Trophäe!«

LIZ

In dem Augenblick, als die Worte meinen Mund verließen, wusste ich schon, dass ich es bereuen würde. Aber das war eben eines meiner größten Probleme: Denken und Sprechen erfolgten bei mir nicht immer in der optimalen Reihenfolge.

Der Sandmann wurde kreidebleich. Erst stand er eine Weile wie versteinert da, als hätte ich ihm eine schwere Frage gestellt, auf die er verzweifelt nach einer Antwort suchte. Dann aber kam Bewegung in den Mann. Er holte aus und schleuderte das Wasserglas mit voller Wucht in meine Richtung. Wahrscheinlich war er in der Schule Mitglied der Handballmannschaft gewesen, denn er zielte präzise und sicher – ich konnte gerade noch ausweichen. Das Glas zerschellte krachend und spritzend hinter mir an der Wand.

»Raus«, flüsterte er, doch wir rührten uns nicht vom Fleck. Als ihm bewusst zu werden schien, dass wir auf eigene Faust den Raum nicht verlassen konnten, brüllte er: »Raus!«

Die Tür öffnete sich und Sophie und ich wurden unsanft an den Armen gepackt und die Turmtreppen hinuntergeschleift. Ich stieß dabei mit allen möglichen Körperteilen schmerzhaft gegen das kalte Metall, doch ich registrierte es kaum. Alles, woran ich denken konnte, war das Bild von unserem Vater, das ich im Internet gefunden hatte. Damals hatte ich dem Foto keine große Bedeutung beigemessen, doch nun wusste ich, dass es keinesfalls unwichtig war. Im Gegenteil.

Vielleicht war das Bild Teil der Lösung. Nun wussten wir, dass der Sandmann und Sebastian einander gekannt hatten. Und der Sandmann hatte keinen Hehl aus seiner Abneigung gegen Sebastian gemacht, ganz im Gegenteil. Er hatte sie mir förmlich vor die Füße gekotzt. Hatte er unseren Vater auch schon gehasst, als das Bild aufgenommen wurde? Hatte der Wettbewerb, bei dem Sebastian den Sandmann offensichtlich hinter sich gelassen hatte, vielleicht sogar etwas mit dieser Abneigung zu tun? Und in welchem Zusammenhang stand das alles zum Tod unserer Mutter?

Wenn mich mein Gefühl nicht trog, so hatte der Sandmann Helen nicht gehasst. Seine Reaktion beim Gedanken an sie hatte eher eine gegenteilige Sprache gesprochen.

Die Männer zogen uns weiter durch das Gebäude, zurück in den Zellentrakt. Die Tür ging auf und wir wurden nacheinander hineingestoßen. Sven zerschnitt mit einer beinahe nachlässig wirkenden Bewegung unsere Handfesseln und ließ uns grußlos stehen.

Noch bevor sich der Schlüssel im Schloss gedreht hatte, stürmte Sophie schon auf mich zu und verpasste mir eine heftige Ohrfeige, wobei ihre Finger vernehmlich gegen die Ränder des Helmes klatschten.

»Was hast du dir dabei gedacht?«, herrschte sie mich an, während ich mir verdattert die schmerzende Wange rieb. Ich war dermaßen perplex und überrascht, dass ich sogar vergaß, meinerseits wütend zu werden.

»Kannst du nicht ein einziges Mal die Klappe halten?«,

fuhr Sophie fort und hatte dabei die Miene einer Mutter aufgesetzt, die ihrem Kleinkind zum wiederholten Mal vergeblich klarmachen wollte, dass man den Straßendreck besser nicht in den Mund stecken sollte.

Ich zuckte die Schultern und versuchte mich an einem Lächeln. »Offensichtlich nicht.«

Sophie stöhnte auf und ließ sich auf die Pritsche fallen, was dieser ein lautes Knacken entlockte. Sie verschränkte die Arme und starrte an die Decke.

»Ach komm schon!«, forderte ich. Meine Beine zum Schneidersitz gefaltet ließ ich mich neben ihr auf dem Fußboden nieder. »Immerhin sind wir jetzt schon ein ganzes Stück weiter!«

Sie drehte den Kopf leicht in meine Richtung. »Stimmt. Du hast es geschafft, den einzigen Menschen zu verärgern, der über unser Schicksal entscheiden kann.«

Ich rollte die Augen. »Über unser Schicksal entscheiden«, äffte ich sie nach. »Geht es noch ein bisschen theatralischer?«

Sophie seufzte. »Liz, wir sitzen in einer Zelle. Auf einem verlassenen Flughafengelände, das von einem irrsinnig gewordenen Typen kontrolliert wird, der sich selbst ›der Sandmann‹ nennt und ganz offensichtlich in den letzten Jahren ein bisschen zu wenig Sonne abbekommen hat. Bitte entschuldige, wenn mir das ein paar Sorgen bereitet!«

Ich knabberte an meinen Nägeln herum, wie immer, wenn ich mich in einer unangenehmen Situation befand, der ich nicht entfliehen konnte.

»Es tut mir leid, okay?«, bot ich an.

Sophie schwieg eine Weile, dann streckte sie mir ihre Hand entgegen. »Das weiß ich doch. Und ich weiß auch, dass wir uns nicht streiten sollten. Aber du hättest deine Gedanken besser für dich behalten, bis wir wieder hier sind. Dass du das nicht schaffst, hat mich sauer gemacht!«

Ich kicherte. »Das habe ich gemerkt.«

»Welche Trophäe hast du eigentlich gemeint?«, fragte sie und ich glaubte meinen Ohren nicht zu trauen. Ich hätte gedacht, meine Schwester hätte mich verstanden.

»Erinnerst du dich noch an das Foto von Sebastian? Das einzige, das wir im Netz gefunden haben?«

Sophie runzelte die Stirn und schien angestrengt nachzudenken, dann nickte sie.

»Auf dem Bild neben Sebastian stand noch ein anderer Mann mit einer kleineren Trophäe. Er muss den zweiten Platz bei diesem Wettbewerb gemacht haben – oder er hat einen Trostpreis bekommen oder was weiß ich. Jedenfalls: Der andere Kerl auf dem Foto ist der Sandmann!«

»Bist du dir da sicher?«, fragte Sophie und ich stieß ein ungläubiges Lachen aus.

»Du glaubst doch nicht im Ernst, dass nach der Wasserglasattacke daran noch irgendein Zweifel besteht, oder?«

»Hast recht. Als es um Helen ging, hat er ganz anders reagiert. Ist dir aufgefallen, dass ...«

»Dass er gesagt hat, Sebastian sei schuld an Helens Tod?«, beendete ich den Satz und nickte. »Natürlich.«

Sophie drückte meine Hand fester und ich drückte zurück.

»Er ist der Mörder, oder?«, ihre Stimme klang belegt und seltsam gefasst. »Ja«, bestätigte ich.

Mit einem Mal wurde mir kalt auf dem harten Betonboden. Die Nacht brach langsam über Berlin herein, der Stadt, die nicht weit entfernt von uns hinter den Rollfeldern lag und keine Ahnung davon hatte, dass wir im alten Flughafen gefangen gehalten wurden. Hatten die Boulevardblätter schon über unser Verschwinden berichtet? Und wenn ja: Hatten sie auch die Geschichte von Sebastian und Helen aufgestöbert, von unserer getrennten Adoption? Mir zog sich der Magen zusammen bei dem Gedanken daran, wie betrogen sich Ash und Carl fühlen mussten, sollte das tatsächlich der Fall sein. Betrogen und trotzdem voller Sorge um mich. Und was war mit der Polizei? Ob sie bereits eingeschaltet war? Wie sollten sie nur herausfinden, wo wir uns aufhielten? Schließlich befanden sich die einzigen Menschen, denen wir von unserem Treiben erzählt hatten, mit uns auf diesem verfluchten Zellenflur. Berlin mit all seinen Menschen, dem Lichtermeer, den Clubs und Märkten war von dieser Zelle aus verdammt weit weg.

»Darf ich zu dir raufkommen?«, fragte ich, und Sophie rutschte wortlos so weit sie konnte auf der schmalen Pritsche an die Wand heran. Ich quetschte mich neben sie und genoss die Wärme, die ihr Körper ausstrahlte.

»Sollen wir versuchen, ein bisschen zu schlafen?«, flüsterte Sophie mir fragend ins Ohr.

»Okay«, antwortete ich und wusste in diesem Augenblick doch ganz genau, dass ich nicht würde einschlafen können. Während ich ihren Atemzügen lauschte, starrte ich auf das immer schwächer werdende Licht, das durch unser winziges Fenster drang.

Die Demütigung brannte beinahe genauso schlimm wie vor über zwanzig Jahren. Lange schon hatte der Sandmann so etwas nicht mehr fühlen müssen – dafür hatte er gesorgt. Er hatte sich abgeschottet und eingerichtet in seiner isolierten, brutalen und vorhersehbaren Welt. Mächtig und sicher vor allen Gefühlen, die einen klein und unbedeutend erscheinen ließen. Er war zu lange und zu oft gedemütigt worden, um sich das noch gefallen zu lassen.

Es wunderte ihn kaum, dass Elisabeth es gewesen war, die ihm diese Schmach bereitet hatte. Das verwöhnte Gör kam ganz nach seinem Vater, die Hochnäsigkeit saß ihr schon in den Augen, er hatte es von Anfang an bemerkt. Ein Teil von ihm war ihr beinahe dankbar für ihr Verhalten, denn nun gab es keinerlei Zweifel mehr darüber, was getan werden musste.

Er dachte, das Netz von allen Spuren seines vorherigen Lebens, von Helen und Sebastian Zweig gesäubert zu haben, doch das war offensichtlich ein Irrtum. Er wusste genau, von welchem Foto Elisabeth gesprochen hatte. Das Mädchen hatte ihn identifiziert – seine Entscheidung war alternativlos und vernünftig.

Ein wenig schmerzte es ihn zwar, dass es auch Sophie treffen würde, doch vielleicht wäre es ihm endlich möglich, mit der Vergangenheit ein für alle Mal abzuschließen, wenn die letzten

Spuren Helens gemeinsam mit den Zwillingen von der Oberfläche der Erde verschwunden waren.

Er wollte den beiden kein unnötiges Leid zufügen. Es sollte leise geschehen, ohne Schmerzen, ohne Schreie. Ohne ihr Wissen. Er würde es nicht selbst tun – er wusste genau, dass er nicht stark genug war. Sie sahen ihr einfach zu ähnlich. Doch er hatte Leute, die so einen Job schon öfter für ihn erledigt hatten. Dafür wurden sie schließlich auch bezahlt. Was anschließend mit den Jungs geschah, war ihm gleichgültig. Er selbst würde mit seinen Männern weiterziehen, in ein neues Quartier. Und dann wäre alles so, als hätte es die turbulenten vergangenen Tage niemals gegeben.

Der Gedanke daran verschaffte ihm eine neue Art von Ruhe, die er schon lange nicht mehr gefühlt hatte. Es gab nichts mehr zu fürchten und nichts mehr zu zweifeln. Der Weg lag vor ihm und er musste nichts weiter tun, als ihn entschlossen zu beschreiten.

Diese Entscheidung barg eine bittersüße Möglichkeit: Er konnte reden. Einmal in seinem Leben durfte er über das reden, was ihn bis in die dunklen, einsamen Nächte und darüber hinaus verfolgte. Über die Ereignisse, die sein Leben vergiftet und ihn gezwungen hatten, ein Dasein im Schatten zu führen, aus dem er nie wieder entrinnen konnte.

Die Bilder und Gefühle lagen tief in ihm vergraben, pochten, brannten und pulsierten wie ein großes Geschwür. Es würde ihm Erleichterung verschaffen, es endlich herauszuschneiden.

SOPHIE

Ein bekanntes Geräusch riss mich aus dem Schlaf. Ich hörte, wie sich ein Schlüssel im Schloss unserer Zelle drehte. Allerdings waren weder das laute Klappern mit dem Schlüsselbund noch das Gepolter zu hören, das die Männer normalerweise verursachten, wenn sie zu uns kamen. Und dabei spielte es überhaupt keine Rolle, ob dies bei Tag oder Nacht geschah. Unsere Zelle lag im Finstern. Nur ein schmaler, blasser Streifen zog sich über den Fußboden und die Wand neben der Tür, verursacht vom Vollmond, der in dieser Nacht Berlin bewachte. Die Tür schwang auf und eine schmale Silhouette zeichnete sich gegen das grelle Flurlicht ab, das den gesamten Rahmen ausfüllte. Ich beeilte mich, die Augen zu schließen und mein Gesicht in Liz' Haaren zu verbergen. Wenn ich nur lange genug wegsah, sagte ich mir, würde unser Besucher von alleine wieder verschwinden, denn ich wollte gar nicht wissen, was ihn bewogen hatte, überhaupt zu uns zu kommen. Verzweifelt versuchte ich mein Herz zu zwingen, an einen neuerlichen Albtraum zu glauben, doch es gelang mir nicht.

Die Tür fiel zu und an dem Zucken, das Liz durchfuhr, merkte ich, dass sie nun ebenfalls aufgewacht war. Lange Sekunden geschah nichts und es war auch kein Laut zu hören. Dann erklangen leise Schritte und ein kratzendes

Geräusch auf dem Fußboden. Unser Besucher zog sich den Holzhocker heran, der neben dem kleinen Klapptisch an der gegenüberliegenden Wand platziert war.

Als weitere Augenblicke wortlos verstrichen, hielt ich es nicht mehr aus.

»Was wollen Sie?«, flüsterte ich.

»Ich dachte, ich komme euch beide mal besuchen«, sagte die Stimme, die mir nur allzu vertraut war. Der Sandmann war bei uns. Und wieder waren wir mit ihm eingeschlossen. Ich hielt den Atem an. War er gekommen, um uns für die Worte zu bestrafen, die Liz so unbedacht ausgesprochen hatte?

Liz setzte sich wortlos auf und ich tat es ihr gleich. Gemeinsam saßen wir, die Rücken an die kalte Betonwand gepresst, in der Dunkelheit und starrten angestrengt auf den kaum sichtbaren Schatten des Mannes.

»Ich habe eure Eltern gut gekannt, wisst ihr?«, begann er das Gespräch.

»Waren Sie miteinander befreundet?«, fragte ich so freundlich, wie es mir mein rasendes Herz erlaubte.

Der Sandmann lachte leise. »Einen Sommer lang ja. Einen Sommer waren wir befreundet.«

»Was ist im Herbst passiert?« Liz' Stimme durchmaß die Dunkelheit.

Eine Weile herrschte Schweigen in dem kleinen Raum, und ich hatte beinahe das Gefühl, dass die Temperatur fiel. Auf meinem Körper breitete sich flächendeckend Gänsehaut aus.

»Der Herbst brachte Kälte und Dunkelheit«, antwortete der Sandmann schließlich. »Ich war einer der besten Doktoranden der Freien Universität Berlin im Fachbereich

Psychologie. Außerdem war ich als studierter Informatiker Teil eines ausgesuchten Forscherteams, das sich mit den Schnittstellen zwischen Mensch und Maschinen beschäftigte. Mein Spezialgebiet waren neuronale Netze – sowohl die künstlichen als auch die biologischen. Ich forschte an einer Möglichkeit, menschliche Denkstrukturen in künstlich nachgebauten Nervennetzen sichtbar zu machen.« Er machte eine Pause. Dann sagte er wehmütig: »Ich war glücklich, damals, weil ich alles hatte, was ich wollte. Erfolg, eine Aufgabe, die mich erfüllte, und eine großartige Freundin.«

Ich ahnte schon, worauf dieses Gespräch hinauslaufen würde, und Angst überkam mich. Doch es gab keinen Weg, mich der Situation zu entziehen, die uns, so hoffte ich wenigstens, die Antworten schenken würde, nach denen wir suchten.

»Helen?«, fragte ich vorsichtig.

»Ja«, antwortete der Sandmann und lachte dabei, als hätte ich einen richtig guten Witz gemacht. »Helen Sonnenberg. Und genau das war sie auch. Sie war ein riesiger Berg voller Sonne und Wärme.«

Der Sandmann hatte Helen heiraten wollen, erzählte er uns. Einzig die Gelegenheit und der passende Ring hätten ihm gefehlt. Er hätte in jenem Frühjahr bis zum Hals in Arbeit gesteckt und war daher sehr froh gewesen, als sein Professor ihn zur Seite genommen und ihm angekündigt hatte, einen Teampartner als Entlastung gefunden zu haben. So kam Sebastian Zweig in das Leben des Sandmannes. Und in das Leben unserer Mutter. Der Sandmann war begeistert von der fachlichen Kompetenz des Kollegen gewesen, der als Biologe und Informatiker seinen Forschungsfokus auf das menschliche Auge gerichtet hatte. Sein Ziel war es, blinden Menschen eine Möglichkeit zum Sehen zu verschaffen. Schnell hatte sich das junge Paar mit dem neuen Kollegen angefreundet, die Männer gingen oftmals abends nach der Arbeit noch ein Bier trinken und Helen leistete ihnen dabei immer häufiger Gesellschaft. Sebastian und Helen verstanden sich gut – und schließlich verstanden sie sich zu gut.

Die Stimme des Mannes zitterte vor Wut, als er sagte: »Ich hab ihnen vertraut! Diesen Fehler habe ich seitdem nicht wiederholt. Einen Tag, nachdem sie mich verlassen hatte, kam das Finale des bundesweiten Forschungswettbewerbs. Ich war beim Abschlussinterview nicht ganz bei der Sache und somit gingen Geld und Stipendium an Sebastian. Auf einen Schlag bekam er all das, was eigentlich mir zustand.«

Ich runzelte die Stirn über diese Formulierung, da es mir seltsam vorkam, dass ein Mensch einem anderen zustehen konnte. Allerdings mochte ich mir den Schmerz und die Demütigung dieses Tages nicht einmal ansatzweise ausmalen. Es fiel mir beinahe schwer, kein Mitleid für den Mann zu empfinden, der gerade vor mir saß.

»Warum haben Sie dann Helen getötet und nicht Sebastian?«, stellte Liz die Frage, die auch in meinem Kopf umherspukte, die ich aber niemals zu stellen gewagt hätte.

»Es war ein Unfall!«, herrschte er sie an.

»Sie ist erstochen worden!«, gab Liz zurück. »Wie soll das denn ein Unfall gewesen sein?«

»Wie ihr Vater«, murmelte der Sandmann leise und seufzte. »Weiß immer alles besser.«

Ich hielt es für angebracht, jetzt zu schweigen, und auch

meine Schwester schien ausnahmsweise dieser Auffassung zu sein. Beinahe hatte ich die Hoffnung aufgegeben, er würde noch mehr erzählen, als er seine Stimme erneut erhob.

Der Sandmann berichtete, dass er nach diesem desaströsen Abend Berlin verließ, um all das hinter sich zu lassen und unsere Eltern einfach zu vergessen. Er schloss sich in New York einer Gruppe radikaler Psychologen an, die Forschungen an Mördern und Vergewaltigern in den Gefängnissen der USA durchführten. Mittels Elektroden, die den Männern eingepflanzt wurden, nahmen die Forscher Einfluss auf deren Träume und konnten feststellen, dass sich ihr Verhalten bereits innerhalb kürzester Zeit deutlich veränderte. Die Aggressivität und Gewaltbereitschaft dieser Männer nahm signifikant ab, wenn man ihre Träume mit friedlichen, beruhigenden Bildern bespielte und tagsüber schlechte Gedanken über eine Fußfessel mit kleinen elektrischen Stößen bestrafte.

Stolz schwang in der Stimme des Sandmannes mit, als er erklärte: »Ich begriff, wie viel Macht Träume über den Menschen haben, wie manipulierbar wir sind, wenn wir schlafen. Wir haben sozusagen über Nacht aus Serienkillern friedliche Lämmchen gemacht – bei keinem von ihnen bescheinigten Experten überhaupt noch Rückfallgefahr. Da kam mir die Idee, diese Methode zu Geld zu machen. In meinen Gedanken schuf ich den ersten SmartPort. Leider wurde mir schnell klar, dass das Auge die einzig sinnvolle Schnittstelle war, an dem sich ein Gerät, wie es mir vorschwebte, implantieren ließ. Als ich dann noch erfuhr, dass es Sebastian Zweig als führendem Mitarbeiter der Firma NeuroLink gelungen war, einen Internetchip mit der Netzhaut und dem Gehirn zu verbinden, musste ich meinen

Stolz hinunterschlucken und zu ihm nach Berlin fahren. Ich sagte mir, dass genug Jahre vergangen waren und wir die alten Geschichten zugunsten einer großen Sache begraben könnten.«

Mehr und mehr setzten sich die Informationen, die ich zu hören bekam, zu einem kompletten Bild zusammen. Es fehlten nur noch ein paar winzig kleine Teile.

»Sie hatten sich geirrt«, sagte ich und entlockte dem Sandmann damit ein freudloses Lachen.

»Und wie ich mich geirrt hatte. Sebastian wollte nicht einmal mit mir sprechen. Er beantwortete keine meiner Nachrichten, und wenn ich ihn auf der Straße ansprach, sagte er, ich solle mich verpissen. Sicher hatte er Angst, dass ich in sein kleines Familienidyll eindringen könnte, das er sich so mühevoll mit dem Stipendium aufgebaut hatte.« Der Sandmann spuckte auf den Fußboden. »Er war schon immer ein arrogantes Arschloch gewesen. Früher hatte ich das einmal charmant gefunden, doch es war mit der Zeit immer schlimmer geworden. Er stank geradezu vor Selbstherrlichkeit.«

»Warum haben Sie sich nicht einfach einen anderen Teampartner gesucht, als klar wurde, dass er nicht mit Ihnen zusammenarbeiten wollte?«, fragte ich.

»Weil ich ihn brauchte«, zischte der Sandmann. »So einfach ist das. Ich hätte alles dafür gegeben, ihn nicht zu brauchen. Doch ich hatte in den USA schon einige Geldgeber für mein Projekt gewinnen können und ich brauchte Sebastians Forschungen, um meine Vision in die Tat umzusetzen.«

»Hätten Sie das nicht selbst noch entwickeln können?«, fragte Liz. »Sie sind doch ein so großartiger Forscher!«

»Acht Jahre Forschungsarbeit kann man nicht einfach so nachmachen!«, schimpfte der Sandmann. »Wie stellst du dir das vor?«

Ich wollte um jeden Preis vermeiden, dass sich die beiden wieder in die Haare bekamen. Ein absurder Gedanke stieg in mir hoch: Stimmte es vielleicht, dass etwas von Sebastians Temperament in meiner Schwester steckte? Waren die beiden Männer ebenso aneinandergerasselt wie die Zwei jetzt?

»Was ist dann passiert?«, fragte ich rasch, um die Aufmerksamkeit auf mich zu lenken und, weil mich das Für oder Wider der Netzhautforschung nur bedingt interessierte. Solange der Sandmann erzählte, wollte ich ihn bei Laune halten. Das Schicksal alleine wusste, was danach geschah.

»Als die Investoren aus den Staaten Druck machten, wurde ich nervös. Wie ihr euch denken könnt, habe ich mich mit meinem Projekt nicht an die Universitäten gewandt. Ich hatte mir Unterstützer in der freien Wirtschaft gesucht. Unternehmer, die dafür bekannt waren, vor wenig bis gar nichts zurückzuschrecken. Und die saßen mir nun im Nacken.«

»Sie bekamen Angst«, stellte ich fest.

»Natürlich«, erwiderte er barsch. »Ich hatte die Hosen voll.«

Um unseren Vater umzustimmen oder im Zweifel wenigstens seine Ergebnisse abgreifen zu können, heuerte der Sandmann zwei Männer aus der Unterwelt an und stattete NeuroLink einen Besuch ab. Von dem Wachmann, der unseren Vater gegen sein Schmiergeld schon lange bespitzelte, wusste der Sandmann, dass jene Nacht eine günstige Gelegenheit war, Sebastian aufzusuchen. Es war ein Donnerstag, und an diesen Abenden arbeitete er immer länger, während das restliche Haus schon Feierabend hatte. Der Wachmann hatte ihm mitsamt den Dienstplänen und weiteren Informationen auch eine Schlüsselkarte ausgehändigt.

Die Männer verschafften sich Zugang zum Gebäude und zum Labortrakt, in dem sich Sebastians Bereich befand. Und sie machten ›ihren Standpunkt deutlich‹, wie er sich ausdrückte. Ich konnte mir ungefähr vorstellen, was das bedeutete. In den letzten Tagen waren Liz und ich mehr als nur einmal auf einen verdeutlichten Standpunkt des Sandmannes getroffen. Liz' Auge war immer noch grün von der Tracht Prügel, die Kurt ihr aus pädagogischen Gründen verpasst hatte.

»Ich wollte, dass er begreift, wie weit ich zu gehen bereit bin«, erklärte der Sandmann. Er klang so, als müsste jeder normale Mensch verstehen, warum er sich zu diesem Schritt entschlossen hatte. »Doch er weigerte sich nach wie vor, mit mir zu kooperieren. Seine Nase blutete, die Lippen waren aufgeplatzt und er brachte es immer noch fertig, mir zu sagen, dass ich meinen Plan vergessen solle. »Das sind Menschenversuche, Thomas«, hat er gesagt. »Damit kannst du doch in Deutschland kein Unternehmen aufbauen!« Hätte er gewusst, dass NeuroLink mir nach seiner Verhaftung den Plan aus den Händen gerissen hat, wäre er vielleicht nicht so arrogant gewesen. Sie waren nur allzu bereit, mit mir zusammenzuarbeiten. Aber wie viele Deutschen hatten sie Angst, sich die Finger schmutzig zu machen, und so haben wir den Markt aufgeteilt. NeuroLink bekam das Werbegeschäft und ich die großen Fische.«

Liz und ich blickten einander an. Er hatte uns gerade seinen Namen verraten: Thomas.

»Mir wurde irgendwann klar, dass ich bei ihm nicht weiterkommen würde, also befahl ich den Männern, seinen Rechner abzubauen. Dann schärfte ich ihm ein, sich mein Angebot noch einmal durch den Kopf gehen zu lassen, da ich mir ansonsten Helen und seine beiden Kinder vornehmen würde.«

Ich schnappte nach Luft.

»Es war lediglich als Drohung gemeint«, bemerkte Thomas ungehalten, ganz so, als müssten wir uns das aufgrund seines generell liebenswürdigen Wesens selbst denken können.

»Hat ja wunderbar funktioniert!«, murmelte Liz so leise, dass nur ich sie verstehen konnte.

»Ich hatte eigentlich schon beschlossen, es dabei zu belassen, als ich plötzlich ihre Stimme hörte. Hätte ich geahnt, dass der Saftsack von Wachmann es fertigbringen würde, ihr eigenmächtig eine Zugangskarte zu geben, hätte ich ihm vorher den Hals umgedreht.«

Ich hielt den Atem an. Es musste auf vier Uhr zugehen, denn langsam begann das Licht, das durch unser schmales Fenster drang, sich zu verändern. In der aufkommenden Dämmerung konnte ich sehen, dass der Sandmann nun mit gesenktem Kopf auf dem Hocker saß. Ein Schweigen, das schwerer wog als jede andere Last, legte sich über uns, und ich hatte das Gefühl, es nicht mehr abschütteln zu können. Verwundert stellte ich fest, dass ich den Rest der Geschichte überhaupt nicht mehr hören wollte.

»Helen hat Sie überrascht und die Situation ist eskaliert«, bot meine Schwester an.

Das Gesicht, das uns Thomas nun entgegenhob, war zu einer kalten, grauen Maske erstarrt. Abrupt stand er auf und schob den Hocker mit seiner Fußspitze wieder an den ursprünglichen Platz zurück.

»Ich hab euch doch gesagt, dass es ein Unfall war!« Mit diesen Worten kramte er den Schlüssel aus seiner Hosentasche und steckte diesen mit einer entschlossenen Bewegung in das Türschloss. Mit einem Fuß im Flur hielt er noch einmal inne und drehte sich zu uns um.

»Interessante Ironie des Schicksals, nicht wahr? Euer Vater wandert ins Gefängnis, um sich und seine Töchter vor mir zu schützen. Und jetzt seid ihr hier in meinem Gefängnis. Und niemand ist mehr da, der euch noch beschützen kann.« Er blickte uns an und ein feines Lächeln umspielte seine Lippen. Offensichtlich empfand er unsere Anwesenheit in seiner Gewalt als späte Rache an seinem einstigen Freund. Eine Rache, die er genoss.

»So eine Verschwendung von Blut und Edelmut«, sagte er. »Alles vergebens.« Dann zog er mit einem lauten Krachen die Tür hinter sich zu und drehte den Schlüssel um.

Ich saß da wie betäubt.

»Warum hat er uns das alles erzählt?«, fragte ich leise, nachdem seine Schritte im Gang verhallt waren.

Liz Stimme klang seltsam tonlos. Wie immer hatte sie ein wenig schneller als ich begriffen, was gerade vor sich ging.

»Er wollte es sich von der Seele reden. Und er hat es uns erzählt, weil wir ihm nicht mehr gefährlich werden können.« Sie sah mich an und ihr Blick war tränenverhangen. »Schaust du denn keine Krimis?« Liz schluchzte. »Selbstverliebte Mörder erzählen ihren Opfern gerne ihre Geschichte, bevor sie sie töten. Sie haben den Drang, über sich selbst zu sprechen, können das aber nur bei Leuten tun, die sie anschließend nicht mehr verraten können. Wir kennen jetzt sogar seinen Namen.« Sie schniefte und wischte ihre Augen beinahe ungehalten trocken. »Und wir wissen jetzt trotzdem nicht, wie Helen gestorben ist. Alles vergebens.«

Ein Teil von mir weigerte sich, zu glauben, was meine Schwester da sagte. Es lag schlicht jenseits meiner Vorstellungskraft, dass jemand ernsthaft den Wunsch haben könnte, mich zu töten. Doch mein Herz wusste, dass Liz die Wahrheit sprach. Der Sandmann hatte beschlossen, unserem Albtraum ein Ende zu machen. So, wie er es für richtig hielt: mit einem traumlosen Schlaf.

»Wir müssen hier raus!«, sagte ich, und versuchte mich zu beherrschen. Wenn ich der Panik, die nun in mir aufstieg, Raum gäbe, dann wären wir verloren.

»Wie sollen wir das denn machen?«, wimmerte Liz. »Wir sind eingesperrt und überall sind Kameras!«

Das stimmte natürlich, aber ich wollte es auf keinen Fall unversucht lassen. Liz durfte nicht sterben. Und Sash auch nicht. Ich konnte nicht zulassen, dass alle Menschen, die ich liebte, ihr Leben verloren. Der Preis, den ich für den Fluchtversuch zahlen könnte, war mir gleichgültig.

»Willst du, dass er uns umbringt?«, fragte ich und Liz schüttelte den Kopf.

»Dann beruhig dich und hör mir einmal im Leben aufmerksam zu.«

LIZ

Nachdem mir Sophie ihren Plan erklärt hatte, saßen wir schweigend nebeneinander und warteten. Der Plan war alles andere als perfekt, und eigentlich nicht mal so etwas wie ein richtiger Plan. Vielmehr die verzweifelte Umsetzung einer nicht ganz ausgereiften Schnapsidee. Aber es war der einzige Weg, das war uns beiden klar.

Wir lauschten angestrengt in den Flur hinaus, immer auf das eine Geräusch wartend, das uns zur Handlung zwingen würde. Uns blieb nur eine Chance, und vielleicht hatten wir nicht einmal diese. Die zentrale Frage war, was zuerst zuschlagen würde, der Tod oder die Routine.

Schon das kleinste Geräusch auf dem Flur ließ mich zusammenzucken. Zwischendurch hörten wir die Jungs mehrfach nach uns rufen, doch wir antworteten ihnen nicht, auch wenn es Sophie sichtlich das Herz zerriss. Wir durften nicht riskieren, die ersten wichtigen Anzeichen zu überhören, konnten uns nicht erlauben, auch nur einen Moment lang unaufmerksam zu sein. Aber es war beruhigend, zu wissen, dass sie nebenan waren und nicht irgendwo anders auf dem Gelände. Wenn alles gut ging, holten wir sie schon bald da raus.

Selbst unsere Atemzüge erschienen mir so laut wie Wirbelstürme – vor allem mein Atem ging schwer und ich konnte nichts dagegen unternehmen, denn mein Herz hörte einfach nicht auf, unerträglich hart in meiner Brust zu klopfen. Es kam mir vor wie ein Tier, das verzweifelt versuchte, sich aus seinen Ketten zu befreien und zu fliehen, bevor der Käfig zerstört wurde.

Ich hatte mich angeboten, den Plan in die Tat umzusetzen, auch wenn Sophie das zunächst nicht hatte annehmen wollen. Sie hatte gesagt, es sei ihr verrückter Plan, also sei es auch ihre Aufgabe, ihn durchzuführen, doch ich widersprach.

Mich hatte er ebenso hungrig angesehen wie sie – ich konnte es genauso gut durchziehen. Und so hatte ich wenigstens einmal die Gelegenheit, wiedergutzumachen, dass ich ihr damals die Recherche nach Sebastian Zweig aufs Auge gedrückt hatte, weil ich selbst zu feige gewesen war. Meine Schwester hatte schon genug durchgemacht – heute wollte ich nicht feige sein.

Als ich hörte, wie die Tür zu unserem Flur geöffnet wurde, stieg Übelkeit in mir hoch. Mein Leben hing von der Frage ab, wer gerade durch die schmale Tür auf den Flur trat und von welcher Absicht er geleitet wurde; und es gab nichts, was ich tun konnte, um das zu beeinflussen.

Kurts Stimme dröhnte den Gang entlang und ich wurde gleichzeitig von Erleichterung und grenzenloser Panik ergriffen. Zwei Gefühle, deren Koexistenz ich niemals für möglich gehalten hätte. Kurt war es, auf den wir gewartet hatten, seine Schicht begann in diesem Augenblick. Und obwohl sich alles in mir gegen eine Begegnung mit ihm sträubte, seit er mich das erste Mal zum Bad begleitet hatte, war er genau der Mann, den ich jetzt brauchte. Ich fing den fragenden Blick meiner Schwester auf. Er sagte: »Bist du dir sicher, dass du es tun willst?«

Ich nickte nur und drückte ihre Hand.

Langsam ließ ich mich von der Pritsche gleiten. Keine drei Schritte waren es bis zur Tür, neben welcher der mittlerweile so vertraute Knopf in die Wand eingelassen war. Ich drückte ihn, ohne mich noch einmal zu Sophie umzudrehen – zu groß war die Angst, dass mich in letzter Sekunde noch der Mut verließ.

Kurt pfiff auf dem Weg zu unserer Zellentür, offensichtlich hatte er gute Laune. Ein Glück für uns, da er nicht vorzuhaben schien, uns wie üblich eine Weile zappeln zu lassen. Die Tür schwang auf und sein grobschlächtiges Gesicht grinste mir entgegen.

»Ich würde gerne auf die Toilette gehen«, sagte ich und setzte das freundlichste Gesicht auf, das mir möglich war.

»Hab schon gedacht, ihr Püppchen hättet euren Stoffwechsel eingestellt!«, bellte er. Sein eigener Witz rief bei Kurt dröhnendes Gelächter hervor, bei mir jedoch die Fantasie, seine Mundwinkel mit zwei langen Eisennägeln auf Höhe der Ohrmuscheln zu fixieren. Die Verachtung, die ich für den Mann empfand, machte mein Vorhaben nicht gerade leichter, und nur mit Mühe gelang es mir, das gezwungene Lächeln beizubehalten.

»Na dann, Abmarsch!«, sagte er, zog mich unsanft hinaus in den Flur und im nächsten Augenblick fiel die Zellentür hinter uns zu. Von nun an hing alles von mir alleine ab.

Kurt dirigierte mich durch den Flur, wie er es immer tat; die Maschinenpistole wie beiläufig im Anschlag. Die wenigen Schritte über den Gang kamen mir wie eine Ewigkeit vor.

»Du weißt ja, wie es läuft«, sagte Kurt. »Tür offen lassen!«

Ich nickte, betrat den kleinen Raum und drehte mich zu ihm um. Hatte ich bisher immer versucht, seinen Blick zu meiden, suchte ich ihn nun, während ich langsam meine Hose öffnete. Zunächst schien er ein wenig irritiert, dann aber lächelte er klebrig. Insgeheim hatte ich gehofft, diese Geste könnte schon ausreichen, doch Kurt leckte sich nur die Lippen, blieb aber mit der Waffe in der Hand und gehörigem Abstand stehen. Also schob ich Hose und meinen Slip herunter und blieb im Bad stehen, anstatt mich auf die Toilette zu setzen. Die ganze Zeit über hielt ich seinen Blick.

»Hab mir doch gedacht, dass du ein durchtriebenes Gör bist! Willst, dass es dir einer besorgt, bevor die Lichter ausgehen, wie?« Er kam langsam auf mich zu.

Ich lächelte leicht und sagte: »Ich will doch nicht als Jungfrau sterben!«

Diese Worte gaben Kurt den Rest. Er war genau der Typ Mann, den die Vorstellung einer Entjungferung antörnte. Er stellte seine Waffe nachlässig gegen die Wand und machte sich schon im Gehen an seinem Gürtel zu schaffen. Mit aller Kraft verdrängte ich den Gedanken an das, was mir blühte, sollte das hier schiefgehen.

Als er nah genug an mich herangekommen war, griff ich mit einer spielerischen Geste nach seinem Hemd und zog ihn noch näher zu mir.

»Hoppla! Du willst es aber wissen«, lachte er, während ich meinen Kopf so weit wie möglich zurückwarf, um Kurt im nächsten Augenblick die Kante des Abschirmhelmes mit aller Kraft gegen die Stirn zu schlagen.

Es krachte laut und mir wurde für einen kurzen Moment schwarz vor Augen. Ich taumelte einen Schritt zurück, stolperte über die Toilette und konnte mich gerade noch mit einer Hand an der hinteren Wand abstützen.

Obwohl mein Kopf dröhnte, hatte der Helm seinen Dienst erfüllt: Er hatte mich selbst vor dem Schlimmsten bewahrt, bei Kurt aber ganze Arbeit geleistet. Der große Mann kniete mit einer blutenden Platzwunde vor mir. Leider hatte er das Bewusstsein noch nicht verloren. »Du verfluchtes Flittchen!«, schrie er, mit den Händen blind um sich schlagend. Kurt bekam meinen linken Fuß zu packen und zog mit aller Kraft daran. Es würde nicht lange dauern, bis er mich zu Fall gebracht hatte, seine große Hand saß fest wie ein Schraubstock. Die Toilette kam mir zu Hilfe. Ich ließ mich darauf fallen und trat mit meinem freien rechten Fuß so fest ich konnte in seine Richtung. Es krachte laut, als sein Hinterkopf gegen die Kachelwand knallte. Der Griff seiner Hand lockerte sich allmählich und schließlich sackte er zur Seite weg, sodass ich meinen Knöchel befreien konnte.

Mit Schaudern registrierte ich, dass an der gegenüberliegenden weißen Wand nun ein kreisrunder Blutfleck zu sehen war. Einen Augenblick lang hatte ich Angst, Kurt umgebracht zu haben, doch dann bemerkte ich das leichte Heben und Senken seines Brustkorbes und war beruhigt.

Hastig zog ich mich wieder an und schleifte Kurt an den Armen komplett ins Badezimmer hinein. Er war schwerer, als ich gedacht hatte, doch die glatten Fliesen halfen mir bei meiner Aufgabe.

In seiner Hosentasche fand ich den Schlüsselbund und nahm diesen an mich. Am noch immer geöffneten Gürtel baumelte wie immer ein Bündel Kabelbinder und zwei davon dienten mir als Fesseln für seine Füße und Hände. Ich zog fester zu, als notwendig gewesen wäre.

Damit er nicht um Hilfe schreien konnte, stopfte ich Kurt noch ein großes Knäuel Toilettenpapier in den Mund.

Einen letzten Blick auf mein Werk werfend, schloss ich die Badezimmertür und rannte unserer Zelle entgegen.

Zum Glück waren sowohl die Zellentüren als auch die Schlüssel mit Nummern versehen, und so war es keine große Kunst, den richtigen zu finden.

Sophie musste mit dem Ohr am Türblatt klebend gewartet haben, denn als ich öffnete, stolperte sie mir förmlich in die Arme. Die Erleichterung, die sie ausstrahlte, war kaum in Worte zu fassen, dabei lag der schwierigste Teil ja noch vor uns.

Wir eilten zur Zelle der Jungs herüber, die uns vollkommen entgeistert anstarrten, als wir einander endlich wieder gegenüberstanden.

Ihr Anblick entlockte mir ein Grinsen. »Was ist denn los mit euch?«, fragte ich. »War euer Plan etwa, *uns* zu retten?«

Sash kratzte sich mit verlegener Miene am Kopf. »Irgendwie schon, ja!«, räumte er ein.

Wir umarmten einander kurz.

»Wie habt ihr das angestellt?«, fragte Marek mit Blick auf den Schlüsselbund, den ich in der Hand hielt.

»Keine Zeit!«, sagte ich und schloss die benachbarte Zellentür auf, hinter der sich Zero befinden musste. Doch der Raum, der sich vor mir öffnete, war leer.

Damit hatte ich nicht gerechnet. Ich hatte ihn immer wieder sprechen gehört und wusste von den Überwachungsbildern im Tower, dass er neben uns gefangen war. Dass er sich mitten in der Nacht nicht in der Zelle befand, machte mich stutzig und ratlos. Konnten wir überhaupt ohne Zero gehen? Er hatte uns zwar verraten, aber das war sicher nicht vorsätzlich geschehen; außerdem war es unsere Schuld, dass er sich überhaupt in dieser schrecklichen Lage befand.

Sophie tauchte hinter mir auf und legte eine Hand auf meine Schulter. »Wir haben keine Zeit, komm jetzt!«

»Und Zero?«, fragte ich.

Auch Sophie schien der Gedanke, den Neurohacker zurückzulassen, nicht zu behagen, aber sie antwortete: »Was sollen wir denn machen? Wir können ihn ja jetzt schlecht suchen gehen.«

Das stimmte natürlich. Mein Blick fiel auf die Maschinenpistole, die am Ende des Flurs noch gegen die Wand gelehnt stand.

»Sollen wir das Ding mitnehmen?«, fragte ich.

»Kannst du sie denn bedienen?«

Ich schüttelte den Kopf.

Sophie ging auf die Waffe zu, nahm sie an sich und platzierte sie in Zeros Zelle hinter der Tür.

»So richtet sie wenigstens keinen Schaden mehr an. Und kann Zero vielleicht sogar helfen, wenn er zurückkommt«, sagte Sophie und ich war dankbar für den geschliffenen Verstand meiner Schwester. Ich schloss die Zelle zu und fühlte mich ein wenig leichter ums Herz.

»Also, was ist der Plan?«, fragte Marek in diesem Augenblick und Sophie zuckte entschuldigend die Achseln.

»Ich dachte, wir versuchen, durch die Rauchabzugsschächte rauszukommen«, antwortete sie und Marek stöhnte.

»Das schaffen wir doch nie!«

So eine Einstellung konnte ich jetzt echt nicht gebrauchen, nach dem, was ich soeben durchgemacht hatte.

»In den Fluren hängen zu viele Kameras«, sagte ich ungeduldig. »Wenn du dir den Weg lieber freischießen willst, tu dir keinen Zwang an!«

Nun schaltete sich auch Sash ein. »Der Grundgedanke ist

nicht schlecht, aber ich habe Angst, dass wir uns nicht orientieren können, wenn wir einmal in den Schächten sind. Das Gebäude ist riesig und wegen dieses dämlichen Helms kann ich meinen Port nicht benutzen.« Etwas nachdenklicher fügte er hinzu: »Wenn wir wenigstens ein Messer hätten!«

Ich stöhnte auf. Daran hätte ich auch gleich denken können. »Kurt hat doch bestimmt eins bei sich!«

»Ja und?«, fragte Marek verwirrt. »Was soll das bringen?«

Ich lief zur Badezimmertür zurück und öffnete sie. Unglücklicherweise war Kurt mittlerweile wieder bei Bewusstsein. Erstickte Schreie drangen durch seinen improvisierten Klopapierknebel und er zappelte und wand sich wie ein Fisch an Land auf dem blutverschmierten Fliesenboden.

»Ihr habt Kurt ausgeknockt?« Sashs Stimme klang ungläubig.

»Nicht wir!«, erklärte Sophie. »Nur Liz!«

Ich kniete mich neben Kurt und versuchte, seine Taschen zu durchsuchen, aber er wand sich unter meinem Griff immer wieder weg. Die Blicke, die mich trafen, waren voll Wut und Verachtung.

»Kann mir vielleicht mal jemand helfen?«, forderte ich, und die anderen setzten sich in Bewegung. Gemeinsam gelang es uns schließlich, ihn festzuhalten und seine Hosentaschen zu durchsuchen. Ich fand das Klappmesser und steckte es ein.

»Gib mir das Ding!«, forderte Marek, doch ich schüttelte den Kopf. »Lasst die Helme lieber noch ein bisschen auf!« Ich nickte in Richtung des nun wieder zappelnden Kurt. »Sie können ganz nützlich sein!«

Sash verstand und schenkte mir ein anerkennendes Nicken.

»Es hilft alles nichts!« Sophie schloss die Toilettentür. »Wir müssen jetzt da raus! Sie werden wahrscheinlich bereits bemerkt haben, dass die Zellen leer sind. Jede Sekunde, die wir verschwenden, ist eine zu viel.«

Der Flur war der einzige Bereich, der nicht mit Kameras ausgestattet war. Im Vorraum, durch den wir nun mussten, hing jedoch ein Exemplar, genau wie auf dem gesamten Weg, den wir nun vor uns hatten.

»Haltet euch dicht an den Wänden, unterhalb der Kameras«, riet Sash.

»Und lauft, so schnell ihr könnt!«

Wir rannten los. Das Gebäude war zu meiner grenzenlosen Erleichterung menschenleer, doch unsere Schritte machten einen Lärm, der kaum auszuhalten war. Wir waren schlichtweg nicht zu überhören.

An der Luke angekommen, die Sophie auserkoren hatte, nahm Marek Sash ohne zu zögern auf den Rücken. Dann bot er ihm die Handflächen an und Sash stemmte sich daran hoch, als hätte er niemals zuvor etwas anderes gemacht. Doch auch als er sich mit wackeligen Knien aufrichtete, konnte er die Luke noch nicht erreichen. Ungefähr ein halber Meter fehlte. Außerdem hatte ich keine Ahnung, wie es uns anderen gelingen sollte, dort hochzukommen.

»Fuck!«, entfuhr es mir, und ich sah mich verzweifelt nach etwas um, das wir zum Klettern benutzen könnten. Leider war es nicht so wie in den Actionfilmen, die Ashley so gerne sah und in denen jetzt wie zufällig eine Leiter am anderen Ende des Raumes stünde. Doch immerhin standen dort mit Metallstreben verbundene Stuhlreihen, die einst dazu gedacht gewesen waren, in den Wartebereichen montiert zu werden. Die orangefarbenen Plastiksitze sahen brüchig und wenig Vertrauen erweckend aus.

Sophie hatte die Stühle gleichzeitig entdeckt.

»Meinst du, es reicht, wenn die beiden sich da draufstellen?«, fragte ich.

»Ich meine, wir sollten die Dinger hochkant stellen und als Leiter benutzen!«, gab sie zurück.

Ich nickte mit der Gewissheit, mich irgendwann der Tatsache stellen zu müssen, dass Sophie deutlich schlauer war als ich. Aber das hatte noch Zeit.

Wir rannten zu viert zu den Stühlen hinüber, um festzustellen, dass wir sie selbst gemeinsam nur mit Mühe bewegen konnten. Die Teile waren unheimlich schwer, was vor allem an dem Metallrahmen lag, der jeweils zehn Plastikstühle miteinander verband. Aber falls Sophie recht behielt, würden sie immerhin ausreichen, um zur Luke zu gelangen.

Wir hatten sie gerade aufgestellt, als die Tür auf der anderen Seite der Halle aufflog.

»Hey!«, brüllte eine vertraute Stimme: Sven!

»Los jetzt!«, zischte Sash, und Marek machte sich sofort daran, die Stühle zu erklimmen. Der Metallrahmen, der uns das Schleppen eben so erschwert hatte, hielt unsere provisorische Leiter nun einigermaßen stabil, zudem stützten wir das Ganze von unten noch mit unseren Händen ab. Zum Glück ließ sich die Luke problemlos aufstemmen.

Während sich stampfende Schritte näherten, krochen wir nacheinander hinauf. Sash und Marek waren schon im Schacht, als ich die Luke erreichte; ich wurde von vier kräftigen Händen nach oben gezogen.

Sophie, als Leichteste von uns, kletterte zuletzt herauf.

Sie war fast bei uns, als Sven uns erreichte. Meine Schwester beschleunigte ihr Klettern und war für Sven bald außer Reichweite. Anstatt die Verfolgung aufzunehmen, stemmte er sich mit dem gesamten Körpergewicht gegen den Stuhlturm und dieser begann zu wanken.

Sophies Augen weiteten sich und sie stieß einen spitzen Schrei aus, als sie den Halt verlor. Ihr abrutschender Fuß brach eine Ecke aus dem Plastikstuhl und die so entstandene scharfe Kante bohrte sich tief in ihr Schienbein. Sophie konnte nicht mehr weiterklettern, da ihr verletztes Bein keinen Halt mehr fand, und sie klammerte sich verzweifelt mit beiden Händen am nächsten Plastikstuhl fest. Augenscheinlich würde sie sich nicht lange halten können.

Sash stieß mich unsanft von der Luke weg und schob seinen Oberkörper nach draußen. Er streckte die Arme nach dem obersten Stuhl aus und bekam ihn zu fassen. Doch der schwankende Stuhlturm riss ihn mit sich und seine Beine rutschten mit rasender Geschwindigkeit auf die Luke zu. Marek und ich schossen zeitgleich nach vorne und bekamen seine Füße im letzten Augenblick noch zu fassen. Als die Stühle zurückschwankten, wurden Sashs Schienbeine gegen den Rand der Öffnung gepresst und er schrie auf vor Schmerzen. Doch nun hing er weit genug draußen, um Sophies Hände zu fassen zu bekommen. Ich zog an Sashs Beinen, als ob mein eigenes Leben davon abhinge, und dank Mareks Kraft gelang es uns, die beiden in Sicherheit zu bringen. Ein ohrenbetäubender Krach ertönte, als die Stühle auf den Boden trafen.

Wir hörten Sven fluchen und in sein Funkgerät brüllen: »Bewegt eure Ärsche gefälligst zu Gate 25, die Gefangenen hauen ab!«

SOPHIE

Wir krochen hintereinander den schmalen Gang entlang, der einst dafür gedacht gewesen war, bei Bränden den Rauch sicher aus dem Gebäude zu befördern. Unsere einzige Hoffnung war also, dass er auch uns sicher nach draußen leiten würde.

Ich versuchte, den Gedanken beiseitezuschieben, dass ich mich viele Meter über dem Boden befand, und nur eine sehr dünne Schicht Baumaterial mich davon abhielt, in die Tiefe zu stürzen.

Der Schacht transportierte die Schreie der Männer, die von den Metallwänden abprallten und in verzerrten, sich wiederholenden Echoschleifen bei uns ankamen. Es klang wie in einem vollkommen verrückten Traum.

Plötzlich wurde in den Boden wenige Zentimeter von meiner Hand entfernt ein Loch gerissen, dicht gefolgt von einem ohrenbetäubenden Knall. Eine schmale Lichtsäule durchschnitt nun den Schacht.

Ich unterdrückte einen Schrei, da mir klar wurde, dass die Männer verdachtsweise auf den Entrauchungsschacht schossen. Dieser war nur knapp einen Meter breit und ich wusste nicht, ob sie über seinen genauen Verlauf informiert waren, oder wie lange sie brauchen würden, eine Leiter zu organisieren. Wo die Kugel in die Decke eingeschlagen war, hatte sie ein weitaus größeres Loch im Metall hinterlassen.

Die anderen blickten sich erschrocken nach mir um und ich machte ihnen ein Zeichen, sich zu beeilen. Hinter uns schlugen noch weitere Kugeln durch den Schacht. Und jedes Mal zitterten Boden und Wände. Alles, was ich tun konnte, war mich abzulenken. Im Geiste konjugierte ich Spanischvokabeln. »Yo soy, tu eres, el ella usted es ...«

Wir kamen bald an eine große Gabelung, an der sich der Schacht in drei Arme aufteilte.

»Hier können wir kurz anhalten!«, flüsterte Sash.

»Bist du sicher?« Liz blickte sich ängstlich nach allen Seiten um und Sash nickte.

»Unter solchen Gabelungen müssten sich zur Stabilisierung Säulen befinden. Hier können sie nicht auf uns schießen. Außerdem ist hier noch ein bisschen Licht, das sollten wir ausnutzen!«

Wir kauerten uns so eng wie möglich nebeneinander auf die Gabelung, und ich genoss die kurze Gelegenheit, mich an Sashs warmen Körper zu drücken.

Liz übergab ihm das Messer und er durchtrennte mit einer fließenden Handbewegung den Kinngurt an seinem Helm. Erleichtert seufzend streifte er den Helm vom Kopf und aktivierte mit einem Tippen an die Schläfe seinen SmartPort.

»Shit, ich hab hier keinen Empfang!«, schimpfte er kurz darauf, und ich hatte mehr denn je das Gefühl, in der Falle zu sitzen. Zwar waren wir aus unseren Zellen entkommen, doch wohin hatte es uns gebracht?

Da hörte ich ein Poltern im Gang genau aus der Richtung, aus der wir gekommen waren – wir befanden uns nicht mehr alleine im Schacht. Die anderen hatten es auch gehört und so krochen wir kurzerhand den rechten Gang entlang, weil dieser am wenigsten weit einsehbar war. Wir hatten keine Ahnung, wohin er uns führen würde. Ich kroch nun hinter Sash, gefolgt von Liz und Marek in die vollkommene Dunkelheit hinein.

Plötzlich blinkte Sashs SmartPort auf. Ich erschrak beinahe, als ich das kleine rote Licht in der Finsternis erblickte. Kurz darauf wurde Sashs Stimme zu mir getragen.

»Zero schreibt mir!«

Ich riss die Augen auf. »Wo ist er? Was will er?«

Sash schwieg eine Weile, in der er versuchte, sich sowohl auf Zeros Nachrichten als auch auf den Weg zu konzentrieren.

»Er sagt, wir sollen die nächste links, dann die dritte Abzweigung wieder links und dann so lange geradeaus, bis wir an eine Luke in der Wand kommen. Die würde nach draußen führen!«

»Er hat uns schon einmal verraten!«, flüsterte Liz. »Woher sollen wir wissen, dass er jetzt die Wahrheit sagt?«

»Zero, wo steckst du?«, fragte Sash und wartete auf die Antwort.

»Er sagt, dass er tagsüber gefangen ist und nachts für den Sandmann arbeiten muss. Er hat mich vom Rechner aus geortet, an dem er sitzt. Die Pläne des verpfuschten Entrauchungssystems sind überall im Netz zu finden, da musste er nicht lange suchen.«

»Wenn du seine Nachrichten empfangen kannst, kannst du dann nicht selbst auch online gehen?«, fragte ich.

»Nein, leider nicht, das Signal ist einfach zu schwach. Ich kann Nachrichten empfangen, aber um online zu gehen, reicht es einfach nicht. Also, was denkt ihr?«

»Ich weiß nicht«, hörte ich Liz hinter mir murmeln, und auch ich dachte mit großem Unbehagen an den Verrat, den Zero an uns geübt hatte. Zwar waren wir nicht wütend genug, um ihn im Zweifel hier zurückzulassen, doch ihm nun unser Leben anzuvertrauen war eine ganz andere Sache.

»Wir können auch hier drin verhungern!«, gab Marek leise zu bedenken. »Ich sage, lasst es uns riskieren! Und dann gibt Sophie bitte ihren Helm an Sash, denn wenn Zero ihn orten kann, dann kann das auch jeder andere!«

Die Gewissheit, dass Marek damit recht hatte, traf mich wie ein Blitz. Auch Sash schien daran nicht gedacht zu haben, denn er beeilte sich, einen kurzen Dank in seinen Port zu murmeln und mir danach das Messer in die Hand zu legen.

Mit zitternden Fingern versuchte ich, den Gurt durchzuschneiden, doch es gelang mir nicht.

Hinter uns wurden wieder Geräusche hörbar, die rasch näherkamen. Ich säbelte immer verzweifelter und völlig ergebnislos an meinem Gurt herum. Mein blutendes Bein pochte schmerzhaft und ich fühlte, dass die Müdigkeit meine Glieder hatte kraftlos werden lassen.

Da legten sich Sashs Finger sanft um meine und entwanden mir das Messer. Die Klinge glitt wie von selbst durch den Gurt und einen Wimpernschlag später hatte Sash mir den Helm abgestreift und einen Kuss auf die Stirn gehaucht. Wir setzten uns wieder in Bewegung, immer darum bemüht, die nächste Gabelung so schnell und so leise wie möglich zu erreichen.

Die Männer hinter uns gaben sich keine Mühe, ihr nahendes Kommen zu verbergen. Das Rumpeln, das sie verursachten, dröhnte in meinen Ohren. Sie schienen von überall und nirgends zu kommen; vor uns und gleichzeitig hinter uns zu sein.

Wenn sie Taschenlampen hatten, dann würde ihnen sicher die Blutspur auffallen, die ich hinter mir herzog, und sie könnten ihr folgen wie einem Ariadnefaden. Ich bemühte mich, den immer stärker werdenden Schmerz in meinem Bein zu ignorieren und nicht darüber nachzudenken, wie viel Blut ich tatsächlich so verlieren mochte.

Irgendwann kam am Ende des Ganges schwaches Licht in Sicht. Offenbar hatte uns Zero zumindest nicht betrogen – wir näherten uns einer Luke. Auch schien uns das Glück noch weiter hold zu sein, denn die Geräusche im Schacht waren um einiges leiser geworden. Vermutlich hatten unsere Verfolger eine andere Abzweigung genommen. Es würde höchstwahrscheinlich eine Weile dauern, bis sie ihren Irrtum erkennen und abermals die Richtung ändern würden.

Als wir endlich das Gitter erreichten, hinter dem der wolkenlos blaue Himmel lag, mussten wir feststellen, dass es in der Wand verschraubt war, doch Sash gelang es relativ schnell, mithilfe des Messers die Schrauben aus der Wand zu drehen.

Wir spähten hinaus und stellten fest, dass ungefähr zwei Meter unter uns ein Flachdach lag, von dem aus wiederum eine Feuerleiter zum Erdboden führte. Sash atmete erleichtert auf und Liz stieß ein fröhliches Quieken aus. Mir jedoch bereitete der Sprung, den wir alle auszuführen hatten, große Sorgen, da ich ernste Zweifel hegte, ob mein Bein den zu erwartenden Aufprall überstehen würde. Doch zweifellos musste ich da runter.

Meine Schwester schien meine Gedanken zu lesen, denn sie sagte zu den beiden anderen: »Sophie kann mit ihrem

Bein unmöglich springen. Könnt ihr sie an den Händen runterlassen?«

Sash und Marek nickten, und so kletterte ich vorsichtig mit den Füßen voran aus der Luke, während mich die beiden an den Händen festhielten und behutsam so weit sie konnten herabließen. Zu guter Letzt hatte ich nur noch ein Stück von knapp zwanzig Zentimetern vor mir, das ich mühelos meisterte.

Kurz darauf standen die anderen neben mir auf dem Dach. Wir wollten gerade zu der Seite mit der Feuerleiter eilen, als wir Motorengeräusche hörten.

Wie auf Kommando ließen wir uns alle flach auf die Dachpappe fallen, die bereits am frühen Morgen kochend heiß war. Doch wir durften auf keinen Fall entdeckt werden und hatten daher keine andere Wahl.

Marek robbte bis zum Rand des Gebäudes vor und spähte vorsichtig darüber. Die Nachricht, die er nach einer quälend langen Weile zu uns zurückbrachte, war niederschmetternd. Thomas' Männer umkreisten in Jeeps das Gebäude. Scheinbar hielten sie das für die effizientere Methode, uns in die Finger zu bekommen und an der Flucht zu hindern, als uns weiter zu verfolgen. Unglücklicherweise traf das auch voll zu: Wir hatten nun keine Chance mehr, ungesehen vom Dach herunterzukommen.

Fluchend riss sich Sash den Helm vom Kopf und versuchte, Brother Zero zu kontaktieren, doch dieser war nicht mehr zu erreichen.

»Hast du immer noch kein Netz?«, fragte Liz.

»Doch, jetzt schon!«, erwiderte Sash leicht gereizt.

»Dann fackel hier nicht rum, setz einen Notruf ab!«, forderte meine Schwester energisch, und Sash gehorchte. Liz hatte diesen einen sehr speziellen Tonfall, der keine Widerrede duldete. Etwas sagte mir, dass sie diesen in der Schule oder von ihrer Adoptivmutter gelernt hatte.

Wenig später hörte ich Sash sagen: »Mein Name ist Sascha Stubenrauch, ich befinde mich in Gefangenschaft und brauche Hilfe ... Ich liege auf dem Dach des Terminalgebäudes auf der BBI-Brache ... Nein, das ist kein Scherz. Ich habe Sophie Kirsch, Elisabeth Karweiler und Marek van Rissen bei mir. Kommen Sie bitte schnell, am besten per Hubschrauber. Die Männer, mit denen wir es zu tun haben, sind schwer bewaffnet.«

Nun konnten wir nur noch warten und hoffen, dass Sashs Aktivität unbemerkt geblieben war. Er setzte sich den Helm wieder auf und griff nach meiner Hand. So lagen wir eine ganze Weile schweigend nebeneinander und lauschten dem Geräusch der Motoren.

Irgendwann räusperte sich Marek und sagte: »Egal, wie das hier ausgeht, Mädels. Ich danke euch von Herzen, dass ihr uns gerettet habt. Das war mutig und saucool und ich werde es euch nicht vergessen.«

»Ich auch nicht!«, pflichtete Sash ihm bei und drückte meine Hand.

»Und ich auch nicht!«, ertönte eine Stimme über uns.

Ich zuckte vor Schreck zusammen und die anderen schnappten nach Luft. Neben mir spannte sich Sashs Körper wie das Gummiband einer Steinschleuder.

Sven stand auf dem Rand des Daches und hatte die Maschinenpistole auf uns gerichtet. Mit einem selbstzufriedenen Gesichtsausdruck sagte er: »Jetzt ist euer kleiner Ausflug aber wirklich beendet. Ihr habt eine Verabredung mit dem Chef, da wollt ihr doch nicht zu spät kommen?«

Das durfte doch nicht wahr sein! Tränen stiegen mir in die Augen und eine Welle der Erschöpfung überrollte mich. Wir waren so kurz davor gewesen, diesem Albtraum zu entkommen, und nun mussten wir in dieses riesige Gebäude zurück. Leider konnten wir uns nicht darauf verlassen, dass noch rechtzeitig Hilfe eintreffen würde.

»Na macht schon!«, brüllte Sven, der sich dabei immer wieder nervös umschaute. »Ich hab nicht den ganzen Tag Zeit für diese Schei…«

Er hielt inne und drehte abrupt den Kopf. Dann verzerrte sich sein Gesicht zu einer wütenden Fratze. Er war zu spät gekommen; das Geräusch, das an unsere Ohren drang, kam unverkennbar von den Rotorblättern eines nahenden Hubschraubers. Wenige Augenblicke später tauchte dieser hinter uns auf und Sven brüllte irgendwas in sein Funkgerät, dann feuerte er mehrere Salven auf das Fluggerät ab und kletterte anschließend in Windeseile die Feuertreppe herab.

Der Hubschrauber landete auf dem höher gelegenen Dach und ich schloss vor Erleichterung die Augen. Keine Sekunde waren sie zu früh gekommen.

Ich drückte mich so fest an Sash, wie ich konnte, und öffnete die Augen erst wieder, als eine Stimme über mir sagte: »Es ist alles in Ordnung, wir bringen euch in Sicherheit!«

Das hatte er nun wirklich nicht kommen sehen. All die Jahre hatten seine Männer und er alles im Griff gehabt. Es war manchmal eng geworden, manchmal hässlich und häufig schmutzig, aber niemals, niemals war der Sandmann unterlegen gewesen. Nun musste er sich geschlagen geben, weil ihn zwei Mädchen zu Fall gebracht hatten.

Fassungslos hatte er das Treiben über seine Monitore verfolgt. Irgendwas musste im Flur des Zellentrakts passiert sein. Die Männer hatten Kurt in einem jämmerlichen Zustand in der Toilette vorgefunden, die Waffe eingeschlossen in einer Zelle. Wie hatte es so weit kommen können? Thomas fragte sich, ob er jemals eine Antwort auf diese Frage erhalten sollte.

Hier endete also seine Existenz auf der BBI-Brache. Der Gedanke daran erfüllte ihn mit einer gewissen Wehmut. Er hatte sich in diesem Leben eingerichtet, wollte den gemütlichen Schatten nicht verlassen, in dem er all die Jahre gelebt hatte.

Er wusste nicht, ob er sich Sorgen machen musste, schließlich hatte er mächtige Freunde und seine Dienste würden bald schon schmerzlich fehlen, sollten sie ihn tatsächlich auf Dauer festhalten. Er musste nur einen oder zwei Anrufe tätigen und hohe Summen Schmiergeld lockermachen, aber das ließ sich alles regeln.

Doch er ärgerte sich über die Fehler, die er gemacht hatte. Er hätte die Vergangenheit einfach ruhen lassen sollen. Helen und die Mädchen einfach aus seinem Gedächtnis verbannen sollen. Doch wusste er nicht, ob ihm das überhaupt jemals gelingen würde.

Er gönnte sich einen letzten Blick ins NeuroLink-Gebäude. Ärgerlich stellte er fest, dass Axel schon wieder nachlässig mit den Blumen war. Thomas verstand nicht, was so schwer daran sein konnte, jeden zweiten Tag einen frischen Blumenstrauß aufzustellen. Der Mann war einfach nur zu dumm zum Atmen – und so was schimpfte sich Security-Chef.

Sophie und Elisabeth waren bereits längst außerhalb seiner Reichweite, und sie hatten schon weit mehr über ihn erfahren, als ihm nun lieb war. Sie hatten sterben sollen – nun würden sie leben.

Ganz im Gegensatz zu Sergej.

Der Sandmann hatte den Russen dabei erwischt, wie er versucht hatte, den Ausbrechern bei ihrer Flucht zu helfen; ihm war keine andere Wahl geblieben. Ob er diesmal wieder davonkommen würde? Er hatte die Waffe nur mit einem Taschentuch angefasst und sie der Leiche danach sorgsam in die eigene Hand gelegt, doch ob das reichte, würde die Zeit zeigen. Nun konnte er nur noch abwarten.

Gedankenverloren gab er mit der Spitze seines Fußes dem Schreibtischhocker, auf dem der tote Mann saß, einen leichten Stoß. Der Hocker rollte unerwartet weit zur Seite und Sergej rutschte herunter, wobei die Computermaus mitgerissen wurde. Ein Sendebalken erschien, unterhalb dessen stand das Wort »Übertragungsrate«. Die Zahl sprang in diesem Augenblick von 99 auf 100 Prozent.

»Übertragung erfolgreich«.

Noch ehe er Gelegenheit hatte, zu begreifen, was Sergej

getan hatte, ertönte ein lautes Krachen aus Richtung der Tür, die kurz darauf in hohem Bogen aufflog.

Sie kamen.

LIZ

Nie im Leben hätte ich damit gerechnet, nach meiner Rettung nicht wie ein Opfer, sondern selbst wie ein Verbrecher behandelt zu werden.

Direkt nachdem sie uns zur Polizei gebracht hatten, waren wir voneinander getrennt verhört worden. Stundenlang. Merkwürdig an der ganzen Sache war, dass sie gar nicht viel über den Sandmann hatten wissen wollen, sondern nur, wie viel wir von den Geschehnissen, die auf dem Gelände des BBI vor sich gegangen waren, mitbekommen hatten. Immer und immer wieder hatte die kleine Frau mit dem sparsamen Lächeln nachgehakt und mich dabei behandelt wie ein Kleinkind. Ich hatte ihr nicht viel erzählt und betete, dass es die anderen genauso gehandhabt hatten. Rettung in letzter Sekunde hin oder her: Ich traute ihr einfach nicht über den Weg. Tatsächlich erwischte ich mich bei dem Gedanken, dass mein Vater ausrasten würde, wenn er wüsste, wie die Polizei gerade mit mir umsprang. Immerhin hatte die Frau mich wissen lassen, dass meine Eltern seit drei Tagen wieder in Berlin und über meine Befreiung informiert waren. Doch die Krönung der ganzen Sache war, dass zum Schluss doch tatsächlich ein Mann im schwarzen Anzug in den Raum getreten war, der sich als »Schneider« vorgestellt und mir geraten hatte, lieber mit niemandem über das zu sprechen, was uns widerfahren war, auch mit meinen Eltern nicht. Ich kam mir vor wie in einem schlechten Kinofilm. Als er mir die Hand gab, um sich vorzustellen, konnte ich meinen Mund nicht halten. »Das ist doch wohl ein Scherz!«, sagte ich und erntete lediglich ein unterkühltes »Keineswegs«.

Nachdem Schneider seine Ansprache beendet hatte, sagte er zum Abschied: »Zu gegebener Zeit werden wir euch ein geeignetes Wording an die Hand geben, an das ihr euch zu eurem eigenen Schutz besser halten solltet. Das meine ich ernst – ihr beide wollt doch sicherlich studieren!«

Schon im Laufe des ersten Gespräches mit der Minifrau war ich zu dem Schluss gekommen, dass Sash mit seiner Skepsis der Polizei gegenüber vollkommen richtig gelegen hatte. Ich wurde das Gefühl nicht los, dass es den Polizisten überhaupt nicht in den Kram passte, dass es uns gelungen war, auszubrechen und Hilfe zu holen.

Es hatte mich all meine Kraft gekostet, meine Wut vor Schneider zu verbergen.

Nun hatte sich endlich jemand erbarmt, mich direkt zu Sophie zu bringen. Sie war nach ihrer Vernehmung in ein nahe gelegenes Krankenhaus gebracht worden.

»Bist du sicher, dass du nicht lieber nach Hause willst?«, hatte mich der gemütlich aussehende Polizist gefragt, den sie für meinen Fahrdienst abgestellt hatten. Er war der erste Mensch, der mir an diesem Tag halbwegs freundlich begegnete. Ich schüttelte den Kopf. »Nein danke. Ich möchte zuerst zu meiner Schwester.«

Tatsächlich war ich noch nicht bereit, meiner Familie gegenüberzutreten. Ich war nicht bereit für tränenreiche Schraubstockumarmungen von Fe, nicht bereit für das lange überfällige Gespräch mit meinen Eltern. Für Dankbarkeit und Vorwürfe, für »Zum Glück bist du« und »Warum hast du nicht?«.

Ich wollte bei dem Menschen sein, der mich lückenlos verstand und dem ich mich nicht erklären musste.

Ich klopfte vorsichtig an die Zimmertür, deren Nummer mir mitgeteilt worden war, und fand meine Schwester lächelnd in einem blütenweißen Krankenhausbett vor. Ihr Bein steckte in einem frischen Verband, an ihrem Arm hing ein Tropf.

Ich zog einen Stuhl an das Bett heran und setzte mich neben sie. »Warum bist du viel früher fertig als ich?«, fragte ich und sie grinste.

»Ich habe behauptet, dass ich mich an nichts erinnern kann. Dass ich einen Filmriss habe und meine Erinnerung erst auf dem Dach wieder einsetzt.«

Ich nickte anerkennend. Warum war mir das nicht eingefallen, verdammt? »Du bist einfach schlauer als ich.«

»Sie haben mich dann hierher gebracht und untersuchen lassen. Der Arzt meint, ich hätte ein schweres Trauma erlitten und wir müssten abwarten, ob sich die Erinnerung an die Geschehnisse überhaupt wieder einstellt!«

»Genial! Das hätte mir einiges ersparen können.«

Sophies Gesicht wechselte von Stolz zu Besorgnis. »Wie meinst du das? Was haben sie mit dir gemacht?«

Ich schnaubte. »Sie haben mir wärmstens ans Herz gelegt, ebenfalls eine Amnesie zu entwickeln. Ich soll mit niemandem über das sprechen, was ich weiß.« Leicht lächelnd fügte ich noch hinzu: »Das habe ich mir doch gleich zu Herzen genommen und bei ihnen angefangen!«

Sophie lachte.

Es klopfte und Sash trat ein. Auch seinen Arm hatten sie

frisch verbunden, die Schnittwunde war von den Strapazen auf dem BBI-Gelände wieder aufgerissen. Ganz offensichtlich hatte er auch etwas zu erzählen, er wirkte unheimlich aufgeregt.

Wie selbstverständlich, als seien die beiden schon seit tausend Jahren ein Paar, küsste er Sophie zur Begrüßung auf den Mund.

»Hab ich was verpasst?«, fragte ich grinsend und Sash grinste zurück. Dann verdunkelte sich seine Miene.

»Schaut euch an, was ich auf dem Weg hierher auf einem der Stühle im Wartebereich gefunden habe!«

Er schmiss eine Sonderausgabe von Berlins berühmtester Boulevardzeitung *Berliner Tagespost* auf die Bettdecke. Wir hatten es innerhalb weniger Stunden auf die Titelseite geschafft. Die Überschrift lautete: »Das doppelte Lottchen vom Grunewald aus den Händen der Entführer befreit!«

»Das doppelte Lottchen vom Grunewald?«, fragte ich halb amüsiert, halb verärgert. »Was soll das denn?«

»Lies weiter!«, drängte Sash.

»Die beiden Jugendlichen Sophie Kirsch und Elisabeth Karweiler, die seit fünf Tagen als vermisst galten, wurden heute in den frühen Morgenstunden aus den Händen der Entführer befreit. Bei der Befreiung soll einer der Täter zu Tode gekommen sein, der in Hackerkreisen unter dem Namen ›Brother Zero‹ bekannte Sergej Popow. Es wird vermutet, dass es sich bei ihm um den Kopf der Täterbande handelt. Weitere Informationen über die Hintergründe der Tat sind noch nicht an die Öffentlichkeit gedrungen, zum Abend hin ist eine Pressekonferenz angesetzt. Der Sprecher der Berliner Polizei ließ uns aber wissen, dass es sich bei der Entführung, wie bereits allseits vermutet, um eine Lösegelderpressung gehandelt hat. Das Tatmotiv sei reine Geldgier gewesen. Dies ist nicht weiter verwunderlich, handelt es sich bei Elisabeth Karweiler doch um die Tochter des berühmten Investors Leopold Karweiler. Das Ehepaar Karweiler hat nach dem Verschwinden der Tochter seinen Aufenthalt in Dubai abgebrochen, um eiligst nach Berlin zu reisen. Zu einer Stellungnahme waren die Karweilers bisher jedoch leider nicht bereit. Für die Hintergründe der Tat und das ganze Ausmaß des Zwillingsdramas müssen wir uns also noch bis zum Abend gedulden! Aber ganz sicher wird es eine Geschichte von Gier, Neid und Grausamkeit sein. Die Stadt wartet gespannt!«

Fassungslos blickte ich auf. »Zero ist tot?«

Sash nickte grimmig. »Und es sieht so aus, als wollten sie ihm jetzt alles in die Schuhe schieben!«

Die Wut, die ich eben noch so mühevoll unterdrückt hatte, kochte nun mit aller Macht in mir hoch. Gleichzeit füllten sich meine Augen mit Tränen. Auch Sophie sah hundeelend aus. Wir wussten alle drei, dass Zero gestorben war, weil er uns geholfen hatte. Es konnte gar nicht anders sein.

»Das ist unsere Schuld!« Sophies Stimme klang heiser. Sash und ich griffen gleichzeitig nach ihrer Hand und ich ließ dem Herrn den Vortritt.

»Glaub nicht, ich wüsste nicht, wie du dich gerade fühlst. Aber es ist nicht unsere Schuld. Es ist die Schuld von Thomas Sandmann. Er hat ihn umgebracht. Er oder einer seiner Männer.«

Ich runzelte die Stirn. »Thomas Sandmann?«

Sash blickte mit verschwörerischer Miene von einem zum anderen. »Ja genau. Thomas Sandmann!«

Er senkte die Stimme. »Zero hat uns nicht nur rausgeholfen, er hat auch den Server vom Sandmann angezapft und mir vor seinem Tod noch ein hübsches kleines Datenpaket geschickt. Ich konnte es noch nicht ganz durchsehen, aber soweit ich das überblicken kann, enthält es eine Kundenliste des Sandmanns. Das Innenministerium steht auch darauf, genauso wie der Polizeipräsident von Berlin!«

Sophie und ich schnappten nach Luft. »Deshalb diese ganzen Vertuschungsversuche!«, stellte ich fest. »Die wollen uns einschüchtern, damit wir den Mund halten. Sie betreiben Schadensbegrenzung.«

Sash nickte. »Denen wäre es lieber gewesen, wenn wir alle vier im BBI gestorben wären. Doch einen Notruf konnten sie nicht ignorieren und als sich alles zu einem Bild zusammenfügte, konnten sie nicht mehr zurück.«

»Warum ist in dem Artikel eigentlich keine Rede von Marek und dir?«, fragte Sophie.

Sash klang nervös, als er sagte: »Ich fürchte, dass sie uns auch was anhängen wollen.« Er rieb sich die Handgelenke, an denen noch immer deutliche Striemen von den Kabelbindern zu sehen waren. »Meine Vernehmung war kein Spaziergang. Sie fragten mich nach Geldproblemen und wie ich die große Wohnung in Schöneberg finanziere. Die haben schon angefangen, sich eine Strategie zurechtzulegen, darauf verwette ich alles, was ich habe. Wäre ja auch zu praktisch, wenn man gleichzeitig noch zwei Störenfriede loswerden und Pandoras Wächter den Geldhahn zudrehen könnte!«

»Was sollen wir jetzt machen?«, fragte Sophie und Sash lächelte verschwörerisch.

»Schneller sein. Sie können uns jetzt nicht mehr ohne Begründung festhalten und auch für Sophie gibt es keinen

Grund mehr, noch länger hierzubleiben. Wir müssen handeln, bevor sie sich einen wasserdichten Plan gegen Marek und mich zurechtlegen und irgendwelche Beweise türken können. Ich mache mir Sorgen um Marek, wahrscheinlich halten sie ihn noch immer fest.«

»Und was *genau* schwebt dir vor?«, fragte ich, da ich noch nicht so ganz verstanden hatte, was Sash geplant hatte.

»Ich packe die Datei jetzt erst mal auf eine sichere Cloud, schreibe einen Artikel, den ich schon mal vorsorglich auf den Server von Pandoras Wächter lege. Und dann reden wir mit ein paar anderen Journalisten.«

Euphorie und Angst stiegen gleichzeitig in mir hoch. »Du willst die Bombe platzen lassen?«

Sash nickte. »Worauf du dich verlassen kannst. Und zwar im ganz großen Stil.«

Die dunkle Seite der Macht: Im Hades von NeuroLink

Ihr habt sicher in den letzten Tagen die rührende Geschichte der beiden Mädchen gelesen, die von der Presse »Das doppelte Lottchen vom Grunewald« genannt wurden. Auf die familiäre Geschichte der Zwillinge möchte ich gar nicht näher eingehen, da kann sich die Boulevardpresse von mir aus so viel in Spekulationen verstricken, wie sie will. Die Familie wird irgendwann selbst entscheiden, ob und wie viel sie preisgeben will.
Ich möchte mein und euer Augenmerk auf das Verbrechen lenken, das in den vergangenen Tagen an Sophie und Elisabeth verübt wurde.

Die Geschichte, die Polizei und Presse die letzten Stunden nicht müde werden, zu erzählen, geht so: Die beiden Mädchen wurden entführt, weil die Täter um den berühmten Hacker Brother Zero herum vom Vater eines der Mädchen Lösegeld erpressen wollten. Nämlich vom allseits geschätzten und stinkreichen Leopold Karweiler. Ich gebe zu, das passt ganz wunderbar zusammen. Zum Glück kam die Polizei und hat die Mädchen aus den Klauen der Erpresser befreit und dabei praktischerweise leider den Kopf der Bande erschossen.

Ich bitte euch, einen Moment innezuhalten und nachzudenken. Ein berühmter Hacker entführt also aus Geldnot zwei Mädchen, um sie auf dem Gelände der BBI-Brache gefangen zu halten und dann auf schnöde Art und Weise von den Eltern Geld zu erpressen. Kommt euch das nicht ein bisschen eigenartig vor? Hätte ein Meisterhacker nicht andere Mittel und Wege, an Geld zu gelangen, als sich selbst die Finger schmutzig zu machen? Nur eine Bemerkung am Rande: Brother Zero war genial, einer der Allerbesten. Also? Genau: Die Sache stinkt.

Wie es der Zufall will, kann ich euch die wahre Geschichte der Entführung erzählen, denn ich war selbst dabei. Der Grund, warum die Mädchen in Gefangenschaft gerieten, war schlicht der, dass sie einem dunklen, durch und durch verbrecherischen System auf die Schliche gekommen sind. Und seinem wahren Kopf, einem Verbrecher, der sich selbst »der Sandmann«

nennt und nachts böse Träume in die Betten all jener bringt, die einen werbefinanzierten SmartPort tragen und dem Anforderungsprofil entsprechen.

»Welches Anforderungsprofil?«, fragt ihr euch jetzt sicher.

Nun, das kommt ganz darauf an, was bestellt wurde. Wählerstimmen, Demonstranten, Probanden für medizinisch fragwürdige Medikamententests, Bewerber für einen bestimmten Berufszweig oder sogar Freiwillige für einen völlig sinnlos gewordenen Krieg.

Während NeuroLink die Träume ihrer Kunden mit Werbefilmen für Waschmittel, Ohrenstöpsel oder Abflussreiniger zumüllt, säen die Träume des Sandmannes ganz andere Wünsche, Ängste und Vorstellungen. Organisiert wurde das alles von Mittels- und Kontaktmännern der NeuroLink AG selbst. Zwischen der Zentrale im Norden der Stadt und der BBI-Brache herrschte ein reger Datenaustausch. Der Konzern und der Sandmann haben sich den Markt einfach aufgeteilt: in eine legale und eine illegale Kuchenhälfte.

Natürlich behauptet die Konzernleitung nun, von dem dunklen Treiben nicht das Geringste gewusst zu haben, eine absolut absurde Vorstellung. Der Autor dieses Artikels vermutet aber, dass die hinter der gesamten Schweinerei stehenden Strukturen niemals vollständig enthüllt werden. Köpfe werden rollen, doch die Medusa NeuroLink wird vermutlich weiterleben.

Woher ich das alles weiß, fragt ihr euch? Das kann ich gerne erklären: Ich war vor Ort. Auch ich war Gefangener des Sandmannes. Man könnte behaupten, ich war nicht ganz unschuldig daran, dass die beiden jungen Frauen ihm auf die Schliche kamen.

Und in einer weiteren Sache irrt die Boulevardpresse gewaltig: Elisabeth und Sophie gelang es völlig aus eigener Kraft, sich aus ihrer Zelle zu befreien und sowohl mich als auch meinen Freund und Chefredakteur dieses Blogs, Marek van Rissen, ebenfalls zu retten. Ein von mir abgesetzter Notruf führte lediglich dazu, dass uns der geschätzte Freund und Helfer von dem Gelände der BBI-Brache holte.

Diesem Freund und Helfer wäre es nun allerdings viel lieber, ich würde diesen Artikel gar nicht schreiben oder gar veröffentlichen. Um dies sicherzustellen, werden Marek und ich nirgendwo erwähnt und ich gehe stark davon aus, dass in dieser Minute Pläne entstehen, Marek und mich noch in das posthum entstehende Verbrecherteam rund um Brother Zero zu rekrutieren. Doch das kann ich leider nicht zulassen.

Nicht nur, weil dann die Welt nicht erfahren würde, welche Schweinereien mithilfe der SmartPorts und einer Reihe ekliger Seilschaften ausgeführt wurden. Sondern auch, weil ein geschätzter Freund von mir sein Leben gelassen hat, um Sophie, Elisabeth, Marek und mir bei unserer Flucht zu helfen. Und er hat noch so viel mehr getan als das: Er hat mir die Beweise für all die Ungeheuerlichkeiten geliefert, die ich gerade vor euch ausgebreitet habe. Er ist gestorben, damit alle Welt die Wahrheit erfährt.

Brother Zero war keineswegs ein Verbrecher – ich selbst würde mich nicht scheuen, ihn als Helden zu bezeichnen.

Dank ihm habe ich mein Leben und die Beweise. Sie liegen an einem sicheren Ort, und nicht nur das. Ich habe alle wichtigen Redaktionen des Landes mit Kopien des Materials versorgt und auch die Mitarbeiter von DataLeaks haben eine Kopie erhalten.
Ich möchte noch nicht allzu viel verraten, doch ich würde dem Innenminister dringend ans Herz legen, seinen Schreibtisch aufzuräumen. Spätestens morgen dürfte er diesen nämlich los sein.
Und jetzt lehnt euch zurück und genießt die Show!
Ach ja, beinahe hätte ich es vergessen: Raus aus meinem Kopf!

Watchdog Sash.

»Beispiellose Enthüllungen der Wächter Pandoras! Von heute an werden wir nicht nur die Technik und ihre möglichen Gefahren, sondern die ganze moderne Welt mit anderen Augen sehen!«
August Stefan, Zeitgeist Online

»Man kann nur fassungslos den Kopf schütteln über das Ausmaß der Schmach, die sich gerade vor unser aller Augen entfaltet. Kinder wurden aus blanker Profitgier in den Krieg geschickt und sind dort gestorben. Ich selbst habe meinen SmartPort abgeschaltet. Es ist unerträglich.«
Mareile Servati, Im Spiegelbild

»NeuroLink bietet für die nächsten drei Monate einen besonderen Service an: Die Kunden von werbefinanzier-

ten SmartPorts können sich ihr Gerät entweder kostenlos entfernen lassen oder sich für ein günstiges Upgrade auf die Premiumversion entscheiden. ›Wir werden sicherstellen, dass eine Manipulation der Geräte in Zukunft unmöglich ist. Aber wir verstehen natürlich die Ängste und Nöte unserer Kunden und bieten deshalb die beiden Optionen an‹, so der Pressesprecher der NeuroLink AG. Eines steht fest: Meine Kinder und ich werden die Ersten sein, die sich in die Schlange stellen, um sich die Ports entfernen zu lassen.«
Lara Stern, Ostdeutsche Zeitung

»Beispiellose Rücktrittswelle überschwemmt den Bundestag. Das Kabinett übernimmt Verantwortung und wirft geschlossen das Handtuch.«
Deutscher Draht

»Ermittlungen gegen Sascha Stubenrauch und Marek van Rissen eingestellt. Das BKA ermittelt nun in den eigenen Reihen!«
Berliner Anzeiger

SOPHIE,
einige Monate später

Ich betrachtete noch einmal mein Werk und zog zum gefühlt hundertsten Mal die Tischdecke glatt. Der große Esstisch, den Liz und ich uns geleistet hatten, reichte gerade so aus, damit all unsere Gäste Platz finden würden.

Heute war unser achtzehnter Geburtstag und nicht nur unsere Freunde waren eingeladen; heute würde mein Pa auch zum ersten Mal auf Leopold und Carlotta treffen, Jule Ashley und Carl kennenlernen. Kurz: Heute war das erste Mal, dass alle zusammenkamen, und ich war mehr als nur nervös, ja, ich zerfiel beinahe vor Aufregung. Liz hatte sich zwar in den letzten Tagen betont lässig gegeben und es sich heute natürlich auch nicht nehmen lassen, in die Redaktion zu fahren, als sei dies ein ganz normaler Tag – doch mir konnte sie nichts vormachen. Ich wusste, dass meine Schwester genauso nervös war wie ich selbst.

Zwar hatten wir uns recht schnell mit unseren Eltern ausgesöhnt, nachdem sich all der Trubel um die Enthüllungen gelegt hatte, doch wir hatten beide gespürt, dass wir uns zu sehr verändert hatten, um komplett in unsere alten Leben zurückzukehren. Ich hegte den Verdacht, dass wir die große und wunderschöne Wohnung mit Terrasse und Erker nur bekommen hatten, weil wir durch all die Zeitungsberichte zu Berliner Berühmtheiten geworden waren und man sich beeilte, schnellstmöglich alles Schlimme zu kompensieren, was uns widerfahren war. Eigentlich hatte mich dieses Verhalten zur Weißglut gebracht, doch bei der Wohnung war ich bereit gewesen, mich ausnahmsweise mal darauf einzulassen.

Seitdem das Semester begonnen hatte, wohnten Liz und ich nun schon hier in unserer eigenen Wohnung in Kreuzberg und ich liebte sie! Permanent musste ich mich davon abhalten, auf dem Heimweg von der Uni irgendwelchen Nippes zu kaufen oder wieder eine Kommode umzustellen. Das Einrichten lag mir so sehr, dass Liz schon witzelte, ich hätte besser Innenarchitektur als Kunstgeschichte wählen sollen.

Ein Schlüssel drehte sich im Türschloss und kurz darauf hörte ich das vertraute Dreiphasenpoltern, von dem die Ankunft meiner Schwester immer begleitet wurde: Erst ließ sie die schwere Tasche fallen, dann ihren rechten und schließlich ihren linken Schuh. Marek schaffte es irgendwie, in der Zeit ebenfalls Tasche und Schuhe abzulegen, dies aber völlig geräuschlos zu tun.

Seitdem Liz bei Pandoras Wächtern jobbte, waren die beiden in eine komplizierte On-off-Beziehung verstrickt, die vor allem deshalb so explosiv war, weil Marek nun Chefredakteur des Blogs war. Ein bisschen traurig war Liz ja schon gewesen, nicht direkt bei Jepsen das versprochene Praktikum einfordern zu können, doch Marek hatte ihn sofort gefeuert, als er von dem Versuch Jepsens gehört hatte, während Mareks Abwesenheit Zugriff auf das Konto des Blogs zu erhalten. Und nicht nur das: Es hatte sich mittlerweile sogar herausgestellt, dass Jepsen auf der Gehaltsliste des Sandmannes gestanden hatte. Von wegen ›zu persönliches Thema‹ – Jepsen hatte sich schmieren lassen, damit Pandoras Wächter dem Sandmann nicht auf die Pelle rückten.

»Wow, hier sieht's ja aus wie in Versailles!«, rief Liz halb spöttisch, halb anerkennend, als sie den gedeckten Tisch erblickte. »Du machst dir wie immer zu viel Mühe, Phee. Dir muss doch klar sein, dass Fe einen ganzen Berg Essen in Tupperboxen mitbringen wird, weil sie ohnehin davon ausgeht…«

»… dass wir kurz vor dem Hungertod stehen!«, beendete ich lachend den Satz und ließ mich von Marek zur Begrüßung auf die Wange küssen. »Happy Birthday, Phee!«

»Danke!«

Die Klingel ertönte und Liz hüpfte beschwingt zu unserer Hausklingelanlage. Sie spähte auf den kleinen Bildschirm, der uns erlaubte, unsere Besucher vor dem Öffnen in Augenschein zu nehmen.

»Da steht ein Karton vor der Tür, soll ich ihn reinlassen?«

»Das ist Sash mit dem Kuchen, mach ihm auf!«, forderte ich lachend. Wenig später schob sich tatsächlich ein riesiger Karton, gefolgt von meinem Freund, durch die Wohnungstür.

Sash stellte den Kuchen in die Küche und gab mir einen Begrüßungskuss, der für meinen Geschmack etwas zu flüchtig ausfiel.

Er versuchte, unbeschwert zu wirken, doch ich merkte innerhalb von wenigen Sekunden, dass etwas mit ihm nicht stimmte. Noch während er Liz umarmte, fragte ich: »Was ist los?«

Sash sah aus, als hätte ich ihn beim Klauen erwischt. Dennoch muss zu seiner Ehrenrettung gesagt werden, dass er versuchte, sich nichts anmerken zu lassen.

»Gar nichts, wieso?«

Ich stemmte die Hände in die Hüften und sah ihn herausfordernd an. »Nach ›gar nichts‹ sieht mir deine Miene aber nicht aus. Jetzt sag schon.«

Sash rieb sich den Nacken und blickte Marek Hilfe suchend an. Doch dieser zuckte nur die Schultern.

»Schau mal«, versuchte Sash es erneut. »Ich glaube nicht, dass das heute das richtige Thema ist.«

»Und ich glaube nicht, dass ich Lust habe, den ganzen Tag hier zu sitzen und mir Gedanken darüber machen zu müssen, was los ist. Dann kann ich mich gar nicht auf das Fest konzentrieren«, erwiderte ich.

Sash ließ sich mit einem Seufzen auf die Couch fallen, während er »Ein Königreich für ein Pokerface« murmelte.

»Also gut, aber auf eigene Gefahr. Ich habe mit Julius telefoniert. Beim Durchforsten des aktuellen Datenpakets hat er etwas gefunden, was dort thematisch nicht hingehört und… na ja, eher euch betrifft. Er hat es mir rübergeschickt.«

Ich merkte, wie sich meine Muskeln anspannten. Was konnte der Chef von DataLeaks entdeckt haben, das uns betraf? Der Gedanke ließ mich erschaudern.

Liz war wie selbstverständlich auf Mareks Schoß geglitten und sah ebenfalls recht besorgt aus. »Was hat Julius dir denn geschickt?«

»Das Überwachungsvideo«, antwortete Sash widerwillig. »Er sagt, es sei alles drauf!«

Für einen Moment hatte ich das Gefühl, nicht mehr

atmen, stehen oder gehen zu können. So lange schon hatte ich nicht mehr an das Video gedacht.

»Hast du es dir schon angesehen?«, fragte Marek, und Sash verneinte. »Ich wollte Liz und Sophie die Entscheidung überlassen, ob es überhaupt jemand von uns sehen soll oder nicht.«

»Was ist denn das für eine blöde Frage, natürlich wollen wir es sehen! Aber pronto!« Liz' Worte waren weitaus fester und entschlossener als ihre Stimme, die sie durch ein leichtes Zittern verriet.

Sash wandte sich zu mir. »Sophie?«, fragte er und ich nickte nur. Mir war klar, dass ich da jetzt durchmusste. Vielleicht war dieses Video das letzte Puzzlestück, das ich brauchte, um mich endgültig von den bösen Träumen zu befreien, die mich noch immer in manchen Nächten heimsuchten.

Sash war eindeutig nicht einverstanden, respektierte aber unsere Entscheidung. Er zog seinen neuen Laptop aus der Tasche und klappte ihn auf. Wenig später erschien das Videofenster und ich gab mit einem neuerlichen Nicken das Kommando zum Abspielen.

Vor unseren Augen tauchten die mittlerweile so vertrauten Bilder auf.

Helen, die mit einem Kuchen in der Hand einen langen Flur entlangging. Das elegante Kleid betonte ihre schöne Figur, die langen Haare waren zu einer kunstvollen Hochsteckfrisur gewunden. Durch die Lautsprecher des Rechners war das Klappern ihrer Absätze zu hören.

Schweigend verfolgten wir nun, wie Helen das Labor ihres Mannes betrat und nach ihm rief. Das Geräusch ihrer Stimme ließ mich zusammenzucken. Sie war recht tief und ein bisschen rau. Ich wünschte mir in diesem Augenblick, ich könnte mich erinnern, wie sie mir abends vor dem Schlafen etwas vorgesungen hatte, wie ihr Lachen klang und ob wir es oft hatten hören dürfen. Doch all das wusste ich nicht. In meinem Herzen saß keinerlei Erinnerung an diese schöne Frau, die Liz und mich zur Welt gebracht hatte.

Wir näherten uns der herausgeschnittenen Stelle.

Helen stand etwas unschlüssig in der Mitte des Raumes und rief erneut nach ihrem Mann, als sich ein Schatten im gegenüberliegenden Türrahmen langsam von der übrigen Dunkelheit abhob.

Als hätte sie gespürt, dass sie beobachtet wurde, drehte sie sich langsam um. Ein unsicheres Lächeln erschien auf ihren Lippen und sie machte drei Schritte auf den Schatten zu.

»Thomas«, sagte sie völlig überrascht. »Was machst du denn hier?«

Der Sandmann trat aus dem Schatten heraus und lächelte Helen an. »Guten Abend, Helen. Lange nicht gesehen.«

Irgendetwas schien Helen alarmiert zu haben, da sie nun wieder ein paar Schritte zurückwich. Skepsis lag in ihrer Stimme, als sie fragte: »Wo ist Sebastian?«

»Dein Mann und ich haben uns nur ein wenig unterhalten!«, lautete die ausweichende Antwort.

Helen wurde immer nervöser, und als schließlich Sebastian mit geschwollener Lippe und blutender Nase auf sie zukam, verlor sie allmählich die Fassung.

»Was hast du mit ihm gemacht?«

Thomas Sandmann hob beschwichtigend die Hände.

»Bitte Helen, reg dich nicht so auf!«

»Ich soll mich nicht aufregen? Mein Mann sieht aus, als wäre er überfahren worden!«

In diesem Augenblick betraten zwei massige Männer den Raum und Helen zuckte zusammen. Kurzerhand ergriff sie das Messer, das sie kurz zuvor achtlos neben die Kuchenform gelegt hatte.

»Was soll das?« Helen fuchtelte mit dem Messer in der Luft herum, als wollte sie es mit allen drei Eindringlingen gleichzeitig aufnehmen. »Wer sind diese Männer? Was wollt ihr hier?«

Nun schaltete sich auch Sebastian ein. »Helen«, sagte er hochgradig besorgt. »Bitte, Schatz. Beruhige dich!«

»Wie soll ich mich denn beruhigen!«, schrie Helen. »Wer weiß, was diese Männer uns antun werden?«

Einer der beiden Handlanger des Sandmannes trat von hinten an Helen heran und umklammerte sie mit einer Leichtigkeit, die man ihm auf den ersten Blick gar nicht zugetraut hätte. Sie hatte keine Chance, sich gegen seinen Griff zur Wehr zu setzen. Der andere Mann wand ihr das Messer aus den Fingern und übergab es dem Sandmann.

Dieser trat ganz nahe an Helen heran. »Ich würde dir niemals etwas antun«, sagte er. »Ich liebe dich noch immer, weißt du?«

Helen zappelte wie wild im Griff des Mannes und versuchte, ihn in den Arm zu beißen. Bei den Worten des Sandmannes aber hielt sie inne. Sie hob trotzig den Kopf und spuckte auf den Boden.

»Und ich bereue jeden einzelnen Tag, den ich mit dir zusammen war!«, zischte sie.

Das Gesicht des Sandmannes verzog sich zu einer wütenden Fratze. Schneller, als irgendeiner im Raum hätte reagieren können, rammte er Helen das lange Messer bis zum Schaft in den Bauch.

Wie vom Blitz getroffen taumelte er anschließend zurück, während Helen in sich zusammensackte.

Sebastian Zweig stieß einen Schrei aus, der eher dem Heulen eines verwundeten Tieres ähnelte.

Der Sandmann keuchte und seine Schultern hoben und senkten sich sehr schnell. Er wandte sich an Sebastian: »Denk an meine Worte: Wenn du nicht tust, was ich von dir verlange, siehst du deine Töchter auf die gleiche Weise sterben!«

Dann straffte er die Schultern und nickte den beiden Männern zu. Der eine ließ unsere Mutter fallen, der andere machte sich anschließend mit vollkommen regloser Miene daran, den Griff des Messers sorgfältig zu säubern.

Als die Männer den Raum verließen, brach Sebastian neben seiner toten Frau zusammen.

Eine Weile noch war sein herzzerreißendes Schluchzen zu hören, dann endete die Aufnahme.

Es dauerte lange, bis einer von uns das Schweigen brach.

»Von wegen Unfall«, schniefte Liz und zog die Nase hoch. Erst jetzt bemerkte ich, dass ich ebenfalls angefangen hatte zu weinen. »Er hat es nicht gewollt«, sagte ich matt. »Wahrscheinlich will er selbst glauben, dass es ein Unfall war.«

»Oder er war einfach nur zu feige, uns die Wahrheit zu sagen!«, schnaubte sie und ich nickte. »Oder das.«

Sash streichelte sanft meinen Arm und wischte mir eine meiner widerspenstigen Haarsträhnen aus dem Gesicht. »Immerhin wissen wir jetzt, was geschehen ist. Und das

Video ist Beweis genug, um Thomas Sandmann für den Rest seines Lebens hinter Gitter zu bringen.«

Marek verteilte eine Runde Taschentücher, und ich gab mir Mühe, meine Wimperntusche nicht allzu sehr zu verschmieren. Doch obwohl ich weinte, ging es mir besser. Ein Knoten, der die ganze Zeit über in meiner Brust gesessen hatte, hatte sich aufgelöst, und ich wusste, dass ich in Zukunft freier würde atmen können.

»Unser Vater war kein Mörder«, sagte ich und lächelte meine Schwester an.

Sie streckte sich nach meiner Hand aus. »Nein, das war er nicht.«

»Eher ein verdammt mutiger Mann«, sagte Marek. »Immerhin ist er ins Gefängnis gegangen, um euer Leben zu schützen. Er hat die Schuld auf sich genommen, um den Sandmann nicht weiter zu provozieren, und hat gleichzeitig sich selbst und euch in Sicherheit gebracht.«

»So was Ähnliches hat der Sandmann auch gesagt. Dass Sebastian ins Gefängnis gegangen sei, um uns zu schützen, und dass uns nun in seinem Gefängnis niemand mehr schützen könne!«

Sash legte den Arm um mich und küsste meine Schläfe. »Ihr wart genauso mutig und unbeugsam wie Sebastian Zweig. Ich werde ihm ewig dankbar sein.«

»Ich auch«, sagten Liz und ich gleichzeitig.

Das Geräusch der Klingel ließ mich zusammenzucken. Marek stand auf, ging zu Tür und schaute auf den kleinen Monitor.

»Es ist Carl!«, meldete er kurz darauf. »Und ein pinkes … ähm.«

Liz und ich sprangen gleichzeitig auf und rannten ins

Badezimmer, um unsere Gesichter vor Carls Eintreffen wenigstens halbwegs zu sanieren. Verschmierte Wimperntusche würde etliche Fragen nach sich ziehen.

Einträchtig standen wir vor dem großen Spiegel und tupften an unserem Make-up herum. Ich fing ein leichtes Lächeln meiner Schwester auf und gab es zurück.

»Herzlichen Glückwunsch zum Geburtstag!«, sagte ich.

»Herzlichen Glückwunsch zum Geburtstag!«

Mit der Gewissheit, unsere verquollenen Augen nicht ganz verbergen zu können, gingen wir zurück ins Wohnzimmer. Gerade noch rechtzeitig, um mitzuerleben, wie sich Carl mitsamt einer Piñata in Form eines pinkfarbenen Einhorns und einem großen Baseballschläger durch die Tür quälte. Seitdem er einen Austauschstudenten aus Valencia datete, befand er sich in einer spanischen Phase. Seine ebenfalls pinken Haare hatte er auf dem Kopf zu einem winzigen Dutt geformt. Kaum auszudenken, welche Mengen an Haarspray hierfür nötig gewesen waren.

Er ließ Einhorn und Baseballschläger fallen und breitete die Arme aus. »Feliz cumpleaños, chicas!«, rief er lachend, und Liz flitzte an mir vorbei, um sich in seine Arme zu werfen.

Ich selbst blieb noch einen Augenblick stehen, bevor auch ich mich in die Arme unseres Freundes stürzte.

Und in noch so viel mehr als das: einen Nachmittag mit einer Familie, die erst noch zusammenwachsen musste. In ein Leben mit dem Mann, den ich liebte, und unsere hoffentlich gemeinsame Zukunft. In mein Studium, neue Bekanntschaften, Arbeitsleben. Kurz: in mein buntes, vollkommen unnormales, wunderbares, von Liebe übervolles

Leben, das mir zwei Menschen ermöglicht hatten, von denen ich vor einem halben Jahr nicht einmal etwas geahnt hatte.

Im Stillen dankte ich Helen und Sebastian. Dafür, dass sie meine Eltern gewesen waren. Dass sie uns gewollt und geliebt hatten. Sebastian dafür, dass er uns bis zuletzt geschützt hatte, Helen für die Unbeugsamkeit, mit der sie ihren Mann geliebt und verteidigt hatte. Vor allem aber dankte ich ihnen für das größte Geschenk, das ich jemals im Leben erhalten hatte: für meine kaltschnäuzige, unverwechselbare, glamouröse, manchmal arrogante, herzzerreißend bezaubernde Schwester Liz.

Ich dankte ihnen für uns.

Danksagung

Und weil es gerade so schön ist, mache ich einfach weiter, denn auch ich bin dankbar für so vieles.

Ich danke allen Menschen, die mich lieben, mich unterstützen, an mich glauben. Ich danke meinen Freunden dafür, dass sie die (objektiv) besten der Welt sind. Ich danke meiner großartigen Agentur AVA International und insbesondere Markus Michalek für die Unterstützung in so vielerlei Hinsicht, dass eine Aufzählung den Rahmen sprengen würde. Michelle Gyo und Susanne Krebs von cbt danke ich dafür, dass ihre Fantasie keine Grenzen zu kennen scheint und sie für Träumereien und Narreteien aller Art zu haben sind – danke für alles!

Meiner lieben Sophie danke ich für die großzügige Bereitstellung ihres Namens, Daniel u. a. für diverse Brainstorming-Stunden und meinen Eltern dafür, alles möglich gemacht zu haben.

Ich danke meinem Mann Patrick für all die wundervollen Dinge, Momente und Abenteuer, die er in mein Leben gebracht hat.

Meinem Freund und Kollegen Ralf Isan danke ich von Herzen – er weiß, wofür

Ohne euch alle: nichts.

Und zu guter Letzt danke ich allen Menschen, die lesen. Ob dieses oder andere Bücher, ob Fach- oder Sachbuch, Krimis oder Ratgeber, Romanzen oder Coming of Age-Romane, Fantasy oder Science-Fiction, Comic, Manga oder Heftromane. Hört nicht auf damit! Ihr seid so wahnsinnig wichtig.